国家哲学社会科学成果文库
NATIONAL ACHIEVEMENTS LIBRARY
OF PHILOSOPHY AND SOCIAL SCIENCES

中印佛教文学比较研究

侯传文　等著

中华书局

侯传文 1959年生，山东泰安人，文学博士。现任青岛大学文学院教授，中国外国文学学会印度文学分会理事。长期从事东方文学与比较文学研究，主持完成国家社科基金项目2项，省部级项目多项。出版《东方文化通论》《佛经的文学性解读》《话语转型与诗学对话——泰戈尔诗学比较研究》等学术专著9部，发表学术论文90余篇，获省级教学科研奖励10余项。

《国家哲学社会科学成果文库》
出版说明

　　为充分发挥哲学社会科学研究优秀成果和优秀人才的示范带动作用,促进我国哲学社会科学繁荣发展,全国哲学社会科学规划领导小组决定自 2010 年始,设立《国家哲学社会科学成果文库》,每年评审一次。入选成果经过了同行专家严格评审,代表当前相关领域学术研究的前沿水平,体现我国哲学社会科学界的学术创造力,按照"统一标识、统一封面、统一版式、统一标准"的总体要求组织出版。

全国哲学社会科学规划办公室
2011 年 3 月

目　　录

Contents

绪　　论

佛教产生于印度，传播于中国，在印度和中国都有近两千年的发展历程。伴随佛教的兴起和传播，在印度和中国都产生了丰富多彩的佛教文学。作为东方文学现象，佛教文学与比较文学之间有着天然的联系。从比较文学的角度看，佛教文学一方面是宗教与文学结合的产物，本身就是比较文学的研究对象；另一方面又是跨民族、跨文化、跨学科的文学现象，为比较文学研究提供了丰富的素材和巨大的空间。以比较文学的视野观照中印佛教文学现象，可以有更多新的发现和深的开掘。

一、佛教文学现象

"佛教文学"有广义和狭义。广义的佛教文学包括佛教影响下的各种文学现象和作家作品；狭义佛教文学是指那些由佛教教主和信徒（僧人或居士）创作或改编，表现佛教思想、宣传佛教教义、表达佛教信仰、表现宗教情感、体现佛教宗旨情趣的文学现象和作家作品。本书论述佛教文学以狭义为主，但许多章节不局限于狭义的佛教文学，而是从比较文学的观念、方法和研究视野出发，在更广泛的意义上对佛教文学现象进行探讨，以期对佛教文学的特点、成就、影响、价值等相关问题有更深入的认识。

佛教文学是一种非常复杂的文学现象，历史悠久，种类繁多，涉及面广。佛教文学先是在佛教的故乡印度产生和发展，随着佛教走出印度，在南亚和东亚各国广泛传播，佛教文学也不再是印度文学的专有物，而成为东方文学的一种现象了。在佛教兴盛的许多东方国家，尤其是中国，佛教文学也很繁荣，不但有大量印度佛教文学的翻译，而且产生了本民族的佛教文学。中国佛教文学既直接受到印度佛教文学的影响，又具有自己的民族特色。大体而言，佛教文学可以包括以下几个方面。

一是佛经文学。"佛经"有广义和狭义。狭义"佛经"主要指佛的教说，包括佛教创始人释迦牟尼一生传教说法的记录，也包括以佛的名义创作的一些作品，是佛教三藏经典"经、律、论"之一的"经藏"。广义"佛经"是佛教经典的简称，包括佛的教说，也包括佛弟子及历代高僧著述收入大藏并被佛徒视为经典的作品。这里取其广义而以狭义为主。佛经是佛教思想的载体，也是早期佛教文学的总集，是世界文学中的瑰宝。佛经主要产生在印度，当然是印度文学的一部分，但是南亚和东亚许多国家都有佛经翻译，这些翻译又成了这些国家和民族文学的宝贵财富。从语言的角度看，现存佛经主要有四大类：一是印度本土的梵文佛经。由于外来的伊斯兰教的冲击和本土的印度教的挤压，佛教于公元 12 世纪在印度几近消亡，其经典也大多散佚损毁，残存抄本经过近代以来学者们的搜集、整理、校勘，仍然是佛教文学研究的第一手资料，具有不可替代的意义①。二是巴利文佛经。这是阿育王时期佛典第三次结集之后传到斯里兰卡而保存下来的，其中有些斯里兰卡僧侣的注疏，也算是斯里兰卡的文学遗产。巴利文佛经是保存最完整的早期佛教经典，对于研究原始佛教思想和早期佛教文学具有特殊的重要意义。三是汉译佛经。印度本土保存的主要是用梵文写成的大乘佛经，属于后期佛教文献。保存于斯里兰卡的巴利文佛经是公元前 3 世纪以前的结集，属于早期佛教文献。而汉译佛经则包括了早期小乘佛教和后期大乘佛教的经典，因而是规模最大、也是保存文献最多的佛教经典。四是藏译佛经。其主要包括"甘珠尔"和"丹珠尔"两部分。"甘珠尔"又称"佛部"，包括律、经和密咒；"丹珠尔"又称"祖部"，包括赞颂、经释和咒释。与其他三类佛经相比，藏译佛经保存了更多的密教经典。这些佛经基本涵盖了印度的原始佛教、部派佛教、大乘佛教和密教各个时期的佛教文学，包括了各种类型的文学作品。佛经文学既是印度佛教文学的代表，又是后世佛教文学的土壤和武库。

二是以讲解佛经、阐发教义或歌颂佛法为宗旨的文学。一般的佛经注疏和理论阐述缺乏文学性，不能看作佛教文学作品，而那些采用了文学性文体

---

① 由印度学者巴格奇（S. Bagchi）主编的《梵文佛经丛书》（*Buddhist Sanskrit Texts*），收入比较完整的梵文佛经校刊本三十多种，此外还有散见的许多梵文佛经校刊本问世。参见黄宝生《〈梵汉佛经对勘丛书〉总序》，见黄宝生译注《梵汉对勘〈入楞伽经〉》，中国社会科学出版社，2011 年，第 3 页。

如诗歌、小说（故事）、戏曲等，运用了文学的表现手法如譬喻、象征等，对佛教教义进行阐发和表现的作品，则应该属于佛教文学之列。属于此类佛教文学的主要有几种情况：一是用故事来解释经典，在佛经中称为"譬喻"，有些擅长"譬喻"的经师被称为"譬喻师"。收入佛典的譬喻文学作品很多，代表性作品有署名马鸣的《大庄严论经》、署名法救的《法句譬喻经》等。二是取材佛经故事或佛陀生平事迹创作的诗歌、戏剧或小说作品，这方面最有代表性的是印度诗人和戏剧家马鸣。他的代表作长诗《佛所行赞》取材于佛祖释迦牟尼的生平传说，描写佛陀从出生、出家、成道直至涅槃的一生事迹，是佛传文学的代表。他还取材佛弟子故事创作了长篇叙事诗《美难陀传》。马鸣还是一位重要的戏剧家，创作了《舍利弗传》等著名戏剧作品。马鸣用刚刚兴起的长篇叙事诗的形式来表现宗教传说故事和宗教教义，取得了很高的艺术成就，但他在《美难陀传》的结尾说，他写作的主要目的不是为读者提供娱乐，而是引导读者达到心灵的平静，他之所以采用"大诗"形式，是为了打动人，好比苦涩的药水拌上糖，便于喝下①。三是讲唱佛经和佛教故事的文学作品，以中国唐代的讲经变文为代表。讲经变文大致可以分为两类，一是严格地说经的，二是离开经文而自由叙述的。第一类最著名的是《维摩诘经讲经文》。这是一部宏大的著作，根据残存部分推断，全文不下 30 卷，是中国汉文学史上少有的长篇叙事诗。这部作品是讲唱《维摩诘经》的，每卷每节讲述之前先引一则经文，然后根据这则经文加以渲染、描述，往往是十几个字的经文被作者敷衍成几千字的长篇大幅。第二类又可分为两种，一种是讲述佛及菩萨生平，第二种是讲佛经中的故事，目的都是宣传教义，歌颂佛法。前一种以《太子成道变文》为代表，讲述释迦牟尼出家修道的过程，主要根据《佛本行集经》等佛经中的佛传故事演绎；后一种以《降魔变文》为代表。作品系根据《贤愚经》中须达布金买地为释迦牟尼建造精舍的故事改编，其中将佛弟子舍利弗与六师外道斗法作了尽情的渲染，中心虽然还是宣扬佛法无边，但情趣变了，斗法的场面写得活泼生动，成为后来神魔小说中斗法描写的先驱。宋代以后变文这种形式消失了，但讲唱佛经故事、宣传佛教思想的佛教说唱文学并未消亡，除

---

① 参阅季羡林主编《印度古代文学史》，北京大学出版社，1991 年，第 203 页。

了由变文演变成的"宝卷"之外，新兴的话本小说、杂剧、传奇等文学体式中也有许多佛教文学作品。这一类的佛教文学在艺术上取得了比较高的成就，作家们或者是把佛教教义、佛教故事与当时最高水平的文学形式相结合，或者是以广大群众喜闻乐见的形式来宣传宗教思想，或者创造新的艺术形式来表现佛教内容。这样的佛教文学不但本身取得了较高的艺术成就，而且对本民族的文学发展也起到了重要的开创或推动作用。

第三类佛教文学虽然取材于佛经或佛教故事，但不完全是表现佛教思想。这类佛教文学在印度本土也有，如戒日王的戏剧《龙喜记》，取材于佛本生故事中的《持明本生》，讲述菩萨转生的云乘太子为了从金翅鸟口中救下龙太子而以身代龙的故事。作品虽然表现了佛教舍身求法的教义，但最后云乘和群龙借助高利女神和因陀罗的神力而得以复生，显然掺入了印度教的成分，表现了作者戒日王对佛教和印度教的兼容并包思想。中国著名小说《西游记》，取材于唐僧玄奘西行印度取经的佛教故事，其核心故事和主要人物都来自佛教，也表现了佛教思想，但又有儒释道三教融合的特点，其主题和旨趣并非宣扬佛教。另外有些中国文学作品取材佛经，但与原作思想观念不尽相同，如讲经变文中的《大目乾连冥间救母变文》，不是像原作那样宣扬佛法广大、提倡布施斋僧，而是着重孝道，可以看作佛教文学在思想内容上的民族化。佛经中的故事有些本来取自民间，除早期佛教作家赋予的宗教思想外，本身都有丰富的内涵，因此后来的作家可以各取所需，并且赋予新的意义。

第四类佛教文学是取材现实生活或本土故事传说表现佛教思想的作品。这类佛教文学主要存在于印度之外的其他国家。其作品虽然以表现佛教思想为宗旨，但并不是取材于佛经。作家们或者从本国的民间故事中取材，或者从现实生活中取材，进行加工创作，这可以看作佛教文学在题材内容上的民族化。我国的六朝志怪小说中就有一些用中国民间故事宣传佛教思想的作品，如刘义庆的《宣验记》，王琰的《冥祥记》，颜之推的《集灵记》等；唐代亦有多种感应传，如唐临《冥报记》三卷，怀信《释门自镜录》二卷，慧详《弘赞法华传》十卷，僧详《法华传纪》十卷，法藏《华严经传纪》五卷，惠英《华严经感应传》一卷，段成式《金刚经鸠异》一卷，无名氏《往生西方净土瑞应传》等，所记故事大多是信佛者得福，不信者获罪，因而被鲁迅先生称为"辅教之书"。

　　第五类佛教文学是僧人的个人创作。印度和中国都有一些富有文学才华的诗僧和文僧，他们无疑是佛教文学的作者主体。他们以护教弘法为己任，前述几类佛教文学大多出自他们之手。除了护教弘法之外，他们还有一些描写日常生活、抒发个人情感的作品。这些作品思想上虽然受佛教教义支配，但其创作宗旨却不是或不完全是宣传佛法。这类佛教文学的特点是具有鲜明的个性，是佛教文学的重要一翼。这类作品在印度佛经文学中已经存在，巴利文佛典中就有《长老偈》和《长老尼偈》两部独特的作品，是早期僧尼诗歌的汇集，其内容更多地表现了僧尼个人的内心体验和感受。中国文学史上也有许多著名的诗僧文僧，如魏晋南北朝时期的支遁、慧远、唐代的王梵志、皎然、齐己、贯休、寒山、拾得等，他们的作品有的直接表现佛教思想，属于佛教文学无疑，如慧远、支遁、王梵志、寒山等人的诗基本都是表现佛理的；有的作品属于一般的写景抒情，没有明显的佛理表现，这类作品纯文学的东西较多，与一般世俗文学很难区分，但从总体上说，僧人诗文应该视为佛教文学。一些信佛的居士，他们的作品不能全部视为佛教文学，只有那些明显表现佛教信仰、直接阐述佛教教义、体现佛教旨趣的作品，才能归入佛教文学之列。如印度8世纪后期到12世纪出现的悉陀诗歌，作者是一些秘密佛教的成就师，其中大部分不是出家僧人，而是在家修行的瑜伽行者。他们的作品主要表现密教思想和个人修行体验，被称为修行诗或证道歌，属于典型的佛教文学。而中国文学中的一些居士诗人如谢灵运、白居易、苏东坡等，他们思想比较驳杂，佛教只是他们信仰的一部分，其文学创作也只有一部分可以归入佛教文学之列。

　　最后一类是一般文人受佛教影响而创作的具有佛教思想旨趣的作品。这类作家作品在中国文学史上非常多。魏晋以来，特别是隋唐以后，随着佛教中国化的完成，佛教已经进入中国文化的内区深层，作家接受佛教影响非常普遍，在创作思想和具体作品中都有所表现。此类作品以曹雪芹的《红楼梦》为代表。这些作品应该属于广义的佛教文学。

　　总之，佛教文学包括佛典中具有文学性的作品以及历代文人、僧人和群众以表现佛教思想为宗旨的文学创作。在东方各国，尤其是印度和中国，佛教文学都源远流长，博大精深，是人类文学的重要遗产，值得进行深入研究。

二、佛教文学研究

佛教文学是东方文学的重要现象，在东方各国尤其印度和中国文学史上产生了巨大而深远的影响。佛教文学作品中蕴含着丰富的关于自然、社会和人生方面的思想智慧，值得进行深入的发掘和阐释。以阐释佛教文学作品、分析佛教文学现象为宗旨的佛教文学研究，既是传统佛学的重要组成部分，又是现代东方学的重要分支。

佛教文学研究也有广义和狭义。自古以来的佛典阐释和佛教文学作品评点，都应该属于广义的佛教文学研究。如果说广义的佛教文学研究古已有之，那么，狭义的佛教文学研究则是近代形成的一个学术研究领域。学者们以科学的方法和实证的态度，而不是神学的方法和信仰的态度研究佛教文学，才有了真正意义的佛教文学研究。国内外关于佛教文学的研究已经有二百多年的历史。19 世纪初，西方学者率先以科学态度和近代科学方法研究佛教文献，校勘翻译佛典，发现其文学意义。西方学者的印度文学史著作中一般将佛教文学列为专章，如德国学者温特尼兹（M. Winternitz）的《印度文学史》（*A history of Indian literature*），其第二卷为《佛教文学与耆那教文学》（*Buddhist Literature & Jain Literature*）。另外有大量关于佛教文学的专题研究，如 E. W. Burlinggame 的 *Buddhist Legends*，T. W. Rhys-davids 的 *Buddhism：Its History and Literature*，Samuel Beal 的 *Buddhist Literature in China* 等。印度学者在佛教文学文献整理和研究方面做了大量工作，其对现存梵文佛经的校勘整理和编辑出版，为佛教文学研究奠定了文献基础，这方面具有代表性的是由巴格奇（S. Bagchi）主编的《梵文佛经丛书》（*Buddhist Sanskrit Texts*），收入梵文佛经校刊本三十多种。其中维迪耶（P. L. Vaidya）对《法华经》《八千颂般若经》《入楞伽经》《神通游戏》等多部佛经进行了校勘。他在前人基础上进一步广泛收集抄本，运用科学方法，对现存梵文佛经进行高质量的整理、校勘、编订，其编订本为学者广泛采用。印度学者对佛教文献进行了大量的基础性研究，以语言学、文献学方面的成就最为突出，其中也有许多文学性研究，如 Geiger 著 *Pali Literature and Language*，Nariman 著 *Literary History of Sanskrit Buddhism*，Har Dayal 著

The Bodhisattva Doctrine in Buddhist Sanskrit Literature，G. R. Sain 编 *Buddhist Literature*：*Yesterday and Today* 等。日本自 20 世纪中叶以来在佛教文学研究方面取得了可观的成绩，代表性成果有加地哲定的《中国佛教文学》、平野显照的《唐代文学与佛教》、泉芳璟的《佛教文学史》、深浦正文的《佛教文学概论》和《新稿佛教文学物语》、小野玄妙的《佛教文学概论》等。

　　我国有悠久的佛学传统，近代以来梁启超、陈寅恪、胡适等学术大师都曾致力于佛学研究，有许多论著涉及到佛教文学，如梁启超的《翻译文学与佛典》等。当代中国的印度文学研究者如季羡林、金克木、黄宝生等，都把佛教文学作为印度文学史上的重要现象进行研究，不仅在所著文学史中将佛教文学列为专章，而且有许多专题研究。黄宝生先生领导的课题组正在进行佛经梵汉对勘，重新翻译佛经，并将新译与梵文原文和古人翻译对照校勘，出版了《梵汉佛经对勘丛书》，目前为止已经有《梵汉对勘入菩提行论》《梵汉对勘〈入楞伽经〉》《梵汉对勘维摩诘所说经》《梵汉对勘神通游戏》《梵汉对勘佛所行赞》《梵汉对勘阿弥陀经·无量寿经》以及《巴汉对勘〈法句经〉》问世[①]，为印度佛教文学研究奠定了文献学基础。郭良鋆先生不仅从巴利文翻译了《经集》《佛本生故事选》等重要佛教文学作品，还发表了相关论著。王邦维先生作了大量佛教文献的研究并主持了教育部重点研究基地项目"梵语与西域胡语文献中的大乘佛教神话研究"，出版了《佛教神话研究：文本、图像、传说与历史》等论著；薛克翘先生先后主持完成了教育部重点研究基地项目"印度中世纪宗教文学""印度密教与中国神怪小说研究"，出版了《印度中世纪宗教文学》《神魔小说与印度密教》等专著，发表了系列论文，对印度中世纪佛教文学特别是密教文学有非常独到的研究。此外，段晴在梵文和巴利文佛典及印度佛教文学的翻译和研究方面做了大量的工作，取得了丰富的成果；李南在印度密教文学研究方面也有丰富的成果发表；陈明在印度佛教神话和印度佛教文学文体方面有独到的研究，发表了系列论文，出版了《印度佛教神话：书写与流传》等专著；侯传文致力于佛经文学研究，发表了系列论文，出版了《佛经的文学性解读》等专

　　[①]　其中《梵汉对勘入菩提行论》《梵汉对勘〈入楞伽经〉》《梵汉对勘维摩诘所说经》《梵汉对勘神通游戏》《梵汉对勘佛所行赞》《梵汉对勘阿弥陀经·无量寿经》，由中国社会科学出版社于 2010—2016 年先后出版；《巴汉对勘〈法句经〉》，中西书局，2015 年出版。

著。重要成果还有台湾学者释依淳的《本生经的起源及其展开》，丁敏的《佛教譬喻文学研究》等。

国内关于中国佛教文学以及佛教对中国文学影响的研究成绩斐然，学者们将佛教及其影响下的文学现象作为中国文化与文学的重要组成部分，从不同侧面进行了深入细致的研究。20 世纪 80 年代以来不断有相关论著问世，代表性成果有孙昌武的《佛教与中国文学》《唐代文学与佛教》《中国文学中的维摩与观音》《禅思与诗情》《佛教文学十讲》，陈洪的《佛教与中国古典文学》《佛教与中国文学》，陈允吉的《唐音佛教辨思录》《唐诗中的佛教思想》《古典文学佛教溯源十论》，李小荣的《变文讲唱与华梵宗教艺术》《汉译佛典文体及其影响研究》，周裕锴的《中国禅宗与诗歌》《文字禅与宋代诗学》《法眼与诗心——宋代佛禅语境下的诗学话语建构》，陈引驰的《隋唐佛学与中国文学》，普慧的《南朝佛教与文学》，蒋述卓的《佛经传译与中古文学思潮》，张伯伟的《禅与诗学》，皮朝纲的《禅宗美学思想的嬗变轨迹》，张海沙的《佛教五经与唐宋诗学》，张中行的《佛教与中国文学》，胡燧的《中国佛学与文学》，吴言生的《禅宗诗歌境界》，黄卓越的《佛教与晚明文学思潮》，覃召文的《禅月诗魂——中国诗僧纵横谈》，曲金良的《敦煌佛教文学研究》，张锡坤等的《禅与中国文学》，赵伟的《心海禅舟——宋明心学与禅学研究》等。台湾学者杜松柏的《禅学与唐宋诗学》《禅与诗》《禅门开悟诗二百首》，释永祥的《佛教文学对中国小说的影响》，罗宗涛的《敦煌讲经变文研究》，张瑞芬的《佛教因缘文学与中国古典小说》，林湘华的《禅宗与宋代诗学理论》等，也是这一领域的重要成果。近年来中国佛教文学研究正在向全面和深入的方向发展，其标志一方面是一批国家级项目的立项，如普慧主持了教育部社会科学重大攻关招标课题"中国佛教文学通史"、国家社科基金重点课题"汉译佛典文学研究"，赵伟主持了国家社科基金一般项目"明代佛教文学研究"；另一方面是一批比较全面深入的研究著作的出版，如孙昌武的《中国佛教文化史》，陈洪的《佛教与中古小说》，丁敏的《中国佛教文学的古典与现代》，吴正荣的《佛教文学概论》，高慎涛、杨遇青的《中国佛教文学》，普慧主编的《中国佛教文学研究》等。

中印佛教文学比较研究方面，在刘安武、薛克翘、郁龙余、唐仁虎等学者的中印文学比较研究的论著中，能够看到有关中印佛教文学比较研究的篇章。特别是薛克翘先生，主持完成了教育部重点研究基地项目"印度密教与中国神怪小说研究"，出版了《神魔小说与印度密教》等专著，在中印佛教文学比较与中印文化交流方面发表了一批重要研究成果。王邦维先生的《南海寄归内法传校注》《大唐西域求法高僧传校注》以及关于《大唐西域记》的系列研究，也是中印佛教文学比较研究的重要成果。相关成果还有王晓平的《佛典·志怪·物语》等。此外，台湾学者李德会（Lee Der-huey）于2005年在印度出版了英文专著 *Indian Buddhist literature and Chinese Moral Books：A Comparative Analysis* （《印度佛教文学与中国善书》）①。

　　综上所述，国内外关于印度佛教文学的研究主要集中在文献整理和专题研究方面，全面系统的研究还比较缺乏；中国佛教文学研究已经形成规模，并向纵深发展；佛教文学的比较研究主要集中在佛教对中国文学的影响方面，以中印佛教文学为比较对象和研究主体的成果虽然不多，但已经有了良好的开端。上述研究成果为我们的研究提供了重要的借鉴和参考，为进一步研究打下了良好的基础。

　　比较文学是一个包容丰富的具有开放性的学科，包括许多研究领域，其特点是跨越性，包括跨国、跨语言、跨民族、跨文化、跨学科等。我们的"中印佛教文学比较研究"是在前人研究基础上，对中国和印度佛教文学进行渊源学、接受与影响学、主题学、文类学、诗学等方面的比较研究。我们设计了影响与接受研究、主题学研究、文类学研究、佛教诗学研究四章，每章概论部分总体论述，然后分别进行深入细致的专题研究。根据国内外佛教文学研究中比较研究尤其平行比较研究薄弱的现状，我们在佛教文学的本体研究与比较研究相结合的基础上，重点突出比较研究，在比较研究方面则突出主题学、文类学、比较诗学等平行比较。

　　本课题充分运用比较文学的理论和方法，将比较文学意识贯穿于总体规划和整个研究过程。在印度佛教文学研究中，突出文学与宗教的跨学科研究；在中国佛教文学研究中，贯穿影响和接受研究；在比较研究部分，突出主题学、文类学、比较诗学研究。中国佛教文学既是印度佛教文学影响的结

　　① Lee Der-huey. *Indian Buddhist literature and Chinese Moral Books：A Comparative Analysis.* Delhi：Vidyanidhi Prakashan，2005.

果，又具有深厚的中国文化底蕴，在文学主题和文学体式方面都表现出民族特色。中国佛教文学的发展过程，是一个在文学内容和文体形式方面不断中国化的过程。比如佛传与僧传是佛教传记文学的两大类型，前者印度文学发达，后者中国文学发达，体现了不同的文学传统和文化特色。通过这样的比较研究，有助于认识两国文学与文化特点，有助于进一步加强文化交流。佛教文学主题学和文类学研究，前人成果不多，需要将文学理论与佛教文学作品很好地结合起来，进行双向阐发。文学的跨学科研究是比较文学平行研究的一个重要方面，我们虽然没有列专章，但在各有关专题中进行了佛教文学与宗教神话、佛教文学与历史、佛教文学与艺术、佛教文学与哲学、佛教文学与伦理学、佛教文学与社会民俗等方面的研究。

除了比较文学方法之外，本课题研究还适当借鉴了一些新的文学理论和文学批评方法，如原型批评、生态批评、叙事学、阐释学等，试图对佛教文学进行新的阐释和开掘。通过对佛教文学进行现代性阐释，重新确立其文学史地位，有助于开拓中印文学研究领域和空间。比如用生态批评研究佛教文学，可以发现，佛教文学中的山林栖居、净土发愿、心净土净等基本主题中蕴含着诗意栖居的生态智慧；众生平等、无情有性等基本主题，则是佛教自然伦理的基石，具有重要的生态意义。由此不仅可以在理论方法上对佛教文学研究进行新的开拓，而且使佛教文学传统与当下现实对话。当然，这样的对话要求我们既要有深厚的佛学修养和传统文化根底，又要有现实关怀，注意汲取传统智慧为当下现实服务。

总之，佛教文学是东方文化的重要载体，蕴含着丰富的关于自然、社会和人生方面的思想智慧，值得进行深入的发掘和阐释；佛教文学是中国和印度文学史上重要的文学现象，通过中印佛教文学比较研究，有助于认识两国文学与文化特点，有助于进一步加强中印文化交流。

三、印度文学传统中的佛教文学

印度是佛教的故乡，也是佛教文学的发源地。自公元前 6 世纪佛教兴起，至公元 12 世纪佛教在印度衰落以至近乎消亡，佛教文学在印度有 1800 年的发展史。印度佛教文学发展大致可以分为原始佛教文学、部派佛教文学、大乘佛教文学、佛教文学的辉煌、公元 7 世纪以后的佛教文学等五个阶段。原始佛教时期（前 6 世纪—前 5 世纪）产生的原始佛典，其内容、体式和表述方式都具有文学性。其中《阿含经》是佛祖释迦牟尼一代说法的记录，属于回忆录式的纪实文学，同时又具有印度民族特定时代的神话思维特征。其艺术成就一是塑造了生动鲜明的人物形象，其中最突出的是佛祖释迦牟尼和他的几位大弟子；二是创建了早期佛教神话体系。《法句经》是佛徒从早期佛典中搜集编选的一部格言诗集，是佛教偈颂文学的代表。其中作品大多蕴涵着深刻的宗教哲理和人生智慧，具有凝练概括、生动形象、朴素自然的艺术特点。《长老偈》《长老尼偈》属于早期僧尼的个人抒情诗，主要表现宗教体验和宗教情感，其思想内容和艺术表现更具有个性化特点。部派佛教时期（前 4 世纪—前 2 世纪）各部派的"杂藏"等藏外佛典中有许多具有文学性的作品，其中的本生故事、譬喻文学和佛传文学发展成为佛教文学的重要文类。公元前后产生的初期大乘佛经如《法华经》《华严经》《维摩诘经》《无量寿经》等，思想宏阔、想象丰富，大多具有文学意义。其文学成就主要是塑造了新的佛陀和菩萨形象，促进了佛教神话形象体系的形成。其文体形式也在继承发展早期佛典"十二分教"的基础上有所创新，特别是在散文叙事文学方面，有了更多的开拓。公元 2—6 世纪是印度佛教文学的辉煌时期，出现了马鸣、摩咥哩制吒、圣勇等佛教文学大师，佛传文学、赞佛文学、譬喻文学等都出现了繁荣的局面，偈颂、赞颂、大诗、戏剧等佛教文学文类也都有长足的发展。公元 7 世纪以后，印度佛教文学进入新的历史阶段。7—8 世纪佛教文学出现短暂繁荣，出现了戒日王、月官、寂天等佛教文学家，产生了《大日经》等具有文学意义的密教经典。9—11 世纪密教易行乘悉陀们用俗语创作了大量修行诗，开印度俗语文学取代古典梵语文学之先声。12 世纪以后，随着佛教在印度近乎消亡，印度佛教文学也结束了其近 1800 年的历史。

佛教文学首先是在印度文学传统中发展起来的一种文学现象，是印度文学的重要组成部分。一方面，佛教文学的思想观念、文体形式、艺术手法和表述方式，都是在印度文化和文学传统中形成的，深受印度文学传统影响；另一方面，佛教文学是印度文学传统之一，在印度文学史上产生了深远的影响，其思想内容体现了独特的印度民族精神，其文体形式也表现出印度文学的民族特点。

1、仙人文化与仙人文学

印度文学有两大传统，一是表现王族武士生活和思想情趣的歌人传统或苏多文学传统，二是表现祭祀阶层生活和思想的颂诗传统或仙人文学传统。苏多或歌手主要诵唱人间英雄和国王的业绩，关注普通民众的日常生活，在他们的叙事歌谣、通俗民歌和历史传说中，人们发现古代印度人多方面的世俗生活；而颂诗传统与宗教思想和宗教实践有关，其内容包含古代印度人的祷词、颂诗和巫术咒语，反映他们的精神渴望和哲学思辨①。这两种文学传统，前者是世俗和历史的，是两大史诗的源头；后者是神话和仪式的，是《吠陀本集》和吠陀文献的源头，它们最初各自流动，后来发生汇流。这两种文学传统都是在佛教诞生之前形成的，佛教继承的主要是印度的仙人文化与文学传统。

印度古代的文化人以仙人为主体，印度文化因此可以称为仙人文化。对此，泰戈尔曾经指出："印度有贤才，有智者，有勇士，有政治家，有国王，有皇帝，但是这么多不同类别的人，她究竟选择了谁作为她的代表呢？是那些仙人。"然后他进一步对"仙人"作了解释，认为仙人就是："那些彻悟了最高灵魂，因而充满智慧的；由于认识到自己与那灵魂合一而与自我完全和谐的；那些由于心中彻悟了'他'而不再有任何私欲的，由于在世间一切活动中都感受到了'他'而获得了平静的。仙人就是那些从各方面都认识到天神而找到了永久的平静，与一切都合而为一，已经进入了宇宙生命的人。"② 这里泰戈尔从宗教思想出发，发挥诗人的想象力，对"仙人"作了理想化的诠释。在印度文化史上，狭义的仙人指出家求道者，尤指婆罗门修道士。广义的仙人指整个知识阶层，包括不出家的婆罗门和其他种姓的出家修行者。佛教创始人释迦牟尼也被称作大仙人。印度的仙人阶层崛起于公元前8—9世纪的奥义书时代。在此之前，无论是古印度河文明还是雅利安文

---

① 参阅［印］丹德卡尔《〈摩诃婆罗多〉的起源和发展》，黄宝生译，见黄宝生《〈摩诃婆罗多〉导读》，中国社会科学出版社，2005年，第166—167页。

② ［印］泰戈尔：《正确地认识人生》，刘竞良译，见刘安武、倪培耕、白开元主编《泰戈尔全集》第19卷，河北教育出版社，2000年，第11—12页。

明的前吠陀时期，都没有独立的知识分子阶层。后吠陀时期，随着城邦国家的形成，有了四大种姓的划分，掌握文化特权的祭司婆罗门把自己作为最高种姓规定下来。婆罗门中有一部分人离开社会和家庭到森林中修道，被称为仙人。他们一方面研究阐释吠陀经典，著书立说，另一方面建立道院，招收门徒，传播文化知识。如果说吠陀经典的编订是早期的婆罗门祭司所为，那么，对吠陀经典的哲学和文化阐释则主要是仙人们的事业。这种阐释工作从公元前9世纪一直进行到公元前5世纪，其结晶便是梵书、森林书和奥义书，其中奥义书最有思想价值和文化意义。公元前6世纪前后，兴起了反对婆罗门教的沙门思潮。一些对婆罗门教的种姓制度和教义教规不满的知识分子自立门派，他们中的出家求道者称为沙门。沙门有时也称为仙人，他们或著书立说创立学派，或招收徒众组建僧团，或游行教化宣传鼓吹，进行文化创造和传播活动。沙门在当时有许多派别，有六大沙门之说，其中影响最大的是佛教和耆那教。仙人和沙门最初都是出家人，是远离社会的修道者，但也有一些人被请为国师，聘为官吏，或以其他方式参与社会生活。他们的活动和他们之间的争鸣对话创造了印度文化的辉煌时代。他们热爱自然，珍惜生命，喜欢宁静，追求解脱，形成了印度文化人的独特精神品格①。

　　印度"仙人文化"的重要标志是出世精神和超越精神。世界三大宗教中唯一以出世为特征的便是产生于印度的佛教。不仅佛家具有出世精神，印度传统的、也是正统的宗教即婆罗门教－印度教，也有很强的出世性。印度教法典规定人生四个阶段，包括梵行期、家居期、林居期和遁世期。梵行期即青少年时代接受教育的时期，一般是进入道院跟随老师学习；家居期即学习阶段完成后回家过世俗生活的时期，这个阶段应该娶妻生子，成家立业，履行各种人生职责；林居期是进入老年后将家业交给已经成年的儿子，自己进入森林隐居修行的时期；遁世期是人生的最后阶段，应该完全脱离社会世俗生活，追求解脱的彼岸世界。其中有三个阶段出世，只有一个家居期是入世的。印度教徒信奉的人生四大目的，即法、利、欲、解脱，所谓解脱就是摆脱现世的束缚，达到宗教的彼岸。这样的解脱是最后的也是最根本的人生目的。印度各宗教教派之间存在很深的差异和矛盾，但在出世离欲方面却有

---

①　参见侯传文《东方文化通论》，山东教育出版社，2002年，第141—142页。

着深刻的一致性。与这样的出世精神相联系的是超越精神。所谓超越精神是指形而上的追求。这种超越性基于对人生问题的思考，基于生命短暂而不自由的悲剧感，把现实人生看作虚幻不真或有限短暂，从而向往超凡脱俗的无限自由的境界。印度各宗教都表现出对现实生活既肯定又否定的倾向，肯定其存在而又否定其永恒价值，从而超越实在，追求形而上的无限和永恒。这样的仙人文化对印度文学产生了深远的影响，佛教文学也不例外。

佛教文学发展鼎盛时期，印度两大文学传统汇流，对佛教文学也有一定的影响。比如印度教将两大史诗中塑造的英雄人物改造成为大神的化身，从而将世俗的英雄史诗改造成为宗教经典，实现了仙人文学与世俗文学的汇流，也促进了婆罗门教的复兴和印度教的发展。受此影响，佛教也通过佛陀形象的塑造，进而神化佛陀，实现由传统的小乘佛教向大乘佛教的发展。在这个过程中，佛传文学起了重要作用。马鸣的《佛所行赞》有对史诗《罗摩衍那》的吸收，大乘佛传《神通游戏》有对史诗《摩诃婆罗多》的借鉴，由此促进了佛传文学的发展。然而从总体上说，印度佛教文学始终保持着仙人文化与仙人文学传统，其出世精神和超越精神更强，而世俗化不够，其社会根基和社会影响力都不及印度教文学。公元7世纪以后，印度佛教文学随着印度佛教的衰落而衰落，到12世纪，随着佛教在印度几乎衰亡，印度佛教文学也基本上销声匿迹了。

2、印度佛教文学的民族精神

作为仙人文化与仙人文学传统的产物，印度佛教文学表现了独特的民族精神，也就是印度人民在长期生产生活中形成并积淀下来的独特的世界观、人生观、价值观、道德观和审美观。

一是对出世离欲生活的肯定。这是印度具有出世精神的仙人文化影响的结果。首先是出家求道主题的表现，"出家求道"有特定的文化背景和宗教内涵。作为文化现象，出家求道在印度源远流长，可能在古印度河文明时代已经存在，并影响了后来的雅利安人，出现了一些远离社会人群的修道士仙人和沙门。他们舍弃家庭，脱离世俗生活，专心学道，追求解脱，建立僧团，游行教化，不聚财物，以乞食为生。在文学中最早表现出世精神的是一些佛教诗人，如收在南传巴利文佛典中的《长老偈》和《长老尼偈》，是早期著名佛教僧尼创作的诗歌，表现对佛陀和佛教思想的赞美以及自己宗教修行生活的体验。佛教大诗人马鸣的作品也表现了对世俗生活的否定和对出世的追求。其次是求道者形象的塑造。佛经中讲述最多的是出家求道的故事，其中塑造了许多求道者形象。佛教文学常常以佛陀和他的弟子为主人公，无论是佛陀本人还是佛的弟子们，都是出家求道者。特别是佛陀，在佛教文学中，他是经过无数次轮回而生为释迦王族的太子，是经过长期出家求道修行圆满而得道的觉悟者，是创建僧团游行教化的沙门导师教主世尊，又是全知全能大慈大悲的救世主。通过这样的求道故事的讲述和求道者形象的塑造，佛教文学表现了出世离欲的印度民族精神。

　　二是解脱的人生目的的表现。所谓解脱就是摆脱现世的束缚，达到宗教的彼岸。印度各宗教教派都以解脱为根本目的，只是解脱方式不同，如印度教的解脱是实现梵我一如、人神合一，佛教的解脱是达到涅槃状态，从而断绝生死轮回。佛教诗人经常在自己的作品中表现解脱追求和解脱境界，如梵授长老偈：“无漏得解脱，无瞋心宁静；八风吹不动，断除贪瞋痴。”①　独居长老偈：“林中花木多，所见唯山坡；心喜此山林，独享解脱乐。”②　印度佛教叙事文学塑造了许多求道者形象，他们都以解脱作为最高目标。从宗教的角度说，解脱是脱离了生死轮回的苦海；从人生的意义上说，解脱意味着人们生存的内外环境的净化。印度学者阿鲁纳·戈埃尔指出：“对解脱目标的渴求和用心，帮助每个个体追求纯洁的生活，从而导致内外环境的福乐。”③因此，所谓解脱，就是摆脱内外的各种羁绊，获得身心自由，实现人与自我的和谐。解脱的重要标志是心灵的平静，印度古代各宗教都有对寂静的追求。印度教经典《薄伽梵歌》中黑天描述了达到瑜伽智慧者的境界状态，其主要特点就是达到内心的平静。佛教进一步将寂静作为解脱的最高境界，“涅槃寂静”成为佛教的三法印之一。佛教诗人也经常在作品中表现寂静境界或者对寂静境界的追求。作为解脱境界的寂静（sānta）或译为平静，既是一种客观的境界，又是一种主观的感受和内在的追求，或者说是外部环境

---

① 《长老偈　长老尼偈》，邓殿臣译，中国社会科学出版社，1997 年，第 117 页。

② 《长老偈　长老尼偈》，邓殿臣译，中国社会科学出版社，1997 年，第 132 页。

③ Aruna Goel. *Environment and Ancient Sanskrit Literature. New Delhi*：Deep and Deep Publications Pvt. Ltd. 2003，p. 220.

的寂静与内在的心灵的平静相结合，构成佛教诗学所追求的寂静味。这样的解脱境界也是仙人文化影响的结果，是印度民族精神的表现。

三是慈悲仁爱与非暴力精神。非暴力思想在佛教之前的《奥义书》中已经有所讨论，在印度教经典和文学作品中也有提倡和表现，但印度民族的非暴力精神在佛教中体现得更为充分。佛教主张众生平等，提倡大慈大悲。在佛教戒律中，"不杀生"居于首位。佛经中关于不杀生的论述很多，佛教文学中许多动物故事表现了非暴力不杀生的伦理思想。"不杀生"伦理的内在精神是慈悲仁爱。大乘佛教兴起后，提倡普度众生的大慈大悲，龙树《大智度论》对大慈大悲作了专题解释："大慈与一切众生乐，大悲拔一切众生苦。大慈以喜乐因缘与众生，大悲以离苦因缘与众生。"① 佛教文学的主人公，佛陀、菩萨及广大佛门弟子都具有博大的同情心，有着救苦救难的慈悲之心。如果说佛教不杀生的戒律约束体现的是消极的非暴力，早期佛教或小乘佛教的慈悲开始向积极的非暴力发展，那么，大乘佛教的大慈大悲则将非暴力精神发展到极致。佛教文学的慈悲主题使印度民族的非暴力精神得到充分的发展和具体的表现。

四是自然美的追求。印度民族热爱自然而又富有想象力，这在其童年时期的文学创作中已有充分的表现。《梨俱吠陀》中有大量的自然诗，歌咏的对象有太阳、朝霞、大地、森林、水、云等。佛教文学中也有大量的自然书写和自然美表现。佛教僧尼修行大多在山林清幽之地，因此作品中也常常有关于森林与自然的篇什。如《长老偈》是上座高僧抒发宗教感情的诗集，作品主要表现诗僧自己的宗教体验和宗教情感，其中有许多诗歌涉及林居生活。诗人常常以对林中优美的自然景色的歌颂表现出世之乐，如乌萨跋长老偈："树草满山间，雨中湿淋淋。乌萨跋来此，用意在修行。林中此美景，宜僧作禅定。"② 印度佛教诗歌的自然美具有鲜明的民族特点。首先是人与自然的统一关系的表现。佛教强调众生平等，使人与自然的审美关系有了更坚实的基础。佛本生故事讲述佛陀前世曾经转生为各种动物甚至植物（树神、花神等）的事迹，就是这样的人与自然统一关系的表现。其次是人化自

---

① ［印］龙树：《大智度论》，［后秦］鸠摩罗什译，见《大正新修大藏经》第 25 册，日本大正一切经刊行会，1979 年，第 256 页。

② 《长老偈 长老尼偈》，邓殿臣译，中国社会科学出版社，1997 年，第 49 页。

然或自然的人格化。在佛教文学作品中，动物甚至植物都具有人的思想性格，这是印度古代文学自然美表现的一大特征。第三是超越性。佛教诗人的作品常常以寄情山水表现自己超然物外的精神境界，体现了超现实、超功利的审美精神。佛教文学的自然书写和自然美追求是印度森林文明的产物，深刻体现了印度民族热爱自然的民族精神，并形成了深厚的民族传统。

3、文学体式的民族特点

从文体形式的角度看，印度佛教文学也是印度文学传统的产物。佛教文学形成之初主要采用已经成熟的印度文学体式，伴随着印度文学的发展，佛教文学体式也不断完善。反过来说，佛教文学的发展，也进一步推动了印度文学体式的更新与发展。

在佛教诞生之前，印度最成熟的文学文体是偈颂体诗歌。印度上古诗歌总集《梨俱吠陀》约形成于公元前 2000—公元前 1500 年之间，共 10 卷，1028 首诗，10552 诗节，是世界上最古老也是收集诗歌最多的诗集之一。这些诗从内容上说大部分是颂神诗，从形式上说，则是偈颂（gatha）。Gatha 音译"偈陀""伽陀"或"伽他"，一般简称"偈"，是印度古代韵文的一个单位，一般是一个对句为一偈，其作为诗体类似中国古代诗歌中的颂体，所以又意译为颂，后中外混合为"偈颂"。《梨俱吠陀》之后，婆罗门教仙人们的著述也经常采用偈颂诗体，如梵书、森林书、奥义书等，都是以偈颂为主，间以散文体解说。释迦牟尼及其弟子在说法传教过程中大量采用当时已经成熟的偈颂诗体，使偈颂成为佛教文学的主要文体形式之一。佛典中以偈颂为主的经文很多，其中最有代表性是《法句经》。

原始佛教到部派佛教时期，即公元前 5 世纪到公元前 2 世纪，印度正在发育成长的文学文体主要有三种，一是史诗或长篇叙事诗，二是故事集或故事群，三是戏剧。印度两大史诗《罗摩衍那》和《摩诃婆罗多》，最初成型都在公元前 4 世纪前后。婆罗门教仙人率先将流传于民间的英雄史诗进行加工整理，从而抢得先机，使这两部作品成为印度教的经典，对婆罗门教复兴和印度教发展起了推动作用。佛教对正在兴起的叙事诗也有所借用，如巴利文佛典中的《经集》是一部叙事诗集，它保存了许多非常古老的佛教诗歌，其中有最早的以佛陀生平为题材的叙事诗，更多则是描写佛陀教化众生的故事。在早期叙事诗的基础上，到公元 2 世纪出现了以佛陀生平为题材的大型史诗，代表作品是马鸣的《佛所行赞》。另外佛传文学《大事》《神通游戏》等韵散合用而以韵文为主，也具有史诗的性质。这些作品都取材于释迦牟尼诞生、出家、成道、传教的生平事迹，规模宏大，极尽铺排渲染之能事，而且对佛陀都有不同程度的神化。就史诗而言，佛教文学的类似作品属于后继者，如马鸣《佛所行赞》有对《罗摩衍那》的借鉴，大乘佛传《神通游戏》有对《摩诃婆罗多》的汲取，但就文人借鉴史诗创作长篇叙事诗而言，佛教诗人马鸣又属于开创者，形成印度文学史的"大诗"传统。一位诗人只有创作出"大诗"，即接近史诗的长篇叙事诗，才能奠定大诗人的地位。佛教诗人马鸣就是这样一位大诗人。

在各民族文学中，神话故事和民间故事都是最古老的文学类型之一，印度也不例外。印度古代故事文学特别发达，但在佛教兴起之前，印度早期神话主要保存在诗歌作品中，民间故事则比较零散。如果说婆罗门教仙人在史诗整理方面占了先机，那么，可以说佛教僧侣在故事汇集编纂方面拔得头筹。由于佛教比婆罗门教更相信也更强调业报轮回，因此以业报轮回为思想基础，以因缘和缘起为思维方式，佛教徒在搜集民间故事的基础上，编撰了大量讲述佛陀前生事迹的"本生"故事和讲述佛弟子前生事迹的"本事"故事，前者在南传巴利文佛典中被汇集在一起，形成一部《佛本生经》，讲述了佛陀前生 547 次转生的故事。这些作品不全是佛教徒的创作，大量流传民间的故事，包括民俗生活故事，寓言童话故事和神话传说故事等，被佛教徒拿来，以固定的格式添上头尾，指定其中某一角色是佛的前身，就成了佛本生故事。佛本生故事是印度最古老的故事集，大约在公元前 3 世纪佛典第三次结集时已形成规模。后来印度出现了许多故事集，如著名的《五卷书》《故事海》等，都在《佛本生经》之后，其中不仅有许多故事相似，而且其故事套故事的形式也基本相同，后来者显然有对前人的借鉴。除了本生故事之外，佛教文学中还有一类譬喻故事，是用一个小故事说明一个道理，是佛教文学中非常有代表性的一种文体。除了散见于佛典中的大量譬喻故事和以佛本生故事面目出现的譬喻故事之外，佛经中有还有许多专门的譬喻故事集，如《百喻经》《杂譬喻经》《法句譬喻经》《杂宝藏经》《贤愚经》等。因此可以说，在故事集或故事群的编辑整理方面，佛教文学具有开创性。

戏剧是印度古代文学中成就卓著的一种文学体裁。一般说来，戏剧的产生与一定的宗教仪式活动密切相关。婆罗门教圣典《梨俱吠陀》中的一些对话诗已具戏剧雏形，稍后的"吠陀支"中有一门近似于戏剧学（或歌舞学）的学问，说明在佛教产生之前印度已有了戏剧形式，但并不成熟。公元前后出现了成熟的戏剧理论著作《舞论》，而成熟的戏剧理论应该是在成熟的戏剧创作实践的基础上产生的，说明最晚在公元前 2 世纪印度戏剧已经成熟。印度戏剧的重要发展时期也正是佛教兴盛时期，所以佛教与印度古代戏剧结下了不解之缘。早期佛经中对话形式的讲经和有一定情节的对话诗稍加改编，由演员表演就成了戏剧。英国学者渥德尔断定："有证据说明其中有某些戏剧化故事情节，尤其在杂阿含里面，在节日集会时曾在舞台表演。"①在此基础上，产生了地地道道的佛教戏剧。现在能看到的最早的印度戏剧作品是公元 2 世纪佛教戏剧家马鸣的戏剧残卷。这些残卷是 1910 年在我国新疆吐鲁番地区发现的，共有三部，其中有一部九幕剧《舍利弗传》保存了最后两幕，以印度习惯于卷末署名为"金眼之子马鸣著舍利弗世俗剧"，从而确定为马鸣的作品。另外有一部抽象概念人物化的作品，登场的角色有"觉"（智慧）、"称"（名声）、"定"（禅定）等，只有一个佛算是实有人物②。这种形式的来源实际就是佛经本身。早期的《杂阿含经》中经常用问答形式表现佛教思想和外道思想的斗争，有的运用"概念人物化"的方式，如佛陀即将成道时，魔王的女儿"欲望""不满""烦恼"等前来诱惑，被他各个击溃；还有佛教的"无嗔""忍辱"与世俗价值观之间的冲突等，这样的象征性表现手法正是抽象概念人物化戏剧形式的源泉。另外在大乘佛典中也有一些具有戏剧色彩的作品，如著名的《维摩诘经》，全部作品以对话为主，有些地方稍作交代，很像是一部多幕剧。可见，就戏剧文体而言，佛教文学虽然不是开创者，但显然是发扬光大者。

在世界文学中，小说是成熟较晚的一种文学文体。小说较之故事并无严格界限，只是相对地情节结构更复杂一些，描写刻画更细致一些。从这个意义上说，佛经中许多故事已具备了小说的特质。如《太子须大拿经》写太

---

① ［英］渥德尔：《印度佛教史》，王世安译，商务印书馆，1987 年，第 219 页。

② 参阅金克木《概念的人物化——介绍古代印度的一种戏剧类型》，载《外国戏剧》1980 年第 3 期。

子须大拿乐善好施的故事，不仅篇幅较长，而且对太子流放、送子舍妻的场面和人物心态作了细致传神的描写。更具长篇小说规模和特点的是《华严经》，写文殊菩萨参加佛陀法会后去南方福生城传法，有一善财童子听经悟道发菩提心，决心修菩萨行，文殊指引他到各地参访名师，善财先后参访了53位善知识，其中既有大菩萨，也有普通凡人，善财皆有所获，境界日增，最终悟入法界。全书想象丰富，描写细腻，并着力塑造求道者形象，属于教养小说或启悟小说之类。另外值得提及的还有《那先比丘经》，该经取材于佛教传播史。约公元前2世纪时，统治印度西北部的希腊国王米南德向高僧那先请教佛教问题。这个历史故事在流传过程中不断增益，附会那先和米南德的前世因缘和后世果报，使《那先比丘经》成了一部历史演义小说。当然，由于这些作品的作者不是有意为小说，它们作为小说文体不够典型，也不够成熟。公元6世纪以后印度小说特别是长篇小说文体兴起，佛教却趋于衰落，因此佛教文学对印度小说的发展影响不大。

综上所述，从总体上说，佛教文学文体与印度古代文学文体的发展基本是同步的，是一种互动共进的关系。一方面，佛教文学直接采用了发展成熟的印度民族文学体式，另一方面，由于佛教文学的繁荣，在文学文体方面的创造性发展，也对印度文学民族体式的发展做出了积极贡献。

四、中国文学传统中的佛教文学

佛教曾经传遍世界各地，但真正生根开花、发扬光大者唯有中国。佛教自公元前后东汉时期传入中国，经过魏晋南北朝的迅猛发展，到隋唐时期达到高峰，具有中国特色的佛教宗派形成，完成了佛教的中国化。经过宋元明清时期与本土文化的融合发展，佛教成为中国文化的重要组成部分。

在中国佛教两千年的发展过程中，产生了丰富多彩的佛教文学现象。中国佛教文学既是中国佛教发展的结果，也是推动中国佛教发展的重要因素，其中既有外来文化元素的影响，更是本土文化土壤的产物，是中国文学的重要组成部分。中国佛教文学发展大体可以分为魏晋南北朝佛教文学、隋唐佛教文学、宋元佛教文学、明清佛教文学和近现代佛教文学五个历史阶段。在初始阶段的魏晋南北朝时期，中国佛教文学主要继承了中国传统的文学文体，在诗、文、赋等文体方面都有所成就，出现了支遁、慧远等诗僧文僧，同时在僧传、纪行、小说等散文叙事文学领域有所开拓和创新。隋唐时期，达到极盛的中国佛教和繁荣发达的中国文学相结合，促进了中国佛教文学的繁荣发展，其标志一是出现了一批在佛教内外都有影响的诗僧文僧，如皎然、齐己、贯休、寒山等，创作出大量具有代表性的佛教文学作品；二是有一批信仰佛教的世俗文人，如张说、王维、白居易等，创作出大量直接表现佛教思想志趣的作品；三是佛教史传文学继往开来，进一步繁荣；四是佛教小说在文人传奇和民间说唱中并行发展；五是变文等佛教通俗文学和民间文学的蓬勃发展。宋元佛教文学在传统的诗文领域延续了隋唐以来诗僧文僧大量出现、居士诗人领袖文坛的现象。宋元诗僧群体虽有惠洪、惠崇、善昭、明本、清珙知名于世，但总体成就不及前代。居士群体中产生了范仲淹、欧阳修、王安石、苏轼等著名文人，使居士文学成为中国宋元佛教文学的中坚力量。在民间俗文学领域，说唱文学基础上兴起的宋代话本小说和元杂剧，代表中国文学发展的新方向，佛教文学都参与其中，取得了令人瞩目的成就。明清时期，中国佛教总体呈现衰落之势，儒学重新获得正统地位，佛教只能在三教融合中赢得一定的地位。因此，本时期出自僧人之手的纯佛教文学乏善可陈，代表本时期佛教文学成就的是居士文学。明初宋濂、陈献章，明中叶李贽、袁宏道，明清之际黄宗羲等，都是入佛很深的文人。著名文学家吴承恩、曹雪芹等都是佛教居士，他们的小说名著《西游记》和《红楼梦》，也成为本时期佛教文学的代表作。19 世纪末至 20 世纪 40 年代的近现代时期，随着佛教复兴运动的开展，中国佛教文学也出现了新的气象，出现了以康有为、谭嗣同、梁启超、章太炎等为代表的新学家，以杨文会、欧阳竟无、夏丐尊、丰子恺为代表的居士和以八指头陀、苏曼殊、虚云、太虚、弘一、杨度等为代表的寺僧三个群体的佛教文学家，他们一方面保持佛教安顿心灵、关怀生命的慈悲情怀，另一方面具有学贯中西古今的知识结构以及现代人文、科学、理性的思维方式和世界性的文化视野。他们以强烈的入世精神提倡人间佛教，通过主办或依附于现代报刊来倡导或创造中国近现代佛教文学，创造了与中国近现代文学相呼应的中国近现代佛教文学的新形式，实现了佛教文学的现代转型。

这样的中国佛教文学既是印度佛教文学影响的结果，又是博大精深的中国文化与文学传统的产物。在中国文学传统中，具有出世精神和神话思维特点的佛教文学属于另类，同时，中国佛教文学又以孝道思想、历史意识、本土题材和民族形式实现了对印度佛教文学的超越。

1、士人文化与士人文学

与印度的仙人文化迥然不同，中国传统知识分子的主体是士人，因此中国传统文化可以称为士人文化。中国古代有士农工商四民的划分，后三者从事物质生产，士从事精神生产，是中国传统的文化人。士的来源比较复杂，从远古的巫筮卜祝等宗教祭司阶层到封建社会的官僚士大夫；从仕途得意而高居庙堂之上的仕人到落迫退隐行走江湖的术士；从贵族世家书香门第的世袭文人学士到寒门布衣平民百姓中的莘莘学子，都属于士人的范畴。中国的"士"作为一个阶层崛起于春秋战国时期，士人由受封食田的下层贵族成为自由职业者。他们或著书立说，或开馆讲学，或聚众论议，或奔走于列国诸侯之间；探讨学理，追求真谛，关怀人生，关注社会。各国诸侯为图强争霸，竞相招贤纳士，也为士的崛起创造了条件。终于在中华文明深沉厚积的基础上，出现了哲人辈出、百家争鸣的文化爆发。中国传统的士人大多以天下为己任，一般都具有宏伟远大的政治理想，特别是主张经世济民的儒家之士，往往具有强烈的政治参与意识。不仅如此，士人还有强烈的道德责任感，推崇明径高行，注重义理人情，善于处理人与人之间的关系。在人格修养方面，士人追求自我完善，重视修身养性，大多秉持达则兼济天下、穷则独善其身的处世态度。这一切构成了中国文化人的精神品格。从人生目的和生活方式的追求方面来看，与印度仙人文化的出世性不同，中国士人文化强调入世，以"修身、齐家、治国、平天下"为人生自我实现的目标。在伦理道德方面，不同于印度的自然道德，中国文化的入世性决定了其社会道德占主导地位，儒家所宣扬的忠孝节义、三纲五常、仁义礼智信等，主要表现为社会伦理。从文化心理角度看，中国的士人文化比较务实。以孔子为代表的儒家"不语怪力乱神"，即使上古流传的神话也加以历史化。学术方面重考据、重史实等，以追求不朽作为超越有限生命的方式等，都具有强烈的务实性。这些都与印度的仙人文化形成鲜明的对比①。

中华民族虽然比较理性务实，但也有自己的宗教传统。中国本土宗教主要是儒教和道教，与以佛教为代表的印度宗教相比，中国本土宗教特点一是淡化"信"，强调"行"。中国传统宗教虽然也要以信"天命"为前提，但天命是可以改变的，而改变的依据就是人的行为，因此"行"比"信"更重要。二是淡化终极关怀，强化当下存在。人从何处来向何处去这样的终极关怀是宗教赖以存在的基础，而孔子却以"未知生，焉知死"来回避关于终极的提问，道教则试图以养生成仙来超越终极问题。当然，中国本土宗教不是没有终极关怀，而是不重视彼岸世界，所以与印度宗教的出世主义相比，中国本土宗教更具有现世主义特点。三是重视人际关系，忽视人神关系，具有以人为中心的人文主义特点。这些都是士人文化在宗教领域的表现。

这样的士人文化传统对中国文学产生了深远的影响，形成了中国文学特有的民族精神和民族风格。

首先是忧国忧民的政治情怀。从上古的《诗经》和《楚辞》开始，政治抒情诗成为中国诗歌的主流，充分体现了诗人对社会政治问题的关心和关注。《诗经》中的颂诗基本是对祖先的歌功颂德，所歌颂的文治武功都具有政治性。风雅部分除了爱情诗和自然诗之外，包括民族历史诗、农事诗、战争徭役诗、政治美刺诗等，基本上都属于政治抒情诗范畴。楚辞的代表诗人屈原是一位政治家，其代表作《离骚》抒发了诗人遭诬陷被流放的怨愤和忧国忧民的情怀，是一首典型的政治抒情诗。中国历代文人诗继承诗骚传统，关心政治，关注民生。不仅居庙堂之上者主动承担载道教化之责任，怀才不遇者亦关注民生疾苦，表现"致君尧舜上"的政治理想。

其次是伦理教化的文学功能。孔子把尽善尽美看作文学的最高境界，对美善统一的中国文学传统产生了深远影响。这种美善统一观表现在文学理论和创造中，就是要求文学具有载道教化、劝善惩恶的功能。这在中国儒家正统文学中表现得最为突出，文道关系成为文学的核心问题，教化则被视为文学的首要目的。孔子提出："诗可以兴、可以观、可以群、可以怨。"（《论

---

① 　参见侯传文《东方文化三原色——东方三大文化圈的比较》，载《东方丛刊》1997 年第 4 辑。

语·阳货》）这一说法具有很强的社会群体性和现世务实性。集秦汉儒家诗论之大成的《毛诗序》开宗明义，强调诗的作用是"经夫妇，成孝敬，厚人伦，美教化，移风俗"。中国儒家诗学注重文学的社会意义和教化作用，还表现为中和与和谐的追求。"中和为美"是儒家诗学的核心观念，也是儒家诗学的精髓。《尚书》云："诗言志，歌永言，声依永，律和声，八音克谐，无相夺伦，神人以和。"这被视为儒家诗学总纲领的名言，奠定了儒家"中和为美"的和谐诗学的基础。中和精神与和谐诗学在儒家经典中多有表述①，其中《礼记·中庸》的表述最为经典："喜怒哀乐之未发，谓之中；发而皆中节，谓之和。中也者，天下之大本也；和也者，天下之达道也。致中和，天地位焉，万物育焉。"和谐既是中国文学的审美理想，也体现了中国文学真善美统一于善的民族特点。

第三是实录写真的叙事传统。中国有深厚的史学传统，殷商时代即设有史官，收集保存史料，记录编纂历史。中国文化强调以史为鉴、以正得失，因此中国上古叙事文学以历史叙事为主。先秦有《春秋》三传、《国语》等史籍，两汉有《史记》《汉书》等巨著，形成了实录写真的叙事传统。史传文学的发达是中国文学的独特现象，卷帙浩繁的二十四史是中华文明特有的智慧结晶。实录写真的历史叙事对后来的小说叙事也产生了深远的影响，形成重实录尚传述的中国叙事文学传统。外国学者以他者眼光看中国文学，最引起他们关注的就是中国叙事文学的历史主义。美国学者浦安迪指出："任何对中国叙事之性质的探原，其出发点必须承认历史编纂学以及某种意义上文化大成中的'历史主义'的巨大重要性。事实上，如何界定中国文学叙事范畴的问题最终归结为在传统文明之内是否的确存在其两种主要形式——历史编纂学与小说——的内在可比性。"② 又指出："西人重'模仿'，等于假定所讲述的一切都是出于虚构。中国人尚'传述'（transmission），等于宣称所述的一切都出于真实。这就说明了为什么'传'或'传述'的观念始终是中国叙事传统的两大分支——史文（historical）和小说（fiction-

_____

① 参见李凯《儒家元典与中国诗学》，中国社会科学出版社，2002年，第51—63页。
② ［美］浦安迪：《走向一种中国叙事的批评理论》，转引自乐黛云、陈珏编选《北美中国古典文学研究名家十年文选》，江苏人民出版社，1996年，第370页注①。

al）——的共同源泉。"① 中国叙事文学传统源自史传，不仅作者习惯于历史叙事的纪传体，读者也以读史的眼光来看小说，因此"真实"成为对小说的一种高度评价。中国评论家评价小说常常以史为鉴，唐人李肇评传奇《枕中记》和《毛颖传》说："真良史才也。"金圣叹赞《水浒》"胜似《史记》"；毛宗岗说："《三国》叙事之佳，直与《史记》仿佛。"② 可见历史叙事对中国小说叙事的深刻影响。

佛教进入中国，以其终极关怀和超越性追求填补了中国文化传统中的空白或弱项，与中国传统的儒道形成互补关系。同时，外来的佛教作为异质文化进入中国，有一个与本土文化磨合的过程。与中国佛教相伴而生的中国佛教文学，在这样的士人文化与文学传统中，必然接受来自两方面的作用力：一是外来的佛教带来的异质文化与文学传统，给中国佛教文学一种影响力；二是本土的文化与文学传统，为中国佛教文学提供了生长发育的土壤，给它一种天然的制约力。由这样的合力产生的中国佛教文学，既不同于中国的传统文学，也不同于印度的佛教文学，属于文学的杂交品种。当然，从本质上说，中国佛教文学是中国文学的重要组成部分。虽然佛教文学在中国不是正统和主流，但它与中国的正统和主流文学形成了互动共进的关系。

2、中国佛教文学的异质性

在具有入世性、务实性和人伦性特点的中国文化与文学传统中，佛教文学属于另类，具有异质性。

与中国传统和本土文学相比，佛教文学最明显的特点是出世性和超越性。佛教是一种具有出世精神的宗教，视现世生活为苦海，认为人生的本质就是"苦"，从而追求脱离苦海的彼岸。像印度佛教文学一样，中国佛教文学也具有出世精神。佛教僧侣山林栖居，参禅修道，追求解脱，在此基础上，中国历代佛教诗人创作了大量的"山居诗"，表现出世离欲生活的体验和感受。他们在作品中经常将山林与城巷对比，如唐代诗僧贯休《山居诗二十四首》之一：

---

① ［美］浦安迪：《中国叙事学》，北京大学出版社，1996年，第31页。
② 黄霖、韩同文选注：《中国历代小说论著选》，江西人民出版社，1999年，第54、291、354页。

休话喧哗事事难，山翁只合住深山。
数声清磬是非外，一个闲人天地间。
绿围空阶云冉冉，异禽灵草水潺潺。
无人与向群儒说，岩桂枝高亦好扳。①

再如元代诗僧石屋清珙禅师的《闲咏》之一：

优游静坐野僧家，饮啄随缘度岁华。
翠竹黄花闲意思，白云流水淡生涯。
石头莫认山中虎，弓影休疑盏里蛇。
林下不知尘世事，夕阳长见送归鸦。②

这些作品以山林与城市、寂静与喧闹的鲜明对比，写出了山林栖居生活的惬意，对世俗生活和城居的芸芸众生不无鄙视。

与出世精神相联系的是超越精神。在佛教文学中，超越精神一方面表现为对现世人生的否定，另一方面表现为对佛国净土的向往和对涅槃寂静境界的追求。中国佛教文学中有许多否定现世人生，追求佛国净土的作品。元僧明本中峰著《苦乐行》比较有代表性，作品分别叙述现实娑婆世界之苦和西方净土之乐：

娑婆苦，娑婆苦，娑婆之苦谁能数？
世人反以苦为乐，甘住其中多失所。
皮肉袋里出头来，长养无明病成蛊。
蓦然三寸消气亡，化作寒灰埋下土。
五趣迁流不暂停，百劫千生受凄楚。
诸仁者，何如及早念弥陀，舍此娑婆苦。

西方乐，西方乐，西方之乐谁能觉？

---

① 《全唐诗》卷八三七，中华书局编辑部点校，中华书局，1999 年，第 9501 页。
② ［清］顾嗣立编：《元诗选》初集下，中华书局，1987 年，第 2502 页。

人民国土总殊胜，了无寒暑并三恶。

莲华胎里出头来，时听法音与天乐。

琉璃地莹绝纤尘，金银珠宝成楼阁。

化衣化食自然荣，寿命无量难筹度。

诸仁者，何如及早念弥陀，取彼西方乐。①

佛教所追求的彼岸除了佛国净土之外还有涅槃寂静，这在佛教文学作品中也有突出的表现。在佛教哲学中，寂静是解脱的主要标志，佛教的三法印之一就是"涅槃寂静"。在佛教思想的影响下，寂静境界的追求成为中国文学的重要主题。许多诗僧以"禅"入诗，表现寂静境界，如宋代诗僧善昭有《坐禅》诗：

闭户疏慵叟，为僧乐坐禅。

一心无杂念，万行自通玄。

月印秋江静，灯明草舍鲜。

几人能到此，到此几能甄。②

中国上古也不乏隐逸之士，也有超越性的道家哲学，却并没有形成文学传统。因此，具有出世精神和超越精神的佛教文学在中国文学中具有异质性。

与传统本土文学相比，中国佛教文学特点之二是神话思维。印度民族文化的一个重要特点是神话发达，佛教是这一文化土壤的产物，也必然表现出神话思维特点，这在中国佛教文学中也有所表现。首先是神话世界观的表现。神话世界观的特点是构建超现实的世界，包括理想世界和非理想世界。佛教文学中的理想世界有两个系统。一是早期佛经所描绘的天界，共有三十三天，其中欲界六天，色界二十三天，无色界四天③。三十三天的世界是佛教继承印度传统神话的基础上创造的，是众生轮回的最高境界。《西游记》

---

① 转引自弘学编著《净土探微》，巴蜀书社，1999 年，第 231 页。个别字词有修改。

② 朱刚、陈珏：《宋代禅僧诗辑考》，复旦大学出版社，2012 年，第 178 页。

③ 参阅［梁］僧旻、宝唱等撰集《经律异相》卷一《天部》，上海古籍出版社，1988 年。

等小说作品中所描写的以玉皇大帝为中心的天宫，就是这样的天界的翻版。二是后期佛经所描绘的佛国净土。佛国净土是与现实的"秽土"相对而言的，大乘佛经关于净土的说法很多，有西方极乐世界、东方净琉璃世界、莲花藏世界、弥勒净土等等，其中以被称为西方极乐世界的"弥陀净土"影响最大。在中国不仅净土宗一派专心于此，而且佛国净土之说也得到其他佛教宗派的认可。许多关于往生净土的诗歌和小说作品，其所表现的净土就是这样的理想世界，如上文所引明本中峰《苦乐行》描写的西方极乐世界，就是《阿弥陀经》等净土类佛典所提出并描写的弥陀净土。

佛教文学中低于现实的世界主要是地狱。佛经中的地狱有各种名目，最著名的是"阿鼻地狱"，其中又包括名目繁多的小地狱，如寒地狱、热地狱、刀轮地狱、剑轮地狱、铁丸地狱等等。生前犯有重大罪孽的人，死后要进地狱受各种报应。初唐时期流行的王梵志诗中有许多作品描写人死入地狱的情景，如：

> 双盲不识鬼，伺命急来追。
> 赤绳串着项，反缚棒脊皮。
> 露头赤脚走，身上无衣被。
> 独自心中骤，四面被兵围。
> 向前十道挽，背后铁鎚鎚。
> 伺命张弓射，苦痛剧刀锥。①

作品对人死之际被捉入地狱受苦的场景描写非常具体细致，生动传神。

中国佛教小说中经常有关于地狱的描写，如王琰《冥祥记》"慧达"一则记述沙门慧达事迹，他出家之前尚武好猎，年31暴病而死，七日后复活，讲述自己魂游地狱的情况，具体描写了地狱中审判有罪灵魂的场面：慧达因为参与射鹿受审，他辩解说鹿是别人杀的，自己只是参与解剖，于是出现了当时的场面，在场的动物都来作证，其情景犹如现实生活中官吏审判案件。敦煌变文中《唐太宗入冥记》写唐太宗魂游地狱的故事。由于被他杀死的

---

① [唐]王梵志著，项楚校注：《王梵志诗校注》，上海古籍出版社，1991年，第64页。

兄弟建成和元吉在阎王面前告状，唐太宗生魂被勾入地狱。由于旧臣崔子玉的帮助，被判还阳，条件是要他信佛修功德。由于现存作品残缺，看不到其中关于地狱的描写。后来唐太宗入冥的故事被插入《西游记》，情节有所改动，入冥的原因不是被杀兄弟告状，而是他答应救龙王而没有救，龙王告他食言。他被判还阳的条件是做水陆大会，超度冤魂。其中详细描写了太宗游历地狱的情景：

> 前进又历了许多衙门，一处处俱是悲声振耳，恶怪惊心。太宗又道："此是何处？"判官道："此是阴山背后'一十八层地狱'。"太宗道："是哪十八层？"判官道："你听我说：
>
> 吊筋狱、幽枉狱、火炕狱，寂寂寥寥，烦烦恼恼，尽皆是生前作下千般业，死后通来受罪名。酆都狱、拔舌狱、剥皮狱，哭哭啼啼，凄凄惨惨，只因不忠不孝伤天理，佛口蛇心堕此门。磨捱狱、碓捣狱、车崩狱，皮开肉绽，抹嘴咨牙，乃是瞒心昧己不公道，巧语花言暗损人。寒冰狱、脱壳狱、抽肠狱，垢面蓬头，愁眉皱眼，都是大斗小秤欺痴蠢，致使灾屯累自身。油锅狱、黑暗狱、刀山狱，战战兢兢，悲悲切切，皆因强暴横欺良善，藏头缩颈苦伶仃。血池狱、阿鼻狱、秤杆狱，脱皮露骨，折臂断筋，也只为谋财害命，宰畜屠生，堕落千年难解释，沉沦永世不翻身。"①

这里判官介绍的地狱名称和入狱缘由与佛经所述不尽相同。

中国本土的儒教对人的死后归宿不太关心，虽然儒教典籍中对此有所涉及，但或只言片语，或笼而统之。《论语》中孔子对弟子关于死和鬼神的问题都避而不答②。但在后人整理的《礼记》中，还是作了讨论，如《礼记·祭义》：

> 宰我曰："吾闻鬼神之名，不知其所谓。"子曰："气也者，神之盛

---

① ［明］吴承恩：《西游记》，黄肃秋注释，李洪甫校订，人民文学出版社，2010年，第128页。
② 《论语·先进》："季路问事鬼神。子曰'未能事人，焉能事鬼？'曰：'敢问死？'曰：'未知生，焉知死？'"

也。魄也者，鬼之盛也。合鬼与神，教之至也。众生必死，死必归土，此之谓鬼。骨肉毙于下，阴为野土。其气发扬于上，为昭明，焄蒿凄怆，此百物之精也，神之著也。"①

可见所谓鬼神，是人死之后留下的精气，所谓"众生必死，死必归土，此之谓鬼"，其基本观念是灵魂不死。然而鬼神居于何处？或者说那不死的精神、精气存于何处？《礼记·郊特牲》只是笼统地说："魂气归于天，形魄归于地，故祭，求诸阴阳之义也。"所谓"归于天"即"发扬于上"，并非到了天堂②，因为儒教并没有"天堂"观念；所谓"归于地"即"阴为野土"，也不是下了地狱，因为中国本土也没有地狱观念。中国传统只有"阴""阳"两界之分，二者互有交通，又互不干涉。而佛教认为"生死事大"，对死后世界特别关心，对生与死的规律深入探索。经过探索，佛家发现了"十二因缘"和"业报轮回"，进而设计出天国、净土作为善人和信徒的死后归宿，设计出地狱作为恶人的死后归宿。为了表现信仰，佛教文学突出宣扬佛国净土的理想世界；为了警示世人，佛教文学对阴间地狱的想象和描写也格外细致。天国、净土这样的理想世界和地狱这种非理想世界是神话思维的产物，非中国传统文化所固有，其文学表现在中国文学传统中具有异质性。

神话思维的第二种表现是各种神灵形象的活跃。中国传统文化的特点是实践理性，中国主流文化儒家创始人孔子"不语怪力乱神"，中国古代神话不发达，神灵少而且形象模糊。在印度，吠陀时期形成了以自然神崇拜为特点的多神教，形成庞杂的神灵体系。原始佛教承认神的存在而不承认神的权威，由此保留了婆罗门教的神灵体系。随着佛教的发展，教主释迦牟尼不断被神化，特别是到大乘佛教时期，佛教神话越来越丰富，不仅有无数的佛和菩萨，还有来自婆罗门教印度教神殿的天王和各种神灵。这些神灵也都进入了中国佛教文学作品，如来佛、观音菩萨是中国读者最熟悉的佛教神灵，另外还有文殊、普贤、弥勒、地藏等大菩萨，四大天王、八大金刚等护法神，以及天龙八部等各路神灵，都是佛教文学中的正面角色。此外还有属于魔界

---

① 王文锦译解：《礼记译解》，中华书局，2001年，第688页。
② 参见李申《中国儒教论》，河南人民出版社，2005年，第79—84页。

的各种精灵魔怪。神灵形象的活跃必然带来丰富多彩的神话故事，形成多种多样的神话原型母题。中国佛教文学中具有神话色彩的故事非常多，其中影响最大的是观世音菩萨救苦救难的故事。魏晋南北朝时期就有小说集《观世音应验记》三种，王琰作《冥祥记》也是有感于自己所求观音像的神异，其作品中也常有观音大士出场。另外降魔除怪、离魂梦游、轮回转生等与佛教神话有关的故事情节，在中国佛教文学中也非常普遍。源于佛教而具有神话色彩的文学母题很多，比较著名的有业报轮回、神通变化、化身下凡，等等。总之，佛教文学中怪力乱神及相关故事非常多，显然有别于"不语怪力乱神"的中国主流文化和文学。

文学领域的神话思维具有重要的美学意义，那就是想象力的扩张。神话思维打破理性束缚，突破现实藩篱，超越时空限制，从而激发神奇瑰丽的想象，创造出优美的文学作品。印度人是富于想象力的，印度文学以奇幻怪异、瑰丽宏富著称，想象奇特中往往荒诞不经，这与印度神话思维发达有很大关系。中国民族性格比较务实，神话不发达，以实践理性为民族性格特点，想象力也受到束缚限制。印度佛教文学的传入，带来大量的印度神话传说，开启了中国人的想象力，有助于中国神奇浪漫文学的发展。胡适曾在《白话文学史》中指出："中国固有的文学很少是富于幻想力的；像印度人那种上天下地毫无拘束的幻想能力，中国古代文学里竟寻不出一个例……在这一点上，印度人的幻想文学之输入确有绝大的解放力。"又说"佛教的文学最富于想像力，……我们差不多可以说，中国的浪漫主义的文学是印度的文学影响的产儿。"[①] 事实正是如此，我国古代文学中像《西游记》《封神演义》这样的长篇浪漫神奇作品，其丰富的想象得力于佛教文学。

在艺术表现方面，佛教文学也表现出与本土文学传统的深刻差异，其中最显著的特点是铺排渲染。印度古代史诗和往世书都部头庞大，动辄数万颂甚至十万颂，佛经也不乏大部头作品，盖因其善于铺排渲染，与中国古文的简约形成鲜明对比。释僧叡在谈论鸠摩罗什译《大智度论》时说："胡文委

---

① 胡适：《白话文学史》上卷第一编，见欧阳哲生编《胡适文集》8，北京大学出版社，1998年，第249、253页。

曲，皆如初品。法师以秦人好简，故裁而略之。若备译其文，将近千有余卷。"① 道安在论述佛经翻译问题时提出了"五失本"，其中有三点涉及佛经原文的铺排渲染："三者胡经委悉，至于叹咏，叮咛反复，或三或四，不嫌其烦。而今裁斥，三失本也。四者胡有义说，正似乱辞，寻说向语，文无以异。或千五百，刈而不存，四失本也。五者事已全成，将更傍及，反腾前辞，已乃后说。而悉除此，五失本也。"② 这里说的都是中国人尚简洁，印度人善铺排。由于佛经的耳濡目染，中国的佛教文学也渐染铺排之风，这在说唱文学及以说唱为传统的小说作品中表现比较明显。这种风格是从讲经文开始的。讲经文是变文的一种，一般在讲述之前先引一则经文，然后根据经文进行描述，加以渲染铺陈，往往是十几个字的经文被敷衍成上千字的长篇大幅。如《维摩诘经讲经文》，该经《菩萨品》中有这样一句经文，"佛告弥勒菩萨，汝行诣维摩诘问疾"。不过十余字，在讲经文中却被演义成近千字散文加 60 余行韵文。讲经文将弥勒菩萨的神通法力、功德、容貌长相、穿着打扮、风度仪表等都作了描述，重新塑造了一个弥勒菩萨形象。这样就将一部万字左右的佛经敷演成一部鸿篇巨制，仅收入《敦煌变文集》的残卷就有一百多页近十万字③。据郑振铎先生推测，全文不下 30 卷，比原作扩大了至少 30 倍，是汉文学中少有的长篇叙事诗④。中国后来的说唱文学和长篇小说的发展，正是得力于这样的铺排渲染。

3、中国佛教文学的本土化

中国佛教文学是在中国文学传统中发展起来的文学现象，与印度和其他民族的佛教文学相比，有着鲜明的中国特色，主要表现在以下几个方面。

其一是在思想观念方面，淡化宗教伦理和自然伦理，突出社会关怀和家庭伦理。宗教文学的社会功能主要是劝善惩恶，佛教及佛教文学也不例外。印度佛教文学一方面强调对佛、菩萨等救世主的信仰，另一方面通过宣扬业

---

① ［晋］释僧叡：《大智释论序》，见［梁］释僧祐《出三藏记集》，苏晋仁、萧炼子点校，中华书局，1995 年，第 387 页。

② ［晋］释道安：《摩诃钵罗若波罗蜜经抄序》，见［梁］释僧祐《出三藏记集》，苏晋仁、萧炼子点校，中华书局，1995 年，第 290 页。

③ 见王重民等编《敦煌变文集》卷五，人民文学出版社，1984 年，第 517—645 页。

④ 参阅郑振铎《中国俗文学史》第六章《变文》，商务印书馆，2009 年，第 185—186 页。

报轮回进行惩恶扬善，主要体现宗教伦理和自然伦理，而社会关怀和家庭伦理相对淡化。受印度佛教影响，中国佛教文学中也有非暴力不杀生等自然伦理的说教，但增添了许多中国文化元素。如印度佛教以业报轮回思想作为伦理基础，一方面强调个人行为自己负责，父母儿女不能替代；另一方面强调生命主体的轮转，淡化父母生育意义，所以基本上没有或者说不重视"孝道"。佛教进入中国后，部分文人士大夫反佛排佛，理由之一是佛教徒"无父无君""不忠不孝"。为了适应中国文化，融入中国社会，佛教必须有所调适，其表现之一就是重视和宣扬孝道。其方式一是编造经典，如现存《父母恩重经》有好几种，主要版本一是《大藏经》收录的《佛说父母恩难报经》，署名后汉沙门安世高译；一是民间流传的《佛说父母恩重难报经》，题为后秦鸠摩罗什译，记述佛对阿难等弟子讲父母之恩不可忘，阐发"父母恩德，无量无边，不孝之愆，卒难陈报"之意。这些经典显然不是印度释迦牟尼佛所说，应该属于"伪经"，但在中国流传很广，影响很大。唐代变文中就有《父母恩重经讲经文》两种，分别对应以上两种《父母恩重经》①。方式之二是从流行的佛经中发掘其中的孝道内涵，如敦煌变文中的《大目乾连冥间救母变文》，取材《佛说盂兰盆经》。该经说目连的母亲贪财吝啬，仇视僧尼，并且经常杀生祭神，死后堕入阿鼻地狱。目连成为佛弟子，修成阿罗汉，思报父母之恩。他在天国只见到父亲，见不到母亲，询问佛陀，才知母亲因生前恶业，已身堕阿鼻地狱。目连来到地狱，见到受煎熬的母亲，非常痛心，又无力搭救，只好求助于佛陀。佛陀告诉目连，须得在七月十五日僧人的夏安居结束之日，准备百味饮食及各种生活用品，供给"十方大德僧众"，由此功德，可解母亲倒悬之苦。目连依教而行，母亲因此脱离了地狱之苦。《盂兰盆经》一方面表现他力拯救的大乘佛教思想，另一方面劝诫人们斋僧施佛，积累功德。变文保留了一些原作的主题思想，有对佛法的歌颂，但已经开始渲染目连的孝道。后来取材"目连救母"故事的作品进一步反客为主，突出目连救母中孝的内涵。宋元时期有《目连救母》杂剧流行，明代有郑之珍改编的大型宗教戏《目连救母行孝戏文》，更突出了

---

① 参见项楚选注《敦煌变文选注（增订本）》，中华书局，2006年，第1438页。敦煌变文中有许多宣扬孝道的佛教文学作品，除了《父母恩重经讲经文》之外，还有《大目乾连冥间救母变文》《故圆鉴大师二十四孝押座文》等。

"孝"的中心思想。清代乾隆皇帝又命张照将其改编为宫廷大戏《劝善金科》，其思想观念彻底中国化了。三是表现在沙门与信士的言行中。如沙门履彻为先妣用黄金装饰卢舍那佛六丈铁像，信佛文人高官张说为之作《卢舍那像赞并序》，宣扬其以法行孝之举，其赞曰：

> 大雄卢舍那，妙法甚深秘，神变加持力，普升不动位。
> 孝哉彼沙门，爱母而锡类，法财装妙色，空色不相异。
> 慧日破金山，慈光触宝地，善来金刚手，一一见佛事。①

其二是历史意识的表现。如上文所言，印度佛教文学神话思维发达，而历史意识缺乏，在印度佛经的"九分教"或"十二分教"中，基本上没有"历史"成分。由于中国文化历史意识浓厚，史学文化发达，对中国佛教文学产生了直接的影响。在中国人编纂的汉文大藏经中，"史传"都是重要部类。中国佛教史传文学体现了中国文化与文学的民族特色，是佛教中国化的重要体现，如孙昌武先生所指出："就佛教发展而言，佛教史学著作乃是佛教'中国化'的客观纪录，又成为推进'中国化'的助力，因而其作用和影响远远超出了学术层面。"② 首先，中国佛教史传文学忠实地记录了中国佛教发展的历史。特别是其中的僧传文学，传主都是中国佛教历史上有影响的高僧大德，他们或从事佛教经典翻译，或著书立说阐释佛教经论，或在参禅修定、守戒持律、取经传法等方面有一技之长，在佛教发展史上做出了一定贡献，从而被载入史册。对他们的生平事迹的客观记述，无疑是对中国佛教发展过程的真实反映。其次，中国佛教史传文学作者具有比较鲜明的历史意识。他们大多遵循历史叙事的原则，注重实录，追求历史真实。如梁慧皎秉承中国史学重实录的传统理念，广泛搜集资料，在所著《高僧传》"序录"中自称："尝以暇日，遇览群作。辄搜捡杂录数十余家，及晋、宋、齐、梁春秋书史，秦、赵、燕、凉荒朝伪历，地理杂篇，孤文片记。并咨古老，广访先达，校其有无，取其同异。"③ 总之是力求征实可信，说明佛教

---

① 石峻等编：《中国佛教思想资料选编》第二卷第四册，中华书局，1983年，第346页。
② 孙昌武：《中国佛教文化史》第三册，中华书局，2010年，第1300页。
③ ［梁］释慧皎：《高僧传》，汤用彤校注，汤一玄整理，中华书局，1992年，第524页。

史传文学作者虽然不能完全摆脱宗教观念的束缚，但仍自觉继承中国史学传统，广泛征求，仔细考证，不乏历史真实之追求。再次，中国文学的历史叙事也影响到佛教小说创作。一方面，在六朝和后来的唐宋时期，都有许多介于历史和小说之间的"感应传"，作者在收集记述传说故事时大多抱有"实录"的态度，但由于多数是道听途说的"野史"，其本质属性更接近小说。另一方面，一些取材于佛教历史人物事迹的小说，也采用"拟纪传体"的方式。

其三是文学题材内容的本土化。东方许多受佛教影响的民族有佛教文学现象，但大部分是印度佛教文学的改编改写。比如缅甸，其古代文学的主流是佛教文学，涌现了许多著名的僧侣作家。缅甸佛教文学可分为两大类，第一类是佛经哲理文学，主要以诗的形式阐述教义，作者大都是佛门高僧，如蕾蒂法师的《真谛释》《涅槃经释》等。第二类是佛经故事文学，主要取材于佛本生故事。有两种基本形式，一是四言长诗，称"比釉诗"，代表作品是信摩诃拉达塔拉的《九章》，这部作品取材于《佛本生经》第 509 个故事；二是散文事论，最早的有信摩诃蒂拉温达的《天堂之路》，以佛经故事告诫人们如何才能进入天堂。最著名的是《十大佛本生故事》，是根据佛本生经改编的。另外还有戏剧形式的作品，也大多取材佛本生故事。

中国佛教文学则不然，从一开始就走上了民族化和本土化的道路。佛门高僧和信佛居士一方面写诗著文表现自己的佛教信仰和情感，另一方面以中国佛教徒的生平事迹为题材进行文学创作。这些创作一部分比较符合历史真实，被视为传记，形成中国佛教传记文学传统；一部分属于道听途说，偏于想象虚构，被看作小说，形成中国佛教小说传统。佛教讲唱文学最初以讲唱来自印度的佛经为主，形成"讲经文"，不久便走向本土化，"讲史"和取材中国民间故事、历史故事的作品越来越多，使中国讲唱文学走出寺庙，走出佛教文学，走向更广阔的天地。即使在佛教讲唱文学内部，题材内容的本土化也成为大趋势。唐代敦煌变文中就出现了《庐山远公话》这样的以中国高僧事迹为题材的佛教讲唱文学。宋代以后讲唱文学演化出许多新的文学体裁，以唱为主的有诸宫调、大曲、宝卷、鼓子词等，其中属于佛教文学的《香山宝卷》等，演唱的都是中国民间的佛教故事。以说为主的"说话"包括小说、讲史等，也有说经一类，南宋耐得翁《都城纪胜》记载："说话有四家，一者小说，谓之银字儿，如烟粉灵怪传奇。说公案，皆是搏刀赶棒及发迹变泰之事；说铁骑儿，谓士马金鼓之事。说经，谓演说佛书；说参请，谓宾主参禅悟道等事。讲史书，讲说前代书史文传，兴废争战之事。"① 其中的说经、说参请属于佛教文学。说经表面看是唐代变文讲唱佛经的延续，实则很少直接讲唱佛经内容，而是讲唱与佛经有关的故事，其中的故事基本上都是本土产生的。现存作品主要有两类：一类如"唐僧取经"故事，形成话本小说《大唐三藏取经诗话》，后来演变发展成为著名长篇小说《西游记》；另一类如《清平山堂话本》收录的《花灯轿莲女成佛记》，写一位少女因诵《妙法莲华经》而成正果，其中有对《法华经》的赞颂，有对念诵《法华经》功德的宣扬，但题材内容还是本土化的。

其四是文学体式的本土化。中国佛教文学虽然也接受了一些印度佛教文学文体，如偈颂、赞佛诗等，但在文学体式方面走的是民族化和本土化的道路。佛教传入之后，中国的诗歌、小说、戏剧等文体先后进入自觉阶段，使佛教文学伴随中国文学文体一起成长。中国佛教文学在文体发展方面有得天独厚的优势，在传统诗文和后起的小说戏曲领域都有突出的成就。在传统的诗文领域，佛教文学是跟随者，因为在佛教进入之前，中国的诗歌和散文已经成熟。佛教文学的起步是在诗文领域，早期佛教诗文集《弘明集》和《广弘明集》可以为证。中国佛教高僧如支遁、慧远、僧祐、僧肇等，居士如谢灵运、沈约等，都有深厚的传统文学修养，能诗善文，无论是与儒道论辩还是个人抒情，都有上乘之作。在俗文学领域，中国佛教文学则具有后发优势。与印度佛教文学相比，中国佛教文学具有更鲜明的文体意识和更重要的文体学意义，在小说领域尤其如此。印度佛教散文叙事文学主要是佛传、佛本生故事、譬喻故事等前小说或准小说文体。印度小说成熟之时，佛教在印度趋于衰落，而且印度小说一开始就陷入了言文分离的形式主义泥沼，所以在印度佛教文学中，没有成熟的典型的小说。相反，在中国，佛教小说不仅贯穿中国小说发展的每一个阶段，而且起着引领作用。因为佛教传入并广泛传播时期，中国文学也出现了言文分离的趋势，结果使文学脱离了广大群众，正统的诗文成了知识分子的专有物。佛教文学为适应传教需要而用白

---

① 转引自郑振铎《插图本中国文学史》，人民文学出版社，1957年，第547页。

话，为文坛增添了活力。因为言文一致是文学发展，特别是长篇叙事文学发展的重要条件。由于佛教更加贴近民众，使佛教文学能够领时代潮流，如南北朝的志怪小说、唐代传奇小说、俗讲变文、说唱话本等，都是佛教文学开风气之先。在传世作品中，佛教小说也占有一定比重，如宋初编纂的大型小说类书《太平广记》，集汉魏至宋初之小说家言，分类编次，其中以宣传佛教思想为宗旨或与佛教直接相关的作品，包括"异僧"八卷、"释证"三卷、"报应"三十三卷等，加上"再生""悟前生""畜兽""龙""夜叉""妖怪""幻术"等部，与佛教相关或受佛教影响而具有佛教文学元素的作品几乎占有半壁江山。敦煌变文中，讲经文、佛曲等与佛教有关的作品占绝大多数。在说唱文学和戏剧文体的发展过程中，佛教文学也发挥了非常重要的作用。

第一章　佛教文学影响与接受研究

　　"影响"与"接受"是比较文学影响研究的两个核心概念和关键词。影响研究主要关注各国文学之间的相互联系，这是比较文学中最早出现的研究领域，距今已有一百多年的历史。随着接受美学和读者接受理论的兴起，"接受"成为比较文学影响研究的一个重要方面。接受与影响不可分割而又不尽相同，后者主要从播送者角度观察，而前者主要从接受者方面审视。在长期的发展过程中，比较文学影响研究形成了影响学、接受学、媒介学、变异学、异域形象学等研究领域和研究方法，这些在中印佛教文学比较研究中都能得以体现。佛教文学产生于印度，流传到世界各地，并在中国生根开花，是比较文学影响研究的宝库。特别是中国的佛教文学，作为中印佛教文化交流的产物，体现了印度文学与中国文学的互动关系，更是我国比较文学影响研究的重要对象。

第一节　概论

　　影响研究是一个涵盖范围较广的理论体系，在比较文学领域，则是指一种重要的研究类型，对各民族间由于文化和文学交流而产生的或隐或显的文化和文学中的影响关系进行梳理考证，探讨其中的规律，获取可资借鉴的经验。对于影响研究的过程，法国比较文学学者梵·第根曾从"放送""接受""传播"三个不同的角度予以阐述，即：从放送者的视角来看，研究的重点在于一部作品、一个作家、一种文体、一种文学在国外的"影响"，以及随之而来的各种"模仿"；从接受者的视角来看，研究的重点则在于探讨给一位作家或一部作品带来变化的源流；此外，那些促进影响和接受的传播媒介，也是研究的一个角度和重点①。探讨佛教和佛教文学对中国文学的影响，也可以借鉴以上思路，从影响、接受、媒介这三个角度分别进行。

一、影响研究

由于各民族间的文化和文学交流的客观存在，影响研究成为比较文学研究的一种主要类型，其历史已有一百多年。然而，比较文学中所说的"影响"有着特定的含义，模仿、同源、借用、流行等虽都和影响有关，却并不是严格意义上的影响。在比较文学研究中，"文学影响对一个作家来说，会使他的作品在构思或写作时，产生一种广泛而有机的东西，没有这种东西，他的作品就不可能成为目前这种样子，或者说，在这个阶段，他不会写出这样的作品"②。这是对个体作家而言的。同样，对一个民族的文学影响也是如此。外来的文学影响会为一个民族的总体文学增添许多原来没有的东西，甚至可能改变其发展方向。佛教和印度佛教文学对中国文学的影响也是如此。

从总体来看，印度佛教文学对中国文学在文学理论、主题、题材、形象、文体、语言、修辞等方面，都产生了深刻的影响③。首先是佛经文学的译介，使中国文学中出现了一些以前未曾出现过的主题和题材。就所涉及的范围而言，可分为以下几类。

第一，阐述佛教义理，宣扬和维护佛威，直接为佛教服务。佛教，作为一种宗教信仰，其流布需要借助各种手段，文学即是其中之一，其在中国的传播也不例外，需要以通俗易懂的解说、生动形象的阐释来争取信众，所以，大量的以阐述佛教义理为己任的中国文学作品相继出现。表现此类主题和题材最多的，自然是众多僧人的诗文创作，如晋时支遁、慧远，南朝时汤惠休、慧琳，唐时更集一时之秀，仅《唐才子传》中所载"乔松于灌莽，

---

① ［法］梵·第根：《比较文学论》，戴望舒译，商务印书馆，1937年，第75页。
② 乐黛云：《比较文学原理》，湖南文艺出版社，1988年，第50页。
③ 关于佛教对中国文学理论的影响，本书《佛教诗学研究》一章中作专题论述；主题和题材方面的影响，有《佛教文学主题学研究》一章专题研究；文体方面的影响，有《佛教文学文类学》一章专题研究；"形象"问题亦另有专节论述。有关问题此处仅作概述，暂不展开。

野鹤于鸡群者"即有灵一、灵澈、皎然、清塞、无可、虚中、齐己、贯休八人①。他们的创作，或赞佛咏怀，或论佛开示，在中国文学中独树一帜。如支遁的《四月八日赞佛诗》，释无名的《五苦诗》，等等。一些虽未出家但虔心向佛的文人的创作也有不少属于此类，如南朝谢灵运的《净土咏》，唐时王维的《西方变画赞》、白居易的《八渐偈》，宋时苏轼的《阿弥陀佛颂》《观世音菩萨颂》等。明清时期，佛教主题在小说等文体中表现得尤为明显。如著名的神魔小说《西游记》，题材即源自唐时高僧玄奘远赴印度求取真经这一史实，对于其主题，虽有各种各样的说法，但我们认为，作品一以贯之的主题还是驯服心猿、修得正果、皈依佛门。作品中神通广大、连玉帝也奈何不得的孙悟空，最终逃不出如来佛祖的手心，一再出现的佛道相争斗法的情节，最终也都以佛教胜出作结。以上是纯文学作品的情况。同时，佛教作为一种外来文化，传入中国后自然会与本土传统文化特别是儒学和道教有所冲突，崇佛者与抑佛者之间时有观念上的较量，体现在他们各自的著述中，其中也有不少逻辑严密、气势沛然的佳作，如东汉时牟子的《理惑论》，东晋道安的诸多经序文章、慧远的《沙门不敬王者论》、僧肇的《肇论》，南朝时宗炳的《明佛论》、刘勰②的《灭惑论》等等，也是直接服务于佛教的一类特殊作品。

　　第二，"空""无""因缘""业报""轮回"等佛教观念的影响。以儒家思想为主流的中国传统文化是一种实用理性文化，在文学领域表现得尤为突出。孔子言："诗，可以兴，可以观，可以群，可以怨。"这不仅指《诗经》和诗的功能，也可适用于包括其他文类在内的广义的文学。表现在创作实践中，从先秦诗歌、诸子散文，到明清小说、戏曲，无不表现出强烈的"言志""载道"色彩；或为抒发个人的意志情感而作，或为实现文学的社会功能而作，无不关乎个体和群体、自我和社会的前途命运，实用性明显。佛教的传入，则为中国文学的主题和思想情趣提供了另外一种有益的补充，"佛教主张就人生而观其无常苦空，就宇宙而知其变转幻化，从而为文人开

---

　　①　参见傅璇琮主编《唐才子传校笺》第一册，中华书局，1987年，第534页。
　　②　刘勰与佛教的渊源颇深，其文论著作《文心雕龙》即渗透明显的佛教影响。晚年刘勰彻底皈依佛门。

拓了新意境"①，终极关怀和超越性审美也成为中国文学宝库中不可或缺的成分。这在诗、文、小说、戏曲等文体中都广泛存在，以小说最为明显。如唐传奇中，沈既济的《枕中记》和李公佐的《南柯太守传》，都表露出大乘空观"人生如梦"的虚幻和出世离欲的感喟。明清小说中，表现业报因缘、神佛灵异、空无虚幻的作品，更为多见。如"三言二拍"中的许多作品，即以佛教教义和观念来虚构超现实的情节，以解决作品中的矛盾。《三国演义》虽为历史小说，却不时以宿命观来安排主要人物的沉浮和历史事件的兴衰，其开卷一词即流露出强烈的"色空"观念："滚滚长江东逝水，浪花淘尽英雄。是非成败转头空。青山依旧在，几度夕阳红。白发渔樵江渚上，惯看秋月春风。一壶浊酒喜相逢。古今多少事，都付笑谈中。"《金瓶梅》虽被鲁迅称之为"人情小说"，却也常以因缘业报来为世态冷暖、人情善恶作结，其中佛教影响的痕迹随处可见。《红楼梦》中封建家族的衰败、主人公爱情的破灭，贾宝玉最终从贪瞋痴爱中脱身出家的结局，则明显表现出佛教的"空""无"观念和绝尘离欲意识。这种影响不限于中国，随着佛教在整个东亚文化圈的传播，朝鲜、日本等国的文学作品也深受佛教观念的浸淫，如朝鲜肃宗后期的《九云梦》，日本中古时期的《源氏物语》和现代时期的《雪国》等。

第三，颖悟禅机，表现禅趣，禅理与审美相得益彰。禅宗，又名佛心宗，是佛教传入中国后最为本土化的宗派，主张心性本净、佛性本有、见性成佛，修习方面不重经戒，以禅定为主，相对简便易行，与中国本土文化传统较为接近，与世俗社会结合紧密，如其中的临济派主张"一日不作，一日不食"，更适合中国文化的土壤。禅宗的出现，一定程度上使中国士人传统的审美情趣由外在经验之世界的关注，更多地转向了内在精神之境界的颖悟。它的勃兴，对本有深厚传统的山水诗、隐逸诗的发展起到了不小的影响作用。这在唐宋以来的诗歌中最为多见，自然与唐以来禅宗大兴有密切关系。这方面的作家作品非常多，如常建的《题破山寺后禅院》，在对幽美绝世的禅院进行欣赏的同时，领略到忘情尘俗的高远情致："清晨入古寺，初日照高林。竹径通幽处，禅房花木深。山光悦鸟性，潭影空人心。万籁此都

---

① 方立天：《中国佛教文化》，中国人民大学出版社，2006年，第266页。

寂，但余钟磬音。"又如王维的《鸟鸣涧》和《终南别业》，前者以动衬静，摹写夜间春山、禅房的宁静幽美，后者则将自身融于山水之乐、田园之趣中，均巧妙地表达出诗人对禅心与禅趣的颖悟与体验。寒山有不少此类诗作，其《一住寒山万事休》抒写了任运自在的禅趣境界。明时袁宏道的《感兴》一诗，则深寓佛禅超凡脱俗、"清净自性"之理。此外，大量禅偈作品的文学色彩也较为浓厚，或以独特的形式开悟示法，或以生动的描摹寄托禅思玄义，在中国佛教文学中别具一格，如神秀和惠能（亦作"慧能"）用于示法的两首著名作品："身是菩提树，心如明镜台。时时勤拂拭，勿使惹尘埃"和"菩提本无树，明镜亦非台。本来无一物，何处惹尘埃"。苏轼《题沈君琴》亦属此类，近年来颇受关注："若言琴上有琴声，放在匣中何不鸣？若言声在指头上，何不于君指上听？"

以上谈的是中国文人受佛教思想浸淫而在创作中所表现出新的主题和题材的情况。还有一类，佛教传入中国后，诸多直接源自佛经文学的故事主题、题材、情节等，也进入中国文学的大花园。如果说，上述中国文人受佛教思想浸淫的情况属于隐性影响，那么，这些以佛教典故为依据、有较明确出处的主题和题材的出现，则属于显性影响。鲁迅先生曾言"魏晋以来，渐译释典，天竺故事亦流传世间，文人喜其颖异，于有意或无意中用之，遂蜕化为国有"①，说的便是这种情况。下面试举一例。

玄奘在《大唐西域记》卷七"婆罗疤斯国"一节中曾记载了一个有名的"烈士"（指刚烈忠勇之士）传说，大意是：有一隐士欲求得到更高明的仙术，需要设一坛场，自身于此坛场中安坐诵咒，旁边还需有一位烈士相助，即让他手执长刀立于坛场一侧，从黄昏到第二日早晨始终不能说话，若如此，隐士可如愿。于是隐士开始寻找这样一位能够辅助他的烈士，后终于寻得这样一位落难之人，隐士慷慨供给其衣食、金钱，此人感激不已。为报答隐士之恩，他按照隐士的要求予以相助，即使经历了梦中被杀、投胎转生、读书成长、结婚生子、父母离世等事件，始终做到了一声不发。但当他的妻子以要杀死他们的孩子相威胁时，终于忍不住发出惊叫之声，致使隐士的愿望落空，烈士也因此饮恨而死。

---

① 鲁迅：《中国小说史略》，见《鲁迅全集》第九卷，人民文学出版社，2005年，第52页。

　　这个来自异域印度的故事，因《大唐西域记》的问世而为人所知，并以相似的主题和题材出现在了唐传奇和明清小说中，如牛僧孺编撰《玄怪录》中"杜子春"篇，段成式编撰《酉阳杂俎》中"中岳道士顾玄绩"的故事，冯梦龙也有《杜子春三入长安》，等等。不止于此，其影响甚至衍及东亚的朝鲜和日本，李朝时期文人许筠的汉文小说《南宫先生传》和日本近代作家芥川龙之介的短篇小说《杜子春》，主题和题材的最初渊源也在于此①。这样的例子还有很多，如《佛本生经》中著名的鹦鹉救火故事，就被《宣验记》所借用；曹冲称象的故事，即来源于《杂宝藏经》的《弃老国缘》；吴均《续齐谐记》中的阳羡书生故事，即出自《旧杂譬喻经》；目连救母的故事来自《佛说盂兰盆经》，等等。

　　佛经文学不但对中国文学的主题、题材等内在要素产生深刻影响，也对中国文学的外在表现产生影响。下面从文体形式、语言和词汇、声律和诗风、表现手法等几方面作约略考辨。

　　佛经的译介曾对中国文学在文体形式方面的变革起过不小的推动作用。梁启超曾经说过："'我国近代之纯文学——若小说、若歌曲，皆与佛典之翻译文学有密切关系。'……自《搜神记》以下一派之小说，不能谓与《大庄严经论》一类之书无因缘，而近代一二巨制《水浒》、《红楼》之流，其结体运笔，受《华严》、《涅槃》之影响者实甚多。即宋元明以降，杂剧、传奇、弹词等长篇歌曲，亦间接汲《佛本行赞》等书之流焉！"②的确，大量佛经文本的译介和传播，对中国小说、戏曲的产生和繁荣，有着刺激和促进的作用。佛经书面文本的形式、结构和布局，曾对中国文学的传统叙事模式产生影响；与口头的讲经说法相适应，又刺激了若干新文体的产生，这主要包括俗讲、变文、宝卷、偈颂等。俗讲，是古代寺院讲经中的一种通俗讲唱，它是相对于正式的针对佛经的宣讲（即"僧讲"）而言的，是一类以佛教经论为假托来演说世俗故事的通俗文学作品，盛行于唐，韩愈《华山女》"街东街西讲佛经，撞钟吹螺闹宫廷。广张罪福资诱胁，听众狎恰排浮萍"，说的就是俗讲盛行的情况。现存俗讲资料多见于敦煌文献，内容有宗

----

　　① 参见王汝良《影响与变异：〈大唐西域记〉所载"烈士"传说与后世杜子春故事》，载《中国古代小说戏剧研究》第十一辑，甘肃人民出版社，2015 年。

　　② 梁启超：《佛学研究十八篇》，上海古籍出版社，2001 年，第 200 页。

教性的，也有非宗教性的。变文，则在俗讲的基础上形成，但在内容、演出者和形式上又有所不同。它已不再"假托经论"，即不一定依附于某部佛经进行演化和讲解，宗教性、历史性、世俗性的内容都有；演出者不再限于僧人，还有民间艺人；形式上则不但有说唱，还辅以绘画①。现存变文作品同样多见于敦煌文献中，1957 年，向达、王重民先生等曾整理《敦煌变文集》，辑录 78 篇作品（其中杂有不属于变文的作品），是研究变文的丰富辑本。宝卷，郑振铎先生认为"实即'变文'的嫡派子孙，也当即'谈经'等的别名"②，是一种说唱结合、韵散结合、跟明代民间宗教的兴起密切相关的通俗艺术形式。偈颂，则是在佛陀诞生之前即已流行的一种文体，也是佛教文学中常见的格言诗，它借助"偈"的艺术形式来表现智慧③，隽永凝炼，如著名的"法身偈"④ 和"七佛通戒偈"⑤ 即为典型的偈颂体式，也为中国僧人所喜爱和习用，如唐时的王梵志、寒山、拾得等。

　　佛经文学，给中国文人的传统思维带来了较大的变化，作为思维的载体和形式，这种变化必然在语言上有所反映。对这种变化，梁启超曾在《翻译文学与佛典》一文中以"国语实质之扩大"和"语法及文体之变化"两方面来加以概括，前者指的是汉语词汇的丰富，这包括四个来源："固有名词对音转译""新语之创造""缀华语而别赋新义""存梵音而变为熟语"。据他估计，"其见于《一切经音义》、《翻译名义集》者即各以千计。近日本人所编《佛教大辞典》，所收乃至三万五千余语，此诸语者非他，实汉晋迄唐八百年间诸师所创造，加入吾国语系统中而变为新成分者也"⑥。对于后者，则详尽列出了最为显著的十个方面：（一）普通文章中所用，"之乎者也矣焉哉"等字，佛典殆一概不用（除支谦流之译本）。（二）既不用骈文家之绮词丽句，亦不采古文家之绳墨格调。（三）倒装句法极多。（四）提挈句法极多。（五）一句中或一段落中含解释语。（六）多覆牒前文语。（七）有联缀十余字乃至数十字而成之名词。——一名词中，含形容格的名词无数。

---

① 参阅孙昌武《佛教与中国文学》，上海人民出版社，1988 年，第 299—302 页。

② 郑振铎：《中国俗文学史》，商务印书馆，2009 年，第 538 页。

③ 参见侯传文《〈法句经〉与佛教偈颂诗》，载《法音》1999 年第 8 期。

④ 诸法从缘起，如来说是因，彼法因缘尽，是大沙门说。又名"缘起偈"。

⑤ 诸恶莫作，诸善奉行，自净其意，是诸佛教。

⑥ 梁启超：《佛学研究十八篇》，上海古籍出版社，2001 年，第 197 页。

（八）同格的语句，铺排叙列，动至数十。（九）一篇之中，散文诗歌交错。（十）其诗歌之译本为无韵的①。其中第二项"既不用骈文家之绮词丽句，亦不采古文家之绳墨格调"，实际上指出了影响中国俗文学发展的一个重要因素（俗语译经和通俗讲经），可惜他并未就此展开。这在胡适的《白话文学史》和郑振铎的《中国俗文学史》中有较为充分的论述②。

南朝齐梁之际兴起诗歌声律之学，促进了近体诗的形成和发展，其中也有佛教文学影响的因素。在南北朝以前，中国文人写作也重视用语声音的和畅，"诗言志，歌永言，声依永，律和声"，《诗》三百篇本来是和乐歌唱的，从这个意义上说，它们原本只是一些歌词③。但这种对韵律的关注还处于初级阶段。陈寅恪先生指出："故中国文士依据及摹拟当日转读佛经之声，分别定为平上去之三声。合入声共记之，适成四声。于是创为四声之说，并撰作声谱，借转读佛经之声调，应用于中国之美化文。"④ 并对经师转读为什么偏偏在南齐永明年间影响沈约等人创立四声说，做出详密考证。可见，沈约等人是在吸取传统音韵学研究成果的基础上，受到佛经转读的启发，才提出四声的理论，然后把四声的理论运用到诗的格律上，开创了永明体，此后，中国诗歌才开始注重音韵格律问题。唐代注重音韵格律的近体诗迅速地成长、发展，不久就取得主宰诗坛的地位，形成中国诗歌的黄金时代。推源溯流，佛教的影响是不可否认的⑤。在词句的精炼、音韵的铿锵方面，近体诗前行了一大步。另一方面，佛经文学的传入却又促进了中国诗风的通俗化。中国文人习用典雅的文言进行创作，讲求辞藻和韵致，所谓"诗赋欲丽"。汉魏以来，散文和韵文日益走上骈俪的道路，此时佛经翻译者却以朴实平易的白话文体进行翻译，但求内容深湛、通晓易诵、利于劝导，而不重音律和藻饰。这种新文风对于当时的文学骈俪化趋势起到了一定的纠偏作用，并深刻地影响了此后俗文学的发展。较为明显的一个例子，就是唐朝的一批特殊的诗人，他们善用质朴的白话写出一些明道言志的作品，虽为正统文人所不齿，在民间却很受欢迎，如王梵志、寒山、拾得等人的诗。大诗人

---

① 梁启超：《佛学研究十八篇》，上海古籍出版社，2001 年，第 198—199 页。

② 参见侯传文《佛经的文学性解读》，中华书局，2004 年，第 169 页。

③ 《诗经》的英译通用名为 "Book of Songs"。

④ 陈寅恪：《四声三问》，载《清华学报》1934 年第 2 期。

⑤ 参阅张中行《佛教与中国文学》，北方文艺出版社，2011 年，第 30—38 页。

白居易的诗风也相类似。需要说明的是，佛经的译介促进了中国诗风的通俗化，这与前述推动了音韵学的发展、律体诗的产生并不矛盾。中国文学本来有雅、俗两种传统，这两种传统都从佛经文学中汲取了自身所需的营养，从而在发展互动中形成审美的张力。

佛经文学所体现的迥异于中国固有的世界观和思维方式，影响了中国文学的表现手法。主要表现在两个方面。一是夸张。中国传统文学受"不语怪力乱神"的理性主义传统束缚，现实主义文学传统发达，相应地，对超越时空和超越现实的幻想力较弱，即使是一些幻想力本较为瑰丽奇幻的神话作品，也往往被后世文人做了历史化处理，显得简单拘谨。印度文化则大为不同，其神话系统中"怪力乱神"之多堪称世界之最。佛教也是如此，其幻想力毫无拘束，夸张繁复奇特，时空和现实的限制完全被突破，十八层地狱、三十三层天、三千大千世界、千手千眼等，浪漫主义色彩浓烈。清末狄葆贤曾论道："佛经说法，每一陈设，每一结集，动辄瑰玮连犿，绵亘数卷。言大，必极之须弥、铁围、五大部洲、三千小千中千大千世界。言小，必极之芥子、牛尘、羊尘、兔尘、微尘。言数，必极之恒河沙数、阿僧祇、无量数、不可思议、不可识、不可极。"① 这种表现方式进入中国，极大地解放和丰富了中国文学的想象力，推动了中国浪漫主义文学的发展。二是譬喻。佛教在传播过程中，往往采用通俗易懂的各类寓言故事，援譬设喻，以求传播得迅速和广泛，《杂阿含经》中即载佛陀教诲"今当说譬，大智慧者以譬得解"，《法华经》中也言诸佛"以无量无数方便，种种因缘譬喻言辞，而为众生演说佛法"。佛教经典中，早期《阿含经》即多用譬喻，本生故事中也大部可视为譬喻，《法句譬喻经》中集录不少譬喻故事，《妙法莲华经》中有著名的"法华七喻"②，《百缘经》也是著名的譬喻故事集。直接以"譬喻"为名的，也有好几种，其中以《百喻经》最为著名。《百喻经》（即《百句譬喻经》的简称，为南齐求那毗地译，二卷）列举近百条譬喻故事，以宣传佛教教义。设喻巧妙，故事生动，文笔简练。鲁迅先生曾高度评价该经的价值，并曾捐资刻印，以广流传，并指出："尝闻天竺寓言之富，

① ［清］狄葆贤：《论文学上小说之位置》，《新小说》第一卷第七期，1903 年。转引自郭绍虞主编《中国历代文论选》第四册，上海古籍出版社，1980 年，第 236 页。
② 即火宅、穷子、药草、化城、系珠、凿井、医师七喻。

如大林深泉，他国艺文，往往蒙其影响。即翻为华言之佛经中，亦随在可见……佛藏中经，以譬喻为名者，亦可五六种，惟《百喻经》最有条贯。"①从文学发展史看，《百喻经》等佛教寓言故事的翻译和流传，为中国文学创作提供了诸多素材和借鉴。如《吕氏春秋》中"刻舟求剑"故事即来自《百喻经》里的"乘船失釪"喻；吴均《续齐谐记》中的阳羡书生故事即出自《旧杂譬喻经》；《太平广记》中所引《北梦琐言》中"不识镜"故事，即与《百喻经》中"宝箧镜喻"极相类似；苏轼的《日喻》来自于《六度集经》里的盲人摸象故事。柳宗元更善于借鉴，其《黔之驴》的构想，不难看出是受《大方广十轮经》里的"驴着师子皮"之喻的影响，寓言文《蝜蝂传》主要讲蝜蝂这种小虫因善负物、喜高爬，最终坠地而死，这又与《旧杂譬喻经》第二十一则故事"见蛾缘壁相逢，诤斗共堕地"的命意相仿。

　　以上探讨的是佛经文学对中国文学的总体影响。佛经文学对中国文学的个体影响，则又是比较文学影响研究的一个重要课题。这方面的研究可从作家和作品两方面入手。从作家方面来看，除能诗擅文的僧人群体外，受佛教思想影响或直接阅读过佛经的作家代不乏人，如古代的陶渊明、颜延之、谢灵运、沈约、谢朓、刘勰、王维、李白、杜甫、白居易、柳宗元、贾岛、苏轼、黄庭坚、宋濂、李贽、袁宏道，近代的康有为、谭嗣同、章太炎、梁启超，现当代的鲁迅、周作人、胡适、许地山、王统照、老舍、施蛰存、汪曾祺，等等。从作品方面来看，诗歌中的诸多赞佛诗、禅趣诗，散文中以《牟子理惑论》《沙门不敬王者论》为代表的护佛名篇和以《神灭论》《原道》为代表的反佛檄文，小说中的《西游记》《金瓶梅》《聊斋志异》《红楼梦》，以及诸多俗文学作品，都跟佛教直接相关或间接受到佛教思想影响。对这些作家或作品与佛教的关系进行发掘、整理和研究，是佛教文学影响研究的一个重要领域。

二、接受研究

　　20世纪60年代后期，接受理论在西方兴起，并逐渐进入比较文学领

---

① 鲁迅：《〈痴华鬘〉题记》，见《鲁迅全集》第七卷，人民文学出版社，2005年，第103页。

域，接受研究随之成为比较文学影响研究的一个重要维度。接受研究与传统的影响研究既有联系又有区别，但对于这种复杂的关系，前人往往语焉不详。美国学者韦斯坦因认为："'影响'（influence）应该用来指已经完成的文学作品之间的关系，而'接受'（reception）则可以指明更广大的研究范围，也就是说，它可以指明这些作品和它们的环境、氛围、作者、读者、评论者、出版者及其周围情况的种种关系。"① 因此，接受研究更多指向了社会学、心理学等范畴，具体接受效果的产生，受接受语境、接受对象、接受主体、接受媒介等因素的综合影响。中国文人对佛经文学的接受，也可从以上几个角度进行分析。其中，"接受媒介"将在下节予以专题探讨。

　　接受语境主要表现在文化层面，是文学接受的基础，因而是文学接受研究中的首要问题。佛经文学的接受语境，亦即佛教在中国传播过程中所处的具体历史、社会、文化语境。

　　西汉初期，汉高祖刘邦汲取秦二世而亡的教训，结合当时经济凋敝、民心未定的社会现实，选择主张"治道贵清静而民自定"② 的黄老之学作为主要治国纲领，以实现休养生息，恢复和增强国力，因而汉初意识形态以道家为主流。但此时期并未实行文化专制，诸子百家中其他学说尚曾活跃一时。武帝时期，为巩固中央集权专制统治，儒生董仲舒"罢黜百家、独尊儒术"的建议被采纳，"诸不在六艺之科孔子之术者，皆绝其道，勿使并进"③，至此，中国文化史上至为珍贵的"百家争鸣"时代的余续被彻底终结，儒学开始了在中国长达两千多年的统治地位。但此时的儒学，已与先秦时期的孔、孟思想渐行渐远，其思辨性、民主性、鲜活性不再，日益沦为陈腐滞重的经学和牵强附会的谶纬之学。东汉初年，图谶之学方盛，黄老之学又兴，在此社会、文化语境下，佛教作为一种崭新的思想体系自印度逐渐流入。佛教初传，由于在教理和仪规等方面与道家理论、神仙方术相似，所以在很大程度上是被作为一种方术来接受的，并且对儒家学说也主动进行了附会，所以，初传时期并未受到太大的阻碍，也未被知识阶层所重视。

---

　　① ［美］乌尔利希·韦斯坦因：《比较文学与文学理论》，刘象愚译，辽宁人民出版社，1987 年，第 47 页。

　　② ［汉］司马迁：《史记》卷五四《曹相国世家》，中华书局，1963 年，第 2029 页。

　　③ ［汉］班固撰，［唐］颜师古注：《汉书》卷五六《董仲舒传》，中华书局，1964 年，第 2523 页。

东汉末年至魏晋时期，战乱频仍，社会持续动荡，生活颠沛不安的下层民众对本土不发达的诸神灵信仰和频繁更替的当权者逐渐失去信任，他们对安宁的生活充满渴望，精神上迫切需要找到一个新的慰藉之所，佛教在民间的传播加快。同时，伴随政治上大一统格局的瓦解，思想上占统治地位的儒学也受到严重冲击，融儒家学说、道家学说于一体的玄学思潮在士大夫阶层兴起，此时的佛教"因风易行"，依附玄理，广衍深渗，在知识阶层中的影响达到了一定的高度。也正是由于名僧和名士等知识群体的接受，佛教才脱离方术而独立，真正实现由"术"向"道"的转变。南北朝时期，社会持续分裂，阶级矛盾、民族矛盾复杂尖锐，统治者大都重视利用佛教来维护自己的统治，不少统治者本身即是虔诚的佛教信徒（如南朝梁武帝萧衍），在他们的扶持下，佛寺林立，各类经师、律师、论师不断涌现，以专研某类佛典、专执某部经论为己任的各种学派也相继建立，各立门户，彼此争鸣，促进了该时期佛教的空前繁荣。南北政权的分立和南北地域的阻碍，也形成了两地相对不同的佛教学风：南朝崇尚理论，玄思义理为高；北朝偏重修持，禅风律学兴盛。

隋唐时期，伴随政治上的统一和经济上的繁荣，民族政策、文化政策也日趋包容开放，内外文化交流活跃，佛教也在与儒道两家的竞争和斗争、渗透和吸收中发展到极盛。对内，佛教南北学派显现出相互融通的趋势，进而演变成若干佛教宗派的建立，比较著名的有天台宗、三阶教、三论宗、法相宗、律宗、华严宗、密宗、净土宗、禅宗等。对外，大批僧人远赴印度或西域求法，也有不少印度或西域僧人来到中国，他们都带来大量珍贵的佛经写本。唐末至五代十国时期，社会重新陷入分裂动荡，相应地，封建统治秩序面临崩解，社会道德也日益沦丧，佛教发展也一度遭受重创。宋初结束分裂局面，迫切需要一种新的思想体系来完成理论上的秩序和道德的重建，融儒、释、道于一体的理学应运而生，佛教在中国也进一步本土化。

宋以后，伴随佛教在印度本土的衰落和消逝，在中国也总体呈现出衰落的趋势，"外援既失，内部就衰，虽有宋初之奖励，元代之尊崇，然精神非旧，佛教仅存躯壳而已"①。但同时，"佛以治心，道以养身，儒以治世"的

---

① 汤用彤：《隋唐佛教史稿》，北京大学出版社，2010年，第238页。

观念却日益被接受，三教合流、互补，共同为中国文化的重塑提供资源和动力。葛兆光先生曾这样总结："佛教东来，成了中国思想世界自我调整的契机，汉代以后中国思想史在很大程度上就是佛教的传入与中国化、道教的崛起及其对佛教的回应，中国传统思想对佛教不断的融会，以及在这种对固有资源的不断再发现过程中持续地提出新思路。"① 此过程中，各类佛经翻译渐次展开，历代僧人、文人以表现佛教思想为宗旨的文学创作不断涌现，佛教文学，在中国文学史上开辟了一片新的天地。

对佛教和佛经文学进行接受的主要群体，可分为僧、俗二类，这是从对佛教是否正式皈依来分的。

僧为佛教三宝之一，他们既是佛教义学的笃信和受益者，又是佛教文化的倡导和传播者。佛教传入中国，历代皆涌现出一批虔心礼佛、具有较高文化素养和文学才能的僧人。他们栖身佛门，笃志钻研佛典，或将翻译佛经作为自己的事业，为佛经文学成为宣传佛教的主要手段同时影响中国佛教文学的发展做出贡献；或将自己对诸佛菩萨的崇仰和对佛教的理解寄寓于文学作品中，创作了大量跟佛教直接相关的作品，拓宽了中国传统文学的视野，丰富了中国文学的表现天地。前者如东汉时的安世高、支娄迦谶、支谦，晋时的竺法护、释道安、鸠摩罗什、法显，南北朝时的佛陀跋陀罗、昙无谶，唐朝的玄奘和义净等；后者如晋时支遁、慧远，南北朝时汤惠休、惠琳，唐时的王梵志②、皎然、贯休、寒山、拾得等。概言之，这些佛门僧人既是印度佛教文学的主要接受群体，也是中国佛教文学的主要创作群体。

"溯自两晋佛教隆盛以后，士大夫与佛教之关系约有三事：一为玄理之契合，一为文字之因缘，一为死生之恐惧。"③ 于是，除上述僧人群体外，对佛教有深刻理解和同情或与出家人有深厚交谊，但在家修持的居士文人，也是佛经文学的一个主要接受群体。他们"外服儒服而内修梵行"，一方面关注世俗生活甚至仕途坎坷，一方面却又同佛门诗僧有来往交游、酬答唱

---

① 葛兆光：《中国思想史》（中），复旦大学出版社，2009 年，第 300 页。

② 王梵志，初唐白话诗人。其诗作语言通俗浅近，内容则比较驳杂，宗教性与社会性兼具，甚至存在诸多矛盾之处，学界对此有诸多争议。项楚先生认为，这些诗作并非一人一时所作，是数百年间诸多无名白话诗人陆续写就的，只不过皆托名"王梵志"而已。详见 [唐] 王梵志著，项楚校注《王梵志诗校注》，上海古籍出版社，1991 年。

③ 汤用彤：《隋唐佛教史稿》，北京大学出版社，2010 年，第 158 页。

和，将对人生诸事的感慨付诸于对佛教的理解和创作之中，达则兼济天下，穷则独善其身，典型地体现出中国传统士人的文化理想。居于此类群体的文人也不少，如晋时的孙绰、许询，南朝的颜延之、谢灵运，唐朝的王维、白居易、柳宗元，宋代的苏轼等。应该注意的是，一些在思想观念上并不接受佛教甚至曾予以反对，但其思想和创作在客观上也受到佛教和佛经文学渗透影响的文人，如唐代的韩愈、李翱，宋代的欧阳修等，也应归入此类接受群体。

此外，还有一类较为特殊的接受群体，那就是历代的统治者。佛教初传中国，还未形成一种有影响的社会力量时，并未引起统治者的注意。当这一外来文化的影响越来越大，对统治阶级的统治可能会造成威胁时，他们便会对其加以遏制、打压甚至禁绝，如历史上的"三武一宗"① 抑佛、灭佛事件的发生。另一方面，当统治者意识到佛教的力量可用来维护和巩固自己的统治时，他们采取的态度则是予以鼓励、支持和扶植。就这类佛教的接受主体而言，其目的性明显，功利性突出，他们是将佛教作为维护自己统治的工具来看待和利用的。如武则天即曾授意朝臣伪造《大云经》，宣扬自己为弥勒佛在世，以维护自己的统治，相应地，对佛教也采取扶持的政策。总之，无论是限制、禁绝还是鼓励、扶植，在这些统治者的接受视野中，佛教明显地表露出"工具化"这一特征②。当然，古代统治者的文化修养大都较高，少数还是佛教的虔诚信奉者（如梁武帝萧衍），这与上述两类接受主体间或有重叠，也是自然的事情。

接受对象，自然是指进入中国文人接受视野的以佛经为主的印度佛教文学。佛经，包括佛陀说法的记录和佛弟子为传布佛法而做的书面撰述。狭义的佛经是佛祖释迦牟尼说法的汇录或者以佛陀名义宣讲的作品。广义的佛经是佛教经典的统称，包括经、律、论三部分，合称"三藏"。佛经三藏作为东方文化的元典，蕴涵丰富深湛，数量也极其可观。佛教传入中国，中印和西域各国历代高僧不断从事佛经翻译和著述，使汉译佛经成为保存和发展佛教文化的重要宝藏。

受接受语境变化的影响，作为接受对象的佛经文学，其内涵也不是一成

---

① 北魏太武帝、北周武帝、唐武宗、后周世宗。
② 参见本章第四节《中国佛教文学中的印度形象研究》。

不变的。佛教初传，译经以口授为主，人们对这一外来文化还谈不上有真正的了解，又适逢黄老之学和图谶之学盛行，于是，此时的佛教是被当作一种方术来接受的，如汉时光武帝之子楚王刘英"诵黄老之微言，尚浮屠之仁祠"①，桓帝时"又闻宫中立黄老浮屠之祠。此道清虚，贵尚无为，好生恶杀，省欲去奢。……或言老子入夷狄为浮屠"②。相应地，此时期对印度佛经文学的接受，便呈现出两个显著特点。一是偏于荒幻神异的想象描述类，这与初期口授译介的方式相适应，如载于《魏略·西戎传》的尹存所授《浮屠经》，即以对佛陀出生之神异事的记载为主。该时期中国佛教文学中对佛陀的神异想象非常多，其外来影响之滥觞，应溯至尹存所授《浮屠经》。二是多选择与道术相契合者进行译介。如早出《四十二章经》即有诸多章节与道术相合③，早期译师安世高所译《安般守意经》《修行道地经》《阴持入经》《十二门经》等，也都是讲禅法和修行为主的佛典。此时虽也有般若类经典译出，但并未引起重视。魏晋南北朝时期，玄学兴起，般若类经典开始流行，新译佛经也大量涌现，佛教开始脱离对方术的依傍而独立，其真面目得以被中国士人所认识。"夫《般若》理趣，同符《老》《庄》。而名僧风格，酷肖清流，宜佛教玄风，大振于华夏也。"④ 般若即智慧，是佛教戒、定、慧三学中的慧学，是佛教义学的核心，此时期诸多般若类经典的译出，则是佛教义学依托玄学得以发展的重要标志。如朱士行西行求得《放光般若经》，卫士度有《摩诃般若波罗蜜道行经》二卷，竺法护译出《光赞般若》，竺法雅、竺法蕴、慧远等名僧也都长于《般若》之学。这种传统一直持续到唐宋时代，如唐时玄奘远赴印度求得的诸经典中，《大般若经》仍赫然在列。

接受主体不同，作为接受对象的佛经文学，其侧重和表现也有差异。一方面，对在家修持的居士文人来说，接受对象的选择首先考虑其处世性和文学性，道行高深却又不脱离世俗生活的维摩诘是他们心目中的理想寄托，于是，《维摩诘经》成为他们最为倾心的经典，《法华经》《华严经》等大乘经

① ［南朝宋］范晔撰，［唐］李贤等注：《后汉书》卷四二《光武十王列传》，中华书局，1965年，第1428页。
② ［南朝宋］范晔撰，［唐］李贤等注：《后汉书》卷三〇下《郎颛襄楷列传》，中华书局，1965年，第1082页。
③ 参见汤用彤《汉魏两晋南北朝佛教史》，上海人民出版社，2015年，第32页。
④ 汤用彤：《汉魏两晋南北朝佛教史》，上海人民出版社，2015年，第107页。

典文学色彩浓郁，也备受欢迎。对僧人群体来说，戒、定、慧三学经典均应予以接受，但在不同的接受心态下却也各有侧重，如曾亲赴印度求法归来的三大僧人法显、玄奘和义净。法显、义净赴印主要是为了寻求戒律，所以，律藏经典成为他们的主要接受对象；玄奘赴印是为解答佛教义理方面的疑惑，所以，义学经典成为他的主要接受对象。另一方面，同一佛经文本（接受对象）经由不同的译者（接受主体）之手，往往呈现出不同的面貌，如对《法华经》的翻译，现存即有西晋竺法护、隋阇那崛多、后秦鸠摩罗什的三个译本，以后者最为流行。《维摩诘经》的情况类似，现存三种汉译本中，仍以鸠摩罗什译本最受欢迎。

以上谈的是佛教在中国的总体接受，个体接受的情况更为复杂。在接受过程中，也时有误读或变异现象发生，对此，将在本章第三节予以详细探讨。

三、媒介研究

在影响和接受过程中，放送者对接受者产生影响，其间必须有传播者的参与，该传播者（即媒介）的作用不可忽视，没有它，影响与接受的过程无法完成，有了它，影响与接受的效果也会随其变化而变化。这里所说的"媒介"，包括人（个体媒介和团体媒介）、文字和出版物媒介以及环境媒介等几个方面①。结合中国文人对佛教和佛经文学进行接受的实际情况，从传播路线（环境媒介）、佛经翻译（文字和出版物媒介）、僧人互往（人）等几个方面对此进行研究。

佛教传入中国始于何时，史载不一，传说纷纭。梁启超、汤用彤、任继愈诸先生以及部分国外学者在这一问题上各有撰述，未有定论。佛教初传入中国的路线，则有陆路和海路之分。陆路，主要路线有两条，一条从印度西北部出发，向北传入罽宾（今克什米尔地区）、大夏（今阿富汗一带）、安息（今伊朗高原）、康居（今巴尔喀什湖和咸海之间）等地，越过葱岭（今帕米尔高原），进入今天中国境内的新疆地区，再经由新疆地区传入内地；

---

① 曹顺庆等：《比较文学论》，四川教育出版社，2005年，第105页。

另一条是自印度东北部传入中国西藏地区，形成藏传佛教①。海路，则指佛教南传斯里兰卡后，经斯里兰卡、爪哇、马来半岛、越南到达中国境内的广州，再经由广州进入内地②。

传播路线不同，所传经典也不同。因印度西北地区为大乘盛行之地，故陆路传入的，以大乘经典尤其是般若学经典为主，大多是从梵文或中亚诸民族的文字陆续翻译为汉文和藏文；海路传入的，则以南传小乘经典为主，多由巴利文译为汉文。就地域而言，西北陆路（与陆上丝绸之路大体重合）沿线的罽宾、于阗、龟兹、凉州、敦煌和南方的广州（海上丝绸之路的起点），不但在早期佛教传入过程中起到了重要作用，后期诸多西行求法的僧人，也通过这两条主要的路线来往于中印之间，如东晋时法显即由陆路出发，海路返回③，唐时玄奘往返均沿陆路④，晚唐义净往返则均选择了海路。广州还曾成为僧侣与商旅结伴往来的国际口岸，并一度成为佛经传译的中心之一，译师真谛大部分时间即在广州完成其事业。

中原汉地接触到佛教，最初是通过一个重要的中介——大月氏。公元前2世纪中叶，大月氏为了躲避匈奴的锋芒向西迁徙并征服大夏，而此时的大夏已经大体接受了佛教。大月氏的佛教正是从印度西北地区和大夏传承下来，以说一切有部的学说最为流行。公元1世纪，贵霜王朝建立，占领印度西北的广大地区，于是佛教加速向大月氏传播。大月氏与中原的汉王朝保持着密切的联系，经常有使者往返其间，这一过程或许就伴随着佛教向内地的传播，因此产生了大月氏使者伊存口授佛经和汉明帝派人到大月氏抄写《四十二章经》的传说。这或许是印度佛经文学在中国留下的最早痕迹。

佛教传入中国，最早靠佛经翻译，大量的佛经文本成为印度佛教文学的主要载体。史载中国的佛典翻译事业始于汉代两大译师安世高和支娄迦谶，此后，三国支谦、昙柯迦罗，西晋竺法护，东晋佛陀跋陀罗、法显，十六国时期的释道安、鸠摩罗什，南北朝时期的真谛、求那跋陀罗、菩提流支，隋

---

① 除这两条陆路主线外，还有印度佛教南传至斯里兰卡，再经由斯里兰卡传至缅甸、泰国等东南亚国家和中国云南的傣族、德昂族等少数民族地区。经此路线传入的佛教以小乘为主。

② 参阅方立天《中国佛教文化》，中国人民大学出版社，2006年，第35页。

③ 最后登陆地点在今天的青岛崂山。

④ 去程和返程的具体路线有所不同。

时的阇那崛多、达摩笈多，唐时玄奘、义净，等等，都是著名的译师。荷兰学者许里和断言，自有记载的中国第一位译师安世高系统翻译佛经，就"标志着一种文学活动形式的开始，而从整体上来看，这项活动必定被视为中国文化最具影响的成就之一"①。概括说来，佛经翻译的意义主要有三。

其一，佛经翻译丰富了中国文学的宝库。梁启超先生曾言，"凡佛经皆翻译文学"，卷帙浩繁、蕴涵深湛的佛经文本，从文学的角度来看，不乏思想性和艺术性极佳的作品。如鸠摩罗什所译《妙法莲华经》，譬喻较多，有不少优美的寓言，连同《维摩诘所说经》以及题为般刺密谛译房融笔受的《大佛顶如来密因修证了义诸菩萨万行首楞严经》，这三部经典为历代文人所喜爱，常被作为纯粹的文学作品来研读。此外，佛陀跋陀罗译《大方广佛华严经》，昙无谶译《佛所行赞经》等，也有不小的文学影响。此外，在对佛教传播和佛经译介问题的诸多记载和争论中，也催生了一批文学色彩较浓的作品，如描述"白马驮经""夜梦金人"等的各种传说；有些记载和争论本身即具有文学性，如对佛陀的最初想象和神化描述，佛教与本土儒学、道教相砥砺、融合的诸多论辩文章等。梁时僧祐曾总结道："自尊经神运，秀出俗典，由汉届梁，世历明哲。虽复缁服素饰，并异迹同归。至于讲议赞析，代代弥精，注述陶练，人人竞密。所以记论之富，盈阁以牣房；书序之繁，充车而被轸矣。"②

其二，佛经翻译给中国文学带来了深远的影响。佛经的译介，给中国人输入了一种与固有文化传统不同的世界观、人生观、思维方式和表现方式，势必会影响到中国文学的思想观念与创作实践，宋人周必大曾言："自唐以来，禅学日盛，才智之士，往往出乎其间。"③ 清人刘熙载也说："文章蹊径好尚，自庄、列出而一变，佛书入中国又一变。"④ 这都是对这种影响的概括性评述。佛经文学对中国文学在文学理论、主题、题材、形象、语言等诸方面产生了前所未有的影响，上文已有详论，此不赘述。

其三，翻译佛典是中印文学与文化交流的成果。巴利文、梵文、汉文与

---

① ［荷］许里和：《佛教征服中国》，李四龙、裴勇等译，江苏人民出版社，1998 年，第 46 页。

② ［梁］释僧祐：《出三藏记集》，苏晋仁、萧炼子点校，中华书局，1995 年，第 428 页。

③ ［宋］周必大：《寒岩升禅师塔铭》，《文忠集》卷四〇，文渊阁《四库全书》第 1147 册，上海古籍出版社，1987 年，第 436 页。

④ ［清］刘熙载：《艺概·文概》，上海古籍出版社，1978 年，第 9 页。

藏文四大佛典传承体系之中，汉译佛典数量最多、卷帙最为浩繁。在原佛经文本大多已经不存的情况下，汉译佛典保存了大量部派佛教时期的内容，对于了解早期佛教的源流和历史具有重要的文献价值。而且，这些佛典的汉译，绝大部分是由掌握原典语言的印度僧人与汉地僧人共同合作完成的，的确是中印文化交流史上的盛事。对此本章第二节有较为详细阐述。

佛教自印度传入中国，佛经文学对中国文学产生影响，致力于学习和传布佛法的僧人群体功不可没。这既包括中国、印度的僧人，也包括当时西域地区的诸多僧人。

自中国去印度和西域求法的僧人众多，汉明帝在位时即有"永平求法"的活动，这是我国佛教历史上第一次"西天取经"，惜未到达真正的佛国印度。三国时朱士行为创辟荒途的第一人，至于阗求得《放光般若经》梵本。此后，西行求法的僧人不绝于路，东晋法显，是真正抵达印度并携带经典返回的第一人。唐时形成了一个前往佛国取经求法的高峰，慧超、玄奘、义净等僧人，皆在西行求法历史上留下重要影响。自印度和西域前来中国传法的僧人也有不少，如东汉时摄摩腾、竺法兰，三国时昙柯迦罗，南北朝时菩提达摩、鸠摩罗什，隋时阇那崛多，等等。僧人互往的意义，也可从三方面进行简要概括。

首先，僧人互往交流，为中国带来了大量珍贵的佛经原本。如朱士行读《道行经》感觉尚未尽善而至于阗求得《放光般若经》正品梵本九十章，慧远弟子支法领亦自于阗获得《华严经》梵本三万六千偈，法显在感到国内戒律原本缺乏的情况下誓志西行，带回佛教戒律五大部之一《摩诃僧祇律》，玄奘更在游学过程中深感众师之说不同、佛典之论各异，"乃誓游西方以问所惑"，他不仅带回了完整的《大般若经》，而且他在印期间正值大乘佛学瑜伽行派昌盛，于是将《瑜伽师地论》等该派系列经典带回国内。

其次，僧人自印度归国后，对印度之行多留有著述，这些著述本身即为佛教文学的一个重要组成部分。如法显留有《佛国记》（又名《法显传》），慧超留有《往五天竺国传》，智猛留有《游行外国传》，惠生留有《惠生行传》，玄奘留有《大唐西域记》，义净则留有《大唐西域求法高僧传》和《南海寄归内法传》，等等。这些著述，从宗教角度看，是珍贵的佛教典籍；从文学角度看，则可视为僧传文学的代表性作品。

　　第三，僧人互往，也是促进文化交流的积极因素。他们在目的国的交游活动，增进了彼此的了解和友谊；他们归国后所留的著述，也因其对目的国的历史、地理、宗教、民俗等的精确记载而备受重视，如法显的《佛国记》和玄奘的《大唐西域记》，在重建印度史的过程中具有非同寻常的意义和价值，这一点，早已得到包括印度人在内的中外学者的一致认同。

第二节　佛经汉译与中印文学交流

　　产生于印度的佛经不仅是佛教的文化载体，而且是印度文学的成果，因此，佛经汉译不仅是佛教在中国传播的基础，是中印文化交流的渠道，而且是中印文学交流的标志，是印度文学影响中国的主要途径。佛经汉译与佛教传播不仅促进了具有中国特色的汉化佛教的发展，催生了中国佛教文学，而且对中国世俗文学也产生了广泛而又深远的影响。经过创新发展的中国佛教文学对印度的反馈，体现了中印佛教文学的互动关系。

一、佛经汉译

　　佛经汉译在中国持续了一千多年，产生了上百位翻译家，译出佛经二千余部，是中印文化与文学交流的重要成果。

　　在西方，翻译活动和翻译理论在 15 世纪以前极为少见，原因是早期的基督教和犹太教都反对翻译《圣经》，因为《圣经》是上帝的启示，上帝的语言不可随意更改。与此相反，佛经不是天启，而是凡人释迦牟尼的教说，是释迦牟尼及其弟子说法传教活动的记录，因此佛经的翻译不存在亵渎神圣问题。不仅如此，佛教创始人释迦牟尼在世时便鼓励教徒使用自己的语言传播佛教①，这就为佛经的翻译敞开了大门。印度是一个多语言甚至多语种的地区，所以佛的教说很早就由一种语言翻译成另一种语言，以至于梁启超有"凡佛经皆翻译文学"的说法②。随着佛教的传播，佛经被翻译成世界多种

---

　　① 季羡林：《原始佛教的语言问题》，见《季羡林全集》第 9 卷，外语教学与研究出版社，2010年，第 344 页。
　　② 梁启超：《饮冰室佛学论集》，江苏广陵古籍刻印社，1990 年，第 260 页。

语言，其中能够成系统的主要是中国的汉译和藏译佛经，分别形成了包括经、律、论三藏的汉文大藏经和分为"甘珠尔"（"佛部"，包括律、经和密咒）和"丹珠尔"（"祖部"，包括赞颂、经释和咒释）的藏文大藏经。其中汉文大藏经规模最为庞大。佛经的汉译是世界翻译史上蔚为壮观的一幕。从东汉末年（公元1世纪）到北宋（公元12世纪），持续一千多年，共译出佛经2000余部，10000余卷；现存约1500部，近6000卷①。其规模之大，持续时间之长，成果之丰硕，在世界翻译史上都是绝无仅有的。

佛经汉译大约经历了三个重要的历史阶段。第一个历史阶段是东汉至西晋时期（148—316），这是佛经汉译的初期，一般称为"古译时期"。本时期佛经汉译有以下几个特点：其一，译主皆为胡人，有天竺僧人，也有西域诸国如安息、大月氏、龟兹等地的僧人。他们为传教或其他原因来到中土，遇到有人请他们译经，便从事翻译。其二，以私人翻译为主，多数是个人行为，偶尔有集体组织的译场，但还没有官方组织的译场。其三，大多是零星翻译，不成体系，也没有计划性，基本上是碰到什么经就译什么经，主要根据译主个人掌握佛典的情况。其四，所译佛经大多没有梵本，口诵翻译居多。这一方面是由于古代印度师徒付法传经口耳相授的传统，另一方面也是由于书写的困难，缺乏书写工具。

第二个历史阶段是东晋至隋朝时期（317—617），这是佛经汉译的发展时期，一般称为"旧译时期"。本时期佛经汉译特点一是官方大型译场的出现。公元379年道安应秦主苻坚之请到长安传法，他和秘书郎赵整组织了大型译场，开展大规模的译经工作，参与译经工作的有上千人。不久，后秦姚兴又为鸠摩罗什组织了宏大的译场。其后南北各地都有类似的译场组织。大型译场的出现，极大地推动了佛经汉译事业的发展。二是译主由胡人和汉人共同担任，梁启超称为"中外人共译期"。如道安是汉人，不通梵文，没有具体的译作，但他是佛经翻译的主持人，又亲自参与工作，每经译出，他都亲手校订，序其缘起。《高僧传》记述："安既笃好经典，志在宣法，所请外国沙门僧伽提婆、昙摩难提及僧伽跋澄等，译出众经百余万言。常与沙门

① 据支那内学院1945年《精刻大藏经目录》统计，连"疑伪"在内，汉译佛经有1494部，5735卷；吕澂《新编汉文大藏经目录》（1980）统计为1504部。

法和诠定音字，详核文旨，新出众经，于是获正。"① 鸠摩罗什是胡人，是译场的主译，助译者如僧肇、僧叡、道生、道融等，都是汉族高僧，有深厚的佛学修养和文学功底，罗什在译经时，时常与他们讨论，最后由他们执笔成文。罗什译经以文笔流畅优美著称，在同一经典不同的译本中，一般是罗什的翻译流传最广，而这相当程度上得益于这些助手。三是译主不但译经，而且讲经，并开展讨论和研究，由此形成不同的学派。中国佛教史上的六家七宗便产生在这一时期。

第三个历史阶段是唐朝至北宋（618—1126），一般称为"新译时期"。其特点一是主译者以汉人居多，著名的有玄奘、义净等，所以梁启超称之为"本国人主译期"②。译主精通梵文，熟悉中印两种文化，又有很高的佛学修养，因此其翻译更自如，译品质量更高。二是译场中的分工更为细致，译经态度更为严谨。三是注重译经的系统性。唐玄奘就是有感于中土流传的般若类佛经不够系统完整，才下决心西行印度求法，他不仅取来了完整的《大般若经》，而且他在印期间正值印度大乘佛学瑜伽行派昌盛，得其真传，并将有关经论带回中土。义净则有感于中土僧伽戒律松弛、律典不全而西行印度求法。经过他们的取经和传译，使大小乘、经律论，以及中观、瑜伽等学派的典籍都有了比较完备的汉译。

在中国佛经翻译史上留下姓名的翻译家有数百人，贡献较大的著名翻译家有安世高、支娄迦谶、支谦、竺法护、昙无谶、鸠摩罗什、觉贤、菩提流支、真谛、玄奘、义净、实叉难陀、不空等数十位，其中鸠摩罗什和玄奘是两位划时代的译经大师。鸠摩罗什原籍天竺，生于龟兹，曾在印度和西域诸国多师名家，广学佛典。公元 382 年被前秦大将吕光劫至凉州。公元 401年，后秦皇帝姚兴迎请鸠摩罗什入长安，以国师相待，并为他组织了规模宏大的译场。鸠摩罗什在此悉心从事译经和讲经活动，据《出三藏记集》记载，罗什在长安的十余年中，共译出经论 35 部，294 卷，其中重要的译品有：《大品般若经》《小品般若经》《妙法莲华经》《维摩诘经》《金刚经》《阿弥陀经》《首楞严三昧经》《十住毗婆沙论》《大智度论》《中论》《百论》《十二门论》《成实论》及《十诵律》等。鸠摩罗什的佛经翻译具有划

---

① ［梁］释慧皎撰：《高僧传》，汤用彤校注，汤一玄整理，中华书局，1992 年，第 184—185 页。
② 梁启超：《翻译文学与佛典》，见《饮冰室佛学论集》，江苏广陵古籍刻印社，1990 年，第 159 页。

时代意义，主要表现在三个方面：一是他通晓梵汉两种语言。据僧叡记述："法师手执胡本，口宣秦言，两释异音，交辩文旨。"① 作为外来译经者，鸠摩罗什对中国文化有比较深刻的理解，其佛经传译照顾了中国人的接受趣味，因而其译品深受中国读者的欢迎。二是比较系统地翻译介绍一个学派即龙树、提婆一系的中观派的经典和论著，使中国的接受者能够比较全面地了解一个学派的思想学说，这是建立中国自己的佛学体系的基础。三是在翻译中提倡意译、主张简约、注重文饰。据僧叡《大智释论序》载，鸠摩罗什译《大智度论》100 卷，其初品 34 卷为全译，二品以下为略译，"胡文委曲，皆如初品。法师以秦人好简，故裁而略之。若备译其文，将近千有余卷"②。

唐玄奘天竺留学十余年，深得戒贤等印度佛学大师的真传。他不仅取得真经，而且成为学贯东西、兼通内外的大学者。玄奘德识才学兼备，堪当大任，史载唐太宗曾经请他出仕辅政，但他不受高官厚禄，潜心译经事业，从而有了中国佛经汉译史上的一个高峰。玄奘共译出经论 75 部，总计 1335卷。重要译品有：《大般若经》《解深密经》《大菩萨藏经》《瑜伽师地论》《无垢称经》等。其翻译特点有三：一是一人兼通梵汉，不仅开汉人主译之先河，而且减少中间环节，使翻译更加畅顺自如。正如唐道宣《续高僧传·玄奘传》所记述："自前代已来，所译经教，初从梵语倒写本文，次乃回之，顺同此俗。然后笔人观理文句，中间增损，多坠全言。今所翻传，都由奘旨，意思独断，出语成章。词人随写，即可披玩。"③ 二是提倡忠实于原文的直译。据慧立、彦悰《大慈恩寺三藏法师传》载，玄奘主译《大般若经》时，由于部头庞大，弟子劝他像鸠摩罗什那样删繁去重，玄奘初有顺众之意，但当夜便做噩梦，于是决定不作删略，按梵本全译。三是译学兼顾，即一边翻译，一边研究、讲学和著述，从而创立了中国佛教的法相唯识宗，成为一代佛学宗师④。

---

① ［晋］释僧叡：《大品经序》，见［梁］释僧祐《出三藏记集》，苏晋仁、萧炼子点校，中华书局，1995 年，第 292 页。

② ［晋］释僧叡：《大智释论序》，见［梁］释僧祐《出三藏记集》，苏晋仁、萧炼子点校，中华书局，1995 年，第 387 页。

③ ［唐］释道宣：《续高僧传》，见《大正新修大藏经》第 50 册，第 455 页。

④ 参见侯传文《佛经的文学性解读》，中华书局，2004 年，第 160—162 页。

　　鸠摩罗什和唐玄奘一为成熟的意译，一为成熟的直译①。分别代表了中国古代翻译的两种主要风格和倾向，成为中国佛经翻译史上的两座高峰。鸠摩罗什作为胡人东来传经，唐玄奘作为汉人西天取经；前者胡人通汉语，后者汉人通梵文，他们不仅是翻译家，也是文化使者，为中印文化交流建立了丰功伟绩，至今受到中印两国人民的敬仰。

　　佛经翻译家大都是佛门高僧，他们把译经视为弘法大业，矢志不渝。如唐玄奘为了坚持自己的译经事业，拒绝了唐太宗辅佐朝政的邀请，把自己的全部生命都奉献给佛经翻译事业，鞠躬尽瘁，死而后已。佛经翻译家对译品精益求精，他们一丝不苟的认真态度在各种经序中有翔实的记载。佛经汉译还有一个重要现象，就是一经多译。许多重要佛经有多种汉译，如《法华经》有现存汉译三种，《维摩诘经》有七译三存，《华严经》现存三种比较完整的汉语译本，《无量寿经》先后有汉译 12 种，现存 5 种。众多的异译有的是流传底本不同，或进入中国的途径不同、时间不同，但大部分是后人在前人基础上进一步完善的结果。历代翻译家与时俱进，不断完善，追求完美。以《维摩诘经》为例，现存三个汉译本分别属于三个历史阶段。第一个阶段曾经有四译，现存吴支谦译《佛说维摩诘经》，该译本文字滞涩，义理亦有不达。第二阶段有后秦鸠摩罗什译《维摩诘所说经》，文笔流畅典雅，理亦究达。僧肇在《维摩诘经序》中记述罗什译经情景："什以高世之量，冥心真境，既尽环中，又善方言。时手执胡文，口自宣译。道俗虔虔，一言三复，陶冶精求，务存圣意。其文约而诣，其旨婉而彰，微远之言，于兹显然。"② 但由于罗什偏意译，对原文忠实不够，因此后人曾指责其"增损圣旨，绮藻经文"③。第三个阶段有唐玄奘译《说无垢称经》，更加忠实原文，信达而雅。正如辩机所记赞："法师妙穷梵学，式赞深经，览文如已，转音犹响。敬顺圣旨，不加文饰。……传经深旨，务从易晓。苟不违本，斯则为善。文过则艳，质甚则野。说而不文，辩而不质，则可无大过矣，始可

　　① 参阅黄宝生《佛经翻译文质论》，载《文学遗产》1994 年第 6 期。
　　② ［梁］释僧祐：《出三藏记集》，苏晋仁、萧炼子点校，中华书局，1995 年，第 310 页。
　　③ 语出辩机为《大唐西域记》写的《记赞》。见［唐］玄奘、辩机著，季羡林等校注《大唐西域记校注》，中华书局，2000 年，第 1047 页。

与言译也。"① 翻译家们视译经为传道弘法的事业，不计个人名利。为了读者方便，他们一般沿用前人成熟的语句和译名。他们襟怀坦荡，即使批评旧译，也不抹杀旧译中的可取之处，尊重前人而又尽量超越前人，追求的目标是努力提供最准确、最完善的译本，而不是门户之见和版权之争②。因此，可以说，佛经汉译不仅留下了丰富的汉译佛典，总结出深刻的翻译理论，而且形成了优秀的翻译文化。这种翻译文化也是中印文化交流的重要成果。

二、文学移植

产生于印度的佛经是印度文学的重要组成部分，因此，佛经的大规模汉译意味着印度文学大量移植中国。"佛经"有广义和狭义，各有自己的文学意义。狭义"佛经"主要指佛的教说，包括佛教创始人释迦牟尼一生传教说法的记录，也包括以佛的名义创作的一些作品，是佛教三藏经典"经、律、论"之一的"经藏"。广义"佛经"是佛教经典的简称，包括佛的教说，也包括佛弟子及历代高僧著述收入大藏并被佛徒视为经典的作品，其中除了阐述教义教规的论著之外，大部分属于文学作品。从内容方面说，有佛传文学、赞佛文学等类型；从形式方面说，有诗歌、散文叙事文学以及说唱曲艺戏曲等类型。这些文学作品翻译到中国，为中国文学带来新的气象，其对中国文学最直接最重要的影响，就是催生了中国佛教文学。

佛教于东汉时期传入中国，至魏晋南北朝时期，佛学成为显学，佛教义理成为具有普遍性的知识，发生普遍性的影响。隋唐时期，经过大规模传播和纵深发展，中国佛教发展到高峰，佛教中国化进入了新的历史阶段，佛教成为中国主流意识形态之一。隋唐佛教繁荣发展的主要标志是具有中国特色的佛教宗派的形成，三论宗、天台宗、华严宗、禅宗、净土宗、律宗、法相宗、真言宗等典型的中国佛教宗派，大多滥觞于南北朝而大盛于隋唐。具有中国特色的佛教宗派的出现是佛教中国化的重要标志。与中国佛教相伴而生的中国佛教文学也于魏晋时期起步，产生了一批表现佛理禅机的诗歌、宣扬

---

① ［唐］玄奘、辩机著，季羡林等校注：《大唐西域记校注》，中华书局，2000年，第1042—1046页。
② 参见黄宝生译注《梵汉对勘维摩诘所说经》，中国社会科学出版社，2011年，"导言"第18—23页。

因果报应的志怪小说、以及记述僧人事迹的佛教传记文学，出现了支遁、慧远、慧皎等著名诗僧文僧和谢灵运、沈约等著名居士诗人。魏晋时期只有少数诗僧和居士诗人创作，至唐代，佛门高僧赋诗作文已蔚然成风。唐代的诗僧与僧诗在中国诗歌发展史上占有重要地位，皎然、寒山、齐己、贯休等诗僧，都是在中国文学史上产生重要影响的诗人。除了标志性的唐诗之外，唐代产生的表现佛教思想的传奇小说和记述高僧事迹的传记文学，在中国散文叙事文学发展史上也占有重要地位。而在讲唱佛经基础上发展起来的唐代变文，不仅将中国说唱文学推向高峰，而且对中国的白话小说和戏剧等文学体式的发展产生了巨大而深远的影响。宋元时期，中国佛教文学继续发展。惠洪、善昭等诗僧和苏东坡等居士诗人，不仅在宋代文坛占有重要地位，而且在中国文学史上也产生很大影响。宋代佛教禅宗大盛，成为汉化佛教的主流，在此基础上产生的丰富多彩的禅门偈颂，成为中国佛教文学史上的明珠。与此同时，佛教说唱文学继续发展，催生了话本小说、宝卷等新的艺术形式。开一代新风的元曲杂剧，不仅与佛曲有一定的渊源，而且产生了许多取材佛教故事、表现佛教思想的佛教戏曲。明清时期，佛教在中国虽然辉煌不再，但儒释道三教经过长期互动，由冲突渐趋融合，佛教由此进入中国文化的深层内区，成为中国文化的重要组成部分。在此基础上产生的明清佛教文学，虽然已经不那么纯粹，但数量和质量仍不容低估。莲池大师袾宏等高僧，李贽、袁宏道等居士，都是在文学史上有重要影响的人物。"目连戏"等佛教题材的戏曲，《西游记》等佛教题材的神话小说，都是明清佛教文学的杰出代表。

从文学交流的角度看，中国佛教文学是印度佛教文学影响的产物，作为中国文学现象，其显著特点是印度化。

首先是题材内容和主题题旨的印度化。这方面又有几种情况：一是佛经文学故事成为中国佛教文学的题材库，比如佛陀及其弟子的生平传说故事，在中国佛教文学中也时常出现。有的中国僧人写了一些印度佛教的史传作品，如宋志磐《佛祖统纪》，前四卷为释迦牟尼佛本纪，叙述释迦牟尼佛事迹。另外，在变文等中国佛教说唱文学中，有许多取材佛陀及其弟子的生平传说故事的作品，如《八相成道变文》讲唱释迦牟尼修行成道之事迹，《降魔变文》取材佛弟子舍利弗与外道六师斗法的传说故事。二是印度佛教特有的生活方式和修行方式，成为佛教文学的表现对象，如参禅入定、山林栖居等。特别是表现山林栖居生活和思想情趣的山林文学，是印度佛教文学的重要现象，是印度森林文明的产物。中国传统文化中虽然也有隐逸之人和修道之士，但并没有形成出世性的山林栖居传统，也很少有表现山居生活的文学作品。佛教传入中国并扎根之后，不仅佛法义理为国人所接受，其中蕴涵的出世精神和森林情结等印度文化元素也产生了深远影响。一部分人厌弃社会生活，到远离尘世的山水清幽之地结庐建寺，出家为僧。他们常常把自己宗教修行的体验和感受融入山林景色，创作了大量的山居诗。三是印度佛经文学经常表现的主题，如业报轮回、人生无常、慈悲、遇难搭救、出家求道、往生净土、下地狱等等，也是中国佛教文学的重要主题。如印度佛经中描述的弥勒净土和弥陀净土在中国都产生了深远的影响，特别是阿弥陀佛的西方极乐世界，不仅成为广大佛教信徒向往的理想世界，也是中国佛教文学中经常表现的乐园母题。

其次是艺术形象的印度化。这方面又有几种情况：一是印度佛经文学中的主要角色，包括佛、菩萨、罗汉等，也成为中国佛教文学经常表现的对象。在中国佛教文学作品中，有的以释迦牟尼佛为主人公，如《八相成道变文》《破魔变文》等；有的以佛弟子为主人公，如《难陀出家缘起》等；有的以菩萨为主人公，如元杂剧《观音菩萨鱼篮记》，以及明清说唱文学宝卷中的《香山宝卷》《鱼篮宝卷》等。二是中国佛教文学中有许多赞颂文学，赞颂的对象主要有释迦牟尼佛、阿弥陀佛、弥勒佛等佛陀，观音、文殊、弥勒、普贤等大菩萨，以及维摩诘等佛经文学中的重要角色。三是来自佛经的如来佛、观音菩萨、地藏菩萨、阎罗王、天王、金刚、罗刹、夜叉、龙王、飞天等神话形象，在中国佛教文学中也比较常见。在志怪传奇神魔小说等佛教叙事文学和传奇性的戏曲作品中，这些神话形象或者作为主要角色出场，或者作为配角出现，为中国佛教文学增添了许多印度色彩。

第三是文体形式的印度化。这方面又有几种情况：一是说唱文学。虽然中国本土也有自己的说唱文学传统，但中国佛教说唱文学并非直接继承本土传统，而是更多地受印度佛教梵呗和唱导的影响。印度的梵呗即颂赞，包括咏经与歌赞，传入中国后，咏经独立成为转读，即以抑扬顿挫的音调和节奏朗诵经文；歌赞以唱经赞佛为主。印度寺院有唱导体制，是从梵呗的基础上发展起来的佛教说唱艺术。受其影响，中国寺院于魏晋时期也形成"唱导"制度，其奠基和推动者是庐山慧远。"唱导"主要面向僧人，随着不出家的佛教信众增加，出于传教需要，出现了面向群众的"俗讲"，即通俗的讲经，由此演变出具有中国特色的说唱文学体式"变文"。这是中国佛教文学在文体形式方面的重要贡献。二是偈颂诗。偈颂是古代印度诗歌体式，在佛经中运用非常广泛，成为佛经分类的"九分教"之一，并在印度佛教文学中形成传统。随着佛经的传译，这种诗体也为中国僧人所喜爱，常以说"偈"的方式表现自己的悟道体验，其中往往蕴涵深刻的哲理或玄妙的"天机"，使偈颂成为佛教文学独特的诗歌文体，其中数量最多、最典型的是表现哲理禅思的禅门偈颂。三是故事套故事的结构形式，也有人称之为"连串插入式"，是指在大故事中不断插入小故事。这种方式最早产生在印度，《佛本生经》是其中的代表。这样的结构模式在中国佛教文学中也有影响，如《西游记》是中国佛教文学的代表作，其中西天取经路上的所谓九九八十一难，就是一个个小故事，用唐僧取经这个大故事串联起来。四是韵文与散文交替的文体形式。韵散结合或韵散交替的文体形式在印度佛经文学中非常普遍，其形成原因非常复杂，其中最重要的一点是印度古代书写工具不发达，以口传文学为主，韵文便于记忆，等需要书面流传的时候，散文便于理解，由此二者结合，优势互补。这种文体形式在中国古代文学中也有，但没有印度那么普遍，因此，中国佛教文学中大量出现的韵散结合现象，是文体形式印度化的表现。

第四是表现手法的印度化。这方面又有几种情况：一是虚构性。受中国传统文化的务实性影响，中国文学传统重写实轻虚构。中国佛教叙事文学大多具有虚构性，特别是志怪传奇类的佛教小说，其情节基本都是虚构的。二是魔幻色彩。印度文化神话思维发达，在佛经等佛教文学中也有表现，不仅怪力乱神非常多，而且习惯于用神话思维解释世界和人生现象。这样的神话思维对中国佛教文学也产生了直接的影响。来自印度佛教文学的各种神灵也活跃于中国佛教文学作品中；印度文学常见的具有神话色彩的文学母题，如业报轮回、神通变化、化身下凡等，也在中国佛教文学中生根开花。这样的魔幻色彩与不语怪力乱神的中国主流文化相悖，显然是印度化的结果。三是铺排渲染，常用夸张、排比、拟人等修辞手法。印度佛经动辄数万颂甚至十万颂，盖因其善于铺排渲染，与中国古文的简约形成鲜明对比。以致佛经翻译家和文献学家有"胡文委曲，秦人好简"之说。由于佛经的耳濡目染，中国的佛教文学也渐染铺排之风，这在说唱文学及以说唱为传统的小说作品中表现比较明显，属于文学表述方式的印度化。

　　最后是文学思想和审美趣味的印度化。这方面又有几种情况：一是在文学创作思想方面，中印佛教文学有超然与超越的审美态度。印度佛教的一个根本思想是"万法皆空"，这儿所谓的"空"不是什么都没有，而是说现象世界都是虚假的。也就是《金刚经》所说的："一切有为法，如梦幻泡影，如露亦如电，应作如是观。"① 从认识论的角度讲，这样的"万法皆空"的理论是要求人们不要执着于虚妄的现实世界，要追求对更高本体、最终真理的认识；从人生观上讲，人应该摆脱现实世界的束缚，进入超脱一切的境界。这样的世界观和人生观影响到文学的审美观念，就是追求文学作品的形而上意义。中国佛教文学所体现的轻实重虚、轻外在重内在、轻形体重神韵，超越当下超越现实的审美态度，是印度佛教文学影响的产物。二是文学理论方面。中国古代文论的许多名家巨擘，如刘勰、皎然、司空图、苏轼、黄庭坚、严羽、李贽、袁宏道、王士禛等，都与佛有缘，中国传统文论中的许多概念学说如境界说、妙悟说、圆通论、寂静论、滋味说、韵味说、童心说、性灵说、空灵说、神韵说等，都与佛教思想有关，其中或者借用佛学概念，或者汲取佛教思想，或者借鉴佛教的思维方式，从而形成别具一格的审美范畴。三是中国佛教文学充满奇幻异想的想象力，对芸芸众生的悲天悯人情怀，以悟为特点的直观审美方式等，都是印度佛教文学影响的结果，是文学观念和审美情趣的印度化。如果说，前述中国佛教文学在主题、题材、文体、形象等方面的印度化大多是表面的，随着时代的变迁大部分可能会消失，那么，其在思想观念和审美情趣方面的印度化则是深层次的，其影响更为深远。

　　综上所述，在中国佛教文学的思想内容、艺术表现和审美情趣中，都可以看到明显的印度文学元素，这是以佛经汉译为代表的中印文学交流的结果。当然，中国佛教文学并非印度佛教文学的简单移植，其与佛经所代表的

---

① 《金刚般若波罗蜜经》，［后秦］鸠摩罗什译，见《大正新修大藏经》第 8 册，第 752 页。

印度佛教文学也有明显的不同，其中的孝道思想、历史意识、本土题材和民族形式，都体现了中国佛教文学的主体性。这方面我们在本书《绪论》"中国文学传统中的佛教文学"一节作了专题论述，此不赘述。总之，中国佛教文学既是印度佛教文学影响的结果，又是博大精深的中国文化和文学传统的产物，是中印文学关系的集中体现。

佛经传译带来的印度佛教文学不仅直接催生了中国的佛教文学，而且对一般的中国文学也产生了深刻的影响。比较文学中的"影响"有其特定的含义，一般的模仿、借用、流传等不属于影响研究的内容，"文学影响对一个作家来说会使他的作品在构思或写作时，产生一种广泛而有机的东西，没有这种东西，他的作品就不可能成为目前这种样子，或者说，在这个阶段，他不会写出这样的作品"[1]。同理，文学影响对一个民族的总体文学而言，也会产生一种作用，这种作用会为民族文学增添许多原来没有的东西，甚至可能改变民族文学的发展方向。佛经传译对中国文学的影响也是如此。从总体来看，魏晋以后的中国文学在主题、题材、形象、文体以及思想情趣等方面，都可以发现印度佛教文学的深刻影响。这方面我们在本章概论中作了比较多的讨论，此不赘述[2]。

三、交流互动

佛教于东汉时期传入中国，汉末的社会动乱让人民对佛教的苦谛有了深切的体会，佛教因此在中国获得了大发展的机会，以至于出现了"佛教征服中国"的局面[3]。另外，由于中国传统文化具有务实性的特点，作为主流意识形态的儒家不关心死后世界和死后生活，其奠基人孔子在回答学生关于鬼神和死亡的问题时强调："未能事人，焉能事鬼？""未知生，焉知死？"表现出强烈的务实性，致使中国传统文化中缺乏灵魂管理和终极关怀。然而，灵魂管理和终极关怀又是人性中不可缺少的因素，佛教传入填补了这方面的

---

① 乐黛云：《比较文学原理》，湖南文艺出版社，1988年，第50页。

② 关于佛经传译对中国文学的影响，侯传文《佛经的文学性解读》一书也有所论述。参见该书第167—170页，中华书局，2004年。

③ 参阅［荷］许里和《佛教征服中国》，李四龙、裴勇等译，江苏人民出版社，1998年。

空白，故能生根开花。公元 7 世纪以后，佛教在印度趋于衰落，其原因一是佛教在与印度教的斗争中处于劣势，而且佛教发展到密教阶段逐渐与印度教的神秘主义宗派合流；二是穆斯林侵入印度，出于排他性的一神信仰而大量毁坏寺庙。由于佛教的根基在寺庙，寺庙被毁，佛教在印度失去了生存条件，至公元 12 世纪近乎消亡。此后佛教中心由印度转移到中国。

古代中国和印度文化交流不是单向的传播，而是双向的交流，即不仅印度影响中国，中国也影响印度。中国文化对印度的影响是多方面的。在物质形态文化方面，中国古代的丝、纸等发明都先后传到印度，促进了印度社会文化的发展；在精神文化方面，中国的儒、道等传统文化也通过各种渠道传到印度，对印度文化产生了一定的影响，其中佛教也是重要渠道。如许多史料记载印度遣使求老子像和《道德经》，唐太宗命玄奘等人将《道德经》译为梵文之事①，其中唐道宣《续高僧传·玄奘传》记述比较翔实：

> 寻又下敕，令翻老子五千文为梵言以遗西域。奘乃召诸黄巾，述其玄奥，领叠词旨，方为翻述。道士蔡晃、成英等，竞引释论中、百玄意，用通道经。奘曰："佛道两教，其致天殊，安用佛言用通道义，穷核言疏，本出无从。"晃归情曰："自昔相传，祖凭佛教。至于三论，晃所师遵，准义幽通，不无同会，故引解也。如僧肇著论，盛引老庄，犹自申明，不相为怪。佛言似道，何爽纶言。"奘白："佛教初开，深文尚拥，老谈玄理，微附佛言。肇论所传，引为联类，岂以喻词而成通极。今经论繁富，各有司南。老但五千，论无文解，自余千卷，多是医方。至如此土贤明何晏、王弼、周颙、萧绎、顾欢之徒，动数十家，注解老子，何不引用？乃复旁通释氏，不乃推步逸踪乎！"既依翻了，将欲封勒。道士成英曰："老经幽邃，非夫序引，何以相通，请为翻之。"奘曰："观老治身治国之文，文词具矣。叩齿咽液之序，其言鄙陋，将恐西闻异国，有愧乡邦。"英等以事闻诸宰辅，奘又陈露其情。中书马

---

① 《旧唐书·天竺传》："五天竺所属之国数十，风俗物产略同。有伽没路国，其俗开东门以向日。王玄策至，其王发使贡以奇珍异物及地图，因请老子像及《道德经》"，见［后晋］刘昫等撰《旧唐书》卷一九八《西戎传》，中华书局，1975 年，第 5308 页。《新唐书·天竺传》："伽没路国献异物，并上地图，请老子像。"此处未提《道德经》，见［宋］欧阳修、宋祁撰《新唐书》卷二二一上《西域上》，中华书局，1975 年，第 6238 页。

周曰："西域有道如老庄不？"奘曰："九十六道，并欲超生，师承有滞，致沦诸有。至如顺世四大之术，冥初六谛之宗，东夏所未言也。若翻老序，则恐彼以为笑林。"遂不译之。①

这段记述提供了很多信息：其一，唐太宗敕令玄奘将老子《道德经》译成梵文，流通西域；其二，在许多道教人士的协助下，玄奘完成了任务；其三玄奘翻译非常认真，义理和用词都经过认真讨论；其四，在翻译过程中玄奘和道士有不同意见，道士蔡晃、成英等人以佛教概念匹配解释老子，玄奘反对；道士以僧肇以老庄匹配解释佛经为由进行辩解，玄奘认为佛教初传中土之时援引老庄有助理解，不能成为通例；其五，道士要求将后人阐释老子的"序言"翻译成梵文，以助西域人理解，玄奘认为道士们写的序言鄙陋，译介到外国影响大唐国家形象，拒绝翻译。结果是只翻译了《老子》，而没有翻译"老序"。

即使以佛经翻译和佛教文学为渠道、为标志的中印文化与文学交流也不是单向的"西学东渐"，而是双向的交流互动。季羡林先生曾有专题论文《佛教的倒流》，通过梳理中国佛教史籍，找到几个佛教"倒流"印度的例证②。一是部分在中国产生的佛教经典传入印度，如传说马鸣造、真谛译《大乘起信论》，学术界对其真伪问题有很大争议。由于印度梵本失传或根本没有梵本而是出自中国高僧之手，由玄奘翻译成梵文传回印度，此事唐道宣《续高僧传·玄奘传》有明确记载："又以《起信》一论，文出马鸣。彼土诸僧，思承其本。奘乃译唐为梵，通布五天。斯则法化之缘，东西互举。"③ 宋志磐的《佛祖统纪》也有记载："《起信论》虽出马鸣，久而无传。师译唐为梵，俾流布五天，复闻要道，师之功也。"④ 二是中国佛教大师声名远播，其著述也受到印度僧人的关注。据赞宁《宋高僧传》记载，有印度僧人对来自中国的含光盛赞中国智者大师智顗"定邪正，晓偏圆，明止观，功推第一"，希望含光将其著作"翻唐为梵"，以便受持。梁武帝时

---

① [唐] 释道宣：《续高僧传》，见《大正新修大藏经》第 50 册，第 455 页。
② 参见《季羡林全集》第 15 卷，外语教学与研究出版社，2010 年，第 316—350 页。
③ [唐] 释道宣：《续高僧传》，见《大正新修大藏经》第 50 册，第 458 页。
④ [宋] 志磐：《佛祖统纪》，见《大正新修大藏经》第 49 册，第 295 页。

吐谷浑可汗遣使求佛像及经论，武帝将自己所撰《涅槃》《般若》《金光明》等经疏付之。使者以彼土语言译华成胡，并辗转传译到西域各国，均行五天竺①。三是去印度取经的玄奘、义净等中国佛教大师，不仅译介了印度佛教经典，而且对印度的地理、历史、社会以及宗教学术等情况进行了记述，成为研究印度历史包括文学史的珍贵资料。有些中国佛教大师如玄奘，还在印度发表了高见，获得印度僧俗的赞赏。季羡林先生主要从文化角度研究"佛教的倒流"现象，下面我们再从文学角度对"倒流"或者反馈现象作进一步的分析。

首先看中国佛教纯文学代表作西传印度的事例。宋元时期许多文献记述了永嘉玄觉《证道歌》影响印度的情况，如北宋苏州灵岩妙空佛海和尚彦琪《证道歌注·序》："以后天下丛林无不知也，诸方世人中或注或颂，以至梵僧传皈印土，翻译受持。"其弟子梅汝能《后序》进一步指出："后有梵僧传归西天，谓之'证道经'，人人受持，如中国之持《金刚经》也。"再如北宋知讷《证道歌注·序》："至于永嘉著歌以证道，悭于二千言，往往乳儿灶妇亦能钻仰此道，争诵遗章断稿，况在士夫衲子蚁慕云骈，不待云后谕。……信夫！西土谓之'证道经'，名不诬矣。"② 以上注本及序言的真实性有待考证。比较正统的佛教史籍对《证道歌》西传印度也有记载，如宋志磐《佛祖统纪》卷十对永嘉玄觉著《证道歌》一事提出质疑，因为传世的《永嘉集》没有收录《证道歌》，并进一步指出："世传《证道歌》，辞旨乖戾，昔人谓非真作，岂不然乎？"但其文中却引洪觉范语"梵僧觉称，谓西竺目此歌为'东土大乘经'"③，说明《证道歌》西传印度不假。元念常集《佛祖历代通载》卷一三关于永嘉玄觉有这样的记述："著《证道歌》一篇，梵僧传归天竺，彼皆钦仰，目为东土大乘经。"④ 以上文献时代不同，来源各异，但都说明一个事情，即署名永嘉玄觉的禅门偈颂《证道歌》传到了印度，是由回归天竺的僧人带去的，为那

---

① 参见［宋］赞宁《宋高僧传·含光传》，范祥雍点校，中华书局，1987年，第678—679页。并参见《季羡林全集》第15卷，外语教学与研究出版社，2010年，第315—319页。

② 以上参见张子开《永嘉玄觉及其〈证道歌〉考辨》，见吴光正等主编《异质文化的碰撞——二十世纪"佛教与古代文学"论丛》，黑龙江人民出版社，2009年，第553页。

③ ［宋］志磐：《佛祖统纪》，见《大正新修大藏经》第49册，第202页。

④ ［元］念常集：《佛祖历代通载》，见《大正新修大藏经》第49册，第589页。

里的人们所喜爱和崇敬。这里所说的《证道歌》是禅门偈颂文学中的名篇，题为永嘉玄觉禅师撰①。玄觉少年出家，遍学三藏，尤精天台，后通过读《维摩诘经》而悟佛心宗，经过六祖惠能认可而成为禅宗大师。他的《证道歌》以三、三、七、七、七为基本句式，有六十余段，三百余句，二千余字，是中国文学中少有的长篇哲理诗。作品开头一段亮出身份，说明宗旨，起笔不凡：

> 君不见，绝学无为间（按，应为"闲"）道人，不除妄想不求真，无明实性即佛性，幻化空身即法身。

这里一句"绝学无为闲道人"，表明自己不同于传统的研经念佛参禅修道的僧人，而且"绝学"和"无为"都是道家术语，显示其话语表述方式都已经中国化了。后面三句表现的都是颠覆传统佛教的禅宗思想，包括"非道即佛道"的反其道而行之和消除对立的"不二法门"。接下来作品进一步阐明禅宗大意，说明自己参禅修道寻师访学及觉悟过程：

> 游江海，涉山川，寻师访道为参禅。自从认得曹溪路，了知生死不相关。
> 行亦禅，坐亦禅，语默动静体安然。纵遇锋刀常坦坦，假饶毒药也间间（按，应为"闲闲"）。

原来作者也像其他僧人一样跋山涉水、寻师访道、参禅修行，是曹溪惠能大师为他指明方向，认识到钻研佛经、参禅打坐等传统佛教修行方式都与生死大事"不相关"，不能解决问题。这是佛教中国化的宣言，是中国禅宗独立于印度传统佛教的标志。当然，作品也表现了山林栖居这样传统的佛教修行和生活方式：

---

① 《证道歌》最早收入北宋时期的《景德传灯录》，题为永嘉玄觉撰，但无论从文献学角度考察还是从内容看，都不可能是初唐时期的玄觉写定的，而是经过长期流传不断增益，于晚唐定型。参见孙昌武《中国佛教文化史》第四册，中华书局，2010 年，第 1964 页。

入深山，住兰若，岑崟幽邃长松下。优游静坐野僧家，闲寂安居实
萧洒。

这样的山林栖居表现的是诗僧的悠然潇洒，而不是刻苦的修行。作为一
部长篇的佛教哲理诗，作品以简洁的诗句表现丰富深邃的哲理，其中不乏精
彩佳句，如：

心镜明，鉴无碍，廓然莹彻周沙界。万象森罗影现中，一颗圆光非
内外。
一性圆通一切性，一法遍含一切法，一月普现一切水，一切水月一
月摄。①

《证道歌》语言优美，节奏明快，琅琅上口，以简洁的诗句表现丰富深
邃的哲理，在思想内容和艺术形式上都更加中国化，是中国佛教文学中的上
乘之作。这部作品传到印度并产生影响，是中国佛教文学对印度反馈的典型
代表。

其次看中国佛教传记文学对印度僧传的影响。印度民族神话思维发达，
缺乏历史意识和实录写真的史学精神，因此具有神话色彩的佛传非常发达。
印度历史上虽然不乏卓有贡献、影响深远的佛教大师，但缺乏写实性的僧
传。一些典型的著名的僧传，如署名为鸠摩罗什译的《马鸣菩萨传》《龙树
菩萨传》《提婆菩萨传》，署名为真谛译的《婆苏槃豆传》，并非产生于印
度。汤用彤先生在其《汉魏两晋南北朝佛教史》中已经将这些作品列为中
国人撰述之列，并指出："印土圣贤传记，为我国人所自作者，有玄畅之
《诃梨跋摩传》，罗什之马鸣龙树提婆诸传，则目录列为传译。至如真谛之
《婆苏槃豆传》，虽亦标为译出，按诸文体，似系真谛口传，而由其助手笔
录者也。"② 吕澂称《龙树菩萨传》为罗什"编译"③，这一说法也适于另外

---

① 《永嘉证道歌》，见《大正新修大藏经》第48册，第395—396页。亦参见杜松柏《禅门开悟诗
二百首》，中国社会科学出版社，1993年，第260—267页。
② 汤用彤：《汉魏两晋南北朝佛教史》，上海人民出版社，2015年，第400—401页。
③ 吕澂：《印度佛学源流略讲》，上海人民出版社，2002年，第114页。

二传。这些作品虽然大多出于来自印度或者西域的高僧之手，但它们基本产生于东土。来自印度或者西域的佛教译师，受到中国史学文化影响或者应中国僧徒之请，根据自己掌握的印度著名高僧的生平事迹和神话传说资料，编译出上述印度僧传。因此，这些僧传既在一定程度上满足了中国僧徒对历史真实的渴求，同时仍然表现出印度人特有的神话思维，如《龙树菩萨传》记述龙树学习隐身术、龙宫取经、显示天神与阿修罗之战、与外道斗法等故事情节，都具有神话色彩。它们是中国史学文化影响的产物，或者说是印度神话思维与中国历史意识相结合的产物。对于大规模接受印度佛教文化影响的中国和印度文化关系而言，这是一种文化反馈现象。这些作品虽然没有在古代流入印度的记载，但曾经以印度著述的名义传播世界各地，作为中印佛教文学交流的产物，也是中国佛教文学对印度佛教文学的反馈。

最后看西行求法的中国高僧们的印度书写。自东汉至北宋，中国高僧西行求法者有数百人，到了印度取来真经并留下著作的中国佛教大师也有不少，东晋法显、唐玄奘和义净是其中的代表。他们不仅译介了印度佛教经典，有关于佛典的注疏和论著，而且有关于印度的书写，其中法显著有《佛国记》（又名《法显传》），玄奘著有《大唐西域记》，义净著有《南海寄归内法传》和《大唐西域求法高僧传》。从文体角度看，这些作品虽然有的偏重地理方志，有的是专题考察，有的偏重僧人行迹，但作为在印度游历生活过的中国人的印度书写，总体上应该算作游记。从内容看，这些作品有的偏重社会风貌，有的偏重地理物产、风土人情、名胜古迹和奇闻异事，有的偏重佛教内部组织形式、丛林清规及僧人的修行和生活方式，综合起来涵盖了印度的地理、历史、社会、政治、宗教、文艺等各个方面。这些作品文笔优美流畅，都具有很强的文学性，是丰富多彩的中国佛教文学的重要类型之一。它们的作者都在印度居留多年，游历过很多地方，非常熟悉印度。他们秉承中国史传文学实录写真精神，对印度的记述非常真实可信。特别是玄奘的《大唐西域记》，记述了一百多个"国"，各国的幅员大小、都城情况、地理形势、农商诸业、风俗习惯、文学艺术、语言文字、货币、国王、宗教等依次记述，翔实可靠。他们的记述成为后人研究印度历史包括文学史的珍贵资料。季羡林先生在评价法显时指出："研究印度古代历史，必须乞灵于外国的一些著作，其中尤以中国古代典籍最为重要，而在这些典籍中，古代僧人的游记更为突出。"① 在评价玄奘时，季先生又指出："至于《大唐西域记》这一部书，早已经成了研究印度历史、哲学史、宗教史、文学史等等的瑰宝。我们几乎找不到一本讲印度古代问题而不引用玄奘《大唐西域记》的书。"② 就印度文学史而言，由于缺乏历史意识，作家作品的时代很难确定，具有历史意识而又年代比较确切的中国僧人的记述可以帮助解决许多问题。如著名诗人迦梨陀娑是超日王的宫廷诗人，法显到印度正值超日王在位，由此才能确定迦梨陀娑的生活年代为公元 4、5 世纪，对他作品反映的社会状况和作品的社会意义才能做出合理的评价。再如戒日王是印度文学史上的重要作家，著有《龙喜记》等多种剧本，他还支持赞助文学活动，促进了文学艺术的繁荣，而他的年代断定则是基于玄奘的记载，因为他是玄奘在印度时的朋友和归国的资助者。玄奘作品中记载的传说故事可以和印度文学史互证，从而得到比较合理的阐释。许多印度佛教诗人的作品，如马鸣的《佛所行赞》和《美难陀传》，摩咥哩制吒的《一百五十赞佛颂》和《四百赞》，圣勇的《菩萨本生鬘论》等，其内容、形式、演唱方式和影响，在义净的《南海寄归内法传》中有比较详细的记载，是研究印度文学史尤其是印度佛教文学史不可或缺的资料。由此可见，中国佛教僧人的印度书写也是中国佛教文学对印度的反馈，是中印文学交流互动关系的表现。

　　近现代中国佛教文化对印度的反馈更多。由于印度佛教于公元 12 世纪前后基本消亡，梵文佛教经典大多亡佚，大量在印度失传的梵文佛典在中国被发现，或者保存在汉译中，由学者译回梵文。甚至印度近代佛教复兴，也得力于中国佛教特别是藏传佛教的回传。

　　中国佛教文学是借鉴印度佛教文学基础上的创新发展，不仅表现出迥然不同的民族特点，而且意味着对借鉴对象的超越，并且产生了反馈现象。中国佛教及佛教文学对印度佛教和佛教文学的反馈，是中印文化与文学交流中互动关系的表现。

---

① 季羡林：《法显》，见《季羡林全集》第 15 卷，外语教学与研究出版社，2010 年，第 243 页。
② ［唐］玄奘、辩机著，季羡林等校注：《大唐西域记校注》，中华书局，2000 年，"前言"第 135 页。

第三节 佛教文学接受中的变异现象

中国佛教不同于印度佛教，中国佛教文学也不同于印度的佛教文学，这是文化与文学接受中普遍存在的变异现象，体现了文化传播的普遍规律。文学接受中的变异现象源于文化过滤和文学误读。印度佛教和佛教文学在进入中国的过程中，也伴随着中国文化语境的过滤，以及各种各样无意或有意的误读，在此基础上，中国佛教文学在文学思想、内容、艺术形象和文体形式的各个方面都发生了变异，其结果是推动了中国佛教和佛教文学各领域的创新和发展。

一、文化过滤

一种文化传统中的文学进入另一种文化领域，为具有不同文化背景和文化传统的人们所接受，往往伴随着文化过滤现象。"文化过滤指文学交流中接受者的不同的文化背景和文化传统对交流信息的选择、改造、移植、渗透的作用。"① 因此，文学交流中不同的文化背景和文化传统，是文化过滤的基础。中国和印度属于不同的文化圈，各有自己的历史渊源、社会构成和文化特质，具有鲜明而深刻的差异。比如从文化人即知识分子群体的构成来看，中国以"士人"为主，包括投身仕途的"仕人"和江湖中三教九流的"士人"，可以称为"士人文化"。士人以天下为己任，有宏伟远大的政治理想和强烈的政治参与意识；有强烈的道德责任感，推崇明径高行，注重义理人情；追求自我完善，重视修身养性，达则兼济天下，穷则独善其身。这一切构成了中国文化人的精神品格。印度文化以"仙人"为主，包括婆罗门修道士和各宗教的沙门僧侣，可以称为"仙人文化"。仙人热爱自然，珍惜生命，喜欢宁静，追求解脱，形成了印度文化人的独特精神品格。从人生目的和生活方式的追求方面来看，中国文化强调入世，以"修身、齐家、治国、平天下"为自我实现的人生目标。印度文化强调出世，不仅佛教具有出

① 曹顺庆等：《比较文学论》，四川教育出版社，2002年，第184页。

世性质，印度本土其他宗教如印度教、耆那教等，也有出世离欲的说教。印度教法典规定的人生四阶段和印度人普遍认同的人生四大目的，都把出世解脱作为最高目标。从价值取向方面看，中国社会道德占主导地位，儒家所宣扬的忠孝节义、三纲五常、仁义礼智信等，主要表现为社会伦理道德。印度自然道德占主导地位。印度教和佛教代表了印度文化传统的两条主流，一直互相斗争又互相影响。二者尽管存在深刻的矛盾，但却有一个共同的道德基础，即业报轮回。这种轮回基于宇宙生命的自然循环，遵循客观存在的自然法则，因而是一种自然道德。从文化心理角度看，中国文化比较务实，不仅"不语怪力乱神"，即使上古流传的神话也加以历史化，并且以务实的态度和追求不朽的方式超越死亡。印度文化侧重想象，幻想力发达，不仅怪力乱神极多，而且常常把历史神话化，并且以想象的轮回转生方式超越死亡①。

　　由于这样不同的文化底蕴，产生于印度的佛教和佛教文学进入中国，必然伴随着文化过滤现象。从大的方面说，虽然印度佛教的大小密三乘和印度佛学的中观、瑜伽等学派都传入中土，但其接受程度却有很大的差异。中国传统文化的人本主义和人文精神，使中国人比较认同主张自利利他、提倡普度众生的大乘佛教，而不太接受主张出世修行、提倡自我解脱的小乘佛教；中国传统思想的中庸之道与思维方式的整体综合，使中国人比较容易接受以龙树为代表的中观派的真空幻有和不落边见的"中道"思想，而对无著、世亲为代表的瑜伽派繁琐的名相分析和抽象的因明逻辑难以认同。这都是文化过滤的结果。

　　文化过滤一方面基于文化差异，另一方面又是文化交流中接受者主体性的体现。在文化与文学交流过程中，发送者与接受者的地位和态度决定了文化过滤的程度、方法和效果。如果是发送者处于强势且居于主动地位，接受者处于被动接受状态，接受的主体性便会受到很大的抑制，更多表现为文化保守主义的抵制与抵抗，即以民族文化作为抵抗外来文化侵略的武器，文化过滤实际上成了一种文化防御策略。相反，如果接受者处于主动地位，其主体性作用就会得到更好的发挥。

　　在以佛教为纽带的中印文化交流过程中，中国作为接受者的主体性有非

---

① 参见侯传文《东方文化三原色——东方三大文化圈的比较》，载《东方丛刊》1997 年第 4 辑。

常鲜明的体现。首先，中国对佛教文化的接受总体上说是主动拿来的。文化传播中有送来和拿来两种主要方式。"送"意味着接受的被动性和强制性，而被动性和强制性带来的往往是文化的冲突和抵制，不利于文化的传播，相反，积极主动的接受会进一步促进文化的传播。当然，在文化传播的过程中，单纯的"送"和单纯的"拿"都是很少的。在佛教北传和东传过程中"送"和"拿"是同时并存的，来华送经的印度和西域高僧与西行取经的中国高僧在绵长的丝绸之路上来来往往，络绎不绝。就接受者来说，主动的拿来是需要相当大的勇气和见识的，既需要很强的文化进取心，又必须有很强的民族自信心，所以在文化传播中显得更为可贵，而且在民族文化和世界文化发展中能够起到更加积极的作用。文化拿来属于自主性接受，因而具有很强的主体意识。拿什么，不拿什么，拿多少等，都需要经过文化过滤。拿来一般是基于文化内需，中国人对佛教采取拿来主义态度，其中必然有中国文化所缺少而又是人类文化发展不可缺少的东西。由于中国传统文化具有务实性的特点，作为主流意识形态的儒家不关心人的死后世界和死后生活，其奠基人孔子在回答学生关于鬼神和死亡的问题时强调"未能事人，焉能事鬼？""未知生，焉知死？"表现出强烈的务实性，致使中国传统文化中缺乏灵魂管理和终极关怀。然而，灵魂管理和终极关怀又是人性中不可缺少的因素，因此需要从域外拿来。这样的拿来才具有异质文化交流互补的意义。

其次，在佛经译介中的经典选择方面，接受者的主体性体现得非常明显。印度佛典浩如烟海，部派分支很多。如此多种多样的印度佛典，有的没有汉语翻译，有的只有一种翻译，有的经典有多种译本。比如《法华经》，中国共有汉译、藏译的全译和部分译本 17 种，汉译全本现存 3 种，一是西晋竺法护译《正法华经》，二是后秦鸠摩罗什译《妙法莲华经》，三是隋阇那崛多译《添品妙法莲华经》。《维摩诘经》曾经有 7 种汉语译本，现存 3 种，即吴支谦译《佛说维摩诘经》2 卷，后秦鸠摩罗什译《维摩诘所说经》3 卷和唐玄奘译《说无垢称经》6 卷。《华严经》现存 3 种比较完整的汉语译本，即东晋佛陀跋陀罗译的 60 卷本《华严经》，唐实叉难陀译 80 卷本《华严经》，唐般若译的 40 卷本《华严经》，此外还有许多单本别译，共有 30 余部。《无量寿经》先后有汉译 12 种，现存 5 种。这些都是宣扬普度众生的大乘佛典，也是许多中国佛教宗派开宗立派的根本经典。

第三，佛经的注疏阐发最能体现文化过滤的功能。许多印度佛教经典虽然被翻译成了汉语，但影响不大，渐渐湮没无闻。有的经典却有历代高僧的多种注疏，如《法华经》现存注疏有南朝宋竺道生《法华经疏》2 卷，梁法云《法华经义记》8 卷，隋智𫖮《法华玄义》20 卷、《法华文句》20 卷，隋吉藏《法华经玄论》10 卷、《法华经义疏》12 卷，唐窥基《法华经玄赞》10 卷，元徐行善《法华经科注》8 卷，明智旭《法华经会义》1 卷，清通理《法华经指掌疏》7 卷。另外还有日本、朝鲜高僧的注疏。《维摩诘经》的历代注疏中比较重要的有晋僧肇的《注维摩诘所说经》10 卷，隋慧远的《维摩经义记》8 卷，隋智𫖮的《维摩经玄疏》6 卷、《维摩经文疏》28 卷，隋吉藏的《维摩经玄论》8 卷、《维摩经义疏》6 卷，唐湛然的《维摩经疏略》10 卷，唐窥基的《说无垢称经赞》6 卷等。

第四，在佛教宗派和类型的选择方面，也体现了文化接受的主体性。印度佛教的小乘、大乘和密教都先后传到中土，但中国各民族对印度佛教宗派的接受大不相同。以密教为例，中唐时期印度发展繁荣的密教也传入中原。善无畏、金刚智、不空等人在首都长安传译《大日经》《金刚顶经》等密教经典，形成汉传佛教的密宗或称"真言宗"。但由于汉族传统文化的实践理性和大同精神，密教在中原地区影响不大，持续时间不长，而主张普度众生的大乘佛教更受欢迎，成为汉传佛教的主流。与此相反，边疆少数民族藏族、蒙古族和满族地区，其本土宗教本教和萨满教等都有巫术，相信咒语的力量，因此，他们对以真言咒语为特点的印度秘密佛教比较容易接受。主张显密并弘而有更多密教色彩的藏传佛教，成为这些民族共同的信仰，这也是文化过滤现象和文化接受主体性的体现。

除了民族文化的底蕴作为基础之外，文化过滤现象还受到一定时期的接受语境的制约，因为有什么样的语境便会有什么样的接受，也就是说，接受语境决定了接受什么和怎样接受。东汉佛教初传时期，神仙方术之学盛行，佛教也被当作一种方术来接受。如《后汉书》记载汉明帝曾下诏表彰楚王刘英"诵黄老之微言，尚浮屠之仁祠，洁斋三月，与神为誓"。可见当时人们是把佛陀和黄老一起祭祀的，因此汤用彤称其："浮屠之教既为斋戒祭祀，因附庸于鬼神方术。"① 对待佛经则比较重视讲禅法和修行方式的经典，如后汉时期主要的佛经翻译家安世高，其主要译品《安般守意经》、《阴持入经》、大小《十二门经》、《修行道地经》等，都是以修行方法为主的佛典。其中有些修行方法与道家相似，如所谓"安般守意"即数息入定，通过数息栓住心猿意马，消除烦恼，达到清净解脱。这与道家修行中的吐纳法非常接近，所以在黄老之学和神仙方术流行的情况下，人们对佛教的这种修行方法也比较容易接受，并且将其视为神仙方术之一。魏晋时期，玄学代替了神仙方术之学，佛教在中国的接受也有了新的变化，由重视参禅入定的禅数之学向重视智慧思辨的般若学发展。般若即智慧，在佛教戒、定、慧三学中属于慧学，而禅数学则属于定学。般若类经典早在后汉时期已经译出，如支娄迦谶的《道行般若》等，但并未引起重视。魏晋玄学兴起后，般若类佛典开始流行，朱士行西行求法，得《放光般若》，不久竺法护译出《光赞般若》，一时间，学习、研究、讲授般若成为时尚，般若学成为佛学的代名词。此后，般若学成为佛教义学的中心，一直持续到唐宋时代。与注重修持的禅数学相比，般若学显然更具有哲学意义，因而更受知识阶层的欢迎。作为佛教戒、定、慧三学之首的戒律学的接受则不同，虽然魏晋时期已有戒律译出并有人弘传，但影响不大，直到唐代道宣创立律宗，佛教律学才受到重视②。

最后，文化过滤还要落实到具体的接受者身上。翻译家选择翻译对象，经过了一番文化过滤，在翻译过程中将梵文转换为汉文，又经过了一番文化过滤，最后到读者层面，还要进一步根据自己的文化修养进行一次文化过滤。作为佛教文学读者的具体接受者，可以分成不同的群体和阶层。受传统儒家思想影响比较深的文人士大夫阶层，比较喜欢提倡人间佛教的《维摩诘经》。一般民众比较喜欢含有孝道因素的《佛说盂兰盆经》，其中的目连救母故事在中国小说戏曲中大放异彩。而一些有学问、喜欢思辨的读者，则比较喜欢《入楞伽经》《解深密经》《成唯识论》这样的具有很强哲理性和思辨性的佛经。当然，即使读同一部作品，不同文化群体的人，也有不同的理解和接受，其中也有文化过滤因素。由此可见，文化过滤伴随着佛教文学接

---

① 参见汤用彤《汉魏两晋南北朝佛教史》，上海人民出版社，2015年，第38页。
② 参见侯传文《佛经的文学性解读》，中华书局，2004年，第171—172页。

受的全过程。

二、文学误读

在文化与文学交流过程中，由于文化过滤的存在，误读也具有必然性。"误读"是文学接受中时常发生的现象，在传统的文学阅读鉴赏和影响研究中具有贬义，其含义是"不正确的阅读"或阅读理解中的"失误"。随着接受美学、阐释学和解构主义批评的兴起和发展，文学接受中的"误读"不仅具有必然性，而且具有了正面的积极意义。随着接受理论进入比较文学领域，"误读"也成了比较文学研究的重要视角①。文学交流中的误读，或者说比较文学研究所关注的误读，主要包括翻译过程的误读和读者阅读理解阐释过程中的误读两个方面，后者又有"无意误读"和"有意误读"之分②。佛教文学在中国的接受过程中，也伴随着这样的误读现象。

佛经汉译持续了一千多年，译出佛典上千部，其间的误读现象是一个值得专门研究的课题，这里只能略作探讨。首先，梵文佛典译成汉文，语言的转换和译者为适应读者的阅读视野而进行的调整，都属于比较文学研究所关注的"误读"现象。东晋高僧、著名佛学大师道安曾经总结出佛经翻译的"五失本""三不易"现象：

> 译胡为秦，有五失本也：一者胡语尽倒，而使从秦，一失本也。二者胡经尚质，秦人好文，传可众心，非文不合，斯二失本也。三者胡经委悉，至于叹咏，叮咛反复，或三或四，不嫌其烦。而今裁斥，三失本也。四者胡有义说，正似乱辞，寻说向语，文无以异。或千五百，刈而不存，四失本也。五者事已全成，将更傍及，反腾前辞，已乃后说。而悉除此，五失本也。然《般若经》三达之心，覆面所演，圣必因时，时俗有易，而删雅古以适今时，一不易也。愚智天隔，圣人巨阶，乃欲以千岁之上微言，传使合百王之下末俗，二不易也。阿难出经，去佛未

---

① 参阅乐黛云、勒·比雄主编《独角兽与龙——在寻找中西文化普遍性中的误读》，北京大学出版社，1995年。

② 参阅曹顺庆等《比较文学论》，四川教育出版社，2002年，第206—221页。

久，尊者大迦叶令五百六通迭察迭书。今离千年，而以近意量裁。彼阿罗汉乃兢兢若此，此生死人而平平若此，岂将不知法者勇乎？斯三不易也。①

这里的"五失本"和"三不易"，从比较文学接受研究的角度看，都可以视为佛经翻译过程中的"误读"现象。

其次，佛经汉译中也有属于"误译"性的误读，也就是在翻译过程中原文理解和译文表述都不到位，从而产生"误读"现象。这样的误读现象主要发生在早期的佛典汉译中。以《维摩诘经》为例，现存三个汉译本分别属于佛经翻译的三个历史阶段。第一个阶段即东晋以前，曾经有后汉严佛调译《古维摩诘经》、吴支谦译《佛说维摩诘经》、西晋竺法护译《维摩诘所说法门经》、西晋竺叔兰译《异毗摩罗诘经》等，以上四译现仅存吴支谦译本。该译本文字滞涩，义理亦有不达。西晋支敏度曾经将后三者合并，其《合维摩诘经序》记述，支谦、竺法护、竺叔兰"先后译传，别为三经，同本、人殊、出异。或辞句出入，先后不同；或有无离合，多少各异；或方言训古，字乖趣同；或其文胡越，其趣亦乖；或文义混杂，在疑似之间。若此之比，其涂非一"②。于是他以支谦译本"为本"，以竺叔兰译本"为子"进行合并，"分章断句，使事类相从"，但这个合并本已经失传，可见并不成功。第二阶段有后秦鸠摩罗什译《维摩诘所说经》，文笔流畅典雅，理亦究达，流传最广。第三个阶段唐玄奘译《说无垢称经》更加忠实原文，信达而雅。三者比较，可以看出早期翻译中误译较多，比如该经的名称 Vimalakirtinirdesa，本义为"维摩诘所说"，支谦译为《佛说维摩诘经》，即属于误读。其原因可能是他认为"经"必须是佛说，而维摩诘只是一位居士，不能由他来说经。后来玄奘弟子窥基批评罗什的翻译，其理由也是"经"只能由佛说，"弟子唯得说论议经"，即"三藏之中，唯得说阿毗达磨"③。其实不然，佛经中包括原始佛典《阿含经》中，佛弟子说的"经"并不少

① ［晋］释道安：《摩诃钵罗若波罗蜜经抄序》，见［梁］释僧祐《出三藏记集》，苏晋仁、萧炼子点校，中华书局，1995年，第290页。
② ［梁］释僧祐：《出三藏记集》，苏晋仁、萧炼子点校，中华书局，1995年，第310页。
③ 参见黄宝生译注《梵汉对勘维摩诘所说经》，中国社会科学出版社，2011年，"导言"第25页。

见。而且《维摩诘经》的宗旨是突出在家修行之"居士"的地位，显示维摩诘居士的智慧辩才，所以突出"维摩诘所说"。而支谦在这里强调"佛说"，既是误译，也是误读。类似的现象在具体内容的翻译中也有许多，如《问疾品》中维摩诘与文殊刚见面时的一段对话，是两大高手论道的开场，鸠摩罗什译文为：

> 维摩诘言："善来，文殊师利！不来相而来，不见相而见。"
> 文殊师利言："如是，居士！若来已，更不来。若去已，更不去。所以者何？来者无所从来，去者无所至。所可见者更不可见。"

这里表现的是唇枪舌剑的论道，显示维摩诘居士和文殊菩萨的智慧辩才，其中含有微妙精深的哲理。而支谦将维摩诘的话译为："劳乎，文殊师利！不面在昔，辱来相见。"只是一般的见面的客套①。显然既是误译，也是误读。由于梵汉之间差异很大，如果一方面不能精通，都很容易产生误译和误读，因此佛经翻译的误译和误读不仅发生在早期，后期仍然难以避免。东晋至唐，佛学昌盛，人才济济，佛经汉译质量也比较高。到宋代，虽然佛经汉译还在持续，但译品质量并不高，原因一是缺乏玄奘那样兼通梵汉的翻译大师，二是虽然也有译场组织"译经院"，但已经没有了鸠摩罗什译场那样高僧云集和谐协作的盛况。吕澂先生曾经论及宋代佛经翻译，统计译家可考的有 15 人，译出佛经 284 部，758 卷，其中密教典籍占多数，并指出："从宋代译经的质量上看，也不能和前代相比，特别是有关义理的论书，常因笔受者理解不透，写成艰涩难懂的译文，还时有文段错落的情形。"② 如天息灾译《菩提行经》，是公元 7—8 世纪印度佛学家和佛教文学家寂天的一部诗体佛学论著，黄宝生先生新译为《入菩提行论》。这是一部非常优美的佛教哲理长诗，在印度很受欢迎，广为流传，译成藏文也备受推崇，影响很大，但汉译却没有什么影响，主要是由于译本质量问题。黄宝生先生在其译

---

① 鸠摩罗什擅长删繁就简的意译，其译文有删节，属于另一种误读。这句话玄奘译为"善来，不来而来，不见而见，不闻而闻"更切合原文，且弥补了鸠摩罗什译文中"不闻"的缺失。参见黄宝生译注《梵汉对勘维摩诘所说经》，中国社会科学出版社，2011 年，"导言"第 19 页。

② 吕澂：《中国佛学源流略讲》，中华书局，1979 年，第 385—386 页。

注《梵汉对勘入菩提行论》的《导言》中指出天息灾译本译文拙劣晦涩难懂的原因："从翻译的角度看，主要有两个：一是译者时常疏忽大意，没有正确辨认梵文句内或复合词内的连声，造成对一些词汇的误读；二是译者没有认真把握词语的语法形态及其体现的词与词之间的逻辑联系，造成对一些词句的误读。有些译文虽然也表达出基本意思，但由于对语法形态理解不准确，也就难免表达得不够流畅清晰。"从翻译机制上看，宋代译经院表面上看也很完善，设有译主、证梵义、证梵文、笔受、缀文、证义、参详、润文和监译等，但由于担任主译、证梵义、证梵文的来华印僧不通汉语，担任笔受、缀文、证义等职的汉僧不通梵文，"如果笔受与这些来华僧人交流不充分，便会不顾及那些词语之间的语法和逻辑关系，想当然地将它们拼凑串连成句。这就难免会偏离原意"①。

第三，即使好的翻译，误读现象也很难避免。翻译不仅是两种语言之间的转换，而且是两种文化之间的转换，在概念术语、理论范畴、思维方式和表达方式等深层话语方面差异很大，不同话语系统的概念术语不能等同而又不得不选择匹配，势必造成误读。佛经汉译中此类现象亦属常见。为了沟通两种文化，早期佛经翻译家经常采用中国传统文化中的概念术语去翻译佛教的概念术语，如将真如译为"无为"，将性空译为"本无"，将波罗密译为"道行"等。以迦叶摩腾共竺法兰译《四十二章经》开篇为例：

> 佛言："辞亲出家为道，识心达本，解无为法，名曰沙门。"……
> 佛言："出家沙门者，断欲去爱，识自心源，达佛深理，悟佛无为；内无所得，外无所求，心不系道，亦不结业；无念、无作、无修、无证，不历诸位而自崇最，名之为道。"②

《四十二章经》是早期佛典中偈颂的编译，被认为是《法句经》的早期译本，但与《法句经》对比，显得面目全非，其原因主要是采用了太多的中国传统文化概念范畴，如"道""无为"等。对于早期佛典翻译中的误读

---

① 黄宝生译注：《梵汉对勘入菩提行论》，中国社会科学出版社，2010年，第5—6页。
② 《佛说四十二章经》，[汉]迦叶摩腾、竺法兰译，见方立天主编《佛学精华》，北京出版社，1996年，第3页。

现象，前人早有论及，如梁启超："盖彼时译家，大率渐染老庄，采其说以文饰佛言。例如《四十二章经》非惟文体类《老子》，教理亦多沿袭。此类经典，搀杂我国固有之虚无思想，致佛教变质，正所谓被水之葡萄酒也。"①译汉为梵也会遇到同样的问题。许多佛教史籍记述了唐太宗命玄奘等人将《道德经》译为梵文的事，在翻译过程中，玄奘与诸道士在如何翻译道家概念术语方面发生分歧。上文曾引述道宣《续高僧传》，对此《集古今佛道论衡》卷丙说的更为具体：道士们主张将"道"译为"菩提（bodhi）"，玄奘认为如果用佛教术语翻译道家概念，肯定会造成混淆和误解，因而主张将"道"译为"道路（marga）"，最终玄奘的意见被采纳②。然而，即使按照玄奘的意见将"道"译为"道路（marga）"，也不能传达"道"之深层内涵，难免会造成印度读者的误读。

在充满误译和误读的佛经翻译的基础上，中国读者在佛经的理解和阐释方面必然伴随着更多的误读现象。《牟子理惑论》是中国较早的阐述佛教原理的著作，署名东汉牟融，一般认为是魏晋时期的产物。由于作者有很深的儒道修养，经常以儒道解佛，其中对佛教义理的误读之处甚多。如其中关于佛的解释："佛者，谥号也。犹名三皇神，五帝圣也。佛乃道德之元祖，神明之宗绪。佛之言觉也，恍惚变化，分身散体，或存或亡，能小能大，能圆能方，能老能少，能隐能彰，蹈火不烧，履刃不伤，在污不染，在祸无殃，欲行则飞，坐则扬光，故号为佛也。"③ 这里描述的佛既不是小乘佛教记述的彻悟真谛的人间智者释迦牟尼佛，也不是大乘佛教宣扬的救世主如来佛，而更像是一位道教的神仙。

佛经理解阐释中的误读现象表现最突出最典型的是佛经讲解中的"格义"之学。"格义"的创造者是东晋时期的康法朗和竺法雅等人，梁释慧皎《高僧传·竺法雅传》说竺法雅"少善外学，长通佛义，衣冠士子，咸附咨禀，时依门徒，并世典有功，未善佛理。雅乃与康法朗等，以经中事数，拟配外书，为生解之例，谓之格义。及毗浮、昙相等，亦辩格义，以训门徒。

---

① 梁启超：《饮冰室佛学论集》，江苏广陵古籍刻印社，1990 年，第 167 页。

② 参阅汶江《试论道教对印度的影响》，载南亚研究所编《南亚与东南亚资料》1982 年第二辑。

③ ［梁］僧祐编撰：《弘明集·牟子理惑论》，刘立夫、胡勇译注，中华书局，2011 年，第 15 页。

雅风采洒落，善于枢机。外典佛经，递互讲说"①。就是把佛经中的名相与中国固有的类似概念相匹配，"递互讲说"，以便于理解。因为文化不同，观念有异，所以这种方法最容易产生误读。如以"无"解"空"，便很牵强，佛经中的"空"是说万物因缘合和而生，皆无自性，其实质是"非有非无"，与中国道家所说的"无"中生"有"的"无"有很大的差异。佛教初传时期，"格义"虽然容易造成误读，但在佛经传译尚不系统、译本文义不够畅达、佛经义解非常困难的初级阶段，以中国固有观念加以匹配，进行比较阐释，也不失为一种有效的方法，有其合理性。所以在整个魏晋时期，讲经说法者很难摆脱格义的影响，包括所谓"六家七宗"的代表人物支道林、竺法汰、支敏度等，都经常用玄学概念来匹配佛家名相。即使僧肇这样的佛学巨擘，其著论也"盛引老庄"。当然随着时代的发展，这样的释老互释逐渐成为历史，后来道士蔡晃、成英等人以佛教概念匹配解释老子，遭到玄奘反对，道士以僧肇盛引老庄进行辩解，玄奘说："佛教初开，深文尚拥，老谈玄理，微附佛言。肇论所传，引为联类，岂以喻词而成通极。"并指出蔡晃、成英等人的做法是"推步逸踪"的倒退行为②。

如果说魏晋南北朝时期在佛教文学接受中的误读大多是无意的，只是理解上的偏差或者说不得已而为之，那么，隋唐时期，中国佛教进入自觉自立阶段，其误读更多属于有意误读。这方面最有代表性的是《坛经》。如印度传统佛学有戒、定、慧三学，讲究通过持戒而入定，通过入定而发慧。佛经《法句经》收有著名的诸佛通戒偈："诸恶莫作，诸善奉行，自净其意，是诸佛教。"③是佛教最重要的道德训诫之一，《坛经》对此有不同的阐释。其《顿渐品》讲述神秀派弟子志诚到惠能处学道，惠能问志诚："吾闻汝师教示学人戒定慧法，未审汝师说戒定慧，行相如何？"志诚回答："秀大师说：'诸恶莫作，名为戒。诸善奉行，名为慧。自净其意，名为定。'"神秀将诸佛通戒偈与佛教的戒、定、慧三学联系起来，属于有意误读，但其解释与传统佛教宗旨相去不远，而惠能却认为神秀的解释肤浅，并且从心性论出发对戒、定、慧作了全新的解释："心地无非自性戒，心地无痴自性慧，心地

---

① ［梁］释慧皎：《高僧传》，汤用彤校注，汤一玄整理，中华书局，1992 年，第 152 页。
② ［唐］释道宣：《续高僧传》，见《大正新修大藏经》第 50 册，第 455 页。
③ ［印］尊者法救：《法句经》，［吴］维祇难等译，见《大正新修大藏经》第 4 册，第 567 页。

无乱自性定。"① 这里对戒、定、慧三学的全新解释，已经不是理解方面的无意偏离，而是具有创造性的有意误读。再如禅宗祖师关于"功德"的阐述。最初达磨祖师见梁武帝，武帝问："朕一生造寺、度僧、布施、设斋，有何功德?"达磨言："实无功德。"武帝不快，结果不欢而散。《坛经·疑问品》中韦刺史对达磨的说法不理解，请惠能解惑。惠能在否定传统佛教功德论的基础上，以心性理论对"功德"进行了全新的阐释："见性是功，平等是德。念念无滞，常见本性真实妙用，名为功德。内心谦下是功，外行于礼是德。自性建立万法是功，心体离念是德。不离自性是功，应用无染是德。若觅功德法身，但依此作，是真功德。……善知识，念念无间是功，心行平直是德。自修性是功，自修身是德。善知识，功德须自性内见，不是布施、供养之所求也。"② 传统佛教和佛教文学都有对布施等功德的宣扬，如果说达磨"实无功德"之说属于破旧，《坛经》中惠能的阐述则属于立新，是对传统功德论的有意误读。这样的有意误读实际上已经进入了变异改造的范畴。

三、变异改造

文学接受中的变异现象一般是在误读的基础上发生的，其中既有以无意误读为基础的变异，也有以有意误读为特点的变异。佛教文学接受中的变异现象主要发生在佛教融入中国文化之后，其中有佛教义理思想的变异，有文学形象和意象的变异，也有故事母题的变异。这些都是比较文学应当研究的问题。

《坛经》是佛教和佛教文学中国化的代表作之一，其中对印度佛教的变异和改造之处甚多。有些佛教义理方面的变异和改造适应了中国文化土壤，其中比较突出的首先是"尚无"思想。其《行由品》讲惠能的得道经过，体现其得道的示法偈为："菩提本无树，明镜亦非台，本来无一物，何处惹尘埃。"惠能针对的是神秀的示法偈："身是菩提树，心如明镜台，时时勤

① 《坛经》，丁福保笺注，陈兵导读，哈磊整理，上海古籍出版社，2011年，第147—148页。
② 《坛经》，丁福保笺注，陈兵导读，哈磊整理，上海古籍出版社，2011年，第64—65页。

拂拭，勿使惹尘埃。"① 神秀偈主旨是勤修渐悟，比较符合传统佛教思想，而惠能偈突出表现了"尚无"思想。"无"是中国道家哲学的核心概念，《老子》第一章云："'无'名天地之始；'有'名万物之母。"② 如上文所述，东晋时期竺法汰"本无宗"和支敏度"心无宗"都有以"无"解"空"的倾向，属于误读。而惠能偈"菩提本无树""本来无一物"都强调"无"，显然已经不是无意的"误读"，而是有意的变异改造。"本来无一物"可能不是惠能偈的原句③，但并不违背惠能思想。惠能后来为门人说法，也表现"尚无"思想，如其《定慧品》说："我此法门，从上以来，先立无念为宗，无相为体，无住为本。无相者，于相而离相。无念者，于念而无念。无住者，人之本性。"④ 隋唐时期中国高僧对佛学义理的理解已经非常全面深刻，此时《坛经》表现的"尚无"思想，已经不再属于误读，也不同于"六家七宗"的"贵无"，而是有意表现非同寻常的佛理。从佛教中国化的角度说是否定之否定。早期的以"无"解"空"是佛教中国化的初级阶段，惠能《坛经》的以"无"代"空"，则是佛教中国化的高级阶段。惠能之"无"代表的是否定性思维方式，凡是说"有"的东西，一概视之为"无"，包括心、性、佛性等本体概念，都不能执着为实有，这大概就是所谓"禅境"。这种否定性思维在《坛经》中是一一贯之的，也是禅宗的一大特色。

与印度佛教相比，中国佛教的思想变异以"禅"最有代表性。禅（dhyāna）原义沉思、静虑，传入中国后被音译为"禅那"，略说为"禅"。Dhyāna 是瑜伽修行的重要环节，也是印度传统哲学的重要范畴，在《奥义书》和后来的《瑜伽经》中有比较多的论述。佛教继承并发展了尚寂静求解脱的印度传统宗教文化，同时继承了印度传统的瑜伽修行方式，并特别强调其中的 dhyāna。佛教传入中国，首先被国人接受的是其追求宁静的禅定方式。早期著名佛经翻译家安世高的主要译品就是有关参禅入定的禅数学著

---

① 《坛经》，丁福保笺注，陈兵导读，哈磊整理，上海古籍出版社，2011 年，第 20、14 页。
② 关于《老子》，句读不同，语义亦有差异。此处参阅陈鼓应《老子注释及评介》，中华书局，1984 年，第 53 页。另参阅陈鼓应《老子的有无、动静及体用观》，载《华中师范大学学报》2005 年第 6 期。
③ 郭朋认为"本来无一物"一句是后人篡改的，与惠能的根本思想"真如缘起论"和"佛性论"相悖。原句应为"佛性本清净"。参见郭朋校释《坛经校释》，中华书局，2012 年，序言第 1—16 页。
④ 《坛经》，丁福保笺注，陈兵导读，哈磊整理，上海古籍出版社，2011 年，第 80 页。

作。他翻译的《安般守意经》主要讲述调息守意入禅之法，是早期汉译佛典中最著名、最流行的经典之一。所谓"安般"就是数息、调息，因此这种禅法称为"数息禅"，由于此禅法强调止息观心，又称"止观法门"。后来中国佛教大师关于禅法的著作很多，其中最著名的是被称为"智者大师"的隋代天台宗创始人智顗，他著有《摩诃止观》《释禅波若蜜次第法门》《修习止观坐禅法要》《禅门要略》《禅门口诀》等禅学著作多种，释元照为《修习止观坐禅法要》作序，强调止观即禅法的重要意义："入道之枢机，曰止观，曰定慧，曰寂照，曰明静，皆同出而异名也。若夫穷万法之源底，考诸佛之修证，莫若止观。"① 可见，所谓止观禅法，从某种意义上说，就是寂静境界的追求。"禅宗"顾名思义是"以禅为宗旨"，也特别重视禅，但其含义则不尽相同，如《坛经·坐禅品》中惠能关于"禅定"的解释："善知识，何名禅定？外离相为禅，内不乱为定。外若着相，内心即乱。外若离相，心即不乱。本性自净自定，只为见境思境即乱。若见诸境心不乱者，是真定也。善知识，外离相即禅，内不乱即定。外禅内定，是为禅定。"② 这里惠能之禅，已经不同于"止观"之禅。随着禅宗的发展，"禅"更多地被理解为思维方式、认识方式和智慧境界。作为思维和认识方式，主要表现为超越逻辑思辨的"悟"，作为境界即悟得本性，并且见性成佛。总之是从外在转向内在，从形式转向内容，从方法转向目的和结果。从印度禅学到中国禅宗，发生了根本性的变异。《坛经》是禅宗的根本经典，在许多根本问题上对印度佛教进行了变异和改造，在佛教中国化的道路上具有里程碑的意义。

除了"禅"学之外，中国佛教文学在思想方面变异比较大的是"净土"。净土思想在印度虽然早已形成，一般认为大约公元前 2 世纪末就出现了对未来佛弥勒及其未来净土的信仰，大约公元前 1 世纪产生了一批关于弥勒净土的佛经，但在印度似乎并不流行。随着大乘佛教的兴起和发展，属于小乘佛教系统的弥勒信仰及其经典被边缘化了，到公元 1—2 世纪出现了宣扬阿弥陀佛及其西方极乐世界的《阿弥陀经》《无量寿经》和《观无量寿经》。这些佛经最初产生并流行于印度贵霜王朝的健陀罗地区，这里是印度

---

① 方立天主编：《佛学精华》，北京出版社，1996 年，第 2183 页。
② 《坛经》，丁福保笺注，陈兵导读，哈磊整理，上海古籍出版社，2011 年，第 86 页。

文化和西亚北非文化的交汇之处，因此这些经典在形成过程中明显地受到了来自西亚北非文化的影响，而在印度佛经中显得另类。特别是其中的《观无量寿经》，学者研究认为其结集地不是印度，而是中国或者中亚①。然而，这些在印度属于另类的佛教经典在中国却大受欢迎。由中国佛教净土宗倡导，往生西方极乐世界成为广大中国佛徒的普遍信仰。可见从印度佛教的净土思想到中国佛教的净土宗，发生了根本性的变异。

变异改造的结果是创新。佛教思想在中国的变异最终表现为佛教的中国化和佛教文学的中国化，其重要标志是具有中国特色的佛教宗派的出现。隋唐时期，佛教中国化基本完成，天台宗、华严宗、禅宗、净土宗等典型的中国佛教宗派形成。上述思想变异最大的"禅"和"净土"思想，形成了最具中国特色和最有影响力的两大佛教宗派禅宗和净土宗。禅宗一方面反对传统佛教的烦琐思辨和仪规，主张直指人心，见性成佛；另一方面反对传统佛教的出世主义，提倡人间佛教，主张禅耕一致。净土宗反对传统佛教的烦琐思辨和出世主义，主张通过念佛和观想实现往生佛国净土的终极追求。虽然禅宗和净土宗之间有明显的差异，一个内求，一个外求；一个强调自我明心见性，一个强调外力拯救；一个充满哲理情趣，一个充满信仰诉求；一个为文人士大夫所欢迎，一个为广大群众所接受，但它们都是适应中国文化土壤而对印度佛教进行改革的产物。伴随中国化佛教宗派的出现，各宗派都产生了包罗宏富的佛教著述，其中有相当多的作品具有文学意义，属于中国佛教文学的代表作。这些作品大部分是中国佛教文学的创新性成果。比如出于禅僧之手的丰富多彩的表现禅思、禅理和禅趣的禅门偈颂，不仅在中国文学中大放异彩，而且传入朝鲜、日本等国家，产生了世界性的影响，如上文所述，还反馈到佛教文学的故乡印度。随着中国佛教净土宗的形成和发展，中国佛教净土文学也获得了创新性发展。在对净土思想变异改造的基础上，中国佛教净土宗不仅创造了"五会念佛"的宗教仪式，而且创作了大量赞颂阿弥陀佛及其西方极乐世界、表现净土信仰的赞歌，在念佛仪式上咏唱。这些赞歌与印度佛教文学重要一翼的佛教赞颂诗交相辉映，成为东方歌诗的

---

① 参阅［美］肯尼斯·K·田中《中国净土思想的黎明》，冯焕珍、宋婕译，上海古籍出版社，2008年，第43页。

代表①。

　　佛教文学形象的变异以菩萨形象最有代表性。菩萨是梵文 Bodhisattva 的音译菩提萨埵的省略，意译为"觉有情"或"道众生"等，指已经觉悟、具备了佛性但还没有成佛的众生。在早期的小乘佛教文学中，"菩萨"是成佛之前的释迦牟尼及其前身的专用名称。大乘佛教主张人人都有佛性，都可以成佛，菩萨成了已经具备成佛条件，但为了救度众生而暂时不作佛的神明。他们是佛的助手，并且由于承担了救世救人、普度众生的责任，其形象更加鲜明突出。以佛经为代表的印度佛教文学中已经成功塑造了一批性格鲜明突出的菩萨形象，其中最有代表性的是被称为四大菩萨的弥勒、观音、文殊和普贤。他们来到中国后，在中国佛教文学中都发生了变异，其中文殊和普贤变异比较少，但影响逐渐式微。弥勒形象变异比较大，作为未来佛和弥勒净土的主人成为人们崇拜的对象，其形象塑造也以中国化的大肚弥勒最为流行。四大菩萨中变异改造最多的是观音菩萨。观音即观世音，是梵文 Avalokitesvara 的意译。在印度佛教文学中，观音是经常出场的大菩萨之一，关于他的汉译佛经也比较多，其中最重要的是《法华经》，其第 25 品《观世音菩萨普门品》后来以《观音经》的名称单独流传。在《华严经》《悲华经》《无量寿经》《观无量寿经》等大乘佛典中，观世音菩萨也是重要角色。此外还有大量密教经典，如《请观世音菩萨消除毒害陀罗尼咒经》《十一面观音神咒经》《千手千眼观世音菩萨广大圆满无碍大悲心陀罗尼经》等，也都塑造了不同特征的观世音形象。在印度佛教文学中，观世音菩萨形象丰富多彩，但还没有形成观音信仰，也没有一个主导性的深入人心的内在与外在统一的"观音形象"。

　　由于观世音菩萨的特点是大慈大悲救苦救难，很受处于乱世困苦之中的民众的欢迎，进入中国后很快成为信仰和崇拜的对象。在观音菩萨信仰的推动下，出现了许多出自中国人之手的"观音经"，如《高王观世音经》《观世音十大愿经》《观世音三昧经》等。这些作品作为佛经属于"疑伪经"，但作为文学作品就无所谓伪作了。观世音形象在中国之所以影响巨大，还得力于民间佛教文学的传播。佛教戏曲中表现观世音的作品很多，如《观音救

---

　　①　参见本书第三章《佛教文学文类学研究》第二节《偈颂赞歌与佛教歌诗》。

父记》《慈悲菩萨惜龙南海记》《观世音修行香山记》《观音菩萨鱼篮记》（又名《鲤鱼记》）《锁骨菩萨》《马郎妇坐化金沙滩》等。《观世音修行香山记》是演妙庄王之女妙善成道之事，地方戏中《大香山》《观音得道》等戏，亦演此事。在民间说唱文学"宝卷"中，关于观音菩萨的作品也经常出现，其中最著名的是《西游记》。另外还有专写观音菩萨事迹的《南海观音传》《观世音传》等神话传奇小说。由于这些作品的塑造，观世音菩萨形象的影响更为广泛和深远。

中国佛教文学中的观音菩萨发生了深刻的变异，与印度佛经中的观世音有很大的不同。一是作为信仰崇拜的对象，观音菩萨进一步神化，其地位不仅超越其他菩萨，甚至在一般的佛之上。二是突出了大慈大悲救苦救难的特点。在佛经中，慈悲只是观音形象的一个方面，另外还有狮子无畏、大光普照、天人丈夫等，被称为"观音大士"。在中国佛教文学中，一方面强调"大悲"观音的德行，将宣扬救苦救难观世音的《法华经·观世音菩萨普门品》升格为《观音经》，单独流传。实际上是将佛陀悲天悯人慈悲为怀的性质赋予了观世音，同时把救世主的角色也赋予了观世音。三是突出了女性观音形象。佛经中菩萨形象是不定的，《法华经·观世音菩萨普门品》说他有33种应化身，随救度对象不同而显现不同形象。其他佛典中观音形象也各不相同，除了密教经典中比较怪异的形象之外，观音大多以男性形象出现，因此早期佛教寺院石窟壁画中的观音菩萨大都是男性，或者根据神明无性观念塑造为半男半女、非男非女形象。唐代以后，中国佛教文学艺术中的女性观音形象越来越流行。关于女性观音来源的传说有两个，一是南宋沙门祖琇《隆兴佛教编年通论》卷一三载，唐道宣向"天神"问观世音缘起，天神说过去有国王名妙庄，其三女儿妙善因抗拒父母为之婚配，出家为尼。后其父生病，有神僧献医，需用人的手和眼，于是妙善公主献上了自己的手和眼。父王病愈后进山致谢，才知道是自己的女儿。妙善为其显化"千手千眼观音圣像"，后还复本身而死。后来的《香山宝卷》等说唱文学作品便是根据这一传说故事改编的。二是元代念常《佛祖历代通载》卷一五和觉岸《释氏稽古略》卷三分别记载的马郎妇故事，说唐代陕右有一美女子，求婚者很多，美女子让他们背诵《观音经》《金刚经》和《法华经》，最后只有马姓青年能在三天内背诵《法华经》，美女遂嫁马郎。但成婚的那天，"客未散而妇命终"。后有老僧来访，谓此女为观音大士显化，以锡杖拨开妇人墓，见尸已化，只剩金锁子骨。这些故事对观音形象的男变女有直接的影响。在后来的戏曲小说中，观音菩萨基本上都是以慈眉善目、丰润优雅的美少妇的形象出现①。

　　除了菩萨形象之外，印度佛教文学中常见的龙王、阎罗王、天王、金刚、罗刹、夜叉等神话形象，在中国佛教文学中也都发生了变异。限于篇幅，不能详论。

　　文学母题的变异在文学接受中更为普遍。印度佛教文学中常见的题材性显型母题、题旨性隐型母题和叙述代码性原型母题，在中国佛教文学中都发生了变异。我们在上文已经谈论过"目连救母"故事在中国的演变，中国佛教文学中的目连变文、目连戏等，故事内容和主题题旨都发生了变异。印度佛经文学经常表现的主题，如因缘果报、轮回转生、遇难搭救、出家求道、神变斗法、往生净土、魂游地狱等等，也是中国佛教文学的重要主题，经过佛教文学和一般文学的反复表现而成为东方文学原型母题。这些来自印度佛教文学的原型母题，在中国佛教文学中也发生了变异。以轮回转生为例。宋初编纂的《太平广记》，集汉魏至五代之小说家言，分类编辑，其中"报应""异僧""悟前生""畜兽""再生"等部皆有轮回转生故事。录自徐铉《稽神录》的《王氏老姥》收于"畜兽"部，讲王姥死前对儿子说自己当转生为西溪浩氏家的牛，腹下有"王"字者便是。其子去寻，果然生牛如此，赎之以归②。这种实证性的转生方式和孝道思想的表现，与轮回转生母题在印度佛教文学中所体现的生命流转不息、众生本质平等的题旨情趣迥异。

　　总之，文化过滤、文学误读和误读基础上的变异，都是文学接受中时常发生的现象。印度佛教文学在中国的接受也经过了文化过滤、文学误读和变异改造，使中国佛教文学在思想内容、艺术形象和文学母题方面都与印度佛教文学拉开了距离，实现了自己的创新和发展，使中国佛教文学成为中国文学的重要组成部分，而不是印度佛教文学的中国分支。

---

① 参见侯传文《论佛经文学中的菩萨形象》，载《东方丛刊》2002 年第 2 辑。
② 详见［宋］李昉等编《太平广记》卷四三四《畜兽一》，中华书局，1961 年，第 3524 页。

第四节　中国佛教文学中的印度形象

东汉末年，佛教自印度经西亚、中亚地区传入中国。此后的两千多年间，深刻地影响了中国文化与社会生活的方方面面，"佛国"便成为古代文人、僧众心目中最有代表性的印度符号，亦真亦幻的佛国形象，曾在他们的笔下大量出现。这既是中国佛教文学的一个重要现象，也是中国文人在佛教接受过程中对印度的形象化阐释。

一、想象佛国

佛国形象的整体建构，是从对佛教的创始人——佛陀的想象认知开始的。中国佛教文学中佛陀形象的变迁，则是佛教传入后与本土儒、道文化关系演变的一个折射，是崇佛与抑佛之争、冲突与融合相间的清晰化展现。

1、"儒圣"与"道仙"——中国化佛陀

中国典籍中最早出现的佛陀形象，可以追溯至《列子》。《列子》卷四《仲尼篇》中，孔子回答商太宰所问什么是"圣"时说道：

> 西方之人，有圣者焉，不治而不乱，不言而自信，不化而自行，荡荡乎民无能名焉。①

在该段记载的注中有"梁章钜曰：尊佛之言盖始于此"之语。若按此理解，这里的"西方"，当指佛国印度，"西方圣者"，当指佛陀。这大概是中国典籍中最早出现的对佛陀形象的描摹，出自儒圣孔子之口，自然赋予其儒家理想人格的典型特征：遵从仪礼规范，施行德道，活脱脱一个本土化的佛陀形象。不同的是，与儒家提倡积极入世相反，此处孔子所赞是西方圣人"无为"之德。实际上，《列子》现多被认为是一部伪书，释迦牟尼的生卒

---

① 杨伯峻：《列子集释·仲尼篇》，中华书局，1979年，第121页。

年代与孔子相差无几①，当时中印间的来往也不可确究，所以，很难确定这段记述出自孔子之口。但即便是后人杜撰，也能从中看出，佛教初传中国时，与作为本土主流信仰的儒家文化并无本质冲突，所以，佛陀才能得到儒圣孔子的赞誉，这是儒家圣人对待佛教领袖佛陀的态度——最起码这是包括该段记载的作者在内的一部分人的理解②。

从三国到魏晋，佛教又依附玄学，站稳脚跟的同时得到了发展。康僧会曾言："《易》称'积善余庆'，《诗》咏'求福不回'。虽儒典之格言，即佛教之明训。"③ 晋时著名文学家孙绰则直接把儒、佛相等同："周孔即佛，佛即周孔，盖外内名之耳。"④ 并在其《道贤论》中将两晋时的七位名僧比作魏晋时的竹林七贤。南朝著名高僧慧远也曾在他的《沙门不敬王者论》一文中将佛陀与儒家诸圣相提并论：

> 常以为道法之与名教，如来之与尧孔，发致虽殊，潜相影响……佛有自然神妙之法，化物以权，广随所入，或为灵仙转轮圣帝，或为卿相国师道士。⑤

这自然是佛教初传中国与中国主流文化儒家学说相比附、妥协的结果。但客观上看，儒家学说与佛教理论在心性问题上有相通之处，如儒家倡导"人皆可以为尧舜"，即与佛教所言"众生皆有佛性"在理论上存在一定的契合。明时宋濂仍推崇契嵩东西方圣人之教一贯的说法："天生东鲁、西竺二圣人，化导蒸民，虽设教不同，其使人趋于善道，则一而已。为东鲁之学者，则曰：'我存心养性也。'为西竺之学者，则曰：'我明心见性也。'究其实，虽若稍殊，世间之理，其有出一心之外者哉？"⑥

---

① 关于释迦牟尼的生卒年代，历来有不同意见，但大致认为和孔子处于同一时代并稍早于孔子。

② 何治运、龚自珍和杨文会认为该"西方圣人"和《列子·周穆王篇》中的"西极化人"即指佛陀。见季羡林《〈列子〉与佛典》，《季羡林全集》第14卷，外语教学与研究出版社，2010年，第45页。

③ ［梁］释慧皎：《高僧传》，汤用彤校注，汤一玄整理，中华书局，1992年，第17页。

④ ［梁］僧祐编撰：《弘明集》，刘立夫、胡勇译注，中华书局，2011年，第80页。

⑤ ［梁］僧祐编撰：《弘明集》，刘立夫、胡勇译注，中华书局，2011年，第326页。

⑥ ［明］宋濂：《〈夹注辅教编〉序》，见罗月霞编《宋濂全集》，浙江古籍出版社，1999年，第939—940页。

佛教初传，中国文人除将佛陀视为"儒圣"外，还将其视为"道仙"：

> 昔孝明皇帝梦见神人，身有日光，飞在殿前，欣然悦之。明日，博问群臣："此为何神？"有通人傅毅曰："臣闻天竺有得道者，号之曰佛，飞行虚空，身有日光，殆将其神也。"①

佛陀是"飞行虚空、身有日光"的"得道者"，俨然一副道态仙姿。佛教初传，人们往往将想象中的缺席的异域佛陀视为与在场的黄老或神仙方术相类似的神，把黄老和浮屠（佛）一同列为崇仰、拜祀的对象。如汉时光武帝之子楚王刘英"诵黄老之微言，尚浮屠之仁祠"，桓帝时"又闻宫中立黄老、浮屠之祠。此道清虚，贵尚无为，好生恶杀，省欲去奢。……或言老子入夷狄为浮屠。"

这种佛陀"道仙"形象的产生，有几方面原因。首先，理论上，佛教的清虚无为、出世思想与黄老之学的清静无为、"致虚极，守静笃"具有一定相契性，佛教的否定思维和道家的批判意识也有相通性。在实践方式上，佛教提倡的禅修和神仙方术的修行也有一定相似性。所以，《三国志》卷三〇引《魏略》云："《浮屠》所载与中国《老子经》相出入，盖以为老子西出关，过西域之天竺，教胡。"② 此引言中，后一句是荒诞的并已被证伪，但前一句却有一定道理。佛教传入之后，相当长一段时期内被当作与道教的混合形态来接受。的确，在今天酒泉和吐鲁番出土的北凉小佛塔，上面是佛像，中间是经文，底座则是八卦和星象相结合，清楚地看出直到北凉时期，佛和道的分野仍不明显，仍相互混合。

其次，秦汉之际，中国盛行神仙方术，秦始皇和汉武帝都笃信不死之药可求、神仙可致，这种观点在民间也有一定的心理基础。长期战乱之后的汉初，统治者期用黄老之学来稳定社会秩序和人心。汉武帝罢黜百家独尊儒术，实现了思想文化的大一统，社会也比较稳定。但好景不长，两汉之际社会再次陷入动乱，东汉时期社会矛盾进一步加剧，儒家一统地位发生动摇，

---

① ［梁］僧祐编撰：《弘明集·牟子理惑论》，刘立夫、胡勇译注，中华书局，2011年，第47页。
② ［晋］陈寿撰，［南朝宋］裴松之注：《三国志》卷三〇《魏书·乌丸鲜卑东夷传》，中华书局，1964年，第859—860页。

神仙方术之学再起，佛教恰在这时传入。人穷呼天，世乱敬鬼，"当民生涂炭，天下扰乱，佛法诚对治之良药，安心之要术。佛教始盛于汉末，迨亦因此欤?"①

第三，从佛教方面来说，早期来中国的印度僧人以及中国本土僧人，对作为本土宗教的道教有所了解，主观上希望附会一些道仙之术，以吸引信众，如天台宗僧人慧思就曾试图打通佛教和道教，使成佛和成仙合二为一。另，佛教最初在一定程度上是被作为鬼神方术来接受的，西汉末、东汉初，鬼神方术盛行，"最初佛教势力之推广，不能不谓因其为一种祭祀方术，而恰投一时风尚也"②。

第四，佛教初传，常以本土儒道经典术语附会解释佛教义理，"格义"之学兴起。一方面，这是本土文化接受和诠释外来文化时的一种自然现象；另一方面，则是主观附会使然，如晋高僧道安虽言"先旧格义，与理多违"，实践中自己也这样做过，而且曾听任弟子慧远"不废俗书"。

以上分别是佛陀的"儒圣"与"道仙"形象的来源。除此之外，中国佛教典籍中也有将佛陀、儒圣、道仙这三者相提并论的，如《牟子理惑论》中将佛陀比作了中国文化传统中的三种理想化形象："绝圣弃智、修真得道"的真人（道家），"恍惚变化分身散体"的仙人（神仙家），"犹名三皇神、五帝圣"的圣人（儒家）③。明代德清禅师则明言"孔、老即佛之化身"，智旭禅师也认为，"此方圣人是菩萨化现，如来所使"，即孔子、老子是代表佛陀在中国施行化度的。明陈继儒在其《小窗幽记》中也有"佛只是个了仙，也是个了圣"之语，已将佛视为善于了却执情的神仙和了却烦恼的圣人了。

总之，佛教初传中国，中国人对这一外来宗教文化尚无多少了解，便自然地与中国固有的文化传统儒家、道家、神仙家等相联系；而佛教为了传播的需要，主动采取了对儒家和道家学说、神仙方术的附会迎合，也在主观上表现出佛教为了存活和发展，采取与两家相融合的策略，所谓"金玉不相

---

① 汤用彤：《汉魏两晋南北朝佛教史》，上海人民出版社，2015 年，第 51 页。
② 汤用彤：《汉魏两晋南北朝佛教史》，上海人民出版社，2015 年，第 38 页。
③ 参阅方立天《中国佛教文化》，中国人民大学出版社，2006 年，第 403—404 页。

伤，精魄不相妨"①。加之佛教文化在客观上与儒家、道家、神仙家有一定的相似和契合（特别是道家和神仙方术），佛教的领袖——佛陀在人们心目中便具备了"儒圣""道仙"的形象特征。于是，在国内有些庙宇里，来自佛国印度的佛陀和中国本土的孔子、老子并肩而坐，共同接受人们的膜拜祭供，也就不奇怪了。

2、从"神化""矮化"到"归化"——佛陀形象的变迁

佛陀，即释迦牟尼，本是现实中的人，原始佛教时期也并未被视为神，只是在佛陀灭度之后，才被后期弟子、大乘佛教徒们逐渐神化。在中国也是这样，由于佛教徒的一再崇仰并将这种崇仰推向极致，产生了"神"化的佛陀形象。这包括对佛陀以下几个方面的描摹和渲染。

一是形貌之神异。作为佛教领袖，佛陀自然具有不凡之身相。史载汉明帝夜梦金人的故事，为佛陀形象增添了第一丝神异光环，成为后世想象佛国圣域的重要肇始：

> 世传明帝梦见金人，长大，顶有光明，以问群臣。或曰："西方有神，名曰佛，其形长丈六尺而黄金色。"帝于是遣使天竺问佛道法，遂于中国图画形像焉。②

此前，已有汉武帝拜金人的说法，但并不可信，此处近二百年后东汉明帝夜梦金人的"金人"才有可能指佛像。这实际上是对佛教何时传入中国的争论之一。"长大，顶有光明"的"金人"可谓古代中国人心目中神异佛陀形象的第一个形貌代表符号。《法华经》《华严经》《无量寿经》等大乘佛典塑造的佛陀形象，都有光明普照的特点，如《法华经·如来神力品》描写佛陀"一切毛孔，放无量无数色光，皆悉遍照十方世界"，俨然一个光明

---

①　［梁］僧祐编撰：《弘明集·牟子理惑论》，刘立夫、胡勇译注，中华书局，2011年，第34页。

②　［南朝宋］范晔撰，［唐］李贤等注：《后汉书》卷八八《西域传》，中华书局，1965年，第2922页。汉明帝夜梦金人，古籍中多有记载，如汉时《牟子理惑论》和东晋袁宏《后汉纪》等。此处采用了范晔《后汉书》中的记载。

之神形象①。随着佛经陆续译至中国，经书中对于佛陀形貌的描述便开始为中国典籍所模仿，如《牟子理惑论》：

> 太子有三十二相、八十种好，身长丈六，体皆金色，顶有肉髻，颊车如师子，舌自覆面，手把千辐轮，顶光照万里。此略说其相。②

在"略说其相"之后，牟子又以伏羲、尧、舜、禹、皋陶、文王、周公、孔子、老子等也各具奇相的事实，来应辩对佛陀相貌"何其异于人之甚也"的诘疑。其实，原始佛教并不对佛陀进行神化，亦无对佛陀形貌的描写，《增一阿含经》即言"如来身者，不可造作""不可模则""诸天人自然梵生……也不可貌像"。后期大乘佛教开始对佛陀进行神化，打破了过去不能在艺术作品中表现佛陀的惯例，佛像也在贵霜时期希腊文化的影响下开始出现③。

二是出生之祥瑞、灭度之异象。大凡宗教领袖或伟人出生，多伴有神迹出现和祥瑞现象发生④，佛陀的出生自然亦如此。如，释迦牟尼的母亲梦感六牙白象而孕之后：

> 以四月八日从母右胁而生。堕地行七步，举右手曰："天上天下，靡有逾我者也。"时天地大动，宫中皆明。⑤

东晋著名佛教诗人支遁在其《释迦文佛像赞》中已有"仰灵胄以丕承，藉俊哲之遗芳，吸中和之诞化，禀白净之颎然。生自右胁，弱而能言"⑥之句，又在《四月八日赞佛诗》中对佛诞时令、物候及法会的盛况予以描摹：

> 三春迭云谢，首夏含朱明。

---

① 大乘佛教的光明崇拜与波斯拜火教的影响有关。
② ［梁］僧祐编撰：《弘明集·牟子理惑论》，刘立夫、胡勇译注，中华书局，2011 年，第 10—11 页。
③ 学术界普遍认为佛像最初产生于贵霜时期（1 世纪）的犍陀罗地区。
④ 如耶稣母亲感受圣灵而孕，降生时天兵与天使同声赞美上帝，伯利恒的上空有星出现。
⑤ ［梁］僧祐编撰：《弘明集·牟子理惑论》，刘立夫、胡勇译注，中华书局，2011 年，第 10 页。
⑥ ［清］严可均校辑：《全上古三代秦汉三国六朝文》，中华书局，1958 年，第 2368 页。

祥祥令日泰，朗朗玄夕清。

菩萨彩灵和，眇然因化生。

四王应期来，矫掌承玉形。

飞天鼓弱罗，腾擢散芝英。

绿澜颓龙首，缥蕊翳流泠。

芙渠育神葩，倾柯献朝荣。

芬津霈四境，甘露凝玉瓶。

珍祥盈四八，玄黄曜紫庭。

感降非情想，恬怕无所营。

玄根泯灵府，神条秀形名。

圆光朗东旦，金姿艳春精。

含和总八音，吐纳流芳馨。

迹随因溜浪，心与太虚冥。

六度启穷俗，八解濯世缨。

慧泽融无外，空同忘化情。①

同样，对于佛陀的灭度，古代典籍中的记载也不乏异象出现。《洛京白马寺释教源流碑记》中载，早在西周穆王时期，因释迦灭度，中华"大地震动，江河泛涨，有白虹十二，南北贯通，连霄不灭"②，《周书异记》③ 也对佛陀涅槃时伴有大地震动等奇异现象有细致描绘，体现出人们特别是众佛徒们对佛陀的感情。

三是意志之坚定、历程之艰辛。这是针对释迦牟尼成佛并度化世人的过程而言。仍以《牟子理惑论》中的记载为例，对佛陀不贪安乐，离家出宫，见人间苦，继而感念"万物无常有存当亡"，终于出家学道以"度脱十方"的过程作了详细描述：

年十七，王为纳妃，邻国女也。太子坐则迁座，寝则异床，天道孔

---

① 逯钦立辑校：《先秦汉魏晋南北朝诗》，中华书局，1983 年，第 1077 页。
② 徐金星：《洛阳白马寺》，文物出版社，1985 年，第 20 页。
③ 《周书异记》也被认为是一部伪书，大致成书于南北朝时期。

明，阴阳而通，遂怀一男，六年乃生。父王珍伟太子，为兴官观，妓女宝玩并列于前。太子不贪世乐，意存道德。年十九，二月八日夜半，呼车匿，勒犍陟跨之，鬼神扶举，飞而出宫。明日廓然，不知所在。王及吏民莫不歔欷，追之及田。王曰："未有尔时，祷请神祇。今既有尔，如玉如珪，当续禄位，而去何为？"太子曰："万物无常，有存当亡。今欲学道，度脱十方。"王知其弥坚，遂起而还。太子径去，思道六年，遂成佛焉。①

类似的记载颇多，特别是佛门高僧或对佛教情有独钟的文人，如唐玄奘在其《大唐西域记》中亦有多处对这一事件的重复描摹。

四是智慧之高超、法力之神奇。作为佛国领袖，佛陀自然法力无边：

> 佛者，谥号也。犹名三皇神、五帝圣也。佛乃道德之元祖，神明之宗绪。佛之言觉也。恍惚变化，分身散体，或存或亡，能小能大，能圆能方，能老能少，能隐能彰，蹈火不烧，履刃不伤，在污不染，在祸无殃，欲行则飞，坐则扬光，故号为佛也。②

袁宏《后汉纪》中将佛形貌与神通法力结合在一起进行描述："佛身长一丈六尺，黄金色，项中佩日月光，变化无方，无所不入，故能化通万物而大济群生。"③ 东晋高僧慧远在其《沙门不敬王者论》中也有"佛有自然神妙之法，化物以权，广随所入"的描述。在《西游记》《庚申外史》等著作中，佛的神通法力有更多的体现。

其实，佛教最初不重神通，"释迦处处以自身修养诏人。智慧所以灭痴（无明）去苦，禅定所以治心坚性，戒律所以持身绝外缘。至若神通虽为禅定之果，虽为俗众所欣慕，并不为佛所重视。《长阿含·坚固经》曰：'佛复告坚固，我终不教比丘为婆罗门长者子居士而现神足上人法也，我但教弟

---

① ［梁］僧祐编撰：《弘明集·牟子理惑论》，刘立夫、胡勇译注，中华书局，2011 年，第 12—13 页。释迦牟尼出家时年龄应该是二十九岁。
② ［梁］僧祐编撰：《弘明集·牟子理惑论》，刘立夫、胡勇译注，中华书局，2011 年，第 15 页。
③ 见《两汉纪》，张烈点校，中华书局，2002 年，第 187 页。

子于空闲处静默思道。（神足者神通，上人法犹言超人法术也。）'"① 佛陀和弟子们孜孜以求的是解脱，而并未追求神通，但各种神通，他们经过修行已自然获得。神通主要有五种，称为"五通"（天眼通、天耳通、他心通、宿命通和如意通）。他们运用神通，主要是与外道斗法和救苦救难，并非所求。佛弟子目犍连在十大弟子中号称"神通第一"，他救母的故事在中国流传甚广，另一名弟子舍利弗同外道斗法的故事对《西游记》等神话小说有明显影响②。法显《法显传》、玄奘《大唐西域记》中，均记载了诸多佛降服恶龙、显现神威的传说。

五是道德之完善、神格之伟大、成就之圆满。佛陀具有大慈大悲、利己利他、自觉觉人的美德和神格，其功德和成就也无人能及。在《牟子理惑论》中，尧、舜、周公、孔子师从于尹寿、务成、吕望和老聃，但这四位有名望的师尊却都无法同佛相比，更不消说尧、舜、周公和孔子了：

> 尧事尹寿，舜事务成，旦学吕望，丘学老聃，亦俱不见于七经也。四师虽圣，比之于佛，犹白鹿之与麒麟，燕鸟之与凤凰也。尧舜周孔且犹与之，况佛身相好变化，神力无方，焉能舍而不学乎?③

南朝宋时佛教文人宗炳也秉此调，认为佛陀之诞生地佛国的文明超过了传统的文王、武王、周公、孔子为代表的儒家文明，《书经》以及其他儒家经典也没有过人之处，这集中体现在其《明佛论》（又名《神不灭论》）中：

> 佛国之伟，精神不灭，人可成佛，心作万有……此皆英奇超洞，理信事实……世人又贵周、孔书典，自尧至汉，九州华夏，曾所弗暨，殊域何感？汉明何德，而独昭灵彩？……悲夫！中国君子，明于礼义而暗于知人心，宁知佛心乎?④

---

① 汤用彤：《印度哲学史略》，上海人民出版社，2015 年，第 55 页。
② 参阅薛克翘《印度民间文学》，宁夏人民出版社，2008 年，第 103 页。
③ ［梁］僧祐编撰：《弘明集·牟子理惑论》，刘立夫、胡勇译注，中华书局，2011 年，第 21 页。
④ ［梁］僧祐编撰：《弘明集·明佛论》，刘立夫、胡勇译注，中华书局，2011 年，第 123 页。

这种观点在信奉佛教的文人心目中有极大代表性。南朝梁武帝萧衍提出"三教同源"说，但又谓老子、周、孔都是释迦牟尼的弟子，如来和他们是师徒关系，儒道均来源于佛教。他在《会三教》诗中打了一个比方，佛教和儒道诸家"犹日映众星"，高下立现：

> 少时学周孔，弱冠穷六经。
> 孝义连方册，仁恕满丹青。
> 践言贵去伐，为善存好生。
> 中复观道书，有名与无名。
> 妙术镂金版，真言隐上清。
> 密行贵阴德，显证表长龄。
> 晚年开释卷，犹日映众星。
> 苦集始觉知，因果乃方明。
> 示教惟平等，至理归无生。
> 分别根难一，执着性易惊。
> 穷源无二圣，测善非三英。
> 大椿径亿尺，小草裁云萌。
> 大云降大雨，随分各受荣。
> 心想起异解，报应有殊形。
> 差别岂作意，深浅固物情。①

佛教徒所撰《清静法行经》中亦宣扬"三圣化现"说，即佛陀派三个弟子（儒童菩萨是孔子，光净菩萨是颜回，摩诃迦叶为老子）来教化震旦②。宋人洪迈也在其《夷坚志》卷七有"优伶箴戏"条，设三角色分扮儒生、道士和僧人，以儒家"五常"（仁义礼智信）、道教"五行"（金木水火土）和佛教"五化"（生老病死苦）相抗辩，终以佛教胜出。

可以看出，本同儒门诸圣、道教诸仙平起平坐的佛陀，在佛教徒和崇佛

---

① 逯钦立辑校：《先秦汉魏晋南北朝诗》，中华书局，1983年，第1531—1532页。
② 《清静法行经》是部伪经，被认为是佛教徒为回应王浮撰《老子化胡经》而作。震旦，即中国的古称。

文人的心目中渐被美化，地位已渐渐超出，后终被神化了。但与此同时，对佛陀形象的"矮"化、对佛教的攻击也时有发生，这种情况比较复杂，既客观反映出佛教传入后与中国传统文化儒家学说和道教的冲突，也掺杂佛教中国化之后内部的分裂，还体现出"夷夏之辨"心态的影响。

先看儒佛之争。《旧唐书·傅奕传》有这样一段载述：

> 七年，奕上疏请除去释教，曰：佛在西域，言妖路远，汉译胡书，恣其假托。故使不忠不孝，削发而揖君亲；游手游食，易服以逃租赋。①

在这里，傅奕指责佛为外域胡神，佛教徒"不忠不孝，削发而揖君亲；游手游食，易服以逃租赋"，"抗天子、悖所亲"，不事生产，浪费资财，应该予以废除。这是当时儒家对待佛和佛教的一个典型态度，归纳原因主要有以下几个方面。一是认为佛教与中国传统伦理观念不合。《牟子理惑论》较早地反映出儒佛两家在伦理道德观念上的分歧，如儒家伦理认为"身体发肤受之父母"，沙门却"剃除须发"；儒家伦理认为"不孝莫过于无后"，沙门却"弃妻子捐财货，或终身不娶"，等等②。"沙门应否敬王者"也是一个重要方面。二是认为佛教活动破坏社会经济，影响兵源。如上述唐初傅奕所言即透露出这一信息。唐睿宗时，佛寺占有社会财产已异常严重，"是十分天下之财而佛有七八"③。著名的"救时宰相"姚崇更将统治者极端奉佛视为亡国的重要因素："国既不存，寺复何有？"④ 再如唐武宗灭佛，其根本目的也在于摧毁佛教寺院的经济势力："僧徒日广，佛寺日崇。劳人力于土木之功，夺人利于金宝之饰，遗君亲于师资之际，违配偶于戒律之间。坏法害人，无逾此道。"⑤ 韩愈的《送灵师》一诗，更对佛教传入后造成经济的破坏和人才的流失这两大弊端进行指斥："佛法入中国，尔来六百年。齐民逃

---

① ［后晋］刘昫等：《旧唐书》卷七九《傅奕传》，中华书局，1975 年，第 2715 页。
② 其实，也有一定的契合之处，如《牟子理惑论》曾利用《六度集经》里的睒子本生，宣扬"奉佛至孝之德"。
③ ［后晋］刘昫等：《旧唐书》卷一〇一《辛替否传》，中华书局，1975 年，第 3158 页。
④ ［后晋］刘昫等：《旧唐书》卷九六《姚崇传》，中华书局，1975 年，第 3027 页。
⑤ ［后晋］刘昫等：《旧唐书》卷一八上《武宗本纪》，中华书局，1975 年，第 605 页。

赋役，高士著幽禅。官吏不之制，纷纷听其然。耕桑日失隶，朝署时遗贤。"① 三是"夷夏心态"的影响。中国古代对不同族裔和族群的划分有两个典型的观念，即"华夷之辨"和"五方之民"，前者以礼仪教化程度为标准，后者以地域空间优劣划分为依据，这两种观点既反映了中原民族与周边民族的相互联系，也突显了华夏诸民的民族中心主义。来自异域印度的佛教传入中国时，也受到这种质疑。南朝宋无神论思想家何承天的观点具有代表性：

华戎自有不同，何者？中国之人，禀气清和含仁抱义，故周孔明性习之教。外国之徒，受性刚强，贪欲忿戾，故释氏严五戒之科，来论所谓圣无常心，就物之性者也。惩暴之戒莫若乎地狱，诱善之欢莫美乎天堂，将尽残害之根，非中庸之谓。②

这里，何承天对中国和印度的民族性格做了对比，认为释迦牟尼所带领的徒众"受性刚强，贪欲忿戾"，不得不以严苛的戒律相约束，并以地狱、天堂的两极对比来实现劝善惩恶的目的，实难与性清气和、奉中庸之道为圭臬的中国人相比。十六国时期后赵的中书令、著作郎王度上疏中也言："佛出西域，外国之神，功不施民，非天子诸华所应祠奉。"③ 南朝宋末道士顾欢更作《夷夏论》，从列举中印风俗习惯的差别入手，得出结论说"以中夏之性，效西戎之法"不足取。唐韩愈在其《论佛骨表》中更对释迦牟尼这一不通中国语言、不合中国礼法的"夷狄之人"进行攻击：

夫佛本夷狄之人，与中国言语不通，衣服殊制；口不言先王之法言，身不服先王之法服；不知君臣之义，父子之情。假如其身至今尚在，奉其国命，来朝京师，陛下容而接之，不过宣政一见，礼宾一设，赐衣一袭，卫而出之于境，不令惑众也。况其身死已久，枯朽之骨，凶

---

① 《全唐诗》卷三三七，中华书局编辑部点校，中华书局，1999 年，第 3780 页。
② ［清］严可均校辑：《全上古三代秦汉三国六朝文》，中华书局，1958 年，第 2562 页。
③ ［梁］释慧皎：《高僧传》，汤用彤校注，汤一玄整理，中华书局，1992 年，第 352 页。

秽之余，岂宜令入宫禁？①

在《原道》中，韩愈更历数佛教作为夷狄之法所存在的种种弊端，并引孔子"夷狄之有君，不如诸夏之亡"和《诗经》中"戎狄是膺，荆舒是惩"等对佛教予以排斥②。《魏书·释老志》中也载，太武毁佛时曾下诏，斥佛教为"西戎虚诞，妄生妖孽"③，以此作为毁佛行动的借口之一。

再看佛道之争。这里的"道"，指的是道教，而非"道家"④。道教，作为中国本土产生的宗教，是以上古时期的巫史文化、神仙方术为基础，结合战国时的阴阳、五行学说，并以道家老庄思想为主要理论依据而形成的一种多神教系统⑤。作为一种以炼丹养生为主要修行方式的宗教形态，道教主要流行于下层社会，从未取得儒家的显赫地位和影响，佛教的传入对其发展是一个刺激，同时又对其构成巨大威胁。于是，一方面，道教中人对佛教加以利用，仿照佛教经典编撰自己的经典，如《洞玄灵宝太上真人问疾经》即来源于《法华经》，《太玄真一本际经》深受《般若经》的影响，等等。一些道教的改革派也曾吸收佛教教义以推动道教的发展，如北魏道士寇谦之和南朝齐梁道士陶弘景等⑥。另一方面，大量对佛陀和佛教进行贬抑和攻击的撰述出现。梁僧祐《弘明集》和唐道宣《广弘明集》所收录的文章中，与道家抗辩者几乎占到三分之一。最典型的应属西晋末道士王浮所撰《老子化胡经》贬低释迦牟尼和佛教，说老子西游化为释迦牟尼的父亲和师尊，实为佛教创建的真正始祖：

是时太上老君……庚辰□二月十五日诞生于毫。九龙吐水灌洗其

---

① ［清］董诰等编：《全唐文》卷五四八，中华书局，1983 年，第 5553 页。

② 但同期的另一著名文人柳宗元却对韩愈的观点表示反对，认为韩愈对佛教的这些批评是"忿其外而遗其中""知石而不知韫玉"，即只知关注佛教的外在表现却忽略了其内在蕴涵。

③ ［北齐］魏收：《魏书》卷一一四《释老志》，中华书局，1974 年，第 3034 页。

④ 道家指的是先秦时期以老子、庄子为代表的哲学流派，道教则是东汉末年正式形成的一种有着神仙崇拜与信仰，有教徒与组织，有一系列仪式与活动的宗教；道家是道教的重要思想来源，但并非唯一来源；道家推崇自然法则（顺乎自然），道教追求长生不老（征服自然）；道家重视心性修为，道教强调炼丹养生。

⑤ 参阅许地山《道教史》，上海古籍出版社，1999 年。

⑥ 参阅方立天《中国佛教文化》，中国人民大学出版社，2006 年，第 413—414 页。

形，化为九井。尔时老君须发皓白，登即能行，步生莲花，乃至于九。左手指天，右手指地，而告人曰："天上天下。唯我独尊。我当开扬无上道法。普度一切动植众生。周遍十方及幽牢地狱。应度未度咸悉度之。"……生有老容，故号为老子。……便即西迈，过函谷关，授喜道德五千章句。……便即西度，经历流沙。……又以神力为化佛形，腾空而来。高丈六身，体作金色。面恒东向，示不忘本，以我东来故显斯状。……过葱岭山……立浮屠教，号清净佛。……穆王之时，我还中夏。……桓王之时，岁次甲子一阴之月。我令尹喜乘彼月精，降中天竺国，入乎白净夫人口中，托荫而生，号为悉达。舍太子位，入山修道，成无上道，号为佛陀。①

　　该段经文先以佛经中所载佛陀出生之过程附会老子之出生，又叙述老子西出函谷关为包括天竺国王在内的诸西域王讲论佛法，创立佛教，后生佛陀。《老子化胡经》虽为伪经，却影响深远，历史上数次灭佛运动和焚烧《道藏》的事件与《老子化胡经》有关②。实际上，在王浮《老子化胡经》之前，"化胡"说即已存在，《后汉书·襄楷传》中最早记载道，"延熹九年，楷自家诣阙上疏曰：……或言老子入夷狄为浮屠"③，《史记·老子韩非列传》中则说，老子目睹了周朝的衰落，便离开周室到了函谷关，应函谷关关令尹喜的要求，"乃著书上下篇，言道德之意五千余言而去，莫知其所终"④。《三国志》则引《魏略·西戎传》："《浮屠》所载与中国《老子经》相出入，盖以为老子西出关，过西域之天竺，教胡。浮屠属弟子别号，合有二十九。"⑤ 但这些"化胡"说的背景，更多是佛教初传时为取得传布的顺

　　① 《老子西升化胡经·序说第一》，见《大正新修大藏经》第54册，第1266—1267页。
　　② 如唐武宗灭佛事件，除经济方面的原因外，也与唐武宗李炎个人极端信奉道教和老子、听信道士赵归真"排毁释氏"的蛊惑有关。
　　③ ［南朝宋］范晔撰，［唐］李贤等注：《后汉书》卷三〇下《郎颚襄楷列传》，中华书局，1965年，第1082页。
　　④ ［汉］司马迁撰，［南朝宋］裴骃集解，［唐］司马贞索隐，［唐］张守节正义：《史记》卷六三《老子韩非列传》，中华书局，1959年，第2141页。
　　⑤ ［晋］陈寿撰，［南朝宋］裴松之注：《三国志》卷三〇《魏书·乌丸鲜卑东夷传》，中华书局，1964年，第859—860页。

利进行而对老子的默认依附①，这和西晋道士王浮据此撰出的《老子化胡经》有明显不同，后者是道教感受到佛教的威胁而对佛陀和佛教所做出的贬抑和攻击。

以上是佛教传入后与其体系之外的儒家、道教之间的纷争导致的佛陀、佛教形象的矮化，除此之外，佛教中国化之后，体系内部也产生了众多宗派，它们之间也时有纷争，这种纷争也是造成来自印度的佛陀形象被矮化的一个方面。如中国化程度最高的禅宗，后期实际上在很多方面日益向印度佛教的对立面发展，如提倡和尚参加劳动，认为"担水砍柴，无非妙道"，主张"一日不作，一日不食"；再如在宗教修行实践方面提倡"性净自悟"，而非一味依赖佛教典籍。最典型的应属德山宣鉴禅师呵佛骂祖：

> 这里无祖无佛，达磨是老臊胡，释迦老子是干屎橛，文殊普贤是担屎汉。等觉妙觉是破执凡夫，菩提涅槃是系驴橛，十二分教是鬼神簿、拭疮疣纸。四果三贤、初心十地是守古冢鬼，自救不了。②
>
> 仁者，莫求佛，佛是大杀人贼，赚多少人，入淫魔坑。③

这比儒、道两家对佛和佛教的矮化还要狠毒得多，简直就是咒骂，义玄禅师则直呼"逢佛杀佛，逢祖杀祖，逢罗汉杀罗汉"④，更令人咋舌。

除被"神化""矮化"这两个极端外，佛陀以及佛教也逐渐完成了其对中国文化的"归化"过程，使佛教真正融入了中国文化。南朝梁武帝就已提出"三教同源"说，此后渐有响应。有唐一代，文化包容，政策宽松，唐太宗曾言："自古皆贵中华，贱夷、狄，朕独爱之如一。"⑤自他开始实行三教并行的政策，此后虽间有波折（如武宗时的灭佛事件），三教并行的总趋势没有发生大的变化。柳宗元对韩愈抑佛的言行不满，多次予以反驳，并

---

① 参阅汤用彤《早期道教史》，昆仑出版社，2007年，第318页。
② [宋]普济：《五灯会元》，苏渊雷点校，中华书局，1984年，第374页。本处所引在《指月录》中亦载，但《指月录》此处句读显然有误，故采《五灯会元》所引。
③ [明]瞿汝稷编撰：《指月录》（上），巴蜀书社，2008年，第455页。
④ [唐]慧然集：《临济录》，杨曾文编校，中州古籍出版社，2001年，第22页。
⑤ [宋]司马光编著，[元]胡三省音注：《资治通鉴》卷一九八《唐纪十四》，中华书局，1956年，第6247页。

视佛陀、孔子、老子为同道，佛理也与《论语》《周易》相合，是调和儒佛矛盾的一个代表；刘禹锡也儒佛并论，只是认为二者分别适合于治世和乱世，因为前者"罕言性命"，而后者多讲心性。唐宋之际，三教在"修身养性"方面渐趋于一致，宋时禅僧契嵩则曾以佛教"五戒"与儒家的"五常"相比附，以调和儒佛之争：

> 夫不杀，仁也；不盗，义也；不邪淫，礼也；不饮酒，智也；不妄言，信也。①

宋元至清，"儒以治世，佛以养心，道以修身"的理念深入人心。元时李好古的杂剧《张生煮海》中，儒生张羽、道教仙姑和佛教僧侣和谐共处，互帮互助，即为宋以后三教合流的一个典型反映。对于《西游记》的主旨，"三教合一"的观点历来有不少支持者，如清人刘一明在《西游记原旨序》中说："《西游》一记，阐三教一家之理，传性命双修之道。俗语常言中，暗藏天机；戏谑笑谈处，显露心法。……悟之者在儒可以成圣，在释可以成佛，在道可以成仙。"②

至此，佛教已主动完成对中国文化的"归化"过程，真正成为中国文化的一个有机组成部分。这种"归化"，与此前的佛陀"儒圣""道仙"形象的生成不同。"儒圣"和"道仙"是佛教初传中国时期，中国人对这一外来宗教文化尚不熟悉，自然地以本土儒家、道家和道教以及神仙方术等相联系，也是佛教为了初期传播的顺利而采取的一种策略。而唐宋之后的"归化"，则是佛教对中国文化的主动融入和中国文化对外来佛教的自觉接受。对此，方立天先生曾有一个形象贴切的比喻："中国传统文化犹如一条大河流，其上游是儒、道两个支流的汇合，在中游处又有佛教支流汇入，与大河的原有水流相互激荡，奔向远方。"③

---

① 〔宋〕释契嵩：《辅教编·孝论·戒孝章》，见《大正新修大藏经》第 52 册，第 661 页。
② 朱一玄、刘毓忱编：《西游记资料汇编》，南开大学出版社，2002 年，第 342 页。
③ 方立天：《中国佛教文化》，中国人民大学出版社，2006 年，第 356—357 页。

3、"白马驮经"与佛国幻象

"白马驮经"的传说，与前述汉明帝"夜梦金人"的典故有密切关联，讲的是汉明帝在与佛陀梦中相遇之后，遂派使节去往佛国拜求佛法。使者越葱岭、涉流沙之后，到达大月氏，遇到印度高僧摄摩腾和竺法兰，并见到佛经和佛陀像，便相邀二高僧前往中土弘法布教。永平十年（67），二高僧随汉使以白马驮载佛经、佛像归抵洛阳，受到汉明帝的极高礼遇，并于次年敕令兴建中国最早的佛寺——白马寺。从此，在中国人心目中，白马寺成为缺席佛国的一个在场替代。后相传二高僧相继在该寺圆寂，《魏书·释老志》中有"摩腾、法兰咸卒于此寺"的记载，寺中也确有二高僧墓，由此，白马寺这一"祖庭""释源"在一定程度上成为中国人特别是佛教徒们想象中的佛国所在。

在洛阳，来自西域的僧人以及本土僧人的译经和其他宗教活动曾空前兴盛，《洛阳伽蓝记》中有这样的记载："于是招提栉比，宝塔骈罗，争写天上之姿，竞摹山中之影。"[①] 白马寺，则是其中具有特殊意义的一座。该寺规模宏大，有"跑马关山门"之说，据说王昌龄曾夜宿于此并吟咏诗句："月明见古寺，林外登高楼。南风开长廊，夏夜如凉秋。"[②] 但唐"安史之乱"后，同时期的印度佛教也渐趋衰落，白马寺也几次遭到破坏，诗人张继在秋雨之夜留宿白马寺，描绘了寺院的破败和自身心情的悲凉："白马驮经事已空，断碑残刹见遗踪。萧萧茅屋秋风起，一夜雨声羁思浓。"这与王昌龄诗形成鲜明的对比。

2009年10月，在白马寺——这座浓缩了中国佛教变迁史、承载了中国人心目中佛国幻象的"本土化佛国"中，一座保持原风格的印度式佛殿正式落成，似可视为将佛国由缺席变为在场的一次尝试。

二、阅读佛国

"夜梦金人""白马驮经"等传说，一再激起中国人想象世界中对佛国

① [北魏] 杨衒之撰，周祖谟校释：《洛阳伽蓝记校释》，中华书局，1963年，"序"第5页。
② 参阅徐金星《洛阳白马寺》，文物出版社，1985年，第34—35页。

印度的无限向往。那方佛所诞生、模糊而神异的佛国净土，成为历代中国人特别是佛教徒的向往所在。渐渐地，随着交通路径的不断开辟，古代中国人已不满足于对那个神异佛国的缺席想象，而要超越两国间的山水障碍，亲临佛国对这个巨大文本进行阅读和感受，去领略"龙宫之奥""鹫峰之美"①。

如前所述，汉明帝在位时即有"永平求法"的活动，这是我国佛教历史上第一次"西天取经"，惜未到达真正的佛国印度。另有三国朱士行，也是笃志西行之高僧大德，但最终停留在于阗而未达印度。此后，西行求法的僧人不绝于路。东晋法显，是真正抵达印度并携经而返的第一人，归国后写有《法显传》。唐时则形成了一个前往佛国取经求法的高峰，一大批僧人历尽艰险远赴印度，据张星烺先生统计，宋仁宗以前，自华入印之僧人，有明确记载的超过五十人。这些远赴佛国求取佛法的僧人们，归国后几乎都留有记载，成为研究中印文化交流的珍贵文献。如慧超留有《往五天竺国传》，智猛留有《游行外国传》，惠生留有《惠生行传》（已佚，残文存《洛阳伽蓝记》），玄奘留有《大唐西域记》，义净留有《大唐西域求法高僧传》和《南海寄归内法传》，悟空即车奉朝留有《悟空入竺记》（载《宋高僧传》）和《古西域行记十一种》，继业留有《西域行记》（已佚，大致行程载于宋范成大《吴船录》）。此外，以朝廷使节的身份或商贸、游历者身份前往印度并留下相应记载的也颇多，如唐时王玄策留有《中天竺行记》十卷（已佚，残文存于《法苑珠林》），元时汪大渊留有《岛夷志略》，明时马欢、费信、巩珍则分别留有《瀛涯胜览》《星槎胜览》《西洋番国志》，等等。但出于对佛国的崇仰而最突出、最集中记载印度情况的，仍当属虔诚的佛门僧人。这其中，又以东晋法显、唐玄奘和义净为代表。

法显（342—428），3 岁时即出家，20 岁受戒。在学习佛经的过程中，感到经过印度僧人和中亚僧人间接传授得来的佛教律藏较为残缺，决心西行求法，"志有所存，专其愚直"②，于 399 年动身西行，两年后抵达印度，开始抄取律藏，写经画像。409 年，开始返归，411 年回国后，译经讲法，并将其在印度的所见所闻，以游记的形式写成《佛国记》一书，成为首部亲

---

① 《大唐西域记》敬播《序》，见［唐］玄奘、辩机著，季羡林等校注《大唐西域记校注》，中华书局，2000 年，第 2 页。

② ［晋］释法显撰，章巽校注：《法显传校注》，中华书局，2008 年，第 153 页。

赴印土者确切记载佛国形象的中国典籍,该书的英文版在国外影响也很大。法显是第一个赴印去"拿"佛教的人,"在中国佛教史上真正开辟了一个新纪元"①。

玄奘(600—664②),8 岁读《孝经》,"自后备通经典,而爱古尚贤",11 岁起始读佛经,21 岁受戒,此后到处游学,在游学过程中深感众师之说不同、佛典之论各异,"乃誓游西方以问所惑",历经千辛万苦到达印度,遍访名师,笃志求学,论道讲法。于 645 年回到长安后,专事译经,"三更暂眠,五更复起"③,开创一代译风,并撰成《大唐西域记》,该书详细记述了含印度在内的 138 个西域国家和地区的历史、地理、宗教、民俗、语言、文字等情况,为研究古代印度以及整个南亚、中亚的历史、社会和文化提供了极为丰富、宝贵的资料。

义净(635—713),7 岁出家,21 岁时受戒,博古通今,"勤无弃时,手不释卷"。后也为寻求戒律赴印,归国途中撰成《大唐西域求法高僧传》和《南海寄归内法传》。在译经方面也有很大贡献,《宋高僧传》中说他"传度经律,与奘师抗衡"④,给予了极高评价。

此三人及其著作对佛国形象的塑造,可作为亲历印度的古代中国人特别是僧人对佛国进行集体描述的代表。对该三人及其著作进行比较,或可得到一个较为清晰的佛国形象。

从时间上看。法显是东晋时人,他赴印时正值佛教初传入中国;玄奘是唐朝人,他赴印时正值佛教在中国的鼎盛时期,但到达印度之后,佛教在印度已渐趋衰落;义净也是唐朝人,较玄奘晚几十年,他到达印度时,佛教的衰势更重。

从目的上看。作为佛教徒,三位高僧自然都是为求取佛教真经而赴印,但具体目标有所不同,法显赴印是为寻求佛典戒律;玄奘赴印是为解答佛教义理方面的疑惑;义净也痛感戒律松弛,佛教徒中时有丑闻传出,如参与《大唐西域记》编撰的辩机和尚便传出同高阳公主私通的丑闻,所以也是为

---

① 季羡林:《中印文化交流史》,中国社会科学出版社,2008 年,第 35 页。
② 关于玄奘的生卒年份,文献记载不一,历来争论不断。本书依杨廷福《玄奘年谱》,中华书局,1988 年。
③ 该段三处引文均引自《大慈恩寺三藏法师传》。前两处引自卷一,第三处引自卷七。
④ [宋] 赞宁:《宋高僧传》卷一《义净传》,范祥雍点校,中华书局,1987 年,第 3 页。

寻求戒律而赴印，但较法显更为关心佛典律部的搜求与翻译。

从选择的道路上看。法显是陆路去、海路归，玄奘是陆路去、陆路归①，义净则是海路去、海路归。三位高僧选择的道路不同，明显体现出从东晋到初唐再向中唐过渡这一时期，中印间交通路径的变化趋势。特别是义净往返印度均选择了海路，这是中印交通道路方面的一个转折点，说明义净时代，中印间交通已由陆路为主向以海路为主转变。

身为虔诚的佛门僧人，佛教自然为他们抵印后所重点关注。"佛法甚盛"，这是法显在其《法显传》中一再提到的状况，所见塔庙皆"壮丽威严"，祇洹精舍"悬缯幡盖，散华，烧香，然灯续明，日日不绝"。僧人们也虔心奉法，"佛得道处有三僧伽蓝，皆有僧住。众僧民户供给饶足，无所乏少。戒律严峻，威仪、坐起、入众之法，佛在世时圣众所行，以至于今"。《法显传》对所到之地的佛教传说故事均一一有着详细的描绘，如割肉贸鸽、以眼施人、以头施人、舍身喂虎等，见出法显置身佛门圣地的恭敬心情。特别是抵达传说中的佛留影处时，"去十余步观之，如佛真形，金色相好，光明炳著，转近转微，仿佛如有"②，对佛教遗迹的崇仰、恭谨心态表露无遗。

玄奘到达印度时，所见僧众仍然自觉笃信和研习佛法，"人知乐道，家勤志学"，各佛教派别论争激烈，"部执峰峙，诤论波涛"，仍然是一个佛门圣地所在，但较之法显时代已明显衰落，那揭罗曷国"伽蓝虽多，僧徒寡少，诸窣堵波荒芜圮坏""庭宇寂寥，绝无僧侣"，健驮逻国"僧伽蓝十余所，摧残荒废，芜漫萧条。诸窣堵波颇多颓圮"③。与法显相类似的是，玄奘在《大唐西域记》中也记叙了诸多佛教传说故事，见出虽身处现实中的佛国，但作为佛教徒而对佛国的虚幻想象仍然存在。值得一提的是，玄奘在《大唐西域记》中首先将天竺、身毒、贤豆等别称正名为"印度"，"良以其土圣贤继轨，导凡御物，如月照临。由是义故，谓之印度。"他认为，"印度"是由梵文"indu"（月亮）的译音而来，将导师佛陀的诞生地"佛国"

---

①　玄奘归途本可以选择海路，但为实现与麹文泰的约定（返程时再经高昌并讲经三年），仍选择陆路返回。

②　[晋] 释法显撰，章巽校注：《法显传校注》，中华书局，2008 年，第 61、104、39 页。

③　[唐] 玄奘、辩机著，季羡林等校注：《大唐西域记校注》，中华书局，2000 年，第 193、220、224、233 页。

与月亮的纯净莹白、播洒光辉于尘世的特征联系在一起，虽为讹误，却体现出对佛国的无限崇仰。

当义净到达印度时，感受和玄奘类似，佛法仍然受到推崇，这从世俗社会对僧人的优厚供养即可看出，"然其斋法，意存殷厚。所余饼饭，盈溢盘盂，酥酪纵横，随著皆受"。即，在对佛门圣地的感受方面，义净与之前的法显、玄奘是基本相同的，但有一点却显然有异，那就是在《南海寄归内法传》中，义净经常将在场所见的印度佛教界与国内佛教界相比较，对后者极尽批评和嘲讽，如，印度佛教不像中国佛教那样受官府制约，"亦未见有俗官乃当衙正坐，僧徒为行侧立。欺轻呼唤，不异凡流。送故迎新，几倦途路。若点检不到，则走赴公门。求命曹司，无问寒暑"。还对一些中国僧人贪婪财利大加挞伐，而感叹"如斯之色，西国全无"①。两相比较，义净认为亲眼所见的印度佛教才是真正的佛教，正置身于其中的印度才是一方真正不俯首于世俗权势、不流污于财利积聚的佛门圣地。这，也同义净赴印的目的相吻合。

总之，三位高僧均对历尽艰险终于置身其中的佛国极尽崇仰，视野所及之处，也大多为跟佛教有关的事物，在他们眼中，印度仍然是一个佛门圣地，只是客观上来说，法显到达印度时，佛教尚处于鼎盛时期，而当玄奘和义净抵达时，佛教在印度已渐呈衰势了。

在三位高僧对印度这一巨大文本进行阅读的过程中，进入其观照视野的除佛教和跟佛教有关的事物外，对政治、社会、文化等其他方面也有较为详细的记载和描述，总体来看，在他们眼中，印度也是一个物产丰富、政府宽松、社会和谐、教育发达、人民生活简单朴素的理想国度。"民人富盛，竞行仁义""赋敛轻薄，徭税俭省""不虚劳役""各安其业""政教尚质，风俗犹和""于财无苟得，于义有余让""诡谲不行，盟誓为信""什物之具，随时无阙""国重聪叡，俗贵高明""强志笃学，忘疲游艺，访道依仁，不远千里"，等等，书中对这一系列正面褒扬用语的使用毫不吝啬。

但尽管这个佛门圣地如此完美，尽管国内佛教和社会问题重重，在这些深受传统文化习染的高僧心中，那个远隔千山万水的中国仍是其梦牵魂绕所

① ［唐］义净著，王邦维校注：《南海寄归内法传校注》，中华书局，1995年，第56、88、186页。

在。以义净在其《南海寄归内法传》中所述为例：

> 故体人像物，号曰"神州"，五天之内，谁不加尚？四海之中，孰不钦奉？①

他们没有乐不思蜀，而是背负沉重的经文、佛像，再次历经艰险归抵中土，潜心译经，笃志讲学，直至离世。

三、创作佛国

中国文学与佛教的关系，是一个大的课题。中国文人创作中涉及佛教的作品，则更如恒河沙数，不可穷尽②。但有选择地梳理这些创作中对建构佛国形象有较大参考价值的作品，对了解古代文人心目中的佛国形象也有所裨益。佛教僧人中，能够像法显、玄奘、义净那样，亲历佛国进行朝圣、取经的毕竟是少数，大多数人只能通过手中的纸与笔，来创作自己心目中的佛国形象。除虔诚的佛教徒外，文人阶层、凡夫俗众对佛教的接受未必是真心皈依佛门，更多地是将佛教当作一种修行自我心性的方式，视为一种寻求精神超脱的境界。而出于文化利用的目的，统治阶层对佛教的理解、对佛国的形象塑造也必然会有所不同。

1、理想化的佛国净土

对佛陀的想象和崇仰激发了古代文人对佛国的想象和崇仰，但与对佛陀的虚幻化描述有所不同，他们对印度的一些佛教名胜多有了解，并在作品中进行钦慕和赞美，表达自己对佛国净土的向往。如南朝谢灵运《山居赋》中这样直抒胸臆：

---

① 　[唐] 义净著，王邦维校注：《南海寄归内法传校注》，中华书局，1995年，第161页。

② 　关于这方面的研究已有深厚基础，如张中行的《佛教与中国文学》，孙昌武的《佛教与中国文学》，等等。薛克翘的《佛教与中国文化》《中国印度文化交流史》，郁龙余等的《梵典华章——印度作家与中国文化》等也均有专题介绍。

钦鹿野之华苑，羡灵鹫之名山。
企坚固之贞林，希庵罗之芳园。①

鹿野苑、灵鹫山均为印度的佛教圣地，前者是释迦牟尼成佛后初转法轮处，曾在此度五比丘；后者是佛陀讲授《法华经》之处所，也是佛陀涅槃后佛典首次结集的地点，7 世纪时玄奘到达那烂陀之后，曾在正式开始学习之前前往此处。贞林是佛涅槃之处，芳园则是庵罗树的生长所在。与佛教因缘深厚的谢灵运以此四名胜指代心目中的佛国净土，"钦""羡""企""希"间流露出对这个遥远、清净所在的深笃向往。其《无量寿佛颂》云：

法藏长王宫，怀道出国城。
愿言四十八，弘誓拯群生。
净土一何妙，来者皆清英。
颓年欲安寄，乘化好晨征。②

异域"净土"是何等奇妙，吸引着作者在"颓年"之时作为自己的长久寄托。其《石壁立招提精舍诗》中又有"敬拟灵鹫山，尚想祇洹轨"③ 的流露。

江淹也是一位受佛教影响至深的南朝文人，其《吴中礼石佛诗》言道：

幻生太浮诡，长思多沈疑。
疑思不惭炤，诡生宁尽时。
敬承积劫下，金光铄海湄。
火宅敛焚炭，药草匝惠滋。
常愿乐此道，诵经空山坻。
禅心暮不杂，寂行好无私。
轩骑久已诀，亲爱不留迟。

---

① ［清］严可均校辑：《全上古三代秦汉三国六朝文》，中华书局，1958 年，第 2606 页。
② ［清］严可均校辑：《全上古三代秦汉三国六朝文》，中华书局，1958 年，第 2617 页。
③ 逯钦立辑校：《先秦汉魏晋南北朝诗》，中华书局，1983 年，第 1165 页。

忧伤漫漫情，灵意终不淄。
誓寻青莲果，永入梵庭期。①

"火宅敛焚炭，药草匝惠滋"，是出自佛教中人生皆苦、尘世犹如一座充满欲望的火宅譬喻，诗人意识到这一点，所以"誓寻青莲果，永入梵庭期"，皈依佛门圣地以求解脱。晋时张翼也对佛教有深度理解，多首诗作表现出对佛国净土的向往，如《赠沙门竺法頵》之二：

至人如影响，灵慧陶亿刹。
应方恢权化，兆类蒙慈悦。
冥冥积尘昧，永在岩底闭。
废聪无通照，遗形不洞灭。
明哉如来降，豁矣启潜穴。
幽精沦朽壤，孰若阿维察。
遥谢晞玄畴，何为自矜洁。②

"明哉如来降，豁矣启潜穴"，抒发对受如来度化豁然开朗后的释然心情。又如《道树经赞》：

峨峨王舍国，郁郁灵竹园。
中有神化长，空观体善权。
私呵晞光景，岂识真迹端。
恢恢道明元，解发至神欢。
飘忽凌虚起，无云受慧难。③

位于印度摩揭陀国王舍城的竹林精舍是佛陀修道的重要场所，诗中对其进行重点描摹，表达自己对佛教的理解和对佛国的向往。南朝萧子良、唐时

---

① 逯钦立辑校：《先秦汉魏晋南北朝诗》，中华书局，1983 年，第 1566 页。
② 逯钦立辑校：《先秦汉魏晋南北朝诗》，中华书局，1983 年，第 893 页。
③ ［清］严可均校辑：《全上古三代秦汉三国六朝文》，中华书局，1958 年，第 3498 页。

刘禹锡等也在其诗作中有类似属意，"逝将烛昏霾於慧炬，拯沦溺于法桥；扇灵崿之留风，镜贞林之绝影"①，"常说摩围似灵鹫，却将山屐上丹梯"②，苏轼也在《阿弥陀佛赞》中言"此心平处是西方"。一直到近代，谭嗣同还在《怪石歌》中留有"不然天竺亡灵鹫，月黑深林啸猨狁……自我钦之若危岫，浊酒以酵歌以侑"③ 诗句，诉说对佛国净土的向往。南朝顾愿则在其《定命论》中，以对佛教的崇仰为基调，塑造了一个"贫豪莫差，修夭无爽"的理想社会：

> 天竺遗文，星华方策，因造前定，果报指期，贫豪莫差，修夭无爽，有允琐辞，无愆鄙说，统而言之，孰往非命。冥期前定，各从所归，善恶无所矫其趋，愚智焉能殊其理。④

再后来，"佛国"这一能指符号的所指意义逐渐外衍，已由当初专指印度扩大为一切佛寺，包括在中国的佛寺。相应地，"佛国"的另一指代词"梵宫"（或"梵王宫"）也是这样。这是由于欲望实践的对象虽心向往之而不得，便转而将欲望投射到目之所及、身所能至的邻近寺院，于是，"佛国"印度由缺席变为在场，由虚幻转为现实，由想象升华为创作。如，唐时戴叔伦有"佛国三秋别，云台五色连"诗句，段怀然也在《挽涌泉寺僧怀玉》中道出"我师一念登初地，佛国笙歌两度来"，清时方文在《麻城访稿木大师》诗中更以"普天披发奈渠何，我党逃名佛国多"来喻指皈依佛门逃避世俗。

可以发现，这些对佛国净土进行崇仰的文人，大多生活于中国社会的"乱世"，像谢灵运、萧子良、顾愿均处于战乱不断的南朝，刘禹锡、戴叔伦、段怀然处于安史之乱后的中晚唐时期，方文则处于动荡不安的明清易代之际。谭嗣同更是如此，对近代中国内忧外患之现实的深重忧戚引发其对佛国净土的缺席想象。所以，在战乱纷争或躁动不安的年代，人们对和平生活

---

① ［清］严可均校辑：《全上古三代秦汉三国六朝文》，中华书局，1958 年，第 2829 页。
② ［唐］刘禹锡：《送义舟师却还黔南》，《全唐诗》卷三五九，中华书局编辑部点校，中华书局，1999 年，第 4055 页。
③ 《谭嗣同全集》，生活·读书·新知三联书店，1954 年，第 460—461 页。
④ ［清］严可均校辑：《全上古三代秦汉三国六朝文》，中华书局，1958 年，第 2670 页。

的向往、对心灵宁静的渴求较之平常格外强烈，于是，对佛国净土的欲望投射便流淌于字里行间，这也是对佛国进行神异想象的再创作和再升华。正如敦煌研究院藏碑残石《李克让修莫高窟佛龛碑》对于莫高窟营造缘起的记载：

> 莫高窟者，厥初秦建元二年，有沙门乐僔，戒行清虚，执心恬静。尝杖锡林野，行至此山，忽见金光，状存千佛。遂架空凿岩，造窟一龛。次有法良禅师，从东届此，又于僔师窟侧，更即营造。……①

平实的叙述中道出一个事实，即敦煌也是中国人为躲避战乱、追求和平生活而在中国营造的一方"佛国净土"，一个"清心释累"②的绝佳去处。近两千年过去了，曾经孤寂的鸣沙山，前来观摩的众生摩肩接踵；曾经清澈充盈的大泉河，却也已几近干涸。这又是一个历史的轮回。多少热衷于权力追逐、迷失于财富积聚、沉湎于苦痛离乱的当代人，选择重新皈依那方心灵的静寂与神秘？

诸多对佛教情有独钟的古代文人，"外服儒服而内修梵行"，选择以"居士"作为自己的别号，如李白称"青莲居士"，王维字"摩诘"，白居易号"香山居士"，苏轼号"东坡居士"，欧阳修号"六一居士"，等等。他们的思想和创作自然深受佛教的影响。如李白在其作品中也对诸佛极尽赞美，倾心于西方佛国极乐世界：

> 我闻金方之西，日没之所，去中华十万亿刹，有极乐世界焉。彼国之佛，身长六十万亿恒沙由旬。眉间白毫向右，宛转如五须弥山。目光清白，若四大海水。端坐说法，湛然常存。沼明金沙，岸列珍树，栏楯弥覆，罗网周张。砗磲琉璃，为楼殿之饰；颇黎玛瑙，耀阶砌之荣。皆诸佛所证，无虚言者。……赞曰：
> 向西日没处，遥瞻大悲颜。目净碧海水，身光紫金山。勤念必往生，是故称极乐。珠网珍宝树，天花散香阁。图画了在眼，愿托彼道

---

① 颜廷亮：《敦煌文化》，光明日报出版社，2000年，第69页。
② 《后汉书》首用"清心释累"一词来概括佛教意旨，后被多部典籍沿用。

场。以此功德海，冥祐为舟梁。八十一劫罪，如风拂轻霜。庶观无量寿，长放玉毫光。①

有"诗仙"之称的李白本倾心于道教，却对佛教有如此深刻的理解，对佛和佛国也倾尽溢美之词，客观体现出盛唐文化的兼容并蓄，主观上则跟李白个人任性旷达、自然洒脱的人生态度有关。

有趣的是，前述《老子化胡经》中老子西游化胡成佛后的自称"古先生"，又在诸多文人诗作中现身，但这个能指符号的所指意义却发生变化，已渐成为佛陀的代称。如王维诗中有"深洞长松何所有，俨然天竺古先生"②，白居易也言"交游诸长老，师事古先生"③，一直到清时，纪昀还有"琉璃青黯黯，静对古先生"④的诗句。这自然并非"矮化"，可说是有意的文化利用过程中无意结出的文化果实。

2、"工具化"的佛国

佛教传入中国并被统治阶级利用，塑造出一个被"工具化"的佛国形象。古代统治者对佛教无论是提倡和扶植，还是限制和禁绝，都是出于建立和维护其统治的需要。从这个意义上说，佛陀、佛国形象的塑造，是一种有目的的文化利用，是一种"伪创作"。

先看提倡和扶植的情况。佛教初传中国，信众不多，对佛教的理解也不深，在晋以前并未形成一种社会力量，统治阶级中的少数信佛者也多出于对外来之神的好奇、神秘和真正崇奉，希望佛陀对自身的幸福能够给予佑护，还谈不上有意识的加以利用。如前述汉明帝"夜梦金人"，光武帝之子楚王刘英也"尚浮屠之仁祠"，等等。东晋时佛教开始盛行并逐渐形成一股有影响的社会力量，日益引起统治阶级的重视，并开始有意识地对其加以利用。

---

① ［唐］李白：《金银泥画西方净土变相赞并序》，见［清］董诰等编《全唐文》卷三五〇，中华书局，1983 年，第 3544、3545 页。
② ［唐］王维：《过乘如禅师萧居士嵩丘兰若》，《全唐诗》卷一二八，中华书局编辑部点校，中华书局，1999 年，第 1298 页。
③ ［唐］白居易：《酬梦得以予五月长斋延僧徒绝宾友见戏十韵》，《全唐诗》卷四五七，中华书局编辑部点校，中华书局，1999 年，第 5213 页。
④ ［清］纪昀：《阅微草堂笔记》，上海古籍出版社，1984 年，第 153 页。此诗系纪昀见于佛画上的题诗。

东晋王朝的元、明、哀三帝均奉佛，北方十六国的统治者也多秉持这一政策，如后赵石勒曾极端尊崇名僧佛图澄，前秦苻坚和后秦姚兴也曾分别为取得道安和鸠摩罗什的协助而各自用兵，昙无谶则死于北凉和后魏对其进行的争夺。南朝历代皇帝几乎都信佛，并大力扶植和利用佛教，如宋文帝曾言：

范泰、谢灵运每云：六经典文，本在济俗为治耳。必求性灵真奥，岂得不以佛经为指南耶？……若使率土之滨，皆纯此化，则吾坐致太平，夫复何事！①

宋孝武帝重用有"黑衣宰相"之称的僧人慧琳，齐武帝次子竟陵文宣王萧子良也崇尚佛学，曾与范缜进行辩论。梁武帝奉佛则到了极致，几乎将佛教抬高至国教的地位，其后的陈武帝、陈文帝对他多有效仿。隋文帝曾下诏"宣扬佛教，感悟愚迷"，大力扶植佛教，无疑也正是政治的需要，隋炀帝也曾附会和曲解佛教经典、利用天台宗祖师智𫖮来神化自己。唐朝历代皇帝中，除主持灭佛的武宗外，其他都曾程度不同地利用佛教，正如时人李节所言：

夫俗既病矣，人既愁矣。不有释氏使安其分，勇者将奋而思斗，知者将静而思谋，则阡陌之人皆纷纷而群起矣。②

即利用佛教治理乱世，利用佛教学说对人民的苦难进行安抚，泯灭其斗志，使其安分守己，对佛教进行文化利用的目的一览无余。唐太宗虽不信佛教，曾屡次检校佛法、沙汰僧尼、批评佞佛，但因曾得到过僧人的支持，后期也以护法国主的面目出现。武则天曾授意薛怀义、法明等附会利用《大云经》，论证女儿之身取得皇位实属合理，宣称自己是弥勒佛降世，臣民都要对其景仰、服从，方能得到庇佑，因为在传统观念中，妇女是不能干政甚至执政的③。宋以来佛教渐趋衰落，统治者只将其作为专制思想统治的辅助工

____

① ［梁］僧祐编撰：《弘明集·答宋文皇帝赞扬佛教事》，刘立夫、胡勇译注，中华书局，2011 年，第 296 页。
② ［唐］李节《饯潭州疏言禅师诣太原求藏经诗序》，见［清］董诰等编《全唐文》卷七八八，中华书局，1983 年，第 8249 页。
③ 如《尚书·伪孔传》中言："雌代雄鸣则家尽，妇夺夫政则国亡。"

具加以利用。明太祖朱元璋本为和尚出身，对佛教有一定的感情，当政后认为佛教可以"佐王纲而理道"，可使"人皆在家为善，安得不世之清泰"，故对佛教基本上采取了扶植为主的政策。他还曾命人出访印度僧伽罗国（今斯里兰卡）和尼八剌国（今尼泊尔），客观上为中印文化交流做出了一定的贡献。

在统治者对佛教予以扶植和利用的同时，佛门僧人为取得佛教传播的顺利，也对统治者加以利用，如道安认为"不依国主，则法事难立"，甘于成为前秦苻坚的政治顾问。北魏时法果也意识到依托统治权威的必要性，他视拓跋珪为当今如来佛："能鸿道者人主也，我非拜天子，乃是礼佛耳。"[1] 唐时玄奘也利用唐太宗，开展译经布法事业。

再看限制和禁绝的情况。事物的发展都有两面性，当佛教的发展对统治者的统治在客观上造成威胁或与统治者本人的信仰相颉颃时，便会遭致限制甚至禁绝，中国古代史上的"三武一宗"四次大规模灭佛事件便是如此。第一次，北魏太武帝（拓跋焘，423—452 年在位）"锐志武功"，为充实兵源以统一北方，接受道士寇谦之、司徒崔浩的建议，于公元 438 年令五十岁以下的沙门一律还俗；公元 446 年，又因怀疑僧人参与时乱，下令尽杀长安及各地僧人，并焚毁一切经像。第二次，北周武帝（宇文邕，561—578 年在位）认识到佛法的兴盛带来的消极影响，为增加社会劳动力、充实兵源，先后安排儒、佛、道三教之间和佛、道二教之间的辩论，以定废立，虽经多次激辩，未分明显高下。公元 574 年，又令道士张宾和沙门智炫进行辩论，又无结果，于是下令将佛、道二教一并废弃，沙门还俗，焚毁经像，没收寺产。第三次，唐武宗（李炎，840—846 年在位）痛感日益膨胀的寺院经济的危害日甚：

> 僧徒日广，佛寺日崇。劳人力于土木之功，夺人利于金宝之饰……坏法害人，无逾此道。[2]

乃于 842 年—845 年下令拆毁寺庙，僧尼还俗，没收寺产。第四次，后周世

---

① ［北齐］魏收：《魏书》卷一一四《释老志》，中华书局，1974 年，第 3031 页。
② ［后晋］刘昫等：《旧唐书》卷一八上《武宗本纪》，中华书局，1975 年，第 605 页。

宗（柴荣，954—959 年在位）对佛教进行整顿，废除无敕额的寺院，禁止私自出家，没收铜制佛像用以铸钱、充实国库①。自然，以上四次灭佛事件，除因经济、兵源等方面对统治者的统治造成影响甚至威胁之外，也跟统治者的个人信仰（多信奉道教或被道士言论所蛊惑）有关。

以上是佛教被"工具化"利用的两个方面。这些古代统治者在意识到佛教可资利用以维护和巩固其利益的时候，他们采取提倡和扶植的政策；当佛教的发展对其利益造成影响甚至威胁的时候，他们转而对佛教进行限制和禁绝。"宗教是人民的鸦片"②，用在这些统治阶级的身上，还是较为恰当的③。

3、亦真亦幻、亦正亦邪的佛国僧人

对于来自佛国印度的僧人④，可分为两类。

一是僧传文学中的佛国僧人。由于此类传记作品如《高僧传》《续高僧传》《宋高僧传》等，均属于宗教典籍，对佛国形象的塑造有其特殊性，多为对佛国来的高僧们极尽溢美之词的描述，呈现出定型化的特点。如对摄摩腾的描述为"善风仪，解大小乘经，常游化为任"，竺法兰则"诵经论数万章，为天竺学者之师"。其他如鸠摩罗什、佛图澄、菩提流支等的描述，也大多集中在其聪慧、刻苦、博学等方面，也夹杂有一些神异化描述，说明在中国佛教徒的心目中，这些佛国来的僧人在地位上仍然高于本土僧人。另外，"四河入海，无复河名，四姓为沙门，皆称释种"⑤，从东晋道安开始，中国佛徒皆废俗姓而改以"释"为姓，除出于虔诚的宗教感情外，也见出向佛国僧人靠拢的心态。

二是诗文作品中的佛国僧人。这类作品以佛教文化发达的唐代为多，塑造出一个亦真亦幻、亦正亦邪的佛国僧人群体形象，从几个侧面反映了唐代

---

① 参阅方立天《佛教与中国文化》八章二节《佛教与中国历代政治》，中国人民大学出版社，2006 年，第 192—205 页。

② ［德］马克思：《〈黑格尔法哲学批判〉导言》，《马克思恩格斯选集》第 1 卷，人民出版社，1995 年，第 2 页。

③ 道教的情况也类似。详见卿希泰、唐大潮《道教史》，江苏人民出版社，2006 年。

④ 本节所说"佛国僧人"，仅指来到中国传布佛法的印度僧人，而不包括身在印度、未抵中国的僧人。

⑤ ［梁］释慧皎撰：《高僧传》，汤用彤校注，汤一玄整理，中华书局，1992 年，第 181 页。

中印文化的交融与冲突。

其一，不辞劳苦，奉法济世。这类僧人形象的正面描述记载颇多，佛国来的僧人的确如此，他们自身学养深厚、奉法虔诚、传法勤勉，给唐代文人留下了正面、积极的印象。以贯休的《遇五天僧入五台五首》为例，"十万里到此，辛勤讵可论"，见出佛国来僧路途的艰辛；"远礼清凉寺，寻真似善才"，则是对他们奉法求真精神的赞赏；"唐人亦何幸，处处觉花开"①，则道出对他们传布佛法、造福唐人的感激。李白也有《僧伽歌》传世：

真僧法号号僧伽，有时与我论三车。
问言诵咒几千遍，口道恒河沙复沙。
此僧本住南天竺，为法头陀来此国。
戒得长天秋月明，心如世上青莲色。
意清净，貌棱棱。亦不减，亦不增。
瓶里千年铁柱骨，手中万岁胡孙藤。
嗟予落魄江淮久，罕遇真僧说空有。
一言散尽波罗夷，再礼浑除犯轻垢。②

诗中既有对佛国高僧僧伽不凡形貌的描摹，更有对其四处云游、流播佛法、济度苍生之大德的赞许。

其二，道行高深，玄幻莫测。这实际上是擅长杂技、幻术的印度人给时人留下的神异集体印象的一个缩影。以唐传奇《魏洛京永宁寺天竺僧勒那漫提传》为例，勒那漫提"善五明，工道术"，有三种神异本领：其好友蠕蠕能推算出树木的果实是否有核；自身具有移山之能；他临终时竟能"身不着床，在虚仰卧"。另一传奇文《张延赏》中则记载了梵僧难陀擅长幻术，能将三支竹杖变成三个尼姑，能割下自己的头后放回原处。文中提到唐人对其钦羡不已并一再挽留，唐人对待异己文化的包容心态可见一斑。

其三，邪恶狡诈，违逆人伦。这是负面描述佛国僧人的一个极端，这方面记载仍以唐传奇为多，包括印度僧人在内的"胡僧"以负面形象频频出

---

① 《全唐诗》卷八三二，中华书局编辑部点校，中华书局，1999年，第9458页。
② 《全唐诗》卷一六六，中华书局编辑部点校，中华书局，1999年，第1723页。

现，他们或者言行诡谲、欺诈忠良，或者行淫篡盗、违逆人伦，与唐诗中的胡僧形象截然相反。究其原因，唐诗作者多具深厚的文化修养，进入其关注视野的也多为奉法修行、勤勉正派的高僧大德；而唐传奇虽亦为士大夫文学，但多着眼于世俗百态，对当时社会生活的方方面面几乎都有所涉及，对当时僧侣阶层的藏污纳垢之状况自然也有所反映。

其四，祸乱百姓，为害社会。这主要出自一些对佛、佛教极力排斥的文人笔下，他们大多为信奉儒家思想的世俗地主或达人，在他们看来，佛教耗资财、耽人事、空虚无为，有僧徒借佛行秽乱、聚财之事，六朝时还曾发生过"沙门不敬王者"的辩论，祸乱百姓，为害社会，理应取缔。唐初傅奕就曾指责佛教徒"不忠不孝，削发而揖君亲；游手游食，易服以逃租赋"①，后又有韩愈批佛、三武灭佛等事件的发生，就连德山宣鉴禅师也曾呵佛骂祖。所以，在这类接受群体的观照视野中，对来自佛国的僧人自然没有什么好印象。以韩愈《赠译经僧》为例：

> 万里休言道路赊，有谁教汝度流沙。
> 只今中国方多事，不用无端更乱华。②

四、《西游记》中的佛国

在中国古代文学作品中，对印度形象描述最多和最为生动的当属神话小说《西游记》。这部以玄奘西行求法为故事原型的纯文学作品，形象地展示了古代中印之间以佛教为主的文化交流关系，对认识和研究古代印度也有一定的帮助③。同时，对作者塑造印度形象的心态进行考察，可以发现这是佛教中心观和中华中心观的双重反映，更是借异域之镜对明代中后期社会现实的一种反向观照。

---

① ［后晋］刘昫等：《旧唐书》卷七九《傅奕传》，中华书局，1975 年，第 2715 页。
② 《全唐诗》卷三四五，中华书局编辑部点校，中华书局，1999 年，第 3881 页。
③ 这主要指对佛教的认识。作为一部纯文学作品，作者又并未亲历印度，《西游记》带给读者对印度的认识与其说是经验性的，不如说是超验性的。

1、"西方有妙文"

对于《西游记》的主题，向来有不同的说法。对于是否为宗教主题，历来也不乏争论，否定的意见不少。如胡适认为，《西游记》"至多不过是一部很有趣味的滑稽小说，神话小说；……至多不过有一点爱骂人的玩世主义"①，鲁迅也赞同其观点，"作者虽儒生，此书则实出于游戏，亦非语道，……尤未学佛"②，林庚也认为，作品主人公孙悟空形象的产生和发展，与明代市井生活的社会基础和追求心灵解放的文化思潮密切相关，与佛教的关系并不大，对孙悟空而言，"皈依佛教不过是他西天之行的一个缘由而已，并不曾真正受制于佛家的信仰与戒律"③。然而，作品的倾向性更多地体现于细节的描写，纵观作品，对佛国净土的向往和追求贯穿始终，对佛法的宣扬、对诸佛菩萨的赞美以及对佛教胜迹的描摹仍是作者着意落墨之处。对佛教虽也时有揶揄讽刺④，但总体持推崇态度。

先看对佛法的宣扬。第十二回，玄奘正在讲解小乘教法，菩萨劝其前往西天求取能够"度亡脱苦，寿身无坏"和"解百冤之结，消无妄之灾"的大乘教法，并在离开前留下了一张帖颂，曰：

> 礼上大唐君，西方有妙文。
> 程途十万八千里，大乘进殷勤。
> 此经回上国，能超鬼出群。
> 若有肯去者，求正果金身。⑤

---

① 胡适：《〈西游记〉考证》，见欧阳哲生编《胡适文集》3，北京大学出版社，1998年，第528页。
② 鲁迅：《中国小说史略》，见《鲁迅全集》第九卷，人民文学出版社，2005年，第172页。
③ 林庚：《〈西游记〉漫话》，北京出版社，2004年，第82页。
④ 如玄奘奉行"不杀"的教条主义，悟空曾笑谑"依着佛教饿杀"，以"八戒"命名的猪悟能则恰是屡屡违反戒律的典型。再如，第十八回中高老庄的高才也曾对"不济的和尚，脓包的道士"予以讥讽，第七十七回中悟空当面取笑如来是"妖精的外甥"，作品末尾佛弟子阿傩、伽叶竟向取经人索要"人事"，等等。
⑤ ［明］吴承恩：《西游记》，黄肃秋注释，李洪甫校订，人民文学出版社，2010年，第151页。本节出自《西游记》的引文均据此版本，以下只注出其出自原文第几回和具体页码，对版本信息不再一一加注。

　　西行求法事宜就此敲定。从此，那个佛教所诞生、藏有大乘"妙文"的西天佛国，成为取经人的魂牵梦绕之地。作品中，三乘妙典、五蕴楞严、四生六道的说教随处可见，能够超鬼出群、度脱苦厄的大乘"妙文"成为了玄奘为首的取经人始终向往的一个符号。此"妙文"，当指如来所言的"三藏真经"："我有《法》一藏，谈天；《论》一藏，说地；《经》一藏，度鬼。"① 实际上，佛教中的三藏，指"经、律、论"，经指的是佛说类典籍，律指的是约束僧众的戒律，论指的是从理论上对经藏进行解释、发挥的著述，同作品中如来所言相差甚远。作者吴承恩未必不知经律论的本义②，此处可能为突出佛经宏括一切，无所不包。对待纯文学作品，不必固守教条的分析，也不宜视为作者对佛教的误读。作品九十八回所列经目的荒诞无稽，也当作如是观。

　　诸经之中，出现频率最高的是《心经》。第十九回，玄奘于浮屠山受乌巢禅师所授《心经》："我有《多心经》一卷，凡五十四句，共计二百七十字，若遇魔瘴之处，但念此经，自无伤害。"并将玄奘译本全文附录：

　　　　《摩诃般若波罗蜜多心经》。观自在菩萨，行深般若波罗蜜多，时照见五蕴皆空，度一切苦厄。舍利子，色不异空，空不异色；色即是空，空即是色。受相行识，亦复如是。舍利子，是诸法空相，不生不灭，不垢不净，不增不减。是故空中无色，无受相行识，无眼耳鼻舌身意，无色声香味触法，无眼界，乃至无意识界，无无明，亦无无明尽。乃至无老死，亦无老死尽。无苦寂灭道，无智亦无得。以无所得故，菩提萨埵，依般若波罗蜜多故，心无挂碍；无挂碍故，无有恐怖；远离颠倒梦想，究竟涅槃，三世诸佛，依般若波罗蜜多故，得阿耨多罗三藐三菩提。故知般若波罗蜜多，是大神咒，是大明咒，是无上咒，是无等等咒，能除一切苦，真实不虚。故说般若波罗蜜多咒，即说咒曰：'揭谛！揭谛！波罗揭谛！波罗僧揭谛！菩提萨婆诃！'——此乃修真之总经，

① 第十二回，第87页。
② 对《西游记》的作者是否为吴承恩，向来也有争议。因无新的更有力的证据出现，本文仍采吴承恩一说。

作佛之会门也。①

《心经》，又称《般若心经》，全称《(摩诃)般若波罗蜜多心经》②，其主要内涵是观自在菩萨对舍利子讲述有关"性空"的大乘佛教义理，言简意赅，影响深广。传说受持、诵读、传写和流布此经，可以取得诸多神奇不可思议的功效。据载，历史上玄奘西行遇到危困时便常念此经，如："从此已去，即莫贺延碛，长八百余里，古曰沙河，上无飞鸟，下无走兽，复无水草。是时顾影唯一，心但念观音菩萨及《般若心经》。……至沙河间，逢诸恶鬼，奇状异类，绕人前后，虽念观音不得全去，即诵此《经》，发声皆散，在危获济，实所凭焉。"③ 作为佛教般若类经典的总纲，《心经》是历代翻译最多的典籍之一，其中玄奘的译本流布最广，《西游记》中全文所录的译文即出自玄奘。保存在石经山第八洞的《般若波罗蜜多心经》，镌刻于唐高宗显庆六年（661），为大唐高僧"三藏法师玄奘奉诏译"，是目前发现的最早版本。这为国际学术界多年关于最流行的汉文译本《心经》是否由玄奘翻译完成的争论，可以做出结论：玄奘确定无疑地翻译了《心经》，而且是"奉"唐太宗的"诏"命翻译的。值得注意的是，对这样一部"修真之总经，作佛之会门"的重要经典，作品中本笃志求经的玄奘却并未真正领会，反而需多次由悟空加以提醒，如第四十三回，玄奘听得水声振响便作惊疑，悟空以《多心经》相警，提示他须忘却"六贼纠纷"方能西天见佛，"得取如来妙法文"。再如，第八十五回，玄奘被阻路的高山和飞出的暴云弄得"渐觉惊惶，满身麻木，神思不安"，悟空又用乌巢禅师的《多心经》的四句偈颂提醒道：

　　佛在灵山莫远求，灵山只在汝心头。

---

① 第十九回，第238页。此译文和玄奘真实译文只差两字，可见吴承恩的确采用的是玄奘译本，也看出吴承恩并非不懂佛教。他对佛教诸多荒诞化的处理只是一种游戏笔墨。

② 《摩诃般若波罗蜜多心经》题名中的"摩诃"意思是"伟大"，"般若"意思是"智慧"，"波罗蜜多"意思是"度"或"到彼岸"，所以该经可以简称为《心经》或《般若心经》，但不能简称为《多心经》。《西游记》中称《心经》为《多心经》，属于"误读"，也许是小说家故意整的噱头。

③ ［唐］慧立、彦悰：《大慈恩寺三藏法师传》卷一，孙毓棠、谢方点校，中华书局，2000年，第16页。

人人有个灵山塔，好向灵山塔下修。①

第九十三回，玄奘又抱怨去西天路途遥远，悟空再次提醒他莫忘《心经》，玄奘也佩服道："悟空解得是无言语文字，乃是真解。"②

那么，本满腹经纶、笃志西行的三藏法师，为什么却在困难和险恶面前表现得犹疑和畏缩，反而需要由自己的大弟子来不时地加以提醒呢？我们认为，作者这样处理，无非是在呼应和突显"心猿归正，意马收缰"的主题。《心经》是"修真之总经，作佛之会门"，所以，"佛即心兮心即佛"③，"千经万典，也只是修心"④，只有驯服心猿，明心见性，虔心向佛，方能求得真经，修成正果。从这个意义上说，不能断然否认《西游记》的主题跟修禅求道有关。

佛、法、僧是为佛教"三宝"，以上所述是《西游记》对佛经所承载的佛法要理特别是禅宗心法的形象化阐释。作为佛法的创立者、护卫者和宣扬者，三千诸佛、五百罗汉、八大金刚、无边菩萨等也在作品中悉数登场。作为佛门领袖，佛祖受到的咏赞自然最多。如在降服大圣后的安天大会上，寿星和赤脚大仙先后对如来献礼，作品中附诗两首对如来进行咏赞，分别为：

碧藕金丹奉释迦，如来万寿若恒沙。
清平永乐三乘锦，康泰长生九品花。
无相门中真法主，色空天上是仙家。
乾坤大地皆称祖，丈六金身福寿赊。

大仙赤脚枣梨香，敬献弥陀寿算长。
七宝莲台山样稳，千金花座锦般妆。
寿同天地言非谬，福比洪波话岂狂。

---

① 第八十五回，第 1041 页。其实，《心经》并无此四句偈颂，此处当为作者所加。
② 第九十三回，第 1130 页。
③ 第十四回，第 165 页。
④ 第八十五回，第 1041 页。

福寿如期真个是，清闲极乐那西方。①

安天大会结束后，如来返回灵山胜境，更有赞诗相随：

瑞霭漫天竺，虹光拥世尊。西方称第一，无相法王门。常见玄猿献果，麋鹿衔花；青鸾舞，彩凤鸣；灵龟捧寿，仙鹤衔芝。安享净土祇园，受用龙宫法界。日日花开，时时果熟。习静归真，参禅果正。不灭不生，不增不减。烟霞缥缈随来往，寒暑无侵不记年。②

在盂兰盆会上，所受三首福禄寿赞诗也是如此：

福诗曰：
福星光耀世尊前，福纳弥深远更绵。
福德无疆同地久，福缘有庆与天连。
福田广种年年盛，福海洪深岁岁坚。
福满乾坤多福荫，福增无量永周全。
禄诗曰：
禄重如山彩凤鸣，禄随时泰祝长庚。
禄添万斛身康健，禄享千钟世太平。
禄俸齐天还永固，禄名似海更澄清。
禄恩远继多瞻仰，禄爵无边万国荣。
寿诗曰：
寿星献彩对如来，寿域光华自此开。
寿星满盘生瑞霭，寿花新采插莲台。
寿诗清雅多奇妙，寿曲调音按美才。
寿命延长同日月，寿如山海更悠哉。③

---

① 第七回，第82页。
② 第八回，第85页。
③ 第八回，第86页。

　　不难看出，作品中出现的这些咏佛诗、赞佛诗，集中于对佛陀的"万寿"、"长生"、福禄寿的渲染，用的多是些道教理念和话语。实际上，佛教尊重自然规律，只是将这种自然律纳入了"四生六道"的轮回之中，佛陀本人也终入涅槃，并未追求所谓"长生""万寿"。此外，作品中多处渲染如来具有"无量法力"，如将悟空压至五行山下，成功辨识六耳猕猴，等等。实际上，原始佛教的释迦牟尼佛及其弟子并不重神通，"释迦处处以自身修养诏人。智慧所以灭痴（无明）去苦，禅定所以治心坚性，戒律所以持身绝外缘。至若神通虽为禅定之果，虽为俗众所欣慕，并不为佛所重视"①，如此，作品中对佛陀、观音等施展神通的诸多描述，一方面体现了大乘佛教的佛陀观，另一方面也是出于崇佛用意和情节需要。

　　佛祖威严，毕竟不能事必躬亲，作品中频频出镜的是观音。这是作品中举足轻重的人物，第八回，她的出场亮相必也不凡：

　　　　理圆四德，智满金身。璎珞垂珠翠，香环结宝明。乌云巧叠盘龙髻，绣带轻飘彩凤翎。碧玉纽，素罗袍，祥光笼罩；锦绒裙，金落索，瑞气遮迎。眉如小月，眼似双星。玉面天生喜，朱唇一点红。净瓶甘露年年盛，斜插垂柳岁岁青。解八难，度群生，大慈悯：故镇太山，居南海，救苦寻声，万称万应，千圣千灵。兰心欣紫竹，蕙性爱香藤。他是落伽山上慈悲主，潮音洞里活观音。②

第十二回，又有颂观音诗：

　　　　瑞霭散缤纷，祥光护法身。九霄华汉里，现出女真人。那菩萨，头上戴一顶：金叶纽，翠花铺，放金光，生锐气的垂珠璎珞；身上穿一领：淡淡色，浅浅妆，盘金龙，飞彩凤的结素蓝袍；胸前挂一面：对月明，舞清风，杂宝珠，攒翠玉的砌香环珮；腰间系一条：冰蚕丝，织金

――――――――――

　　①　汤用彤：《印度哲学史略》，上海人民出版社，2015年，第55页。薛克翘先生认为，后期佛教重视神通很大程度上是受密宗影响，见薛克翘《神魔小说与印度密教》，中国大百科全书出版社，2015年，第56页。

　　②　第八回，第87页。

边，登彩云，促瑶海的锦绣绒裙；面前又领一个飞东洋，游普世，感恩行孝，黄毛红嘴的白鹦哥；手内托着一个施恩济世的宝瓶，瓶内插着一枝洒青霄，撒大恶，扫开残雾垂杨柳。玉环穿绣扣，金莲足下深。三天许出入，这才是救苦救难观世音。①

其实，观世音（应译为观自在）菩萨在印度佛教中本为男身，传至中土后却成为"眉如小月""朱唇一点红"的"女真人"，着实也是佛教本土化的一个显例。其净瓶底的甘露水，则能医活仙树、灭三昧真火。在中国人的心目中，手持净瓶、救苦救难、随叫随到的观音形象之所以深入人心，应该说，跟《西游记》的问世和被广泛阅读密不可分。

作为佛教"三宝"之一，僧人在作品中的形象塑造也很重要，如第十二回中，对玄奘有着浓墨重彩的描摹：

凛凛威颜多雅秀，佛衣可体如裁就。
晖光艳艳满乾坤，结彩纷纷凝宇宙。
朗朗明珠上下排，层层金线穿前后。
兜罗四面锦沿边，万样稀奇铺绮绣。
八宝妆花缚钮丝，金环束领攀绒扣。
佛天大小列高低，星象尊卑分左右。
玄奘法师大有缘，现前此物堪承受。
浑如极乐活阿罗，赛过西方真觉秀。
锡杖叮当斗九环，毗卢帽映多丰厚。
诚为佛子不虚传，胜似菩提无诈谬。②

玄奘是大唐僧人，作品中对真正来自天竺佛国的僧人的描述并不多，大多为概念化的描述，没有具体的典型形象。但一旦出场，却也"威仪不俗"，如第九十三回，天竺国布金寺的禅僧：

① 第十二回，第151页。
② 第十二回，第148页。

面如满月光，身似菩提树。

拥锡袖飘风，芒鞋石头路。①

在佛国，一般俗众也对佛教恭敬有加，作品中对此也不吝笔墨。如，第八十七回，天竺外郡凤仙都"善声盈耳"，"无一家一人不皈依善果，礼佛敬天"，"万户千门人念佛"。再如，第九十六回，铜台府那个"万僧不阻"、诚意斋僧的寇员外，也令人印象深刻。无怪乎玄奘感叹："西方佛地，贤者，愚者，俱无诈伪。"② 第九十八回，离圣境越来越近，礼佛氛围越来越浓厚："果然西方佛地，与他处不同。……所过地方，家家向善，户户斋僧。每逢山下人修行，又见林间客诵经。"③ 这与实际情况有契合，也有差异。7 世纪玄奘到达印度时，所见僧众仍然自觉笃信和研习佛法，"人知乐道，家勤志学"④，"崇敬佛法，少信异道"⑤，各佛教派别论争激烈，"部执峰峙，诤论波涛"⑥，仍然是一个佛门圣地所在。但由于印度教的改革振兴，佛教在印度已渐呈衰势，玄奘所见较之法显时代已明显衰落，有些地方"伽蓝虽多，僧徒寡少，诸窣堵波荒芜圮坏"，"（伽蓝）庭宇寂寥，绝无僧侣"⑦。

还应一提的是，作品的主要角色神通广大的神猴孙悟空，也是印度形象的一个体现。其与印度史诗《罗摩衍那》中的神猴哈努曼有着诸多的相似之处，悟空施救朱紫国金圣娘娘的情节，也与《罗摩衍那》中哈努曼营救悉多的过程极其相似，很难相信这完全是一种跨越时空的创作巧合。对此，前贤已有诸多研究⑧。

此外，作品中亦有诸多对天竺国佛教胜迹的描摹。首先是灵山。灵山即灵鹫山，位于中天竺，相传如来曾在此讲过《法华经》，在《西游记》中，则是佛祖如来的主要居所。第五十二回，悟空为寻觅金兜山魔头来历初次造访灵山，但见：

---

① 第九十三回，第 1131 页。

② 第九十六回，第 1163 页。

③ 第九十八回，第 1186 页。

④ ［唐］玄奘、辩机著，季羡林等校注：《大唐西域记校注》卷二，中华书局，2000 年，第 193 页。

⑤ ［唐］玄奘、辩机著，季羡林等校注：《大唐西域记校注》卷二，中华书局，2000 年，第 220 页。

⑥ ［唐］玄奘、辩机著，季羡林等校注：《大唐西域记校注》卷二，中华书局，2000 年，第 193 页。

⑦ ［唐］玄奘、辩机著，季羡林等校注：《大唐西域记校注》卷二，中华书局，2000 年，第 220 页。

⑧ 鲁迅、胡适、陈寅恪、季羡林等均有相关研究。

灵峰疏杰，叠嶂清佳，仙岳顶巅摩碧汉。西天瞻巨镇，形势压中华。元气流通天地远，威风飞彻满台花。时闻钟磬音长，每听经声明朗。又见青松之下优婆讲，翠柏之间罗汉行。白鹤有情来鹫岭，青鸾着意伫闲亭。玄猴对对擎仙果，寿鹿双双献紫英。幽鸟声频如诉语，奇花色绚不知名。回峦盘绕重重顾，古道湾环处处平。正是清虚灵秀地，庄严大觉佛家风。①

第九十八回，师徒一行终于抵达灵山，金顶大仙指引玄奘："你看那半天中有祥光五色，瑞霭千重的，就是灵鹫高峰，佛祖之圣境也。"② 到了真佛境地，自然少不了对那居于灵山的雷音古刹极尽描摹：

顶摩霄汉中，根接须弥脉。巧峰排列，怪石参差。悬崖下瑶草琪花，曲径旁紫芝香蕙。仙猿摘果入桃林，却似火烧金；白鹤栖松立枝头，浑如烟捧玉。彩凤双双，青鸾对对。彩凤双双，向日一鸣天下瑞；青鸾对对，迎风耀舞世间稀。又见那黄森森金瓦迭鸳鸯，明幌幌花砖铺玛瑙。东一行，西一行，尽都是蕊宫珠阙；南一带，北一带，看不了宝阁珍楼。天王殿上放霞光，护法堂前喷紫焰。浮屠塔显，优钵花香。正是地胜疑天别，云闲觉昼长。红尘不到诸缘静，万劫无亏大法堂。③

寺庙，是佛教传布的重要场所。除诸佛的主要居所雷音古刹外，作品中对天竺国舍卫城的布金寺也着墨不少。布金寺，即著名的祇树给孤独园，相传孤独长者以布满园地的黄金从太子手中购得此园，供佛陀居住讲法，太子则以满园祇树相送，故曰"祇树给孤独园"。作品中，作者借玄奘和寺僧之口两次对布金寺名称的由来作了解释，却都不够全面，未解出其中"祇树"之来历。第九十三回，玄奘描述眼前所见布金寺：

不小不大，却也是琉璃碧瓦；半新半旧，却也是八字红墙。隐隐见

---

① 第五十二回，第645页。
② 第九十八回，第1187页。
③ 第九十八回，第1190页。

苍松偃盖，也不知是几千百年间故物到于今；潺潺听流水鸣弦，也不道是那朝代时分开山留得在。山门上，大书着"布金禅寺"；悬扁上，留题着"上古遗迹"。①

寺僧不忘神异化："近年间，若遇时雨滂沱，还淋出金银珠儿，有造化的，每每拾着。"玄奘自然深信不疑："话不虚传果是真！"② 只是，曾经辉煌一时的祇园圣地，如今只剩断垣残壁的一片荒址，三藏合掌叹曰：

> 忆昔檀那须达多，曾将金宝济贫疴。
> 祇园千古留名在，长者何方伴觉罗？③

这是符合史实的。同此前对佛国的佛教盛况极尽渲染相比，此处对佛教在印度的衰颓、佛教遗址的荒圮情景的描写是相对客观的。《大唐西域记》载，玄奘到达舍卫城故址时，已"都城荒顿""伽蓝数百，圮坏良多""僧徒寡少"④。

书中对其他寺院也夸赞有加。如第九十一回，到得天竺国外郡金平府，"慈云寺"：

> 珍楼壮丽，宝座峥嵘。佛阁高云外，僧房静月中。丹霞缥缈浮屠挺，碧树阴森轮藏清。真净土，假龙宫，大雄殿上紫云笼。两廊不绝闲人戏，一塔常开有客登。炉中香火时时爇，台上灯花夜夜荧。忽闻方丈金钟韵，应佛僧人朗诵经。⑤

尚需一提的是诸多佛门器物。如玄奘所用的袈裟、锡杖等。第十二回，菩萨称袈裟要五千两，锡杖要二千两，要价昂贵，向佛之人却分文不收。"着了我袈裟，步入沉沦，不坠地狱，不遭恶毒之难，不遇虎狼之灾，便是

① 第九十三回，第 1130 页。
② 第九十三回，第 1132 页。
③ 第九十三回，第 1132 页。
④ ［唐］玄奘、辩机著，季羡林等校注：《大唐西域记校注》卷六，中华书局，2000 年，第 481 页。
⑤ 第九十一回，第 1106 页。

好处；若贪淫乐祸的愚僧，不斋不戒的和尚，毁经谤佛的凡夫，难见我袈裟之面，这便是不好处。"① "不遵佛法，不敬三宝，强买袈裟、锡杖，定要卖他七千两，这便是要钱；若敬重三宝，见善随喜，皈依我佛，承受得起，我将袈裟、锡杖，情愿送他，与我结个善缘，这便是不要钱。"② 菩萨亲口渲染：

> 这袈裟，龙披一缕，免大鹏吞噬之灾；鹤挂一丝，得超凡入圣之妙。但坐处，有万神朝礼；凡举动，有七佛随身。
>
> 这袈裟是冰蚕造炼抽丝，巧匠翻腾为线。仙娥织就，神女机成，方方簇幅绣花缝，片片相帮堆锦笆。玲珑散碎斗妆花，色亮飘光喷宝艳。穿上满身红雾绕，脱来一段彩云飞。三天门外透元光，五岳山前生宝气。重重嵌就西番莲，灼灼悬珠星斗象。四角上有夜明珠，攒顶间一颗祖母绿。虽无全照原本体，也有生光八宝攒。
>
> 这袈裟，闲时折叠，遇圣才穿。闲时折叠，千层包裹透虹霓；遇圣才穿，惊动诸天神鬼怕。上边有如意珠、摩尼珠、辟尘珠、定风珠；又有那红玛瑙、紫珊瑚、夜明珠、舍利子。偷月沁白，与日争红。条条仙气盈空，朵朵祥光捧圣。条条仙气盈空，照彻了天关；朵朵祥云捧圣，影遍了世界。照山川，惊虎豹；影海岛，动鱼龙。沿边两道销金锁，叩领连环白玉琮。诗曰：
>
> 三宝巍巍道可尊，四生六道尽评论。
> 明心解养人天法，见性能传智慧灯。
> 护体庄严金世界，身心清净玉壶冰。
> 自从佛制袈裟后，万劫谁能敢断僧？③

夸罢了袈裟，再夸其九环锡杖：

> 铜镶铁造九连环，九节仙藤永驻颜。

---

① 第十二回，第145—146页。
② 第十二回，第146页。
③ 第十二回，第146—147页。

入手厌看青骨瘦，下山轻带白云还。

摩呵立祖游天阙，罗卜寻娘破地关。

不染红尘些子秽，喜伴神僧上玉山。①

第十六回，又借观音院众僧之口称赞袈裟：

真个好袈裟！上头有：

千般巧妙明珠坠，万样稀奇佛宝攒。

上下龙须铺彩绮，兜罗四面锦沿边。

体挂魍魉从此灭，身披魑魅入黄泉。

托化天仙亲手制，不是真僧不敢穿。②

如此，一个佛国净土形象呈现在读者面前。只是这佛国净土，竟然也有许多妖孽作祟，竟也有佛弟子公然索贿——这着实是莫大的讽刺！这说明，一方面，在作者理想化的异域想象之中，仍保有清醒的认识；另一方面，可理解为作者是在借此对明朝中后期社会现实进行影射。此外，作品在塑造佛国形象、对佛教进行崇仰的同时，多处涉及到了与儒道的关系。前贤已有诸多精深研究，此处仅从具体文本出发，据自己的阅读和思考作约略分析。

先看佛道关系。一是崇佛抑道。第十九回，悟空收服八戒时自言保护玄奘西天取经是"改邪归正，弃道从僧"③，是一处显例。作品中更在多处写到佛道抗衡，均终以佛教胜出。如，第二十六回，八戒曾当面嘲弄福、禄、寿三星为"奴才"，第四十六回，题目即为"外道弄强欺正法，心猿显圣灭诸邪"，外道与正法、圣与邪的描述中已明显现出维护佛教、贬抑道教的立场。经过精彩的斗法过程的描述，最终佛教完胜，三位道仙因技穷被灭，国王为其被灭而"泪如泉涌"，则可视为对历史上痴奉道教的几位皇帝的讥讽。此外，道教最高领袖太上老君及玉帝对悟空无可奈何，其手下也并无识别六耳猕猴的本领，关键时刻还是佛祖如来出面才得以解决。它们之间的关

---

① 第十二回，第147页。

② 第十六回，第194页。

③ 第十九回，第233页。

系，还是由八戒一语道破："神仙还是我们的晚辈哩！"① 有人据作品中玉帝与如来相互之间的措辞、举止等，得出作品主题是在崇道抑佛的结论，值得商榷。可以做如下理解："外来的和尚会念经"，玉帝奈何不得的孙悟空，还得靠技高一筹的如来出面摆平；但同时，面对作为"地头蛇"的玉帝，来自异域天竺的如来放低姿态，是一种可以被理解的权宜之计。结合佛教传入中国的史实来看，佛教初传时期，确曾主动向本土的道教、方术等加以附会，作品如此处理，无非是佛教传入后迅速本土化的一种形象化反映。二是在崇佛抑道的同时，又流露出让二者握手言和的态度。如悟空的首任师父须菩提祖师，即是一个佛道合一的形象符号。王母设蟠桃宴时，邀请的诸宾中排在首要位置的即为西天佛老、菩萨、圣僧、罗汉、观音等，并且这是"旧规"②；玉帝请西天佛老相助降猴，黎山老母和观音、普贤、文殊菩萨合作试禅心，实际上也是佛道之间的合作。最明显的是第二十六回，经过一场人参果树的风波之后，镇元子与行者竟结为"情投意合"的兄弟，"不打不成相识，两家合了一家"③。第三十三回，三藏搭救道者后说（不识此道者为妖魔所变）："你我都是一命之人，我是僧，你是道。衣冠虽别，修行之理则同。"④ 就连天竺国灵山脚下，也有道观耸立、大仙接引。

次看佛儒关系。作品中对儒家观念的表现甚多，这并不奇怪，因为作者即为深受传统文化影响的封建士大夫。奇怪的是，身为佛门中人的玄奘，却也具有颇深的儒家文化根底，动辄念出几句儒家言语，如"父母在，不远游；游必有方"⑤，"物有几等物，人有几等人"⑥ 等，但几乎每次都要受到揶揄和讽刺。当然，这较之历史上真实的玄奘差之甚远。史载玄奘"幼而珪璋特达，聪悟不群。……备通经典，而爱古尚贤，非雅正之籍不观，非圣者之风不习"⑦，的确有着深厚的儒学修养、坚定的求法意志和出众的社会能

---

① 第五十八回，第 715 页。
② 第五回，第 54 页。
③ 第二十七回，第 327 页、第 326 页。
④ 第三十三回，第 404 页。
⑤ 第二十七回，第 330 页。
⑥ 第八十八回，第 1077 页。
⑦ ［唐］慧立、彦悰：《大慈恩寺三藏法师传》卷一，孙毓棠、谢方点校，中华书局，2000 年，第 5 页。

力，与作品中那个懦弱、愚执的腐儒形象大相径庭。作品中，佛教主要攻击的对象是道教，对于儒家的攻击较少，但是，"只要有机会，佛家总对儒家射上几支冷箭的"①，作品中也有表现。除上述对满口儒言的唐僧进行揶揄讥讽外，最为明显的是第九十八回，借如来之口对孔儒之教进行了矮化："你那东土乃南赡部洲。……虽有孔氏在彼立下仁义礼智之教，帝王相继，治有徒流绞斩之刑，其如愚昧不明，放纵无忌之辈何耶！我今有经三藏，可以超脱苦恼，解释灾愆。"② 还应注意的是，在第十一回，作者将历史上儒官傅奕抑佛终遭失败的史实糅合进作品之中，唐太宗则成为一代护法名王。前者是史实，后者则是作者的有意处理，因为历史上的唐太宗并非对佛教有真正的理解和支持，相反，他早年对佛教并不感兴趣，"至于佛教，非意所遵"（贞观二十年手诏斥萧瑀），见玄奘后首先询问的是西域的情况，答玄奘手书时说："至于内典，尤所未闲。"所以，他并非对佛教有虔诚之意，其护佛举动更多地是为之前的杀兄篡位等恶行作一个遮蔽，对玄奘求法起初也并未支持，相反，玄奘是在"有诏不许"的情况下偷渡出境的③。唐太宗在他归来后加以扶持，也更多地是在利用，如玄奘甫一归来便命其撰著《大唐西域记》，主要是为了加强对西域的了解，而不是为了弘扬佛教。当然，这种利用是相互的，"不依国主，则法事难立"（释道安语），聪明的玄奘自然懂得这个道理。

再看三教合一。这在作品中也有体现。如，第二回，菩提祖师登坛高坐，"说一会道，讲一会禅，三家配合本如然"④，第四十七回，悟空劝车迟国王"也敬僧，也敬道，也养育人材，我保你江山永固"⑤，等等。对于儒、释、道的关系，南朝梁武帝就已提出"三教同源"说，此后渐有响应。有唐一代，文化包容，政策宽松，自唐太宗开始实行三教并行的政策，此后虽间有波折（如武宗时的灭佛事件），三教并行的总趋势没有发生大的变化。

---

① ［唐］玄奘、辩机著，季羡林等校注：《大唐西域记校注》，中华书局，2000 年，"前言"第 35 页。

② 第九十八回，第 1191 页。

③ 然而，《西游记》中的这一文学情节却常常被当成历史事实。如，孙景坛：《汉武帝"罢黜百家，独尊儒术"子虚乌有——中国近现代儒学反思的一个基点性错误》（《南京社会科学》1993 年第 6 期）一文中，将唐太宗视为一个虔诚的佛门弟子："唐僧前往西天取经，即是遵照他的旨意。"

④ 第二回，第 15 页。

⑤ 第四十七回，第 578 页。

中唐佛教徒神清作《北山录》也倡三教一致。唐宋之际，三教在"修身养性"方面渐趋于一致。到明时，"三教合一"概念正式提出，在政治层面，有明太祖朱元璋的提倡和扶持，在哲学层面，王阳明的"心学"体系即为儒释道的融会贯通，就连佛教内部，也有元贤、德清等高僧大德力倡三教合一。如此看来，《西游记》中三教合一的体现也是自然和合理的。

总之，通过对佛国净土形象的分析，可以看出：《西游记》的宗教倾向性是明显的，总体上是崇佛、抑道、对儒家偶有揶揄讥讽，同时，对三教合一也有一定期许。这符合一个身处明朝中期之乱世，愤世嫉俗继而"借异域佳酿，浇胸中块垒"，却又不自觉地以本土话语进行言说和表达的封建士大夫的文化心态。从文史互证的角度看，《西游记》以玄奘西行求法这一古代中印交流的重要事件为题材，并提供了一些有益的参照，这是文学文本对文化、历史信息的形象化传递和艺术化表达。

2、"极乐之胜境"

《西游记》中涉及天竺的描写，多次出现"极乐"一词。如，第七十八回，三藏回复比丘国国丈道"自古西方乃极乐之胜境"①；第八十六回，樵夫告知唐僧说"这条大路，向西方不满千里，就是天竺国，极乐之乡也"②；在玉华国，见一派繁华景象，玄奘感叹"所为极乐世界，诚此之谓也"③；第九十一回，又以叙述者口吻言道"话表唐僧师徒四众离了玉华城，一路平稳，诚所谓极乐之乡"④。这是一个对除佛教之外的天竺社会的正面描述。实际上，提到天竺，无法完全做到脱离佛教背景，"极乐"一词即本为佛教用语。但综观作品，作者在运用这一词汇时虽偶与佛教有关，主要却是用于描绘佛教之外的方方面面。无论是出自玄奘之口还是得之于路人的描绘，异域天竺都是一个风景秀丽、政治清明、经济繁荣、人民安乐的"极乐之胜境"。

《西游记》之所以深受大众喜爱，一个重要的原因是它为后世特别是现

---

① 第七十八回，第965页。
② 第八十六回，第1062页。
③ 第八十八回，第1076页。
④ 第九十一回，第1106页。

代读者提供了一个远离都市喧嚣的自然桃花源。作品中山水清幽，树木葱郁，花草纷繁，物候奇特，天竺国亦是如此。第八十八回，师徒四人进入天竺国下郡玉华县正值深秋之候，但见：

> 水痕收，山骨瘦。红叶纷飞，黄花时候。霜晴觉夜长，月白穿窗透。家家烟火夕阳多，处处湖光寒水溜。
>
> 白蘋香，红蓼茂。橘绿橙黄，柳衰谷秀。荒村雁落碎芦花，野店鸡声收菽豆。①

第九十一回，慈云寺后花园更是"天然堪隐逸，何须他处觅蓬瀛"：

> 时维正月，岁届新春。园林幽雅，景物妍森。四时花木争奇，一派峰峦迭翠。芳草阶前萌动，老梅枝上生馨。红入桃花嫩，青归柳色新。金谷园富丽休夸，辋川图流风慢说。水流一道，野凫出没无常；竹种千竿，墨客推敲未定。芍药花、牡丹花、紫薇花、含笑花，天机方醒；山茶花、红梅花、迎春花、瑞香花，艳质先开。阴崖积雪犹含冻，远树浮烟已带春。又见那鹿向池边照影，鹤来松下听琴。东几厦，西几亭，客来留宿；南几堂，北几塔，僧静安禅。花卉中，有一两座养性楼，重檐高拱；山水内，有三四处炼魔室，静几明窗。真个是天然堪隐逸，又何须他处觅蓬瀛。②

第九十四回，春夏秋冬四景诗：

> 《春景诗》：
> 周天一气转洪钧，大地熙熙万象新。
> 桃李争妍花烂熳，燕来画栋迭香尘。
> 《夏景诗》：
> 熏风拂拂思迟迟，官院榴葵映日辉。

---

① 第八十八回，第1074页。
② 第九十一回，第1108页。

笛玉音调惊午梦，芰荷香散到庭帏。

《秋景诗》：

金井梧桐一叶黄，珠帘不卷夜来霜。

燕知社日辞巢去，雁折芦花过别乡。

《冬景诗》：

天雨飞云暗淡寒，朔风吹雪积千山。

深宫自有红炉暖，报道梅开玉满栏。①

第九十六回，春尽夏初时节：

清和天气爽，池沼芰荷生。

梅逐雨余熟，麦随风里成。

草香花落处，莺老柳枝轻。

江燕携雏习，山鸡哺子鸣。

斗南当日永，万物显光明。②

"风壤既别，地利亦殊"③，印度地处热带和亚热带，具有独特的地理环境和物产。作者未能亲历印度，仍以自己温带四季来揣摩印度的景色，因此作品中才会出现芦花、梧桐、腊梅等在印度鲜少出现的景致。此外，印度具有六个季节，在春夏秋冬四季之外，还有一个雨季和一个凉季，这自然跟印度独特的地理和气候环境有关。即便如此，作者还是依据自己的想象，依托身边的事物，运用本土的话语对印度进行了描绘。

作品中也对天竺国的清明政治有所着墨。第八十八回，老者对三藏推荐道："有道禅师，我这敝处，乃天竺国下郡，地名玉华县。县中城主，就是天竺皇帝之宗室，封为玉华王。此王甚贤，专敬僧道，重爱黎民。老禅师若去相见，必有重敬。"④ 在舍卫城时，亦称该地"国王有道"。在《大唐西域

---

① 第九十四回，第1145页。
② 第九十六回，第1162页。
③ ［唐］玄奘、辩机著，季羡林等校注：《大唐西域记校注》卷二，中华书局，2000年，第211页。
④ 第八十八回，第1075页。

记》中，玄奘也记载了几位类似的天竺王者，特别是戒日王，其兄长本为"以德治政"的"贤主"，其本人即位后统一了北印度，创立了不朽功业，对玄奘礼遇甚高，颇有"甚贤，专敬僧道，重爱黎民"之风。在这样的王者统治下的印度政治自然是正面的："政教既宽，机务亦简。户不籍书，人无傜课。……赋敛轻薄，傜税俭省，各安世业……国家营建，不虚劳役。"①颇令人向往。回头看《西游记》中的清明政治，则可理解为作者对现实政治的一种渴望。当然，作者在对天竺国的政治进行向往和赞叹的同时，也对一系列昏君进行了鞭挞，如第九十二回，悟空对金平府县供献金灯、劳民伤财之事进行了呵责，再如第九十三回，"话表那个天竺国王，因爱山水花卉，前年带后妃公主在御花园，月夜赏玩，惹动一个妖邪，把真公主摄去，他却变做一个假公主"②。这分明是在对那些贪爱山水、不务国事的昏君们的一个警告。

此外，在作者的笔下，天竺国经济繁荣，人民安乐。第八十八回：

> 四众遂步至城边街道观看。原来那关厢人家，做买做卖的，人烟凑集，生意亦甚茂盛。……入城门内，又见那大街上酒楼歌馆，热闹繁华，果然是神州都邑。有诗为证。诗曰：
> 锦城铁瓮万年坚，临水依山色色鲜。
> 百货通湖船入市，千家沽酒店垂帘。
> 楼台处处人烟广，巷陌朝朝客贾喧。
> 不亚长安风景好，鸡鸣犬吠亦般般。
> 三藏心中暗喜道："人言西域诸番，更不曾到此。细观此景，与我大唐何异！所为极乐世界，诚此之谓也。"又听得人说，白米四钱一石，麻油八厘一斤，真是五谷丰登之处。③

第九十一回，天竺国外郡金平府"两边茶坊酒肆喧哗，米市油房热

---

① ［唐］玄奘、辩机著，季羡林等校注：《大唐西域记校注》卷二，中华书局，2000年，第209页。
② 第九十三回，1136页。
③ 第八十八回，1075页。

闹"①。元宵节灯会更是热闹非常，"乱烘烘的无数人烟，有那跳舞的、躧跷的，装鬼的，骑象的，东一攒，西一簇，看之不尽"②。真个是：

> 锦绣场中唱彩莲，太平境内簇人烟。
> 灯明月皎元宵夜，雨顺风调大有年。③

这跟《大唐西域记》中的记载也大致吻合。玄奘到时，正值印度封建社会高度发展的阶段，经济上繁荣，人民生活也较富足，"什物之具，随时无阙"④。

3、"中华大国异西夷"

细读作品，作者对异域天竺进行描述时，一个突出的特点是，几乎处处以中华风物来比附、以本土话语来述说。如，第九十三回、九十四回，大天竺国也有抛绣球招亲的习俗，婚娶日期的选择也须先看阴阳风气，第九十一回中，对印度灯节热闹场景的描述也近乎中华元宵节的翻版。抛绣球招亲，在古代印度也是不可能发生的事情，因为种姓制度森严，只能在本种姓阶层内相互通婚，且受各种限制，不可能会有这般自主选择婚配的方式。至于元宵节的燃灯习俗，虽来源自佛教，却在玄奘时代不见记载，今天的印度灯节也是一个跟印度教而非佛教有关的节日。除以上习俗层面外，以本土情况比附天竺的情况随处可见。如，在大天竺国，玄奘曾感叹："他这里人物衣冠，宫室器用，言语谈吐，也与我大唐一般。"⑤ 在铜台府地灵县，所见寇员外置办圆满道场，玄奘亦言："他那里与大唐的世情一般。"⑥ 在玉华国，街市上的生意人等，"观其声音相貌，与中华无异"，见街市繁华，"细观此景，与我大唐何异！"⑦ 如此等等。如何解释这一现象？一则因为作者未能亲历

---

① 第九十一回，第 1106 页。
② 第九十一回，第 1109—1110 页。
③ 第九十一回，第 1110 页。
④ ［唐］玄奘、辩机著，季羡林等校注，《大唐西域记校注》卷二，中华书局，2000 年，第 216 页。
⑤ 第九十三回，第 1135 页。
⑥ 第九十六回，第 1166 页。
⑦ 第八十八回，第 1075—1076 页。

印度，对异域风物的书写只能靠文学想象，而想象也只能以自身已有接受屏幕上的现实事物为基础。这同《大唐西域记》不同。后者是在玄奘亲历印度之后奉敕撰就，"皆存实录，匪敢雕华"①，以纪实为主。二则在作者的心目中，天竺佛国与大唐王朝颇具类似之处。天竺佛国是"极乐之胜境"，而贞观盛世也是"天下太平，八方进贡，四海称臣"②，简直都是古代社会最为完美的形态了。只是对作者来说，一个路途遥远，一个不可再现，都是可望不可及的理想盛世。

然而，在玄奘一行历尽千辛万苦，战胜八十一难，取得大乘妙文，回归大唐怀抱之后，作品却一改此前对天竺佛国的诸多正面描述，由衷感叹"中华大国异西夷"③，这又是为何呢？

首先，这是作者的中华中心观在起作用。细读文本，第四十六回，车迟国斗法开始之时，国王感叹"那中华人多有义气"④，第九十一回，慈云寺和尚向玄奘拜道："我这里向善的人，看经念佛，都指望修到你中华地托生；才见老师风采衣冠，果然是前生修到的，方得此受用，故当下拜。"⑤ 第八十八回，在见到玄奘三个徒弟施展神通之后，只见个玉华县：

> 满城中军民男女，僧尼道俗，一应人等，家家念佛磕头，户户拈香礼拜。果然是：
> 见像归真度众僧，人间作福享清平。
> 从今果正菩提路，尽是参禅拜佛人。⑥

本处天竺佛国中人，却被外来求法的和尚所度化了。这既有史实依据，又是作者的中华中心观在起作用。一方面，据《大唐西域记》和《大慈恩寺三藏法师传》的记载，玄奘在取经之路上确有度化俗众或慑服外道改皈佛

---

① ［唐］慧立、彦悰：《大慈恩寺三藏法师传》卷六，孙毓棠、谢方点校，中华书局，1983 年，第135 页。实际上，《大唐西域记》也有诸多神异成分。
② 附录，第 96 页。
③ 第一百回，第 1212 页。
④ 第四十六回，第 575 页。
⑤ 第九十一回，第 1107 页。
⑥ 第八十八回，第 1079 页。

教的事例。本为求取真经而来，不忘时时处处传教，这才是宗教徒的虔诚。另一方面，作为深受传统文化浸淫的封建士大夫，作者在面对异域事物时不可避免地带有一种"夷夏心态"：崇礼重义、文明发达的中华圣僧，与野蛮落后、粗鄙丑陋的化外之民，怎可同日而语？所以，经历了诸多磨难、见惯了异域风情、归后受到隆重礼遇的玄奘，才发出"中华大国异西夷"的感叹。与其说这是作品中玄奘的感叹，不如说是作者自己的心声。不可否认，直到今天，这种"夷夏心态"仍然不同程度地存在，这从诸多当代文学作品对印度的描述中也可以见到。

然而，这却与作品中表现出的佛教中心观迥然不同。第八回，盂兰盆会上，如来给地处南赡部洲的东土中华做了一个极其负面的评价："我观四大部洲，众生善恶，各方不一……但那南赡部洲者，贪淫乐祸，多杀多争，正所谓口舌凶场，是非恶海。"所以，"我今有三藏真经，可以劝人为善"①。第九十八回，玄奘终于得以面见如来，又听到一番对东土大唐的贬抑，这次将矛头直指孔儒：

> 你那东土乃南赡部洲。只因天高地厚，物广人稠，多贪多杀，多淫多诳，多欺多诈；不遵佛教，不向善缘，不理三光，不重五谷；不忠不孝，不义不仁，瞒心昧己，大斗小秤，害命杀牲，造下无边之孽，罪盈恶满，致有地狱之灾：所以永堕幽冥，受那许多碓捣磨舂之苦，变化畜类。有那许多披毛顶角之形，将身还债，将肉饲人。其永堕阿鼻，不得超升者，皆此之故也。虽有孔氏在彼立下仁义礼智之教，帝王相继，治有徒流绞斩之刑，其如愚昧不明，放纵无忌之辈何耶！我今有经三藏，可以超脱苦恼，解释灾愆。……将我那三藏经中，三十五部之内，各检几卷与他，教他传流东土，永注洪恩。②

那么，同一作品所表现的中华中心观与佛教中心观的矛盾，又该如何解释？可以注意到，作品中佛教中心观的表达，均出自佛祖如来之口；中华中心观的表达，则皆出自天竺人或叙述人之口，而无论天竺人所说还是叙述人

① 第八回，第 87 页。
② 第九十八回，第 1191 页。

所说，无非都是作者自己的表达。在此意义上，我们可以说，《西游记》的真正主人公既不是唐玄奘，也不是孙悟空，而是隐在背后的作者。自然，这又势必牵扯到作者对佛教是否虔诚的问题，在此不做探讨。

其次，对"中华大国异西夷"的分析，除"夷夏心态"的作用外，玄奘的怀乡情结也不可被忽略。如，第十二回，西行求法尚未迈出一步，唐太宗即以"宁恋本乡一捻土，莫爱他乡万两金"① 相警。第九十四回，玄奘被招亲后难以入寝："……银汉横天宇，白云归故乡。正是离人情切处，风摇嫩柳更凄凉。"② 第九十五回，悟空见唐僧"全不动念"，暗自里夸道："身居锦绣心无爱，足步琼瑶意不迷。"③ 天竺佛国的庄严妙净，极乐之乡的富足优逸，都抵不过东土家乡的召唤。实际上也是这样。历史上的玄奘在西行求法过程中，在高昌国曾被软硬兼施加以挽留，分别以情辞和绝食相拒，后与高昌王麴文泰结下深厚友谊；在印度也曾受到极高礼遇，那烂陀寺的戒贤法师、羯若鞠阇国戒日王、迦摩缕波国的拘摩罗王等，都曾诚意挽留，都被玄奘一一婉拒，他曾对戒贤言："此国是佛生处，非不爱乐。但玄奘来意者，为求大法，广利群生。……愿以所闻，归还翻译，使有缘之徒同得闻见。"④ 作为一介僧人，留在天竺佛国本为莫大的荣耀和满足；然而，玄奘又不是一般的僧人，而是深受传统文化影响、怀有浓烈思乡情结和远大弘法抱负的僧人，他没有乐不思蜀，而是背负沉重的经文，复历艰险归抵国内，潜心译经，笃志讲学，直至离世。

余 论

文学是两个梦，即"实现愿望的梦和表达焦虑的梦"⑤。《西游记》也由对这两个梦的实现和表达为意旨，塑造出一个与明代中后期的现实世界有着鲜明对比的佛国净土、极乐胜境。异域天竺，既是经验的现实世界，更是超

---

① 第十二回，第 153 页。

② 第九十四回，第 1143 页。

③ 第九十五回，第 1151 页。

④ ［唐］慧立、彦悰：《大慈恩寺三藏法师传》卷五，孙毓棠、谢方点校，中华书局，1983 年，第 103 页。

⑤ ［加］诺斯罗普·弗莱：《揭开梦乡奥秘的钥匙》，见冯黎明等编《当代西方文学批评主潮》，湖南人民出版社，1987 年，第 360 页。

验的理想世界；在场明朝，却是异域镜像对照下的污浊现实，是作者忧思凝结的批判对象。

《西游记》取材于唐玄奘西行求法这一历史事实，取经故事的基本内核是真实的。《西游记》中神魔世界的原型，也来源于取经过程中所遇到的自然界的种种险阻以及人间社会种种恶势力的阻挠，如《大唐西域记》中所述大清池"龙鱼杂处，灵怪间起"，大雪山则"山神鬼魅，暴纵妖祟，群盗横行，杀害为务"等等①。《西游记》中描写的不少事物，如植物中的菩提树、莲花、杨柳枝，动物中的象、鹿，建筑中的宝塔、宫殿等等，也都是异域天竺现实生活中比比皆是的事物。然而，文学反映现实，又高于现实。作为一部纯文学作品，其作者又并未亲历印度，《西游记》带给读者对天竺佛国的认识与其说是经验性的，不如说是超验性的。即使是前述的菩提树、莲花等常见事物，也都含有一定的文化意蕴，都是为表现佛国纯净庄严形象服务的理想象征物。更重要的是，作品中对佛国的虚构和想象，不啻为人类原始乐园情结的释放：那里有着"皆是仙品、仙肴、仙茶、仙果，珍馐百味，与凡世不同"②的美食，有着"霞光瑞气，笼罩千重；彩雾祥云，遮漫万道"③的藏经宝阁，有修成佛门正果、悲天悯人、普渡众生的如来佛祖、观世音菩萨、诸罗汉等一系列理想寄托"人物"，实为一方众生"无有众苦、但受诸乐"的西天极乐净土。当然，要到达这方极乐净土，需要战胜魑魅魍魉的阻挠，狂风、烈火、流沙的挑战，以及财利、权势、美色的诱惑，需要历经八十一难、受尽千辛万苦方能到达。在此意义上，《西游记》中的漫长取经之路，不正是一条人类不断超越自我、笃寻光明之路吗？

"只要一片志诚，雷音只在眼下。"④ 如此，到达佛国净土，实现自我超越，似乎并非不可实现的愿望。那么，作品又是要借助这个异域佛国，表达何种焦虑呢？细读作品，一个同佛国净土有着鲜明对比的现实世界呈现在眼前：第十回中，唐太宗将魏征所写信笺递给阴司判官，望其顾念"交情"，"方便一二"，活脱脱一个官官相护、情大于法的不公社会之缩影；第二十

---

① 关于《西游记》与《大唐西域记》的关系，是一个重要的课题，本文仅做简单涉猎。
② 第九十八回，第 1192 页。
③ 第九十八回，第 1192 页。
④ 第八十五回，第 1041 页。

九回，宝象国王问群臣谁去救百花公主回国时，"连问数声，更无一人敢答"，这些"木雕成的武将，泥塑就的文官"，正是封建王朝庸碌官吏的形象写照。第九十三回，沙僧告诫正狼吞虎咽的八戒要"斯文"时，八戒叫道："斯文！斯文！肚里空空！"则是对死读八股文章的迂腐秀才们的尖锐嘲讽。第九十八回，佛弟子阿傩、伽叶对辛苦而至的取经人厚颜索要"人事"，佛教最高首领竟加袒护；作品中弄丑作恶的妖怪，凡是有背景的都被接走，以"收服"之名，行保护之实，不啻一部现实版的"官场现形记"。此外，玉华宫宫廷宴的奢华，舍卫城御花园的繁丽，金平府供献金灯的靡费，不也都是对明朝廷奢靡腐败、劳民伤财的影射吗？凡此种种，不都是对"行伍日雕，科役日增，机械日繁，奸诈之风日竞"[1] 的明朝中后期社会现实的讥讽和针砭吗？——于是，作品中，玄奘一行时时念诵《般若波罗蜜多心经》，以期从苦难污秽的此岸世界抵达妙乐清净的彼岸世界；现实中，面对肆虐的"五鬼""四凶"却"欲起平之恨无力"[2] 的作者，也将自己置身于文学想象世界，通过孙悟空那支威力无比的金箍棒，来横扫那些魑魅魍魉，实现自己的内心解放。在此意义上，那个遥远的天竺佛国，也是作者对社会现实的一种欲望投射，一个西天"乌托邦"。

---

① 《吴承恩集·射阳先生存稿》卷二《赠卫侯章君履任序》，蔡铁鹰笺校，中国社会科学出版社，2014 年，第 82 页。

② "五鬼""四凶"分别指宋代和尧舜时期的恶人，作者用来比拟明朝当权者及其帮凶。见《吴承恩集·射阳先生存稿》卷一《二郎搜山图歌并序》，蔡铁鹰笺校，中国社会科学出版社，2014 年，第 27 页。

第二章　佛教文学主题学研究

主题学（Thematology）即不同民族国家文学中相同或类似的题材、主题、母题及文学原型的比较研究，是比较文学的重要研究领域之一。佛教作为世界三大宗教之一，有自己独特的修道方式、独立的思想体系和特殊的问题关切，如山林栖居、净土往生、相依缘起、慈悲仁爱、众生平等、业报轮回等等，在佛经和佛教文学作品中经常出现，形成佛教文学特有的题材与主题，是比较文学主题学研究的宝库。

第一节　概论

主题学源于民间故事的类型研究，其主要研究方法是对不同民族的神话故事和民间故事进行比较，划分出不同的类型和模式。随着比较文学的兴起，主题学进入比较文学领域，成为一个重要分支。佛教文学中故事形态的作品非常丰富，包括神话故事、民间故事、寓言故事等等，非常适合主题学研究。在两千多年的发展过程中，中印佛教文学形成了一些具有普遍性的题材、主题、母题及文学原型，皆特色鲜明而又影响深远。

一、题材与主题

素材——题材——题旨——主题，是文学创作过程中互相联系的几个方面或几个环节，其中素材和题旨体现在作家创作的前端，来自现实生活或前人作品；题材和主题体现在作家创作的后端，呈现于作品文本之中，都具有比较文学研究的意义。乐黛云先生曾经谈到比较文学主题学的多重含义："一是提出的基本问题——如自然永恒与人生短暂；一是对这一问题的不同看法和态度。这就是比较文学中的狭义的主题学研究。第三是关于主题史的研究，侧重于对各种常见的主题作深入发掘，系统地对其继承和发展进行历史的纵向研究。广义的主题学研究包括以上三个层次；比较文学中的主题学则常常是指第二层次的狭义主题学研究，但在实际研究中，这三者常是密不可分的。"①

　　关注同一题材或主题在各国文学中的流变，一直是比较文学主题学的重要领域。在佛教文学中，同一题材或主题的作品非常多，如"目连救母"就是典型的题材类主题学研究的对象。目连是佛的大弟子，其冥间救母故事出现于印度佛经《佛说盂兰盆经》。该经说目连的母亲由于生前恶业，死后堕入阿鼻地狱。目连在佛陀指导下，通过斋僧功德使母亲脱离地狱之苦。《盂兰盆经》一方面表现他力拯救的大乘佛教思想，另一方面劝诫人们斋僧施佛，积累功德。我国唐代讲经变文《大目乾连冥间救母变文》将佛经中目连救母故事展开，对目连救母的过程作了细致的描述。作品中有佛法无边的歌颂，但突出的却是目连对母亲的孝。其后历代都有以目连救母为题材的作品问世。中国和印度的目连救母作品在主题表现上有很大的差异，但属于同一题材，这样的同一题材的不同表现，正是比较文学主题学研究的内容。

　　类似的现象在佛经和佛教文学作品中俯拾皆是。如《佛本生经》中的《鳄鱼本生》，讲鳄鱼想吃猴子心肝而将其骗入水中，猴子机智脱险的故事。这与《五卷书》第四卷主干故事大同小异，只是鳄鱼变成了海怪。后来《五卷书》沿着波斯——阿拉伯——欧洲之路西传，佛本生故事则随佛教东传，使这类故事走遍了世界。类似的还有《大隧道本生》中的"二妇共争一儿"，智者断案，以分儿决定生母的故事。该类故事经过汉译《贤愚经》传入中国，又辗转传到欧洲。这类佛经故事来自民间，属于民间故事或寓言故事，是比较文学主题学研究的宝库。

　　佛教徒不但把大量的民间故事纳入佛经，而且通过记述佛及佛门弟子的生平事迹进行宣教护法，进而将佛陀及佛门弟子神化，从而给文学增添了新的题材和内容。在印度，从古至今都有取材于佛陀及其弟子生平故事而创作的文学作品。通过佛教传播，印度大量寓言和神话故事以及佛陀及其弟子的生平故事传入中国，对中国文学的题材内容产生了深远影响。汉语佛典中有

---

　　① 乐黛云：《比较文学原理》，湖南文艺出版社，1988 年，第 94—95 页。

中国僧人撰写的佛传作品，如梁僧祐《释迦谱》，主要收集与释迦族有关的传说，其中有相当篇幅记述释迦牟尼的生平事迹。再如宋志磐《佛祖统纪》，前四卷为释迦牟尼佛本纪，叙述释迦牟尼佛事迹。另外还有许多取材于佛陀生平的文学作品，如唐代变文中的《八相成道变文》《破魔变文》等，前者讲唱释迦牟尼修行成道之事迹，后者讲述释迦牟尼成道之前降服魔王摩罗的故事。佛弟子故事如唐代变文中的《降魔变文》，写佛弟子舍利弗与外道六师斗法的故事。这些都是同类题材在中印佛教文学中的流变，是比较文学主题学研究的范畴。中国高僧玄奘西行印度求法十余年，回国后写了《大唐西域记》，讲述了自己的经历和印度各地风情，僧传文学如道宣《续高僧传》、慧立撰彦悰笺《大唐大慈恩寺三藏法师传》、冥详《大唐故三藏玄奘法师行状》等作品，依据玄奘生平事迹和他本人的记述写成玄奘传记。后人取材玄奘事迹写出各种体裁的文学作品，如宋话本《大唐三藏取经诗话》、元杂剧《唐三藏西天取经》、宝卷《销释真空宝卷》等。这些作品在取经传说的基础上作了大量的虚构，增添了必要的故事和人物，与原来的传记相比已经面目全非了。以取经故事为题材的作品，现存最早有作者可考的是明初杨景贤的传奇剧《西游记》。该剧规模宏大，人物和故事基本完备成型。明中叶伟大作家吴承恩在前人基础上加工创作，最终完成了举世注目的神话传奇小说《西游记》。由此，玄奘西天取经成为中国佛教文学中影响深远的文学题材，其中的人物、故事、形象等，由于与佛经和印度有密切联系，大多具有比较文学主题学研究的意义。

　　源于森林文明的"山林栖居"是佛教独特的修行方式和生活方式，也是佛教文学的重要题材和主题。在佛教文学的叙事作品中有山居生活的描写，在其抒情文学中则形成了独具特色的山居诗。在《长老偈》《长老尼偈》等印度早期佛教诗集中，就有大量表现山居生活的作品。佛教传入中国后，山林栖居的修行方式和生活方式也为中国僧人所接受，并在他们的文学创作中加以表现，从而在中国佛教文学中形成"山居诗"这一诗歌种类。佛教"山居诗"将山水情趣与修道体验相结合，表现人与自然的亲缘关系，有助于自然美的发现和表现，其中既蕴含着人与自然和谐的生态智慧，也有诗意生存的人生境界的追求。

　　佛教作为东方一大宗教，传播很广，信徒众多，佛教的思想观念对文学的思想情趣势必产生深远影响，形成佛教文学所特有的文学主题。相依缘起是佛教世界观的核心和精髓。所谓"缘起"是指一切事物有赖他事物而生起而存在，其经典说法是"此有故彼有，此生故彼生"。作为佛教哲学的缘起论，主要解释宇宙生成演化和说明诸法性空的本质。佛教的四大皆空、无常、无我等思想观念，都基于相依缘起的世界观，在佛教文学中反复表现，并影响到东方各国的世俗文学，形成东方文学中普遍性的主题和题旨。佛教文学表现的"相依缘起"的世界观，以整体主义的态度看待宇宙万物，为现代生态整体主义提供了丰富的思想资源，可以进行现代性的挖掘和阐释。

因果报应是佛教的核心理念，也是佛教文学表现的重要主题。所谓"果报"又称业报，是在自然事物的因果律中加入了人的行为因素。业即造作，是人的行、语、意等运作而产生的能量。每人所作的善恶之业作为因，总会得到应有的报作为果。而且这种因果关系具有"已作不失，未作不得"的绝对性。果报与因缘相结合，共同构成一种关于人生道德伦理的因果关系。佛经以大量的故事来表现，从而成为佛教文学的基本主题。因果报应观念的核心是善恶有报，这在《法句经》中也有充分的表现。如《恶行品》："凶人行虐，沉渐数数，快欲为人，罪报自然；吉人行德，相随积增，甘心为之，福应自然。妖孽见福，其恶未熟，至其恶熟，自受罪虐。贞祥见祸，其善未熟，至其善熟，必受其福。"① 这是对善恶报应问题的比较圆满的解释。佛本生故事着力宣传的思想之一就是因果报应，即善有善报，恶有恶报。果报有两大类。一是与轮回转生联系的来世报，即业报轮回。一个生命主体转生好坏，遭际如何，都取决于前生所做的业。佛本生故事的主体即是表现这种业报轮回思想。二是现世现报，即行善者和作恶造孽者当即受到报应。本生故事中善报者有《尸毗王本生》，讲尸毗王把自己的双眼施舍给瞎眼婆罗门，当即长出一双神眼。恶者者有《忍辱者本生》和《小法护本生》中的国王，因草菅人命当即坠入阿鼻地狱。《露露鹿本生》等故事中忘恩负义、恩将仇报的恶人也都遭到恶报。因果报应思想对中国文学影响很大，郑振铎指出："佛教盛行的结果，因果报应之说便因之而深入民间，代替了本土的

_____

① ［印］尊者法救：《法句经·恶行品》，［吴］维祇难等译，见《大正新修大藏经》第4册，第564页。

定命论的人生观。地狱受罪，天堂享乐之故事，也纷纷而起。"① 中国魏晋时期的志怪小说很多是宣扬因果报应思想的，唐以后的叙事文学作品，即使不是有意宣扬，也很难摆脱因果报应思想，人们常说的大团圆结局，是与善有善报、恶有恶报思想的支配有关的。

"无常"是佛教世界观和人生观的重要体现。佛教认为万事万物都处在不断的生灭变化之中，这就是著名的佛教三法印之一"诸行无常"②。《法句经》之《无常品》第一开宗明义指出："所行非常，谓兴衰法。夫生辄死，此灭为乐。"③ 一切现象都由因缘合和而成，其中既包含"此有故彼有，此生故彼生"的缘起，也包含"此无故彼无，此灭故彼灭"的变化。因缘时时在变，因果关系时时在变，因此没有常住不灭的事物。"诸行无常"强调的是事物不断变化的动态性和过程性。"诸行无常"不仅说明事物的生灭变化，也说明人生现象的有限短暂，即所谓人生无常。人和其他事物一样不具有永恒性，每个个人只是生命的因果链条上的一个环节，是不断生灭变化的宇宙万有之中的一粒微尘。"人生无常"作为佛教人生观的核心，伴随着佛教寺庙的磬声佛号在东方大地上鸣响了两千年，也同时在文学作品中鸣响了一千多年。芸芸众生经历了种种忧患之后，许多人响应了佛的召唤而遁入空门；一些文人或因仕途失意，或因个人劫难，也在无常声中找到了人生真谛，因而"人生无常"成了文学作品常见的主题。我国文学自唐传奇以下，这一主题反复出现。沈既济《枕中记》写人生犹如黄粱一梦，李公佐《南柯太守传》发展了这一主题，这两篇皆是对后世影响极大的传奇。后来的小说、戏曲受这种思想影响者甚多，难以尽数。伟大作家曹雪芹亦是由于家庭和自身遭遇，有感于世事无常，才呕心沥血创作《红楼梦》。《红楼梦》的主题曲《好了歌》，很好地诠释了"人生无常"的主题。

慈悲仁爱是佛教的重要理念。慈悲之怀、仁爱之心人皆有之，其他宗教和历代思想家亦有主张和表现，但极力推崇宣扬者当推佛教。不杀生、慈悲、众生平等是佛教伦理的核心概念和基本命题，体现了宗教伦理、社会伦

---

① 郑振铎：《插图本中国文学史》，人民文学出版社，1957年，第226页。

② "诸行无常""诸法无我"与"涅槃寂静"被称为佛教"三法印"，也就是说，符合这三条才是真正的佛教，反之，违背其中之一，便是外道，这三个命题是佛教各派统一性的基础。

③ ［印］尊者法救：《法句经》，［吴］维祇难等译，见《大正新修大藏经》第4册，第559页。

理和自然伦理的统一。这样的伦理观念经过佛教文学的反复表现，成为中印佛教文学的重要主题。在其影响下，同情不幸，怜悯弱小，为救苦救难而牺牲，成为东方文学的经常性主题。印度文学最早的文艺理论著作《舞论》提出"八味"，即文学艺术的八种美感，后来增加"慈爱"成为九味，即是受佛教影响。中国文学中的慈悲观既有佛教影响，又与儒家的仁爱结合，在小说和戏剧作品中经常有遇难搭救等故事情节，主要表现慈悲主题。在文学作品中出现的佛、菩萨形象，都慈眉善目，慈悲为怀，最受中国人崇拜的观世音菩萨就是慈悲的化身。

中印佛教文学中相同或类似的题材、主题、母题及文学原型，大多具有影响关系，但往往属于"共业所成"，很难找到直接的事实联系，而是表现出许多共同性的因素，这样的比较研究是影响研究与平行研究的结合，或者说是具有影响基础的平行研究。中印佛教文学中共有的山林栖居与山水情趣、净土发愿与佛国往生、众生平等与慈悲仁爱、相依缘起与因缘果报、业报轮回与转世再生等主题或者题域，其思想渊源当然是印度佛教，作为影响研究亦无不可，但由于具体作家作品的对应不易寻找，不必寻找，或者说旨不在此，因而属于平行比较的主题学范畴。一些源远流长影响深远的佛教文学主题，我们将在下文进行专题研究。

二、母题与原型

"母题"是19世纪在故事文学研究领域形成的一个主题学概念，百余年来，在各个人文学科中都产生了广泛影响。虽然母题研究历经百年并卓有成绩，但并未形成独立的研究系统，它或附属于主题学，或归属于类型学和形态学，因而其理论基础非常薄弱。时至今日，母题与类型、母题与主题、母题与原型、母题与典型、母题与结构等关系仍模糊不清。理论家们也不乏界说的努力，但众说纷纭。有的把母题归结为一个叙述单元，具有前情节的性质。如弗兰采尔认为母题"是较小的主题性的（题材性的）单元，它还未能形成一个完整的情节或故事线索，但它本身却构成了属于内容和形势的成分"；有的视母题为原型意象或情境，并将其应用于抒情性文学类型。如歌德认为母题是"人类过去不断重复，今后还会继续重复的精神现象"①；容格则将其"集体无意识"和"原型"概念与母题相联系②。乐黛云则把母题等同于"题旨"，认为："题旨（或母题）是可以从题材中客观地抽取出来的，它是一种可以在各种主题中多次出现的因素。"并以"人变成非人"和人与魔鬼订约以自由换取欲望满足为例③。此外还有各种各样的关于母题的解说，几乎涵盖了文学内容和形式的方方面面。

　　以上各家之说都具有合理性，分别从不同角度说明了母题的某种属性特点，同时也都有其局限性，或失之宽泛，或失之狭窄；或偏重内容，或偏重形式，都未能使母题作为一个涵义明确的概念树立起来。综合各家之说，我们认为母题可以概括为"文学的叙述代码"。有的代码与故事结合紧密，不同作品之间存在着明显的外部联系，可以视为"显型母题"。上述题材类的主题学研究可以归入这一类。有的代码与故事相对分离，不同的故事角色随意置换，基本情节互不相干，故事之间也不存在事实联系，但在题旨和结构方面具有一致性，可以称之为"隐型母题"。佛教文学中此类母题非常丰富，如《佛本生经》中的《狮子皮本生》，讲一头驴蒙着狮子皮吃麦苗，守田人不敢走近它，后因鸣叫而露馅，结果被打死。《五卷书》卷四第七个故事"蒙虎皮的驴"与之基本相同。《伊索寓言》中也有一个《披狮皮的驴》的故事，与之大同小异。我国柳宗元的《黔之驴》也化用了这一故事母题。再如《芒果本生》讲一个婆罗门青年从一位旃陀罗老师那儿学到一种咒语，能使芒果随时成熟香甜，因而受到国王的青睐，但当国王问他本领来历时，他谎称是从婆罗门老师那儿学的，结果咒语失灵。汉译佛典《根本说一切有部毗奈耶破僧事》中有一个类似的故事，其中的说谎者称本领是自己苦修所得。两个故事都指说谎者为提婆达多的前身，而《破僧事》更详细讲述了提婆达多的今生故事。提婆达多是释迦牟尼的堂弟，又是宿敌。他为争领袖地位，曾几次谋害佛陀未遂。他从上座高僧十力迦叶学得神通，并因此得宠于国王。后来他背叛佛陀，分裂僧团，矢口否认神通得自十力迦叶，声称是

　　① 参见［美］乌尔利希·韦斯坦因《比较文学与文学理论》，刘象愚译，辽宁人民出版社，1987年，第136、138页。

　　② ［瑞士］容格：《集体无意识的概念》，见叶舒宪选编《神话—原型批评》，陕西师范大学出版社，1987年，第104页。

　　③ 乐黛云：《比较文学原理》，湖南文艺出版社，1988年，第91、98—99页。

自己苦修所得。由于说谎，神通尽失。蒲松龄《聊斋志异》中的《崂山道
士》，讲王生从道士学得穿墙术，归家后谎称遇仙，结果咒语失灵而碰壁。
从上述神奇故事中可发现"说谎失神通"的共同母题①。

　　20世纪文学理论和文学批评的蓬勃发展为比较文学主题学研究开拓出
更广阔的空间。比如神话原型批评，着重探讨具有神话渊源的文学模式和人
类文学史上反复出现的文学原型母题、原型形象和原型意象，这样的文学原
型研究或文学人类学研究也进入比较文学主题学的范畴。比如乐黛云《比较
文学原理》"主题学"一章专列《主题学和原型批评》一节，曹顺庆等《比
较文学论》"主题学"一章专列《文学人类学》一节②。佛经是东方文学的
一个象征渊源和原型库，佛教文学在中印两国都源远流长，因而对其进行原
型分析是大有可为的。可以说，文学原型研究，包括原型母题研究、原型形
象研究和原型意象研究，为佛教文学主题学研究开拓出非常广阔的空间③。

　　原型与母题的关系也比较复杂。母题是19世纪以来民间故事和神话学
研究的主要范畴，是原型批评理论的来源和基础之一，但原型和母题是两个
不同的概念，二者只是在作为文学叙述的基本结构形式、基本构成因素和交
际单位方面有所交叉。一些宏观的原型模式和大量微观的原型意象都不能看
作母题；一些以取材改编和流传影响为基础的题材类同型的母题，以及由于
故事的主题或结构相似而形成的故事类型意义上的母题，一般不具有原型意
义。只有那种具有叙述代码性质的原型和那些具有神话象征渊源和广泛交际
性的母题的结合，才能构成"原型母题"。

　　原型批评家们在西方文学中挖掘出的一些常见的原型母题，在佛经文学
中也大都有所表现，只是在具体内含和表现形式上有些差异。比如西方文学
中常见的"拯救"母题，在佛经文学中有大量的关于佛和菩萨救苦救难的
故事来表现。而且拯救母题中所包含的救世与救人的双重意义在"救苦救
难"母题中也能够对应。但是二者也存在差异，拯救母题一般与审判相联
系，体现了正义和公正；救苦救难母题一般与慈悲相联系，体现的是悲悯与

---

　　① 根据叙述代码象征性的深浅程度，可以将母题分为"显型母题""隐型母题"和"原型母题"
三类。参见侯传文《〈佛本生经〉与故事文学母题》，载《东方丛刊》1996年第1辑。

　　② 乐黛云：《比较文学原理》，湖南文艺出版社，1988年；曹顺庆等：《比较文学论》，四川教育出
版社，2002年。

　　③ 参见侯传文《佛经的文学原型意义》，载《外国文学评论》1997年第4期。

仁爱。类似的情况还有牺牲、殉道、启悟、漫游、历险、堕落、探求等等。佛教文学中反复表现的轮回转生、神变斗法、出家求道、净土往生、因缘果报等，都是具有原型意义的文学母题。

"轮回转生"是佛教的核心观念之一，经过佛教文学作品的大量表现而成为文学母题。由于其深厚的神话渊源和在时间与空间方面的广泛交际性，使这一母题具有原型意义。一个人有前生、今生和来生，这样的轮回转生观念源于印度。虽然古希腊哲学家毕达哥拉斯和柏拉图曾有灵魂转生思想，但没有形成普遍流行的观念。东方古代许多民族相信业报轮回，大都是受印度文化影响的结果。在印度，无论是正统的婆罗门教——印度教，还是处于边缘地位的佛教和耆那教都普遍信奉业报轮回，使之成为普遍流行的观念。虽然现存最早的关于轮回转生的记载见于《梵书》《奥义书》等婆罗门教经典，但在婆罗门教的万神殿中没有关于转生的神话，而且业报轮回观念本质上与婆罗门教的种姓制度是相悖的。因此，关于轮回转生的神话之源只能到印度的非主流文化中去找。由于古印度河文明的文字还未破译，关于轮回转生的神话阐释只能借助于佛教和耆那教的神话传说，其中佛教神话传说流传更为广泛，更有原型意义。在印度，轮回转生母题首先在佛教文学中得以充分表现，其中现存最早、影响最深远的是佛本生故事。据佛教传说，佛在生为释迦牟尼之前只是菩萨，必须经过无数次转生，积累下无量功德，才能最终成佛。他曾转生为鹿、大象、狮子、兔子等各种动物；转生为国王、婆罗门、商人、奴隶等各个阶层各种职业的人；转生为帝释天、天神、树神、夜叉、阿修罗等神仙魔怪。他每转生一次便有一个行善立德的故事，这样便产生了大量佛本生故事。南传巴利文佛典中的《佛本生经》收集了547个佛本生故事，这些故事从意义和程式两个方面使轮回转生母题得以确立。从题旨方面看，佛本生故事保留了轮回观念中生命流转不息的原始意义，发挥了业报轮回的伦理和训诫意义，并且进一步表现了众生平等的思想。从程式方面看，不仅全部《佛本生经》以佛的转生为总框架，他的一次又一次轮回构成一个又一个转生故事，而且每个故事都包含今生故事、前生故事和对应，使轮回转生成为一种叙述程式和内在结构。随着佛教成为世界性宗教，业报轮回观念和轮回转生母题也走出印度。在东方各国，特别是深受佛教影响的民族，业报轮回观念被普遍接受。在此基础上，轮回转生成为东方文学中最具交际性的原型母题之一。在中国，虽然完整的汉译《佛本生经》未能流传下来，但现存汉译佛典中有关佛本生故事的经籍有十余部，有关轮回转生的故事更不计其数。这些故事在北传佛教地区广为流传，为轮回转生母题在空间上的扩展创造了条件。汉魏六朝是佛教初传时期，也是中国虚构性叙事文学起步时期。这种因缘和合为轮回转生母题在中国叙事文学中生根发展奠定了基础。在此期间，轮回转生母题不仅在《高僧传》等佛教传记文学和《宣验记》等所谓"辅教之书"中有直接的表现，而且在《搜神记》等志怪小说和《孔雀东南飞》等叙事诗中也有所渗透。唐宋是中国佛教发展的鼎盛时期，也是中国叙事文学的重要发展阶段，轮回转生母题也在此期间得到深化和发展。首先在民间的志异文学中，轮回转生有了进一步发展。如宋初编纂的《太平广记》集汉魏至五代之小说家言，分类编辑，其中"报应""异僧""悟前生""畜兽""再生"等部皆有轮回转生故事。其次，由讲唱佛经的俗讲和变文发展而来的民间说唱文学中，有许多关于前世今生的业报因缘故事。这种传统也影响到世俗的杂剧和平话。明清是中国古典叙事文学大成时期，此时佛教虽然已经衰微，但业报轮回观念经过千余年的渗透浸染，已进入国人思想意识的深层。文学中轮回转生母题不仅随处可见，而且臻于成熟。不仅话本小说中常用业报轮回劝善惩恶，史传演义小说中用轮回转生来解释历史现象和历史人物关系，而且出现了以轮回转生为结构基础的长篇言情小说，如《金瓶梅》《红楼梦》《醒世因缘传》等，其中的轮回转生不仅具有劝诫警世意义，而且具有叙述功能，标志轮回转生作为文学母题已臻成熟和完善。轮回转生母题之所以历经数千年而不衰，一方面由于它适应了文学超现实性的特性；另一方面在于它蕴蓄着人类的集体无意识，包含着特有的审美情趣和意味。轮回转生母题蕴涵着强烈的生命意识，其终极意义是生命之河长流不息的信念。尽管在古代恶劣的自然环境和黑暗的社会现实中，生存难，生活苦，但人类仍然热爱生命，执着生活。死亡忧虑是人类最大的焦虑，而超越或战胜死亡则是人类最大的梦想。人类世世代代探索生命的奥秘，寻找征服死亡保存生命的途径。这种追求在不同民族不同地区有不同的表现形式。在西亚北非地区，人们有感于四季循环和植物死而复生的自然现象，创造出"死亡——复活"的象征模式以超越死亡。我国古代对死亡的超越主要有两种表现，一是儒家对不朽的追求，二是道家对长生不死的追求。源出印度的轮回转生，则是基于人与动物一生一世的生生死死，通过往复循环来象征生命长存。这些原型模式都蕴涵着积极的生命意识，因而恒久不衰。与同类模式相比，轮回转生还有自己的特点，它以生命个体的转换实现生命本体的长存，具有不能证实也无法证伪的神秘魅力。此外，它还具有将个体生命溶入宇宙生命的哲理性，这在佛教所主张的"无我轮回"中尤为显著。人的生命只是五蕴（受想行识等生命元素）的暂时和合，死后复归各种生命元素，再经因缘和合而成新的生命，这样的生命轮转具有更深刻的哲理意蕴①。

　　"神变斗法"是佛教神话中最具魅力的拿手好戏。神变即神通变化，是佛、菩萨及罗汉们的看家本领；斗法是指具备变化神通的敌对双方，通过比试神变来制服对方决定胜负。这实际是将一般人的肉搏以及智者的舌辩等提高到神话层面。神变斗法在佛经文学中有许多精彩的表现。如《贤愚因缘经》中有须达长者为佛买花园建精舍的故事，其中描述外道六师不服，要与佛弟子比赛神通道术。在国王主持下，佛大弟子舍利弗与六师中的劳度差斗法。劳度差先变作一棵大树，舍利弗变作大旋风将树连根拔起。前者又变成一个水池，后者变成六牙大白象将池水一饮而尽。前者又变作七宝庄严山，后者变作金刚力士，用金刚杵将山击碎。前者又变成一条十首龙，后者变成金翅鸟王将十首龙撕碎吃掉。前者又变作大肥牛，后者变作大雄狮。前者又变成夜叉厉鬼，后者化作毗沙门天王。夜叉一见大骇，正想逃走，却被四周大火围住，只有舍利弗所在的一方无火，劳度差只好拜倒在舍利弗脚下认输求饶。舍利弗制服对手后仍意犹未尽，继续表演神变，忽而高大如天，忽而微小如尘；忽而分身万亿，忽而又合之为一。以无比法力震慑众外道。《根本说一切有部毗奈耶药事》卷九有如来世尊降服龙王的故事，其中也有神变斗法的描写。龙王先使神通，向如来身上降注雹雨和土块，如来入慈心定，使所注土雹变为檀香。龙王又向如来施放各种兵器，如来又将兵器化为莲花。龙王又放烟云，如来亦放烟云。龙王不敌逃入宫中。如来让随行的金刚手药叉激怒龙王。药叉以金刚杵击倒山峰压向龙池，龙王忧惧欲逃。如来入火界定，使十方火聚，唯世尊足立处寂静清凉。龙王欲逃无路，只好顶礼拜

---

　　① 　参见侯传文《轮回转生母题初探》，载《文艺研究》1995 年第 5 期。

佛。《佛说菩萨本行经》中也有一个佛陀降服恶龙的故事，其中也有精彩的斗法描述。这两则佛陀降龙的描述与舍利弗斗劳度差不仅神变斗法的母题相同，而且如来和舍利弗制服对手的方法也一样，肯定是一家先出，另一家抄袭模仿。根据成书时间和神话逻辑，应该是如来降龙故事在前①。此类神变斗法故事在佛经中比比皆是，由此形成一类故事母题。这种母题在后世神话传奇小说中最为常见，敦煌变文中的《降魔变文》直接取材于舍利弗与劳度差斗法的故事。著名神话传奇小说《西游记》中孙悟空的神通变化，以及他先与杨二郎斗法，后在西行途中与各种妖魔斗法的故事都是佛经中神变斗法母题的再现②。这种神变斗法母题在神话小说中是神通幻力和仙法道术的赌赛，到武侠小说中被置换成内力武功和剑法拳术的比拼，到现代战争和警匪文学中，则进一步置换成枪法战术的较量。由于神变斗法具有深远的神话象征渊源，在文学——尤其东方的具有神话传奇性质的文学——中普遍存在，使其成为具有原型意义的文学母题。

"出家求道"中的"求道"是一个普通语汇，包含各种学习修养，泛指一切知识追求。"出家"却不是一般的离开家庭，而是一种求道的方式，又称为"舍家""无家""出离"等。"出家求道"有特定的文化背景和宗教内含。作为文化现象，出家求道主要源于印度。这种现象在印度源远流长，在古印度河文明时代已经存在，并影响了后来的雅利安人，出现了一些远离社会人群的修道士仙人，他们大都出身婆罗门阶层，是婆罗门教的基础。然而正宗的出家人主要指与雅利安人的正统婆罗门教相对抗的"沙门"。他们舍弃家庭，脱离世俗生活，专心学道，追求解脱，建立僧团，游行教化，不聚财物，以乞食为生。虽然佛教只是众多沙门僧团之一，但由于其世界范围的巨大影响，出家人成了佛教和尚的专用名称。佛经中讲述最多的是出家求道的故事。无论是佛陀本人还是佛的弟子们，都是出家求道者。关于他们的故事，便集中表现了出家求道的文学母题。作为文学母题，"出家求道"与"启悟"比较相近，都含有追求知识获得教养的内容和四处游行参访的形

---

　　① 汉文《贤愚经》并无梵本，而是昙学等八位僧人将于阗无遮大会上听到的故事整理汇编而成，时间是公元5世纪。参阅方广锠《佛教典籍百问》，今日中国出版社，1989年，第29—30页。三者中《根本说一切有部毗奈耶药事》属小乘律，产生最早，一般在公元前3世纪以前。
　　② 参阅季羡林《〈西游记〉里面的印度成分》，见《季羡林全集》第17卷，外语教学与研究出版社，2010年，第104—108页。

式。但二者又有很大差异。其一，启悟主人公虽然也常常离开家庭，但不是"出家"，他们最终要回家或建立家庭。而出家求道者是一去不回，永远离家。其二，启悟主人公是入世者，积极参与世俗生活，他们求道的目的是为了创业；出家主人公是出世者，他们远离世俗生活，视人间现世为苦海为羁绊，求道的目的是为了解脱。其三，启悟主人公所求之道是建功立业的本领，具有外在性；出家人所求之道是一种智慧境界，具有内在性。另外，"出家求道"母题与"漫游""探求"等文学母题也有一定的联系，同时也有鲜明的区别。可见文学原型母题大都具有一定的交叉性①。

　　厌弃秽土，向往净土，是佛教的基本特征之一，在此基础上，形成佛教文学的"净土往生"母题。早期佛典中描述的地上乐土和天国世界中已经孕育了佛国净土思想，是佛教净土思想的主要渊源。大约公元前2世纪末，出现了对未来佛弥勒的信仰，产生了一批关于弥勒净土的佛经，其中描述的弥勒净土有两个，一是他现今居住的兜率天宫内院，二是他未来成佛时的娑婆世界。大约公元1世纪末，在印度形成了对阿弥陀佛及其西方极乐世界的信仰，集中表现这种信仰的是所谓净土三经，即《阿弥陀经》《无量寿经》和《观无量寿经》。这些佛国净土随着佛经的传译都来到了中国，在中国佛教和中国文学中都产生了很大的影响，其中影响较大，形成民众信仰的主要是弥勒净土和弥陀净土。在此基础上产生了描写、赞颂佛国净土的偈颂与赞歌，以及大量往生净土的感应故事。这样的净土观念体现了人类集体无意识的乐园情结，由此形成的"净土往生"是人类文学乐园母题在佛教文学中的体现，具有原型意义。对此，我们下面再作具体分析。

三、形象与意象

　　具有典型性或者类型化的人物形象，是比较文学主题学研究的传统领域之一。佛教文学中的佛、菩萨、罗汉、天王等艺术形象，都具有主题学研究的意义。

　　佛陀是佛教的主神，是佛徒的崇拜对象，也是佛经文学的主人公，其形

---

① 参见侯传文《佛经的文学原型意义》，载《外国文学评论》1997年第4期。

象不仅存在于佛教徒的心目中，而且存在于大量有关佛陀的文学和艺术作品中。佛教文学中有大量的佛传，集中描述佛陀生平事迹，塑造佛陀形象。在佛教寺院、石窟和其他建筑中，佛陀塑像随处可见；在各种传奇小说和戏剧文学中，佛陀形象鲜明突出。在佛经文学中，佛陀形象经过了美化、神化和泛化的过程，佛陀由作为人间智者的世尊，逐渐发展成为救世主，成为至高无上的神。中国传奇小说中的如来佛形象既威严又慈悲，是各类佛陀形象集中演化的结果①。

菩萨是佛经文学中的重要角色，其在佛教中的地位仅次于佛。菩萨是梵文 Bodhisattva 的音译"菩提萨埵"的省略，意译为"觉有情"或"道众生"等，指已经觉悟、具备了佛性但还没有成佛的众生。在早期佛经文学中，菩萨是成佛之前的释迦牟尼及其前身的专称。大乘佛教主张人人都有佛性，都可以成佛，菩萨的意义也随之发生了变化。一方面，既然人人都能成佛，每个人理论上都可以自称或被称为"菩萨"；另一方面，菩萨作为成佛之前的一个过渡阶段，成为佛的助手或后备力量。从理论上说，菩萨的数量应该非常多，但大乘佛教提倡"菩萨行"，菩萨承担了救世救人、普度众生的责任，能够承担这样的责任者，才称得上真正意义的"菩萨"。一些大菩萨则是已经具备了成佛条件，但为了救度众生而暂时不作佛的神明，其形象也更加鲜明突出。特别是在中国民间，由于菩萨信仰流行，菩萨形象，尤其是一些著名的大菩萨，已经家喻户晓，深入人心。这既是宗教传播的结果，也说明佛经文学菩萨形象塑造的成功。佛教文学中有所谓"八大菩萨""四大菩萨""三大士"等，其中最有影响的是弥勒、观音、文殊和普贤四大菩萨②。他们在中印佛教文学作品中经常出现，许多作品以他们为主人公，具有比较文学主题学研究的意义。

罗汉是佛经文学中塑造的主要形象类型之一，其在佛教中的地位仅次于佛和菩萨。罗汉是梵文 Arhat 的音译"阿罗汉"的简称，原指小乘佛教修行所达到的最高果位。得此果位者，诸漏已尽，万行圆成，不再轮回转生而受生老病死之苦。得阿罗汉果者被称为阿罗汉。大乘佛教兴起后，罗汉成为佛教的护法神，进入佛教的神明世界，但地位仍居菩萨之下。佛的十几位大弟

① 详见侯传文《佛陀形象分析》，载《南亚研究》2003 年第 1 期。
② 详见侯传文《论佛经文学中的菩萨形象》，载《东方丛刊》2002 年第 2 辑。

子，包括大迦叶、阿难、舍利弗、目犍连、罗怙罗、须菩提、富楼那、迦旃
延、阿那律、优婆离等，是罗汉群体中的骨干。他们都饱学深修，道行非
浅，各怀绝技，都曾以智慧神通摧伏外道异学。十大弟子都是释迦牟尼的得
意门生，为佛教的发展做出了巨大贡献，受到历代佛教徒的敬仰。他们在跟
随释迦牟尼期间已经成就了阿罗汉果，是名副其实的罗汉。另外佛教文学中
有"四大罗汉""十六罗汉""十八罗汉""五百罗汉"等说法，其中"十
八罗汉"和"五百罗汉"作为群体形象影响广泛，更加深入人心。罗汉介
于神人之间，既有引人入胜的神话传奇色彩，又有具体真实的亲切感，在佛
教文学中具有特殊的意义①。

　　佛教文学中有所谓"天龙八部"，包括天、龙、乾达婆、夜叉、阿修
罗、紧那罗、迦楼罗乾和摩睺罗迦，又称"八部众"，是佛教护法队伍的杂
牌军，基本来自婆罗门教万神殿和民间神话传说。在佛经和其他佛教文学作
品中，他们或一起出现，或分别出现；或以群体的形式出场，或以个体的方
式出场；或以善良美好的形象现身，或以凶恶丑陋的面目现身。他们属于神
话思维的产物，但不是神祇，具有比较文学主题学研究的价值。

　　"天"即天界的居民，又称为"天人""飞天"等，在佛教文学中出现
频率很高。天界包括三十三天，有欲界六天，色界二十三天，无色界四天，
因而在八部中"天"的队伍庞大，数量众多。"天"有一定的神性，在环境
和能力方面都高于人类，但他们不同于一般意义上的神，他们不具有永恒
性，也有生老病死，也受业报轮回规律的制约。他们对人类没有主宰能力和
审判权力，也没有救护的责任，所以也不是崇拜对象，只是人类的一种向往
或对人类世界的理想化。诸天的天王在佛教神话中占有一定地位。他们有大
威力大神通，在佛教中主要起护法作用。天王有许多，可大致分为三类。其
一是具有天帝特征的大天王，主要是帝释天、大梵天、那罗延天、大自在天
等。他们都来自古老的吠陀神话和婆罗门教的万神殿，在后世佛教，特别是
秘密佛教中，他们也成了崇拜对象。帝释天即因陀罗，是吠陀神话中的雷电
之神，婆罗门教的主神，在佛教中居天帝位置，相当于一般所谓"天爷爷"
和神话小说中的玉皇大帝。大梵天是婆罗门教的造物主，他和帝释天在佛经

---

① 详见侯传文《佛经的文学性解读》下篇第七章《罗汉形象透视》，中华书局，2004年。

中经常出现，有时是对菩萨愿力进行考验，有时是对菩萨功德或佛的说法表示赞叹。这些形象既可上溯到雅利安人的原始信仰，又可下探到近代传奇文学，因而具有原型意义。其二是佛教寺院中常见的"四大天王"，即东方天王提多罗吒、南方天王毗琉璃、西方天王毗留博叉和北方天王毗沙门，他们是帝释天的下属，居住在须弥山的半腰，各自率领其眷属和部下护持一方天下，因此称为"护世四天王"，俗称"四大金刚"。这些形象也有古老的神话渊源，因而具有原型意义。他们具有降魔伏怪的威力，对后世神话小说影响很大，如人们熟悉的托塔李天王和哪吒父子，便是由毗沙门天王父子形象演变而来。其三是诸天界的众天王，他们以群体形象出现，经常率领部族参加佛陀法会和菩萨道场，是所谓"天龙八部"之一。

龙和金翅鸟虽然是动物形象，但它们基本上是幻想的产物，属于"天龙八部"之列，常在神话传奇小说中出现。龙（Naga）音译那伽，是界于动物、人、神、怪之间的一种形象。他们一般住在水里，有自己的国度，统治者是龙王。龙这一形象比较复杂。它与蛇（Naga）同名，其间肯定有一定的渊源关系，但不应等同，可以说龙是在蛇的基础上想象和创造的一种特殊生命。龙的外形有时现人形，有时现动物形（身长无足，近似蛇），有时半人半兽（人首蛇身）。龙的神通一般在人类之上，能腾空飞行，能行云布雨，能变换形体。龙有善有恶，善龙在佛宴坐时曾为佛遮挡风雨；恶龙曾危害人类，与佛为敌，后被佛降伏。龙的种类数量很多，著名的有八大龙王，各有臣民无数。佛和大菩萨都曾教化龙众，龙众皈依佛门成为佛教的八部众之一，传说龙树曾入龙宫取得大乘佛典。龙的形象不是佛经所创造的，在两大史诗等非佛教文学中也有关于龙的故事，他们都来源于更为古老的印度神话。据学者研究，这种半人半兽半神半魔的龙，与原始的图腾崇拜、太阳崇拜和性崇拜都有联系①。佛经传入中国，Naga 被译为"龙"，与中国传统文化中的"龙"相融合，成为中国传奇小说中经常出现的文学意象。龙的外形也发生了很大变化，一般是头上有角，身上有鳞，体若长鱼。

夜叉（Yaksa）又译"药叉""阅叉"等，是一种食人恶鬼形象。常供天神驱使担任巡逻、守卫或抓人之职。皈依佛门后成为护法部众，仍受天神

_____

① 参阅石海峻《斯芬克司与那伽》，载《东方丛刊》1995 年第 4 辑。

差遣。他们非常勇健，行动轻疾隐秘，能腾空土遁。夜叉分布很广，有的在天上，有的在空中，有的在地下，有的在海里。夜叉在非佛教文学中是一种小神仙，是大天神的侍从，形象比较可爱。如迦梨陀婆的长诗《云使》中的药叉是财神的仆从，因耽于新婚之娱失职被罚，在流放地思念妻子，托云传信表述衷情。在佛经中，夜叉是半神半鬼半魔的形象。传入中国后，夜叉在神话传奇作品中经常出现，其形象已失去神性，与魔鬼基本等同。阿修罗（Asura）意译"非天"，即似神非神，形丑而有神力，原属凶神一类。皈依佛陀后行护法之责，但仍不安分。阿修罗常与帝释天为敌，传说他们拥有美女，帝释天与之争夺美女，引起大战。阿修罗在印度吠陀神话中被视为魔鬼。同时吠陀中的阿修罗又与波斯古经《阿维斯塔》中的天神"阿胡拉"同源①。吠陀神话和古代伊朗神话中常有同源神祇善恶相反的现象，可能是由于他们属于古代雅利安人中的两个敌对部落。紧那罗（Kinnara）又译"歌神""人非人"等。所谓歌神是因为他们善于歌舞，常以音乐赞佛。所谓"人非人"是说他们的形象似人非人，其男性一般是马首人身（或人首马身），女性则非常美丽。佛经中有许多人兽同体的神话形象，天龙八部中的龙、紧那罗和摩喉罗迦（人首蟒身）都是。神形的人兽同体是神话创作一定阶段的产物，是由以具体自然物为象征的自然神到作为人自身理想的对象化的神人同形中间的一个过渡阶段。是由自然崇拜到对人的自我力量的肯定之间的过渡。因而具有深刻的象征意义。

佛教文学中描写的非理想世界主要是地狱，塑造的反面形象主要有阎王和魔王。佛经中的地狱像但丁笔下基督教的地狱一样，是一种恐怖的非理想境界。但佛教的地狱居民也不具有永久性，只是六道轮回中的一道，是众生恶业所得的一种果报，如果发善心作善业，地狱众生也会往好处转生。地狱有很多种，最基本的是八热地狱和八寒地狱，合称十六根本地狱。这些地狱都处于地下世界，有十八层地狱之说。其中最令人恐怖的是无间地狱，又叫"阿鼻地狱"，处于最底层，集所有地狱之苦，是罪大恶极者所堕之处。另外还有许多称为边地狱和孤独地狱的小地狱，其数目成千上万，多处于海边、山间或旷野。地狱之王是阎摩（Yama），俗称阎罗王或阎王。佛经中的

① 参阅张鸿年《伊朗古代文明》，见北京大学东方文化研究所编《东方文化知识讲座》，黄山书社，1988年，第292—293页。

阎摩不是魔鬼，不同于基督教的地狱之王撒旦，而与古埃及的奥西里斯等冥神有些相似。阎摩及其部下也信受佛法，地狱众生也是佛菩萨救护的对象，因此阎摩形象并不恐怖丑恶，他的宫殿所在是一个优美的地上花园。阎摩形象源远流长，古老的《梨俱吠陀》中便有死神阎摩形象。传说他是第一个死人。由于吠陀中还未形成明确的地狱或者下界阴间观念，所以死神阎摩居住在天国，他的臣民——死人也跟他一起居住天国，因此吠陀中没有对死亡的恐惧①。阎摩形象不仅有古老的神话渊源，而且有广泛深远的影响。他在佛教中掌管地狱，在印度教中仍司死神之职。传入中国后，他成为主管阴曹地府的阎罗王，不仅是地狱之主，而且管辖所有死人；不仅管死人，还掌握着每个活人的寿限。在佛经神话的基础上，中国佛教徒还创造了"阎罗殿"和"十殿阎王"的神话故事。在中国佛教文学中，特别是志怪传奇小说中，经常有阴曹地府及阎王审判鬼魂场面的描写，因此，阎摩或阎王形象及阴曹地府意象都具有主题学意义。

阎摩及其所领导的地狱不是佛的对立面，而是佛的信徒和救助对象，只有"魔"才是佛的天然对头。佛经中与佛作对的主要是魔王波旬，他经常破坏佛陀、菩萨及佛弟子的修持，干扰佛的说法活动。释迦牟尼成道之前，他曾派魔女诱惑，诱惑不成又派魔军攻击，终被菩萨击败。这一情节被后来的各种佛陀传记和取材佛陀生平的许多文学作品所采用。佛魔之间的对立斗争，成为佛教文学反复表现的主题。

形象与意象的关系也比较复杂，二者有一定的重合交叉，都是客观外在事物与创作主体思想情感相结合的产物，都是在文学作品中呈现的具体可感的审美对象。二者的区别，一般说来，形象多用于人物，意象多用于人之外的其他事物；形象贯穿于整部作品，意象一般呈现于局部；形象内容丰富复杂，有形象大于思想之说；意象一般具有明确的具体的象征意义。在主题学研究中，形象研究为题中应有之义，成为各家共识，而意象研究则有分歧，需要界定说明。如韦斯坦因将"意象"看作最小的主题性单位，并指出："'特性'和'意象'如果没有达到象征的高度因而没有转到意义的范围内，就只是附加的或装饰性的成分；只有在它们有意识地重复或起微妙的衔接作

① 参阅季羡林主编《印度古代文学史》，北京大学出版社，1991年，第21页。

用时，才能成为主题学研究的对象。……意象往往微不足道，无法从主题学的角度引起人们的兴趣。一本小说，一首史诗和一出戏剧中该有多少意象啊！"① 当然，也有学者肯定意象类的主题学研究，如乐黛云指出："意象的比较研究是主题学中一个十分有趣的题目。所谓'意象'，是指赋有某种特殊含义和文学意味的具体形象。"② 我们认为，只有那些具有原型意义的文学意象才值得进行主题学研究。由于佛经是东方文学的象征渊源和原型库，佛教文学中原型意象非常丰富，是意象类主题学研究的宝库。

佛教文学中具有原型意义的文学意象包括动物中的狮子、大象、鹿、猴子、牛等，植物中的菩提树和莲花等，人工建筑中的宝塔、寺庙、佛像、净瓶、鼓钟等，无机界的琉璃、七宝、灵鹫山、须弥山、如意宝珠、金刚、水晶等，自然现象中的日、月、光明、甘露、雷音、电光等③。以动物为例，佛教文学中有许多以动物为主要角色的作品，如佛陀前世曾无数次转生，其中多次转生为动物，由此某种动物就成为一篇佛本生故事的主角，这样的动物可以称为"形象"。如果该动物是作品中的配角或在作品中偶尔出现，则只能看作"意象"。佛陀转生过的动物，包括鹿、大象、猴子、牛等，都具有一定的神圣性。特别是一些有大善事迹，影响巨大，形象较美好的转生动物，如《佛说九色鹿经》中的九色鹿等，经过历代传诵和各种文艺形式的改编塑造，成为影响深远的具有启示意义的原型意象。此外，有些动物是印度传统公认的吉祥动物，如狮子、孔雀等，佛教也因袭了这些传统，它们在佛教文学中也以美好的形象经常出现，因而也具有主题学研究意义。

佛教文学中具有主题学意义的植物意象主要是菩提树和莲花。菩提树即毕钵罗树，是佛教的圣树。菩提即觉悟，由于释迦牟尼在一棵毕钵罗树下觉悟成道，因此而有菩提树之称。菩提树是一种常绿乔木，叶子卵形，茎干黄白，花隐于花托中，果实称"菩提子"，可以做念珠。圣树现象在宗教中非常普遍，印度教中也有类似的圣树。古印度河文明遗址出土的浮雕中也有圣树，可能是后世印度各宗教圣树的渊源④。圣树是远古时代植物崇拜的遗存

---

① ［美］乌尔利希·韦斯坦因：《比较文学与文学理论》，刘象愚译，辽宁人民出版社，1987 年，第 145—146 页。

② 乐黛云：《比较文学原理》，湖南文艺出版社，1988 年，第 101 页。

③ 参见侯传文《佛经的文学原型意义》，载《外国文学评论》1997 年第 4 期。

④ 参阅［英］渥德尔《印度佛教史》，王世安译，商务印书馆，1987 年，第 23 页。

和积淀。尤其在炎热的印度，一棵浓阴大树很能激发人的快感和想象力。莲花是佛教文学中出现频率最高的一个植物意象。佛教文学中有许多故事将莲花与佛相联系。如《瑞应本起经》讲述了释迦牟尼前世向燃灯佛献莲花，因而被燃灯佛授记的故事。再如马鸣《佛所行赞》描述释迦牟尼诞生时的情景：

> 他诞生时，以山王为楔子的
> 大地动摇，犹如船遇风暴，
> 晴朗无云的天空降下花雨，
> 含有青莲和红莲，还有檀香。①

许多佛经将莲花与佛理相联系，如《妙法莲华经》的题意即是将大乘妙法喻为莲花。此外，以莲花譬喻清净圣洁具足圆满在佛经中比比皆是。另外在佛教艺术中莲花也常与佛、菩萨形象相伴随，有的以莲花为座台，有的手持莲花，有的脚下生莲。莲花成为佛教圣花不仅由于其美丽可爱，更由于其出污泥而不染的特殊品格，与佛家生于世间又出世离欲的精神相通。另一方面，正如莲花不能脱离其污泥之根本，佛门弟子也不能完全脱离世间人生而存在。莲花作为具有丰富内涵的象征意象不仅属于佛教，也频繁见于佛典之外的印度古代文献和文艺作品，并且渗透到印度民族审美心理中去。随着佛教的传播和影响，菩提树和莲花在中国佛教文学中也成为常见的文学意象，如《坛经》中神秀与惠能的示法偈，都以菩提树为核心意象。

第二节　山林栖居与山水情趣

山林栖居是佛教的修行方式，源于印度，发扬光大于中国，并且随着佛教的传播而产生了广泛的世界影响。表现山林栖居生活和思想情趣的山林文学，是佛教文学的重要现象。本节以比较文学主题学研究方法对中印佛教文学"山林栖居"现象进行解析，梳理其渊源流变，探讨其思想特点和情趣

---

① 黄宝生译注：《梵汉对勘佛所行赞》，中国社会科学出版社，2015年，第9页。

意蕴，并进一步挖掘其中蕴含的诗学意义和审美价值。

一、森林文明

若论佛教文学的山林栖居现象，还须从释迦牟尼说起。根据马鸣创作的佛传长诗《佛所行赞》，释迦牟尼身为太子时曾经四次出游，前三次分别看到了老人、病人和死人，于是对人生产生了厌患。学者们研究，除了老病死这样的终极性的人生问题之外，释迦牟尼离弃王宫栖居山林，应该还有现实的原因①。佛教产生时期印度现实情况如何呢？从社会发展的角度看，印度已经完成了从村落文明向城市文明的过渡；从政治制度方面看，以城市为中心的城邦国家普遍形成，以职业和社会分工为基础的种姓划分已经制度化。城邦之间不断争斗，形成所谓列国纷争局面，城邦内部阶级之间的斗争也越来越尖锐。这就是释迦牟尼所厌恶的现实。释迦牟尼虽然贵为太子，但他的迦毗罗卫国比较弱小，被列强所觊觎，处于风雨飘摇状态，后来果然被强大的拘萨罗国所灭。他虽然在王宫中过着锦衣玉食的生活，但王宫历来少不了勾心斗角、尔虞我诈。当时的城市虽然不像现在这么拥挤喧嚣，但对于清心寡欲的人来说也不够清净。这些因素足以让已经具备佛性的释迦太子悉达多产生厌世情绪。《佛所行赞》写太子第四次出游，看到一位自称沙门的人，声言："畏厌老病死，出家求解脱。众生老病死，变坏无暂停。故我求常乐，无灭亦无生。怨亲平等心，不务于财色。所安唯山林，空寂无所营。"② 这个沙门山林栖居的生活方式启发了太子，使他产生了出家求道的念头。也就是说，释迦牟尼在试图摆脱现实烦恼和痛苦时，听到了来自山林的呼唤。他冲破父王及家人的阻挠，离弃王城，来到仙人居住的净修林。这个沙门的出现并非偶然。沙门思潮是印度公元前 6 世纪前后出现的一种社会现象和文化思潮，许多人抛弃城市进入森林，在求道的同时，也在寻求另外一种生活方式，这些人称为沙门。佛教只是沙门思潮中的一个派别，而且是比较晚出的，当然也是后来居上的一个派别。

厌弃城市的烦躁，栖居山林，参禅修道，这样的林居生活在《阿含经》

---

① 参阅杜继文主编《佛教史》，中国社会科学出版社，1991 年，第 9 页。
② ［印］马鸣：《佛所行赞》，［北凉］昙无谶译，见《大正新修大藏经》第 4 册，第 9 页。

等早期佛典和僧尼个人作品中都有所表现。释迦牟尼曾经在森林中访师问道，也曾在林中修苦行多年，最后在菩提树下觉悟成道，他后来的传教事业也时常在森林中进行，因而在早期佛经中特别是佛传作品中，少不了森林书写。然而早期佛经主要阐述佛教义理，没有突出表现佛陀的山水情趣，倒是佛陀的弟子们留下了大量描写自己出家求道生活体验和感受的作品，表现了他们的林居生活和自然山水情趣，其中最有代表性的是南传巴利文佛典三藏经藏小部中的《长老偈》。这是一部宗教抒情诗集，收入 264 位比丘的 1291 颂诗偈，主要表现诗僧自己的宗教体验和宗教情感，其中有许多诗歌涉及林居生活，如桑菩德长老偈：

> 僧到寒林去，修习身随念；
> 独自求进取，喜乐而心专；
> 断除诸烦恼，清凉且安然。①

《长老偈》中有许多作品注意描写自然环境，大多以对优美的自然景色的赞美表现出世之乐，如林犊长老偈：

> 山中水清凉，景色黛如云；
> 置身清净地，红虫满山间；
> 放眼风光好，令我心陶然。②

乌萨跋长老偈：

> 树草满山间，雨中湿淋淋。
> 乌萨跋来此，用意在修行。
> 林中此美景，宜僧作禅定。③

---

① 《长老偈 长老尼偈》，邓殿臣译，中国社会科学出版社，1997 年，第 4 页。
② 《长老偈 长老尼偈》，邓殿臣译，中国社会科学出版社，1997 年，第 7 页。
③ 《长老偈 长老尼偈》，邓殿臣译，中国社会科学出版社，1997 年，第 49 页。

　　山林栖居是一种修行方式，佛教高僧主张或者喜欢林居，主要还是为了方便修行。如阿育王的弟弟独居长老，本名帝须，出家后喜林中独居，因称"独居长老"。他做诗赞美林居生活，偈曰：

> 面前和背后，没有第二人；
> 独自林中居，感到甚舒心。
> 僧曾赞林居，我便独自去；
> 心易趋涅槃，于僧最适宜。
> 山林令人喜，醉象山中游；
> 我独到林中，为把佛法求。
> 山林甚清凉，鲜花开满树；
> 涧中沐浴后，独自好散步。①

　　沙门僧侣厌弃秽土，退居山林，他们喜欢山林中寂静优美的自然环境，希望在这样的寂静环境中获得解脱的快乐。

　　山林栖居现象并非佛教一家所独有，也不是佛经文学的首创，释迦牟尼山林修道也是受到前人的启发。依据佛典中释迦牟尼所说，林居修道是与婆罗门种姓同时出现的。佛经记述：由于恶法流行，一部分人为了摆脱邪恶的不善法而离开城市进入森林，被称为婆罗门。他们在林中搭建茅屋，断绝炊火，采集食物为生，有时也进入村镇或城市乞食，乞食完毕再回到茅屋修禅，因而他们被称为禅师②。据史学家研究，林中修道现象在印度源远流长，大概在印度河文明时期，人们已经发明了在林中树下结跏趺坐的修行方式③。后来的雅利安人继承了这种修行方式，一些婆罗门离开社会人群来到森林，成为修道士仙人，其他种姓或者反对婆罗门教的出家人一般称为沙

---

　　① 《长老偈　长老尼偈》，邓殿臣译，中国社会科学出版社，1997 年，第 132 页。

　　② 巴利文佛典《长尼迦耶》第 27《起世因本经》，与之相应的汉译《长阿含·小缘经》都有相关内容，前者比较详细。值得注意的是，当时有一部分婆罗门不能忍受林居生活，住在村边或城郊著书，被称为诵师或不禅婆罗门。佛陀对前一种婆罗门比较尊重，对后一种婆罗门比较蔑视，评论道："那时这些人被认为是低劣的，现在却被认为最优秀。"参阅郭良鋆《佛陀和原始佛教思想》，中国社会科学出版社，1997 年，第 151 页。

　　③ 印度河文明遗址出土的一枚印章上刻有一位男性神，他的周围有树木和动物，他的姿势近于后来的瑜伽。参阅 ［印］R·C·马宗达等《高级印度史》，张澍霖等译，商务印书馆，1986 年，第 26 页。

门。他们舍弃家庭，脱离世俗生活，专心学道，追求解脱。他们建立道院或净修林，招收门徒，著书立说，传播文化知识。在他们的著述中常常推崇简单清净的林居生活，如《奥义书》中讲众生的不同归宿，认为那些在林中崇拜信仰刻苦修行的人，死后通过火焰进入天神之路，不再返回人间；而在村庄崇拜祭祀布施行善的人，死后通过烟进入祖先世界，功德耗尽之后又原路返回①。这种对林居生活的推崇对一般群众也产生了深远的影响，以至于山林栖居由修道方式演变成为一种生活方式。山林栖居现象在印度文学中也有充分的表现，如印度教文学经典两大史诗《摩诃婆罗多》和《罗摩衍那》的主人公都走进了森林，作品围绕他们的林居生活作了大量的森林书写②。

山林栖居现象是森林文明的遗产。人类原始时代主要生活在森林中，以采集和狩猎为主要生产方式，因此人类文明的第一个阶段就是森林文明。走出森林之后，人类踏上了不同的文明之路，形成了海洋文明、河谷文明、草原文明、城邦文明等不同文明类型。与其他古代文明相比，印度文明与森林关系更为密切。许多印度诗人、思想家和学者曾经论及印度的森林文明特点，如诗人泰戈尔在题为《正确地认识人生》的演讲集中指出："在印度，我们的文明发源于森林，因此也就带有这个发源地及其周围环境的鲜明特征。"③ 在演讲集《诗人的宗教》第三篇《森林的宗教》中，他进一步强调印度文化的本质是森林文明，不同于西方的海洋文明，指出："森林与他们的工作和空闲，与他们每天的需要和期待构成亲密的生活关系。"④ 印度佛教文学中的山林栖居现象，就是这样的森林文明的产物。

二、山水情趣

中国上古文明也曾经与森林关系密切，殷商时期人们信奉的主神就居住

---

① 《大森林奥义书》和《歌者奥义书》都有这样的论述，见《奥义书》，黄宝生译，商务印书馆，2010年，第110—111页、第183—184页。

② 参阅侯传文《印度文学的森林书写》，载《南亚研究》2012年第2期。

③ ［印］泰戈尔：《正确地认识人生》，刘竞良译，见刘安武、倪培耕、白开元主编《泰戈尔全集》第19卷，河北教育出版社，2000年，第5页。

④ ［印］泰戈尔：《诗人的宗教》，冯金辛译，见刘安武、倪培耕、白开元主编《泰戈尔全集》第21卷，河北教育出版社，2000年，第222页。

在森林之中，称为"帝"或者"上帝"。然而，由于较早进入河谷农业文明，中国传统主流文化对土地的眷恋、对农作物和田园的情感远远超过对世外山林的向往。中国传统文化中虽然也有隐逸之人和修道之士，但并没有形成林居生活传统，当然也没有充分的文学表现。佛教传入中国并扎根之后，不仅佛法义理为国人所接受，其中蕴涵的出世精神和森林情结等印度文化元素也产生了深远影响。一部分人厌弃社会生活，到远离尘世的山水清幽之地结庐建寺，出家为僧。他们常常把自己宗教修行的体验和感受融入山林景色，表现出自然山水情趣。

中国佛教文学中最早表现山林栖居意识和自然山水情趣的是由玄入佛的诗僧，代表人物是东晋名僧支遁。支遁字道林，其家世事佛，早悟非常之理。早年隐居余杭山，沉思钻研佛经。25岁出家之后，在江左一带游学参访，讲经说法，常与谢安、王羲之、孙绰、许询等名士优游山林，登高赋诗，临水属文，开坛讲经。后经晋哀帝多次诏请，入京师住东安寺，讲般若经，朝野悦服。在京师居留不足三年，他便上书哀帝，求还东山，其辞书中说："上愿陛下，时蒙放遣，归之林薄，以鸟养鸟，所荷为优。"[1] 支遁非常喜欢动物，在当时佛教还没有禁食制度的情况下坚持素食。他因"爱其神骏"而收养一匹马，因冲天之物不能为耳目之玩而放飞一只鹤。就是这位高僧，创作了《咏山居诗》《八关斋诗三首》《咏怀诗五首》等表现山水情趣的诗作。如其《八关斋诗三首》之三：

> 靖一潜蓬庐，愔愔咏初九。
> 广漠排林筱，流飙洒隙牖。
> 从容遐想逸，采药登崇阜。
> 崎岖升千寻，萧条临万亩。
> 望山乐荣松，瞻泽哀素柳。
> 解带长陵陂，婆娑清川右。
> 冷风解烦怀，寒泉濯温手。
> 寥寥神气畅，钦若磐春薮。

---

[1] ［梁］释慧皎撰：《高僧传》，汤用彤校注，汤一玄整理，中华书局，1992年，第162—163页。

达度冥三才，恍惚丧神偶。

游观同隐丘，愧无连化肘。①

作品表现了山林栖居生活的自由和潇洒，也体现出诗人的自然山水情趣。

东晋庐山慧远也是一位钟爱山水的诗僧。他 21 岁随道安出家，45 岁于襄阳别道安东行，原打算去罗浮山，及届浔阳，见卢峰清静，足以息心，于是驻足庐山，创建东林精舍，其"洞尽山美，却负香炉之峰，傍带瀑布之壑，仍石垒基，即松栽构，清泉环阶，白云满室。复于寺内别置禅林，森树烟凝，石筵苔合。凡在瞻履，皆神清而气肃焉"。自此，慧远"卜居庐阜三十余年，影不出山，迹不入俗"②。慧远对匡庐山水的钟爱不仅有身体力行的表现，而且亦有诗文抒怀，其散文《庐山记》描绘庐山之秀美，其《庐山东林杂诗》则将自然风光与个人冥思相结合，不仅写出山林风光，而且渗透佛教哲理，诗云：

崇岩吐清气，幽岫栖神迹。

希声奏群籁，响出山溜滴。

有客独冥游，径然忘所适。

挥手抚云门，灵关安足辟。

流心叩玄扃，感至理弗隔。

孰是腾九霄，不奋冲天翮。

妙同趣自均，一悟超三益。③

诗歌将山水情趣与佛教理趣相融会，颇具深邃幽远之境界。慧远等高僧大德卜居山林，修道赋诗，表现山居生活与山水情趣，在中国佛教界树立了典范。山居修道及其文学表现不仅在六朝时期的佛门蔚然成风，而且对后世产生了深远的影响，在中国佛教文学中形成了一种传统。

---

① 《广弘明集》卷三〇，见《大正新修大藏经》第 52 册，第 350 页。

② ［梁］释慧皎撰：《高僧传》，汤用彤校注，汤一玄整理，中华书局，1992 年，第 212、221 页。

③ 逯钦立辑校：《先秦汉魏晋南北朝诗》，中华书局，1983 年，第 1085 页。

刘勰《文心雕龙》有"庄老告退，而山水方滋"之说①。魏晋是中国文学自觉的时代，也是中国佛教山林栖居兴起和兴盛的时代，由此，佛教山林栖居现象及其文学表现对中国自然山水诗的兴起和发展产生了直接的影响。除了上述诗僧文僧之外，还有文人学士，他们虽然不愿穿上袈裟出家修道，但也受到佛教义理的熏陶和情趣的感染，寄情山水，优游山林，表现出自然山水情趣。虽然中国诗歌在晋宋之际出现自然山水情趣有多方面的原因，但佛教的传播无疑是其中不可忽视的因素。朱光潜先生曾经指出："中国诗人对于自然的嗜好比西方诗要早一千几百年，究其原因，也和佛教有关系。魏晋的僧侣已有择山水胜境筑寺观的风气，最早见到自然美的是僧侣（中国僧侣对于自然的嗜好或受印度僧侣的影响，印度古婆罗门教徒便有隐居山水胜境的风气，《沙恭达那》剧可以为证）。"②的确，佛教远离城市远离社会而栖居山林的修行方式和生活方式，是产生山水诗的重要土壤，因此，中国山水诗首先出自支遁、慧远等诗僧之手，而且早期重要山水诗人谢灵运、陶渊明等，都与佛家有缘，也就不足为奇了。

唐代盛产诗人，也出现了不少诗僧。《全唐诗》收入了一百多位僧人的诗作，比较重要的佛教诗人有寒山、拾得、皎然、贯休、齐己等，他们的诗作在表现自己修道过程和修行境界的同时，也有对山林栖居生活的描述，有自然山水情趣的流露。

寒山是最著名的佛教诗人之一，也是典型的山居诗人。《全唐诗》收寒山诗一卷，其诗人小传记载："寒山子，不知何许人。居天台唐兴县寒岩，时往还国清寺。以桦皮为冠，布裘弊履。或长廊唱咏，或村墅歌啸，人莫识之。……尝于竹木石壁书诗，并村墅屋壁所写文句三百余首。"③可见寒山得早期佛教阿罗汉之真传，其作品中有大量山林栖居的篇什，其中一首写道：

重岩我卜居，鸟道绝人迹。

---

① ［梁］刘勰：《文心雕龙·明诗》，见郭晋稀注译《文心雕龙注译》，甘肃人民出版社，1982年，第59页。

② 朱光潜：《中西诗在情趣上的比较》，见朱光潜《诗论》，安徽教育出版社，2006年，第74页。

③ 《全唐诗》卷八〇六，中华书局编辑部点校，中华书局，1999年，第9160页。

庭际何所有，白云抱幽石。
住兹凡几年，屡见春冬易。
寄语钟鼎家，虚名定无益。①

再如下面一首：

一自遁寒山，养命餐山果。
平生何所忧，此世随缘过。
日月如逝川，光阴石中火。
任你天地移，我畅岩中坐。②

以上作品都是写自己的栖居山林生活，表现悠然自得随遇而安的心态。有些作品将诗人自己的山居生活作了具体描绘：

久住寒山凡几秋，独吟歌曲绝无忧。
蓬扉不掩常幽寂，泉涌甘浆长自流。
石室地炉砂鼎沸，松黄柏茗乳香瓯。
饥餐一粒伽陀药，心地调和倚石头。③

在优美的自然环境中，诗人无忧无虑地吟唱；石室之中煮着野味，诗人倚靠在石头上，吟一首伽陀，心境无比平和。这样的山居生活充满诗情画意。

拾得与寒山过从甚密，是时常并提的一对诗僧，其诗作中也有所体现，如："闲入天台洞，访人人不知。寒山为伴侣，松下啖灵芝。"④ 拾得的诗作中也有对山林栖居生活的描述：

---

① 《全唐诗》卷八○六，中华书局编辑部点校，中华书局，1999 年，第 9160 页。
② 《全唐诗》卷八○六，中华书局编辑部点校，中华书局，1999 年，第 9174 页。
③ 《全唐诗》卷八○六，中华书局编辑部点校，中华书局，1999 年，第 9176 页。
④ 《全唐诗》卷八○七，中华书局编辑部点校，中华书局，1999 年，第 9191 页。

云林最幽栖，傍涧枕月溪。

松拂盘陀石，甘泉涌凄凄。

静坐偏佳丽，虚岩曚雾迷。

怡然居憩地，日（以下缺）。①

中唐诗僧皎然有《杼山集》十卷传世。他是谢灵运的第十世孙，继承了乃祖的山水情趣而过之，创作了相当数量的山居诗。其长诗《苕溪草堂》开卷写道："万虑皆可遗，爱山情不易。自从东溪住，始与人群隔。"② 其《杂兴六首》之六描写了诗人率性随意、心向自然的山居生活：

疏散遂吾性，栖山更无机。

寥寥高松下，独有闲云归。

精意不可道，冥然还掩扉。③

诗人长期山林栖居，习惯于山林生活，一旦下山，平添怀念。其《怀旧山》诗云：

一坐西林寺，从来未下山。

不因寻长者，无事到人间。

宿雨愁为客，寒花笑未还。

空怀旧山月，童子念经闲。④

贯休和齐己属于晚唐诗僧，遭逢乱世，更思山居。贯休有《山居诗二十四首》，其中一首写道：

自休自己自安排，常愿居山事偶谐。

① 《全唐诗》卷八〇七，中华书局编辑部点校，中华书局，1999年，第9192页。原文缺。
② 《全唐诗》卷八一六，中华书局编辑部点校，中华书局，1999年，第9270页。
③ 《全唐诗》卷八二〇，中华书局编辑部点校，中华书局，1999年，第9335页。
④ 《全唐诗》卷八一五，中华书局编辑部点校，中华书局，1999年，第9260页。

> 僧采树衣临绝壑，狁争山果落空阶。
> 闲担茶器缘青障，静纳禅袍坐绿崖。
> 虚作新诗反招隐，出来多与此心怪。①

  齐己自号"衡岳沙门"，有《白莲集》十卷传世，其中多有描写山林栖居、表现山水情趣之作。其《匡山寓居栖公》诗云：

> 外物尽已外，闲游且自由。
> 好山逢过夏，无事住经秋。
> 树影残阳寺，茶香古石楼。
> 何时定休讲，归漱虎溪流。②

  禅宗在隋唐之际兴起，很快发展成为影响最大的汉化佛教宗派。禅师喜欢山居，而且善于以诗证道，形成独具特色的禅门偈颂诗，其中也有表现山林栖居的作品。永嘉玄觉的《证道歌》是中国古代少有的长篇哲理诗，其中写道：

> 入深山，住兰若，岑崟幽邃长松下。优游静坐野僧家，闲寂安居实萧洒。③

  禅宗有许多宗派，大多提倡山居乐道，有的禅师有《乐道歌》传世，如懒瓒和尚《乐道歌》中有这样的表现山林栖居的诗句：

> 世事悠悠，不如山丘，
> 青松蔽日，碧涧长流。
> 卧藤萝下，块石枕头，
> 山云当幕，夜月为钩。

---

①　《全唐诗》卷八三七，中华书局编辑部点校，中华书局，1999 年，第 9503 页。
②　《全唐诗》卷八四三，中华书局编辑部点校，中华书局，1999 年，第 9593 页。
③　［唐］玄觉：《永嘉证道歌》，见《大正新修大藏经》第 48 册，第 396 页。

不朝天子，岂羡王侯？

生死无虑，更须何忧？①

　　宋代佛教影响最大的宗派是禅宗，产生了许多能诗善文的禅师，形成了独具特色的禅门偈颂，是中国佛教文学中成就最高影响最大的类型之一。禅宗虽然主张心净土净，认为人生处处皆道场，不提倡山林隐居，但也不反对山林栖居。有许多禅门高僧写出了优秀的山居诗，如九峰义诠著有《筠州九峰诠和尚山居诗》二十二首；慧林宗本著有《灵岩山居颂二十首》；著名诗僧汾阳善昭写出了《与重岩道者住山歌》《山僧歌》《寿山歌》等长篇山居诗，还有表现山林栖居生活和思想精神的《拟寒山诗》十首；西余净端除了专题《山居诗》十首之外，还有许多诗篇表现山居生活；杨岐方会著有《法华山居十首》；栯堂元益著有《山居》十首②。宋代文学接盛唐余绪，成就亦有辉煌，但在思想界，儒道复兴，佛教式微，因此，虽有诗僧不少，但成就影响与唐代不可同日而语。就山居诗而言，大多说理味较浓，而山水情趣较淡。如义诠《筠州九峰诠和尚山居诗》之一：

真源如寂静，静极即光辉。

云散孤峰出，山高众岫归。

野花开藓径，芳树隐柴扉。

却指冲虚处，松风动翠微。③

　　这是宋僧山居诗中比较优秀的作品，具有禅理与山水情趣相结合的特点。有些山居诗纯粹说理，如宗本《灵岩山居颂二十首》之七："居山不见山，方始是居山。未到无心地，难教得意闲。花开青嶂里，鹤唳白云间。此意无人会，终朝独掩关。"④

　　蒙元时期汉族文人士大夫受压抑，避身佛门，谈禅论道，寄情山水者有

_____

　　① ［南唐］静、筠二禅师编撰：《祖堂集》，孙昌武等点校，中华书局，2007年，第151页。

　　② 参阅朱刚、陈珏《宋代禅僧诗辑考》，复旦大学出版社，2012年，第13、80、165、172、223、344、533页。

　　③ 朱刚、陈珏：《宋代禅僧诗辑考》，复旦大学出版社，2012年，第13页。

　　④ 朱刚、陈珏：《宋代禅僧诗辑考》，复旦大学出版社，2012年，第81页。

之，其中涌现了一些颇有成就的诗僧。清人顾嗣立编《元诗选》，收入筠溪老衲圆至、白云上人英、云屋善住、蒲室禅师大欣、石屋禅师清珙、淡居禅师至仁、天如禅师惟则、智觉禅师明本、元叟禅师行端、古鼎禅师祖铭、柟堂禅师益、梦观道人大圭、石湖禅师宗衍等十余位诗僧的作品，其中有许多以山居诗著称。如石屋禅师清珙，退居雪溪之西曰天湖，吟讽其间以自适。所著《石屋诗》自叙曰："余山林多暇，瞌睡之余，偶成偈语。"清珙以山居诗著称，有门人编集的《福源石屋珙禅师山居诗》一卷传世。《元诗选》收诗三十四首，包括《山居吟》十二首，其中一首写道：

> 茅屋低低三两间，团团环绕尽青山。
> 竹床不许闲云宿，日未斜时便掩关。①

明本号中峰，因住天目山中峰而得名。《元诗选》收诗二卷，诗人小传说他屡辞名山，屏迹自放。时住一船，或僦居城隅土屋，若入山脱笠，即结束茅而栖，俱名曰幻住，自作《幻住庵记》。有《中峰广录》三十卷，其中有《山居十首》，录其二如下：

> 见山浑不厌居山，就树诛茅缚半间。
> 对竹忽惊禅影瘦，倚松殊觉老心闲。
> 束腰懒用三条篾，扣己谁参一字关。
> 幸有埋尘砖子在，待磨成镜照空颜。
> 头陀真趣在山林，世上谁人识此心。
> 火宿篆盘烟寂寂，云开窗槛月沉沉。
> 崖悬有轴长生画，瀑响无弦太古琴。
> 不假修治常具足，未知归者谩追寻。②

此外如白云上人英有《对山曲》《山中景》《山中二绝》等山居诗。元

---

① ［清］顾嗣立编：《元诗选》初集下，中华书局，1987年，第2504页。
② ［清］顾嗣立编：《元诗选》二集下，中华书局，1987年，第1373页。

叟禅师行端"尝拟寒山子诗百余篇，四方衲子多传诵之"①，《元诗选》收其《寒拾里人稿》一卷，其中有《拟寒山子诗六首》《山居二首》《山房自述》等山居诗。栯堂禅师益也是著名的山居诗人，有《山居诗》一编传世，《元诗选》录其《山居诗四十首》之十二，编者称其诗"格律在皎然、无本之间，当不徒赏其山居高致已也"②。

明清时代，诗歌这种文体在中国文苑已经趋于没落，自然山水情趣在人们的心灵中也逐渐淡漠。佛教的影响进入中国文化的内区深层，但作为宗教本身则趋于衰落。由此，佛教文学山林栖居失去了生长的土壤，虽然不乏写手，但已经没有多少新意了。

三、参禅悟道

从宗教的角度看，僧人的山林栖居不是为了观赏山林，而是为了修道悟道。然而，从文学的角度看，佛教山居诗反映了山林栖居的修道方式和生活方式，表现了佛教特有的思想意识和审美情趣，其文学意义和审美价值就在于山水情趣与修道体验的结合。在印度早期佛教文学中，已经表现出修道体验与山水情趣结合的特点，如优帕塞那长老的诗偈写道：

> 比丘居住地，寂静人烟稀；
> 野兽时常见，悠闲在林区。③

这里写的是林居生活的环境，但表现的是诗僧修行生活中悠闲的心境和寂静的追求。再如独居长老偈：

> 山风甚清凉，且带有芳香；
> 我自断无明，居住山岗上。
> 林中花木多，所见唯山坡；

---

① ［清］顾嗣立编：《元诗选》二集下，中华书局，1987年，第1382页。

② ［清］顾嗣立编：《元诗选》二集下，中华书局，1987年，第1391页。

③ 《长老偈 长老尼偈》，邓殿臣译，中国社会科学出版社，1997年，第137页。

心喜此山林，独享解脱乐。①

诗人写出了在山林栖居中修行悟道、断除无明、获得解脱的喜乐境界。

中国诗僧支遁是中国自然山水诗的开创者，他在《八关斋诗三首序》中说："余既乐野室之寂，又有掘药之怀，遂便独往。于是乃挥手送归，有望路之想。静拱虚房，悟外身之真；登山采药，集岩水之娱。"② 诗人将"悟外身之真"与"集岩水之娱"并举，道出了佛家山林文学山水情趣与修道体验相结合的本质特点，其诗作也体现了这方面的追求，其《咏山居诗》云：

> 五岳盘神基，四渎涌荡津。
> 动求目方智，默守标静仁。
> 苟不宴出处，讬好有常因。
> 寻元存终古，洞往想逸民。
> 玉洁其岩下，金声濑沂滨。
> 捲华藏纷雾，振褐拂埃尘。
> 迹从尺蠖屈，道与腾龙伸。
> 峻无单豹伐，分非首阳真。
> 长啸归林岭，潇洒任陶钧。③

诗人动求目方智，默守标静仁，不是为山居而山居，在表现山水之乐的同时，悟到了外身之真，将宗教玄理寄托于自然山水之中。

寒山是佛门奇僧，也是诗坛奇才，其作品将自然山水情趣与佛理参悟结合得天衣无缝，比如下面这一首：

> 我家本住在寒山，石岩栖息离烦缘。
> 泯时万象无痕迹，舒处周流遍大千。

---

① 《长老偈　长老尼偈》，邓殿臣译，中国社会科学出版社，1997 年，第 132 页。
② 《广弘明集》卷三〇，见《大正新修大藏经》第 52 册，第 350 页。
③ 《广弘明集》卷三〇，见《大正新修大藏经》第 52 册，第 351 页。

光影腾辉照心地，无有一法当现前。①

这里诗人从自然变化中体悟佛教的空有关系，见解深刻。

诗僧皎然诗佛兼精，首倡以禅喻诗，主张"情缘境发"，是中国诗学意境论的奠基人之一，其独树一帜的"取境"论便是宗教体验与创作经验的总结，其特点就是山水情趣与修道体验的结合。如《苕溪草堂》中有这样的诗句：

境净万象真，寄目皆有益。
原上无情花，山中听经石。
竹生自萧散，云性常洁白。②

诗人在自然中体悟佛理，所见所闻皆有益于参禅悟道，又通过佛理认识自然之理，感受到纯真潇洒的自然之美。

诗僧贯休也善于将山林栖居与修道体验相结合，其《山居诗二十四首》之二写道：

难是言休即便休，清吟孤坐碧溪头。
三间茆屋无人到，十里松阴独自游。
明月清风宗炳社，夕阳秋色庾公楼。
修心未到无心地，万种千般逐水流。③

这里表现的不是山居之乐，而是修行之苦。其苦不在于生活环境的艰苦，而在于修行而不达悟境的心苦。最终能够体验到"修心未到无心地，万种千般逐水流"，也算是林中修道的成果。

齐己《中春感兴》则将自然、禅理和诗情融为一炉，诗曰：

---

① 《全唐诗》卷八〇六，中华书局编辑部点校，中华书局，1999 年，第 9177 页。
② 《全唐诗》卷八一六，中华书局编辑部点校，中华书局，1999 年，第 9270 页。
③ 《全唐诗》卷八三七，中华书局编辑部点校，中华书局，1999 年，第 9501 页。

春风日日雨时时，寒力潜从暖势衰。

一气不言含有象，万灵何处谢无私。

诗通物理行堪掇，道合天机坐可窥。

应是正人持造化，尽驱幽细入炉锤。①

石屋禅师清珙以创作山居诗著称，但他自称是"偶成偈语"。在中国语境中，偈语一般是佛门高僧显示悟道体会的作品。清珙禅师在其《石屋诗》自叙中还强调："慎勿以此为歌咏之助，当须参究其意，则有激焉。"② 可见这些作品是诗僧修道的产物，而不是一般的寄情山水之作。其《山居吟》中的作品大都表现出自然山水情趣与佛法修证相结合的特色，请看下面一首：

独坐穷心寂杳冥，个中无法可当情。

西风吹尽拥门叶，留得空阶与月明。③

作品既是诗人山居生活的写照，也是和尚悟道示法的表现。

将山水情趣与修道体验结合得最好的是禅门偈颂。禅师们的示法偈中常有山林栖居的表现，他们继承发扬了中印佛教文学的自然山水情结和形而上的超越精神，把自然山水情趣与佛法修证和佛理参悟相结合，表现出新的境界。如子湖岩利踪禅师偈：

三十年来住子湖，二时斋粥气力粗。

每日上山三五转，问汝时人会也无？④

禅师笔下的山林栖居往往别有意趣，这首示法偈就是通过描写山林栖居的日常生活，表现"平常心是道"的玄妙境界。再如潭州龙山的示法偈：

---

① 《全唐诗》卷八四四，中华书局编辑部点校，中华书局，1999年，第9614页。

② ［清］顾嗣立编：《元诗选》初集下，中华书局，1987年，第2500页。

③ ［清］顾嗣立编：《元诗选》初集下，中华书局，1987年，第2504页。

④ 《景德传灯录》卷一〇，见《大正新修大藏经》第51册，第279页。

三间茅屋从来住，一道神光万境闲。
莫作是非来辨我，浮生穿凿不相关。[①]

表现诗人多年山居，一旦开悟的玄妙境界，犹如一道阳光照彻万境，一切是非穿凿都烟消云散，自性清净，见性成佛。

禅僧们喜欢自然山水，又常常以自然景物体会佛理禅机。如《碧岩录》记载的长沙游山公案：长沙，一日游山，归至门首。首座问："和尚什么处去来？"沙云："游山来。"首座云："到什么处来？"沙云："始随芳草去，又逐落花回。"座云："大似春意。"沙云："也胜秋露滴芙蕖。"[②] 作品描写主人公长沙景岑禅师既不执着于草与花，也不执着于春与秋，表现的是一种自由自在自然而然的悠然境界。这里有借境示禅的理趣，因而成为参禅的"公案"。然而，抛开禅辩机锋，其中所表现出的山林栖居生活方式，不仅充满了诗情画意，而且显示出自由洒脱的超然境界。

由于自然中渗透禅机佛理，所以禅师说法传教大多借助自然景物。如《五灯会元》中叙述，有僧问天柱崇慧禅师："如何是天柱境？"师曰："主簿山高难见日，玉镜峰前易晓人。"问："如何是天柱家风？"师曰："时有白云来闭户，更无风月四山流。"问："亡僧迁化向什么处去也？"师曰："灊岳峰高长积翠，舒江明月色光晖。"问："如何是道？"师曰："白云覆青嶂，蜂鸟步庭花。"问："宗门中事，请师举唱。"师曰："石牛长吼真空外，木马嘶时月隐山。"问："如何是天柱山中人？"师曰："独步千峰顶，优游九曲泉。"问："如何是西来意？"师曰："白猿抱子来青嶂，蜂蝶衔花绿蕊间。"[③] 可见，在禅师看来，一切佛法义理禅境宗风，都可以在山川草木风月云鸟中体悟。这样的借用自然景物的宗纲偈颂，也是山林栖居的产物。

在山水之中体悟佛理是禅师们的拿手好戏，也是他们长期山林栖居的收获。青原惟信禅师有一段名言："老僧三十年前未参禅时，见山是山，见水是水。及至后来，亲见知识，有个入处。见山不是山，见水不是水。而今得

---

① 《景德传灯录》卷八，见《大正新修大藏经》第 51 册，第 263 页。
② 《碧岩录》卷四，见《大正新修大藏经》第 48 册，第 174 页。
③ ［宋］普济：《五灯会元》卷二，苏渊雷点校，中华书局，1984 年，第 66—67 页。

个休歇处，依前见山只是山，见水只是水。"① 这样的三重境界，体现了禅师的参禅修道过程。他们为摆脱外部羁绊和内心烦恼，崇尚自然，栖居山林，见山是山，见水是水，在这里体验个人自由与自我解脱；经过研经念佛，多方求道，反复思辨，发现万物因缘和合而生，相依缘起，全无自性，四大皆空，哪里有山？何处是水？达到见山不是山，见水不是水的境界；经过上下求索，终于悟得"平常心是道"，不执于空，不着于有，最终又彻底返回自然，以自然而然实现心灵自由，自然又见山还是山，见水还是水了。这第三种境界看起来和第一种类似，实则大不相同，其中差别耐人寻味。这里体现的自然境界和自由状态，不仅是对山水的感悟，也是对人生的理解。这是修道体验与自然山水情趣结合的最高境界。

四、自然之美

佛教的山林栖居虽然志不在山而在道，但佛教诗人笔下的山居诗大多表现了对自然的热爱，体现了人与自然的亲密关系，这在印度早期佛教文学中已经有所表现，如桑格卡长老偈：

> 山石过清泉，水中有苔藓；
> 猴群常出没，我心亦陶然。
> 林中有石洞，洞曾居野鹿；
> 如此偏远地，我居最适宜。②

中国佛教僧人的山居诗，在赞美林居生活的同时，也表现了人与自然的亲密关系。如皎然《题湖上草堂》诗云：

> 山居不买剡中山，湖上千峰处处闲。
> 芳草白云留我住，世人何事得相关。③

---

① ［宋］普济：《五灯会元》卷一七，苏渊雷点校，中华书局，1984年，第1135页。
② 《长老偈　长老尼偈》，邓殿臣译，中国社会科学出版社，1997年，第140—141页。
③ 《全唐诗》卷八一五，中华书局编辑部点校，中华书局，1999年，第9261页。

这里"芳草白云留我住"一句绝妙，不仅直接表现了人与自然的亲密关系，而且承上显示自然与自由境界，启下表明人在自然中悠然自得，可以摆脱世事，超越凡俗。皎然在《山居示灵澈上人》一诗中写道："外物寂中谁似我，松声草色共忘机。"① 说明自然界的松声草色成为诗人的知音和同伴。山居的诗人与山中的自然万物产生了亲情，一旦别离，会恋恋不舍，皎然的《别山诗》就写出了这样的感受，其中有这样的诗句：

> 如何区中事，夺我林栖趣。
> 辞山下复上，恋石行仍顾。②

长期山居的诗人，偶尔因故下山，由于对山林依依不舍，诗人从山上下去上来反复几次；最后不得不离开了，行走过程中还不时回头顾恋那里的石头。对山居生活和自然同伴的依依惜别之情跃然纸上。印度诗人迦梨陀娑的名剧《沙恭达罗》描写主人公沙恭达罗离别净修林，林中草木鸟兽都依依惜别。中国侍僧与印度诗人心有灵犀，诗有同感，只是二者表现的角度不同。中国诗僧皎然更突出了人对自然的依恋，在人与自然关系方面体现了人的主体性和主动性。

佛教认为万物因缘和合而生，这样的"相依缘起"的世界观说明人与自然万物处于一个整体之中，互相依存，平等一如，具有天然的亲缘关系。佛家众生平等和无情有性观念，将人与自然亲缘关系表现得更加具体深刻。"众生平等"说明了人与动物的平等亲缘关系，"无情有性"表示山川草木等无情之物也有佛性，与有情众生平等一如。这些思想在佛教诗人的山林栖居中也都有所表现，如贯休《道情偈》写道：

> 草木亦有性，与我将不别。
> 我若似草木，成道无时节。③

---

① 《全唐诗》卷八一五，中华书局编辑部点校，中华书局，1999 年，第 9266 页。
② 《全唐诗》卷八一九，中华书局编辑部点校，中华书局，1999 年，第 9310 页。
③ 《全唐诗》卷八二八，中华书局编辑部点校，中华书局，1999 年，第 9418 页。

人与自然的亲密关系，有助于自然美的发现和表现。出世离欲栖居山林的高僧大德，有闲情逸致走进自然、亲近自然、观察自然，发现自然之美，在自己的作品中加以表现，这正是佛教山林文学独特的审美价值。

中印佛教诗人同样山居修道，同样寄情山水，同样以诗述怀，表现人与自然的亲缘关系，他们笔下的自然美也必然有共同之处。

首先是对整体自然美的观照。印度早期佛教诗人率先山林栖居，率先对山林整体的自然美有所发现和表现，如大迦叶长老偈：

> 青山如暗云，复如深色花；
> 鸟儿聚山中，我心常喜悦。
> 山深人不至，野兽常聚集；
> 群鸟飞来此，我心常喜悦。
> 山水何其清，岩石何广平；
> 猴鹿常出没，树花时坠溪。
> 身在此山岗，我心常喜悦。①

这里有山有水，有树有花，有兽有鸟，看到这一切，诗人心中充满喜悦之情。这是对山林整体之美的欣赏。

整体性自然美是一种宏观的观照，比较关注宏伟景象，注重宏大意象，这在中国佛教诗人那儿有比较充分的表现，如支遁的"崎岖升千寻，萧条临万亩"，慧远的"重岩吐清气，幽岫栖神迹"，皎然的"湖上千峰处处闲"等，皆属于宏观整体美的观照。自然有千姿百态，诗人有不同个性，所以诗人对山林自然的整体观照中也表现出不同的特点，或秀丽，或奇险，或空灵，或幽深。皎然笔下的山水偏于秀丽，如其《送履霜上人还金陵西山》：

> 携锡西山步绿莎，禅心未了奈情何。
> 湘宫水寺清秋夜，月落风悲松柏多。②

---

① 《长老偈 长老尼偈》，邓殿臣译，中国社会科学出版社，1997 年，第 193—194 页。
② 《全唐诗》卷八一八，中华书局编辑部点校，中华书局，1999 年，第 9303 页。

寒山笔下的自然幽奇玄妙：

> 寒山多幽奇，登者皆恒慑。
> 月照水澄澄，风吹草猎猎。
> 凋梅雪作花，杌木云充叶。
> 触雨转鲜灵，非晴不可涉。①

拾得笔下的自然更险峻高孤：

> 迢迢山径峻，万仞险隘危。
> 石桥莓苔绿，时见白云飞。
> 瀑布悬如练，月影落潭晖。
> 更登华顶上，犹待孤鹤期。②

其次是对个体自然美的欣赏。如果说整体自然美偏于宏观，那么个体自然美则偏于微观；如果说整体自然美的表现偏于宏大意象和宏伟景象，那么个体自然美的表现更需要细致入微的具象化。出于对自然的热爱，对自然美的欣赏，印度早期佛教诗人已经有对自然现象细致入微的观察和表现，如吉得克长老对林中孔雀的细致观察和描写：

> 头顶生美冠，孔雀有蓝颈。
> 游于卡朗林，引颈妙声鸣。
> 风雨添凉意，鸣声转融融，
> 我正修禅观，声动林中僧。③

朱拉克长老偈中也有对孔雀的描写：

---

① 《全唐诗》卷八〇六，中华书局编辑部点校，中华书局，1999 年，第 9172 页。
② 《全唐诗》卷八〇七，中华书局编辑部点校，中华书局，1999 年，第 9192 页。
③ 《长老偈　长老尼偈》，邓殿臣译，中国社会科学出版社，1997 年，第 11 页。

孔雀悦耳鸣，喙嘴美容增。

冠羽蓝颈项，双翅两扇屏。

大地绿草覆，清水滴其中。

抬首向上看，浮云在头顶。①

印度是孔雀之国，孔雀是印度人心目中最美的动物之一，在印度诗人的作品中多有表现，佛教诗人也不例外，而且是佛教诗人较早发现并表现孔雀之美的。中国佛教诗人山居诗中也有大量的动物书写，有对动物的细致观察和描写，如诗僧齐己有不少咏动物的诗，如《蟋蟀》《鹭鸶》《野鸭》《水鹤》《沙鸥》《猛虎行》等，其《鹭鸶二首》之一：

日日沧江去，时时得意归。

自能终洁白，何处误翻飞。

晚立银塘阔，秋栖雨露微。

残阳苇花畔，双下钓鱼矶。②

与印度诗人动物书写的近察相比，齐己的动物诗更多远观，更多想象。

总体上说，印度佛教诗人偏爱动物，中国佛教诗人偏爱植物，这是一个有趣的现象。究其原因，一方面印度佛教"众生平等"观念主要说明人与动物的平等和亲缘关系，另一方面佛陀前生曾经上百次转生为动物，所以印度佛教文学表现动物比较多。中国佛教提出"无情有性"，即认为没有情感意识的山川草木也像人一样具有佛性，因而中国佛教文学表现山川河流、白云清风、花草树木等"无情"的自然现象的作品比较多。上述作品已经见出这一特色，这里再举几例。先看皎然《寒竹》对冬天雪中竹子的观察和描写：

袅袅孤生竹，独立山中雪。

苍翠摇动风，婵娟带寒月。

---

① 《长老偈　长老尼偈》，邓殿臣译，中国社会科学出版社，1997年，第78页。

② 《全唐诗》卷八四〇，中华书局编辑部点校，中华书局，1999年，第9551页。

　　狂花不相似，还共凌冬发。①

　　写出了苍翠的山竹迎风傲雪的气概和袅袅婀娜的风姿。皎然对松树更是情有独钟，有多首诗歌写到松树，如《杂兴六首》《风入松》《戏题松树》《观裴秀才松石障歌》等，都表现了对高洁苍松之热爱。其《戏题松树》诗中写道："为爱松声听不足，每逢松树遂忘还。"② 只有山林栖居的诗人才会有这样的自然情怀。

　　诗僧齐己也非常喜欢吟咏植物，其题咏植物的诗有《新栽松》《桃花》《古寺老松》《蔷薇》《早梅》《海棠花》《庭际新移松竹》《仙掌》《对菊》《石竹花》《灵松歌》《观荷叶露珠》《观盆池白莲》等作品，其中《灵松歌》是一首长诗，诗中写道：

　　　　灵松灵松，是何根株。盘擗枝干，与群木殊。世眼争知苍翠荣，薜罗遮体深朦胧。先秋瑟瑟生谷风，青阴倒卓寒潭中。八月天威行肃杀，万木凋零向霜雪。唯有此松高下枝，一枝枝在无摧折。③

　　写出了松树迎风傲雪、卓然群木的性格气质。元代诗僧明本中峰善写梅花，据说赵孟頫（子昂）与中峰为友，友人冯海粟甚轻之。一日，子昂偕中峰往访，海粟出示《梅花百韵诗》。中峰一览，走笔和之，复出所作《九字梅花歌》以示，海粟辣然，遂与定交。《元诗选》选其《梅花百咏》十二首，并赞其"斜照窗纱斜照水，半随风信半随尘""一点芳心凭驿使，半稍清影伴诗人"等诗句"对仗极工，应不减孤山处士疏影暗香之句也"④。另外还收有其《忆梅》《评梅》《月梅》《疏梅》《茅舍梅》等咏梅诗十余首。其名作《九字梅花咏》诗更是脍炙人口：

　　　　昨夜西风吹折千林梢，渡口小艇滚入沙滩坳。

---

①　《全唐诗》卷八二〇，中华书局编辑部点校，中华书局，1999年，第9328页。
②　《全唐诗》卷八二〇，中华书局编辑部点校，中华书局，1999年，第9334页。
③　《全唐诗》卷八四七，中华书局编辑部点校，中华书局，1999年，第9655页。
④　[清]顾嗣立编：《元诗选》二集下，中华书局，1987年，第1368—1378页。

野桥古梅独卧寒屋角，疏影横斜暗上书窗敲。
半枯半活几个屡蓓蕾，欲开未开数点含香苞。
纵使画工奇妙也缩手，我爱清香故把新诗嘲。①

在自然美的发现和表现方面，印度佛教诗人有率先之功，中国佛教诗人则后来居上，显得更加丰富、更加成熟、更为深化。其成熟和深化主要表现为自然的人化。这种自然的人化主要有两种表现。其一是与野生的自然相对而言，即对经过人工经营的自然美的欣赏。如果说印度佛教诗人笔下基本上都是野生的自然，那么中国佛教诗人笔下则有了一些人工培育的动物和植物的书写。如前述晚唐诗僧齐己《新栽松》《庭际新移松竹》《观盆池白莲》等题咏植物的诗，其所咏植物皆人工栽培。再如元代诗僧石屋珙禅师的《山居吟》之一：

满山筍蕨满园茶，一树红花间白花。
大抵四时春最好，就中尤好是山家。②

诗中的"满山筍蕨"虽然是自然天生，但由于可供人食用而特别受到诗人关注，而开满红花与白花的茶园肯定是人工培育的产物。再如其《山中天湖卜居二首》之一：

林木长新叶，绕屋清阴多。
深草没尘迹，隔山听樵歌。
自耕复自种，侧笠披青蓑。
好雨及时来，活我新栽禾。
游目周宇宙，物物皆消磨。
既善解空理，不乐还如何。③

---

① [清] 顾嗣立编：《元诗选》二集下，中华书局，1987年，第1380页。
② [清] 顾嗣立编：《元诗选》初集下，中华书局，1987年，第2504页。
③ [清] 顾嗣立编：《元诗选》初集下，中华书局，1987年，第2500页。

　　诗人特别强调了"自耕复自种"的劳作，这样的山居诗不仅表现了自然山水情趣，而且融入了田园之乐，更加中国化了。

　　其二是与外在于人的自然相对而言，即诗人将自我融入自然，使笔下的自然染上人之色彩。如果说印度佛教诗人笔下基本上都是外在于人的自然，那么中国佛教诗人笔下的自然更多地融入了诗人的自我，更加人化和内在化了，即诗人将自己的个性气质、思想情趣与禅悟感怀更多地融入了自然书写。如寒山诗：

> 众星罗列夜明深，岩点孤灯月未沉。
> 圆满光滑不磨莹，挂在青天是我心。①

　　诗人笔下圆满光滑的既是明月，也是诗人参透佛理禅机的心灵，月与心互喻，彰显二者的皎洁明澈。再如皎然《送维谅上人归洞庭》：

> 从来湖上胜人间，远爱浮云独自还。
> 孤月空天见心地，寥寥一水镜中山。②

　　诗人是在写山水，但其笔下不仅山中有水、水中有山，而且山水中有人。再如一首《溪云》：

> 舒卷意何穷，萦流复带空。
> 有形不累物，无迹去随风。
> 莫怪长相逐，飘然与我同。③

　　诗人是在写舒卷自如的流云，也是在写飘然无迹的自我。

　　总之，佛教诗人在山林栖居生活中亲近自然观察自然，在自然美的发现和表现方面功不可没，其思想境界、审美格调、观察角度、表现手法等，在

---

① 《全唐诗》卷八〇六，中华书局编辑部点校，中华书局，1999 年，第 9176 页。
② 《全唐诗》卷八一九，中华书局编辑部点校，中华书局，1999 年，第 9317 页。
③ 《全唐诗》卷八二〇，中华书局编辑部点校，中华书局，1999 年，第 9328 页。

中印文学史上都具有开创性质和开拓意义。正如朱光潜先生所言："僧侣首先见到自然美，诗人则从他们的'方外交'学得这种新趣味。"[①]

第三节 净土发愿与佛国往生

否定现实，追求超越，是宗教的根本属性。厌弃秽土，向往净土，是佛教的基本特征之一。现实社会由于私欲膨胀和利益冲突，人与人之间尔虞我诈，争斗不休，在佛教看来是一片秽土，是众生沉沦的苦海。早期佛教试图以出世离欲解决人生苦难和现实烦恼，将远离社会的山林视为乐土，以山林栖居作为离苦求乐的修行和生活方式，在寂静的外部环境和宁静的心灵状态中追求涅槃，实现自我解脱。后期大乘佛教提倡普度众生出苦海，并发挥超越性的功能，想象一个超验的理想世界。这样的理想世界就是佛国净土。

一、佛国净土在印度

佛国净土的来源非常复杂，有佛教内部的渊源，也有佛教外部的因素。早期佛教还没有佛国净土之说，但却不乏超验的理想世界的描述，包括地上乐土与天国世界。

原始佛典中有许多关于地上理想世界的描述，如《长阿含经·世纪经》中关于北拘卢洲的描述：

> 佛告比丘：须弥山北有天下，名郁单曰。其土正方，纵广一万由旬。人面亦方，像彼地形。……郁单曰天下，多有诸山。其彼山侧，有诸园观浴池，生众杂花，树木清凉，花果丰茂。无数众鸟，相和而鸣。又其山中，多众流水，其水洋顺，无有卒暴，众花覆上，泛泛徐流。夹岸两边，多众树木，枝条柔弱，花果繁炽。地生软草，槃萦右旋，色如孔翠，香如婆师，软若天衣。其地柔软，以足蹈地，地凹四寸，举足还

---

① 朱光潜：《中西诗在情趣上的比较》，见朱光潜《诗论》，安徽教育出版社，2006年，第74页。

复。地平如掌，无有高下。……其土常有自然粳米，不种自生，无有糠
糩，如白花聚。犹忉利天食，众味具足。其土常有自然釜镬，有摩尼
珠，名曰焰光，置于镬下。饭熟光灭，不假樵火，不劳人功。其土有
树，名曰曲躬，叶叶相次，天雨不漏。彼诸男女，止宿其下。复有香
树，高七十里，花果繁茂。其果熟时，皮壳自裂，自然香出。①

　　类似的描述在《起世经》《大楼炭经》《正法念处经》等早期佛典中都
有。这样的地上理想世界一方面是对自由平等的原始社会自然生活的理想化
回忆，另一方面，也是印度雅利安人对曾经生活过的北方草原故土的追
慕②。另外，也有喜欢山林栖居的佛教沙门对环境优美、食物丰富的自然山
林的想象和向往。

　　所谓天国世界，主要有三十三天，其中欲界六天，色界二十三天，无色
界四天③。天界不仅环境比现实世界优美奇妙，而且其中居民寿命一个比一
个长，身材一个比一个高。三十三天的世界是佛教在继承印度传统神话的基
础上创造的。印度传统的主流宗教婆罗门教以升天为理想，佛教在这样的文
化土壤中产生，也不能不受其影响。一方面，佛教继承并发展了轮回转生思
想，六道轮回的最高一道就是"天"；另一方面，释迦牟尼善于利用民众的
一般知识和原初信仰，在说法传教过程中有时先劝其往生天国，然后再为之
说无常之理。佛陀度化异母兄弟难陀出家的故事便是其中一例。传说世尊成
道后回故乡迦毗罗卫宣道，释迦族成员大都皈依佛法，惟独难陀迷恋美丽的
新婚妻子，不愿出家。世尊为了使难陀摆脱迷误，带他前往天国，见到众天
女。难陀为天女的美貌所迷，想再生天国。世尊告诉他，只有修炼苦行，才
能再生天国。难陀经过修行，拴住了心猿意马。世尊又向他说明，天国之乐
亦是无常。

　　早期佛典中描述的地上乐土和天国世界中已经孕育了佛国净土思想，是
佛教净土思想的主要渊源。另外，从佛教内部看，佛国净土思想可以追溯到

---

　　①　《长阿含经·世纪经》，［后秦］佛陀耶舍、竺佛念译，见《大正新修大藏经》第 1 册，第
115—118 页。
　　②　参见释印顺《初期大乘佛教之起源与展开》，中华书局，2011 年，第 424—425 页。
　　③　参阅［梁］僧旻、宝唱等撰集《经律异相》卷一《天部》，上海古籍出版社，1988 年。

早期佛教的多佛观念。释迦牟尼曾经提及他之前的诸佛事迹，如《长阿含经》中的《大本经》就主要讲过去诸佛的故事。同时《阿含经》中还记述了释迦牟尼为弥勒授记，说他将来成佛的故事①。在这些早期佛典记述的基础上，大约公元前 2 世纪末，出现了对未来佛弥勒的信仰。在佛本生故事中，有释迦牟尼从兜率天降生人间的传说，因此，作为未来佛的弥勒，成佛之前也应该居住在兜率天。所以传说他在释迦牟尼之前入灭即上生兜率天，四千岁（相当于人间 56 亿年）时再下生人间，在龙华树下悟道成佛。在以上关于未来佛弥勒传说故事的基础上，产生了一批关于弥勒净土的佛经，现存汉译主要有《弥勒菩萨所问本愿经》（西晋竺法护译）、《观弥勒菩萨下生经》（竺法护译）、《弥勒来时经》（东晋失译）、《弥勒大成佛经》（后秦鸠摩罗什译）、《弥勒下生成佛经》（鸠摩罗什译）、《观弥勒菩萨上生兜率天经》（凉沮渠京生译）、《弥勒菩萨所问经论》（后魏菩提留支译）、《弥勒下生成佛经》（唐义净译）等。这些佛经并非出自一时一地一人之手，所以内容不尽统一。其中的弥勒净土也有两个，一是他现今居住的兜率天宫内院，二是他未来成佛时的娑婆世界。兜率天是三十三天中的欲界六天之一，可见弥勒净土是早期佛经中的弥勒故事结合天国观念而形成的对超验的理想世界的追求。

除了过去佛、现在佛和未来佛这样的纵向世界的多佛，还有同时并存的他方世界的多佛。部派佛教时期已经形成了"三千大千世界"的宇宙观，也就是说，除了我们所生存的娑婆世界，还有无数的世界存在。根据"一佛应化一世界"的观念，同时并存的他方诸佛及其佛土也开始为人们所接受和关注，在此基础上出现了阿閦佛的东方妙喜世界、阿弥陀佛的西方极乐世界、药师佛的东方净琉璃世界等著名的佛国净土。随着大乘佛教的兴起和发展，外力拯救取代了早期小乘佛教的自力解脱，借助佛菩萨的力量，往生他们的世界，成为人们的信仰和追求。

在印度大乘佛典中，这样的佛国净土在理论上有很多，影响较大的一是阿閦佛的东方妙喜世界，二是阿弥陀佛的西方极乐世界，三是药师佛的东方净琉璃世界。关于阿閦佛净土的经典，在汉译佛典中主要有《阿閦佛国经》

---

① 《长阿含·转轮圣王修行经》《中阿含·说本经》等早期佛典都有预言未来理想世界及弥勒成佛的内容。

（东汉支娄迦谶译）和编入《大宝积经》第六会的《不动如来会》（唐菩提流志译）。该经主要内容是释迦牟尼佛在法会上对弟子说，东方有妙喜世界，过去有大目如来出世，为众比丘说六波罗蜜等菩萨行。当时有一位比丘发愿，即日起至成佛不起嗔恚、不起贪欲、不作十恶，故称之为"阿閦菩萨"（"阿閦"意译为"不动"）；然后阿閦菩萨又发愿，包括不离一切智，生生出家，常修头陀行，辩才无碍，常住三威仪，不躁动说法，见菩萨生大师想，不供养异道，对人不生分别心，将来的佛国中四众弟子没有罪恶，出家菩萨没有梦遗，女人没有不净，等等。那时，大目如来为阿閦菩萨授记，将来在妙喜世界成佛，名阿閦如来。该经记述，阿閦菩萨受记之时，出现了放光、地动等瑞象。阿閦如来成佛之时，一切众生都不食不饮，身心不疲倦，互相爱敬而欢乐，诸天散花，阿閦佛的光明映蔽了大千世界的一切。这都是阿閦佛的本愿所感得的。阿閦佛的国土非常庄严，有高大的七宝菩提树，微风吹出和雅的音声。没有三恶道。大地平整，没有山谷瓦砾，没有黑色丑陋，没有牢狱。没有异道。树上有自然香美的饮食，随意受用。住处七宝所成，浴池有八功德水。没有国王，只有阿閦佛为法王。没有淫欲，女人怀孕与生产没有痛苦。没有商贾和农作。自然音乐，没有淫声。阿閦佛光明普照，足下常有千叶莲花。佛国中人的福乐与天上相同，但人间有佛出世说法，胜于天国。现实世界的人愿生阿閦佛国的，要学阿閦佛往昔的大愿，行六波罗蜜，回向无上菩提。佛劝大众发愿往生阿閦佛国，但福德薄者、心生淫欲意者，不能往生①。与其他佛国净土相比，阿閦佛国偏重出家人，而且往生有一定难度，主要靠自力，重在个人德行，而不仅是信愿，需要修善行，修清净梵行，才能往生阿閦佛国。

在众多的佛国净土中，影响最大的还是阿弥陀佛的西方极乐世界。大约公元1世纪末，同时诸佛、超验国土、外力拯救等观念相结合，形成了对阿弥陀佛及其西方极乐世界的信仰，集中表现这种信仰的是所谓净土三经，即《阿弥陀经》《无量寿经》和《观无量寿经》。《阿弥陀经》篇幅短小，简明扼要，释迦牟尼告诉众弟子，在西方有世界名极乐，那儿有一位阿弥陀佛正在说法。"彼土何故名为极乐？其国众生，无有众苦，但受诸

---

① 参见释印顺《初期大乘佛教之起源与展开》，中华书局，2011年，第662—666页。

乐，故名极乐。"① 这个极乐世界有众宝围绕，有七宝池和八功德水，这里金沙铺地，金台银阁，宝莲盛开，天乐自鸣，天花乱坠，仙鸟鸣啼。《无量寿经》首先讲了法藏比丘发愿成佛的故事：过去有位国王，出家后号曰法藏，他从当时的世自在王佛那里听说并观看二百一十亿诸佛刹土，于是超发无上殊胜之愿。他对世自在王佛讲述了自己的成佛誓愿，共有四十八个大愿。之后，他长期积累功德，经过无量劫，最终所有愿行圆满成就，这就是阿弥陀佛和西方极乐世界的来历。佛陀进一步描述这个极乐世界的美好景象：

> 其佛国土，自然七宝，金银、琉璃、珊瑚、琥珀、车磲、玛瑙合成为地。恢廓旷荡，不可限极。悉相杂厕，转相入间。光赫焜耀，微妙奇丽。清净庄严，超逾十方一切世界。众宝中精，其宝犹如第六天宝。又其国土，无须弥山及金刚围一切诸山，亦无大海、小海、溪渠、井谷。佛神力故，欲见则见。亦无地狱、饿鬼、畜生诸难之趣。亦无四时春秋冬夏，不寒不热，常和调适。②

然后，《无量寿经》又用了数倍的篇幅描述极乐世界自然之优美和居民之幸福。当然，这种极乐世界的美好是与现实世界的丑恶相对而言的，经中对现实世界的恶苦也作了细致的描述，从而激励人们离苦求乐。《观无量寿经》主要讲往生净土的方法，包括净业三福和十六妙观。

净土三经从自然、社会和宗教神话等各种角度，对西方极乐世界作了描述。从自然方面看，西方净土有宝树、宝池，有美丽硕大颜色各异的莲花，有种种奇妙的杂色之鸟，没有春夏秋冬四季差别；从社会方面看，这里"无有众苦，但受诸乐"，国无不善，人无不美，饮食随愿，受用具足；从超自然的角度看，这里没有地狱、饿鬼等恶道，人人都能得六神通，具三十二相，人们自然生出念佛之心，而且都能成正觉。这样的净土比较全面地体现了佛教的乐土追求。

宣扬药师佛及其东方净琉璃世界的《药师经》产生较晚，汉译最早的

---

① 《阿弥陀经》，［后秦］鸠摩罗什译，见《大正新修大藏经》第 12 册，第 346—347 页。
② 《无量寿经》，［魏］康僧铠译，见《大正新修大藏经》第 12 册，第 270 页。

是东晋帛尸梨密多罗译《药师随愿经》，最流行的是唐玄奘译《药师琉璃光如来本愿功德经》。该经讲述净琉璃世界的药师琉璃光如来行菩萨道时，曾经发十二大愿，其中能够体现药师如来特点的本愿如第六愿："愿我来世得菩提时，若诸有情，其身下劣，诸根不具，丑陋顽愚，盲聋喑哑，挛躄背偻，白癞癫狂，种种病苦。闻我名已，一切皆得端正，黠慧诸根完具，无诸疾苦。"和第七大愿："愿我来世得菩提时，若诸有情，众病逼切，无救无归，无医无药，无亲无家，贫穷多苦。我之名号，一经其耳，众病悉得除，身心安乐。家属资具，悉皆丰足，乃至证得无上菩提。"① 该经在菩萨发愿和佛国净土描绘方面，大多借鉴《无量寿经》。

除了这些外在的超验世界的佛国净土之外，大乘佛典中还将人们的乐土求索引向内在。从三界虚妄、唯心所造的理念出发，佛典中有"灵山净土""莲花藏世界""密严净土"等心造净土，即所谓"唯心净土"②。此外《维摩诘经》所表现的心净土净思想，对净土信仰也产生了深远的影响。该经描述佛在毗耶离奄罗树园说法，有长者子宝积恭敬礼佛，请求世尊说"诸菩萨净土之行"。佛言："众生之类，是菩萨佛土。所以者何？菩萨随所化众生而取佛土，……若菩萨欲得净土，当净其心。随其心净则佛土净。"③ 也就是说，净土并非另一个世界，而是就在现实世间，或者说就是现实世界本身。这种思想过于新奇，连大弟子舍利弗也不理解，心中暗想：世尊为菩萨时意岂不净，世界又为何如此不净呢？佛又以盲者不见日月的比喻说明佛土本净，只是人心不净，故不能见其本来面目。由此，《维摩诘经》取消了佛国净土与俗世秽土的差别，将乐园的求索由超验世界又移到经验世界，并进一步由世外移到世间，标志着佛教净土探寻的新路径。

二、佛国净土在中国

产生于印度的佛国净土，随着佛经的传译都来到了中国，在中国佛教和中国文学中都产生了很大的影响，其中影响较大、形成民众信仰的主要是弥

---

① 《药师琉璃光如来本愿功德经》，[唐]玄奘译，见《大正新修大藏经》第14册，第405页。
② 参见陈扬炯《中国净土宗通史》，江苏古籍出版社，2002年，第45—53页。
③ 《维摩诘所说经》，[后秦]鸠摩罗什译，见《大正新修大藏经》第14册，第538页。

勒净土和弥陀净土。

宣扬弥勒信仰的佛经《观弥勒菩萨上生兜率天经》《观弥勒菩萨下生经》《弥勒大成佛经》《弥勒菩萨所问本愿经》等在魏晋南北朝时期先后译为汉语，弥勒信仰由此在中国兴起。大同云冈石窟和洛阳龙门石窟都有大量的弥勒雕像。高僧道安和玄奘都信仰弥勒，发愿往生兜率天。如《续高僧传》卷四《玄奘传》记述，玄奘在印度遭劫持，歹徒准备杀他献祭，他专心兜率天宫，默念弥勒菩萨，想象自己死后面见弥勒的情景，结果被劫持者释放了。玄奘临终之时，进一步表达了往生兜率净土的愿望。本传记述他交待完后事之后：

> 便默念弥勒，令傍人称曰："南谟弥勒如来应正等觉，愿与含识速奉慈颜。南谟弥勒如来所居内众，愿舍命已必生其中。"至二月四日，右胁累足右手支头，左手髀上铿然不动。有问："何相？"报曰："勿问，妨吾正念。"至五日中夜。弟子问曰："和上定生弥勒前不？"答曰："决定得生。"言已气绝。[1]

佛教文学中赞颂弥勒的作品也非常多，如东晋高僧支遁作有《弥勒赞》：

> 大人轨玄度，弱丧升虚迁。
> 师通资自废，释迦登幽闲。
> 弥勒承神第，圣录载灵篇。
> 乘乾因九五，龙飞兜率天。
> 法鼓振玄宫，逸响亮三千。
> 晃晃凝素姿，结跏曜芳莲。
> 寥朗高怀兴，八音畅自然。
> 恬智冥微妙，缥眇咏重玄。
> 磐纡七七纪，应运莅中幡。

---

[1] ［唐］释道宣：《续高僧传》，见《大正新修大藏经》第50册，第458页。

挺此四八姿，映蔚华林园。

亹亹玄轮奏，三摅在昔缘。①

著名诗人白居易官太子少傅时，劝184人结上生会，行弥勒净土业，并著有《画弥勒上生帧记》，其中说道：

> 乐天归三宝，持十斋，受八戒者，有年岁矣。常日日焚香佛前，稽首发愿，愿当来世与一切众生同弥勒上生，随慈氏下降，生生劫劫与慈氏俱。永离生死流，终成无上道。今因老病，重此证明。所以表不忘初心而必果本愿也。②

女皇武则天自称弥勒下生，为自己当皇帝改朝换代张目。后梁高僧布袋和尚契此，被当作弥勒菩萨的化身，成为中国佛寺中弥勒菩萨和弥勒佛塑像的原型。由于弥勒是"未来佛"，隋唐以后多次农民起义都假借弥勒佛下世，鼓动民众造反，因而屡遭统治者镇压。唐以后，弥勒净土信仰在中国逐渐衰落。

在佛教文化圈中，阿弥陀佛及其西方净土影响最大。据统计，有31部梵文文献、一百多部汉译和藏译佛典涉及阿弥陀佛或极乐世界。在中国，西方净土尤其深入人心。净土三经一经结集很快就被译介到中国，《阿弥陀经》有3译2存，《无量寿经》有12译5存，《观无量寿经》有2译1存。中国历代高僧围绕净土三经作了大量的注疏和义解，形成了具有中国特色的佛教宗派净土宗。特别是《观无量寿经》，据学者们研究，其结集地点不在印度而在中国③。而恰恰是这部佛经，对中国佛教净土宗的产生和发展发挥了最核心的作用，净土宗的几位开宗大师如净影慧远、道绰、善导等，都以注疏该经来发挥自己的思想学说。

---

① 《广弘明集》卷一五，见《大正新修大藏经》第52册，第197页。

② ［唐］白居易著，朱金城笺校：《白居易集笺校》上海古籍出版社，1988年，第3804页。

③ 《观无量寿经》现存只有一部汉译本，既无梵本传世，也无藏译或其他译本支撑，所以多数学者认为该经结集地不在印度。部分学者认为该经产生于中亚以及我国的西域，还有部分学者认为该经产生于中国内地。参阅［美］肯尼斯·K·田中《中国净土思想的黎明》，冯焕珍、宋婕译，上海古籍出版社，2008年，第43—44页。

净土思想在中国大行其道，与当时的社会环境有关。汉末至魏晋南北朝时期，社会动乱，民不聊生。净土经典将现实世界看作浊世秽土，号召人们发愿往生西方净土，对处于乱世的人有很大的吸引力。不仅下层民众容易接受，知识分子也趋之若鹜。西晋名僧支道林《阿弥陀佛像赞并序》，是中国佛教文学中最早的净土发愿之作，其中写道："国无王制班爵之序，以佛为君，三乘为教。男女各化育于莲华之中，无有胎孕之秽也。馆宇宫殿，悉以七宝，皆自然悬构，制非人匠；苑囿池沼，蔚有奇荣。飞沉天逸于渊薮，逝寓群兽而率真；昌阖无扇于琼林，玉响天谐于萧管；冥霄陨华以阖境，神风拂故而纳新；甘露微化以醴被，蕙风导德而芳流。……此晋邦五末之世，有奉佛正戒，讽诵《阿弥陀经》，誓生彼国。不替诚心者，命终灵逝，化往之彼，见佛神悟，即得道矣。遁生末踪，忝厕残迹，驰心神国，非所敢望。"①这里支遁对佛国的描述突出了几点：一是社会环境，没有刻板的社会组织，人人平等；二是自然环境，植物繁茂，动物自由自在，空气清新，环境优美；三是艺术氛围浓郁，"玉响天谐于萧管"。这是喜欢"出则渔弋山水，入则言咏属文"的名士生活的支遁对佛国生活的想象，充分表现了作者对佛国净土的神往。庐山慧远是东晋时期德高望重、名重一时的高僧，元兴元年（402）七月，他与刘遗民、周续之、毕颖之、宗炳、雷次宗等僧俗弟子一百二十三人，于般若台精舍阿弥陀佛像前，建斋立誓，共期西方净土。据传说，慧远曾与十八高贤结白莲社，入社者一百二十三人②。慧远虽然没有为净土经典作注疏，没有关于净土法门的著述，但由于其聚众立誓、发愿往生的影响，以及弟子们的广泛传播，他为净土思想在中国的弘扬作出了巨大贡献，因此被尊为净土宗的初祖。

最早对净土经典进行注疏的中国僧人是北魏时期的昙鸾。据说他曾经从道士陶弘景处讨得长生不死《仙方》十卷，至洛阳遇见菩提流支，问佛法中有胜过此土仙经的长生不死之法吗？菩提流支唾地相斥，并授以《观经》，说："此大仙方，依之修行，当得解脱生死也。"昙鸾于是烧掉《仙方》，专弘净土。他先后著《往生论注》《略论安乐净土义》，从理论上对往

---

① 《广弘明集》卷一五，见《大正新修大藏经》第52册，第196页。

② 汤用彤先生质疑慧远结莲社之说，认为是后人的附会。见汤用彤《汉魏两晋南北朝佛教史》，上海人民出版社，2015年，第254—255页。

生净土进行论述，并创作了有 195 行的七言偈《无量寿经奉赞》。其中《往生论注》是对世亲著、菩提流支译《往生论》的注疏，是中国佛教净土宗开宗立派的代表作之一，昙鸾因此被尊为中国佛教净土宗祖师之一，他驻锡弘法的汾州北山石壁玄中寺也成为净土宗的祖庭之一①。此后，又有净影慧远、道绰、善导等大师分别对净土经典进行注疏，对往生净土思想和法门进行阐发，使净土思想发扬光大，深入人心。隋唐之际的道绰继昙鸾之后住锡玄中寺，大力弘传《观无量寿经》，提倡念佛，并著有《安乐集》二卷，发挥净土教义。道绰的弟子善导是净土宗的实际创始人。由于他崇拜庐山慧远，尊慧远为净土宗初祖，善导被后人尊为净土宗二祖。善导少小出家，先学《法华》《维摩》等经典，后来在藏经楼得到简洁方便的《观无量寿经》，大加赞赏，于是专心修习。后来善导来到玄中寺拜道绰为师，学习念佛法门。道绰圆寂后，善导下山，到京城长安，弘传净土法门，成为净土宗的创始人。其著述《观无量寿佛经疏》《往生礼赞偈》《转经行道愿往生净土法事赞》《依〈观经〉等明般舟三昧行道往生赞》《观念阿弥陀佛相海三昧功德法门》《依经明五种增上缘义》等，成为中国佛教净土宗的重要经典。

善导之后，经过慧日、迦才、飞锡、承远、法照、少康等净宗大师的弘扬，净土宗成为在中国影响最大的佛教宗派之一，并形成了以慧日为代表的主张禅、教、戒、净并修的"慈愍流"，以少康为代表的专修称名念佛的"少康流"，以迦才、飞锡、法照为代表的重悟解祖慧远的"慧远流"等不同流派。佛国净土思想不仅在下层民众中影响深远，而且获得中国佛教其他宗派的广泛接受，唐以后出现"禅净合流""台净合流""律净合流"现象。被尊为净宗祖师的延寿、省常、袾宏、智旭、省庵、彻悟等，都是其他宗派的传人而兼修净土。中国佛教净土宗后来传到朝鲜半岛和日本，产生了深远的影响。可以说，净土思想发源于印度，生长扎根于中土。

中国历代关于西方净土的著述异常丰富。1972 年台湾印经处发行的《净土丛书》凡 20 册，收古代净土典籍 300 种，分编为经论、注疏、精要、

---

① 在中国古代净土宗史上，昙鸾没有进入"祖师"之列，但日本传净土宗昙鸾为祖师之一。有学者称昙鸾为中国净土宗的"初祖"。参见陈扬炯《中国净土宗通史》，江苏古籍出版社，2002 年，第172—173 页。

著述、纂集、诗偈、行仪、史传等 8 部分。在大量的关于佛国净土的著述中，具有文学性的主要是诗偈、史传和说唱。

首先是诗偈，属于纯文学文类，内容主要是对净土的赞颂、发愿和劝修。唐以前的诗僧文人在净土信仰和赞颂方面大多弥勒净土和弥陀净土兼顾，如前述曾经赞颂弥勒及其净土的名僧支遁和大诗人白居易，也都有赞颂阿弥陀佛及其西方净土的作品。如支遁著有《阿弥陀佛像赞并序》，白居易晚年更专志西方，写了许多赞颂阿弥陀佛及其西方净土的文字，如《画西方帧记》《绣阿弥陀佛赞》等。其《画西方帧记》记述自己垂暮之年，感于老病之苦，舍钱三万，请画工根据《阿弥陀经》等经典，画西方世界："高九尺，广丈有三尺，阿弥陀佛坐中央，观音、势至二大士侍左右。天人瞻仰，眷属围绕。楼台伎乐，水树花鸟，七宝严饰，五彩彰施，烂烂煌煌，功德成就。弟子居易焚香稽首跪于佛前，起慈悲心，发弘誓愿。愿此功德回施一切众生，一切有如我老者，如我病者，愿皆离苦得乐，断恶修善。不越南部，便睹西方。白毫大光，应念来感；青莲上品，随愿往生。"①

以念佛往生西方净土为宗旨的净土宗，对阿弥陀佛及其西方净土更是赞颂有加，不遗余力。如法照以赞佛著称，提倡赞佛，强调赞佛功德："赞佛功德，岂可称量。更有赞佛得益，具在诸经。今之四众，若赞佛时，现世为人恭敬仰瞻；命终之时，佛来迎接，定生极乐世界。"② 他不仅提倡赞佛，而且身体力行，著有《净土五会念佛诵经观行仪》和《净土五会念佛略法事仪赞》，收录了大量的赞佛诗文，其中既有法照自己创作的赞佛偈，也有彦琮、善导、慧日、净遵、神英、灵振、维修等净宗大德的作品，是弥足珍贵的净土赞佛文学作品集。有些作品篇幅较长，并配有和声，大都和乐能唱，属于中国佛教歌诗③。如法照《西方乐赞》开头一段：

> 西方乐，西方乐，西方净土不思议（莫着人间乐，莫着人间乐）。
> 释迦普劝念弥陀（西方乐），意在众生出爱河（西方乐）。

---

① ［唐］白居易著，朱金城笺校：《白居易集笺校》上海古籍出版社，1988 年，第 3802 页。
② ［唐］释法照：《净土五会念佛诵经观行仪》，见《大正新修大藏经》第 85 册，第 1244 页。
③ 参见本书第三章《佛教文学文类学研究》第二节《偈颂赞歌与佛教歌诗》。

上品花台见慈主（诸佛子），到者皆因念佛多（莫着人间乐，莫着人间乐）。

再如慈愍和尚（慧日）《般舟三昧赞》开头部分：

般舟三昧乐（愿往生），专心念佛见弥陀（无量乐）。
普劝回心生净土（愿往生），回向念佛即同生（无量乐）。
般舟三昧乐（愿往生），专心念佛见弥陀（无量乐）。
旷劫以来流浪久（愿往生），随缘六道受轮回（无量乐）。
般舟三昧乐（愿往生），专心念佛见弥陀（无量乐）。
不遇往生善知识（愿往生），谁能相劝得回归（无量乐）？①

元末明初高僧梵琦的《西斋净土诗》："人生百岁七旬稀，往事回观尽觉非。每哭同流何处去，闲抛净土不思归。香云玛瑙阶前结，灵鸟珊瑚树里飞。从证法身无病恼，况餐禅悦永忘饥。"② 主要是对净土美好环境和美好生活的赞叹，以及对众人不期净土的惋惜。

清代省庵大师被尊为净土宗第十一祖，其《劝修净土诗》是一部诗集，其中一首云：

土净能令心自空，无边妙色现其中。
千灯互照身光映，十镜交辉佛土融。
珠网重重悬宝树，天童历历在花宫。
龟龄鹤算浑闲事，直得虚空寿量同。③

这些作品既有宗教性的终极关怀，也有诗人诗意生存的理想追求。

---

① ［唐］善导、法照、少康等著，张景岗编校：《唐代净土祖师全集》，九州出版社，2013 年，第 258、260 页。

② ［明］蕅益大师选定，印光大师增订：《净土十要》，张景岗点校，九州出版社，2013 年，第 177 页。

③ ［明］蕅益大师选定，印光大师增订：《净土十要》，张景岗点校，九州出版社，2013 年，第 593 页。

第二类是史传，是最具中国特色的文学文类。中华文明自上古时期的童年时代就形成了史传文学传统，这一传统也影响到中国的佛教文学。自魏晋至明清，不断有高僧传、传灯录之类佛教史传著作问世，其中有许多净土大师入传。另外净土宗人还专门编纂有《往生传》，此类作品以高僧传及感应灵异类作品为资料，以记载往生净土之人事迹为特色。与一般的高僧传不同，《往生传》不仅有著名僧尼的传记，而且有俗家男女的往生净土传说。该类作品有《往生西方净土瑞应删传》《净土往生传》《新修净土往生传》《往生集》《净土圣贤录》《净土圣贤录续编》《西舫汇征》《修西闻见录》等①。

第三类是戏曲及说唱文学。佛教的唱导和俗讲推动了我国说唱文学的兴盛和戏曲小说等文学文类的发展，这已经成为学术界的共识。净土初祖慧远是中国佛教唱导的开创者之一。《高僧传》记载他"道业贞华，风才秀发。每至斋集，辄自升高座，躬为导首。先明三世因果，却辩一斋大意，后代传受，遂成永则"②。唐代讲经变文中也有关于往生净土的作品，如《佛说阿弥陀经讲经文》《佛说观弥勒菩萨上生兜率天经讲经文》等。至清代，出现了著名的佛教戏曲《净土传灯归元镜》，由沙门释智达拈颂，弟子德日阅录。内容以东晋之庐山慧远、五代之永明延寿、明代之云栖袾宏三位高僧之事迹为核心，以戏曲形式铺排出劝人修习净土法门的情节。作品收入《大藏经补编》第十八册，前有休闲老衲懒融道人作《归元镜规约》，对作品的内容、编写目的、创作体例以及演唱方法作了说明，强调作品的真实性、通俗性和严肃性。

除了弥勒净土和弥陀净土之外，印度佛典中的其他佛国净土在中国也有所流传，并产生了一定影响。如《药师经》传入中国后形成药师佛信仰。隋唐以后，寺院中多供奉三世佛，其中横三世佛中央为释迦牟尼佛，两侧分别为东方净琉璃世界的药师佛和西方极乐世界的阿弥陀佛。另外还有专门对"东方三圣"的供奉，中央为药师佛，两侧分别为日光和月光两位菩萨。由于药师佛的大愿中有拔除众生病苦的内容，故在药师佛信仰中将其视为"大医王"，念诵其名号可免除病痛。其塑像一般一手持钵，内盛甘露，一手执

---

① 参阅弘学编著《净土探微》，巴蜀书社，1999 年，第 213 页。

② ［梁］释慧皎：《高僧传》，汤用彤校注，汤一玄整理，中华书局，1992 年，第 521 页。

药丸。而对于他的东方净琉璃世界净土，则较少关注。

"唯心净土"在中国也产生了深远的影响。宣扬唯心净土的《维摩诘经》在中国和东亚地区广为流传，富有中国特色的佛教流派禅宗最得该经之神髓。禅宗抛弃繁琐的仪规，否定权威，破除偶像；反对研经念佛，强调不立言教，直指本心；主张禅耕一致，在家出家，行住坐卧皆道场。以上种种，或直接或间接，都与《维摩诘经》有所关联。关于佛国净土，禅宗继承发展了《维摩诘经》的心净土净思想。有人问六祖惠能："僧俗念阿弥陀佛，愿生西方。请和尚说，得生彼否？"惠能回答说："迷人念佛求生于彼，悟人自净其心。"他引《维摩诘经》"随其心净，即佛土净"来证明自己的观点，并进一步指出："使君东方人，但心净即无罪。虽西方人，心不净亦有愆。东方人造罪，念佛求生西方。西方人造罪，念佛求生何国？凡愚不了自性，不识身中净土，愿东愿西，悟人在处一般。所以佛言：'随所住处恒安乐。'"惠能还进一步谈到在家与出家的问题，指出："若欲修行，在家亦得，不由在寺。在家能行，如东方人心善。在寺不修，如西方人心恶。但心清净，即是自性西方。"[①] 惠能弟子石头希迁禅师则以另外的方式回答类似的问题。有僧问"如何是解脱"？师曰："谁缚汝？"问："如何是净土？"师曰："谁垢汝？"问："如何是涅槃？"师曰："谁将生死与汝？"[②] 也就是说，解脱还是束缚，净土还是秽土，涅槃还是生死轮回，全凭自己的一念之间。一念迷，则被束缚；一念悟，即得解脱。一念迷，则充满烦恼痛苦，世界污秽不堪；一念悟，身心自由，世间即是净土。所谓心净土净，实际上就是解决人与自我的关系。既不执着于自我，也不执着于外物，自性清净，即能远离秽土，达到心净土净。

三、净土法门与乐园情结

净土发愿与佛国观想，是佛教净土宗的宗教理念和修行方式，又是佛教所独有的形而上的诗意生存追求。虽然净土形形色色，净土思想驳杂，净宗内部不同流派有不同侧重，但作为佛国净土信仰和追求的方式，佛教净土法

---

① 《坛经》，丁福保笺注，陈兵导读，哈磊整理，上海古籍出版社，2011 年，第 66、74 页。
② ［宋］普济：《五灯会元》，苏渊雷点校，中华书局，1984 年，第 256 页。

门也有其统一性。概括起来有四大要点：一曰愿，二曰念，三曰观，四曰赞。

所谓"愿"即发愿，包括阿弥陀佛的前身法藏比丘建立净土的四十八愿和信徒的发愿往生。这两种愿都表达了对理想世界的向往和追求。法藏比丘共发四十八大愿，其中除了关于佛及菩萨的愿望之外，都是关于国土和居民的愿望，主要有以下几种：

> 设我得佛，国有地狱、饿鬼、畜生者，不取正觉。
>
> 设我得佛，国中人天，寿终之后复更三恶道者，不取正觉。
>
> 设我得佛，国中人天，不悉真金色者，不取正觉。
>
> 设我得佛，国中人天，形色不同，有好丑者，不取正觉。
>
> 设我得佛，国中人天，寿命无能限量，除其本愿修短自在。若不尔者，不取正觉。
>
> 设我得佛，十方众生发菩提心，修诸功德，至心发愿欲生我国。临寿终时，假令不与大众围绕，现其人前者，不取正觉。
>
> 设我得佛，十方众生闻我名号，系念我国，殖诸德本，至心回向，欲生我国，不果遂者，不取正觉。
>
> 设我得佛，国中人天，一切万物，严净光丽，形色殊特，穷微极妙，无能称量。
>
> 设我得佛，国土清净，皆悉照见十方一切无量无数不可思议诸佛世界，犹如明镜睹其面像。若不尔者，不取正觉。
>
> 设我得佛，自地以上至于虚空，宫殿楼观，池流华树，国土所有一切万物，皆以无量杂宝百千种香而共合成，严饰奇妙，超诸人天。
>
> 设我得佛，国中人天，欲得衣服，随念即至，如佛所赞，应法妙服，自然在身。若有裁缝染治浣濯者，不取正觉。
>
> 设我得佛，国中人天，所受快乐，不如漏尽比丘者，不取正觉。①

以上诸愿可以看出佛教所期望的理想世界之图景。

---

① 《无量寿经》，[魏]康僧铠译，见《大正新修大藏经》第12册，第267—269页。

信徒的发愿，可以慧远、刘遗民等人共期西方净土的发愿文为代表，其中写道：

誓兹同人，俱遊绝域。其有惊出绝伦，首登神界，则无独善于云峤，忘兼全于幽谷，先进之于后升，勉思策征之道。然复妙觐大仪，启心贞照，识以悟心，形由化革。藉芙蓉于中流，荫琼柯以咏言。飘云衣于八极，泛香风以穷年。体忘安而弥穆，心超乐以自怡。①

可以看出，发愿文除了表达往生净土的愿望，同志共勉的情怀，还有乐园情结的表现和诗意生存的追求。

佛教是崇尚智慧的宗教，在佛教各宗派中净土宗特别强调信仰的作用，净土发愿就是信仰的标志。如藕益大师智旭《佛说阿弥陀经要解》所言：

非信不能发愿，非愿信亦不生。故云："若有信者，应当发愿。"又愿者，信之券，行之枢，尤为要务。②

因此"愿往生"是信徒走向净土的第一步，也是净土文学重点表现的内容之一，各类净土著述也都将"愿"放在第一位。藕益大师智旭在《佛说阿弥陀经要解》之后，将《往生净土忏愿仪》和《往生净土决疑、行愿二门》作为《净土十要》之二，将《受持〈佛说阿弥陀经〉行愿仪》作为《净土十要》之三，将《净土决疑论》作为《净土十要》之四，都是要解决信仰问题。

所谓"念"即念佛，包括称名念佛和禅定忆念。称名念佛即口称佛名，唱念佛号。《阿弥陀经》首先提出，执持阿弥陀佛名号，每日念佛，命终即可往生西方极乐世界。中国净土宗大师昙鸾、道绰、善导都提倡称名念佛。据《续高僧传》，道绰"才有余暇，口诵佛名，日以七万为限，声声相注，

① ［梁］释慧皎：《高僧传》，汤用彤校注，汤一玄整理，中华书局，1992年，第215页。
② ［明］藕益大师选定，印光大师增订：《净土十要》，张景岗点校，九州出版社，2013年，第44页。

宏于净业"①。所谓禅定忆念是净土宗重要的修持方式，源自《观无量寿经》。该经将往生者分为上中下三辈，上中二辈均须一向专念无量寿佛；而下辈则一向专意，乃至十念，念无量寿佛。所谓十念，昙鸾《略论净土义》解曰："若念佛名字，若念佛相好，若念佛光明，若念佛神力，若念佛功德，若念佛智慧，若念佛本愿，无他心间杂，心心相次，乃至十念，名为十念相续。"这里所谓念佛名字、相好等，即为禅定忆念之念②。善导大师则有著名的《劝念佛偈》：

> 渐渐鸡皮鹤发，看看行步龙钟，
> 假绕金玉满堂，难免衰残老病。
> 任汝千般快乐，无常终时到来，
> 唯有径路修行，但念阿弥陀佛。③

法照《净土五会念佛略法事仪赞》是为净土宗法会制定的仪规。所谓"五会念佛"是依据《无量寿经》中西方极乐世界"清风时发，出五会音声，微妙宫商，自然相和，皆悉念佛、念法、念僧"之说而创制，其解说为：

> "五"者是数，"会"者集会。彼五种音声，从缓至急，唯念佛法僧，更无杂念。……此五会念佛声势，点大尽长者，即是缓念。点小渐短者，即是渐急念。

其五会为：

第一会　平声缓念　南无阿弥陀佛
第二会　平上声缓念　南无阿弥陀佛

---

① ［唐］释道宣：《续高僧传》，见《大正新修大藏经》第50册，第594页。
② 参阅汤用彤《汉魏两晋南北朝佛教史》，上海人民出版社，2015年，第692—693页。
③ ［唐］善导、法照、少康等著，张景岗编校：《唐代净土祖师全集》，九州出版社，2013年，第219页。

第三会　非缓非急念　南无阿弥陀佛

第四会　渐急念　南无阿弥陀佛

第五会　四字转急念　阿弥陀佛①

　　所谓"观"即观想，是最具中国特色的宗教修行方式。《观无量寿经》讲了观想阿弥陀佛及其极乐世界之美妙的十六妙观，其作用是发挥人的想象力，去"观想"理想境界，即想象自己崇拜和追求的对象，从而坚定信念，实现心境合一。这种方式与人的审美心理在某种程度上有所契合，其机制是由客观物象转化为主客浑融的意象，然后形成主观的意念。这样的观想主要有两类，一是观想自然景物。如第二观："次作水想，想见西方一切皆是大水。见水澄清，亦令明了，无分散意。既见水已，当起冰想，见冰映彻，作琉璃想。此想已成，见琉璃地，内外映彻。下有金刚七宝金幢擎琉璃地……。"② 由人们最常见的事物"水"开始观想，由水联想到冰，由冰的晶莹联想到琉璃和七宝，由此观想到整个佛国世界的晶莹和光辉。这种由近及远的联想，由具体物象到审美意象的想象递进，是很有韵味的艺术表现。二是观想佛菩萨形象，实际上观想的是艺术家塑造的佛菩萨形象。部分学者认为《观无量寿经》结集于中亚，理由主要是当时那里有大量的佛菩萨造像，这些造像或与人等高，或高于现实中的人③。观想这样的艺术形象，是一种澄怀味象的艺术审美活动。

　　所谓"赞"即礼赞、赞颂。发愿往生必然伴随着对佛国净土的礼赞。从广泛的意义上说，念佛与观想也是礼赞；从狭义的角度，礼赞是净土宗法会仪式的重要环节。如善导《往生礼赞偈》是一部劝人往生西方净土、礼赞阿弥陀佛的诗集，开头的序言和最后的结语都以问答的方式说明礼赞阿弥陀佛及其西方净土的功德，主体部分共六章，是依净土经典创作或收集的偈赞，伴随念诵和忏悔，作为每日六时礼赞佛陀的颂词，其六章标题可以看出礼赞的内容和形制：

————————

　　① ［唐］善导、法照、少康等著，张景岗编校：《唐代净土祖师全集》，九州出版社，2013 年，第246—248 页。

　　② 《观无量寿经》，［南朝宋］畺良耶舍译，见《大正新修大藏经》第 12 册，第 342 页。

　　③ 参阅［美］肯尼斯·K·田中《中国净土思想的黎明》，冯焕珍、宋婕译，上海古籍出版社，2008 年，第 43 页。

第一、谨依《大经》，释迦佛劝礼赞阿弥陀佛十二光名，求愿往生，一十九拜，当日没时礼。（取中下忏悔亦得）

第二、沙门善导谨依《大经》，采集要文，以为礼赞偈，二十四拜，当初夜时礼。（忏悔同前后）

第三、谨依龙树菩萨《愿往生礼赞偈》，一十六拜，当中夜时礼。（忏悔同前后）

第四、谨依天亲菩萨《愿往生礼赞偈》，二十拜，当后夜时礼。（忏悔同前后）

第五、谨依彦琮法师《愿往生礼赞偈》，二十一拜，当旦起时礼。（忏悔同前后）

第六、沙门善导《愿往生礼赞偈》，谨依十六观作，二十拜，当日中时礼。（忏悔同前后）

以第六章沙门善导《愿往生礼赞偈》为例，作品以《观无量寿经》的十六妙观为基础为依据创作而成，共有20首偈赞，其中开篇一首写道：

> 南无至心归命礼西方阿弥陀佛。
> 观彼弥陀极乐界，广大宽平众宝成，
> 四十八愿庄严起，超诸佛刹最为精。
> 本国他方大海众，穷劫算数不知名，
> 普劝归西同彼会，恒沙三昧自然成。
> 愿共诸众生，往生安乐国。①

法照《净土五会念佛略法事仪赞》提出在"五会念佛"之后，"即诵《宝鸟》诸杂赞"。所谓杂赞包括《宝鸟赞》《维摩赞》《相好赞》《五会赞》等，另外还有《净土乐赞》《离六根赞》《正法乐赞》《西方乐赞》《般舟三昧赞》等篇幅较长的赞歌。如《净土乐赞》有二十节，每节由"净土乐，净土乐，净土不思议，净土乐"这样的重复句开始，每句伴以称为"净土

---

① [唐]善导、法照、少康等著，张景岗编校：《唐代净土祖师全集》，九州出版社，2013年，第110—132页。

乐"的和声，如第一节：

> 净土乐，净土乐，净土不思议，净土乐。
> 弥陀住在宝城楼（净土乐），倾心念念向西求（净土乐），
> 到彼三明八解脱（净土乐），长辞五浊更何忧（净土乐）。①

除了偈颂赞歌之外，敦煌卷子中还有《法照和尚念佛赞》文七种，即《阿弥陀赞文》《往生极乐赞文》《五台山赞文》《宝鸟赞文》《兰若空赞文》《归极乐赞文》《法华廿八品赞文》，内容大部分都是对佛国净土的赞颂。

佛国净土是与俗世秽土相对立的。这样的净土观念体现了人类集体无意识的乐园情结。学者们倾向于从过去已有的乐土中寻找西方极乐世界之源，而且颇有争议。一部分学者持非佛教起源论，认为阿弥陀佛的极乐世界来源于佛教之外的某个地方或传说故事，主要有：非洲海岸外一个叫做斯科特拉的岛屿、梵天界、极乐的水神界、阎摩的领地、伊甸园、伊朗东部的塔奇布斯坦山洞等。另一部分学者主张佛教内部起源论，他们援引大善见王的拘舍婆提城、佛教宇宙观中的北俱卢洲、欲界及色界诸天等②。实际上，乐园或乐土情结是人类集体无意识的产物，在古希腊有柏拉图的理想国，在基督教世界有《圣经》描述的伊甸园，在英国有莫尔笔下的乌托邦，在中国有陶渊明笔下的桃花源以及藏族传说中的香巴拉王国等。佛教的西方极乐世界肯定是多种元素的聚合，不一定有一个具体的现实的起源。

在人类文学史上，所有表现乐园母题的文学中，佛教净土文学的佛国净土描写最细致，乐园情结表现最充分。佛教净土文学无论数量、规模、还是持续时间，都是无与伦比的，其愿、念、观、赞的表现方式，也有独特的文

---

① ［唐］善导、法照、少康等著，张景岗编校：《唐代净土祖师全集》，九州出版社，2013年，第250页。

② 关于这个问题讨论比较多的是日本学者，如藤田宏达《原始净土思想之研究》、杉山次郎《极乐净土的起源》等。参阅肯尼斯·K·田中《中国净土思想的黎明之研究》，冯焕珍、宋婕译，上海古籍出版社，2008年，第10页。该书将 Yāma's realm 译为"夜摩天界"，不妥。夜摩天属于佛教内部的天界。根据吠陀神话，阎摩作为第一个死人，在一个幸福快乐的世界管理亡灵。这样的"阎摩的领地"或"阎摩王国"作为西方净土的外部来源之一，比较合理。所以笔者将 Yāma's realm 改译为"阎摩的领地"。

学价值。

第四节　慈悲平等与自然伦理

近年来，佛教伦理学及其现代意义在国内外引起比较多的关注①。然而，研究者在将佛教伦理学与现代环境伦理学接轨的过程中，往往停留于一般性的比附，对佛教自然伦理的逻辑内涵、体系结构和性质特点缺乏深入的研究。本文将佛教伦理的性质界定为"自然伦理"，主要着眼于佛教伦理对自然的关注，由此既区别于传统文化中更为关注人与人关系的社会伦理和更为关注人与神关系的宗教伦理，也区别于现代环境伦理学和生态伦理学②。因为古代佛家虽然有朴素的生态主义思想和丰富的生态智慧，但还没有明确的环境意识和生态观念。古代的"自然"与现代的"环境"和"生态"既有联系，又有区别。自然不等于环境，也不等于生态，但古代的"自然"中有环境因素和生态智慧，也是毋庸置疑的，这是将佛教"自然伦理"与现代"环境伦理"或"生态伦理"对接的学理基础。

佛教的不杀生戒律、慈悲精神、众生平等意识和无情有性观念，互涵互动而又逻辑严整，形成超越人类中心主义的自然伦理。这样的自然伦理中蕴含着丰富的生态智慧，是现代环境伦理学和生态伦理学的思想渊源之一，已经成为学术界的共识。佛教界也顺应时代潮流，大力弘扬传统伦理中的生态主义精神，提倡绿色佛教。佛教伦理学如何在继承传统基础上实现现代化，在现代生态文明建设中发挥更大作用；现代环境伦理学如何借鉴佛教伦理，

---

① 代表性著作如释昭慧《佛教伦理学》，法界出版社，1995年；王月清《中国佛教伦理研究》，南京大学出版社，1999年；张怀承《无我与涅槃——佛家伦理道德精粹》，湖南大学出版社，1999年；业露华《中国佛教伦理思想》，上海社会科学院出版社，2000年；曹文斌《西方动物解放论与中国佛教护生观比较研究》，人民出版社，2010年；[美] 玛丽·E·塔克尔、邓肯·R·威廉斯编《佛教与生态》，何则阴等译，江苏教育出版社，2008年；[英] 彼得·哈维《佛教伦理学导论：基础、价值与问题》，李建欣、周广荣译，上海古籍出版社，2012年。Padmasiri de Silva. *Environmental Philosophy and Ethics in Buddhism*. London：Macmillan Press，1998；David E. Cooper and Simon P. James. *Buddhism, Virtue and Environment*. Burlington：Ashgate，2005；Pragti Sahni. *Environmental Ethics in Buddhism：A virtues approach*. London and New York：Routledge Taylor & Francis Group，2008；K. C. Pandey ed. *Ecological Perspectives in Buddhism*. New Delhi：Readworthy，2008.

② 环境伦理学（Environmental Ethics）和生态伦理学（Ecological Ethics）大同小异，经常混用，从伦理学的角度，前者使用更广泛一些。本文除特别强调之外，一般使用前者。

克服人类中心与生态中心、个体主义与整体主义、仁慈主义与自然主义的矛盾等理论困境，获得深入发展，都是值得进一步探讨的问题。

一、不杀生

佛教的清规戒律非常多，一般信徒要遵守五戒，出家但未受具足戒的沙弥和沙弥尼要守持十戒，受具足戒的比丘和比丘尼分别有二百、三百条戒律，大乘佛教还有菩萨戒。所有这些戒律都以不杀生为首要。可以说，不杀生是佛教文化的特色和精髓。当然，在印度文化中，不杀生（ahimsā，亦译为非暴力）是一个非常普遍的概念，并非佛教一家独有的伦理，耆那教甚至印度教都有不杀生的说教，特别是耆那教，不杀生的戒律比佛教还严格。耆那教徒走路都小心翼翼，唯恐不小心踩死动物。ahimsā 概念产生于佛教兴起之前，据学者考证，吠陀经典中已经有与 himsā 一词相对的 ahimsā 词汇，但没有对非暴力精神的强调，相反，以因陀罗为代表的吠陀众神都热衷于战争，在战斗中实施暴力，而且杀生献祭在早期婆罗门教的宗教仪式中是非常盛行的。后来，随着社会发展和土著思想的渗透，婆罗门教中也出现了对非暴力的伦理意义和宗教价值的认可，在《奥义书》和一系列后吠陀时代婆罗门教著作中出现了对 ahimsā 的讨论①。公元前 6 世纪耆那教和佛教先后兴起，二者都大力提倡 ahimsā。佛祖释迦牟尼及其继承者对传统的非暴力思想大力弘扬，使非暴力不杀生成为佛教伦理的核心。

佛经中关于不杀生的论述很多，如《法句经》的《慈仁品》和《刀杖品》都着重强调了这一方面。《慈仁品》开宗明义，"为仁不杀"；《刀杖品》着重的也是"无害众生"，指出："一切皆惧死，莫不畏杖痛，恕己可为譬，勿杀勿行杖。"② 大有己所不欲勿施于人之意。龙树《大智度论》说："若实是众生，知是众生，发心欲杀而夺其命，生身业，有作色，是名杀生罪。其余系闭鞭打等，是助杀法。"在对杀生的业果做了详细解说之后，龙

---

① A. Kumar Singh. *Animals in Early Buddhism*. Delhi：Eastern Book Linkers，2006，p. 33.
② ［印］尊者法救：《法句经》，［吴］维祇难等译，见《大正新修大藏经》第 4 册，第 565 页。

树强调："诸余罪中杀罪最重，诸功德中不杀第一。"① 作为一种伦理思想，不杀生不仅面向外部世界，也面向自我。佛教虽然有悲观厌世的一面，认为人生是苦，人的身体只是一个臭皮囊，不值得留恋，但同时强调人身难得，生为人本身是前世积累无量功德的结果，因此，不杀生在指向其他生物的同时，更指向人类；在指向其他人的同时，也指向自己。也就是说，不仅别人的身体不能伤害，自己的身体也不应该伤害，因此，自杀以及劝人自杀也属于杀生罪。《善见律》卷一一记述，有一位比丘生病，非常痛苦。有比丘对他说：你持戒具足，死后必然生入天国。生病比丘听到这样的鼓励，绝食而死。这位称赞死亡的比丘由此获波罗夷罪，即同杀人一样的重罪。该经由此告诫："是故有智慧比丘往看病比丘，慎勿赞死。"另外有一个比丘为淫欲所扰，日夜不安，以至投崖自尽。佛陀反对这样的自杀行为，告诫比丘："莫自杀身。杀身者，乃至不食，亦得突吉罗罪。"② 被视为大乘律典的《梵网经》将"杀生戒"作了进一步的解析："佛子，若自杀，教人杀，方便赞叹杀，见作随喜，乃至咒杀，杀因杀缘，杀法杀业。乃至一切有命者不得故杀。是菩萨应起常住慈悲心孝顺心，方便救护一切众生。而自恣心快意杀生者，是菩萨波罗夷罪。"③ 可见，不杀生是佛教伦理的核心，具有普适性。

佛经文学中表现不杀生思想的故事也有很多。《长阿含·世纪经·战斗品》讲的是天神和阿修罗之间的战争故事：有一次，帝释天率众天神与阿修罗开战，天神不敌，帝释天乘千辐宝车怖惧而走。途中帝释天看到娑罗树上有个鸟巢，里面有两只小鸟，便对御者说："此树有二鸟，汝当回车避。正使贼害我，勿伤二鸟命。"御者遵命，即便住车，掉转车头，回避树鸟。这样车头就转向了在后面追赶的阿修罗。阿修罗见帝释天掉转车头，以为他并非失败逃跑，而是诱敌之计，如果再战，必然势不可挡，于是赶紧撤退。帝释天转败为胜。佛告诉众比丘，这位帝释天并非别人，正是佛的前身。佛进一步指出："我于尔时，于诸众生起慈愍心。诸比丘！汝等于我法中出家修

---

① ［印］龙树：《大智度论》，［后秦］鸠摩罗什译，见《大正新修大藏经》第 25 册，第 154—155 页。

② 《善见律毗婆沙》，［南朝齐］僧伽跋陀罗译，见《大正新修大藏经》第 24 册，第 752 页。

③ 《梵网经卢舍那佛说菩萨心地戒品第十》，［后秦］鸠摩罗什译，见《大正新修大藏经》第 24 册，第 1004 页。

道，宜起慈心，哀悯黎庶。"①

佛教文学中许多动物故事表现了非暴力不杀生的伦理思想。《佛本生经》中的《榕鹿本生》讲菩萨转生的金色榕鹿替一头怀孕的母鹿赴死，感动国王，使其不再杀生。《祭羊本生》中，一只即将被杀死献祭的山羊讲述自己的业报因果，告诫人们不要杀生。故事讲一个婆罗门仙人要举行祭祀，供奉祖先，于是让人逮来一头山羊。山羊先是大笑，后又痛哭。问其原因，山羊讲述了自己的宿业：它前生也曾经是一个精通吠陀的婆罗门，就是因为祭祀祖先而杀了一头山羊，被诅咒要受五百次砍头之苦的报应。之后他四百九十九次转生为山羊，每次都遭到砍头之苦，这是它的最后一次。因为终于要摆脱这种痛苦，所以它十分高兴；但是想到这个婆罗门又要重复自己的痛苦遭遇，出于怜悯之情，于是又大哭。婆罗门听完了这番话，就释放了山羊，并且不准任何人伤害它。山羊离开之后到山岩附近的树林里吃树叶，雷电击中山岩，一块石头掉在山羊伸出的脖子上，砍下了山羊的头。那时，菩萨正转生为那里的树神，看到了这一切，于是念了一首偈颂："倘若众生知，痛苦之根源，不会再杀生，以免遭灾难。"②

杀生献祭是印度婆罗门教的传统，佛教明确反对。佛教是作为婆罗门教的反对派出现的，因此，虽然佛教继承了许多传统的信仰、理念和神话传说，包括万物有灵、轮回转生、业报、天国、地狱、神通变化等，但对婆罗门教的吠陀天启、婆罗门至上和祭祀万能三大原则持否定态度。佛教的"不杀生（ahimsā）"就是针对婆罗门教的杀生献祭而提倡的。《长阿含经》第二十三《究罗檀头经》推崇不杀生的祭祀。该经讲述有个名叫究罗檀头的婆罗门要举行祭祀，准备了大批牛羊。他在祭祀之前去拜见佛陀，请教祭祀方法。佛陀为他讲了一个前生故事：从前有一位大胜王准备举行大祭，以求长夜幸福安乐，为此请教一位婆罗门祭司。婆罗门祭司告诉国王应该先制止盗匪，实现国泰民安，办法是让百姓安居乐业。做到国泰民安之后，婆罗门祭司同意国王举行大祭。在这位婆罗门祭司的指导下，这次大祭"没有宰杀牛、羊、鸡、猪或其他各种牲畜，没有砍伐树木用作祭柱，没有刈割达薄草用作祭草。对奴仆和差役没有施以刑罚或威吓，他们也就不会啼哭流泪。谁

---

① 《长阿含经·世纪经》，[后秦] 佛陀耶舍、竺佛念译，见《大正新修大藏经》第1册，第142页。
② 《佛本生故事选》，郭良鋆、黄宝生译，人民文学出版社，2001年，第12—13页。

愿意，谁就做；谁不愿意，就不必做。愿意做的事情，他就做；不愿意做的事，就不必做。只是使用奶酪、酥油、香油、牛奶和蜜糖，就完成了这次大祭"①。最后佛陀点明，这位婆罗门祭司就是佛的前身。这里佛陀强调了三点：一是不杀生，二是不强迫，三是不浪费，这三者正是现代生态主义的核心思想，其中"没有砍伐树木用作祭柱，没有刈割达薄草用作祭草"，既有不浪费的含义，还体现了植物保护思想。这样的植物保护思想在佛教文学中并非孤例个案。《佛本生经》中，佛陀曾经十次转生为树神（又译为树精）和花草之神②，即树和花草的精灵或灵魂。根据万物有灵论，树神（树精）和花草神是树和花草的主体性存在，实际上就是作为植物的树和花草。其中有的故事明确表现了植物保护思想。如《吉祥草本生》，讲佛陀曾经转生为一棵吉祥草，生活在一棵树干粗大、枝叶繁茂的愿望树旁边。那棵树的树精前生曾经是一位尊贵的皇后，这棵吉祥草曾经是她的密友。附近一个国王的行宫需要一根支柱，国王派木匠寻找可以当支柱的木材。木匠看上了那棵高大漂亮的愿望树。面临被砍伐的大树泪流满面，树林里大大小小的树精都安慰愿望树，但却没有解救之策。后来吉祥草想出了良策，她化作变色龙，从树根一直爬到树梢，使那棵大树看起来千疮百孔。伐木工来到，看到大树的样子，以为树已经腐烂，只好放弃。由此，吉祥草救了愿望树。最后佛陀申明，那棵吉祥草就是他本人，愿望树则是他的兄弟和弟子阿难陀。这个故事说明，人和植物有着共同的生命，植物的生命也应该受到保护。由此推论，后来中国佛教发展出"无情有性"之说，认为没有情感意识的存在，如草木瓦石山河大地等，也具有佛性，不能随意伤害，是符合佛教根本精神的。现代环境伦理学大师奥尔多·利奥波德提出著名的"土地伦理"思想，认为："土地伦理只是扩大了这个共同体的界限，它包括土壤、水、植物和动物，或者把它们概括起来：土地。"③ 这与佛教保护动植物的不杀生伦理非常契合。

---

① 参阅郭良鋆《佛陀和原始佛教思想》，中国社会科学出版社，1997年，第158—159页。
② 参阅［美］克里斯托弗·基·查普尔《佛本生故事中的动物与环境》，见［美］玛丽·E·塔克尔、邓肯·R·威廉斯编《佛教与生态》，何则阴等译，江苏教育出版社，2008年，第131、141页。
③ ［美］奥尔多·利奥波德：《沙乡年鉴》，侯文蕙译，吉林人民出版社，1997年，第193页。

二、慈悲

不杀生只是佛教伦理的外在表现，其内在的思想内涵和伦理动机，学术界有不同的看法。许多学者认为佛教反对婆罗门教杀生献祭，主张非暴力不杀生，是"农业革命"的产物，因为在农业社会动物具有使用价值和经济价值，而不同于狩猎和游牧时代动物只具有食用价值，滥杀动物不利于农业发展。这种观点有一定道理，同时也遭到质疑。因为在农业生产中只有少部分动物如牛、马等有使用价值，佛陀如果是从农业生产角度考虑问题，完全可以宣布哪几种动物不能伤害，而不是反对伤害所有的动物和生灵。因此，他们认为，佛陀主张不杀生的根本原因是同情、怜悯、平和、克制和善心，他批评杀生献祭也是因为这种行为残忍、无益而又不合逻辑①。

"不杀生"只是佛教伦理的一种外在表现形式，其内在精神是慈悲仁爱。在印度传统文化中，"非暴力（ahiṃsā）"有两个方面的含义，一个是其词源学意义"不伤害"，另一个是其流行的意义"不杀生"②。前者的意义更为广泛。不杀生主要是不危及众生的生命，主要指肉体层面的伤害；不伤害包括精神和肉体各个方面，如不说尖刻伤人的话语，不怀有邪恶、愤怒、怨恨、残暴之意念，不虐待人类和非人类，不强迫、剥削、羞辱、压迫弱者，不伤害他们的自尊心等等。非暴力还有消极和积极之分，消极的非暴力是遵守戒律，控制自我，不伤害别人。也就是说，所有约束性、限制性的行为规范都属于消极的非暴力，在佛教文化中主要体现为戒律。所谓积极的非暴力是培养对所有事物的善心和爱心。爱意味着同情、宽恕和无私奉献。一个具有积极的非暴力精神的人，同情受难者并试图消除他们的痛苦。完全的积极的非暴力是对所有人的无私的爱③。如果说佛教不杀生的戒律还属于消极的非暴力，那么，其慈悲观念则具有积极的非暴力精神。所谓慈悲就是对众生的怜悯之心。早期佛教中有"慈"和"悲"两种禅定，各以修慈心和修悲心为禅观内容，指在禅定状态中，想到众生的可悲与可怜，从而产生同

---

① A. Kumar Singh. *Animals in Early Buddhism*. Delhi：Eastern Book Linkers，2006，pp. 38—39.

② A. Kumar Singh. *Animals in Early Buddhism*. Delhi：Eastern Book Linkers，2006，p. 32.

③ A. Kumar Singh. *Animals in Early Buddhism*. Delhi：Eastern Book Linkers，2006，pp. 31—32.

情和怜悯之心，以克服自身的嗔恚，为佛教修习的"五停心观"（不净观、慈悲观、因缘观、界分别观和数息观）之一。

大乘佛教兴起后，提倡普度众生的大慈大悲，将早期佛教的"慈悲观"贬为小慈小悲。龙树《大智度论》对大慈大悲作了专题解释："大慈与一切众生乐，大悲拔一切众生苦。大慈以喜乐因缘与众生，大悲以离苦因缘与众生。"大慈大悲是相对于小慈小悲而言的，龙树指出："小慈但心念与众生乐，实无乐事；小悲名观众生种种身苦、心苦，怜愍而已，不能令脱。大慈者念令众生得乐，亦与乐事；大悲怜愍众生苦，亦能令脱苦。"① 大乘佛教提倡菩萨道，就是彰显菩萨具有大慈大悲之心，救苦救难之行。如果说佛教不杀生的戒律约束体现的是消极的非暴力，早期佛教或小乘佛教的慈悲开始向积极的非暴力发展，那么，大乘佛教的大慈大悲则将非暴力精神发展到极致。从小慈小悲到大慈大悲有一个思想发展过程，这在《法句经》等佛教经典中有所表现。《法句经》是佛徒从早期佛典中搜集编选的一部佛教格言诗集，在南传巴利文佛典中是小部的第二部经，共有26品，423颂。汉译《法句经》有39品，其撰集者法救是印度贵霜王朝时期的一位高僧，是说一切有部四大论师之一。南传与北传《法句经》虽然版本不同，但都属于小乘佛教的经典，只是后者在流传过程中不断增益，渗透进一些新思想，从中可以看出佛教慈悲观念由小慈小悲向大慈大悲的发展。该经第七品《慈仁品》开宗明义，强调"为仁不杀""不杀为仁"，然后进一步阐述："守以慈仁，见怒能忍。……普忧贤友，哀加众生。……智者乐慈，昼夜念慈，心无克伐，不害众生。"最后以"假令尽寿命，勤事天下人，象马以祠天，不如行一慈"结尾②，将仁慈提到至高无上的地位。这里"不害众生"是慈，"哀加众生"是悲，表述的都是小乘佛教的慈悲观。该经的最后一品为《吉祥品》，其行文风格和思想表现都与前面部分迥异，指出："一切为天下，建立大慈意，修仁安众生，是为最吉祥。"③ 这里显然表现了大慈大悲思想，颇有大乘菩萨道的意味。慈悲为怀普济苍生是佛教伦理道德的精髓。小乘佛教已经总结出"六波罗蜜"或"六度"，包括：布施、持戒、忍辱、精进、

---

① ［印］龙树：《大智度论》，［后秦］鸠摩罗什译，见《大正新修大藏经》第25册，第256页。
② ［印］尊者法救：《法句经》，［吴］维祇难等译，见《大正新修大藏经》第4册，第561页。
③ ［印］尊者法救：《法句经》，［吴］维祇难等译，见《大正新修大藏经》第4册，第575页。

禅定和智慧，作为佛教徒的道德准则。大乘佛教出于普度众生的宏旨，对教徒信众提出更高的善的标准，要求发菩提心，对众生慈悲为怀，不住涅槃，要有牺牲精神。也就是说，大乘佛教的慈悲仁爱不仅不杀，而且要普济普救。《法句经·奉持品》已经有这样的表述："所谓有道，非救一物，普济天下，无害为道。"①《维摩诘经·问疾品》进一步表现了大乘佛教普济普救思想。该经中文殊问维摩诘怎么得的病，怎样才会好？后者回答说："以一切众生病，是故我病。若一切众生病灭，则我病灭。所以者何？菩萨为众生故入生死，有生死则有病苦。"② 这样的普度众生思想正是大乘佛教大慈大悲精神的体现。

　　基于这样的大慈大悲思想，佛教不仅主张不杀生，还提倡爱护生命，保护动物和各种生灵。佛本生故事中有一个著名的尸毗王"割肉贸鸽"的故事，讲佛在前生曾为国王，名曰尸毗。有一天，一只老鹰追赶一只鸽子来到他的宫殿。鸽子飞到他的身边寻求保护，老鹰飞来向国王索要鸽子。国王誓愿保护一切众生，不让老鹰伤害鸽子。老鹰说鸽子是它的食物，不吃鸽子，它就会饿死，并声称自己也应该得到保护。国王既不能让老鹰吃掉鸽子，又不能让老鹰饿死，还不能杀别的动物喂鹰，只好割下自己身上的肉给老鹰吃，换回鸽子的生命。放生是佛教特有的慈善行为，这种行为也是源于佛经文学。《金光明经·流水长者子品》讲述一个佛本生故事，说佛过去世为长者子，名流水。有一天他来到一个水池旁边，见池水干涸，十千鱼在烈日曝晒之下，宛转将死。他四处觅水不得，便先取树叶遮住烈日。后来发现是一些恶人欲取池鱼，在河流上游险要处截断了水流。流水为救池鱼，向国王借了20头大象，至上游用皮囊取水，让大象背水到水池。又遣大象回家取食，投入池泽给鱼吃。这则故事可能是佛教放生功德的经典依据之一。大乘律典《梵网经》中有专门的放生律条，指出："若佛子，以慈心故，行放生业。一切男子是我父，一切女子是我母。我生生无不从之受生，故六道众生皆是我父母。而杀而食者，即杀我父母，亦杀我故身。一切地水是我先身，一切火风是我本体，故常行放生。生生受生，常住之法，教人放生。若见世人杀

---

① ［印］尊者法救:《法句经》，［吴］维祇难等译，见《大正新修大藏经》第 4 册，第 569 页。
② 《维摩诘所说经》，［后秦］鸠摩罗什译，见《大正新修大藏经》第 14 册，第 544 页。

畜生时，应方便救护，解其苦难。"① 这里不仅表现了动物保护的思想，而且强调了众生之间甚至人与自然环境之间的亲缘关系，表现了深刻的生态智慧。学界认为《梵网经》不是从印度传入的，而是南北朝时期中国僧人的撰述，其中对放生的强调，以及"一切地水是我先身，一切火风是我本体"等伦理思想，的确有超越印度佛教之处。

美国环境伦理学家纳什在《自然的权利——环境伦理学史》中论述了西方 19 世纪的"仁慈运动（humane movement）"，提出"仁慈主义（humanitarianism）"的伦理学概念。这种仁慈主义从人道主义（humanism）发展而来，将人类的同情心扩展到人类之外的动物，进而提倡动物保护、动物权利和动物福利。仁慈主义的核心思想一是主张善待他者，不对他者行残忍之事；二是认为快乐是善，痛苦是恶；三是在一定范围内和一定意义上的平等主义②。这样的仁慈主义与佛教的慈悲精神基本一致。仁慈主义在西方产生了较大的影响，不仅促使许多国家制定了保护动物的法律，而且为现代环境伦理学奠定了基础。辛格、里根、施韦泽、泰勒等现代环境伦理学家都有对仁慈主义的继承和发展，如施韦泽在其《敬畏生命：五十年来的基本论述》一书中有这样的论述："有思想的人体验到必须像敬畏自己的生命意志一样敬畏所有的生命意志。他在自己的生命中体验到其他生命。对他来说，善是保存生命、促进生命，使可发展的生命实现其最高的价值。恶则是毁灭生命、伤害生命，压制生命的发展。这是必然的、普遍的、绝对的伦理原理。"这样的爱护生命的仁慈主义深契佛教伦理，然而施韦泽又认为："过去的伦理学则是不完整的，因为它认为伦理只涉及人对人的行为。"③ 奥尔多·利奥波德也认为："迄今还没有一种处理人与土地，以及人与在土地上生长的动物和植物之间的伦理观。"④ 显然，施韦泽、利奥波德等现代西方环境伦理学大师们忽略了佛教伦理及其意义，因为佛教伦理中的慈悲并非"只涉及人对人的行为"，而是要求善待各种生命，进而关注人与地水火风

---

① 《梵网经卢舍那佛说菩萨心地戒品第十》，［后秦］鸠摩罗什译，见《大正新修大藏经》第 24 册，第 1006 页。

② 参阅卢风《人、环境与自然——环境哲学导论》，广东人民出版社，2011 年，第 194 页。

③ ［法］阿尔贝特·施韦泽：《敬畏生命：五十年来的基本论述》，陈泽环译，上海社会科学院出版社，2003 年，第 9 页。

④ ［美］奥尔多·利奥波德：《沙乡年鉴》，侯文蕙译，吉林人民出版社，1997 年，第 192 页。

等自然元素的亲缘关系。

三、众生平等

佛教对伤害众生的暴力行为进行约束，属于消极的非暴力；慈悲为怀，鼓励人们施爱于众生，是积极的非暴力。这样的非暴力精神是在众生平等的思想基础上建立起来的，因此，如果说不杀生是佛教自然理论的外在表现，慈悲是佛教伦理的内在精神，那么，独树一帜的佛教自然伦理的哲学基础则是众生平等观念。佛教把宇宙万物分为两大类，一类是具有情感意识的生命，称为"有情"或"众生"；另一类是没有情感意识的存在，如草木瓦石、山河大地等，称为"无情"。所谓"众生平等"，就是一切有情感意识的生命，包括人和各种动物，以及一些想象中的天国神灵和地狱鬼魂等，具有同样的存在本质。这样的"众生平等"是佛教宗教伦理的核心，其中也有丰富的社会伦理和自然伦理方面的内涵，体现了社会伦理、自然伦理和宗教伦理的统一。

佛教经典首先从起源的角度说明众生的平等性。《长阿含经》中的《世纪经》是系统描述佛教宇宙观的一部经典，以"如来说天地成败众生所居国邑"方式，发挥想象，构筑了一个宏大而又严密的宇宙体系。这个体系一般称为"三千大千世界"，即以须弥山为中心的一小世界，包括四大洲、四大洋、四大天王、七重天及太阳、月亮等；一千个这样的世界构成一小千世界，一千个小千世界构成二千中千世界，一千个二千中千世界构成三千大千世界。其中的《世本缘品》讲述了这个世界以及众生的缘起：经过毁灭性的劫难之后，这个世界再次生成，世间众生化生到光音天，欢喜为食，身光自照，神足飞空，安乐无碍，寿命长久。后来，世界又发生变化，有部分众生福尽命尽，从光音天转生此间，皆悉化生，欢喜为食，身光自照，神足飞空，安乐无碍，久住此间。"尔时无有男女尊卑上下，亦无异名，众共生世，故名众生。"① 只是由于后来各自的业报，才有了众生的不同种类。

其次，早期佛经文学主要用业报轮回理论来表现众生平等思想。"业报

---

① 《长阿含经·世纪经》，[后秦] 佛陀耶舍、竺佛念译，见《大正新修大藏经》第 1 册，第 145 页。

轮回"是佛教从印度传统文化中继承下来的一种生命伦理,其中有两层含义:一是轮回转生,二是因缘果报。所谓轮回转生,是指生命主体(灵魂)在不同的生命个体之间流转,生生不息,死亡不过是生命形式的转换而不是生命的结束。因缘果报又可以分为两个层面。所谓因缘是将佛教世界观的缘起论用在人生层面。所谓"果报"又称业报,是在自然事物的因果律中加入了人的行为因素。业即造作,是人的行语意等运作而产生的能量。每人所作的善恶之业作为因,总会得到应有的报作为果,而且这种因果关系具有"已作不失,未作不得"的绝对性。这样的因果关系与轮回转生观念相结合,构成业报轮回思想体系。众生前世所作善恶之业,决定其后世轮回转生的层次。有情众生的轮回有三界六道,三界即欲界、色界和无色界;六道包括天、人、阿修罗、畜生、饿鬼和地狱。《世纪经》将三界六道进行了系统的描述。天国居民虽然幸福,但不具有永恒性,福尽命终,也要往下轮回;地狱众生虽然痛苦,但也不是永久的,只要一念向善,就会往上轮回。从业报轮回的角度看,虽然轮回转生的结果差异很大,但众生都受到业报轮回规律的制约,因而本质上是平等的。

第三,大乘佛教兴起后,主要以"佛性论"来说明众生平等。佛性是成佛的内在基础,又称如来性、如来藏、真如、心性、法性等。大乘佛教强调一切众生皆有佛性,都能成佛。《法华经》中世尊对舍利弗等大弟子说:"我本立誓愿,欲令一切众,如我等无异。如我昔所愿,今者已满足,化一切众生,皆令入佛道。"① 也就是说一切众生都能成佛。然后诸一为众弟子授记,预言他们将来都能成佛。该经《常不轻菩萨品》中讲过去有一位比丘,见人就说:"我不敢轻于汝等,汝等皆当作佛。"即使人们辱骂他,用木棍或石头打他,他仍然高声唱言:"我不敢轻于汝等,汝等皆当作佛。"因此人们称之为常不轻。这位常不轻菩萨不是别人,就是佛的前身。诗人白居易早年学佛期间曾作"六赞偈",其中之一的《众生偈》写道:"毛道凡夫,火宅众生,胎卵湿化,一切有情,善根苟种,佛果终成。我不轻汝,汝无自轻。"显然是受《法华经》中常不轻菩萨的启示。佛性是中国佛教界探讨的中心问题之一。法显等译《泥洹经》中说:"一切众生皆有佛性在于身

---

① 《妙法莲华经》,[后秦]鸠摩罗什译,见《大正新修大藏经》第9册,第8页。

中，无量烦恼悉除灭已，佛便明显。除一阐提。"① 所谓"一阐提"是断尽善根之人。也就是说，除了"一阐提"之外，所有众生都有佛性，都能成佛。该经译出之后，这一观点为大部分人所接受，但竺道生觉得将"一阐提"排除在外，不符合一切众生皆有佛性的大乘佛理，主张一阐提人亦有佛性。由此引起争论，道生受到非议，比较孤立。后来昙无谶译出大本《涅槃经》，其中果然有一阐提可以成佛的说法，于是大家又都佩服竺道生孤鸣先发的洞见和勇气。从此，一切众生皆有佛性，都能成佛，成为中国佛学界的共识。一切众生皆有佛性，也成为"众生平等"思想的一个重要方面或重要表述方式。

"众生"概念以及有情与无情的分类并非佛家独创，因为这种"众生"分类是与轮回转生观念相联系的，而五道或者六道轮回是佛教创立之前就已经存在而且引起广泛争议的观念。这在《阿含经》等早期佛典以及耆那教经典中都有反映。"众生"虽然是当时印度普遍性的知识，然而众生平等却是佛教特别提倡的核心理念，是佛教思想的重要闪光点之一，其中蕴含着丰富深刻的生态伦理智慧。从人类的角度看，佛家众生平等思想包括了人与神的平等、人与人的平等、人与动物的平等，这些思想无论是在当时的印度，还是在人类思想史上，都具有重要意义。其中人与动物的平等思想特别值得关注。

人与动物平等的思想在佛本生故事中有突出的表现。所谓本生即是前生，根据轮回转生观念，每个众生都有自己的前生、今生和来生。佛祖释迦牟尼也不例外，他是经过无数次转生，积累下无量功德，才最终成佛的。他曾转生为各种动物，从勇猛硕大的狮子、大象到柔弱的小兔、小鸟；曾转生为人类的各阶层和各种姓，从国王到农夫，从婆罗门到旃陀罗；也曾转生为各种神祇精灵，从帝释天到阿修罗等。由于佛陀前生曾经转生为各种动物，所以动物故事在佛经文学中占有重要地位，与之相关的动物书写也成为佛教文学的一大特色。据统计，南传巴利文佛典小部中的《佛本生经》有 547 个佛本生故事，其中有人生 357 个、神生 65 个，动物生 175 个。可见，动物故事在佛教文学中占有重要地位。佛陀多次转生为动物的故事本身已经体现

---

① 《佛说大般泥洹经》，[晋] 释法显译，见《大正新修大藏经》第 12 册，第 881 页。

出人与动物平等的思想，而佛经中大量的动物书写，更具体细致地表现了这样的众生平等观。首先是动物和人一样有思想情感。汉译《佛本行集经》中的《鹿夫妇》，讲一头公鹿被猎人套住后，母鹿舍生忘死搭救丈夫，表现了患难与共的夫妻之爱，由此感动猎人将其释放。其次，动物是人类的朋友，经常帮助甚至救助人类。《有德象本生》讲大象不仅救人，而且以德报怨，任忘恩负义者三番五次锯走自己的象牙，以此表现忍辱牺牲精神。《露露鹿本生》讲一只金鹿救了一溺水之人，此人看到国王悬赏捉金鹿，贪图赏赐，带路前往。有趣的是在这些故事中知恩图报者多是动物，忘恩负义者甚至恩将仇报者则多是人类。人和动物互相帮助的故事更为感人。《宽心象本生》描写有 500 个木匠在森林中伐木，遇一大象脚被巨大木刺刺穿，红肿化脓，难以行走。木匠用刀切开皮肤，挤出脓水，并用细绳栓住木刺将其拔出。不久大象伤好，便携小象前来帮木匠干活。后遇敌人入侵，小象帮木匠打败敌人，捍卫了人们的家园。第三，动物之间也有友爱和互相帮助。《速疾鸟本生》中啄木鸟救助狮子。尽管啄木鸟知道将头插进狮子口中有危险，狮子如果闭口他就会命丧黄泉，但他还是知难而进，只是为免意外采取了有效的防护措施，即用一根棍子将狮子的上下颚支住。佛家关于人与动物平等的思想，是对人类中心主义的超越，在人类思想史和文化史上独树一帜，为现代生态主义者所重视。施韦泽指出："把爱的原则扩展到动物，这对伦理学是一种革命。"① 如果说这是一场伦理革命，那么这场革命不是发生在现代西方，而是在两千多年前的印度和中国。

也有学者质疑佛教对人类中心主义的超越，认为佛教将人置于至高无上的位置，而对动物则存在歧视，如把人转生为动物视为惩罚，而转生为人则是一种福报，这是站在人类中心主义立场上的"物种歧视"。对此，佛教环境伦理的认同者作了回答：首先，在佛教伦理中，动物和人一样属于善待的对象；其次，对佛教来说，人是至上者是因为没有更高的存在者或力量决定其命运。第三，之所以将转生为动物视为惩罚，是因为其距离觉悟状态比人

---

① ［法］阿尔贝特·施韦泽：《敬畏生命：五十年来的基本论述》，陈泽环译，上海社会科学院出版社，2003 年，第 76 页。

类更远，是觉悟之路上的退步①。我们认为，所谓人与动物平等指的是权利的平等，而不是现实生活中地位和生活状态的平等。在佛教中，虽然动物与人类在地位上有差别，在轮回序列中低于人类，但在道德和规律面前具有平等的权利。如在佛本生故事中，有美德的动物可以直接升入天国，无德作恶的人可以直接堕入地狱。从本质上说，人与动物一样受业报轮回规律的制约，这是一种存在本质上的平等。

总之，众生平等包括人与神、人与人以及人与动物的平等，这样的平等意识与不杀生戒律和慈悲精神互涵互动，构成超越人类中心主义的自然伦理体系，是伦理学史上的一场革命。如上所述，西方的仁慈主义伦理学也有一定的平等主义，因为在特定范围奉行仁慈，首先要求赋予这一范围内的个体以平等的权利。因此，西方的仁慈主义主张保护动物，就是承认动物与人在某种程度上的平等，有对人类中心主义的超越。然而这种超越是有限的，很不彻底的。这样的仁慈是人对动物的单向赐予，没有完全走出人类中心主义。而佛教的众生平等则没有人类中心主义的局限，其慈悲精神也不是作为强者的人对作为弱者的动物的恩赐，而是平等的众生之间相互的义务和伦理要求。

四、无情有性

所谓"无情"指"有情众生"之外的没有情感意识的存在，如草木瓦石、山河大地等。所谓"有性"指具有佛性。"佛性论"是大乘佛教的基本论题之一。早期佛教认为一般人不能成佛，只能成为罗汉，所以没有关于佛性的讨论。大乘佛教主张人人都能成佛，修行的目的就是成佛，进一步提出"一切众生，悉有佛性"②。这样的佛性论强调了众生的平等，但众生之外的无情世界有没有佛性呢？大乘佛经没有展开论述。《华严经》中虽然有"佛身充满一切法界"的说法，但没有明确的无情有性理论。印度佛教提倡的"众生平等"已经是一场伦理学的革命，然而这样的革命是不彻底的，有情

---

① David E. Cooper and Simon P. James. *Buddhism*, *Virtue and Environment*. Burlington：Ashgate，2005，p138.

② 《大般涅槃经·如来性品》，［北凉］昙无谶译，见《大正新修大藏经》第 12 册，第 648 页。

众生之间的平等观将动物纳入了道德共同体，但无情的山川草木等更广大的自然界还在这个道德共同体之外。中国佛教大师以更高超的生态智慧突破了这一局限，提出了"无情有性"这一伦理学命题。

所谓"无情有性"，就是说山川草木等无情之物也有佛性，与有情众生平等一如。最早表现"无情有性"思想的是隋唐之交的三论宗大师吉藏，他主要依据佛教业报理论的"依正不二"思想提出无情有性观点，指出："一切诸法依正不二。以依正不二故，众生有佛性，则草木有佛性。依此义故，不但众生有佛性，草木亦有佛性也。……依此义故，若众生成佛时，一切草木亦得成佛。"① 所谓"依正不二"指因缘果报中依报和正报的统一，其中正报指的是有情众生的生命主体，依报指的是生命主体所赖以生存的环境。从这个意义上说，正报即有情，依报即无情。佛家强调依正不二，是为了说明人与环境的互相依存，同时也表现了有情与无情的统一关系。

明确提出"无情有性"说并展开论述的是唐代天台宗大师湛然，他的论著《金刚錍》从大乘佛教佛性论出发，旁征博引大乘经典，集中论述了无情有性说。他认为一切法都是真如佛性的显现，万法皆有佛性；不仅是有生命情识的动物，而且那些没有情识的山川、草木、大地、瓦石等，也都有佛性。如果认为无情之物没有佛性，那就等于否认佛性的普遍性。他指出："我及众生皆有此性，故名佛性，其性遍造遍变遍摄。世人不了大教之体，唯云无情，不云有性。是故须云无情有性。"②

湛然提出"无情有性"说之后，在中国佛学界引起争论。许多高僧从大乘佛教义理出发予以认可或加以论证。据《祖堂集》卷三记载，有人问慧忠禅师："古德曰：青青翠竹尽是真如，郁郁黄花无非般若。有人不许，是邪说；亦有人信，言不可思议。不知若为？"慧忠回答说："此盖是普贤、文殊大人之境界，非诸凡小而能信受。皆与大乘了义经意合故。《华严经》云：'佛身充满于法界，普现一切群生前。随缘赴感靡不周，而恒处此菩提座。'翠竹既不出于法界，岂非法身乎？又《摩诃般若经》曰：'色无边故，般若无边。'黄花既不越于色，岂非般若乎？"③ 当然，作为道德对象，无情

① ［隋］吉藏：《大乘玄论》，见《大正新修大藏经》第45册，第40页。
② ［唐］湛然：《金刚錍》，见《大正新修大藏经》第46册，第784页。
③ ［南唐］静、筠二禅师编撰：《祖堂集》，孙昌武等点校，中华书局，2007年，第170页。

和有情的差别也是显而易见的，佛家对此有独特的理解和阐释。如有禅客问慧忠禅师："若有情、无情俱有佛性，杀有情而食啖其身，分即结于罪怨相报；损害无情，食啖五谷、菜蔬、果粟等物，不闻有罪互相仇报也？"慧忠回答说："有情是正报。从无始劫来，虚妄颠倒，计我、我所而怀结恨，即有怨报。无情是依报，无颠倒结恨心，所以不言有报。"① 也就是说，"无情"和"有情"的主要差别在于后者有明确的自我意识。佛教主张"无我"论，这种"计我我所"的自我意识是佛教所反对的。从这个意义上说，"无情"比"有情"更能理解接受佛法。

在禅师们看来，"无情"不仅有佛性，而且能显示与演说佛法。如杨歧方会禅师："雾锁长空，风生大野。百草树木，作大狮子吼，演说摩诃大般若，三世诸佛在你诸人脚跟下转大法轮。"② 白云守端禅师："山河大地，水鸟树林，情与无情，今日尽向法华拄杖头上作大狮子吼。演说摩诃大般若。"③ 从体认佛性的角度，许多禅师都倡言或认可"无情说法"。如禅客问慧忠禅师："无情既有心，还解说法也无？"师曰："他炽然说，恒说常说，无有间歇。"又问："某甲为什么不闻？"师曰："汝自不闻，不可妨他有闻者。"再问："无情说法，还有典据也无？"师曰："汝岂不见《弥陀经》云：'水鸟树林皆是念佛、念法、念僧。'鸟是有情，水及树岂是有情乎？"④ 这样的无情说法成为禅宗一大公案，禅师们在参问机辩中，常用以启发参禅者悟入佛理禅机。如洞山良价禅师参见云岩昙晟禅师，问："无情说法，什么人得闻？"岩曰："无情得闻。"又问："和尚闻否？"岩曰："我若闻，汝即不闻吾说法也。"又问："某甲为什么不闻？"岩竖起拂子曰："还闻么？"良价："不闻。"岩曰："我说法汝尚不闻，岂况无情说法乎？"最后良价觉悟，说偈曰："也大奇，也大奇，无情说法不思议。若将耳听终难会，眼处闻时方得知。"⑤ 也就是说，无情说法基于无情有性的佛理，不是耳朵能够听到的，而是靠心灵感悟，是一种觉悟的境界。或者说，自然万物无时无刻不在演示着宇宙规律和人生真谛，能否领悟，取决于个人的心性修养，而不是凭

---

① ［南唐］静、筠二禅师编撰：《祖堂集》，孙昌武等点校，中华书局，2007 年，第 169 页。
② ［宋］普济：《五灯会元》，苏渊雷点校，中华书局，1984 年，第 1230 页。
③ ［宋］普济：《五灯会元》，苏渊雷点校，中华书局，1984 年，第 1236 页。
④ ［南唐］静、筠二禅师编撰：《祖堂集》，孙昌武等点校，中华书局，2007 年，第 168—169 页。
⑤ ［宋］普济：《五灯会元》，苏渊雷点校，中华书局，1984 年，第 778 页。

言语闻说和逻辑推论。

"无情有性"可以理解为：自然万物虽然没有情感意识，但有其自我价值，有其自我实现的权利。"无情有性"成为当今绿色佛教的重要伦理依据。在日本，一位佛教长老在小树丛旁边竖起一个大幅招牌，声明树木具有佛性，以阻止人们毁坏森林建造公寓大楼。在泰国，许多具有环保思想的僧侣用传统的剃度仪式，将橘红色的布条缠绕在树上，表示已经将这些树木收为弟子，以阻止人们砍伐树林。他们的行为受到质疑，因为依照传统，只有人才能够受剃度。剃度仪式中包含许多戒律规则，树木不可能响应这些规则而接受剃度，因而对其质疑具有合理性。然而，这种剃度仪式的效果，保护了泰国大片森林免受砍伐破坏，是勿庸置疑的。这种剃度仪式只是一种象征，它提醒人们，自然应该受到与人类同样的对待；像人类一样，所有的生命都应该受到尊重，得到保护①。而且，根据"无情有性"的佛理，树木被剃度成为佛门弟子并非无稽之谈，而是合理的行为，是值得肯定的。

现代环境伦理学的代表人物奥尔多·利奥波德提出"土地伦理"，就是赋予自然物以自我价值和生存权利，他指出："一种土地伦理当然并不能阻止对这些'资源'的宰割、管理和利用，但它却宣布了他们要继续存在下去的权利，以及至少是在某些方面，它们要继续存在于一种自然状态中的权利。"② 在此基础上发展出来的"深层生态学"认为，在生物圈中的所有事物都有一种生存与发展的平等权利，有一种在更大的自我实现的范围内，达到他们自己的个体伸张和自我实现的形式的平等权利③。佛教无情有性思想及其诗意表现，与现代生态主义的土地伦理和深层生态学有着深刻的一致性。

五、自然伦理

佛教伦理的几个核心概念和基本命题之间有着深刻的内在联系：不杀生

---

① Pragti Sahni. *Environmental Ethics in Buddhism*：*A virtues approach*. London and New York：Routledge Taylor & Francis Group，2008，p16.

② ［美］奥尔多·利奥波德：《沙乡年鉴》，侯文蕙译，吉林人民出版社，1997年，第194页。

③ 参阅曾建平《自然之思：西方生态伦理思想探究》，中国社会科学出版社，2004年，第53页。

是外在的戒律规定，慈悲是内在的非暴力精神，众生平等是不杀生和慈悲的伦理学基础，无情有性则进入哲学层面，从佛性论的存在本质和依正不二的人与环境关系方面进一步扩展伦理范围。这些概念和命题不断深化，层层推进，逐级扩展道德关怀的深度和广度，由此形成一个完整的以服从自然律为本质特征的伦理体系。佛家有戒、定、慧三学，持戒入定，由定发慧。佛教自然伦理也融入三学之中：不杀生属于戒学范畴，慈悲属于定学范畴，众生平等和无情有性属于慧学范畴。通过三学的不断修行和实践，可以循序渐进，不断提升道德情操和智慧境界，由此形成一个从认识到实践、从世界观到方法论的完整体系。由此可见，佛教自然伦理不仅具有深刻的学理和思辨性，而且具有可操作性，在修行实践和社会实践方面都行之有效。

佛教伦理的本质属性是自然伦理。首先，佛教伦理以服从自然律为本质特征。这个自然律主要表现为"业报轮回"。英国学者渥德尔认为，"业报轮回"是"最重要的自然律，是伦理的也是物质的因果律。意识之流按照伦理因果生生相续"①。"业报轮回"包括轮回和业报两个层面。轮回体现了人与自然统一的生命意识，其终极意义是生命之河长流不息的信念。佛教认为诸行无常，诸法无我，万物皆因缘和合而成，人的生命也只是五蕴（受想行识等生命元素）的暂时和合，死后复归各种生命元素。业报强调因果报应，具有双重含义。一是个人选择的自由。生命形式的存在不是偶然的抛入，而是取决于自我选择；命运不是不可改变的定数，而是存在着与业（自我行为）相联系的前因后果。二是自己的行为自己负责。虽说有个人选择的自由，但一经选择就失去了自由，只要作业，就必须承担业果。在佛家看来，宇宙只服从自然法则，并不存在创世者和主宰者。"业报轮回"就是这样的自然法则的体现，无论人、动物还是神灵都不能逃脱这一法则的制约。这样的法则虽然不同于现代科学的自然规律，但它既非由第一推动者或至上者主宰，也不依人的意志为转移，因而属于自然律范畴。

其次，佛教伦理的道德关怀对象中，自然占有重要地位。佛教道德关怀的对象包括了有情众生和无情世界，涉及人与神关系、人与人关系以及人与自然关系，是宗教伦理、社会伦理和自然伦理的统一。一般伦理道德主要关

---

① 参阅［英］渥德尔《印度佛教史》，王世安译，商务印书馆1987年，第41页。

注人与人之间关系，要求每个人在自我实现的同时，对同类施与道德关怀。在佛教伦理中，人类和畜生都是"有情众生"的组成部分，由此将人类的道德关怀扩展到动物世界。"无情有性"从佛性论这一更高层面，将自然万物纳入一个更大的道德共同体，也就是把道德关怀的对象进一步扩展到草木瓦石、山河大地等自然界，进一步强调了人与自然的统一性。因此，相对于传统文化中主要关注人与人关系的社会伦理和主要关注人与神关系的宗教伦理，佛教伦理对人与自然关系更为关注，其不杀生戒律和非暴力精神，体现出博大的慈悲胸怀和仁爱之心；其众生平等观念和无情有性思想，凝结成热爱生命敬畏自然的伦理情怀。

第三，佛教伦理的特点是无中心。众生平等将"有情众生"作为一个道德共同体，成员之间以情识即能够感受苦乐和认识世界的能力作为共同的道德资格，体现了"同情"这一道德原则。在业报轮回的六道中，虽然有等级和层次，但没有设定一个中心。佛性论强调有情无情皆有佛性，进一步表现了万法一如、互相平等、圆融无碍的世界观，为更大范围的道德共同体的形成奠定了哲学基础。这样的无中心状态就像一个互联网，每个节点互相关联，互相依存，互相制约，但无须确立一个中心。这样的无中心状态超越了人类中心、环境中心、生态中心之争，表现出顺乎自然的伦理智慧。

数百年的工业文明和资本主义发展导致环境污染和生态危机，触发了20世纪生态主义的兴起和发展，也激活了与生态主义非常契合的佛教自然伦理。在佛教界，出现了致力于改善环境、克服生态危机的"绿色佛教运动"；在学术界，借助生态学等现代科学理论，学者们重新认识和评价佛教相依缘起的世界观、慈悲平等的伦理观和山林栖居的生活方式，促进佛教伦理与现代环境伦理学接轨，使佛教伦理在后现代的生态文明建设中发挥积极作用。通过佛教自然伦理与现代环境伦理的双向阐发，不仅可以发现二者的相通之处，而且可以互相启发，互相促进。

经过半个世纪的发展，现代环境伦理学取得了令人瞩目的成就，也存在着许多局限，甚至陷入理论困境，主要表现在以下三个方面。

首先是人类中心与非人类中心的悖论。现代环境伦理学或生态伦理学的主流是非人类中心主义，包括自然中心主义、生命中心主义、生态中心主义等，都以批判人类中心主义确立自己的理论立场。他们把生态危机的根源归结为近代人类中心主义价值观，从而或提出自然价值观、自然权利论，或认为人和其他生物一样，只是生态系统中的一分子，没有任何特殊地位和特权，由此在否定人类中心主义的同时也否定人的主体地位。然而，人的主体地位的建立是人类文化现代化和现代性的基石，否定它就意味着颠覆整个人类文明，因而非人类中心主义的生态伦理学遭到比较多的质疑和反对。一部分环境伦理学家仍然坚持以人为中心，环境是相对于人类而言的，环境恶化和与之相对的环境友好都是站在人类立场上的言说。他们认为任何物种都是以自身的利益为中心的，生态运动的最终目的是保护人类的整体利益和长远利益，如果抛弃了人类立场，生态运动也就失去了内在动力。后起的生态社会主义、生态女性主义、环境正义等流派，也对非人类中心主义的生态伦理学持批判态度。

其次是个体主义和整体主义的矛盾。自然物中个体的自我实现与整体的和谐稳定也存在矛盾，因此，非人类中心主义的环境伦理学或生态伦理学在价值取向上也存在许多悖论，人们应该关怀生态整体还是关怀生物个体，成为争论不休的、难以解决的问题。一部分伦理学家从个体生命出发，主张保护动物，敬畏生命，由此不仅人类的生存成了问题，人吃任何东西都是杀生害命；而且可能与生态保护的初衷相背离，因为如果所有动物植物都受到保护，无限繁衍，地球将难以承受。一些伦理学家从生态整体出发，主张为了生态整体而牺牲生物个体，从而实现生态平衡。那么这个所谓的生态平衡由谁来评价？谁来操控呢？这样的生态整体主义主张个体和部分服从整体，如果一个物种繁衍过多过快，严重破坏生态平衡，就应该猎杀其中一部分，以维护生态平衡。照此逻辑，人类种群已经过分庞大，严重威胁地球的生态平衡，解决办法无疑应该是减少人口。因此，生态整体主义被视为"生态法西斯主义"或"生态马尔萨斯主义"。

第三是仁慈主义和自然主义的对立。所谓仁慈主义是从传统道义论伦理学出发，将人类之间的同情心扩展到动物和其他生命体；所谓自然主义是从自然规律出发，强调自然具有不依赖于人的需要的内在价值和维持自身生存的权利。从理论上说，仁慈主义与个体主义相关联，往往从人道主义出发，将"天赋人权"观念扩大到自然权利，其理论论证也立足于人类的道德关怀范围不断扩大的历史；自然主义与整体主义相关联，往往从整体自然或生物共同体出发，强调尊敬自然。另外，以个体生命为关照对象的仁慈主义是基于个人主义、民主平等的现代性原则，而以生命共同体为关照对象的自然主义是基于生态主义和整体系统性的后现代原则。总之，仁慈主义和自然主义有不同的道德立场和思维方式，互不相容，互相对立。

现代环境伦理学或生态伦理学只有克服自身的理论困境，才能获得进一步的深化和发展。佛教自然伦理虽然形成于古代森林文明和农业文明时代，有其自身的局限性，但其原生态主义的基本思路和经过两千多年发展积累的思想智慧，可以为现代环境伦理学和生态伦理学提供有益的借鉴。

首先，佛教自然伦理的一个重要特点是无中心而有主体。这一特点主要源于佛教伦理横向联系与纵向发展的结合。横向联系强调相依缘起，消解了人类中心主义，也没有另外确立一个中心，因而具有无中心的特点。纵向发展显示慈悲式等级层次，佛教"把伦理生活看成一种修行之道"，"此修行之道还同时伴随着实际的可以培养慈悲心增长的行为技巧"①。通过修行可以不断提高以慈悲心行事的责任感，修行的层级越高，道德意识越强，道德关怀的范围就越广大。众生在轮回中也有不同的等级，最底层的地狱众生，只要一念向善，发慈悲之心，即可往上轮回。可见层次越高，道德意识越强。由此，道德主体得以确立。这样的无中心、有主体的自然伦理，也解决了自我实现和利他主义的矛盾，通过利他主义的道德行为，有助于道德主体的自我实现，即向更高的等级发展。自觉觉他、自利利他的菩萨行由此得以成立。这样的无中心、有主体、分等级的自然伦理，对于现代生态伦理学调整理论立场，克服理论困境应该具有启示意义。

其次，佛教自然伦理主要体现为美德主义，即通过提倡和培养美德的方式，解决人与自然的矛盾。佛教伦理主要是对善行与恶行的确认，早期佛教四谛中的"道谛"提出八正道，后来大乘佛教提出菩萨十地，都是对高尚道德的宣扬。如果说佛教伦理中存在环境伦理因素的话，那就是这些高尚道德的具体化。这些高尚道德具有普遍性，虽然不是直接针对自然环境问题，但其具体实践可以净化社会环境，保护自然环境，从而有助于环境的改善。

第三，佛教伦理学的非暴力不杀生基于对个体生命的尊重，慈悲精神表

---

① ［美］艾伦·斯朋伯格：《绿色佛教与慈悲式等级形式》，见［美］玛丽·E·塔克尔、邓肯·R·威廉斯编《佛教与生态》，何则阴等译，江苏教育出版社，2008年，第351页。

现了有情众生之间的同情，属于个体主义和仁慈主义；其众生平等和无情有性以对生命共同体和自然界的道德关怀，进一步走向整体主义和自然主义。其整体主义在于强调万物之间的内在联系和相互依存关系，其个体主义强调爱护尊重每个个体生命，二者之间没有紧张的思想悖论，而是有着内在的统一性：因为互相关联互相依存，所以互相爱护互相尊重，由此实现了个体与整体的统一。其自然主义表现为对自然律的强调和对自然界的关怀，其仁慈主义表现为非暴力不杀生的戒律和慈悲精神，二者互涵互动，由此实现了仁慈与自然的统一。这样的个体与整体的统一、仁慈与自然的统一，可以为现代生态伦理学克服自身悖论提供有益的借鉴。

佛教自然伦理大多基于自然想象和神话思维，与建立在科学世界观和方法论基础之上的现代环境伦理学和生态伦理学难以真正接轨，然而，虽然属于两股道上跑的车，但它们的大方向却是一致的，在现代生态文明建设中可以并行不悖，在各自的领域中发挥积极的作用。

第五节　相依缘起与因缘果报

佛教经典既是佛教思想的载体，又是具有审美意义的文学作品，历代高僧也留下了丰富的诗文创作，这些佛教文学作品通过各种自然、社会和人生现象，说明相依缘起与因缘果报之理，这些思想包含着世间万物互相依存的世界整体主义思想。生态整体主义是为克服生态危机而提出的一种以生态为中心的世界观，把生态系统的整体利益而不是人类的利益作为最高价值，把是否有利于维持和保护生态系统的完整、和谐、稳定、平衡和持续存在作为衡量一切事物的根本尺度，作为评判人类生活方式、科技进步、经济增长和社会发展的终极标准。作为一种系统理论，生态整体主义形成于20世纪后期，主要代表人物是奥尔多·利奥波德和罗尔斯顿。利奥波德提出了"和谐、稳定和美丽"三原则。罗尔斯顿对生态整体主义进行了系统论证，并补充了"完整"和"动态平衡"两个原则。生态整体主义超越了以人类利益为根本尺度的人类中心主义，超越了以人类个体的尊严、权利、自由和发展为核心思想的人本主义和自由主义，颠覆了长期以来被人类普遍认同的一些基本的价值观。佛教文学的世界整体主义与现代生态整体主义有相通之处，可以为现代生态整体主义提供丰富的思想资源。

一、相依缘起

佛家认为,万事万物都是因缘和合而生,一个事物必须依赖于其他事物而生起而存在,经典的说法是"此有故彼有,此生故彼生。……此无故彼无,此灭故彼灭"①。这种相依缘起是佛教的基本思想和核心命题之一。原始佛教的四圣谛中就包含了因缘和缘起思想。四圣谛即苦、集、灭、道,其中苦谛是将现世人生的本质概括为苦,包括生、老、病、死、爱别离、怨憎会、求不得、五取蕴等八苦;集谛即产生苦的原因,佛陀最初以爱欲为苦的主要原因,后总结出十二因缘,又叫十二缘起。《佛本行集经》是讲述佛陀生平的一部经,其中第三十卷《成无上道品》讲释迦牟尼悟道成佛之时关于十二因缘的思考过程。他在菩提树下冥思七天七夜,终于找到了人生痛苦的根源,说偈曰:"时间生死没溺海,数数死已复受生;为此老病众苦缠,愚迷不能得出离。"说偈之后又进一步思考老病死从何而来:"菩萨如是思惟念时,知老病死因生故,……菩萨复更思惟,此生从何而有,何因缘故,得有是生?菩萨如是思惟念已,知因有故。……菩萨复更思惟,此有从何而有,何因缘故,得有是有?菩萨如是思惟念已,知因取故。……"② 照此思路,释迦牟尼推演出十二因缘:即老死缘生,生缘有,有缘取,取缘爱,爱缘受,受缘触,触缘六入,六入缘名色,名色缘识,识缘行,行缘无明。这是从结果推论原因,如果从源头推论结果,"十二因缘"即无明—行—识—名色—六入—触—受—爱—取—有—生—老死。这是相依缘起思想在人生层面的体现。

作为佛教哲学的缘起论,主要解释宇宙生成演化和说明诸法性空的本质。大乘佛教兴起后,继承并发展了缘起思想,先后提出中道缘起论、法界缘起论等。中道缘起论认为,缘起展现为时间和空间两个方面,从空间上看是一种无的状态,从时间上看是一种不断生灭的过程。由于这样的相依缘起,所以万事万物没有自己独立存在的理由,对此佛家表述为"空",也就

---

① 《杂阿含经》卷一〇,见《大正新修大藏经》第 2 册,第 67 页。
② 《佛本行集经》卷三〇,见《大正新修大藏经》第 3 册,第 794—795 页。

是所谓"缘起性空"，经典的表述是："众姻缘生法，我说即是无（按，应为"空"），亦为是假名，亦是中道义。未曾有一法，不从因缘生，是故一切法，无不是空者。"① 这样的万法皆空并非一种消极的世界观，而是说明事物之间的互相依存和世界的整体性。

法界缘起论源自《华严经》，该经一开始写佛陀在逝多林举行法会，他一一毛孔中显现无量世界，体现理事圆融、事事无碍的法界实相。中国佛教华严宗人通过阐释和注释《华严经》，概括出四法界理论，对法界缘起论进行阐发。"法界"即宇宙实相，四法界包括事法界、理法界、理事无碍法界和事事无碍法界，是关于宇宙实相和事物本质的四重理解或四重认识境界。所谓事法界，即世间千差万别的事物各有自体，分界不同，每一事物自身包涵的义理、因果、体用等内容互相容摄，圆融无碍。所谓理法界，即一切事物具有共同的本质，体现了同一的道理。所谓理事无碍法界，即现象与本体，事物与其中所蕴含之理圆融无碍。所谓事事无碍法界，即由于事与理圆融，理与理相通，因此事与事之间也圆融无碍。佛经以水与波关系说明四法界理论：波是事象，水是本体，水即波，波即水；水与波圆融无碍，波与波也圆融无碍。《华严经》中有"因陀罗网"之譬喻，说明世间万物互涵互摄之理：在帝释天的宫殿中伫立着一张张缀有无数宝石的大网，其中每一颗宝石都会映现所有其他的宝石，这样，网上所有宝石互相涵摄，互相辉映，重重无尽。华严宗据此提出"因陀罗网境界"法门，以因陀罗网景象譬喻缘起万有之间可以互相涵摄，以至于重重无尽地相即相入，互相渗透。由此说明，世间万物你中有我，我中有你，整个宇宙就是因缘和合的聚合体。因陀罗网的譬喻表现了宇宙万物处于复杂的多层次的相互关联之中的思想，是对现象世界整体性最贴切的比喻，因此，在美国学者罗尔斯顿看来，佛教"因陀罗网"的隐喻，有助于人们理解生物共同体概念的完整性②。

佛家缘起论的核心思想是强调事物之间互为条件，互相依存，也就是说，一切事物都是存在于因果关系之中，离开因果关系不存在任何事物；事物因为某些条件和原因而产生，同时也由于条件和原因而消失。既然世间万

---

① ［印］龙树：《中论·观四谛品》，见《大正新修大藏经》第 30 册，第 33 页。
② ［美］罗尔斯顿：《尊重生命：禅宗能帮助我们建立一门环境伦理学吗？》，初晓译，载《哲学译丛》1994 年第 5 期。

物都是互为条件互相依存，那么，人也不例外。人与人之间、人与物之间、人与其他生物之间都存在着这样的互相依存关系。从生态主义的角度看，万物都是因缘和合而生，万物之间是条件互依关系，说明自然和社会生态都是一定条件下各种原因互相作用的结果，个人、人类、社会和自然都不是独立存在的，而是互为条件的关系性存在，一方受到损害，另外一方也同样受到损害。就人与自然关系而言，人类损害自然、破坏自然，就是损害和破坏人类自身的存在条件和基础，也就是损害人类自身，同样，人类保护自然就是保护人类自身。因此，人类作为有思想又有行为能力的主体，有责任维护生态平衡，保护生态环境①。

世界万事万物都由因缘和合而成，即一事物有赖他事物而生起而存在，因此万物都无自性，即没有主体性，也就是没有一事物独立于其他事物的本质属性，这就是佛教的"三法印"之一"诸法无我"。这种"无我论"实际上就是佛教的核心观念"空"。"无我"是相对于婆罗门教的"有我论"而言的。婆罗门教主张"梵我同一"，梵是宇宙本体，我是个体灵魂，二者具有统一性，实现这种统一是宗教修行的最高目标。佛教主张的"无我论"包括"法无我"和"人无我"两个方面。所谓"人无我"即强调人同样是因缘和合而生，因此也没有主体性，即没有作为个人生命主体的灵魂或"神我"。"法无我"比较容易理解，"人无我"则需要特别阐释，因此，佛经中有大量关于"人无我"的阐释。如《那先比丘经》中那先与弥兰王论道，王问："谁为那先者？"王复问："头为那先耶？"那先言："头不为那先也。"王复问："眼、耳、鼻、口为那先耶？"那先言："眼、耳、鼻、口不为那先。"王复问："颈项、肩臂、足手为那先耶？"那先言："不为那先。"王复问："脚为那先耶？"那先言："不为那先。"王复问："颜色为那先耶？"那先言："不为那先。"王复问："苦乐为那先耶？"那先言："不为那先。"王复问："善恶为那先耶？"那先言："不为那先。"王复问："身为那先耶？"那先言："不为那先。"王复问："肝、肺、心、脾、肠、胃为那先耶？"那先言："不为那先。"王复问："颜色、苦乐、善恶、身心，合是五事宁为那先耶？"那先言："不为那先。"王复问："假使无颜色、苦乐、善恶、身心，

① 参阅方立天《佛教生态哲学与现代生态意识》，载《文史哲》2007年第4期。

无是五事宁为那先耶？"那先言："不为那先。"王复问："声响、喘息为那先耶？"那先言："不为那先。"弥兰王将人身器官和感觉等问了个遍，回答都不是那先其人。最后王问："何所为那先者？"意思是究竟什么才是那先其人呢？那先便用"车喻"回答国王的问题，他问国王："名车，何所为车者？轴为车耶？"王言："轴不为车。"那先言："辋为车耶？"王言："辋不为车。"那先言："辐为车耶？"王言："辐不为车。"那先言："毂为车耶？"王言："毂不为车。"那先言："辕为车耶？"王言："辕不为车。"那先言："轭为车耶？"王言："轭不为车。"如此等等，那先将组成车的各部分问了个遍，回答都不是车。最后那先问："何所为车者？"弥兰王默然无语。那先解释说："佛经说之，如合聚是诸材木用作车，因得车，人亦如是合聚，头面耳鼻口颈项肩臂骨肉手足肝肺心脾肾肠胃颜色声响喘息苦乐善恶合聚，名为人。"① 这是佛教"无我论"的最全面最经典的解释。《菩提行经》中也有类似的解释，其中关于"人无我"的解释都以"法无我"为基础，说明事物和人都是各种元素聚合而成，因此没有一个独立存在的主体性的"我"。

南传上座部巴利文佛典中觉音的《清净道论》，被认为是综述南传上座部佛教思想最详细、最完整、最著名的作品，其第十八品对早期佛教无我论做了综合概括，指出："有数百部经，只说名色，而没有人及补特伽罗。正如'车'这个词，只是表达车轴、车轮、车身、车杆等部件依据某种关系互相聚合，而当我们逐一考察各个部件时，我们发现依照绝对意义（第一义），并没有车。正如'房屋'这个词，只是表达木材和其他构件依据某种关系围绕空间，而依照绝对意义并没有房屋。……同样道理，'人'和'我'只是表达五取蕴，而当我们逐一考察各个部分时，我们发现依照绝对意义，并没有'人'，可以据以妄称为'我'或'我的'。"② 人没有物质的本体，那么是否存在精神的本体呢？佛陀本人是彻底否定精神本体存在的，巴利文佛典《杂尼迦耶》第十二《因缘集》说："如果无知的人将四大元素的产物——身体认作我，也强于将心认作我。"因为人的身体还可以存在数

---

① 《那先比丘经》，见方立天主编《佛学精华》，北京出版社，1996 年，第 17—18 页。
② 参阅郭良鋆《佛陀和原始佛教思想》，中国社会科学出版社，1997 年，第 187 页。

十年甚至上百年，而我们所谓的心、意、识，更是变幻无常的①。

以缘起论为基础的无我论从否定的意义上说明世界的整体性，是整体主义世界观的进一步展开，具有重要的生态意义。首先，就人类总体而言，无我论直接否定了人类中心主义，有利于破除人的优越感，提倡以虚怀若谷的心态对待万物，敬畏自然，敬畏生命，敬畏环境。日本学者阿部正雄将这种无我的世界观称为宇宙主义，指出："佛教关于人与自然关系的见解可以提供一个精神基础，在此基础上当人们所面临的紧迫问题之———环境的毁坏——可有一个解决方法。……作为佛教涅槃之基础的宇宙主义观点并不把自然视为人的附属，而是把人视为自然的附属，更准确地说，是从'宇宙'的立场将人视为自然的一部分。因此，宇宙主义的观点不仅让人克服与自然的疏离，而且让人与自然和谐相处而又不失其个性。"② 其次，就每个个人而言，无我论可以破解自我中心主义。现代社会人人都以自我为中心，由此产生了各种矛盾冲突。自我膨胀必然欲壑难填。欲望无限而资源有限，必然产生"求不得"苦，造成无穷无尽的烦恼和焦虑。佛教道德修持的一个重要表现是无欲和不贪，其思想基础就是无我论。《法句经》中有较多的诗句说明贪欲之害和无欲之益，如"贪欲生忧，贪欲生畏，解无贪欲，何忧何畏"③，"谓心无为，内行清虚，此彼寂灭，是为仁明"④。佛教无我思想可以破我执，解贪痴，在消解各种无休止的贪婪和欲念的同时，也消除内心烦恼，实现心灵的宁静与和谐。

二、因缘果报

以缘起论为基础的因缘果报，又称因果报应，是佛教的核心理念，也是佛教文学表现的重要主题。因缘和缘起都是佛教的基本思想和核心命题，都是讲世间万事万物因缘和合之理，只是缘起更多用于物质世界的生灭变化，因缘更多用于人生层面和人际关系。原始佛教和早期佛经主要关注人生问

---

① 参阅郭良鋆《佛陀和原始佛教思想》，中国社会科学出版社，1997 年，第 191 页。
② ［日］阿部正雄：《禅与西方思想》，王雷泉等译，上海译文出版社，1989 年，第 247 页。
③ 《法句经·好喜品》，见《大正新修大藏经》第 4 册，第 567 页。
④ 《法句经·奉持品》，见《大正新修大藏经》第 4 册，第 569 页。

题，对因缘的阐述也主要在人生层面进行。早期佛教的"十二因缘"，即无明—行—识—名色—六入—触—受—爱—取—有—生—老死，都是从人生层面进行思考和阐释的。十二因缘是人的生命之流循环不已的十二个相继而生的阶段，后来佛家将十二因缘与业报轮回思想相联系，阐释为"三世两重因缘"：无明与行是前世之因，识、名色、六入、触、受为现世所生之果；爱、取、有为现世所造之因，生和老死为来世所生之果。也就是说，前世之因为现世之果，现世之因为来世之果，即所谓"三世两重因缘"。

所谓果报又称业报，是在自然事物的因果律中加入了人的行为因素。业即造作，是人的行语意等运作而产生的能量。"业"有善、恶和无记三类。每人所作的善恶之业作为因，总会得到应有的报作为果，而且这种因果关系具有"已作不失，未作不得"的绝对性。业报与轮回观念相结合，构成业报轮回思想，由生命主体生生世世所作的善恶不同的各种业力，决定其转生的不同档次，从地狱、饿鬼、动物、人类到天堂神仙，无一不受业报轮回的制约，在宇宙中生生死死流转不息，由此形成一种关于人生道德伦理的因果关系。

业报轮回的思想渊源非常复杂。尽管原始民族中"死者幽灵会在某种动物身上居住一个时期的观念是极广泛流行的"①，但只有古代印度人上升到轮回转生意识。印度现存最早的含有轮回转生母题的神话只能追溯到佛教和耆那教，而现存最早的记载见于梵书，比较系统的业报轮回学说则见于奥义书。虽然婆罗门教的"吠陀文献"梵书和奥义书中最早出现关于轮回转生的记载，但从理论上说，业报轮回与婆罗门教义是不相容的，因为婆罗门教实行严格的种姓制度，既然种姓等级森严，血统纯净不变，所以不可能从中生出六道轮回的观念。佛教和耆那教都属于沙门思想体系，据季羡林先生分析，沙门是土著居民的宗教文化代表，而业报轮回则是他们宗教信仰的核心②。

作为一种道德观念，业报轮回基于宇宙生命的自然循环，遵循客观存在的自然法则，因而是一种自然道德。当然，这种自然道德是建立在宗教世界观和善恶报应思想基础之上的，因而也具有宗教道德和社会道德的因素。但

---

① ［美］麦克斯·缪勒：《宗教的起源与发展》，金泽译，上海人民出版社，1989年，第79页。
② 参阅季羡林《佛教与中印文化交流》，江西人民出版社，1990年，第6页。

从比较的意义上说，其宗教性和社会性都建立在自然基础之上。业报轮回观念强调对自然律的信仰，特别是早期佛教，对自然律的信仰超过对任何超自然的神灵的崇拜。神和人一样必须服从自然律，宇宙只服从自然法则，并不存在创世者和主宰者。因此宗教修行的主要任务就是研究、认识并服从这种自然律。这样的自然道德蕴含着丰富的生态智慧。首先是人与自然统一的生命意识，其终极意义是生命之河长流不息的信念。尽管在古代恶劣的自然环境和黑暗的社会现实中，生存难，生活苦，但人类仍然热爱生命，执着生活。死亡忧虑是人类最大的焦虑，而超越或战胜死亡则是人类最大的梦想。人们世世代代探索生命的奥秘，寻找征服死亡保存生命的途径。这种生命意识可以说是人类的集体无意识。轮回转生以生命个体的转换实现生命本体的长存，将个体生命溶入宇宙生命，具有深刻的生态意义。佛教所主张的"无我轮回"尤为显著①。佛教认为诸行无常，诸法无我，万物皆因缘和合而成，人的生命也只是五蕴（受想行识等生命元素）的暂时和合，死后复归各种生命元素。由此可见，每个人的生命只是宇宙生命之海中的一滴水。一个人的生命与其他生命的关系，就如同一滴海水与海洋的关系。这种生命意识体现了人与自然的统一观。

其次，业报轮回蕴涵着无中心的生命整体主义思想。有情众生的轮回有三界六道，三界即欲界、色界和无色界；六道包括天、人、阿修罗、饿鬼、畜生和地狱。《长阿含·世纪经》将三界六道进行了系统的描述。天国居民虽然幸福，但不具有永恒性，福尽命终，也要往下轮回；地狱众生虽然痛苦，但也不是永久的，只要一念向善，就会往上轮回。根据这一思想，上至神仙，下至各种动物，甚至部分有意识的植物（即所谓"有情"众生），在本质上都是平等的。生命主体在各种生命形式中流转，并没有一个既定的中心。这样的无中心生命整体主义对解构人类中心主义具有重要的启示意义。

第三，业报轮回包含着自然生命神圣不可侵犯的天赋权利。佛教在众生平等的基础上建立起不杀生的非暴力思想，这是业报轮回思想的逻辑推演。业报轮回属于"自然律"，有情众生无论神人都必须服从、接受这一自然律

---

① "我"即个体灵魂。佛教持业报轮回说又主张"无我"，即没有轮回主体，似有矛盾，对此佛教各派亦有不同说法。耆那教和印度教皆持"有我轮回"说。

的制约。建立在这一自然律之上的伦理道德，首要的一条就是"不杀生"。佛教文学经常表现不杀生的主题，如《佛本生经》中的《祭羊本生》《榕鹿本生》等，主题都是不杀生。根据业报轮回的自然道德，即使再弱小的生命之中，也存在着同样的生命本体，这个生命本体也是人的生命之源。而且每个生物都有自己生存的权利，生命神圣不可侵犯，任何众生，包括人、神，都没有权利随意剥夺其他生物的生命。因此，这样的"不杀生"戒律是将人类对生命的挚爱扩展到人类之外的其他生命，这样的自然生命权利意识，是与生存竞争的残酷现实相对立的，与当下的动物保护组织和绿色和平运动有相通之处。

第四，业报轮回的自然律体现了和谐的世界观。如果说热爱生命是个体本能体现的"集体无意识"，那么，有利于群体的生存和发展，维护社会的平衡和秩序，则是人类的一种"集体意识"。业报轮回强调因果报应，具有双重含义。一是个人选择的自由。生命形式的存在不是偶然的抛入，而是取决于自我选择；命运不是不可改变的定数，而是存在着与业相联系的前因后果。二是自己的行为自己负责。虽说有个人选择的自由，但一经选择就失去了自由，只要作业，就必须承担业力。业力作用具有持久性和不可逃避性，即善有善报，恶有恶报。从时间说有现世报，也有来世报甚或隔世报。这种业报思想体现了和谐的社会秩序。业报轮回不仅使物归其类，人得其所，而且为多灾多难的"有情世间"增添了情意韵味。业报轮回以宇宙自然和社会人生的平衡有序体现了和谐的宇宙秩序，在此基础上形成和谐统一的世界观，以及文学艺术中追求和谐的审美心理和审美理想。

三、依正不二

佛家业报理论中最能体现整体主义世界观的是共业共报理论和依正不二思想。根据因缘果报理论，每一个现实存在的人和物都是一个果报，称为"报身"，是由前因造成的后果；同时又是一个因缘，即将要造成后果的前因。人既是个体的存在，又是社会群体的一员，因此人的"业"又分为两类，即自业和共业。自业是个人自己造的业，共业是众人集体造的业。自业自己得果报，共业召感共同的果报，也称共报。这种由诸多众生共同召感的果报，主要指众人共同生存的环境，包括社会环境和自然环境。由此果报又分为正报和依报两大类。"所谓正报，是指有情众生的自体；所谓依报，是指众生所依止的国土世界。"① 也就是说，正报指的是有情众生的生命主体，依报指的是生命主体所赖以生存的环境。佛教强调依正不二，就是说生命主体与生存环境是一个整体，二者密不可分，相辅相成。

业报轮回观念已经含有生态循环思想，而依正不二思想则进一步说明人与环境的统一关系。近年来地球环境恶化，出现生态危机，正是人类"共业"的报应。数百年的工业化和现代化，人类不断挑战自然，尽情索取，与天奋斗，其乐无穷，结果就是大家共尝环境恶化的苦果。在这方面，佛教智慧能够给现代人以启示。池田大作指出："'依正不二'原理即立足于这种自然观，明确主张人和自然不是相互对立的关系，而是相互依存的。如果把主体与环境的关系分开对立起来考察，就不可能掌握双方的真谛。"② 既然环境恶化的苦果是由人类的共业所造成的，那么，环境的改善，生态危机的克服，也需要大家同努力。

在依正不二思想的基础上，佛教发展出无情有性论，是佛教整体主义世界观的又一个重要思想。"无情"是相对于"有情"而言的。佛教把宇宙万物分为两大类，一类是具有情感意识的生命，称为"有情"或"众生"；另一类是没有情感意识的存在，如草木瓦石、山河大地等，称为"无情"。"有性"指具有佛性。佛性是成佛的内在基础，又称如来性、如来藏、真如、心性、法性等。"佛性论"是大乘佛教的基本论题之一。早期佛教认为一般人不能成佛，只能成为罗汉，所以没有关于佛性的讨论。大乘佛教主张人人都能成佛，修行的目的就是成佛，进一步提出"一切众生，悉有佛性"③。一切众生皆有佛性的理论强调了众生的平等，但众生之外的无情世界有没有佛性呢？大乘佛经没有展开论述。《华严经》中虽然有"佛身充满一切法界"的说法，但没有明确的无情有性理论。印度佛教提倡的"众生平等"已经表现出深刻的生态智慧，然而这样的生态主义还是不完整的，有

---

① 方立天：《佛教哲学》，中国人民大学出版社，1986年，第166页。

② ［英］汤因比、［日］池田大作：《展望二十一世纪——汤因比与池田大作对话录》，荀春生等译，国际文化出版公司，1985年，第30页。

③ 《大般涅槃经·如来性品》，见《大正新修大藏经》第12册，第648页。

情众生之间的平等观有助于人们爱护和保护动物，但无情的山川草木并不在这样的保护之列。而中国佛教大师们的生态智慧已经突破和超越了这一局限，这就是无情有性思想的提出。可以说，"无情有性"是中国佛教对印度佛教"佛性论"的创造性发展。

所谓"无情有性"就是说山川草木也有佛性，与有情众生平等一如。首先依据"依正不二"思想提出无情有性论的是隋唐之交的三论宗大师吉藏，他指出："以依正不二故，众生有佛性，则草木有佛性，依此义故，不但众生有佛性，草木亦有佛性也。……依此义故，若众生成佛时，一切草木亦得成佛。"① 可见"无情有性"思想与依正不二原理有着深刻的内在联系。对"无情有性"思想展开理论论证的是唐代天台宗大师湛然，他的论著《金刚錍》从大乘佛教佛性论出发，旁征博引大乘经典，集中论述了无情有性说。他认为一切法都是真如佛性的显现，万法皆有佛性；不仅是有生命情识的动物，而且那些没有情识的山川、草木、大地、瓦石等，也都有佛性。如果认为无情之物没有佛性，那就等于否认佛性的普遍性。他在《金刚錍》中说："我及众生皆有此性，故名佛性，其性遍造遍变遍摄。世人不了大教之体，唯云无情，不云有性。是故须云无情有性。"② 依正不二与无情有性紧密联系，进一步阐明了生命主体与生存环境的统一关系。

如果说众生平等否定了人类中心主义，无情有性更体现了生态整体主义。现代环境主义的创始人奥尔多·利奥波德认为，人们对待动物、植物、水和土壤，除了考虑它们的经济价值之外，不承认他们的其他价值，他提出"土地伦理"就是赋予这些自然物生存的权利，他指出："一种土地伦理当然并不能阻止对这些'资源'的宰割、管理和利用，但它却宣布了他们要继续存在下去的权利，以及至少是在某些方面，它们要继续存在于一种自然状态中的权利。"③ 在此基础上发展出来的"深层生态学"认为，在生物圈中的所有事物都有一种生存与发展的平等权利，有一种在更大的自我实现的

---

① ［隋］吉藏：《大乘玄论》卷三，见《大正新修大藏经》第45册，第40页。参阅任俊华、刘晓华《环境伦理的文化阐释——中国古代生态智慧探考》，湖南师范大学出版社，2004年，第210—211页。

② ［唐］湛然：《金刚錍》，见《大正新修大藏经》第46册，第784页。

③ ［美］奥尔多·利奥波德：《沙乡年鉴》，侯文蕙译，吉林人民出版社，1997年，第194页。

范围内，达到他们自己的个体伸张和自我实现的形式的平等权利①。佛教无情有性思想及其诗意表现，与现代生态主义的大地伦理和深层生态学有着深刻的一致性。生态整体主义要求人们不再仅仅从人的角度认识世界，不再仅仅关注和谋求人类自身的利益，要求人们为了生态整体的利益而不只是人类自身的利益，自觉主动地限制超越生态系统承载能力的物质欲求、经济增长和生活消费。佛教文学以"缘起论"为基础的世界观，业报轮回的生命伦理观，以及"依正不二"和"无情有性"思想，为现代生态整体主义提供了丰富的思想资源，对于建设生态文明具有一定的借鉴意义。

---

① 参阅曾建平《自然之思：西方生态伦理思想探究》，中国社会科学出版社，2004年，第53页。

第三章　佛教文学文类学研究

　　文类学（Genology）又称文体学或体裁学，是比较文学的一个重要分支，主要研究如何按照文学本身的特点对文学进行分类，研究各种文类的发展演变、基本特征和相互影响。世界文学界最普遍的文学分类有三分法和四分法，三分法即将文学作品分为戏剧、诗歌和小说，或者分为戏剧、抒情诗和叙事文学；四分法在三分之外加上散文。这些基本的文学分类或者称为"基础文类"，如美国学者厄尔·迈纳在其《比较诗学》一书中所言①；或者称为"普遍性的文学体裁"，如美国学者乌尔利希·韦斯坦因在其《比较文学与文学理论》一书中所论②。佛教文学是东方文学中重要而又普遍的现象，历史悠久，空间跨度大，文学类型丰富，非常适合比较文学文类学研究。中印佛教文学中既有诗歌、小说、戏剧等基础文类或普遍性的文学体裁，又在长期的发展过程中形成了一些独特的文学体式，如诗歌类的偈颂与赞歌，散文叙事文学类的传记、譬喻与小说，说唱类的变文等，它们是基础文类在佛教文学中的具体呈现，或者说是普遍性的文学体裁在佛教文学中的特殊表现形态，都特色鲜明而且影响深远，在东方文学文类的发展演变中发挥了重要作用。本章佛教文学文类学研究的宗旨，不是将文类划分、文学体裁研究、文类理论批评等文类研究应用于佛教文学，也不是以基础文类或普遍性的文学体裁为平台，展开中国和印度佛教文学的比较，而是在归纳梳理佛教文学中普遍性文学体裁的基础上，选取一些具有佛教文学特色的文学体式，研究其在中印佛教文学中的渊源流变、交流互动和变异发展，进而发掘其中的文类学意义。

---

　　① ［美］厄尔·迈纳：《比较诗学》，王宇根等译，中央编译出版社，2004年，第7页。
　　② ［美］乌尔利希·韦斯坦因：《比较文学与文学理论》，刘象愚译，辽宁人民出版社，1987年，第100页。

第一节 概论

佛教文学包括佛典中具有文学性的作品，也包括没有收入佛典的僧尼作品，以及文人创作或民间文学中以宣扬佛教为宗旨的作品。这些作品的体裁形式，包括诗歌、小说、戏剧等典型文类，也包括它们的边缘交叉形式及其变种，都具有重要的文类学意义。其中偈颂与赞歌等佛教歌诗、佛传与僧传等佛教传记、变文与佛教说唱文学，以及譬喻、小说等文学文类，或具有鲜明的佛教特色，或影响深远意义重大，值得专题研究。其他如佛教叙事诗、佛本生故事、佛教戏剧等，也都是很有影响的佛教文学体裁，具有文类学研究的意义和价值。

一、诗歌类

佛教文学体裁多种多样，其中成就最高、影响最大、种类最多的是诗歌。诗歌是人类文学史上起源最早的文学类型，在各民族文学中都是最重要的文学文类之一。在世界文学中，诗歌是最为复杂的文类，各民族都有自己的诗歌传统，有独特的诗歌种类和体式，而且最难翻译和移植。韦斯坦因曾经论证："要想把在一定的历史—地理环境中牢固地扎了根的某种体裁移植于另一种历史—地理环境中，是不可能的。"① 显然主要是就诗歌文体而言。惟其如此，在中印两国都普遍存在的佛教诗歌，更有比较文类学研究的价值。中印佛教诗歌种类很多，其中最有特色、最具可比性的是偈颂和赞歌。

诗歌是印度古代文学中成熟最早的文学体裁之一，在佛经编撰时期，印度诗歌的各种类型已基本完备，为佛教诗歌的繁荣奠定了基础。佛经是佛教文学的汇编，其中诗歌类作品占有相当大的比重，而且体式多种多样。在佛经诗歌体式中，最普遍、影响最大的是"偈颂"。"偈"是梵文 gatha 的译音"偈陀"的简称，又译为"伽陀"或"伽他"，是印度古代韵文的一个单位，一般是一个对句为一偈，其作为诗体类似中国古代诗歌中的颂体，支谦在

---

① ［美］乌尔利希·韦斯坦因：《比较文学与文学理论》，刘象愚译，辽宁人民出版社，1987年，第104页。

《法句经》译本序中说："偈者结语，犹诗颂也。"① 所以又意译为"颂"或者"讽颂"，后中外混合为"偈颂"。在古代印度，偈颂作为一种文体，并非佛教文学的专利，而是在佛陀诞生之前就已经流行，其渊源可以追溯到公元前15世纪的吠陀。"偈颂"在佛经中运用非常广泛，成为与"长行"（即散文体）相对的一种表述方式，有的并不具有文学意义。然而这种诗体佛经毕竟比一般的契经更有文学色彩，其中不乏杰出的文学作品。原始佛教的四部《阿含经》中已经穿插了大量的偈颂，部派佛教时期产生了更多的偈颂体文学作品，如巴利文佛典小部15部经中有10部是偈颂体，包括《法句经》《长老偈》《长老尼偈》《经集》等，在其他佛经中也有大量偈颂。"偈颂"或"偈陀"是佛典分类"九分教"和"十二分教"之一，又称为"孤起颂"，即单独的偈颂。还有一种"祇夜（Geya）"，意译"重颂"或"应颂"，即与长行散文相配合的偈颂，有时作为一段经文的引子，即先说出偈颂，然后加以阐释或敷衍；有时作为一段经文的总结，即先用散文演说教义或故事，然后用偈颂加以概括。按印度传统，佛教师徒付法传经主要靠口耳相传，因而言简意赅、具有高度概括力而又便于记忆的偈颂非常适用，《法句经》便是此类作品的结集。偈颂内容富含哲理，形式上用韵律，可长可短，但一般比较短小精炼，因而可以看作格言诗或哲理诗。当然偈颂也可以用来抒情、说教、赞颂或叙事。

偈颂类佛经很早就翻译到中国，对中国诗歌的内容和形式都产生了深远的影响，其中之一就是中国佛教偈颂诗的大量涌现，使偈颂成为一种独特的佛教文学诗歌文体。中国佛教诗歌种类很多，在佛典内外都有大量出自僧尼之手的自觉的诗歌创作，而且还有大量来自民间或出自文人之手、以表现佛教思想为宗旨的诗歌作品，其中有民歌俚曲传统的"五更转""十二时""百岁篇""行路难"等，也有文人创作的古体诗、近体诗、长短句等。这些诗歌体式大部分非佛教文学所独有，而是中国传统的诗歌体式，其中属于佛教文学独有、能够与印度佛教诗歌对应而具有比较文类学研究意义的还是偈颂。偈颂在印度所指比较广泛，汉译佛经中比比皆是，但在中国文学语境中，偈一般是指形式简短、以说理谈玄为主要内容的诗歌作品。中国高僧们

---

① ［印］尊者法救：《法句经》，［吴］维祇难等译，见《大正新修大藏经》第4册，第566页。

通过汉译佛典对"偈"作了区分,如隋代三论宗奠基人吉藏《百论疏》卷上指出:"偈有二种,一者通偈,二者别偈。言别偈者,谓四言、五言、六言、七言,皆以四句而成,目之为偈,谓别偈也。二者通偈,谓首卢偈,释道安云:盖是胡人数经法也,莫问长行与偈,但令三十二字满,即便名偈,谓通偈也。"① 这样的通偈与别偈的二分比较符合汉译佛经偈颂文体的实际,因而被普遍接受。从形式上看,中国汉语语境中的偈主要是"四句而成"的别偈。在内容方面,中国僧俗对"偈"也有独特的理解,如拾得诗:"有偈有千万,卒急述应难。若要相知者,但入天台山。岩中深处坐,说理及谈玄。共我不相见,对面似千山。"可见偈的内容主要是"说理及谈玄",需要慢慢体悟,而且只有相知者能够理解。因此项楚先生将"偈"解释为"构成佛经的文体之一,具有类似诗的形式和宗教性的内容"②。

偈颂文类的特点在内容上主要表现为哲理性。在文学作品和现实生活中,一些有道高僧常以说"偈"的方式表现自己的悟道体验,其中往往蕴涵深刻的哲理或玄妙的"天机"。就艺术形式和表现手法而言,偈颂一般言简意赅、形象生动,常用象征、暗示等手法,具有一定的神秘色彩。

与偈颂相似而又不尽相同的佛教诗歌文类是"赞颂",或者称为佛教赞歌。在印度,此类作品的代表作是著名诗人摩咥哩制吒的《一百五十赞佛颂》和《四百赞》,义净称赞其:"文情婉丽,共天花而齐芳;理致清高,与地岳而争峻。西方造赞颂者,莫不咸同祖习。"像无著、世亲那样的大德"悉皆仰止",五天之地,初出家者,"须先教诵斯二赞"③。佛教赞歌是佛教文学中的特殊种类,源远流长,与偈颂等其他佛教诗歌文类关系比较复杂。从形式上说,赞颂和偈颂基本相同。从内容的角度说,一般的偈颂是格言诗、哲理诗和抒情诗,而赞颂可以单列一类。佛经翻译家鸠摩罗什曾经述及:"天竺国俗,甚重文制,其宫商体韵,以入弦为善。凡觐国王,必有赞德,见佛之仪,以歌叹为贵,经中偈颂,皆其式也。"④ 这一方面说明偈颂是可以入弦歌咏的,另一方面说明其内容以赞颂为主。从诗歌起源的角度

① [隋]吉藏:《百论疏》,见《大正新修大藏经》第42册,第238页。
② 参阅项楚《寒山诗注(附拾得诗注)》,中华书局,2000年,第844—845页。
③ [唐]义净著,王邦维校注:《南海寄归内法传校注》,中华书局,1995年,第179页。
④ [梁]释慧皎撰:《高僧传》,汤用彤校注,汤一玄整理,中华书局,1992年,第53页。

说，颂神诗是诗歌文体的源头之一，各种成熟的宗教都有自己的颂神诗或赞美诗传统，对内表达对神灵的崇拜之情，以坚定宗教信仰，对外可以宣传教义，吸引信徒，战胜外道，佛教也不例外。历代佛徒创作了大量赞佛文学，其形式多为偈颂。即使是以表现个人体验为主的僧尼诗歌，也往往伴随着对佛祖与佛法的赞美和称颂。这样的赞佛文学进一步发展成为一种独立的佛教诗歌类型①。

　　在中国，有许多高僧著有赞佛诗，如《广弘明集》卷一五《佛德篇》收录东晋高僧支遁法师的《释迦文佛像赞》《阿弥陀佛像赞》《文殊师利赞》《弥勒赞》《维摩诘赞》《善思菩萨赞》等"佛菩萨像赞"13 首，谢灵运的《佛法铭赞》、《和范光禄祇洹像赞三首》（佛赞、菩萨赞、缘觉声闻合赞）、《维摩诘经中十譬赞八首》等；卷三〇《统归篇》收录支遁《赞佛诗》8 首，都属于赞颂诗。这些赞颂佛菩萨的作品，一方面受中国传统"颂赞"文体的影响，如刘勰所谓："赞者，明也，助也。昔虞舜之祀，乐正重赞，盖唱发之辞也。……然本其义，事生奖叹，所以古来篇体，促而不广，必结言于四字之句，盘桓于数韵之辞，约举以尽情，昭灼以送文，此其体也。"②另一方面也借鉴了佛教偈颂的形式。隋唐时期，中国佛教宗派形成，大多借重文学弘法传教，由此中国佛教文学也进入一个高峰期，佛教诗歌也更加繁荣。中国佛教诗歌在不同宗派诗人那里也有不同的表现，如禅宗反对研经念佛，主张顿悟本性、见性成佛，因而禅门偈颂大多是探讨心性、表现禅境的哲理诗，很少赞颂诗。而净土宗则相反，主张通过念佛和赞佛实现往生净土的终极目标，所以净土宗形成之后，进一步推动了中国佛教赞颂文学的发展。净土宗的奠基人和代表人物昙鸾、善导、法照等，都创作了许多赞佛诗。净土大师们的赞佛诗歌内容以赞佛为主，形式更偏重和乐，作品大多有和声标志，如善导《转经行道愿往生净土法事赞》中的"般舟三昧乐"附有"愿往生"与"无量乐"两种和声，交替使用；其"行道赞梵偈"则附有和声"散华乐"；《依观经等明般舟三昧行道往生赞》中有洋洋千句的长篇赞歌"般舟三昧乐"，交互使用"愿往生"与"无量乐"两种和声。法照

---

① 参阅陈明《汉译佛经中的偈颂与赞颂简要辨析》，载《南亚研究》2007 年第 2 期。

② ［梁］刘勰：《文心雕龙·颂赞》，见郭晋稀《文心雕龙注译》，甘肃人民出版社，1982 年，第 106—107 页。

《净土五会念佛略法事仪赞》中的《宝鸟赞》，每上句用和声"弥陀佛"，每下句用和声"弥陀佛弥陀佛"；《维摩赞》每上句用和声"难思议"，每下句用和声"难思议维摩诘"；《离六根赞》前一部分用和声"我净乐"，后一部分交互使用"努力"与"难识"两种和声；《西方乐赞》交替使用"莫着人间乐，莫着人间乐""西方乐"与"诸佛子"三种和声①。这些"和声"的名称有的仅仅是重复句，有的近似曲牌。估计最初是通过重复诗中的词句形成复踏效果，以增强感染力，进而发展成为旋律的应和，形成和声。显然，这种赞歌的形式是伴随一定仪式的配乐歌诗，离偈颂体式已经比较远了，具有了独立的文类学意义。中国佛教文学中的赞歌与偈颂主要有两点差别：其一，偈颂作为法句是佛教义理的概括，属于佛教的精英文学，偏重哲理情趣，表现多用象征，具有一定的神秘色彩；赞歌作为情感表现，属于佛教中的大众文学，一般通俗易懂。其二，在中国佛教文学中，偈颂以表现宗教体验和感悟为主，一般不再讲究入弦和乐；而赞歌则是用来唱的歌诗，必须和乐能唱。

　　佛教诗歌中还有一种重要类型是叙事诗。早期佛经中许多叙事性作品是用诗体写成的，如著名的《佛本生经》中的故事原是用诗体写成，比较简略，传入斯里兰卡后由当地僧人加以注释，形成现今所见的韵散结合的形式。巴利文佛经中的《经集》是一部叙事诗集，它保存了许多最古老的佛教诗歌，其中有最早的以佛陀生平为题材的叙事诗，更多则是描写佛陀教化众生的故事。在早期叙事诗的基础上，到公元前后出现了以佛陀生平为题材的长篇叙事诗，代表作是马鸣的《佛所行赞》。长篇叙事诗又称"大诗"，是印度梵语古典诗歌形式之一，以大诗史《罗摩衍那》为典范，注重叙述和描写的铺排渲染，在情节和叙述方面都有一定的格式要求。《佛所行赞》也具备大诗要素。首先，大诗主人公出身高贵，一般是天神或国王。佛陀正是这样的一位主人公。其次，大诗必须有情味，包括艳情、英勇、寂静等。《佛所行赞》是以寂静味为主，太子出家寻求解脱是追求寂静，苦行林和园林精舍环境寂静，佛所悟道说法及最终涅槃体现的都是寂灭之道。《佛所行赞》中也有其他辅助的情味，如艳情味在一般作品中表现为爱情婚姻，在

① 上述见《大正新修大藏经》第47册、第85册。并参见［日］加地哲定《中国佛教文学》，刘卫星译，今日中国出版社，1990年，第168—171页。

《佛所行赞》中主要表现为太子出家前与耶输陀罗的夫妻生活和众彩女对太子的诱惑；英勇味一般表现为战斗情节，佛陀生平中本无战斗，《佛所行赞》安排了《破魔品》，通过菩萨与魔军的斗争表现其英勇。《佛所行赞》上承《罗摩衍那》史诗，下启古典时代的大诗，在印度文学史上起了承前启后的作用。除《佛所行赞》之外，马鸣还取材佛弟子故事创作了长篇叙事诗《美难陀传》。中国本土文学特别是汉民族文学没有史诗，《诗经》雅颂部分有些歌颂祖先的作品，被一些学者看作是汉民族的史诗，但不仅篇幅短小，而且缺乏叙事。佛教文学由于直接受印度文学影响，一度有产生长篇叙事诗的迹象，如《维摩诘经讲经文》，仅收入《敦煌变文集》的残卷就有一百多页近十万字。据郑振铎先生推测，全文不下三十卷，比原作扩大了至少三十倍，是汉文学中少有的长篇叙事诗①。可惜这种韵文叙事文学在中国汉文学中没有真正发展起来。

二、故事与小说类

传统佛经分类中"九分教"或"十二分教"中的本生、本事、希有法、缘起、譬喻、授记等，都属于散文叙事文学。其中"缘起"或因缘主要解释说明事物之间和人与人之间的因缘关系。"希有法"或译"未曾有"，指释迦牟尼生平中的传奇事迹，如《中阿含·未曾有法经》中阿难列举了他所知道的十几种关于世尊的"未曾有法"，包括生兜率天；在兜率天有天寿、天色、天誉；从兜率天下凡入母胎，天地震动；出母胎时震天动地，以大妙光普照世间；出生之时即行七步，观察诸方；虚空中有雨注下，一冷一暖，灌世尊身；世尊坐阎浮树下得初禅成就时，树影为荫其身而不移等。这些都属于佛陀传记资料，都为后世佛教传记文学所吸收，成为神化佛陀的基础。"授记"是佛陀预言弟子将来能够成佛，如过去世的燃灯佛曾经为释迦牟尼前身授记，释迦牟尼佛曾经为弥勒授记，预言其将来成佛。"本生"和"本事"属于一类，都是根据业报轮回观念创作的前生故事，在佛经中，讲述佛陀前生故事的称为"本生"，讲述佛弟子前生故事的称为"本事"。所

---

① 参阅郑振铎《中国俗文学史》第六章《变文》，商务印书馆，2009年，第185—186页。

谓"譬喻"是以一个小故事解释说明一个道理。以上几类故事都对后世文学产生了重大影响,有的具有主题学意义,有的具有文类学意义,其中最有文类学意义的是本生和譬喻。

根据佛教的业报轮回观念,每个人都有前生、今生和来生。释迦牟尼在成佛之前经过无数次转生,积累下无量功德,才最终成佛。佛本生故事讲的就是释迦牟尼前生轮回转生的故事。印度佛教各部派都有自己的佛本生故事,南传上座部将有关释迦牟尼前生的故事编辑在一起,共有547个,成为巴利文佛典小部中的一部经,即《佛本生经》。其中每个本生故事基本由五部分组成:第一,今生故事,说明佛陀讲述前生故事的地点和缘由;第二,前生故事,这是作品的主体;第三,偈颂诗,穿插于故事讲述之中或放在故事最后以点明题旨;第四,注释,解释偈颂诗每个词的含义;第五,对应,把前生故事中的角色与今生故事中的人物对应起来。可见,轮回转生在佛本生故事中不仅是基本观念,而且具有结构功能。作为观念题旨,它具有主题学意义;作为结构模式,它具有文体学意义。

在印度,佛本生故事与两种佛教文学文类密切相关。一是小说。佛本生故事是经过艺术加工的虚构性散文叙事文学,与小说本质相同,因此可以看作印度早期的小说或小说雏型。二是传记。由于印度古人笃信轮回转生,而且前生与今生紧密联系,没有截然分割,因此释迦牟尼的前生故事也成为佛陀生平的一部分。印度佛教许多部派编有佛陀传记,如大众部的《大事》、法藏部的《释迦牟尼本行》、说一切有部的《大庄严》等,都将释迦牟尼的前生事迹纳入,作为佛传的一部分。

在中国,"五百本生"曾经有过翻译,但已经失传。现存汉译佛经中的佛本生故事散见于《六度集经》《生经》《佛本行集经》《贤愚经》《菩萨本生鬘论》等典籍,所收故事亦上百数。这些故事与巴利文《佛本生经》属于不同的佛教部派,但故事来源和编纂手法基本一致,因而大同小异。由于佛本生故事的广泛传播,使其成为中国文学艺术的重要源泉,小说、戏曲、绘画、雕塑等佛教文学艺术不仅从佛本生故事取材,而且在文学叙事和艺术表述方式等方面,也深受佛本生故事的影响。

譬喻(avadāna)有广义和狭义,从广泛的意义上说,凡是通过故事说明道理的作品都是譬喻,由此"九分教"或"十二分教"中的本事、本生、因缘、无问自说等，都可以看作譬喻；而狭义的譬喻只是"九分教"或"十二分教"中的一类，是佛经中或者佛教文学中的一种特殊文体。在释迦牟尼时代，譬喻是佛陀及其弟子说法的一种方式。佛祖释迦牟尼说法传教之时便善用譬喻，《中阿含经》中有许多以"喻"为题的佛经，如《箭喻经》《城喻经》《水喻经》《木积喻经》《盐喻经》《象喻经》等。其中《箭喻经》讲一身中毒箭之人，不抓紧时间拔箭疗伤，反而细致询问箭之来历、材质、颜色等方面的问题，结果不等问完已经丧命。由此说明不要追问世界有常无常等形而上的问题，解决生老病死问题才是当务之急。《盐喻经》以盐投水的咸淡程度喻业报之理。佛弟子承师之道，也善用譬喻。《长阿含·弊宿经》写的是佛灭度之后，童女迦叶与一名叫弊宿的婆罗门论道。弊宿说，他的亲友中有一位恶人，照理死后应入地狱，弊宿请他回来告诉地狱中的情况，但他一直没有回来。另有一位善人，照理死后应升天界，但也没有回来告知天界情况。所以弊宿认为没有他世更生，也没有善恶报应。迦叶说："诸有智者以譬喻得解，今当为汝引喻解之。"然后为弊宿说了两个譬喻，其一是一位盗贼被抓住，关进狱中，他想回去告诉家人狱中情况，狱卒不会放他回家；其二是一个掉进厕所粪坑中的人，好容易爬上来洗干净，让他再回到粪坑里去，他绝对不愿回去。弊宿死去的亲友也是如此，得到恶报想回也回不来，得到善报的再也不愿回来。最后迦叶以巧妙的譬喻折服了弊宿。一个优美的故事，一个巧妙的譬喻，的确能使说法生动，使作品生辉。作为佛典分类的"九分教"和"十二分教"之一的"譬喻"，其源头便是《阿含经》中的此类经典。

　　大乘佛经虽然不是释迦牟尼所说，但继承并发展了释迦牟尼譬喻说法的传统，如《法华经》中有著名的"法华七喻"，其中"火宅喻"讲一位长者见三个儿子在着火的房子里玩耍，不肯出来，为了让他们走出火宅，便假说外面有好玩的羊车、鹿车和牛车。孩子们听说外面有车玩，都走出火宅。长者便给他们每人一辆七宝牛车。以此说明佛教三乘和一乘的关系。"穷子喻"讲一个少小离家的穷子，若干年后乞食路经自己的富贵之家，惶恐而走。父亲认出儿子，派人追赶。穷子惊恐昏厥，只好让其离去。长者为了诱子归家，先雇其除粪，后留作长工，认为义子。长者临终宣布父子关系，让其继承家业，穷子喜出望外。以此表现声闻弟子们被佛授记时的心情。"化城喻"讲一位聪明的导师引导众人经过漫长而艰险的道路去珍宝处。众人中途懈怠，畏难不前。导师为使众人坚定信心，便以方便力于险道中途化现一城，让众人入城歇息。待众人得到休息之后，即灭化城，对众人说珍宝处已近，勉励大家继续前进。以此解释佛陀为何先说小乘后说大乘。这些故事本身含意隽永，用以说理更显形象生动，意趣盎然。当然，譬喻不同于一般的故事，它不注重情节的完整性，而追求说理的形象和透辟，而且一般比较简短。

在后代佛徒中，譬喻成为讲解佛经的一种方式。大约在公元前后，出现了一些擅长譬喻的佛教论师，被称为"譬喻师"，如童受、法救等，创作了一批典型的譬喻作品，如《大庄严论经》《法句譬喻经》等。汉译佛典中有《大庄严论经》15卷，是一部训诫故事集，共收89个故事。鸠摩罗什译本明确说是"马鸣菩萨造"，义净也说"马鸣亦造歌词及《庄严论》"，但在我国新疆发现的内容与《大庄严论经》相近的一个残卷（1926年刊行于德国莱比锡），却署名为童受。童受是稍后于马鸣而又与马鸣齐名的有部论师。渥德尔在其《印度佛教史》中便把《大庄严论经》归于童受①，所以这部作品的著作权还是一个问题。吕澂先生认为童受和马鸣先后相接，稍后的童受很有补订马鸣旧制而成的可能②。《法句譬喻经》是用一些小故事来解释《法句经》，其中的譬喻故事多为附会之谈，有些比较牵强。譬喻师并非"譬喻"的发明者，而是佛经譬喻文学传统的继承和发展者。不仅早期的《阿含经》多用譬喻，后来的《那先比丘经》中那先为弥兰陀王说法，也主要用譬喻，所以吕澂先生说他"甚似后来的譬喻师，可以称为譬喻师的先驱者"③。随着佛教譬喻文学的发展，形成了一些专门收集譬喻故事的经典。其中《百缘经》是譬喻经中最古老的一部，属于小乘经典，有3世纪支谦的汉译，题为《撰集百缘经》，其中夹杂了许多授记和本生故事，可以看出本生、授记、因缘、譬喻之间并无严格的界限。《天譬喻经》敬辞和题署都显示为大乘经，内容仍主要是从早期律藏和经藏中搜集的故事。该经没有完整汉译，但其中有些故事可以在汉译佛典中找到对应。汉译佛典中重要的譬喻

① ［英］渥德尔：《印度佛教史》，王世安译，商务印书馆，1987年，第526页。
② 详见吕澂《印度佛学源流略讲》，上海人民出版社，2002年，第367页。
③ 吕澂：《印度佛学源流略讲》，上海人民出版社，2002年，第62页。

类经典还有《杂譬喻经》《百喻经》《杂宝藏经》《菩萨本缘经》等。关于《百喻经》，僧祐《出三藏记集》卷九《百句譬喻经前记》记载："永明十年九月十日，中天竺法师求那毗地出。修多罗藏十二部经中抄出譬喻聚为一部，凡一百事，天竺僧伽斯法师集行大乘，为新学者撰说此经。"① 说明这部作品是抄自众经，其用途主要是教授新学。

从比较文类学的角度看，佛教文学中的譬喻近似寓言。寓言在世界各国普遍存在，是故事文学的一种特殊类型，大多在简短的故事中寓寄深刻的义理。寓言大致可以分为三类，一是动物寓言，大多以动物活动来表现人类的生活和思想。故事的主角是动物，围绕它展开故事情节，因而不同于一般的拟人手法。动物故事较长的、情节复杂的为童话，以引人入胜的故事为重；篇幅短小寓意深刻隽永者为寓言，重在说理。佛本生故事中佛陀前生多次转生为动物，大多属于这样的动物寓言。二是人物寓言，以某种人物的特殊行为说明一种道理，重在说理而不在情节。譬喻类经典或者狭义的譬喻，大多属于这样的人物寓言。三是神话寓言或神奇寓言，角色是非凡的存在和根本不存在的神灵，其与神话传说的区别亦在于其说理性。譬喻就是这样的寓理于事的寓言。鲁迅先生曾指出："尝闻天竺寓言之富，如大林深泉，他国艺文，往往蒙其影响。即翻为华言之佛经中，亦随在可见。明徐元太辑《喻林》，颇加搜录，然卷帙繁重，不易得之。佛藏中经，以譬喻为名者，亦可五六种。"② 可见鲁迅先生是将寓言与譬喻相提并论的。

佛教故事文学中还有一类传记故事，包括记述释迦牟尼生平事迹的佛传故事和记述佛弟子生平事迹的僧传故事。自释迦牟尼灭度以后，他的生平事迹便成为佛教遗产的重要组成部分，也成为佛教文学艺术的重要素材，其中以佛陀生平为主题的佛传成为佛教文学的重要一翼。在佛教两千多年的发展过程中，有许多高僧大德为佛教事业做出了巨大贡献，其深刻的思想、丰富的业绩和可歌可泣的事迹，是中印两国佛教文化的重要遗产和宝贵的精神财富，以他们的生平为主题的僧传，是佛教文学的重要组成部分。在佛教散文叙事文学中，传记文学自成一类，值得进行专题研究。

散文叙事文学的最高形态是小说，小说是人类文学史上最重要的文学文

---

① ［梁］释僧祐：《出三藏记集》，苏晋仁、萧炼子点校，中华书局，1995 年，第 355 页。

② 鲁迅：《〈痴华鬘〉题记》，见《鲁迅全集》第七卷，人民文学出版社，2005 年，第 103 页。

类之一，也是成熟最晚的一种文学文类，作为散文体叙事文学的各类故事，都属于小说的前身，为小说的形成和发展奠定了基础，佛教小说也体现了这样的文类发展规律。在佛教文学中，小说与本生故事、譬喻故事、传记故事等散文叙事文学血脉联系非常明显，上述各类故事文学，都为佛教小说的发展奠定了基础，准备了条件。小说较之故事并无严格界限，只是相对地情节结构更复杂一些，描写刻画更细致一些。从这个意义上说，佛经中许多故事已具备了小说的特质。如汉译《太子须大拿经》是佛本生故事之一，写太子须大拿乐善好施的故事，不仅篇幅较长，而且对太子流放、送子舍妻的场面和人物心态作了细致传神的描写。更具长篇小说规模和特点的是大乘佛典《华严经》，其中的《入法界品》写文殊菩萨参加佛陀法会后去南方福生城传法，有一善财童子听经悟道发菩提心，决心修菩萨行，文殊指引他到各地参访名师，善财先后参访了 53 位善知识，其中既有大菩萨，也有普通凡人，善财皆有所获，境界日增，最终悟入法界。作品想象丰富，描写细腻，并着力塑造求道者形象，是典型的教养小说或启悟小说。另外值得提及的还有《那先比丘经》，该经取材于佛教传播史。约公元前 2 世纪时，统治印度西北部的希腊国王米南德向高僧那先请教佛教问题。这个历史故事在流传过程中不断增益，附会那先和米南德的前世因缘和后世果报，使《那先比丘经》成了一部历史演义小说。然而小说文类在印度佛教文学中没有真正发展起来。印度小说成熟之时，佛教在印度趋于衰落，而且印度小说一开始就陷入了言文分离的形式主义泥沼，所以在印度佛教文学中，没有成熟的典型的小说作品。

在中国小说的发展过程中，佛教文学发挥了重要作用。佛教的神话思维打开了人们的想象空间，佛经故事的魔幻表现提供了艺术借鉴，佛门弟子的传奇经历提供了故事素材，这些都有助于小说文类的发展。佛教为了面向大众赢得信徒，也要借助新兴的受大众欢迎的小说文体。从魏晋开始，到唐宋元明，出现了佛教与小说互动共进的局面，期间产生了许多在题材、情节、人物、主题及艺术表现等方面都具有佛教特色的小说作品。与印度相比，中国佛教小说具有更重要的文体学意义。在中国，佛教小说不仅贯穿中国小说发展的每一个阶段，而且起着引领作用，如南北朝的志怪小说、唐代传奇小说、俗讲变文、说唱话本等，都是佛教文学开风气之先。

从印度到中国，佛教小说有自己的发展轨迹和演变规律，佛教小说的文类特点，如思想方面的出世性与超越性，内容方面的志怪、述异和传奇，叙述方面的故事套故事和韵散结合，艺术表现方面的魔幻等，都与本生、譬喻等佛教故事文学有着内在的联系。佛教小说是佛教文学的重要文类，具有鲜明的特点和重要的影响，值得专题研究。

三、说唱与戏曲类

印度说唱文学源远流长，其代表作品是印度教的两大史诗。印度佛教文学也有自己的说唱传统。佛陀时代就有一些善于歌唱的诗人加入了佛教僧团，以自己的歌诗为佛法服务。如著名诗僧牟自在本来是一位职业诗人，是一个即席作歌的专家，他曾经自述：

> 我醉心歌唱，行吟漫游，
> 　　城复一城，村又一村。
> 我看见如来佛陀，他功行圆满，
> 　　一切法中，至上至尊。①

这些佛教诗人以面向大众的通俗化的诗歌和故事，感染吸引广大群众，推动了佛教的传播与发展。阿育王时期佛教发展到高峰，佛教通俗文学也更加繁荣，此时流行的"梵呗"是佛教说唱文学发展的新阶段。关于梵呗，梁慧皎《高僧传》卷一三解释说："然天竺方俗，凡是歌咏法言，皆称为呗。至于此土，咏经则称为转读，歌赞则号为梵呗。昔诸天赞呗，皆以韵入弦缛。五众既与俗违，故宜以声曲为妙。"② 可见梵呗包括"歌赞"和"咏经"，主要表现方式是歌唱，但也有说的成分，是佛教说唱文学的渊源之一。

从文类学的角度看，说唱文学是戏剧的源头之一，因为说唱文学已经体现了戏剧所具备的身体叙事、音乐叙事等表演特性。印度古代戏剧源远流长，成就卓著，其成就可以和古希腊戏剧媲美，但其起源却扑朔迷离。学术

---

① 参见［英］渥德尔《印度佛教史》，王世安译，商务印书馆 1987 年，第 209—210 页。
② ［梁］释慧皎：《高僧传》，汤用彤校注，汤一玄整理，中华书局，1992 年，第 508 页。

界有吠陀时代说，或者认为《梨俱吠陀》中的对话诗是戏剧的源头，或者认为吠陀时代的宫廷乐舞是印度戏剧的源头；有史诗时代说，认为史诗的演唱演变成戏剧；有木偶戏或皮影戏说，因为印度上古的木偶戏非常发达，被认为是木偶戏的发源地；另外有人认为印度戏剧源于公元前 4 世纪波你尼时代的戏笑伎人；还有人认为印度戏剧受到古希腊戏剧的影响①。总之是众说纷纭，莫衷一是。由于印度早期戏剧没有作品流传，所以目前只能说印度戏剧产生很早，估计在公元前 2 世纪前后已经有成熟的戏剧作品。因为公元前 1 世纪前后出现了成熟的戏剧理论著作《舞论》，而成熟的戏剧理论应该是在成熟的戏剧创作实践的基础上产生的。一般说来，戏剧的产生与一定的宗教仪式密切相关，如古埃及戏剧与奥西里斯神的祭典、古希腊戏剧与酒神祭典都有非常密切的联系。印度婆罗门教圣典《梨俱吠陀》中的一些对话诗已具戏剧雏形，稍后的"吠陀支"中有一门近似于戏剧学（或歌舞学）的学问，说明印度戏剧的源头也与宗教仪式有着某种联系，只是这种联系没有具体剧种或作品的印证，显得比较模糊。虽然在佛教产生之前印度已经有了戏剧的萌芽，但由于早期佛教反对婆罗门教的繁琐祭仪，也没有神祇和偶像崇拜，所以不太重视戏剧。然而戏剧毕竟是古代社会最好的大众传媒，为了弘扬佛法，佛教也不能不借助戏剧。印度戏剧的重要发展时期正是佛教兴盛时期，所以佛教与印度古代戏剧也结下了不解之缘。早期佛教中对话形式的讲经说法和有一定情节的对话诗，稍加改编，由演员表演就成了戏剧。英国学者渥德尔断定："有证据说明其中有某些戏剧化故事情节，尤其在杂阿含里面，在节日集会时曾在舞台表演。"②

印度佛教戏剧是从说唱文学发展而来的。从早期佛经中对话体的歌诗，到阿育王时代的梵呗，再到马鸣的伎乐和世俗剧，有着明显的发展轨迹。目前发现印度最早的成熟戏剧是公元 1—2 世纪佛教戏剧家马鸣的作品。1910年，在我国新疆吐鲁番发现了三部梵文佛教戏剧残卷，1911 年由鲁德斯（Heinrich Lüders）校刊，以《佛教戏剧残本》的书名在德国柏林出版。其中有一部九幕剧《舍利弗传》保存的是最后两幕，以印度习惯于卷末署名

---

① 参阅黄宝生《印度戏剧的起源》，载《外国文学评论》1990 年第 2 期。

② ［英］渥德尔：《印度佛教史》，王世安译，商务印书馆，1987 年，第 219 页。该书 257—259 页对此有进一步的论述。

为"金眼之子马鸣著舍利弗世俗剧",从而确定为马鸣的作品。马鸣是重要的佛教诗人和戏剧家,他的戏剧创作有着非常重要的文类学研究价值。马鸣尝试过多种类型的戏剧的写作,可以看出戏剧艺术形式的发展演变。一是以《赖吒和罗》为代表的、以演唱为主要表现方式的戏曲。赖吒和罗的事迹在早期佛经中有比较详细的记述,写的是长者子赖吒和罗冲破父母家人的阻挠随佛出家的故事。马鸣传记资料中记载他曾创作并演唱一部名为《赖吒和罗》的佛剧,作品虽然没有流传下来,但《付法藏因缘传》中的记载可以看出其艺术形式:马鸣"于华氏城游行教化,欲度彼城诸众生故,作妙伎乐名《赖吒和罗》,其音清雅哀婉调畅。……如是广说空无我义,令作乐者演畅斯音,时诸伎人不能解了,曲调音节皆悉乖错。尔时马鸣,着白毡衣入众伎中,自击钟鼓,调和琴瑟,音节哀雅,曲调成就,演宣诸法苦空无我"[1]。这是一种曲艺形式的戏剧,是印度戏剧比较原初的形式。马鸣自己后来的戏剧以及后来的印度戏剧家如跋娑等人的戏剧,都是在这样的有说有唱的曲艺形式基础上发展起来的诗乐舞混合的戏曲。二是以《舍利弗传》为代表的"世俗剧"。《舍利弗传》取材于舍利弗和目犍连皈依佛门的故事。他们原为外道异学,为追求真理而多方求师问道。虽然有了不小的名气,也收了许多弟子,但仍为找不到真正的解脱之道而感到苦恼和困惑,两人相约,谁能找到大智大慧者便一起去投奔。有一天舍利弗在街上见到比丘马胜,发现他仪容举止非凡,神态安详自若,感到非常惊奇。因为他知道,只有具备了坚定的信仰、找到了真正的解脱之道的人,才会有这样的神态。舍利弗便问他跟哪位导师、学什么道?马胜告诉他自己是释迦牟尼的弟子,学的是佛道,并为他讲述了佛教四谛。舍利弗闻法悟解,相约好友目犍连一起投奔佛陀。现存《舍利弗传》残卷描写舍利弗会见马胜后,有心投奔佛陀,他与一位门客交谈,门客是个婆罗门,是剧中的丑角,说婆罗门不应该接受刹帝利种姓人的教诲。舍利弗当即反驳说,低种姓医生配制的药丸,照样可以治病。目犍连见舍利弗满面喜悦,问明原因,和舍利弗一起投奔释迦牟尼。佛陀预言他们将成为自己的上座弟子,一个智慧第一,一个神足第一。佛陀还与舍利弗进行了哲学对话。马鸣的《舍利弗传》是一部比较符合戏剧理论著作

---

① 见[梁]真谛译,高振农校释《大乘起信论校释》,中华书局,1992年,第202页。

《舞论》要求的戏剧，具备古典梵语戏剧的主要特征，包括角色的分类固定，戏文的韵散杂糅，人物语言的雅俗之分，以及舞台提示和剧终的祝福诗等。三是抽象概念人物化的戏剧。在新疆发现的三个佛教戏剧残卷中有一部抽象概念人物化的作品，虽然没有署名部分，但与署名马鸣的作品一起发现，一般也视为马鸣之作。作品中登场的角色有"觉"（智慧）、"称"（名声）、"定"（禅定）等，只有一个佛算是实有人物。这种形式的来源实际就是佛经本身。早期的《杂阿含经》中经常用问答形式表现佛教思想和外道思想的斗争，有的运用"概念人物化"的方式，如佛陀即将成道时，魔王的女儿"欲望""不满""烦恼"等前来诱惑，被他各个击溃；还有佛教的"无嗔""忍辱"与世俗价值观之间的冲突等。这样的象征表现手法经过表演就成为一种独特的戏剧形式。这种概念人物化的象征剧在印度戏剧史上屡见不鲜①。

后期的大乘佛经也有借助戏剧形式的作品，如著名的《维摩诘经》采用的文体也是戏剧性的，全部作品以对话为主，有些地方稍作交代，很像一部多幕剧。有些佛经稍作改造就成为戏剧，如现存吐火罗文和回鹘文的《弥勒会见记》就是这样一部佛教剧。《弥勒会见记》吐火罗文本译自"印度文"，原本已经失传，不知其本来面目及所用语文。回鹘文本是吐火罗文本的翻译。两种文本都标明是"剧本"，且有"幕间插曲终""全体下"等舞台术语，有丑角等戏剧要素。但仍有学者认为"它同其他散文夹诗的叙事文章一点也没有区别"，一点儿也不给人戏剧的印象，因此否认它是真正的剧本。季羡林先生经过充分论证，认为它"是一个剧本，可是严格说起来，它只是一个羽毛还没有完全丰满、不太成熟的剧本"②。正因为其不成熟，更有文类学研究的价值，可以据此研究印度乃至东方戏剧文类的形成和特点。季羡林先生指出："吐火罗文剧本，无论在形式方面，还是在技巧方面，都与欧洲的传统剧本不同。带着欧洲的眼光来看吐火罗剧，必然格格不入。"③他借鉴了葛玛丽（A. Von Gabain）的观点，认为："流传下来的写本绝大多

---

① 参阅金克木《概念的人物化——介绍古代印度的一种戏剧类型》，载《外国戏剧》1980 年第 3 期。

② 《季羡林全集》第 11 卷，外语教学与研究出版社，2010 年，第 11—14 页。

③ 《季羡林全集》第 11 卷，外语教学与研究出版社，2010 年，第 12 页。

数不是为了阅读，而是为了朗诵，伴之以表演。在某种情况下，从中就产生出来了戏剧。在中世中国，中亚的朗诵艺术非常流行，中国的歌唱剧可能受到西面来的影响。中国剧中的帝王或大将的装束同吐鲁番壁画中的金刚手相同，这也可能是西方的影响。……在回鹘文本的一些后记中甚至在文本中可以看到，这一部书是为了在朔望之日供养弥勒时作为一个剧来朗诵的。"① 季先生又借鉴了鲁德斯关于印度戏剧起源于皮影戏的观点，进一步指出："吐火罗文剧本的叙述者是从印度古代看图讲故事者发展出来的。看图者眼前是有图画的，而吐火罗剧则没有。于是原来用图画表述的情节，只能用表演者来表演了。"② 由此可以了解佛教戏剧、印度戏剧甚至东方戏剧的形成过程。

　　中国的"变文"与"变相"，以及由变文到戏剧的演进，也可以由此得到启示。中国本土也有自己的说唱文学传统，但中国佛教说唱文学并非直接继承本土传统，而是更多地受印度佛教梵呗和唱导的影响。印度的梵呗即颂赞，包括咏经与歌赞，传入中国后，咏经独立成为转读，即以抑扬顿挫的音调和节奏朗诵经文；歌赞以唱经赞佛为主。唱导是从梵呗的基础上发展起来的佛教说唱艺术。关于印度佛教寺院的唱导，义净《南海寄归内法传》第三十二"赞咏之礼"有这样的记述："此唱导师，恒受寺家别料供养。或复独对香台，则只坐而心赞。或翔临于梵宇，则众跪而高阐。"③ 这是中国寺院"唱导"制度的印度渊源。慧皎《高僧传》指出："唱导者，盖以宣唱法理，开导众心也。昔佛法初传，于时齐集，止宣唱佛名，依文致礼。至中宵疲极，事资启悟，乃别请宿德，升座说法。或杂序因缘，或旁引譬喻。"④ 中国魏晋时期佛教寺院中已经形成"唱导"制度，其奠基和推动者是庐山慧远。慧皎《高僧传》说慧远"道业贞华，风才秀发。每至斋集，辄自升高座，躬为导首。先明三世因果，却辩一斋大意，后代传受，遂成用则"⑤。慧皎《高僧传》将"唱导"与译经、义解、习禅、明律等并列，形成独立的一科，可见"唱导"在佛教中的重要地位。唱导的内容主要是佛教义理，

① 《季羡林全集》第11卷，外语教学与研究出版社，2010年，第12页。
② 《季羡林全集》第11卷，外语教学与研究出版社，2010年，第14页。
③ ［唐］义净著，王邦维校注：《南海寄归内法传校注》，中华书局，1995年，第177页。
④ ［梁］释慧皎：《高僧传》，汤用彤校注，汤一玄整理，中华书局，1992年，第521页。
⑤ ［梁］释慧皎：《高僧传》，汤用彤校注，汤一玄整理，中华书局，1992年，第521页。

其中的因缘譬喻，已经具有文学性，加之借重文采声律，更具艺术感染力。唱导师需要具备声、辩、才、博四个方面的素质，慧皎指出："非声则无以警众，非辩则无以适时，非才则言无可采，非博则语无依据。至若响韵钟鼓，则四众惊心，声之为用也。辞吐后发，适会无差，辩之为用也。绮制雕华，文藻横逸，才之为用也。商榷经论，采撮书史，博之为用也。若能善兹四事，而适以人时。如为出家五众，则须切语无常，苦陈忏悔。若为君王长者，则须兼引俗典，绮综成辞。若为悠悠凡庶，则须指事造形，直谈闻见。若为山民野处，则须近局言辞，陈斥罪目。凡此变态，与事而兴。可谓知时知众，又能善说。虽然故以恳切感人，倾诚动物，此其上也。"① 在慧皎之前，唱导不受重视，唱导师也没有进入僧传。慧皎在自己的著作中增列唱导一科，是有感于杰出的唱导在佛教集会和佛事活动中的艺术效果："尔时导师则擎炉慷慨，含吐抑扬，辩出不穷，言应无尽。谈无常，则令心形战栗；语地狱，则使怖泪交零。征昔因，则如见往业；核当果，则已示来报。谈怡乐，则情抱畅悦；叙哀戚，则洒泪含酸。于是阖众倾心，举堂恻怆。五体输席，碎首陈哀。各各弹指，人人唱佛。"② 可见唱导在佛教传播发展中发挥了巨大作用。

"唱导"主要面向僧人，随着不出家的佛教信众增加，出于传教需要，出现了面向群众的"俗讲"，即通俗的讲经，由此演变出具有中国特色的说唱文学体式"变文"。"变文"有广义和狭义。狭义的"变文"是一种有说有唱、韵散结合来叙述铺陈故事的文体，属于典型的说唱文学；广义的变文还包括讲经文、因缘（缘起）、押座文、解座文、词文、诗话、话本、赋等在敦煌藏经洞发现的各种说唱类俗文学文体③。这里谈文类演变取其广义，下文专题论述侧重狭义。广义变文中属于佛教文学性质的作品主要是讲经变文，大致分为两类，一是严格地说经的，二是离开经文而自由叙述的。第一类最著名的是《维摩诘经讲经文》。这是一部宏大的著作，是讲唱《维摩诘经》的，每卷每节讲述之前先引一则经文，然后根据这则经文加以渲染、描述，往往是十几个字的经文被作者敷衍成几千字的长篇大幅，全部作品比原

---

① ［梁］释慧皎：《高僧传》，汤用彤校注，汤一玄整理，中华书局，1992 年，第 521 页。

② ［梁］释慧皎：《高僧传》，汤用彤校注，汤一玄整理，中华书局，1992 年，第 521—522 页。

③ 参见项楚选注《敦煌变文选注（增订本）》，中华书局，2006 年，第 4—5 页。

著扩大了至少 30 倍。《维摩诘经讲经文》虽然内容不离原作，但其想象的丰富，描写的生动是令人惊叹的。第二类又可分为两种，一种是讲述佛及菩萨生平，第二种是讲佛经中的故事，目的都是宣传教义，歌颂佛法。前一种以《太子成道变文》为代表，讲述释迦牟尼出家修道的过程，主要根据《佛本行集经》等佛经中的佛传故事演绎。后一种以《降魔变文》为代表，作品系根据《贤愚经》中须达布金买地为释迦牟尼建造精舍的故事改编，其中将佛弟子舍利弗与六师外道斗法作了尽情的渲染，中心虽然还是宣扬佛法无边，但情趣变了，斗法的场面写得活泼生动，成为后来小说中斗法描写的先驱。

宋代以后变文消失，但由变文开创的说唱文学却愈加兴旺，并且由庙宇走出进入市井"瓦子"，从而演化出许多新的文学体裁，包括以说为主的平话，以唱为主的诸宫调、大曲、宝卷、鼓子词等。郑振铎先生指出："在'变文'没有发现以前，我们简直不知道'平话'怎么会突然在宋代产生出来？'诸宫调'的来历是怎样的？盛行于明、清二代的宝卷、弹词及鼓词，到底是近代的产物呢？还是'古已有之'的？许多文学史上的重要问题，都成为疑案而难于有确定的回答。但自从三十年前史坦因把敦煌宝库打开了而发现了变文的一种文体之后，一切的疑问，我们才渐渐的可以得到解决了。我们才在古代文学与近代文学之间得到了一个连锁。我们才知道宋、元话本和六朝小说及唐代传奇之间并没有什么因果关系。我们才明白许多千余年来支配着民间思想的宝卷、鼓词、弹词一类的读物，其来历原来是这样的。这个发现使我们对于中国文学史的探讨，面目为之一新。"① 这段话对变文的文类学意义作了高度的概括。

上述说唱文学中在内容上与佛教联系最密切、在形式上最接近变文的文体是宝卷。宝卷是"宣卷"的底本。宣卷是一种以通俗说唱方式宣传佛教、劝善化俗的宗教宣传活动，以讲解佛教教义、叙述佛经故事为主要内容，是由唐代"俗讲"发展而来。主讲者为僧尼，听众大多为佛教信徒。宣卷流行于明清，但兴起时间存疑。现存早期宝卷作品《销释真空宝卷》《目连救

---

① 郑振铎：《中国俗文学史》，商务印书馆，2009 年，第 155 页。

母出离地狱升天宝卷》都是元末明初写本，故推断宝卷兴起时间应该是元代①。在明代，宣卷又称"念卷""说经""说因果""说佛法""唱佛曲"；宝卷则又有"经""宝经""宝忏""科仪"等异名②。可见其内容不离佛教。在形式上，宝卷开篇一般有"焚香赞"和"开经偈"，末尾有"收经偈"。主体部分长篇作品一般分若干品，每品先用"白文"解说叙述，后用曲牌演唱，中间一般穿插偈赞。早期宣卷主要是佛教的传教活动，因此宝卷属于佛教文学文类。代表作除上述作品外，还有《香山宝卷》《鱼篮观音宝卷》《土地宝卷》等。清末宣卷走向世俗化，借鉴小说、戏曲，创作出大量讲述世俗故事的宝卷作品，如《梁山伯宝卷》《孟姜仙女宝卷》《白蛇宝卷》等。

在中国戏剧的发展过程中，佛教文学也发挥了重要作用。中国戏剧的起源问题比较复杂，远古宗教的巫觋，先秦时代的俳优，汉代宫廷乐舞和百戏，都有一定的戏剧成分，但都不具备戏剧性质。南北朝出现《兰陵王》《踏摇娘》等具有一定情节的歌舞表演，唐代的参军戏具有更多的戏剧成分。唐代兴盛的变文佛曲，也是中国戏剧的源头和基础之一。宋以后中国戏剧发展分为南北两路，南路以南宋时期浙江温州一带产生的"南戏"为代表，有《张协状元》等剧本传世。而在北方，由说唱艺术"诸宫调""大曲"演变而成的杂剧成为中国戏剧的代表。诸宫调于宋末兴起，金代大盛，是将许多"宫调"集合在一起敷演故事，直接源于变文，只是曲调更为复杂。元杂剧是中国古代戏剧史上的一个高峰，佛教剧在其中也占有一定的地位。如郑廷玉的《布袋和尚忍字记》，写罗汉转世的汴梁富户刘均佐忘却前世，陷入世俗，贪财吝啬，弥勒佛化为布袋和尚前往点化，使其出家修行，又成为护法罗汉。李寿卿的《月明和尚度柳翠》，写观音菩萨净瓶中的柳枝，转生为杭州美女柳翠，沦落风尘。经过月明禅师度化，悟道出家。以上

---

① 关于《销释真空宝卷》产生时间学术界争议较大。由于其与宋元刻西夏文藏经一同发现，一般认为是元代作品。胡适根据其中《西游记》内容与吴承恩《西游记》比较，断定为晚明时期作品。郑振铎考证为元代作品。赵景深根据元代《西游记平话》，断定其为元代作品。近人喻松青根据作品内容与罗教思想接近，断定其产生于明万历年间。参见喻松青《〈销释真空宝卷〉考辨》，载《中国文化》1995年第1期。我们认为，由于说唱文学具有口头文学的易变性，与某种思想或某部作品内容有形似相同之处，可能是后来加入的，不足以证明其原产年代。

② 参阅刘光民《古代说唱辨体析篇》，首都师范大学出版社，1996年。第150页。

都是典型的佛教度化剧。传世作品中还有无名氏的《龙济山野猿听经》，也是典型的佛教剧，写的是龙济山有一个千年玄猿，经常在寺院附近闻经听法，并受到修公禅师的点化，最终悟道。剧中的野猿是《西游记》孙悟空形象的渊源之一。明代杨讷的杂剧《西游记》是一部典型的佛教剧，不仅以唐僧玄奘西行印度取经故事为题材，而且在作品中突出了佛教的救度主题。徐渭的《玉禅师》又名《翠乡梦》，写原为西方古佛的玉通禅师，在临安水月寺修行。新任府尹柳宣教嫌其傲慢，密遣妓女红莲诱其破戒。玉通含恨坐化，转生为柳宣教之女柳翠，沦落为妓女以败坏柳家名声。后蒙师兄月明禅师点化，悟道出家，与月明同归西天。汤显祖的《南柯记》取材于唐传奇《南柯太守传》，表现佛教人生如梦思想，也属于佛教传奇剧。"目连戏"是中国佛教戏剧的重头戏，元代已有《目连救母》杂剧流行，明代有郑之珍改编的大型宗教戏《目连救母行孝戏文》，有100出，分上中下三卷。清代乾隆皇帝又命张照将其改编为宫廷大戏《劝善金科》，有240出。这些作品都取材于《佛说盂兰盆经》中的"目连救母"故事，其中宣扬的孝道思想偏离了原始佛教教义，属于中国化的佛教文学。另外佛教戏剧中影响较大的还有表现净土思想的《归元镜》，明末清初杭州报国寺僧人智达编，有二卷42分，以东晋慧远、宋代智觉和明代袾宏三位净土宗大师为中心，以他们的生平事迹为基础，表现净土宗衣钵相传的过程，宣传净土教义。题为"休闲老衲懒融道人"撰的《归元镜规约》，说明作品的内容、宗旨、体例、演唱要领等，现抄录几则，以帮助我们了解佛教戏剧文类的特点：

次录本愿，专在劝人念佛，戒杀持斋，求生西方。以三祖作标榜，分分皆实义，切勿随例认戏，但名演实录。若不以戏视者，其功德无量。

此录情求通俗，上而慧业文人，以至稚童幼女，使无一不通晓。故一切深文奥义，不敢赘入。

此录不曰传奇，而曰实录；不曰出，而曰分者，以此中皆真谛，非与世俗戏等，故别之。

观听诸善人，宜坐两旁，当正心凝虑静念随喜。观毕，当效法先贤，一心念佛，求生西方。

搬演诸善人，当如亲身说法，宜戒斋正念，此名以法布施，较之财布施者，等无差别。

演法主人，当诚心肃念，香烛列供，如说法等。不得设荤肴，茶食方可，清演无量功德。

此录皆大乘方便，绝不同目连王氏等剧，故曲皆佛法，最喜雅调模写，介白清楚，低昂激切，使人一见，感悟回心，不在事奢华，跳舞繁冗。万勿增入纸扎火器，妆点丑局，反涉恶套也。[①]

可见佛教戏剧不仅在内容和形式方面有自己的特点，而且对演出的场合环境以及演员和观众也都有特殊的要求。佛教戏剧是佛教文学重要文类之一，在东方戏剧发展过程中产生了巨大影响，占有重要地位，但这方面的研究还比较薄弱，有待进一步展开。

第二节　偈颂赞歌与佛教歌诗

在印度，偈颂（gatha）是佛经中常见的诗歌体式，是与长行（散文）相对而言的韵文形式。赞颂（stotra）是在偈颂基础上发展起来的一种独立诗体，主要用于赞佛。中国佛教赞歌既有印度佛教赞颂的影响，也有本土赞颂文体的继承和民间歌谣的借鉴。作为诗歌体式，偈颂与赞歌内容丰富，形式独特，具有鲜明的文类特点，对中国诗歌的内容和形式都产生了深远的影响，值得进行专题研究。

一、偈颂渊源

佛经中的偈颂是一种诗歌体式。"偈"是"偈陀"的简称，偈陀是梵文gatha的译音，又译为伽陀或伽他。在古代印度，gatha是一种有韵律的诗，类似中国古诗中的颂，支谦在《法句经》译本序中说："偈者结语，犹诗颂也。"所以又意译为"颂"或者"讽颂"，后中外混合为"偈颂"。作为一

---

① 引自弘学编著《净土探微》，巴蜀书社，1999 年，第 232—233 页。

种诗歌体式，偈颂并非佛教文学的专利，而是在佛陀诞生之前印度已经流行的一种文体形式，其渊源可以追溯到公元前15世纪的吠陀。由于印度上古时期书写工具不发达，或者出于垄断知识的需要，婆罗门仙人一般都采取口耳相传的方式进行师徒授受，因此佛教之前的婆罗门教经典都没有变成书面文字，形成印度经典的口传习惯。婆罗门仙人们的著作也大多用偈陀（gatha）写成，因为他们授徒传教都是口耳相传，言简意赅、便于记忆和传诵的偈颂最为适宜，由此形成一种习惯和传统。即使后来有了较好的书写工具，婆罗门教—印度教的一些宗教典籍、哲学著作、法论等，也大多采用偈颂形式，至于两大史诗和许多往世书，更是颂体诗的典范。从文学文类学的角度看，印度古代的偈陀（gatha）可以进行文学性与非文学性的区分。中国古代高僧已经做了这方面的工作，如隋代三论宗奠基人吉藏《百论疏》卷上说："偈有二种，一者通偈，二者别偈。言别偈者，谓四言、五言、六言、七言，皆以四句而成，目之为偈，谓别偈也。二者通偈，谓首卢偈。释道安云：盖是胡人数经法也，莫问长行与偈，但令三十二字满，即便名偈，谓通偈也。"① 显然，这里的"别偈"才是我们所关注的作为诗歌文类的偈颂诗，也就是项楚先生对"偈"的解释："构成佛经的文体之一，具有类似诗的形式和宗教性的内容。"②

　　研究佛教文学的"偈颂"文体，还要从佛祖释迦牟尼说起。他29岁出家，遍访名师，刻苦修道，35岁悟道成佛，至80岁涅槃，说法传教前后达45年，传播的地区相当广泛。其宣扬学说时的表述形式，即所谓原始佛典的组织形式如何，是佛学界长期关注的热门话题之一。佛教是在印度宗教文化传统中形成和发展的，作为后起之秀，其思想内容和表述方式都不能不借鉴前人，由此，婆罗门仙人说法传教的口传习惯也影响了后起的佛教。口传不宜也不易长篇大论，而凝练概括、简洁明快、生动形象的偈颂显然是最佳选择。所以一般认为原始佛经的表述形式主要是偈颂，如吕澂先生在《印度佛学源流略讲》中指出："按照当时的习惯是口传，凭着记忆互相授受，采用偈颂形式是最合适的了。因为偈颂形式，简短有韵，既便于口诵，又易记牢。在各派的律中保存有佛弟子诵经的资料，这些经，例如《义足经》（汉

---

① ［隋］吉藏：《百论疏》，见《大正新修大藏经》第42册，第238页。
② 项楚：《寒山诗注（附拾得诗注）》，中华书局，2000年，第844页。

译有单行本，巴利文收在经集中）、《波罗延经》（汉译《大智度论》《瑜伽师地论》中都有引用，巴利文收在经集中）、《法句经》（汉、巴都有单行本）等，就全是偈颂形式。这些偈颂，有些是不问自说，有些是相互问答。"① 当然，对此也有不同的看法，如印顺法师《原始佛教圣典之集成》认为："这种先偈颂而后散文的过程，与原始佛教圣典文学的开展，并不适合。佛陀说法时，印度的文化已发展得很高，偈颂与散文的文学体裁都早已成立。时代的印度文明，正进入'修多罗'（sūtra）时代；'修多罗'就是'长行'直说。出现于这个时代的佛教文学，先有偈颂的意见，是难以想象的。"② 早期佛典分类有"九分教"之说，包括契经、伽陀、本事、本生、希有法、缘起、譬喻、重颂和议论，这是佛经的九种组织形式。其中"伽陀（gatha）"是单独的偈颂，即以偈颂形式组成的经文，又称为"孤起颂""不重颂"，即不带散文解说的偈颂体经文；"重颂（geya）"音译祇夜，或译"应颂"，是重复散文部分的偈颂，指用偈颂的形式将散文中宣示的教义再提纲挈领地复诵一遍，为韵散结合式。总之，一般所谓偈颂即诗体的佛经，是佛经中文学性最强的部分之一。其他如"本事""本生""希有法"等，是从内容的角度分类，其形式也有偈颂体，如南传巴利文《本生经》原文只有偈颂，传到斯里兰卡译成古僧伽罗文后失传，大约5世纪一位斯里兰卡比丘依据僧伽罗文译本，用巴利文写成《佛本生经义释》。可见偈颂是早期佛经的主要表述形式和组织形式。这种形式在后来编定的《阿含经》中还有遗存。如《杂阿含经》卷四八至五〇以偈颂为主，如卷四九第三经，记述佛在祇树给孤独园，有一天子（即青年天神）来见佛陀，对佛陀说拘屡陀王的女儿生了一个儿子，佛对天子说，这不是什么好事，天子说偈曰：

> 人生子为乐，世间有子欢，
> 父母年老衰，子则能奉养，
> 瞿昙何故说，生子为不善？

尔时世尊说偈言：

---

① 吕澂：《印度佛学源流略讲》，上海人民出版社，2002，第18—19页。
② 释印顺：《原始佛教圣典之集成》，中华书局，2011年，第44页。

　　当知恒无常，纯空阴非子，
　　生子常得苦，愚者说言乐。
　　是故我说言，生子非为善。
　　非善为善象，念象不可念，
　　实苦貌似乐，放逸所践蹈。①

　　天子闻佛说，欢喜随喜，礼佛而去。此天子的出现只是为了引出佛说偈颂，其余诸经模式类似。如：

　　天子：何物重于地？何物高于空？何物疾于风？何物多于草？
　　世尊：戒德重于地，慢高于虚空，忆念疾于风，思想多于草。②

　　偈颂作为一种文体，在佛经中运用非常广泛，成为与"长行"（即散文体）相对的一种叙述方式，其中不乏杰出的文学作品。巴利文佛典小部中这样的偈颂体作品特别多，15部经中有10部是偈颂体。这些作品有的偏重叙事，有的偏重抒情，有的偏重说理。在原始佛典中，偈颂作为佛法的表述方式，显然以说理见长。因此，从内容角度说，佛经中的偈颂可以称为"法句"，即关于正法的格言警句，也就是佛教哲理诗。这类作品的代表是《法句经》。

　　《法句经》（Dharmma-pada，巴利文 Dhammapada）直译为"法钵"，在南传巴利文佛典中是小部的第二部经。吴支谦在译序中说："昙钵偈者，众经之要义。……是佛见事而作，非一时言，各有本末，布在诸经。……是后五部沙门，各自抄众经中四句、六句之偈，比次其义，条别为品。于十二部经靡不斟酌，无所适名，故曰《法句》。"③ 也就是说，这些作品大部分散见于其他佛经，是佛徒从早期佛典中搜集编选的一部佛教格言诗集，其主要内容当然是佛学义理，如《无常品》第一开宗明义："所行非常，谓兴衰法。夫生辄死，此灭为乐。"主要说明佛教的诸行无常之理。《教学品》第二则

———————————

① 《杂阿含经》，[南朝宋] 求那跋陀罗译，见《大正新修大藏经》第2册，第356—357页。
② 《杂阿含经》，[南朝宋] 求那跋陀罗译，见《大正新修大藏经》第2册，第357页。
③ [印] 尊者法救：《法句经》，[吴] 维祇难等译，见《大正新修大藏经》第4册，第566页。

教导人们要学正法、修正道："若人寿百岁，邪学志不善，不如生一日，精进受正法。"所谓正法即佛教，相应地将当时的其他沙门宗派称作"小道""邪学"。《多闻品》第三要求在学道的过程中广学多闻，"积闻成圣"。《笃信品》第四强调信仰的重要性，"信者真人长，念发所住安"，只有信仰坚定，才能安心修道，终成正果。《诫慎品》第五讲持戒的意义及戒定慧三学的关系，只有持戒，才会心安无烦恼，才能守意入定，由定生慧。《惟念品》第六讲如何通过"念"（即观想）而悟解佛法。《慈仁品》第七宣扬佛教慈悲仁爱思想，其中心是"为仁不杀"。如此等等。作为一部学佛入门书，既表现了佛学基本原理，又浅显易懂，概括凝练。

《法句经》继承并发展了印度早期佛经中的偈颂传统，又对后世产生了巨大的影响，具有继往开来的意义。这种影响首先表现在宗教修习上，吴支谦在译序中说："其在天竺，始进业者，不学法句，谓之越叙。"① 可见《法句经》是学佛者的必读书和入门书。诵习法句，成为佛徒的必修课；以偈说法传教，成为佛教传承的一种重要手段。其次表现在文学创作方面，通过偈颂抒情写意，交流思想，表达情感，成为佛门高僧的必备技能和拿手好戏。

由于传统影响和佛祖释迦牟尼的示范，偈颂创作在佛徒中蔚然成风。南传巴利文佛典中有两部著名的诗集《长老偈》（又译《上座僧伽他》）和《长老尼偈》（又译《上座尼伽他》），是佛陀时代和稍后的上座僧尼们创作的偈颂诗的结集，著名佛弟子如须菩提、大迦叶、阿难、舍利弗、目犍连、大迦旃延、阿若憍陈如、乌陀夷、鹏耆舍等，都有作品收录②。这些声闻弟子和再传弟子，通过释迦牟尼的亲传和法句的修习，熟悉掌握了偈颂这种艺术形式，用来表现自己的修行心得，总结修道经验，描述禅定之乐和智慧境界，赞美出家生活，从而创作出丰富多彩的偈颂诗。这些偈颂对内可以教授徒弟，对外可以宣传佛教，成为一种非常得心应手的工具。其中一些宣扬佛教思想的哲理诗和格言诗，在内容和形式两个方面继承了《法句经》的传

① ［印］尊者法救：《法句经》，［吴］维祇难等译，见《大正新修大藏经》第4册，第566页。
② 《长老偈》和《长老尼偈》古代没有汉译，汉译佛典中与《长老偈》类似的作品有天息灾译《贤圣集伽陀一百颂》等。本书主要依据《长老偈　长老尼偈》，邓殿臣译，中国社会科学出版社，1997年。下文引诗句只标明编号，不再一一加注。

统。如梵授长老偈："无漏得解脱，无嗔心宁静；八风吹不动，断除贪嗔痴。以怒对怒者，必有罪业生；以不怒对怒，难胜而得胜。"（第441—442偈）许多格言警句在思维方式、表达手法上得《法句经》真传，如昆扎勒长老偈用了联想起兴的方式："修渠者治水，造箭者调箭；木匠凿木料，持戒者调心。"（第19偈）萨跋卡长老偈用联想比喻手法："鹿被巧技擒，鱼被食饵钓；陷阱捉猕猴，五欲逼人苦。"（第454偈）如此等等，与《法句经》中的格言诗有异曲同工之妙。《长老偈》作者都是已得阿罗汉果位的高僧大德，他们出身经历不同，其所作偈颂也各具特色。诗偈主要表现诗僧自己的宗教体验和宗教情感，有的追求心灵的宁静，表现对世俗的捐弃和证道的快乐。因此，与《法句经》相比，其特点不在说理而在抒情。

二、赞颂流变

除了表现个人修道体验和佛理感悟之外，在佛教文学中，偈颂经常用以赞佛。早在释迦牟尼时代，许多声闻弟子都善于说偈，并以偈赞佛。如《中阿含经》卷二九《龙象经》第二，尊者乌陀夷"以龙相应颂"赞世尊，开篇说道：

> 正觉生人间，自御得正定，
> 修习行梵迹，息意能自乐。
> 人之所敬重，越超一切法；
> 亦为天所敬，无著至真人。

作品以龙行喻佛行，以莲花喻不著，最后仍以龙喻结句：

> 慧者说此喻，欲令解其义，
> 是龙之所知，龙中龙所说。
> 远离淫欲恚，断痴得无漏，

龙舍离其身,此龙谓之灭。①

这篇以偈赞佛的"龙相应颂"也被收入《长老偈》②。《长老偈》和《长老尼偈》中赞美佛陀及佛教、表达佛弟子发自内心的对佛陀的敬仰和热爱之情的作品非常多,如干卡离曰长老偈:

世尊如来佛,能为人解惑;
听佛之教法,慧眼必可得。
如来之智慧,如暗夜明灯。(第3偈)

再如乌加耶长老偈:

我佛大英雄,诸烦已断除,
应向佛顶礼,一切遵佛嘱。(第47偈)

《长老偈》和《长老尼偈》都是早期佛教高僧高尼的诗作,为后世佛徒树立了榜样。后来的佛教高僧大都擅长以偈证道、以偈传法、以偈赞佛,留下了大量的偈颂诗。

赞佛类的偈颂大多穿插在其他类型的作品中,比如一些大乘佛传作品,其创作宗旨就是表现对最高神灵佛陀的崇拜和赞颂,因而赞佛成为作品的中心内容之一。以《神通游戏》为例,结合菩萨事迹的叙述,作品各部分都穿插对菩萨的赞颂,如第二品《激励品》主要内容是劝请菩萨下凡,而其劝请方式主要就是赞颂菩萨的各种智慧和各种美德。《降生品》在描述了菩萨从天宫下凡的各种神奇和吉祥之后,有数十万天女用歌声赞颂菩萨。《诞生品》讲述菩萨诞生的时候,帝释天和梵天化作婆罗门青年,在集会上吟诵吉祥的偈颂,其中前二首写道:

---

① 《中阿含经·龙象经》,[晋]僧伽提婆等译,见《大正新修大藏经》第1册,第608—609页。
② 上引乌陀夷诗句的现代译文为:"自觉自调伏,佛陀生人间;正定持梵行,心宁趋涅槃。诸法最精通,人天共敬仰。我曾问罗汉,罗汉如是讲。……智者如是说,比喻含深义。智者即龙象,龙象知真谛。贪瞋痴已断,无漏无烦恼;佛陀犹龙象,已得般涅槃。"(《长老偈 长老尼偈》,邓殿臣译,中国社会科学出版社,1997年,第153—154页。)

> 三恶道得以平息，一切世界获得安乐，
> 赐福者已经诞生，他让世界永远幸福。
> 这位功德之光诞生，如光明驱除黑暗，
> 太阳、月亮和天神的光辉也变得暗淡。①

《成正觉品》讲述菩萨成道之后，十方诸佛、天神、天女都赞颂如来，其中一颂写道：

> 他是神中神，受天神和三界供奉，
> 他是求福者的福田，赐予甘露果，
> 他最值得供奉，这位至上者不会
> 遭到毁灭，他已经获得美妙菩提。②

以偈赞佛不仅是佛弟子创作偈颂的重要动力之一，而且是一种传统礼仪。佛经翻译家鸠摩罗什曾经述及："天竺国俗，甚重文制，其宫商体韵，以入弦为善。凡觐国王，必有赞德，见佛之仪，以歌叹为贵，经中偈颂，皆其式也。"③ 可见赞佛是佛教偈颂诗的重要功能之一。

赞佛一类的偈颂，属于佛教赞美诗，如果独立成篇，则称为"赞颂（Stotra）"。这样的"赞颂"超越了一般的偈颂，进一步发展成为一种独立的诗体。此类作品的代表作是著名诗人摩咥哩制吒的《一百五十赞佛颂》，其开篇写道：

> 世尊最殊胜，善断诸惑种。
> 无量胜功德，总集如来身。
> 唯佛可归依，可赞可承事。
> 如理思维者，宜应住此教。

---

① 黄宝生译注：《梵汉对勘神通游戏》，中国社会科学出版社，2012 年，第 173 页。
② 黄宝生译注：《梵汉对勘神通游戏》，中国社会科学出版社，2012 年，第 649 页。
③ ［梁］释慧皎：《高僧传》，汤用彤校注，汤一玄整理，中华书局，1992 年，第 53 页。

作品开宗明义，赞美佛陀，劝大家归依佛陀，信仰佛教。再看其结尾部分：

> 我赞牟尼功德海，
> 凭斯善业趣菩提。
> 普愿含生发胜心，
> 永离凡愚虚妄识。①

诗人表明自己要通过赞佛而获得功德，并希望众生发菩提之心。汉译佛典中赞颂类的作品还有许多，如龙树作、施护译《赞法界颂》和《广大发愿颂》，尊者寂友造、施护译《佛吉祥德赞》，戒日王制、法贤译《八大灵塔梵赞》，法天译《七佛赞呗伽他》，作者不详、法贤译《三身梵赞》《佛三身赞》，以及汉译未署名、藏译归在马鸣名下的《犍椎梵赞》等。这些作品都是可以入弦的歌诗，属于佛教赞歌，也是广义的宗教抒情诗。

这样的赞歌在印度佛教僧人日常生活和佛教文学中都有非常重要的地位和作用。据义净《南海寄归内法传》记述，赞佛在印度佛教寺院是一种常规性的仪式："每于晡后，或昏黄时，大众出门，绕塔三匝，香花具设，并悉蹲踞。令其能者作哀雅声，明彻雄朗，赞大师德，或十颂，或二十颂。"然后入寺诵经，开始部分亦为赞颂："初可十颂许，取经意而赞叹三尊。"像那烂陀寺那样有数千僧徒的大寺，难以全体集会，可随时当处，自为礼诵，并且"差一能唱导师，每至晡西，巡行礼赞。净人童子持杂香华，引前而去。院院悉过，殿殿皆礼。每礼拜时，高声赞叹，三颂五颂，响皆遍彻"。以上礼拜仪式与印度教寺庙大同小异。所礼赞者不仅有佛，还有本寺先辈大师。赞佛既可以在正式的仪式上，也可随时随地，所诵作品为当时名家名作，如"或可因斋静夜，大众凄然，令一能者，诵《一百五十赞》及《四百赞》，并余别赞，斯成佳也"②。义净称赞摩咥哩制吒的赞颂诗："文情婉丽，共天花而齐芳；理致清高，与地岳而争峻。西方造赞颂者，莫不咸同祖

---

① ［印］摩咥哩制吒：《一百五十赞佛颂》，［唐］义净译，见《大正新修大藏经》第 32 册，第 758—762 页。

② ［唐］义净著，王邦维校注：《南海寄归内法传校注》，中华书局，1995 年，第 175—177 页。

习。"像无著、世亲那样的大德"皆悉仰止",五天之地,初出家者,"须先教诵斯二赞"①。这一方面说明摩咥哩制吒两部作品影响之大,另一方面也说明佛教赞歌具有重要的文类学意义。

佛教赞歌是佛教文学中的特殊种类,源远流长,与偈颂等其他佛教诗歌文类关系比较复杂。从形式上说,赞颂和偈颂基本相同,一般都是采用"输洛迦"体,是一种按音节的数目和长短来计算的诗律,有四个音步,每个音步有八个音节,一韵共有三十二个音节,称为一颂或一偈,译成汉语可以是两个长句,也可以是四个或六个短句,古代一般译成四言,五言或七言的形式。从内容的角度说,一般的偈颂是格言诗、哲理诗和抒情诗,而赞颂可以单列一类。从诗歌起源的角度说,颂神诗是诗的源头之一。各种成熟的宗教都有自己的颂神诗或赞美诗传统,对内表达对神灵的崇拜之情,坚定宗教信仰,对外可以宣传教义,吸引信徒,战胜外道,佛教也不例外。历代佛徒创作了大量赞佛文学,其形式多为偈颂。即使是以表现个人体验为主的僧尼诗歌,也往往伴随着对佛祖与佛法的赞美和称颂。然而,从文体学的角度说,偈颂中的赞佛偈与赞颂诗不尽相同,以摩咥哩制吒的《一百五十赞佛颂》为代表的赞颂诗,是从偈颂中发展出来的一种相对独立的诗歌类型。有学者将佛教文学中的"偈颂"和"赞颂"进行比较辨析,认为"偈颂"是梵文Gatha的对译,"赞颂"是梵文Stotra的对译,二者的区别在于:1、Stotra的内容局限于赞美,而Gatha的范围要广泛得多。所有类型的佛教诗句(甚至包括重颂[Geya]的诗句)基本上都可纳入宽泛的Gatha(讽颂)范畴。2、重颂与讽颂既可以是一部诗作,也可能是穿插在一部经文之中的一首诗(无论长短),而赞颂诗必须是一首完整的诗作。穿插在一部经文中的赞美诗句,仅仅可以称之为赞佛偈或偈赞,却不能称为Stotra。3、gatha偈颂的起源年代要早于Stotra,凡是以gatha命名的诗歌,一般不算在Stotra类型之中。赞佛偈与赞颂诗是不一样的,尽管其内容可能一致,都是赞美佛陀世尊,但赞佛偈仍然是一般的赞颂,即伴随常见的"以妙伽他赞佛功德"之类的套语,只有在通篇都是这样的偈赞时,才可能形成一篇Stotra②。

---

① [唐]义净著,王邦维校注:《南海寄归内法传校注》,中华书局,1995年,第179页。
② 参见陈明《汉译佛经中的偈颂与赞颂简要辨析》,载《南亚研究》2007年第2期。

三、偈颂在中国

偈颂类佛经很早就翻译到中国。在汉译佛典中，仅《法句经》就有多种译本，此外，现存最早的汉文佛经《四十二章经》与支谦译《法句经》的形式相似，内容有 2/3 相同，可能是《法句经》的一种别传异译①。加之其他佛经中也夹杂有大量的偈颂，由此偈颂这种形式便为国人所熟悉。《法句经》等偈颂体佛经译成汉文时，一般以中国固有的四言、五言或七言诗的形式翻译，只是不太强调格律的严整。印度佛教偈颂的传入，对中国诗歌的内容和形式都产生了深远的影响，其中之一就是中国佛教偈颂诗的大量涌现。

现存最早的中国式偈颂诗主要出自梵僧康僧渊、佛图澄、鸠摩罗什等人之手，《高僧传》记载鸠摩罗什曾经作偈颂赠沙门法和，偈云："心山育明德，流薰万由延。哀鸾孤桐上，清音彻九天。"类似作品有十偈，"辞喻皆尔"②。这样的偈颂是中国诗与印度偈颂两大诗歌传统结合的产物。偈颂诗的中国化是通过中国诗僧之手完成的。最初是一些高僧大德，由于诵习法句，熟读佛经，对偈颂这种诗歌体式非常熟悉，在体悟佛理时，往往以偈颂的形式来表现。如禅宗五祖弘忍准备传衣钵于弟子，便让他们各作一偈，以示佛理体悟深浅。上首弟子神秀题偈曰：

　　　　身是菩提树，心如明镜台，时时勤拂拭，勿使惹尘埃。

神秀之偈体现了对佛法的勤修渐悟，但却未得大乘实相无相之妙理。另一位入门较晚，其貌不扬，没有文化但却悟性极高的弟子惠能听了神秀的法偈，认为境界不够，便另题一偈：

---

① 关于《四十二章经》有不同看法，梁启超认为是一部伪作，见《饮冰室佛学论集》，江苏广陵古籍刻印社，1990 年，第 190 页；吕澂认为是一部"经抄"，见《中国佛学源流略讲》，中华书局，1979 年，第 276—277 页。

② ［梁］释慧皎：《高僧传》，汤用彤校注，汤一玄整理，中华书局，1992 年，第 53 页。

　　菩提本无树，明镜亦非台，本来无一物，何处惹尘埃。

　　惠能之偈体现了无执无着，顿悟佛法的境界。五祖见惠能有慧根，悟得本性，便传之衣钵，为禅宗第六代祖，希望他将本宗发扬光大，并诵偈曰：

　　　　有情来下种，因地果还生。
　　　　无情既无种，无性亦无生。①

　　以上三偈都神似吉藏所谓"皆以四句而成"的别偈，颇得佛经偈颂之真传。后来惠能为徒众说法之时也常诵偈，如《般若品》提出"明心见性"之后，为众人说《无相颂》，其中有言："说通及心通，如日处虚空。唯传见性法，出世破邪宗。……佛法在世间，不离世间觉。离世觅菩提，恰如求兔角。"②《疑问品》强调"若欲修行，在家亦得，不由在寺"之后，又作《无相颂》，劝人们在家、在日常生活中修行，其中有言："心平何劳持戒，行直何用修禅。……菩提只向心觅，何劳向外求玄？听说依此修行，西方只在目前。"③惠能与弟子付法传心也常用偈颂，如他对法海说偈曰：

　　　　即心名慧，即佛乃定。
　　　　定慧等持，意中清净。
　　　　悟此法门，由汝习性。
　　　　用本无生，双修是正。

　　法海言下大悟，以偈赞曰：

　　　　即心元是佛，不悟而自屈。
　　　　我知定慧因，双修离诸物。④

---

① 《坛经》，丁福保笺注，陈兵导读，哈磊整理，上海古籍出版社，2011年，第14、20、22页。
② 《坛经》，丁福保笺注，陈兵导读，哈磊整理，上海古籍出版社，2011年，第59—61页。
③ 《坛经》，丁福保笺注，陈兵导读，哈磊整理，上海古籍出版社，2011年，第74页。
④ 《坛经》，丁福保笺注，陈兵导读，哈磊整理，上海古籍出版社，2011年，第104页。

虽然惠能的思想与传统佛教相去甚远，但其师徒通过偈颂传法悟道的方式颇与传统佛教相契。惠能涅槃之前，感觉自己时日不多，又一再说偈，对弟子殷殷嘱咐，先说《真假动静偈》，其中有言："一切无有真，不以见于真。若见于真者，是见尽非真。"与弟子话别时，又留《自性真佛偈》，其中说道："法身报身及化身，三身本来是一身。若向性中能自见，即是成佛菩提因。"临终之前惠能又说偈曰："兀兀不修善，腾腾不造恶，寂寂断见闻，荡荡心无着。"① 也许是因为惠能不识字，不能像其他中国佛教大师那样用书面文字著书立说，所以喜欢采用说偈的方式，这恰好与释迦牟尼佛付法传经口头传授之传统接轨了。

惠能、神秀、法海一类高僧大德，虽会作偈，但并非诗僧，不以诗知名传世。所以他们在佛教界的影响主要在思想而不在文学。将偈颂植入中国文学土壤的诗僧，较早的有支遁、慧远等人，而影响最大的则是隋唐时期的寒山、拾得等诗僧。

支遁是中国文学史上第一位产生重要影响的诗僧，其作品既有中国传统五言诗的根基，又有佛经偈颂的影响。寒山和拾得是活跃于中唐的诗僧。他们都受到佛经偈颂影响，所作诗歌曾受时人的讥诮。二人都有反驳和自卫的诗句，如拾得："我诗也是诗，有人唤作偈。诗偈总一般，读时须仔细。"② 可见他们并不隐晦自己所受佛经偈颂的影响，而是引以自豪。他们的诗也的确得佛教偈颂之真髓。如寒山诗：

> 贪人好聚财，恰如枭爱子。
> 子大而食母，财多还害己。
> 散之即福生，聚之即祸起。
> 无财亦无祸，鼓翼青云里。③

> 自古诸哲人，不见有长存。
> 生而还复死，尽变作灰尘。

---

① 《坛经》，丁福保笺注，陈兵导读，哈磊整理，上海古籍出版社，2011 年，第 177、194、197 页。
② 项楚：《寒山诗注（附拾得诗注）》，中华书局，2000 年，第 844 页。
③ 项楚：《寒山诗注（附拾得诗注）》，中华书局，2000 年，第 235 页。

　　积骨如毗富，别泪成海津。
　　唯有空名在，岂免生死轮。①

再如拾得诗：

　　古佛路凄凄，愚人到却迷。
　　只缘前业重，所以不能知。
　　欲识无为理，心中不挂丝。
　　生生勤苦学，必定睹天师。②

　　这些警世之作与《法句经》的格言诗在内容、形式、思维方式和表现手法方面都非常相似，而他们表现自己修道过程和修行境界的诗，则与《长老偈》中的偈颂诗有异曲同工之妙。如寒山诗：

　　一自遁寒山，养命餐山果。
　　平生何所忧，此世随缘过。
　　日月如逝川，光阴石中火。
　　任你天地移，我畅岩中坐。③

再如拾得诗：

　　可笑是林泉，数里少人烟。
　　云从岩嶂起，瀑布水潺潺。
　　猿啼畅道曲，虎啸出人间。
　　松风清飒飒，鸟语声关关。
　　独步绕石涧，孤陟上峰峦。
　　时坐盘陀石，偃仰攀萝沿。

---

① 项楚：《寒山诗注（附拾得诗注）》，中华书局，2000年，第741页。
② 项楚：《寒山诗注（附拾得诗注）》，中华书局，2000年，第883页。
③ 项楚：《寒山诗注（附拾得诗注）》，中华书局，2000年，第448页。

遥望城隍处，惟闻闹喧喧。①

寒山、拾得等人的诗似偈而非偈，相反有许多著名的正统诗人在学佛或与高僧交往的过程中写过一些真正的偈颂诗。白居易早年学佛期间曾作"八渐偈"和"六赞偈"，其"八渐偈"之一的《观偈》写道：

以心中眼，观心外相，
从何而有，从何而丧？
观之又观，则辩真妄。②

其"六赞偈"之一的《众生偈》写道：

毛道凡夫，火宅众生；
胎卵湿化，一切有情。
善根苟种，佛果终成；
我不轻汝，汝无自轻。③

这些偈颂诗都深契佛旨、又得偈妙。其他如谢灵运、王维、贾岛等与佛教有缘的著名诗人，都受佛偈影响，写过一些类似偈语的诗歌，但他们的作品不能都归入佛教文学之列。

真正属于中国佛教文学，作为佛教偈颂诗代表的还是禅门偈颂。由于惠能、神秀等大德的示范，禅师们大都有以偈证法的能力，有的甚至是作偈的能手。这在《景德传灯录》《五灯会元》等记述禅师语录和事迹的佛教典籍中有所记载，如《景德传灯录》卷二九是偈颂诗专辑，收录 17 位僧人和居士的"赞颂偈诗" 133 首，包括上述白居易的《八渐偈》八首。如《五灯会元》卷四记长沙景岑禅师语录，其中有近 20 首偈，皆在与人问答过程中随机而示，其中有些很有韵味，如：

---

① 项楚：《寒山诗注（附拾得诗注）》，中华书局，2000 年，第 918 页。
② 石峻等编：《中国佛教思想资料选编》第二卷第四册，中华书局，1983 年，第 384 页。
③ 石峻等编：《中国佛教思想资料选编》第二卷第四册，中华书局，1983 年，第 396 页。

百尺竿头不动人，虽然得入未为真。
百尺竿头须进步，十方世界是全身。

学道之人不识真，只为从来认识神。
无始劫来生死本，痴人唤作本来人。

不识金刚体，却唤作缘生。
十方真寂灭，谁在复谁行？①

这些禅偈非常玄妙，致使与之对话的高僧多有不解，一般读者更难领会其中禅理。

有些禅师以偈颂形式写出了大部头作品，《景德传灯录》卷三〇专门收录"铭记箴歌"，大都篇幅较长，包括傅大士《心王铭》、禅宗三祖僧璨鉴智禅师的《信心铭》、牛头山初祖法融禅师《心铭》、僧亡名《息心铭》、荷泽大师《显宗记》、南岳石头希迁禅师《参同契》以及永嘉大师《证道歌》等。其中《信心铭》采用四言形式，共 146 句，开头一段写道：

至道无难，唯嫌拣择。但莫憎爱，洞然明白。毫厘有差，天地悬隔。欲得现前，莫存顺逆。违顺相争，是为心病。不识玄旨，徒劳念静。②

这样的禅门偈颂与汉译《法句经》的形式十分相似。

永嘉玄觉禅师的《证道歌》是禅门偈颂文学中的名篇，开头一段亮出身份，说明宗旨，起笔不凡：

君不见，绝学无为间（按，应为"闲"）道人，不除妄想不求真，无明实性即佛性，幻化空身即法身。

---

① ［宋］普济：《五灯会元》，苏渊雷点校，中华书局，1984 年，第 208—212 页。
② 《景德传灯录》卷三〇，见《大正新修大藏经》第 51 册，第 457 页。

接下来进一步阐明禅宗大意，说明自己参禅修道寻师访学及觉悟过程，表现山林栖居的生活方式等，都不乏精彩佳句。如：

> 顿觉了，如来禅，六度万行体中圆。梦里明明有六趣，觉后空空无大千。
> 游江海，涉山川，寻师访道为参禅。自从认得曹溪路，了知生死不相关。
> 行亦禅，坐亦禅，语默动静体安然。纵遇锋刀常坦坦，假饶毒药也间间（按，应为"闲闲"）。
> 入深山，住兰若，岑崟幽邃长松下。优游静坐野僧家，闲寂安居实萧洒。①

《证道歌》语言优美，节奏明快，琅琅上口，以简洁的诗句表现丰富深邃的哲理，是佛教文学中的上乘之作。

四、偈颂与法句

作为佛教文学文类，偈颂的特点首先是其内容上的哲理性。在佛教内部，偈颂主要用来示法和证道，即表达一种修道体验和觉悟境界。早期佛典中的偈颂，特别是其中的"孤起颂"，包括收集在《法句经》等诗集中的一些作品，基本上都是释迦牟尼及其弟子示法证道的产物。从这个意义上说，佛经中的大部分偈颂都可以称为法句。后来印度和中国佛教文学中大量的偈颂诗，其源头都是佛经中的"法句"，而且大部分具有"法句"的性质。在印度，除了《法句经》这样专门的佛教哲理格言诗集之外，佛教文学中更多的偈颂是穿插在其他类型的作品中，包括以佛的名义宣讲的各种佛经，以及出自高僧大德之手的议论为主的论著，都有许多著名的"法句"。如龙树《中论》五百偈，既是一部偈颂体论著，也是一部佛教哲理诗集。其开篇二偈：

---

① [唐]玄觉：《永嘉证道歌》，见《大正新修大藏经》第48册，第395—396页。

不生亦不灭，不常亦不断，不一亦不异，不来亦不出。

能说是因缘，善灭诸戏论。我稽首礼佛，诸说中第一。①

　　这里用"八不"概括佛教世界观，对佛法表示赞叹，体现了法句类偈颂的本质特点。

　　另外一些佛传作品中也穿插大量表现佛理的偈颂。如大乘佛传《神通游戏》27 品，讲述释迦牟尼从降生到初转法轮的生平传说，大部分都有表现佛理的偈颂穿插其中，如第二品《激励品》描写天国乐曲中传出偈颂，劝请菩萨下凡人间救度众生；第十三品《鼓励品》描写十方世界的佛世尊和天子们演唱或念诵偈颂，以提醒或劝请菩萨出家。这些偈颂或者赞美菩萨过去世功德，或者宣示佛法种种要义，动辄百余首，如第 77 颂云：

智者们知道这些欲望，
犹如水中月，镜中像，
犹如山谷中的回音，
幻象，舞台，梦境。②

　　在中国，无论是在文学作品中，还是在现实生活里，一些有道高僧常以说"偈"的形式表现自己的修道体验和佛理感悟，其中往往蕴涵深刻的哲理或玄妙的"天机"，成为佛教哲理诗的代表。这是印度佛经文学中偈颂诗影响的结果。经过中印佛教诗僧和居士诗人的长期实践，使偈颂成为一种独特的文学文类。如果说在印度佛教文学中偈颂包括了哲理诗、格言诗、抒情诗、叙事诗、赞颂诗等各种类型的诗歌，哲理诗只是其中的一部分，虽然是主要部分；那么，在中国，偈颂主要是哲理诗，是佛教高僧大德以偈证道、以偈示法、以偈传法的"法句"。特别是最具中国特色的佛教宗派禅宗，对偈颂情有独钟。"禅"是"禅那（dhyāna）"的简称，本来是一种修行方式，中国禅宗赋予其神秘意义，与"悟"相结合，成为一种达到彼岸的智慧境界。这样的禅境不可言说，更不能明言直陈，必须采用暗示、象征等手

———————

① ［印］龙树：《中论》，［后秦］鸠摩罗什译，见《大正新修大藏经》第 30 册，第 1 页。

② 黄宝生译注：《梵汉对勘神通游戏》，中国社会科学出版社，2012 年，第 308 页。

法，含蓄蕴藉的偈颂诗正好可以用来示法明禅，于是，作偈就成了禅门高僧的必要修养和拿手好戏。前述《坛经》中惠能与神秀的示法偈为后代禅僧树立了榜样，形成了传统。禅门高僧都喜欢以偈示法证道，留下了大量的偈颂诗，以至于"偈颂"成了禅门的专利。如宗密《禅源诸诠集都序》云："教也者，诸佛、菩萨所留经论也；禅也者，诸善知识所述句偈也。但佛经开张，罗大千八部之众；禅偈撮略，就此方一类之机。"① 所谓"此方"即中土，说明偈颂是最适应中土需要的表述方式。这里将禅与教的区别归结为偈颂和经论的区别，虽然有些牵强，但也可以看出偈颂在禅宗文学中的地位和作用。禅门偈颂主要指表达禅悟内容、采用佛典中偈颂形式的作品，也包括一些利用本土传统韵文体裁的诗歌②。属于后者的作品如神会的《南宗定邪正五更转》、永嘉玄觉《证道歌》等。至于僧璨《信心铭》、石头希迁《参同契》等作品，虽然篇幅较长，不同于常见的"偈语"，但在中国传统诗歌形式与印度佛教偈颂形式之间，还是更接近后者。如《参同契》开头一段：

> 竺土大仙心，东西密相付。
> 人根有利钝，道无南北祖。
> 灵源明皎洁，枝派暗流注。
> 执事元是迷，契理亦非悟。③

上述作品中有许多优秀的哲理诗，如永嘉玄觉禅师的《证道歌》中的名句：

> 一性圆通一切性，一法遍含一切法，一月普现一切水，一切水月一月摄。④

---

① ［唐］宗密：《禅源诸诠集都序》，见《大正新修大藏经》第48册，第399页。
② 参见孙昌武《中国佛教文化史》第四册，中华书局，2010年，第1960—1961页。
③ 《景德传灯录》卷三〇，见《大正新修大藏经》第51册，第459页。
④ ［唐］玄觉：《永嘉证道歌》，《大正新修大藏经》第48册，第396页。

作品用象征比喻的手法，表现圆融无碍的哲理，既有深刻的佛理体悟，又有洒脱自如的诗意表现。另外一类禅偈穿插在禅宗灯录著作中，一般是四句一首的五言或七言诗。这类正宗的禅偈分为开悟偈、示法偈、投机偈、明志偈、劝学偈、顺世偈等①。另外还有"传法偈"，为得道高僧概括自己悟道心得以传授弟子，包括平时的说法授道，也包括临终的付法传心。禅门灯录讲究"灯灯相传"，往往以偈为证。禅门弟子将这样的付法传心上溯到西天诸祖，大多是附会之作，偈诗也缺乏艺术性。《坛经》讲述惠能传法过程与弟子机缘，虽然不少内容为后人加入，但却并非无稽之谈，偈诗也有可读之作。此类比较简短的禅偈大多属于哲理诗，其中不乏佳作，如前述长沙景岑禅师示法偈："百尺竿头不动人，虽然得入未为真。百尺竿头须进步，十方世界是全身。"以"百尺竿头"喻禅悟境界，表现不断精进思想，属于佛教哲理诗的上乘之作。

就艺术形式和表现手法而言，偈颂一般具有言简意赅、形象生动、象征神秘等特点。偈颂虽说是可长可短，可叙事可抒情，但一般以短小精炼为上。由于师徒之间口传心授的需要，偈颂大多简练顺口、易学易记，这也是诗歌的本质特点。正是这种本质特点和佛经传播的内在要求之间的契合，才使偈颂成为佛经的主要载体之一，并在佛教文学中被普遍采用，形成独特的佛教文学文类。偈颂诗不要求叙述完整，也不要求论述充分，而是要求言简意赅。如《法句经》之《述佛品》中对佛教的概括：

> 诸恶莫作，诸善奉行，自净其意，是诸佛教。②

只用一偈，便将佛教博大精深的内容作了恰如其分的提炼概括，言简意赅，成为千古传诵的名句。再如其《罗汉品》中对罗汉的描述："不怒如地，不动如山，真人无垢，生死世绝。"具有很强的概括力和形象性。龙树《中论》中有著名的"三谛偈"：

> 众因缘生法，我说即是无（按，应为"空"），亦为是假名，亦是

---

① 此种分类参见孙昌武《中国佛教文化史》第四册，中华书局，2010年，第1980—1995页。
② ［印］尊者法救：《法句经》，［吴］维祇难等译，见《大正新修大藏经》第4册，第567页。

中道义。①

简短一偈，言简意赅，概括说明了大乘中观思想。

中国的禅门偈颂，大部分短小精悍，一偈一般为四句，或五言，或七言，类似近体诗中的绝句。即使少量篇幅较长，达到数十句、上百句的作品，也都非常凝练，高度概括。在艺术表现方面，偈颂常用象征、暗示等手法，加之中国禅门偈颂所表现的见性成佛、悟得本性便是佛等思想，其本质是人神合一，属于宗教神秘主义范畴；其对顿悟的追求，以及绕路说禅的表现方式，也都具有神秘主义色彩。如《五灯会元》卷一九记载法演禅师见白云守端，开悟之后献投机偈曰：

> 山前一片闲田地，叉手叮咛问祖翁。
> 几度卖来还自买，为怜松竹引清风。

投机偈得到白云守端的特别"印可"，"令掌磨事"②，由此法演成为守端的上座弟子和得意传人。这首诗偈从字面上看很简单，细究又不知所云，其象征手法和暗示意义只有内行才能管窥奥妙③。由此，源自印度佛经的偈颂，在中国演变成为以说理谈玄、悟道证法为主的宗教哲理诗。拾得诗云："有偈有千万，卒急述应难。若要相知者，但入天台山。岩中深处坐，说理及谈玄。共我不相见，对面似千山。"④ 可见，偈的作用主要是"说理及谈玄"，需要慢慢体悟，而且只有相知者能够理解。这是中国诗僧对"偈"的独特领悟和阐释，也是偈颂在中国发展演变的结果。

五、赞颂与歌诗

赞颂在中国古已有之，如刘勰所谓："赞者，明也，助也。昔虞舜之祀，

---

① ［印］龙树：《中论》，［后秦］鸠摩罗什译，见《大正新修大藏经》第30册，第33页。

② ［宋］普济：《五灯会元》，苏渊雷点校，中华书局，1984年，第1240页。

③ "闲田地"象征佛性，即人的自性本心；卖买象征内外求索；"松竹引清风"象征悟道契机。参见杜松柏《禅门开悟诗二百首》，中国社会科学出版社，1993年，第79—80页。

④ 项楚：《寒山诗注（附拾得诗注）》，中华书局，2000年，第845页。

乐正重赞，盖唱发之辞也。……然本其为义，事生奖叹，所以古来篇体，促而不广，必结言于四字之句，盘桓于数韵之辞，约举以尽情，昭灼以送文，此其体也。"① 佛教传入之后，佛经文学的赞歌与中国传统的赞颂融为一体，发展出中国式的佛教赞歌。

早在魏晋时期就有许多高僧居士著有赞佛诗，如《广弘明集》卷一五《佛德篇》收录支遁的《释迦文佛像赞》《阿弥陀佛像赞》《文殊师利赞》《弥勒赞》《维摩诘赞》《善思菩萨赞》等"佛菩萨像赞"13首，谢灵运的《佛法铭赞》《和范光禄祇洹像赞三首》（佛赞、菩萨赞、缘觉声闻合赞）、《维摩诘经中十譬赞八首》等；卷三〇《统归篇》收录支遁《赞佛诗》8首，都属于赞颂诗。这些赞颂佛菩萨的作品，一方面受中国传统"颂赞"文体的影响，另一方面也借鉴了佛教偈颂的形式，如支遁《维摩诘赞》：

> 维摩体神性，陵化昭机庭。
> 无可无不可，流浪入形名。
> 民动则我疾，人恬我气平。
> 恬动岂形影，形影应机情。
> 玄韵乘十哲，颉颃傲四英。
> 忘期遇濡首，亹亹赞死生。②

此类赞佛诗还没有形成独立诗体，总体上还可以归入"偈颂"诗一类。

不仅佛门弟子以偈赞佛，许多倾心佛教的文人学士也有赞佛之作，如白居易著有《六赞偈》，其《序》云："乐天常有愿，愿以今生世俗文笔之因，翻为来世赞佛乘、转法轮之缘也。今年登七十，老矣病矣，与来世相去甚迩，故作六偈，跪唱于佛法僧前，欲以起因发缘，为来世张本也。"其中《赞佛偈》写道：

---

① ［梁］刘勰：《文心雕龙·颂赞》，见郭晋稀注译《文心雕龙注译》，甘肃人民出版社，1982年，第106—107页。

② 《广弘明集》卷一五，见《大正新修大藏经》第52册，第197页。

十方世界，天上天下；我今尽知，无如佛者。
堂堂巍巍，为人天师；故我礼足，赞叹归依。

《赞法偈》诗云：

过见当来，千万亿佛；皆因法成，法从经出。
是大法轮，是大宝藏；故我合掌，至心回向。

《赞僧偈》诗云：

缘觉声闻，诸大沙门；漏尽果满，众中之尊。
假和合力，求无上道；故我稽首，和南僧宝。①

张说也是一位信佛的文人士大夫，写了许多赞佛诗文，如《卢舍那像赞并序》《般若心经赞》《蓝田法池寺二法堂赞并序》等，其二法堂赞之《三归堂赞》曰：

敬告诸佛子，一心清净观，欲求真正道，当从信根入。
是佛虚空相，是法微妙光，定慧不相离，是僧和合义。
人空法亦空，二空亦复空，住心三宝空，是名三归处。②

中国佛教诗歌在不同宗派诗人那里有不同的表现，如禅宗反对研经念佛，主张顿悟本性、见性成佛，因而禅门偈颂大多是探讨心性、表现禅境的哲理诗，很少赞颂诗。而净土宗则相反，主张通过念佛和赞佛实现往生净土的终极目标，所以净土宗形成之后，进一步推动了中国佛教赞颂文学的发展。净土宗的奠基人昙鸾、善导和代表人物法照等，都创作了许多赞佛诗。《大正新修大藏经》中收昙鸾著《赞阿弥陀佛偈》1 卷，善导著《转经行道愿往生净土法事赞》2 卷、《往生礼赞偈》1 卷、《依〈观经〉等明般舟三昧

---

① 石峻等编：《中国佛教思想资料选编》第二卷第四册，中华书局，1983 年，第 395—396 页。
② 石峻等编：《中国佛教思想资料选编》第二卷第四册，中华书局，1983 年，第 347 页。

行道往生赞》1卷。净土宗四祖法照大师是著名的佛教赞颂诗人，他提倡赞佛，强调赞佛功德："赞佛功德，岂可称量。更有赞佛得益，具在诸经。今之四众，若赞佛时，现世为人恭敬仰瞻；命终之时，佛来迎接，定生极乐世界。"① 他不仅提倡赞佛，而且身体力行。《大正新修大藏经》中收录了他的许多赞佛歌，这些赞歌是在佛教法会仪式中使用的，如《净土五会念佛略法事仪赞》明确指出："五会念佛竟，即诵'宝鸟'诸杂赞。"所谓杂赞包括《宝鸟赞》《维摩赞》《相好赞》《五会赞》等，另外还有《净土乐赞》《离六根赞》《无量寿佛赞》《观世音赞》《大势至菩萨赞》等赞佛颂歌，并注明所依据的经典②。敦煌卷子中有《法照和尚念佛赞》七种，即《阿弥陀赞文》《往生极乐赞文》《五台山赞文》《宝鸟赞文》《兰若空赞文》《归极乐赞文》《法华廿八品赞文》。这些作品已经与中国传统的"颂赞"文体大异其趣，更接近印度佛教文学的赞颂诗，而又具有鲜明的中国特色。

净土大师们的赞颂诗内容以赞佛为主，形式更偏重和乐，作品大多有和声标志，如善导《转经行道愿往生净土法事赞》中的"般舟三昧乐"附有"愿往生"与"无量乐"两种和声，交替使用；其"行道赞梵偈"则附有和声"散华乐"；《依〈观经〉等明般舟三昧行道往生赞》中有洋洋千句的长篇赞歌"般舟三昧乐"，交互使用"愿往生"与"无量乐"两种和声。法照《净土五会念佛略法事仪赞》中的《宝鸟赞》，每上句用和声"弥陀佛"，每下句用和声"弥陀佛弥陀佛"；《维摩赞》每上句用和声"难思议"，每下句用和声"难思议维摩诘"；《离六根赞》前一部分用和声"我净乐"，后一部分交互使用"努力"与"难识"两种和声③。现举法照《维摩赞》前两节为例：

> 佛国清净从心现（难思议），种种庄严心里生（难思议维摩诘），
> 足指按地三千界（难思议），虚空性海坐花台（难思议维摩诘）。
> 毗耶离城方丈室（难思议），有一居士号维摩（难思议维摩诘），

① ［唐］法照：《净土五会念佛诵经观行仪》，见《大正新修大藏经》第85册，第1244页。
② 上述杂赞见《大正新修大藏经》第47册，第476—478页。
③ 参见［日］加地哲定《中国佛教文学》，刘卫星译，今日中国出版社，1990年，第168—171页。

托病现身而有疾（难思议），国主王子悉来遇（难思议维摩诘）。①

这样的赞佛歌与上述支遁的《维摩诘赞》在文体方面已经大相径庭了。这些作品属于"和乐而歌"的歌诗，是中国化的佛教赞歌，与印度佛教文学从"偈颂"文类中发展出来的赞颂诗既有联系，又有区别。

敦煌卷子中存有大量歌词，其中有许多是佛教歌词，而且大部分属于佛教赞歌，如《十种缘·父母恩重赞》十三首、《证无为·太子赞》二十七首、失调名《五台山赞》十八首、《十偈辞·赞普满塔》十首、《归去来·归西方赞》十首、《十空赞（调名本意）》、《五更转·南宗赞》五首、《五更转·太子入山修道赞》十五首等，还有更多题目没有"赞"字，但内容实为赞颂的作品，如《求因果·修善》十一首、《三归依（调名本意）》四首、《取性游·悟真如》四首、《归去来·宝门开》六首、《十二时·佛性成就》十二首、《五更转·太子成佛》五首、《五更转兼十二时·维摩托疾》二十八首，以及长篇定格联章的《十二时·普劝四众依教修行》一百三十四首等。这些佛教歌词有的是诗僧名作，并留下了作者的名字，著名的有王梵志、释真觉（即永嘉玄觉）、释法照、释贯休、释神会、释智严等，更多的是大众无名氏的作品。这些作品大部分都是"联章"，即同一曲牌多首作品演唱一个主题，有普通联章，有"重句联章"，有"定格联章"等。以法照《归去来·归西方赞》十首前五首为例：

归去来。谁能恶道受轮回。且共念彼弥陀佛。往生极乐坐花台。
归去来。娑婆世界苦难裁。急手专心念彼佛。弥陀净土法门开。
归去来。谁能此处受其灾。总劝同缘诸众等。努力相将归去来。且共往生安乐界。持花普献彼如来。
归去来。生老病死苦相催。昼夜须勤念彼佛。极乐逍遥坐宝台。
归去来。娑婆苦处哭哀哀。急须专念弥陀佛。长辞五浊见如来。②

---

① [唐]善导、法照、少康等，张景岗编校：《唐代净土祖师全集》，九州出版社，2013年，第248页。

② 任半塘编：《敦煌歌词总编》，上海古籍出版社，1987年，第1066页。

　　这种格式属于"重句联章"，即每首重复一句"归去来"。该抄本省略了和声。《大藏经》载法照《西方乐赞》十九首，交替使用"西方乐""诸佛子"与"莫着人间乐，莫着人间乐"三种和声。前十五首皆以"西方乐西方乐"起首，其曲牌应该是《西方乐》。后四首以"归去来"起首，与上述敦煌歌词《归去来》属于同曲牌作品，每句都标有和声，作为对比，抄录如下：

　　　　归去来（西方乐），阎浮五浊是尘埃（西方乐）。不如西方快乐处（诸佛子），到彼花台随意开（莫着人间乐，莫着人间乐）。
　　　　归去来（西方乐），弥陀净刹宝殿开（西方乐）。但有倾心能念佛（诸佛子），临终决定坐金台（莫着人间乐，莫着人间乐）。
　　　　归去来（西方乐），生老病死苦相催（西方乐）。昼夜勤心专念佛（诸佛子），摩尼殿上礼如来（莫着人间乐，莫着人间乐）。
　　　　归去来（西方乐），谁能恶道受轮回（西方乐）？若能念彼弥陀号（诸佛子），往生极乐坐花台（莫着人间乐，莫着人间乐）。①

　　日本学者加地哲定根据斯坦因照相本列举了敦煌卷子中的赞佛歌，大都标有"和声"，如：

　　　　西方净土赞（S.370）同会往极乐赞（S.370）五台山赞（S.370、S.4039、S.5573）——和声"阿弥陀，各念恒沙佛"
　　　　大乘净土赞（S.447、S.4654、S.5569、S.6109）——和声"散花乐，满道场"
　　　　辞道场赞（S.779、S.1947、S.5722）——和声"道场、同学"
　　　　好住娘赞（S.1497）——和声"好住娘"
　　　　太子赞（S.2204）、归命礼赞（S.2553）、十空赞（S.4039、S.5539、S.5569）、南宗赞（S.4173）、辞阿娘赞（S.4634.S.5892）——和声"好住娘"

---

　　①　［唐］法照：《净土五会念佛略法事仪赞》，见《大正新修大藏经》第47册，第480—481页。

佛母赞（S. 5466）——和声"双林里、泪落如云雨"①

这些"和声"有的仅仅是重复句，有的近似曲牌。中国早期的乐府民歌中就有"和声"现象，一方面是通过重复诗中的词句形成复踏效果，以增强感染力，另一方面作为应和，形成音乐旋律。佛教赞歌最初重复的是具体作品、歌赞对象或其中的核心内容，如"弥陀佛""愿往生""难思议"等。后来形成一些普适性的和声，如"西方乐""散华乐""满道场""好住娘""双林里""乐住山"等，逐渐成为固定的曲牌，如"归去来""散华乐""求因果"等。如敦煌本《散华乐》（S. 1781）：

> 稽首归依三学满，散华乐，
> 天人大圣十方尊，满道场。
> 昔在雪山求半偈，散华乐，
> 不顾躯命舍全身，满道场。
> 巡历百城求善友，散华乐，
> 敲骨出髓不生嗔，满道场。
> 帝释四天捧马足，散华乐，
> 夜半逾城出宫阙，满道场。
> 苦行六年成正觉，散华乐，
> 鹿苑初度五归轮，满道场。
> 弘誓慈悲度一切，散华乐，
> 三乘设教济群生，满道场。
> 大众持花来供养，散华乐，
> 一时举手散虚空，满道场。②

简短十余句，赞颂了释迦牟尼前生功德和今生事迹，交替使用"散花乐"和"满道场"和声，增强了音乐性。

佛教歌词中的"定格联章"采用民间歌谣形式，如"五更转""十二

---

① 参见［日］加地哲定《中国佛教文学》，刘卫星译，今日中国出版社，1990年，第171—172页。
② 参见［日］加地哲定《中国佛教文学》，刘卫星译，今日中国出版社，1990年，第176页。

时""百岁篇"等，其中有些作品颇有文采，应该是出于诗僧或高僧之手。有的署了作者的名字，如释神会《五更转·南宗定邪正五首》等，但大部分作品作者失传。以《五更转·南宗赞》为例：

> 一更长。一更长。如来智慧化中藏。不知自身本是佛。无明障闭自慌忙。了五蕴。体皆亡。灭六识。不相当。行住坐卧常作意。则知四大是佛堂。
>
> 一更长。二更长。有为功德尽无常。世间造作应不久。无为法会体皆亡。入圣位。坐金刚。诸佛国。遍十方。但知十方全贯一。决定得入于佛行。
>
> 二更长。三更严。坐禅习定苦能甜。不信诸天甘露蜜。魔军眷属出来看。诸佛教。实福田。持斋戒。得生天。生天终归还堕落。努力回心取涅槃。
>
> 三更严。四更阑。法身体性本来禅。凡夫不念生分别。轮回六趣心不安。求佛性。向里看。了佛意。不觉寒。广大劫来常不悟，今生作意断悭贪。
>
> 四更阑。五更延。菩提种子坐红莲。烦恼泥中常不染。恒将净土共金颜。佛在世。八十年。般若意。不在言。夜夜朝朝恒念经。当初求觅一言诠。①

敦煌写本中有的卷子将该词题目标为"五更歌"，任半塘先生据此批驳"佛赞不入歌曲"的观点，指出："题与调既可合一，岂非明明白白确确切切证实佛赞可入歌曲，赞可为曲，曲可用赞？"② 显然，不论是一般的散曲，还是各种"联章"，佛教赞歌都属于配乐歌诗。这种赞歌离源自印度的偈颂诗体的"赞颂"已经比较远了，具有了独立的文类学意义。中国佛教文学中的赞歌与偈颂主要差别如下：其一、偈颂作为法句是佛教义理的概括，偏重哲理情趣；赞歌主要用于宣教和劝发，偏重情感表现。其二、偈颂属于佛教的精英文学，其作者和读者一般是佛门高僧；赞歌属于佛教中的大众文

---

① 任半塘编：《敦煌歌词总编》，上海古籍出版社，1987 年，第 1429 页。
② 任半塘编：《敦煌歌词总编》，上海古籍出版社，1987 年，第 1430—1431 页。

学，其接受对象是僧俗群众。其三、在艺术表现方面，偈颂多用象征，具有一定的神秘色彩；赞歌直抒胸臆，一般通俗易懂。其四，在中国佛教文学中，偈颂以表现宗教体验和感悟为主，一般不再讲究入弦和乐，而赞歌则是用来唱的歌诗，必须和乐能唱。

从文体的角度看，偈颂和赞歌都属于歌诗，其特点是有韵能唱。上文已经述及，佛经翻译家鸠摩罗什曾说："天竺国俗，甚重文制，其宫商体韵，以入弦为善。凡觐国王，必有赞德，见佛之仪，以歌叹为贵，经中偈颂，皆其式也。"① 这一方面说明偈颂内容以赞颂为主，另一方面说明偈颂本来都是可以入弦歌咏的。佛陀时代就有一些善于歌唱的诗人加入了佛教僧团，以自己的歌诗为佛法服务。如著名诗僧牟自在本来是一位职业诗人，是一个即席作歌的专家，他曾经自述：

> 我醉心歌唱，行吟漫游，
> 城复一城，村又一村。
> 我看见如来佛陀，他功行圆满，
> 一切法中，至上至尊。②

这些佛教诗人通过吟唱歌诗感染吸引广大群众，推动了佛教的传播与发展。阿育王时期佛教发展到高峰，佛教通俗文学也更加繁荣，此时流行的"梵呗"是佛教说唱文学发展的新阶段。关于梵呗，梁慧皎《高僧传》卷一三解释说："然天竺方俗，凡是歌咏法言，皆称为呗。至于此土，咏经则称为转读，歌赞则号为梵呗。昔诸天赞呗，皆以韵入弦缦。五众既与俗违，故宜以声曲为妙。"③ 可见梵呗包括"歌赞"和"咏经"，主要表现方式是歌唱。

然而由于翻译的局限，偈颂"以入弦为善""以歌叹为贵"的特点在汉译佛典中没有体现出来，因此，鸠摩罗什进一步慨叹："但改梵为秦，失其

---

① ［梁］释慧皎：《高僧传》，汤用彤校注，汤一玄整理，中华书局，1992年，第53页。
② 参见［英］渥德尔《印度佛教史》，王世安译，商务印书馆1987年，第209—210页。
③ ［梁］释慧皎：《高僧传》，汤用彤校注，汤一玄整理，中华书局，1992年，第508页。

藻蔚，虽得大意，殊隔文体。有似嚼饭与人，非徒失味，乃令呕哕也。"①
慧皎曾经将印度的偈颂与中国的诗歌进行比较，指出："然东国之歌也，则
结韵以成咏；西方之赞也，则作偈以和声。虽复歌赞为殊，而并以协谐钟
律，符靡宫商，方乃奥妙。故奏歌于金石，则谓之以为乐；设赞于管弦，则
称之以为呗。夫圣人制乐，其德四焉：感天地，通神明，安万民，成性类。
如听呗，亦其利有五：身体不疲，不忘所忆，心不懈倦，音声不坏，诸天欢
喜。"②慧皎不仅指出了二者在声律音韵以及功能等方面的相通之处，而且
说明了听呗的五个作用，即通过偈颂的咏唱，不仅能够不忘所忆，即便于记
忆，而且可以做到身体不疲、心不倦怠，进而能够愉悦神灵，使诸天欢喜。
然而由于汉梵语言的差异和翻译的局限，"自大教东流，乃译文者众，而传
声盖寡。良由梵音重复，汉语单奇。若用梵音以咏汉语，则声繁而偈迫；若
用汉曲以咏梵文，则韵短而辞长。是故金言有译，梵响无授"③。因此翻译
成汉语的偈颂只能表意，而不能传音，在形式上与原作也相去甚远。尽管如
此，印度佛教偈颂的传入，对中国诗歌的内容和形式都产生了深远的影响。
中国诗歌内容方面以禅入诗，诗学思想方面以禅喻诗、诗禅一致等，都是偈
颂影响的产物。在文体形式上，偈颂的影响主要表现在两个方面，一是绝句
的普遍流行。佛经传入之前，中国的古体诗很少有绝句。偈颂译为汉语，一
偈一般需要译为四句。偈颂每句的字数虽然比较灵活，四言、五言、六言、
七言均可，但以五言和七言为多。由于这样的偈语在佛门特别是禅门的普遍
使用，从而促进了五言、七言绝句在唐宋的发展和流行。二是隋唐以后形成
了许多佛教赞歌，特别是随着中国佛教净土宗的发展，赞佛文学非常兴盛。
这些佛教赞歌虽然超越了偈颂文类，进入"和乐而歌"的歌诗范畴，但却
与"以入弦为善""以歌叹为贵"的印度偈颂殊途同归了。在中国，直接源
自印度佛经的偈颂失去了音乐性，演变成为以说理谈玄、悟道证法为主的哲
理诗，而本土色彩较浓的佛教赞歌一般和乐能唱，与印度佛教偈颂与赞颂的
歌诗传统更加契合。这一现象既体现了宗教赞美诗形成和发展的普遍规律，
也说明诗与歌具有天然的内在联系，具有重要的文类学意义。另外，佛教经

① ［梁］释慧皎：《高僧传》，汤用彤校注，汤一玄整理，中华书局，1992年，第53页。
② ［梁］释慧皎：《高僧传》，汤用彤校注，汤一玄整理，中华书局，1992年，第507页。
③ ［梁］释慧皎：《高僧传》，汤用彤校注，汤一玄整理，中华书局，1992年，第507页。

师对佛经偈颂的转读，"精达经旨，洞晓音律。三位七声，次而无乱；五言四句，契而莫爽。其间起掷荡举，平折放杀，游飞却转，反叠娇弄。动韵则流靡弗穷，张喉则变态无尽。故能炳发八音，光扬七善"①。这样的五言偈赞的转读，对中国诗歌的声律之学产生了直接而深远的影响②。

第三节　佛传僧传与佛教传记文学

自释迦牟尼灭度以后，他的生平事迹便成为佛教遗产的重要组成部分，也成为佛教文学艺术的重要素材。在佛教两千多年的发展过程中，有许多高僧大德为佛教事业做出了巨大贡献，其具有传奇性的事迹、不朽的业绩和丰富深刻的思想，是中印两国佛教文化的重要遗产和宝贵财富。记述佛陀生平的佛传和记述高僧大德事迹的僧传，是佛教传记文学的两种基本类型，既有共同的文类特征，也体现了不同的民族文化特点。中印两国佛教传记文学影响和接受的互动关系，具有比较文学研究的意义和价值。

一、印度佛传

佛教是由佛陀释迦牟尼创立并发展成为以佛为崇拜对象的宗教，因此，研究佛教传记文学首先应该从佛传开始。所谓"佛传"有广义和狭义之分。广义佛传指所有记述佛陀生平事迹的作品，包括专门的佛陀传记和取材佛陀生平事迹创作的各类作品。比如在《阿含经》等早期佛典中，有一些作品集中描写佛陀的生平事迹，包括佛陀自述和佛弟子讲述；在南传巴利文佛典小部中的《经集》中，有以佛陀生平事迹为题材的叙事诗。佛教诗人马鸣创作了以佛陀生平事迹为题材的长篇叙事诗《佛所行赞》。这些都可以看作佛传文学。狭义佛传指有意系统整理、全面记述佛陀生平事迹的作品。这类佛传始于佛灭百年后的部派佛教时期，在印度有千余年的发展历史，积累了丰富的成果。本节以狭义佛传为主要研究对象，兼及其他佛传文学作品。

---

① ［梁］释慧皎：《高僧传》，汤用彤校注，汤一玄整理，中华书局，1992年，第508页。
② 参见许云和《梵呗、转读、伎乐供养与六朝歌诗、声律》，载《文学遗产》1996年第5期。

一般说来，原始佛典是由佛弟子根据回忆结集而成，大多以"如是我闻，一时佛在……"的形式开头，讲述佛在什么地方，对什么人，说了什么法，基本上是释迦牟尼说法传教活动的记录，是佛传的原始资料。在《阿含经》等早期佛典中，也有一些具有佛传文学性质的作品，集中描写佛陀的生平事迹。主要有三种情况：一是弟子们的记述，相当于回忆录。如汉译《长阿含·游行经》记述了佛涅槃前最后数月的经历，写出了僧团导师释迦牟尼的人格风范。二是释迦牟尼自述，相当于自传。如《中阿含·罗摩经》，世尊在讲解什么是"圣求"的时候，讲了自己的求道过程。三是佛祖释迦牟尼在对弟子说法的过程中，讲述了许多过去佛的故事，其中有些过去佛出家求道、修行成道的事迹中隐含了释迦牟尼本人的经历和体验。如《长阿含·大本经》，主要讲过去六佛毗婆尸、尸弃、毗舍婆、拘留孙、拘那含、迦叶的事迹，其中特别具体地讲了毗婆尸佛的事迹：他从兜率天下凡从右胁进入母胎，大地震动，光明普照。他一出生就能站立，迈出七步，宣称："在这世上，唯我独尊。这是我的最后一生，不会再生。"菩萨诞生七日后，母亲往生兜率天。占相婆罗门指出这位王子具有三十二大人相，将来如果在家会成为转轮圣王，如果出家则成正觉。国王为王子建造三座适合不同季节的宫殿，供他在雨季、冬季和夏季居住娱乐。后来王子四次出游，先后遇见老人、病人、死人和出家人，于是感悟出家。他在僻静处潜心沉思，凭智慧觉知"十二因缘"，由此觉悟成佛。菩萨成佛后，觉得佛法微妙深邃，世人难以理解，不想说法。经过梵天再三劝请，佛陀才决定说法传教。该经在讲述毗婆尸佛的种种事迹时，一再强调"这是法性"，即一切佛出世的常规或者"常态"。这个提示也等于说释迦牟尼佛的一生也是按照这样的"法性"展现的。因此，这部《大本经》就成了佛陀传记的纲要①。后世佛传文学作品基本上都不偏离这个纲要。

佛灭百余年后，佛徒出于对已经远去的佛祖的怀念，有意广泛收集资料，编撰佛陀传记。当时已经进入部派佛教时期，佛教发生分裂，一度形成20多个部派，其中许多部派出于传承佛法的需要而重视佛陀传记的编撰。隋代阇那崛多译《佛本行集经》结尾处说：

---

① "法性"在古代汉译佛典中译为"诸佛常法"。参见黄宝生译注《梵汉对勘神通游戏》，中国社会科学出版社，2012年，"导言"第3页。

　　或问曰："当何名此经?"

　　答曰："摩诃僧祇师，名为《大事》；萨婆多师，名此经为《大庄严》；迦叶维师，名为《佛生因缘》；昙无德师，名为《释迦牟尼佛本行》；尼沙塞师，名为《毗尼藏根本》。"①

　　这大概是当时流行的属于不同部派的五种佛陀传记的名称。其中《佛生因缘》和《毗尼藏根本》既无梵文原典，也无汉译，已经失传。昙无德师即法藏部，其佛传《释迦牟尼佛本行》即阇那崛多译《佛本行集经》，无梵本，有汉译，共60品，是现存佛传中最长的一部。其中前3品讲述佛陀前生故事；第4品至第33品讲述菩萨从兜率天下凡，诞生为释迦族王子，他的结婚生子，四次出游，遇见老人、病人、死人和出家人，出家求道，修炼苦行，后来感觉苦行无益而放弃，接受村女的牛奶粥供养，菩提树下结跏趺坐，降服摩罗，觉悟成佛；第34品至第60品讲述释迦牟尼成佛后应梵天劝请转动法轮，度化众弟子。

　　摩诃僧祇师即大众部，其佛传《大事》（MahāVastunidāna，全称《大事因缘》）有梵本，为混合梵语，没有汉译。其末尾的题属中声称是大众部出世派的律藏，但全书并没有多少佛教僧团戒律方面的内容。作品记述佛陀生平分为三部分，第一部分写佛陀前世作为菩萨在燃灯佛和其他过去佛时期的生活；第二部分写他作为菩萨再生在兜率天，然后再生为释迦王子悉达多，以及他的出家、降魔、成道等；第三部分写他初转法轮，度化五比丘，建立僧团。《大事》与《佛本行集经》对佛陀生平资料搜集比较完整，但情节松散，结构凌乱，夹杂了大量的本生故事和譬喻故事，因此不是严格意义上的佛陀传记，而是有关佛陀生平的各种传说的汇编。尽管如此，这些作品在佛传文学的发展中也起了重要作用。首先，将佛陀生平的有关资料搜集汇编综合整理，使之系统化，为佛传文学的发展奠定了基础。其次，属于大众部的《大事》对佛陀生平作了较系统的夸张和神化，开大乘佛传神化佛陀之先河，也可以看出大乘佛教与大众部的渊源关系。

　　萨婆多师即说一切有部，一般认为其佛传《大庄严》即《神通游戏》，

① 《佛本行集经》，［隋］阇那崛多译，见《大正新修大藏经》第3册，第932页。

既有梵本，又有汉译。汉译有西晋竺法护译《普曜经》（8卷）和唐地婆诃罗译《方广大庄严经》（12卷）两个传本，其中前者较简单，后者与现有的梵文本相近①。随着大乘佛教的兴起和发展，形成了一批神化佛陀的大乘佛传，而这些大乘佛传实际上是在传统佛传基础上改编而成，《神通游戏》就是其中之一。

　　除了具有史传意义的佛陀传记作品之外，还有一些取材佛陀生平传说创作的文学作品，也是从部派佛教时期开始出现的。南传上座部佛典《小尼伽耶》中的《经集》收了许多叙事诗，其中《出家经》《精勤经》和《那罗伽经》是与佛陀生平有关的三篇叙事诗。《出家经》讲述佛陀出家后，与瓶沙王首次会见的故事；《精勤经》讲佛成道前的降魔故事；《那罗伽经》由两部分组成，引子部分讲述释迦太子诞生，阿私底仙人预言太子将来会成佛，正文部分是阿私底仙人外甥那罗迦和佛陀的对话，讲述出家人应有的品行。这些作品虽然还不是完整的佛陀传记，但已是名副其实的佛传文学。首先它们采用了叙事诗这种文学形式；其次内容上由重教理转向重生活、重人格；其三是选取具有典型意义的生活素材，出生、出家、降魔等，都有助于突出表现佛的伟大，可以发挥想象力，构造情节。这些作品为佛传文学的进一步发展开辟了广阔的前景。出生、出家、降魔等成为后世佛传文学不可缺少的内容。这类作品的代表作是佛教诗人马鸣的长篇叙事诗《佛所行赞》，共5卷28品，有9000多行诗。作品可以分为五部分，第一部分为《生品》第一和《处宫品》第二，主要写佛陀出生之祥瑞和少年生活之优越；第二部分从《厌患品》第三到《答瓶沙王品》第十一，主要写太子出家过程；第三部分从《阿罗兰郁陀仙品》第十二到《阿惟三菩提品》第十四，写修道之艰难和成道之喜悦；第四部分从《转法轮品》第十五到《菴摩罗女见佛品》第二十二，主要写佛陀收徒传法之盛况；第五部分从《神力住寿品》

---

　　①　黄宝生先生对《神通游戏》进行了梵汉对勘，作了新的现代汉语翻译和注释，为研究者提供了方便。此部分主要依据黄宝生先生的新译，见黄宝生译注《梵汉对勘神通游戏》，中国社会科学出版社，2012年。但笔者认为现存《神通游戏》是典型的大乘佛传，而说一切有部属于小乘佛教部派，二者的对应关系值得商榷。

第二十三到《分舍利品》第二十八，主要写佛陀的涅槃①。《佛所行赞》是佛传文学发展链条中重要的一环。从时间看，它介于大小乘之间；从形象看，它开始重视佛陀形象的塑造，突出佛陀伟大完美的人格，但还没有太多的神化②。

除了上述作品之外，汉译佛典中还收录了一些佛陀传记类作品，主要有后汉竺大力共康孟祥译《修行本起经》，吴支谦译《太子瑞应本起经》，西晋聂道真译《异出菩萨本起经》，刘宋求那跋陀罗译《过去现在因果经》，北宋法贤译《众许摩诃帝经》等，都是比较完整的佛陀传记；后汉昙果等译《中本起经》和东晋迦留陀伽译《十二游经》，主要讲述佛陀成道后弘法传教的事迹，也属于佛传类作品。

上述佛传作品中，有的只是片段性的记述，不够完整；有的篇幅较短，内容不够充实；有的部头虽然很大，但比较散乱，艺术性不强；有的艺术性很强，如马鸣的《佛所行赞》已经是文学经典，但其文体形式是长篇叙事诗，已经超越了史传范畴的佛教传记文学文类学的研究范围。作为以描写佛陀生平事迹为主题的佛传文学，《神通游戏》（LalitaVistara）最有代表性。

《神通游戏》共27品，讲述释迦牟尼从降生到初转法轮的生平传说。第一品《序品》叙述作品缘起。描述佛在舍卫城胜林给孤独园，在众天子、菩萨和声闻弟子的请求下宣示《神通游戏》③。第二品《激励品》到第六品《处胎品》，是佛陀降生前的准备。第七品《诞生品》讲述菩萨的诞生。第八品《入天祠品》到第十四品《感梦品》，主要讲述菩萨作为王子在王宫中的生活。第十五品《出家品》是作品的重点之一，讲述菩萨出家过程。第十六品《频毗沙罗来访品》到第十八品《尼连河品》，讲述菩萨的求道过程。成道是佛陀生平中最重要的事件，《神通游戏》用了五品描述菩萨的成

---

① 我国古代汉译和藏译都是28品，写释迦牟尼从诞生直至涅槃的一生。现存梵文原本只有前14品，只写到佛陀修行得道。汉译有昙无谶译《佛所行赞》（五卷），本文主要依据该译本，见《大正新修大藏经》第4册。另外刘宋释宝云译《佛本行经》（七卷），内容和文体都与马鸣《佛所行赞》相似，篇幅也大体相当，曾经被认为是马鸣《佛所行赞》的另一个译本。但由于宝云译《佛本行经》文字与马鸣著作梵文原本不能对应，因而并非马鸣《佛所行赞》的同本异译，而是另外一部古典梵语大诗体佛陀传记的翻译。参见黄宝生译注《梵汉对勘神通游戏》，中国社会科学出版社，2012年，"导言"第2页。

② 参见侯传文《〈佛所行赞〉与佛传文学》，载《东方论坛》1999年第3期。

③ 各品内容依据黄宝生译注《梵汉对勘神通游戏》，中国社会科学出版社，2012年。下文不再一一注释。

道过程，极尽铺排渲染之能。第十九品《前往菩提道场品》讲述菩萨走向菩提道场。第二十品《菩提道场庄严品》讲述菩萨坐在菩提道场，众天神伫立四方守护他。第二十一品《降服摩罗品》讲述菩萨战胜魔王摩罗。第二十二品《成正觉品》讲述佛陀成道过程。第二十三品《赞叹品》进一步表现天神们对佛陀成道的赞叹。转法轮是佛陀生平和传教事业中的大事，也是佛传文学着力表现的内容，《神通游戏》用了三品讲述佛陀初转法轮的过程。第二十四品《帝履富娑和婆履品》讲述菩萨成道之后，商人帝履富娑和婆履兄弟率商队经过，向佛陀奉献食物。佛陀接受了他们的食物，向两兄弟及所有商人发出祝福，并授记两兄弟未来成佛。第二十五《劝请品》讲述如来感觉佛法深邃，世人难以理解，便默然不宣，经梵天一再劝请，才表示同意宣示正法。《转法轮品》讲述如来在波罗奈仙人堕处鹿野苑初转法轮，向五比丘宣示正法，由此佛、法、僧三宝完备。最后的《结尾品》，如来让净居天子们接受、保持和宣讲这部《神通游戏》，并说明受持、宣讲、赞叹、刻写、流通、讲解、听取这部法经会获得种种功德。然后嘱咐摩诃迦叶、阿难和弥勒，请他们受持和讲解这部法经。

　　《神通游戏》的部派归属和性质、现存梵本与古代汉译的关系都比较复杂。依据《佛本行集经》中的说法，《神通游戏》即《大庄严》属于说一切有部的佛陀传记。然而，说一切有部属于小乘佛教上座部，而唐智升在《开元释教录》中将《方广大庄严经》和《普曜经》归入大乘经。现存梵本《神通游戏》与西晋竺法护译《普曜经》和唐地婆诃罗译《方广大庄严经》虽然都有不小的差异，但其总体风格是一致的，可以认定为同一作品的不同发展阶段，而传说中的"萨婆多师名为《大庄严》"的佛传，作为小乘佛传与上述作品应该有本质的不同。可以推论，这部佛传应该与马鸣《佛所行赞》比较接近。马鸣是有部论师，应该很熟悉这部《大庄严》，将其作为自己创作大诗《佛所行赞》的主要依据也顺理成章。很可能，马鸣的《佛所行赞》一出，言文行远，有部之佛传《大庄严》便隐而不传。而大乘佛传也不可能凭空杜撰，必须以传统的佛传为依据，或者在传统佛传基础上进行加工，这样，隐而不传的有部佛传《大庄严》便成为大乘佛传《普曜经》的来源和基础。《普曜经》在古代中国有三译，只有西晋竺法护的译本流传，之前的蜀译和之后的刘宋时期智严的译本失传。其中最早的蜀译为公元

3 世纪，则梵本《普曜经》应该产生于公元 2 世纪，与公元 1—2 世纪马鸣《佛所行赞》有一定的时间距离，作为小乘佛传成熟之后大乘佛传的出现时间是合理的。《普曜经》虽然风格已经大乘化，传主释迦牟尼已经被神化，但作品还比较简略，没有太多的铺排渲染。地婆诃罗译《方广大庄严经》的标题标明"一名《神通游戏》"，进一步发展了大乘风格，与现存梵本已经非常接近。地译完成于唐永淳二年，即公元 683 年，其梵本应该成书于公元 6 世纪前后。《神通游戏》中敬拜赞美菩萨的天神除了常见的梵天、帝释天、大自在天之外，还出现了"黑天"的名字。黑天是大史诗《摩诃婆罗多》中的重要人物，被认为是大神毗湿奴的化身。《摩诃婆罗多》被确定为印度教的经典，黑天成为印度教徒的崇拜对象，都是公元 5 世纪的事，对《方广大庄严经》即《神通游戏》的成书时间有佐证意义。地婆诃罗译《方广大庄严经》与现存梵本《神通游戏》的文字和内容仍有较大的差异，说明这部作品很长时间没有定型。可以看出，现存梵本《神通游戏》是依据地婆诃罗译《方广大庄严经》的原本，又参考竺法护译《普曜经》的原本进行整合修改的产物，有许多偈颂不见于后出的地译《方广大庄严经》，而见于更早的护译《普曜经》，可以为证。当然，现存梵本的定型也不会很晚，因为公元 8 世纪以后印度佛教进入密教时期，现存梵本《神通游戏》基本上没有密教气息，而是一部典型的大乘佛传。

二、印度僧传

印度佛教从公元前 6 世纪兴起，到公元 12 世纪基本消亡，有 1800 年的发展史，期间阐释佛典的佛学非常丰富发达，为佛教事业做出杰出贡献的高僧很多，关于他们的生平事迹的记述构成印度僧传文学。

原始佛典中已经有丰富的僧传资料，《阿含经》中有许多以某一佛门弟子为主要角色的经典，其中有些是描写佛弟子出家求道的经历，如《中阿含·赖吒惒罗经》，主要讲述大商人之子赖吒惒罗出家求道的故事。赖吒惒罗面见世尊要求出家，世尊对他说："若父母不允，我不能度你出家学道。"赖吒惒罗回家请求父母准许他出家。父母只有他一个儿子，爱怜难舍，虽再三请求，仍不答应。他绝食数日，父母请来亲戚朋友进行劝说，都不见效，最后只好允其出家。十年以后，尊者赖吒惒罗成了阿罗汉，回家探望二老，来到父母家门。父亲因为失去儿子而恼恨僧人，命令家人不要施饭给这位比丘。赖吒惒罗刚要离去，婢女出来扔烂食物，赖吒惒罗让她将食物倒在自己钵中。婢女认出赖吒惒罗，回去告诉主人。父亲听说儿子回来了，非常高兴，赶快追上赖吒惒罗，领回家中。父母劝赖吒惒罗舍戒罢道，并拿出许多钱，说他可以随意布施，照样获得功德，但他拒绝了。父母又叫来他的妻子们，个个浓妆艳抹，求他还俗，也被他拒绝。他不但没有被父母说服，反过来为父母说法，使家人都皈信佛教。

在《阿含经》中出场最多的是常在佛陀身边的著名大弟子，如阿难、舍利弗、大迦叶、迦旃延、阿那律、目犍连、罗怙罗等。比如阿难是佛的堂弟，出家后成为佛的侍者，佛典结集时为经藏即《阿含经》的诵出者，因而是《阿含经》的主要角色之一。《中阿含·侍者经》便主要讲述佛陀选阿难为侍者的过程。佛告诉众比丘，自己年老，需要一个侍者，让大家推荐。有几位尊者自荐，佛对他们说，你们自己也已经年老，需要人奉侍，所以不适合作佛的侍者。大目犍连入定观察，知道佛希望阿难为侍者，便去找阿难，告知佛意。阿难推托，说自己不堪重任，认为世尊难可难近。目犍连极力劝进，阿难提了三个条件，一是不着佛衣，二是不食别请佛食，三是不非时见佛。即不愿享受任何特权，显示了阿难的廉洁。佛称赞阿难聪明智慧，表明自己不为衣食而为佛侍者，免遭讥议。在这里，无论是佛还是佛弟子，都是非常实际的现实中人。《阿含经》中有些以佛的某位弟子为说法主人公的作品，如《中阿含·舍梨子相应品》中有 11 经，都与舍梨子（即舍利弗）有关，可以看作高僧舍利弗的传记汇编。

部派佛教时期产生的《那先比丘经》（南传《弥兰陀王问经》）的说法主人公那先比丘是一位高僧，作品中有些关于那先比丘的生平记述，有一定的僧传色彩，但作品内容主要讲述那先比丘与弥兰王关于佛教义理的对话，虽然也穿插了一些二人前世今生的因缘，但总体上是以记言为主，与《阿含经》中记述佛弟子言行的作品一脉相承。另外，南传巴利文佛典三藏经藏小部中的《长老偈》是一部宗教抒情诗集，收入 264 位比丘作的 1291 颂诗偈，主要表现诗僧自己的宗教体验和宗教情感，作品前面大多有小传，其作用主要是说明作偈缘由，虽然比较简短，但有些小传也能表现出诗僧的思想性格。如林犊长老，出身王舍城一个富有的婆罗门家庭，青年时期随佛学道，修成阿罗汉之后，为求清净而常居林中，有一次他因事回王舍城数日，事毕欲返山林。亲友挽留，希望他常住城里，由亲友供养。他执意不肯，作偈明志：

> 山有怡人水，复有白石广。
> 猴兽常出没，青苔满山岗。
> 山林惬我意，不愿居城巷。①

这样的"小传"虽然非常简略，缺乏年代等必要信息，但基本真实可信，不失为僧传形式之一。印度民族历史意识不强，很少为历史人物立传，所以专门的僧传比较稀少，但也不是没有。如著名的《马鸣菩萨传》《龙树菩萨传》《提婆菩萨传》《婆苏槃豆传》等，都属于典型的印度式僧传。马鸣、龙树、提婆三传署名为鸠摩罗什译，而记述无著、世亲兄弟事迹的《婆苏槃豆传》署名为真谛译，但以上诸传是否产生于印度，值得怀疑。吕澂称《龙树菩萨传》为罗什"编译"②，这一说法也适于另外二传。也就是说，出于罗什之手笔的《马鸣菩萨传》《龙树菩萨传》和《提婆菩萨传》，是鸠摩罗什根据印度流传的三位佛学大师的民间传说编译而成，因而不是写实性的人物传记，而具有浓厚的传奇色彩。

《马鸣菩萨传》记述马鸣原为外道婆罗门，在中印度逞强，辩倒许多佛门弟子，有部高僧胁尊者由北天竺专程前往中天竺与马鸣辩论，将其折服，收为弟子。马鸣"博通众经，明达内外，才辩盖世四辈敬伏。天竺国王甚珍遇之"。后来北天竺月氏国王伐中天竺，索要三亿金作为退兵条件。中天竺王只能拿出一亿，月氏国王提出拿国宝佛钵和辩才比丘马鸣各当一亿。中天竺王不舍，马鸣反劝国王："比丘度人义不容异，功德在心理无远近。宜存远大何必在目前而已。"便跟随月氏王到了北天竺。月氏王的大臣们认为："夫比丘者天下皆是，当一亿金，无乃太过。"国王为解众惑，将七匹马饿了六天，然后"普集内外沙门异学，请比丘说法。诸有听者莫不开悟"，那

---

① 《长老偈　长老尼偈》，邓殿臣译，中国社会科学出版社，1997年，第50页。
② 吕澂：《印度佛学源流略讲》，上海人民出版社，2002年，第114页。

些饿马也"垂泪听法无念食想"。"以马解其音故，遂号为马鸣菩萨。"马鸣于北天竺广宣佛法，成人功德，四辈敬重，被称为"功德日"①。这部马鸣传提供了一些关于这位佛学大师和著名诗人的重要信息：他初为外道，后入佛门，为胁尊者弟子；在中天竺已经享有盛名，被月氏国王迎请到北天竺，成就非凡。仅此而已。马鸣是伟大的佛教文学家，传记没有提他的文学创作；马鸣是一位著名论师，传记也没有提他的论著，只是汇集了关于马鸣生平的一些传说。当然，这些传说也很重要，如他和北天竺月氏国王的密切关系，有的文献点明这位国王就是迦腻色迦，这一说法得到大多数学者的认可。但英国学者琼斯顿则认为马鸣早于迦腻色迦而非同时，渥德尔也同意琼斯顿的看法，认为将一位大诗人与一位大皇帝联系起来是传奇故事的需要②。尽管如此，除了解释其名字来历的"马解其音"之外，没有太多的神话色彩。

另外两部作品则不然，差不多是以神话为主。如《龙树菩萨传》讲述龙树出身南天竺梵志种，"天聪奇悟，事不再告"，在乳哺时期听到梵志诵四吠陀，就能够"背诵其文而领其义"，少年时便精通了天文地理等各种学术技艺和道术，与三个朋友骋情极欲为乐，学得隐身法术，入王宫侵凌美人。事情败露，三个友人被杀。龙树逃脱，悟欲为苦本，遂入山诣佛塔出家受戒，"九十日中诵三藏，尽通诸深义，更求诸经都无得处"。后于雪山深处佛塔中遇老比丘授以大乘经，读而善之。他周游诸国更求余经而不得，与外道论议尽皆折伏，于是生骄慢之心，认为佛教理论不过如此，准备别立新宗。龙王愍之，接入龙宫，授以无量方等深奥经典。龙树受读九十日，通练甚多，得经一箱而出。龙树为了教化一位承事外道的南天竺王，持幡奔走于王前。七年之后，国王问他是何人，回答说："我是一切智人。"国王要验证龙树的智慧，问了一个刁钻的问题："天神现在干什么？"龙树回答："天神正在与阿修罗战斗。"国王为这样的无法证实又无法证伪的回答噎得难受。龙树说这并非虚言，果然不久天上落下干戈兵器。国王说："干戈矛戟虽是战器，汝何必知是天与阿修罗战？"龙树让国王和臣民看到空中两阵相对。国王拜伏，有上万婆罗门即时皈依佛门。龙树在南天竺大弘佛教，写了很多

---

① 《马鸣菩萨传》，［后秦］鸠摩罗什译，见《大正新修大藏经》第 50 册，第 183—184 页。
② ［英］渥德尔：《印度佛教史》，王世安译，商务印书馆，1987 年，第 312 页。

论著，广宣大乘。当时有一位善长咒术的婆罗门面见国王，要求与龙树比赛。婆罗门在宫殿之前变幻出大池，中有千叶莲花，自坐其上呵龙树。龙树以咒术化出一六牙白象，用鼻子拔起莲花仍在地上，婆罗门服输归命龙树。龙树因长久住世遭到小乘经师等人妒忌，"遂蝉蜕而去"。由于其母树下生之，又以龙成其道，故以龙配字号曰龙树。该传说龙树"去世已来始过百岁"①，以鸠摩罗什生活年代（344—413）推算，龙树应该生活于公元3世纪。罗什是龙树的嫡系传人，最先将龙树和提婆的中观派学说系统介绍到中国，他又离传主生活年代不远，因此许多记载应该是可信的，由此可以了解公元2、3世纪印度佛教特别是大乘佛教的发展状况。

《提婆菩萨传》讲述提婆是南天竺婆罗门种，"博识渊揽，才辩绝伦"。一次入神庙拜湿婆像，见神眼怒目视之，觉得天神太小气，"当以威灵感人，智德伏物，而假黄金以自多，动颇梨以荧惑"，于是登梯凿出其左眼，引起人们质疑。提婆为了证明自己不是有意慢辱神明，而是让大家知道"神不假质，精不托形"之理，当即准备精馔等物敬祠天神。大神以缺目肉身前来享用，对提婆说："汝得我心，人得我形；汝以心供，人以质馈；知而敬我者汝，畏而诬我者人。汝所供馔尽善尽美矣，唯无我之所须，能以见与者，真上施也。"提婆说："神鉴我心，唯命是从。"大神说自己缺左眼，提婆即以左手出眼与之。由此获得天神的赞许，答应他"言不虚设"的请求。后来提婆从龙树出家，周游教化。他为了度化南天竺王，受募为国王卫士长，以政绩和品行赢得国王关注。结果出现了和龙树一样的情况，国王信服，婆罗门皈依佛教。然后提婆于王都中建高座，立"一切诸圣中佛圣最第一，一切诸法中佛法正第一，一切救世中佛僧为第一"之论，挑战八方论士：如果有人能破此论，提婆斩首以谢；不如者，剃须发以为弟子。提婆以自己的论辩才能挫败八方论士，使他们皈依佛门，"三月度百余万人"，又造数百论以破邪见。有一邪道弟子耻于其师被破，趁提婆禅定之时，持刀刺杀提婆，说道："汝以口破我师，何如我以刀破汝腹。"提婆怜悯刺客，告诉他如何逃走，并为之说身名皆空之理。弟子们赶来，有的追赶刺客，有的哀哭师父，提婆制止众弟子，为说诸法性空、无怨无亲之理，然后蝉蜕而去。由于他曾

① 《龙树菩萨传》，[后秦] 鸠摩罗什译，见《大正新修大藏经》第50册，第185—186页。

经出一只眼给天神，所以被称为"迦那（一目）提婆"①。

出于真谛之手的《婆苏槃豆法师传》说有一位婆罗门国师的三个儿子皆名"婆苏槃豆"，意译"天亲"或世亲。三兄弟先后于有部出家。其中第三子随母亲另有名"比邻持跋婆"，长子后来因宣说大乘空观而称"无著"，次子则只称"婆苏槃豆"。无著出家后思维空义不得人，曾经想自杀。宾头罗为其讲小乘空观，意犹未尽，便上兜率天咨询弥勒，从弥勒处获得大乘经义，回来为人解说，人多不信，无著于是发愿请弥勒亲自到人间说法。世亲先造《俱舍论》，大破外道，成为著名的佛教论师，但不信大乘。无著见此弟聪明过人、识解深广，恐其造论破坏大乘，便称病将其召来，为其说大乘要义。世亲改信大乘之后，忏悔过去毁谤大乘之过，欲割舌以谢罪，兄长劝他"欲灭此罪，当善以解说大乘"。于是世亲在无著去世后广造大乘论著，解释诸大乘经。其论"文义精妙，有见闻者靡不信求。故天竺及余边土学大小乘人，悉以法师所造为学本"②。以上僧传记述了传主的生平事迹，也反映了一些历史真实，如龙树、提婆都死于非命，可见当时宗教教派斗争之激烈。总体上说，记述印度佛教大师生平的四部僧传，虽然不一定产生于印度，但继承的是印度佛传与僧传传统，具有鲜明的印度民族文学特色。

三、中国僧传

中国有源远流长的史传文学传统，对外来的佛教产生了直接的影响，因而中国佛教传记文学也非常发达。特别是随着中国佛教的发展，出现了许多在佛教内外都有很大影响的高僧大德，为中国僧传文学的发展创造了条件。

中国僧传文学始于晋代。据汤用彤先生统计，产生于魏晋南北朝时期的佛教传记有数十种。其中有一人之传记，如《佛图澄传》《支遁传》《释道安传》《于法兰别传》《竺法旷传》《远法师铭》《竺道生传》《草堂法师传》《稠禅师传》《僧崖菩萨传》《韶法师传》《慧达别传》《真谛传》等；有一类僧人之传记，如竺法济《高逸沙门传》、释法安《志节传》、释僧宝《游方沙门传》、僧祐《萨婆多部相承传》（又称《萨婆多师资传》）等；有一

---

① 《提婆菩萨传》，[后秦]鸠摩罗什译，见《大正新修大藏经》第50册，第186—188页。

② 《婆苏槃豆法师传》，[梁]真谛译，见《大正新修大藏经》第50册，第188—191页。

时一地僧人之传记，如郗超《东山僧传》、张孝秀《庐山僧传》、陆杲《沙门传》等；有尼传，如宝唱《比丘尼传》等；有感应传，如干宝《搜神记》、陶潜《搜神后记》、刘义庆《宣验记》和《幽明录》、王琰《冥祥记》等；有不依时间地点为限的通撰僧传，其中又分两类，一类是其他著作中附录的僧传，如齐景陵王之钞《三宝记》中有"佛史""法传"和"僧录"三部分，其僧录部分属于僧传；梁僧祐《出三藏记集》有"撰缘记""诠名录""总经序"和"述列传"四部分，其"述列传"三卷属于僧传；第二类是叙列历代诸僧，另立专书，所摄至广，因至重要，如宋法进《江东名德传》、齐王中《僧史》、梁宝唱《名僧传》、梁慧皎《高僧传》、梁裴子野《众僧传》、梁虞孝敬《高僧传》、北齐明克让《续名僧传记》等①。

　　上述作品现仅存僧祐《出三藏记集》、宝唱《比丘尼传》和慧皎《高僧传》三种，另有日本僧人节抄的《名僧传抄》一卷。其中僧祐《出三藏记集》是一部经录，主要记述佛经翻译情况，因此其"述列传"之传主大多是与译经事业有关的高僧，其中前两卷传主22人，附传13人，皆西来之译师；后一卷传主10人，附传3人，为中土弘法求法的高僧大德。作者僧祐不仅有深厚的佛学根基，而且有深厚的中国传统文化修养和很高的文学才能，其著述严谨求实而又富于文采。但由于该著不是僧传专著，限于体例，记述都比较简略。宝唱是僧祐弟子，学养深厚，著述颇丰，今存《经律异相》《比丘尼传》等著述，皆属中国佛教早期重要文献。其《名僧传》30卷，完成于梁天监十三年（514），分为外国法师、中国法师、律师、外国禅师、中国禅师、神力、苦节、导师、经师等九科。外国法师中别有神通弘教一门，中国法师中别有高行、隐道二门，苦节中分为兼学、感通、遗身、求索、寻经法、造经像、造塔寺七门，始于汉明，终于梁初，凡435人②。全书亡于南宋，日本存沙门性空于文历二年（宋端平二年，公元1235年）摘抄本一卷，包括原书目录、有关弥勒感应的节抄和诸卷摘录的"说处"。该著传主选择不尽适当，分类不尽合理，但该书是中国最早的综合性僧传，其分类编次的通撰僧传体例，在中国僧传文学中有开创之功。

　　以上传世的佛教传记文学作品中，成就最高影响最大的是慧皎《高僧

---

① 详见汤用彤《汉魏两晋南北朝佛教史》，上海人民出版社，2015年，第400—404页。
② 周叔迦：《释迦艺文提要》，北京古籍出版社，2004年，第28页。

传》。全书 14 卷，传主始于汉明帝永平十年（67），终于梁天监十八年（519），凡 453 载 257 人，附见 274 人。其体例在宝唱《名僧传》基础上进一步完善，以传主德业分为 10 科，包括译经、义解、神异、习禅、明律、遗身、诵经、兴福、经师、唱导，计 13 卷，另有《序录》1 卷，共 14 卷（自清藏始改为 16 卷），每科各有赞论 1 篇，对有关领域进行评述。其中《译经》3 卷，记述佛经翻译家 35 人，附见 30 人，占全部传记篇幅的 23%；《义解》5 卷，记述佛教义学高僧 104 人，附见 165 人，篇幅占全书 2/5；剩余 8 科篇幅合计不及前二科，反映了当时中国佛教发展的实际状况，也表现了作者重视经典与学理的精神①。《高僧传》是在批判吸收前人成果的基础上创作完成的，内容丰富，体例完备，其《序录》总结评述前人成果，指出："然或褒赞之下，过相揄扬；或叙事之中，空列辞费。求之实理，无的可称。或复嫌以繁广，删减其事，而抗迹之奇，多所遗削，谓出家之士，处国宾王，不应励然自远，高蹈独绝。"然后记述自己写作经历和创作思想，声言："凡十科所叙，皆散在众记。今止删聚一处，故述而无作。……其有繁辞虚赞，或德不及称者，一皆省略。……自前代所撰，多曰名僧。然名者，本实之宾也。若实行潜光，则高而不名；寡德适时，则名而不高。名而不高，本非所纪；高而不名，则备今录。"② 可见其特点是突出业德而不重虚名，务求简洁而不事铺张。

从创作方法和叙事风格角度看，慧皎《高僧传》秉承中国史学重实录的传统理念，广泛搜集资料，"并博咨古老，广访贤达，校其有无，取其同异"，力求征实可信。然而由于其资料来源主要是历代僧传，神异玄怪内容充斥，加之作者自己乃教内之人，秉持有神论的世界观，对佛祖菩萨之神性、佛教高僧之神异、业报轮回之灵验都深信不疑，因而也当作"史实"加以"实录"。如卷一之《汉洛阳安清》的故事情节以业报轮回贯穿，《魏吴建业建初寺康僧会》以传奇灵验故事为主。卷二之《晋长安鸠摩罗什》则是史实加传奇。史实部分是他的个人遭际和他的译经事业，有些描写非常生动。其传奇事迹很多，如他在母胎中即显奇迹，九岁就在辩论中折服外道论师，以及他超人的预言能力等。不仅如此，作品对高僧分类列传，还专门

① 参见孙昌武《中国佛教文化史》第三册，中华书局，2010 年，第 1274—1275 页。
② ［梁］释慧皎：《高僧传》，汤用彤校注，汤一玄整理，中华书局，1992 年，第 524—525 页。

设立"神异"一科，记述具有特异功能的神僧，有正传 20 人，附见 12 人，其中关于佛图澄、耆域、杯度、保志等"神僧"的记述，描写他们预言、射覆、分身、隐形、化物、秘咒、交通神仙、役使鬼物、治疗痼疾等等法术，尽显神奇。

慧皎《高僧传》的文学成就主要表现在人物形象塑造方面。优秀的叙事文学不仅善于讲述故事，而且能够塑造鲜明生动的人物形象。慧皎继承了中国史传文学注重人物刻画的传统，能够抓住人物特点，写出传主的个性气质，如支遁之超逸，罗什之神奇，法显之坚韧，道安之深厚，慧远之大气等等，都跃然纸上。《高僧传》塑造人物的特点是善于侧面描写，如卷四《晋剡沃洲山支遁》，既正面描写支遁俊逸，说他"宴坐山门，游心禅苑，木食涧饮，浪志无生"，更多的则是侧面描写，即通过当时名士的议论加以表现，如：

> 太原王濛，宿构精理，撰其才词，往诣遁，作数百语，自谓遁莫能抗。遁乃徐曰："贫道与君别来多年，君语了不长进。"濛惭而退焉。乃叹曰："实淄钵之王何也。"郗超问谢安："林公谈何如嵇中散？"安曰："嵇努力裁得去耳。"又问："何如殷浩？"安曰："亹亹论辩，恐殷制支；超拔直上渊源，浩实有惭德。"郗超后与亲友书云："林法师神理所通，玄拔独悟。实数百年来，绍明大法，令真理不绝，一人而已。"①

以上王濛、郗超、谢安等人都是魏晋时期善于谈玄的名士，与支遁类比的王导、何晏、嵇康、殷浩等都是玄学大师，通过这样的谈论与对比，支遁俊逸潇洒的名士风度得以突显。如果说慧皎对支遁的描写突出表现了其超逸的一面，那么关于慧远的描写则突出了其威严大气的形象，作品写道："远神韵严肃，容止方棱，凡预瞻睹，莫不心形战栗。"然后举了几个例子，有一位沙门欲将竹如意献给慧远，进山住下之后，竟然不敢表述，把如意留在床边，默然而去。有一位慧义法师，为人争强好胜，肆无忌惮，入山见慧

---

① ［梁］释慧皎：《高僧传》，汤用彤校注，汤一玄整理，中华书局，1992 年，第 161 页。

远，正值慧远宣讲《法华经》。慧义"每欲难问，辄心悸汗流，竟不敢语"①。许多当世名人，无论达官显贵还是文人学士，每见慧远，无不叹服。作品用这样的侧面描写，突出表现了慧远"伏物盖众"，超奇峻拔的气质。

作为散文叙事文学作品，《高僧传》特点之三是注重细节描写。文学性传记不仅需要记事，而且需要写人；不仅关注人物做什么，而且关注人物怎样做，因而鲜明生动的细节描写必不可少。作者慧皎有相当高的文学修养，其作品不仅行文流畅，叙述清晰，辞采可观，而且在细节描写方面颇见功力。如卷一《魏吴建业建初寺康僧会》关于康僧会江东传法的过程的描写，开始简单叙述僧会为使道振江左，乃杖锡东游，其奇异的形貌装束引起东吴官吏的警觉，奏报孙权。孙权召见康僧会问佛之灵验。接下来有一段细致传神的描述：

> 会曰："如来迁迹，忽逾千载，遗骨舍利，神曜无方，昔阿育王起塔，乃八万四千。夫塔寺之兴，以表遗化也。"权以为夸诞，乃谓会曰："若能得舍利，当为造塔，如其虚妄，国有常刑。"会请期七日，乃谓其属曰："法之兴废，在此一举，今不至诚，后将何及。"乃共洁斋静室，以铜瓶加几，烧香礼请。七日期毕，寂然无应，求申二七，亦复如之。权曰："此实欺诳。"将欲加罪，会更请三七，权又特听。会谓法属曰："宣尼有言曰：'文王既没，文不在兹乎。'法灵应降，而吾等无感，何假王宪，当以誓死为期耳。"三七日暮，犹无所见，莫不震惧。既入五更，忽闻瓶中锵然有声，会自往视，果获舍利。明旦呈权，举朝集观，五色光炎，照耀瓶上。权自手执瓶，泻于铜盘，舍利所冲，盘即破碎。权大肃然惊起，而曰："希有之瑞也。"会进而言曰："舍利威神，岂直光相而已，乃劫烧之火不能焚，金刚之杵不能碎。"权命令试之。会更誓曰："法云方被，苍生仰泽，愿更垂神迹，以广示威灵。"乃置舍利于铁砧磓上，使力者击之，于是砧磓俱陷，舍利无损。权大叹服，即为建塔，以始有佛寺，故号建初寺，因名其地为佛陀里。由是江左大法遂兴。②

---

① ［梁］释慧皎：《高僧传》，汤用彤校注，汤一玄整理，中华书局，1992 年，第 215 页。
② ［梁］释慧皎：《高僧经》，汤用彤校注，汤一玄整理，中华书局，1992 年，第 15—16 页。

故事带有神话传奇色彩，作品通过人物的言行举止，鲜明生动地表现出人物的心理、思想和性格特点，刻画出一个信仰虔诚、性格坚定、行动执着的弘法者形象。具体细致的描写使作品更加生动传神。

从文学的角度看，慧皎《高僧传》简略有余而铺叙不足。叙事文学作品应该有适当的铺排渲染，有比喻、烘托、对比、象征等各种文学表现手法的运用，而不是干巴巴的平铺直叙。《高僧传》追求简洁固然可贵，然亦有过于简略之嫌，正如周叔迦先生所言："考皎公之序，当时所存晋宋诸家僧传，凡十有八种，则贯通古今，不妨谨密。降及今日，诸家传记皆不传，每恨不能得唱公全作而读之，而嫌皎公此传之太略也。"① 比如法显，一生86年经历丰富，业绩非凡，且有自述经历的著作《佛国记》（亦名《法显传》）传世，资料不可谓不丰富，然而《高僧传》之《法显传》却只有寥寥千余字，显然只能书其大概，而不能展开铺叙描写。

除了上述作品之外，今传无名氏之《东林十八高贤传》（又称《东林传》《莲社高贤传》）收录晋宋时以慧远为首僧人居士十八人之事迹。北宋熙宁年间，经陈舜俞粗加刊正；大观初年沙门怀悟以事迹粗略，复为详补。志磐《佛祖统纪》收入该传作为卷二六《净土立教志》的一部分，并附记曰："今历考《卢山集》、《高僧传》及晋宋史，依悟本再为补治，一事不遗，自兹可为定本矣。"② 并附传说曾经入莲社的《百二十三人传》和《不入社诸贤传》两篇。虽然汤用彤先生考证此书"乃妄人杂取旧史，采撮无稽传说而成"，作为史书并不可信③，但作为传记文学仍有可取之处。

隋唐是中国佛教发展成熟的时期，具有中国特色的佛教宗派形成，出现了一些开宗立派的高僧大德，为佛教传记文学的发展创造了条件，形成中国佛教传记文学的又一个高峰。唐代僧传不仅内容丰富，而且形式多样。据汤用彤先生统计，产生于这一时期的佛教传记有数十种，分为五类，第一类是别传行状，见于僧传及中日各家目录者有33部，今存者有唐灌顶《智者大师别传》，彦悰《法琳别传》，慧立撰、彦悰笺《大唐大慈恩寺三藏法师传》，冥详《大唐故三藏玄奘法师行状》，李华《善无畏行状》，赵迁《不空

① 参阅周叔迦《释迦艺文提要》，北京古籍出版社，2004年，第34页。
② ［宋］志磐：《佛祖统纪》，见《大正新修大藏经》第49册，第268页。
③ 汤用彤：《汉魏两晋南北朝佛教史》，上海人民出版社，2015年，第255页。

行状》，崔致远《法藏和尚传》，佚名《惠果和尚行状》《曹溪大师传》等；第二类是碑表，为僧人事迹之原料，如柳宗元撰《曹溪第六祖赐谥大鉴禅师碑》，张说撰《荆州玉泉寺大通禅师碑铭》等；第三类是记述一类僧人事迹的类传，如灵裕《光师弟子十德记》偏叙昭玄师保，义净《大唐西域求法高僧传》专列唐初游方沙门，僧瑗《武丘名僧苑》系记一地名僧事迹，释慧日《衡岳十八高僧》及阙名《天台山十二弟子别传》《上都云花寺十大弟子赞》则不但叙列一地之僧，且似集一宗之名德；第四类为僧人总传，是继承并补充前人的正统僧传，主要有道宣的《续高僧传》，隋法论撰《名僧传》未成；第五类为感应传，隋唐此类书极多，除了一些类书撰述涉及感应者，如《法苑珠林》《内典录》末所列之诸经感应因缘等之外，仅现存之专记感应者亦有十余种，如唐道宣《集神州三宝感通记》三卷、《道宣律师感通记》一卷，唐唐临《冥报记》三卷，唐怀信《释门自镜录》二卷，唐慧详《弘赞法华传》十卷、《法华传纪》十卷，唐法藏《华严经传纪》五卷，唐惠英《华严经感应传》一卷，唐段成式《金刚经鸠异》一卷，无名氏《往生西方净土瑞应传》等①。

　　以上隋唐时期僧传中最著名的是道宣的《续高僧传》（又称《唐高僧传》），体例大致依慧皎《高僧传》，为分科类传体，只是科类名称略有不同，分为译经、义解、习禅、明律、护法、感通、遗身、读诵、兴福、杂科等十科，卷首有自序，每科之末附以总论，古本分 30 卷，明清藏本改为 40卷。记述始于梁初，终于唐贞观十九年（645），凡 144 载，正传 331 人，附见 160 人②。该书编写在国家统一时期，所以在地域上南北兼收，弥补了慧皎《高僧传》偏重南朝的缺欠。译经科中本土僧人比例增大，说明中土佛经翻译家的成长。义解、习禅、明律等科中，中国佛教各宗派的代表人物都有收录，他们对宗派的建立、教义的传播、学说的演进、著作的撰述、戒律的规范等方面的贡献，都得到阐扬。其内容记述虽然仍嫌简略，但与慧皎《高僧传》相比，已经有了很大改观。比如关于唐僧玄奘的记述，由于道宣

　　① 　详见汤用彤《隋唐佛教史稿》，北京大学出版社，2010 年，第 75—79 页。
　　② 　该书完成之后，作者又进行增补，20 年后编成《后集》10 卷。道宣在世时，《后集》已按科分别并入《续高僧传》，仍作 30 卷，正传增至 498 人，附见增至 229 人。参见［梁］慧皎等《高僧传合集》，上海古籍出版社，2011 年，"出版说明"第 2—3 页。

曾经参与译经工作，不仅与玄奘有亲密接触，比较熟悉，而且非常尊敬爱戴，故不惜洋洋万言，对传主少年之聪颖、取经之艰辛、译经之勤奋、葬礼之盛况，都有比较详细的记述；对玄奘名震五印之传奇，往生弥勒净土之神奇，也有一定的渲染；对玄奘博大精深之学问的钦佩、对其为佛学事业做出巨大贡献的赞扬、对其英年早逝之惋惜，都投入了真挚的感情，具有很强的文学性。道宣的《续高僧传》的优点是能够充分利用各种史地资料，记述比较翔实。如对玄奘西天取经经历和在西域各地的游历，记述非常详细，主要依据玄奘的《大唐西域记》，对玄奘所到之处的风土人情，与佛教有关的奇闻轶事都有所记述。其中有些记述游离于传主生平事迹之外，显得多余，如关于月支王通过香泥取相看自己将来的归宿等奇闻轶事，与传主事迹无关，也无助于表现传主的思想性格。该书部分卷次有过分堆砌资料之嫌，如卷一《梁扬都庄严寺释宝唱》，讲述梁武帝时代佛教盛况和梁武帝兴佛事迹的文字大大超过了关于传主宝唱的记述，有喧宾夺主之感。

除了上述典型僧传之外，隋唐五代时期还有一些别开生面、开时代新风的僧传。首先是《坛经》（全称《六祖法宝坛经》）。该书是禅宗六祖惠能大师得道经过及说法传道活动的记录，由门人法海集录，流传过程中有所增益①。从文体的角度看，《坛经》实际上是一部特殊的僧传，其核心内容是惠能大师的生平事迹，其中《行由品》第一主要是惠能讲述自己得道经过；从《般若品》第二到《忏悔品》第六，都是惠能在不同时间地点说法的记录，以记言为主；《机缘品》第七是元僧宗宝增入的一品，讲述惠能与弟子的机缘，借鉴了灯录类记言体僧传的表述方式，以师徒对话为主，表现惠能弟子们通过与惠能对话得到启发而开悟的机缘，不仅有传记意义，而且也有很强的故事性和文学性；《顿渐品》第八仍然讲述弟子机缘，主要涉及禅宗南北二系之关系；《护法品》第九主要讲述惠能与朝廷之关系，唐中宗神龙元年（705）皇帝遣内侍薛简前往诏请，惠能称病辞谢；《付嘱品》第十讲述最后时日，惠能先天二年（713）八月三日于新州国恩寺圆寂，神龛衣钵

---

① 《坛经》传本很多，主要有敦煌本（法海本）、惠昕本、契嵩本和宗宝本。参阅郭朋校释《坛经校释》，中华书局，2012年，"序言"第13页。其中元僧宗宝参校异本，"讹者正之，略者详之"，并增入"弟子请益机缘"一品，虽然其与原始《坛经》相去较远，但是最完整最流行的一个版本。本文主要依据该传本。

等入曹溪宝林寺塔，春秋76岁，唐宪宗谥"大鉴禅师"，塔曰"元和灵照"，唐尚书王维，刺史柳宗元、刘禹锡等为碑铭。这是一部综合借鉴印度佛经、佛传以及中国僧传中的高僧别传的基础上创作完成的作品，是具有中国特色的佛传与僧传的结合，是在中国僧传领域具有创造性发展的一部作品。其次是禅宗一系"传灯录"的出现。"灯录"是一种独特的僧传，取灯灯相传、薪火不灭之意，主要记述历代禅僧的传法统绪和悟道机缘，以语录和偈颂为主。该类作品最早的是唐释智炬（又作"惠炬""慧炬"）之《宝林传》十卷（今存七卷，佚三卷），成书于唐贞元十七年（801）。原书自南宋起散失，1933年在山西赵城县广胜寺发现的金代雕刻的大藏经中刊有此书的残卷。《宝林传》以六祖惠能住曹溪宝林寺而命名，所述自释迦牟尼传大迦叶以下西天二十八祖和东土六祖传法事迹和言句。该书内容错乱，文字粗疏，但在禅宗"灯录"编纂体例方面有开创之功。其后有南唐净、筠二禅师于保大十年（952）编撰完成的《祖堂集》，比较完整地记述了南禅青原和南岳两大系的传承，奠定了后来"灯录"类撰述的基本格局。

宋元以降，由于佛教在中国趋于衰落，在教内外有广泛影响的高僧大德日益稀缺，佛教传记文学难为无米之炊。并且随着儒学的复兴，学术精英兴趣转移，佛学盛况不再，作为佛学分支的佛教史学也每况愈下。宋元时期虽然仍不断有佛教传记文学作品问世，其中亦不乏传世之佳作，但其学术意义和文化影响已今非昔比。就现有作品而言，大多是利用前人资料进行撰述，其贡献在于总结整合，而不在于思想和体例的创新。

宋代僧传主要有三大类，一是纪传体通史中的列传，代表作释志磐的《佛祖统纪》，是一部仿正史纪传体编写的佛教史书。在志磐之前有宗鉴著《释门正统》，景迁著《宗源录》，志磐并取二家，且删且补，成一家之言，自南宋宝祐六年（1258）起稿，至咸淳五年（1269）书成。该书作者都是天台宗人，故以天台宗为正统，兼及其他宗派。全书54卷，分本纪、世家、列传、表、志等5篇19科，其中卷一至卷四为释迦牟尼佛本纪，叙述释迦牟尼佛事迹；卷五为摩诃迦叶至师子比丘西土二十四祖纪；卷六至卷八为东土天台九祖纪；卷九和卷十为诸祖旁出世家；卷一一至卷二一为诸师列传；

卷二二为诸师杂传；卷二三为未详承嗣传①。以上本纪、世家、列传 3 篇，皆属于佛教传记文学之列。

二是继承并补充前人的正统僧传，主要有赞宁的《宋高僧传》30 卷。该书于太平兴国七年（982）奉敕编纂，宋太宗端拱元年（988）成书入藏，至至道二年（996）重加修治，补充部分资料，成为定本。该书继唐道宣《续高僧传》之后，主要集录由唐至宋高僧生平事迹，亦补充前传所遗部分刘宋至隋高僧之传记。原书序谓正传 533 人，附见 130 人；实则正传 531 人，附见 126 人。内容依梁慧皎《高僧传》和唐道宣《续高僧传》之体例，分为十科，即译经、义解、习禅、明律、护法、感通、遗身、读诵、兴福、杂科，每科之末附有通论，部分传末附以"系曰"，申明作者意旨，属于创新。与前传相比，该书特色在于突出习禅和明律二科。前者记禅宗五家七宗之成立，派别之分歧，南北顿渐之纷争；后者记南山、相部、东塔三派的争执，反映了中国佛教史上的一些重要史实和发展情况。该书作者重视史籍写作体制，叙事质朴翔实。但该书篇幅不大却收僧众多，因而更加简略，而且偏于记事而疏于写人。如其中的《义净传》与道宣的《玄奘传》比较，风格大不相同。义净西行求法的过程寥寥数语一笔带过，而对其译经工作记述相对较详细，证义、笔受等罗列了一大串，传主本人反而不够突出了。

三是禅宗一系的"灯录"和僧史。在晚唐五代禅宗语录和灯录的基础上，宋初道原奉敕编撰灯录，因完成于宋真宗景德元年（1004）而称为《景德传灯录》。该书 30 卷，记述禅宗人物 52 系 1701 人，并按"五家"划分卷次，体现所谓"一花开五叶"的禅宗史，最后两卷收录著名禅宿的赞颂偈诗和铭记箴歌。此后灯录著作续有编撰。南宋淳祐十二年（1252），普济以《景德传灯录》和后出的李遵勖《天圣广灯录》、惟白《建中靖国续灯录》、悟明《联灯会要》、正受《嘉泰普灯录》等灯录著述卷帙浩繁，内容层见叠出，诸多重复，遂删繁去重，合而为一，编成《五灯会元》20 卷。作品主要记述南禅各派宗师开悟经过和传法机要，如马祖道一先在四川资州从处寂学禅，后离川到各地参访。有一天来到南岳怀让处，坐禅时被怀让发现。问他："坐禅图什么？"答曰："图作佛。"怀让便在一旁磨砖。道一觉

---

① 参见［宋］志磐《佛祖统纪》，见《大正新修大藏经》第 49 册，第 129—249 页。

得奇怪，问他："磨作什么？"怀让说："磨作镜。"道一问："磨砖岂得成镜邪？"怀让反问："磨砖既不成镜，坐禅岂得作佛？"道一由此受到启发，顿时开悟①。《五灯会元》以语录为主，主要表现禅机而不注重生平，作为僧传不够典型。惠洪的《禅林僧宝传》是在旧有灯录之外别撰记载禅门五宗著名禅师言行的禅宗史书，不仅有禅林说法参禅活动的事例和公案语录，而且记载了很多活跃于晚唐至北宋著名禅僧的生平事迹以及他们与士大夫之间密切的交往关系，更具有佛教传记文学的意义。

　　另外，元代产生了一部《神僧传》，作者不详，全书九卷，记述汉至元具有神迹的僧人，第一卷为摩腾、法惠等 11 僧传；第二卷为道安、悟诠等 20 僧传；第三卷为昙无忏、僧达等 16 僧传；第四卷为玄畅、法聪等 23 僧传；第五卷为传弘、明净等 27 僧传；第六卷为志宽、华严和尚等 25 僧传；第七卷为慧安、无相等 21 僧传；第八卷为地藏、知玄等 32 僧传；第九卷为怀信、常罗等 32 僧传；终于元世祖时国师帕克巴，凡 208 人。

　　明清时代佛教衰落，作为中国佛教历史反映的僧传也趋于式微。值得提及的僧传著作有：明释如惺的《大明高僧传》8 卷（清藏作 6 卷），成书于万历四十五年（1617），著录 112 人，附见 68 人。作者初衷是上继《宋高僧传》，但《宋高僧传》止于北宋初，此传则始于北宋末，中间有一百数十年的空白。所记僧人以南方者多，北方仅数人，而且只有译经、解义、习禅三科，可见是一部未完成之作。晚明释明河撰《补续高僧传》，历时 30 年仍未成书，至清初才由弟子道开加工编纂成型。其中记述唐至明万历末高僧事迹，意在补充并继续赞宁《宋高僧传》，体例分科与《宋高僧传》基本相同，正传 549 人，附见 75 人，另外还有以 23 人合为一传的合传。该书广泛参考引用历代碑志和宋元明人文集，资料丰富，缺点是体例不够统一，内容较芜杂。民国时期喻谦撰《新续高僧传四集》66 卷，始自宋初，终于清末，正传著录 771 人，附见 617 人，在吸收明清僧传的基础上有所增益。另外在禅宗灯录方面有明净柱《五灯会元续略》8 卷、通容《五灯严统》25 卷、瞿汝稷《指月录》32 卷等，属于《五灯会元》的继作。以上诸传体例因循前人，缺少创新，其史学意义和文学成就与前人相比，已经不可同日而语。

---

　　① 参阅［宋］普济《五灯会元》，苏渊雷点校，中华书局，1984 年，第 127 页。

四、文类特征

以佛传僧传为代表的佛教传记文学是一种特殊的文学类型。一般说来，传记是历史与文学的结合，佛传僧传也不例外。从佛教的角度看，佛传和僧传都是佛教经典，属于历代藏经必收的作品，因此，还要加上一个宗教因素。也就是说，以佛传僧传为代表的佛教传记文学，其文类特点主要是历史性、宗教性与文学性的结合。

首先，传记是历史文献，具有历史的属性。与其他文学文类相比，佛传僧传等佛教传记文学的文类特点也主要体现为历史性。无论是佛传还是僧传，其传主都是历史人物，其主要事迹都应该具有历史的真实性。佛祖释迦牟尼是一位历史人物，他生为释迦族王子，出家求道，觉悟成佛，建立僧团，传播自己的思想主张，直至八十多岁涅槃去世，这些生平事迹都真实不虚，与印度教文学系统的史诗和往世书所记述的罗摩和黑天的神话传说性质不同。不仅早期佛传资料具有重要的史料价值和史学意义，即使那些神化佛陀的大乘佛传，虽然增添了许多虚构的成分，与同时期其他宗教的同类作品相比，佛陀传记所讲述的释迦牟尼事迹也具有更多的历史内涵。印度僧传所记述的高僧事迹，也都是以历史真实为基础的。马鸣、龙树、提婆等印度高僧的传记，虽然有很多传说成分甚至神话色彩，但历史真实仍然是其不可缺少的根基。如吕澂《印度佛学源流》就认为关于龙树的生平"比较可靠的原始记载，是鸠摩罗什译的《龙树菩萨传》"，并据此梳理了龙树出家受教、接受大乘佛经的过程以及最终因宗派斗争和政治斗争而死于非命的生平①。中国的僧传更具有历史内涵和史学意义，不仅其内容以历史事实为基础，作者也有比较鲜明的历史意识。传主大都是中国佛教史上有影响的高僧大德，他们或从事佛教经典翻译，或著书立说阐释佛教经论，或在参禅修定、守戒持律、取经传法等方面有一技之长，在佛教发展史上做出了一定贡献，从而被载入史册。由于佛传僧传等佛教传记具有历史属性，往往归入佛教史学范畴。可见，与一般的传记文学一样，僧传佛传等佛教传记文学的首

---

① 吕澂：《印度佛学源流略讲》，上海人民出版社，2002年，第114—117页。

要特点就是历史与文学的结合。宗教文学在思想内容上往往追求虚无缥缈的天国或形而上的彼岸，大多具有虚幻性。以佛传僧传为代表的佛教传记文学，虽然不能完全避免宗教文学的虚幻性，但其历史性因素使其能够超越一般的宗教文学，具有一定的社会现实性和史学意义。

其次，佛传和僧传都是佛教经典，与其他的传记文学相比较，其最突出的特点是宗教性。宗教的核心是信仰，即拥有特定的崇拜对象，因此，佛教传记文学宗教性特点之一是对佛祖释迦牟尼等佛教神灵的崇拜和赞颂。无论是早期小乘佛教的佛传还是后期大乘佛教的佛传，其主人公都是释迦牟尼佛，他或者是大智大慧的世尊导师，或者是全知全能的至高大神，都被作者极力美化、反复称颂，表现出真诚的热爱之情和虔诚的崇拜之心。特别是后期大乘佛传，其传主是主神如来佛，作品主要表现对最高神灵的崇拜和赞颂，因而赞佛成为作品的中心内容之一。以《神通游戏》为例，作品结合菩萨事迹的叙述，各部分都穿插对菩萨的赞颂，如第二品《激励品》主要内容是劝请菩萨下凡，而其劝请方式主要就是赞颂菩萨的各种智慧和各种美德。《降生品》在描述了菩萨从天宫下凡的各种神奇和吉祥之后，有数十万天女用歌声赞颂菩萨。《诞生品》讲述菩萨诞生的时候，帝释天和梵天化作婆罗门青年，在集会上吟诵吉祥的偈颂。《成正觉品》讲述菩萨成道之后，十方诸佛、天神、天女都赞颂如来。除了故事情节之间穿插大量的赞颂之外，有些赞颂是在故事情节之外独立成篇，如第二十三品《赞叹品》，专门表现天神们对佛陀成道的赞叹。佛陀也是中国的佛教徒崇拜的对象，翻译或者创作佛传也是中国佛徒表达信仰的一种方式，因此不仅大量的印度佛传作品相继翻译到中国，而且有不少中国僧人从佛经中辑录佛陀事迹编成佛传，或者取材佛陀生平事迹创作文学作品，表现对佛祖释迦牟尼的崇拜和赞美之情。不仅佛传作品表现对佛祖的崇拜，大部分僧传作品也突出表现佛教信仰。因为僧传的传主和作者都是虔诚的佛教信徒，所以僧传作品一方面表现传主本人的虔诚信仰，另一方面在记述高僧事迹的过程中表现作者对佛祖的赞颂和对佛法的赞美。

佛教传记文学宗教性的第二个表现是弘法护教的使命。佛教史传作者不仅出于史家的历史意识，还受制于宗教观念，因而佛传僧传不仅承担描述历史事实的任务，还有弘法护教的使命。在印度，佛弟子创作佛传的目的，主要是为了弘扬佛法。早期佛传塑造释迦牟尼形象，主要彰显世尊的人格魅力，为佛徒树立榜样。随着婆罗门教、印度教对大神崇拜影响越来越大，主张无神论（否定神的永恒性）的佛教各派，便将信仰中心由教义向教主转移，形成佛教的"造神运动"。释迦牟尼由世尊变成救世主，更是出于弘法护教的使命感，因此，佛传《神通游戏》的结尾，如来让净居天子们接受、保持和宣讲这部经，进而说明受持、宣讲、赞叹、刻写、流通、讲解、听取这部法经会获得种种功德。取材佛陀和佛弟子生平事迹创作大诗《佛所行赞》和《美难陀传》的马鸣，声言他写作的目的主要不是为读者提供娱乐，而是引导读者达到心灵的平静；他之所以采用"大诗"形式，是为了打动人，好比苦涩的药水拌上糖，便于喝下①。中国僧传的作者也都有这样的使命感。梁释慧皎《高僧传》言其宗旨云："至若能仁之为训也，考业果幽微，则循复三世；言至理高妙，则贯绝百灵。若夫启十地以辩慧宗，显三谛以诠智府。"而其之所以将"译经"列为卷首，是因为"法流东土，盖由传译之勋。或逾越沙险，或泛漾洪波。皆忘形殉道，委命弘法。震旦开明，一焉是赖。兹德可崇，故列之篇首"②。可见作者无论总体写作意图还是具体谋篇布局，都有弘法护教的目的。正如孙昌武先生所指出："佛教徒修史从根本上说是一种弘教、护法事业，……编写高僧传记，则不是单纯记述人物，主要是树立修持、传播佛法的典范。"③

求道精神是佛教传记文学宗教性的一个重要方面。与其他宗教的传记文学相比，佛教传记文学更多地表现了求道精神。所谓求道就是对终极真理的形而上追求，其标志是对真如佛性等宇宙本体和智慧境界的证悟，而求道精神主要表现为对真理的执着，为追求、证悟真理而上下求索，或多方参学，或潜心修行，都不畏艰险、不怕牺牲、百折不挠、矢志不渝。与其他宗教相比，佛教更加重视主体修行实践和个人智慧的作用。在佛家看来，虔诚的信仰固然重要，信仰是道心的体现，但作为求道者，必须通过自己的刻苦修行和不懈追求，探索人生奥秘，认识宇宙实相，获得智慧真谛。释迦牟尼不强调信仰的力量而强调个人的证悟，强调求道之心、修道之勤和悟道之真。佛

---

① 参阅季羡林主编《印度古代文学史》，北京大学出版社，1991年，第203页。
② ［梁］释慧皎：《高僧传》，汤用彤校注，汤一玄整理，中华书局，1992年，第523—524页。
③ 孙昌武：《中国佛教文化史》第三册，中华书局，2010年，第1261—1262页。

教有所谓戒、定、慧三学，持戒是为了入定，入定是为了发慧，最终还是落脚在觉悟智慧，即对真如之道的理解和感悟。因而佛教传记不同于一般的宗教文学，不仅表达信仰的虔诚，赞美佛法的奥妙，还进一步表现出求道精神。

传主的求道行为的记述和求道精神的表现是佛教传记文学的中心主题。佛传主人公释迦牟尼本人是一位求道者，是一位通过修道而最终悟道的智者，他的求道、修道和成道过程，是历代佛传的核心内容。特别是早期佛传，对悉达多太子有感于生老病死等人生之苦而出家求道，经过多方拜师、长期苦修，最终悟道成佛的过程作了详细的铺排描写，其核心和基础就是求道精神。作品突出表现释迦牟尼对真理的执着追求和献身精神，描写他不恋富贵荣华，冲破种种羁绊束缚，矢志不渝地追求自由解脱之道。在他求道过程中也表现了不达目标誓不罢休的执着精神。后期佛传文学出现了神化佛陀的倾向，把佛陀塑造成全知全能、尽善尽美、法力无边的神，由此淡化了求道悟道的主题，但通过阐扬法佛，鼓励佛弟子坚定信仰，仍不失求道精神。如果说佛传中佛陀的求道过程为佛徒树立了榜样，由此引导佛门弟子循世尊之路，踏求道之途；那么，佛传对佛陀求道精神的表现也为后起的僧传树立了榜样。

僧传的传主一般是高僧大德，他们或深种善根，或听法悟道而发菩提心，都有鲜明的求道意识。他们大都有求师问道或刻苦修行的经历，对这样的经历和过程的记述描写是佛教传记文学求道主题的具体表现。如《坛经》传主惠能大师最初以砍柴卖柴为生，一次他为客人送柴至客店，听到有人诵《金刚经》，一闻即悟。经询问，客人告诉他《金刚经》得自黄梅县东禅寺五祖弘忍，大师常劝僧俗："但持《金刚经》，即自见性，直了成佛。"惠能闻说，宿昔有缘，便安顿好老母，前往黄梅参拜五祖弘忍，出家求道。他得到弘忍启发而开悟，并继承衣法成为禅宗六祖。

求道者往往多方参求，以海纳百川式的转益多师，融会贯通，不断提高自己的修养境界，最终得道。中国早期名僧如支遁、道生、慧远等，都曾游学大江南北，惟道是求。许多求道高僧为弄通佛理，不仅在国内四处游学参访，而且不辞辛苦西行印度求法，法显、玄奘、义净是他们中的杰出代表，求道精神在他们身上也得到鲜明的体现。历代僧传记录了僧人的求道经历，赞扬了他们的求道热情。道宣《续高僧传》记述唐僧玄奘在国内遍游洛阳、成都、长安等地，参访名僧十余人，仍不满足，又西行印度，先后参访名师达 14 人之多，使他的佛学修养达到一流水平。义净不仅自己踪跻前贤，求法译经，而且著《大唐西域求法高僧传》，记述阐扬西行求法者的事迹。

求道者的求道精神有多方面的表现，其中之一是求道者对自己的信念毫不动摇，永不退转，并且为了自己的信仰和目标，不辞艰辛，不怕牺牲，表现出坚忍不拔的毅力。这样的求道精神在那些西行求法的高僧身上表现得尤为突出。法显在其著作《法显传》（又名《佛国记》）中记述自己和同伴西行求法经历，其中有这样一段：

> 住此冬三月，法显等三人南度小雪山。雪山冬夏积雪。山北阴中遇寒风暴起，人皆嚇战。慧景一人不堪复进，口出白沫，语法显云："我亦不复活，便可时去，勿得俱死。"于是遂终。法显抚之悲号："本图不果，命也奈何！"复自力前，得过岭。①

这是作品中记述法显一行度小雪山的情节，旅途之艰辛，求道者前仆后继、坚忍不拔的精神，跃然纸上。正是这种锲而不舍的追求，使他们最终成就佛果。求道精神不仅表现为不畏艰难远行求法，或者不怕牺牲舍身护法，还表现为意志坚定，不受世俗功名利禄的诱惑。玄奘西天取经归来，向皇帝汇报，二人相谈甚欢，皇帝发现玄奘是公卿之材，劝他还俗助秉俗务，法师谢曰："玄奘少践淄门，服膺佛道。玄宗是习，孔教未闻。今遣从俗，无异乘流之舟使弃水而就陆，不唯无功，亦徒令腐败也。愿得毕身行道，以报国恩，玄奘之幸甚。"② 玄奘不仅历经艰险，取得真经，而且婉拒皇帝的好意，坚持自己的信仰和追求，将全副身心投入译经事业，也是求道精神的体现。

释迦牟尼提倡、佛门弟子践行、佛教传记文学表现，使求道精神成为佛教文化传统，形成佛门特有的求道、修道、悟道、论道的文化氛围和文化生态。中国佛教禅宗的历代宗师不仅个人求道参禅，师徒随机说法，而且游行于各宗门之间，互相激扬讨论，形成机锋论辩的禅门宗风。这样的求道精神

---

① 〔晋〕释法显撰，章巽校注：《法显传校注》，中华书局，2008 年，第 43 页。
② 〔唐〕慧立、彦悰：《大慈恩寺三藏法师传》，中华书局，2000 年，第 129 页。

在相关僧传作品中都有所表现。禅宗一系的"灯录"是一种独特的僧传，以宋代普济的《五灯会元》为代表，主要记述南禅各派宗师开悟经过和传法机要。禅宗讲直指人心，顿悟成佛，突出"悟"的作用，而开悟则需要一定的机缘启发，游学参访和互相论辩往往成为悟道契机。如马祖道一先在四川资州从处寂学禅，后离川到各地参访。有一天来到南岳怀让处，坐禅时被怀让发现。问他："坐禅图什么？"答曰："图作佛。"怀让便在一旁磨砖。道一觉得奇怪，问他："磨作什么？"怀让说："磨作镜。"道一问："磨砖岂得成镜邪？"怀让反问："磨砖既不成镜，坐禅岂得作佛？"道一由此受到启发，顿时开悟①。可见，对求道者来说，一心向道，多方参求，矢志不渝的精神，是觉悟成道的关键，而特定的环境氛围和文化生态也有利于求道精神的形成和发扬。

佛传僧传所着力表现的求道精神，不仅是佛教的闪光之点和动人之处，而且是中印民族的宝贵精神财富，是东方文化的精华之所在，具有重要的思想价值和文学史意义。

最后，文学性是佛教传记文学的本质特征。佛传僧传不同于一般的佛教经典和历史文献，属于佛教传记文学，因而具有很强的文学性。作为文学文类，传记文学不同于一般的传记，传记属于历史学的范畴，传记文学属于文学的范畴；传记要求客观真实符合历史实际，传记文学要求塑造鲜明生动的人物形象；传记不允许虚构想象，传记文学可以在基本符合史实的前提下适当想象和虚构；传记可以对人物做出理性的评价但不主张作者投入主观感情，传记文学不但允许而且提倡感情投入。当然，不是所有的佛传和僧传都称得上传记文学，具有文学性的佛教传记一般具有以下特点：

其一，注重人物刻画，塑造鲜明生动的人物形象。文学性传记不仅需要记事，而且善于写人；不仅关注人物做什么，而且关注人物怎样做。如汉译《长阿含·游行经》属于最原始的佛传作品，记述了佛的涅槃和涅槃前最后数月的经历。他年逾八旬，身患重病，仍四处游行教化，为了自己事业的光大表现出非凡的毅力。虽有上好的园林精舍，他并不安居。作品也写出了释迦牟尼和弟子之间的师徒之情，他关心徒众，众弟子则对佛依依不舍，表现

①　[宋] 普济：《五灯会元》，苏渊雷点校，中华书局，1984 年，第 127 页。

得情真意切。再如《中阿含·舍梨子相应品》中的《梵志陀然经》，属于印度原始僧传，描写舍梨子与旧友陀然的友情。舍梨子尊者听说旧友梵志陀然不精进，常犯禁戒，便赶往王舍城去见陀然。陀然招待他吃饭，他拒食，指出陀然犯禁戒之事。陀然辩解说，自己是在家人，以家业为事，要供养父母、瞻视妻子、供给奴婢、输王租、祀天祭祖。舍梨子告诫他，作恶入地狱，父母妻子等都代替不了他，而且只有如法如业如功如德，得来钱财供养父母妻子，才能为父母爱念，受妻子尊敬。陀然受教，皈依佛门，成为优婆塞。后来舍梨子又打听陀然的情况，得知其病重，又赶去看望，为其说法。这些作品写出了导师释迦牟尼及其大弟子的人格风范，塑造出鲜明生动的人物形象，可以归入优秀的佛教传记文学之列。中国的僧传在塑造人物方面也不逊色，如慧皎《高僧传》之《鸠摩罗什传》中写罗什与师父槃头达多的故事：罗什九岁拜罽宾国王弟、名德槃头达多为师，学习阿含等经论。后来罗什回小向大，"专务方等"，并受诵龙树诸论，感叹："吾昔学小乘，如人不识金，以鍮石为妙。"他觉得自己的师父槃头达多未悟大乘，非常遗憾，遂谢绝龟兹王的优礼，准备"躬往迎化"。没想到槃头达多听说罗什"所悟非常"，由罽宾远来龟兹与之相会。罗什欣喜，为讲大乘经，明"有法皆空"之义。槃头达多最初认为"一切皆空"不能接受，有这样一段叙述：

> 师曰："汝说一切皆空，甚可畏也，安舍有法而爱空乎。如昔狂人，令绩师绩线，极令细好，绩师加意，细若微尘，狂人犹恨其粗，绩师大怒，乃指空示曰：'此是细缕。'狂人曰：'何以不见。'师曰：'此缕极细，我工之良匠，犹且不见，况他人耶。'狂人大喜，以付织师，师亦效焉。皆蒙上赏，而实无物，汝之空法，亦由此也。"什乃连类而陈之，往复苦至，经一月余日，方乃信服。师叹曰："师不能达，反启其志，验于今矣。"于是礼什为师，言："和上是我大乘师，我是和上小乘师矣。"①

"最细的细线"犹如"皇帝新衣"的故事，饶有趣味。槃头达多以"最

---

① ［梁］释慧皎：《高僧传》，汤用彤校注，汤一玄整理，中华书局，1992年，第49页。

细的细线"故事作譬喻，颇显论辩才能，最后还是被罗什说服，反拜弟子罗什为师。这与佛传中津津乐道的释迦牟尼与阿罗兰等修道仙人的故事类似。释迦牟尼最初拜阿罗兰等为师，后来辞别时，阿罗兰等都请求他悟道之后回来传授。后来释迦牟尼成道之后，准备初转法轮，首先想到的也是他们。作品的描述也非常生动感人，不仅写出了罗什劝说师父改信大乘之"事"，而且刻画出了罗什与槃头达多两个人物形象。槃头达多与罗什的师徒之情，他们的智慧辩才，他们之间关系的戏剧性逆转，体现了求道之人惟道是从的精神。佛教传记文学在形象塑造方面是成功的。佛陀形象，无论是作为人间智者的世尊，还是作为救世主的如来，都深入人心，受到人们的敬仰和崇拜。中印佛教高僧群星闪烁，他们的事迹被人们世代传诵，他们的形象辉映千秋。这其中既有他们自身辉煌业绩的支撑，也有佛教传记文学形象塑造的作用。

其二，传记文学应该有适当的铺排渲染，而不是干巴巴的平铺直叙。印度佛传比较擅长铺排渲染，特别是后期大乘佛传。如《神通游戏》写到菩萨的相貌、姿态、行为、环境、智慧、神通等，都要做大量的铺排渲染。菩萨相貌最常见的是三十二大人相和八十种随形好，在作品中反复出现。菩萨的一举一动，也常有渲染，如作品描写菩萨走向道场时的步姿，一连用了上百个形容："他迈着胜利的步姿。那是大丈夫的步姿，不高跨的步姿，感觉舒适的步姿，安稳的步姿，须弥山王的步姿，不歪斜的步姿，不蜷曲的步姿，不急迫的步姿，不迟缓的步姿，不散乱的步姿，不磕绊的步姿，不密集的步姿，不沉重的步姿，不轻浮的步姿，游戏的步姿，纯洁的步姿，优美的步姿，无过失的步姿，无愚痴的步姿，无污染的步姿，狮子的步姿，天鹅王的步姿，蛇王的步姿，那罗延的步姿，不触地的步姿，……通向吉祥、无垢、纯洁、无畏的涅槃之城的步姿。菩萨迈着这样的步姿，前往菩提道场。"[1] 中国僧传在铺排渲染方面总体上不及印度佛传，但也有部分作品在这方面有所表现。以关于玄奘的几部传记作品为例，冥详《大唐故三藏玄奘法师行状》侧重纪事，缺乏铺陈；道宣《续高僧传》有所渲染；慧立撰、彦悰笺《大唐大慈恩寺三藏法师传》的描写更细致入微。如玄奘西行归来

---

① 黄宝生译注：《梵汉对勘神通游戏》，中国社会科学出版社，2012 年，第 503—504 页。

到长安的情况，《行状》只说玄奘带回的佛像、舍利、经卷送到弘福寺，《续高僧传》及《三藏法师传》都将迎请盛况进行了渲染。三传都写到皇帝在洛阳行宫接见玄奘，冥详只有一句"谒帝于洛阳"；道宣用了一段文字，叙述二人相谈甚欢，玄奘给皇帝讲述西域各国风土人情，皇帝非常满意，从卯时一直谈到酉时，直到关城门的鼓声响起，才结束谈话；慧立和彦悰则不惜费墨千言，详细记述了二人的交谈情况，其中描述：皇帝发现玄奘是公卿之材，劝他还俗助秉俗务，法师谢曰："玄奘少践淄门，服膺佛道。玄宗是习，孔教未闻。今遣从俗，无异乘流之舟使弃水而就陆，不唯无功，亦徒令腐败也。愿得毕身行道，以报国恩，玄奘之幸甚。"通过这样具体细致的描写，玄奘的才华和道心都得到生动传神的再现。由此可以看出文学与非文学的差异。

其三，文学性佛教传记有较多的比喻、烘托、对比、象征等各种文学表现手法的运用。以《神通游戏》为例，作品广泛采用了对比烘托的手法，主要是以宾托主。作品中大量印度教大神的出场，就是为了烘托如来的至高无上。比武招亲一场，五百释迦族青年的出场，就是为了衬托菩萨的技艺高超。这种烘托不仅用在菩萨本人身上，也用在菩萨的家族和父母身上。如菩萨下凡降生要选择家族，先后观察了 16 个高贵的王族，包括著名的摩揭陀、毗提诃、侨萨罗、犊子、吠舍离、般度族、弥提罗等，都存在很多缺陷。如般度族的缺陷是血统不纯，因为般度本人不能生育，他的 5 个儿子都是借种生子而来。最终，菩萨选择了具有 64 种高贵品德的释迦族。另外，作品还有大量譬喻和比喻的运用。譬喻是佛教文学常见的一种文体形式或文学类型，一般是用一个小故事说明一个道理，类似中国文学传统的寓言。《神通游戏》产生在佛教譬喻文学发达成熟的时代，必然受到这种文体的影响。《鼓励品》是十方世界的佛世尊通过赞美菩萨过去世种种功德，宣示佛法种种要义，以提醒菩萨已经到了出家的时间，其中有大量的譬喻和连串的比喻。如：

譬如一颗种子发芽，
而这种子并不是芽，
并非他物，也非此物，

不断不常，事物本性。①

> 譬如琴瑟、琵琶和
> 箜篌，依靠弦和木，
> 手的拨动，三者结合，
> 它们才会发出乐声。②

以上是譬喻，分别说明万事万物因缘和合之理。

> 三界飘忽不停，犹如秋云，
> 世界聚而又散，犹如舞台，
> 轻快迅速，犹如山中激流，
> 生命逝去，犹如空中闪电。③

这一颂连用四个比喻，说明诸行无常之理。另外《出家品》写菩萨出家之前看到后宫妇女的丑态，哀叹众生，接连用了 32 个比喻，表现愚痴众生的痛苦。佛陀成正觉后讲述自己的成道经验，可以说是妙喻连珠，如："那些生存之树以意欲为根，充满烦恼，我用忆念之斧砍断，用知识之火焚毁"，"境界柴堆，妄觉黑烟，爱欲大火燃烧，我用解脱味，如同清凉水，将它们熄灭"④。这样的连珠妙喻，使枯燥的宗教教义显得形象生动，更容易接受和理解。

五、民族特性

中印两国的佛教传记文学既有文类学上的一致性，又有深刻的民族性差异。印度的佛传神话思维非常明显，中国僧传的历史意识比较突出，这是中

---

① 黄宝生译注：《梵汉对勘神通游戏》，中国社会科学出版社，2012 年，第 317 页。
② 黄宝生译注：《梵汉对勘神通游戏》，中国社会科学出版社，2012 年，第 321 页。
③ 黄宝生译注：《梵汉对勘神通游戏》，中国社会科学出版社，2012 年，第 305 页。
④ 黄宝生译注：《梵汉对勘神通游戏》，中国社会科学出版社，2012 年，第 691—692 页。

印两国传统文化差异在佛教传记文学领域的体现。

印度文化的特点之一是神话发达，其原因主要有三个方面：一是印度宗教发达，而且是多神崇拜，每个神都有自己的来历和事迹，因此神话也非常丰富；二是印度古代史学落后，历史人物和历史事件常常被神话化，人间帝王或者被赋予神族血统，或者被视为大神化身，从而淡化了历史，丰富了神话；三是印度古代书写材料不发达，传播方式主要是口耳相传，有利于神话的持续发展①。印度神话有三大系列，一是吠陀神话或婆罗门教神话系列，二是史诗和往世书神话或印度教神话系列，三是佛教神话系列。吠陀神话主要记录在印度上古文献《吠陀》中，属于印度雅利安人最古老的神话体系。两大史诗和一系列"往世书"的内容主要是印度教三大神即大梵天、毗湿奴、湿婆的故事。佛教是作为婆罗门教的反对派出现的，起初具有无神论的色彩，主要特点是承认婆罗门教系统的神的存在而否定这些神的权威，因而没有独立的神话体系。但随着佛教的发展，教主释迦牟尼不断被神化，特别是到大乘佛教时期，佛教神话越来越丰富，不仅有无数的佛和菩萨，还有来自婆罗门教印度教神殿的天王和各种神灵。

印度佛传就是这样的神话土壤的产物，体现了印度民族特有的神话思维。早期的佛传及佛弟子生平的记述，传主都是现实生活中的人，其神话思维主要体现为对传统神话世界观和思维方式的认同和吸收，如关于天国和地狱的想象，对帝释天、大梵天等婆罗门教大神存在的认可，万物有灵的世界观，业报轮回的人生观和道德观等等。《阿含经》中也有一些关于佛陀的传奇事迹，如《中阿含·未曾有法经》中，阿难列举了他所知道的十几种关于世尊的"未曾有法"，如生兜率天；在兜率天有天寿、天色、天誉；从兜率天下凡入母胎，天地震动；从母亲右胁出母胎，震天动地，以大妙光普照世间；出生之时即行七步，观察诸方；虚空中有一冷一暖二水浴身；世尊坐阎浮树下得初禅成就时，树影为荫其身而不移，如此等等。这些神奇事迹形成佛典分类"九分教"（大乘十二分教）的一类"希有法"或"未曾有"。这些"希有法"都为后世佛陀传记所吸收，成为神化佛陀的基础。

后期的大乘佛传神化佛陀，将作为人间导师的释迦牟尼由世尊变成救世

① 参阅黄宝生《印度古代神话发达的原因》，见黄宝生《梵学论集》，中国社会科学出版社，2013年，第49—61页。

主，成为后期佛教神话的主要载体。以《神通游戏》为例，其首要特点就是对佛陀的神化。作品经常称佛陀为"神中之神""世界救主"，如第一品《序品》就描述佛陀头顶放射光芒，照亮神界，从如来光明网中传出赞美佛陀、号召归依的偈颂，其中一首写道：

> 他是智慧之海，威力伟大而纯洁，
> 正法之主，遍知一切，牟尼之主，
> 神中之神，受到凡人和天神供奉，
> 自生于正法，获得自在，归依他吧！①

　　这位"神中之神"原本在天上接受天国神灵的供奉，之所以降生人间，是为了救度众生，为了将佛法传播人间。下降人间之后，他的神性并没有消失。他的出生有很多祥瑞和奇异现象，他在人间不仅受到人的崇拜，而且受到神灵的敬奉。作品描写净饭王带年幼的王子进入婆罗门教天祠，寺庙中所有大神偶像都站起身来，向菩萨顶礼膜拜。在人间生活中，他仍然保持着自己的神性。他不再是学而知之，而是生而知之。作品写王子到达学龄进学校学习，但他无师自通，向老师列举包括汉文和匈奴文在内的 64 种文字，问老师教哪一种。当老师教字母时，他即能以每个字母起首说出一句妙语。他在后宫养尊处优，但在比武招亲的校场却技压群雄。站在读者面前的已经不是凡人释迦牟尼，而是大神佛陀。他在转法轮之前身上放出光芒，三千世界大放光明，所有众生痛苦消失，互相心怀友善，从光芒中传出偈颂，号召天人前往鹿野苑聆听正法。这里着力塑造的显然不是一位人间导师，而是一位至高大神。

　　为了神化佛陀，《神通游戏》对传统佛传的常规情节进行了神话性改造。作品描述佛陀出家、成道和转法轮都是依据传统佛传的规定情节，但表现大不相同。他的出家，在天神帮助下非常顺利；他拜师学道，是为了显示那些导师的不足；他修苦行，是为了证明苦行无益。佛陀的生存环境也有了本质的变化，他降生之前住在神界天宫，他在兜率天的住所是所有神灵都难

---

① 黄宝生译注：《梵汉对勘神通游戏》，中国社会科学出版社，2012 年，第 7 页。

以企及的；他入母胎后，母亲腹中也有专门为他修造的宝石宫殿；他成道和转法轮的道场也都是经过天神刻意装饰的。

在这样的神话思维基础上，佛传文学创作的结果是"世尊成为救世主"。根据神话原型批评的文学类别模式，主人公在种类上高于他人和环境，即是超自然的存在——神，关于他的故事便是神话。在大乘佛传文学中，佛陀不仅是一位先知先觉的人间智者，而且被塑造成全知全能、尽善尽美、法力无边、超越时空的至高无上的神，从而最终完成了佛陀由现实的教派领袖导师向救世主的转化。佛陀由世尊变成救世主，是佛教神话思维发展的必然结果，一方面反映了印度佛教由一个具有无神论色彩的哲学流派逐渐宗教化的发展演变过程，另一方面也体现了印度民族神话思维发达的文化特点。

从总体上说，印度文化属于想象型，其传统文化神话思维发达而缺乏"历史"意识。梵语中可以对译为"历史"的词为 itihāsa，但并非真正意义的历史，而是"过去如是说"，即以故事形式组织起来的对于过去的叙述。如大史诗《摩诃婆罗多》，在古代印度就被看作"历史（itihāsa）"。由于缺乏历史书写所要求的理性思维和务实精神，使印度古代长期没有"史学"。黄宝生先生指出："世界各民族都有一个从神话传说时代进入历史时代的过程，进入历史时代的标志是史书的产生。……然而，印度古代称之为'历史'（itihāsa）和'往世书'（purāna）的众多作品并非真正意义上的'史书'，而是神话和历史传说。印度直至十二世纪产生的迦尔诃纳的《王河》才是'一部真正意义上的史书'。"① 在神话与历史关系方面，与中国人将神话历史化不同，印度人将历史神话化。"往世书"是印度人心目中的历史，其中有关于帝王谱系的内容，但其帝王常常走进神话，令人难辨真伪，使现代历史学家难以取舍。在文学艺术和学术领域，作家学者既不以史实为创作和治学的限制，也不重视个人功名和实际作用，因而不把作家学者个人的生卒年月等传记数据写到历史之中②。在这样的历史意识淡化的文化土壤中，很难产生忠于史实的传记文学，特别是在宗教领域。印度佛教从公元前6世纪兴起，到公元12世纪基本消亡，有1800年的发展史，期间阐释佛

---

① 黄宝生：《神话和历史——中印古代文化传统比较之一》，见黄宝生《梵学论集》，中国社会科学出版社，2013年，第241页。

② 参阅［印］帕德玛·苏蒂《印度美学理论》，欧建平译，中国人民大学出版社，1992年，第7页。

典的佛学非常丰富发达，为佛教事业做出杰出贡献的高僧被尊为"菩萨""罗汉"者很多，但在印度本土，基于史实的僧传却非常稀缺。即使少量的与高僧生平有关的记述，如《马鸣菩萨传》《龙树菩萨传》等，也具有明显的神话色彩。

与印度文化的神话思维发达不同，中国文化有很强的历史意识，形成深厚发达的史学和史传文学传统。中国在殷商时代即设有史官，收集保存史料，记录编纂历史。现存第一部编年史《春秋》产生于公元前6世纪，第一部纪传体史书《史记》产生于公元前2世纪，此后历朝历代编撰史书，绵延不绝。中国文化的特点是理性务实，以孔子为代表的儒家"不语怪力乱神""敬鬼神而远之"，对历史却非常重视，强调以史为鉴，儒家经典也有"六经皆史"之说。文学创作和治学中也有注重史实的传统，史传文学的发达是中国文学中的特殊现象，卷帙浩繁的二十四史是中华文明特有的智慧结晶。正是在这样的文化和文学传统基础上，出现了中国僧传的繁荣。中国佛教界从晋代开始编纂僧传，梁慧皎在批判吸收前人成果的基础上创作完成的《高僧传》，内容丰富，体例完备，成为僧传典范。其后，正统的《高僧传》代代延续，形成传统。直到近代民国时期，还在编纂《新续高僧传》。除了历代正统的僧人总传式《高僧传》之外，还有大量的类传、别传、灯录之类的僧传作品。《大正藏》"史传部"部头非常庞大，收入作品很多，其中主要是中国僧传。

中国僧传不仅源远流长、丰富多彩，而且比较客观真实，因此，与印度的佛传和僧传相比，中国的僧传更具有历史内涵和史学意义。首先，基于深厚史学传统的中国僧传，客观真实地反映了佛教在中国的发展历程。僧传以历史人物为描写对象，他们的行为和思想都是时代的产物，通过他们的言行，可以还原历史，认识时代。僧传之传主都是中国佛教历史上有影响的高僧大德，他们或从事佛教经典翻译，或著书立说阐释佛教经论，或在参禅修定、守戒持律、取经传法等方面有一技之长，在佛教发展史上做出了一定贡献，从而被载入史册。对他们的生平事迹的客观记述，无疑是对中国佛教发展过程的真实反映。从传主的德业构成来看，慧皎《高僧传》分为10科，包括译经、义解、神异、习禅、明律、遗身、诵经、兴福、经师、唱导。其中《译经》三卷，记述佛经翻译家35人，附见30人，占全书篇幅的23%；

《义解》五卷，记述佛教义学高僧104人，附见165人，篇幅占全书2/5；剩余8科篇幅合计不及前二科，反映了中国佛教发展初期对佛经翻译和佛理探讨的重视。道宣的《续高僧传》分科与慧皎《高僧传》大致相同，译经和义解仍占主要地位，对习禅和明律也有相当的重视，另外译经科中本土僧人比例增大，说明中土佛经翻译家的成长。到宋赞宁《宋高僧传》，译经和义解已经退居次要地位，而习禅一科多达六卷，记述禅学高僧103人，附见29人，篇幅近1/3，可以看出从中唐到宋代前期中国佛教禅宗的发展盛况。这些记述对于认识和理解每个时期佛教发展和佛学演变情况具有不可替代的作用。

其次，中国僧传不仅内容以历史事实为基础，作者也有比较鲜明的历史意识。他们大多遵循历史叙事的原则，注重实录，追求历史真实。如梁慧皎《高僧传》秉承中国史学重实录的传统理念，广泛搜集资料，自称："尝以暇日，遇览群作。辄搜检杂录数十余家，及晋、宋、齐、梁春秋书史，秦、赵、燕、凉荒朝伪历，地理杂篇，孤文片记。并博咨古老，广访先达，校其有无，取其同异。"① 总之是力求征实可信。唐道宣《续高僧传》踪跡前贤，自谓："或博咨先达，或取讯行人，或即目舒之，或讨雠集传。南北国史附见徵音，郊郭碑碣旌其懿德，皆撮其志行，举其器略，言约繁简，事通野素，足使绍胤前良，允师后听。"② 宋赞宁在《进高僧传表》中自述"遐求事迹，博采碑文"而撰成三十卷，"或有可观，实录聊摹于陈寿；如苞深失，庆经宜罪于马迁"，强调实录，并以著名史家陈寿和司马迁自比。在《大宋高僧传序》中又说："慨兹释侣，代有其人，思景行之莫闻，实纪录之弥旷。臣等谬膺良选，俱乏史才，空门不出于董狐，弱手难探于禹穴。而乃循十科之旧例，辑万行之新名。或案诔铭，或征志记，或问辕轩之使者，或询耆旧之先民，研磨将经论略同，雠校与史书悬合。"③ 可见，经过中国史学文化熏陶的僧传作者，虽然不能完全摆脱宗教观念的束缚，但仍自觉继承中国史学传统，广泛征求，仔细考证，不乏历史真实之追求。可以说，所有传世之《高僧传》，其作者都以史家自居，都自觉继承中国史学文化传

---

① ［梁］释慧皎：《高僧传》，汤用彤校注，汤一玄整理，中华书局，1992年，第524页。
② ［唐］释道宣：《续高僧传序》，见《大正新修大藏经》第50册，第425页。
③ ［宋］赞宁：《宋高僧传》，范祥雍点校，中华书局，1987年，第1—2页。

统，其著作也具有重要的史学价值，为历代史家所重视，至今仍是研究中国佛教史、思想史、社会史和文学史的重要资料。

六、交流互动

以佛传僧传为代表的佛教传记文学，既有不同的民族性表现，也有相似相同的文类特点，包括内容方面的神话色彩，思想方面的求道精神，叙事方面的魔幻传奇、铺排渲染和韵散结合等，都是中印佛教传记文学所共有的。这一方面是传记文学和宗教文学的本质属性的体现，另一方面也是文化交流的结果。在文化交流的过程中，既有印度佛传对中国佛教传记文学的影响因素，也有中国传记文学对印度僧传的反馈作用。中印两国佛教传记文学影响和接受的互动关系，具有比较文学研究的意义和价值。

产生于印度的佛传，包括印度佛教各部派的佛传作品，也包括《佛所行赞》等以佛陀生平为题材的长篇叙事诗，大部分都翻译到中国，对中国的佛教传记文学产生了直接的影响。这种影响主要表现在三个方面。其一是佛传作品在中国的产生。除了译作之外，汉语佛典中还有中国僧人撰写的佛传作品，如梁僧祐《释迦谱》，主要收集与释迦族有关的传说，其中有相当篇幅记述释迦牟尼的生平事迹。再如宋志磐《佛祖统记》，前四卷为释迦牟尼佛本纪，叙述释迦牟尼佛事迹。另外还有许多取材于佛陀生平的文学作品，如唐代变文中的《八相成道变文》《破魔变文》等，前者讲唱释迦牟尼修行成道之事迹，后者讲述释迦牟尼成道之前降服魔王摩罗的故事。

其二是中国僧传中也有明显的神话思维。虽然中国僧传主要是中国深厚的史学文化传统的产物，历史意识比较突出，但由于受印度佛传神话思维的影响，与中国传统的史传文学相比，中国佛教传记文学也表现出一定的神话色彩。比如在中国历代僧传中，具有神话色彩的"感应传"占有相当大的比重。即使受中国正统史学影响较大、讲究实录的正统僧传，即历代《高僧传》，也有"神异""感通"等具有神话色彩的科类。一些著名高僧虽然不以神奇取胜，但也常常有神迹伴随，或附会转生故事，以显灵异。如梁慧皎《高僧传》讲述安世高前世曾在广州被人杀死，原因是其前世之前世曾结仇杀人，欠人性命；他死后转生为安息王子，再来中土传教，并度化前世同学。鸠摩罗什生平本具有传奇性，慧皎《高僧传》在这方面也作了充分的渲染。如说他在母胎中即显奇迹，"其母自觉神悟超解，有倍常日"。她与王族贵女德尼等到大寺听法，忽然自通天竺语，与高僧进行佛法讨论，有罗汉即说她必定怀有智慧超群的孩子。罗什九岁就在辩论中折服外道论师，12岁时有罗汉预言：如果他至35岁不破戒，当成为像优波掘多那样大兴佛法之人，否则只是一位有才气的法师而已。后来由于罗什在龟兹名声大震，前秦符坚派大将吕光率7万精兵武力迎请。吕光攻破龟兹，抓获罗什，"未测其智量，见年齿尚少，乃凡人戏之"，强迫他与龟兹王的女儿结婚。罗什不受，被吕光灌醉，与王女同闭密室。罗什被逼不过，遂亏其节。后来姚兴将罗什请去，送他妓女十人，"逼令受之"。可见罗什是由于被迫破戒，而没有达到阿育王之师优波掘多那样的成就。再如罗什有超强的预言能力。吕光率军由龟兹回前秦，途中在一山脚下安营休息，罗什说："不可在此，必见狼狈。"吕光不听。结果半夜下雨，山洪暴发，淹死数千人，吕光才知罗什神异。后来罗什多次预言应验。除了神奇事迹之外，作品偶尔也有神话性的内容。如罗什与魔王的斗争。有一天，罗什读大乘之《放光经》，有魔来蔽文，唯见空牒。罗什知道是魔所为，"誓心愈固，魔去字显"。魔又在空中说："汝是智人，何用读此。"罗什心不退转，终于战胜魔王。玄奘生平也有很强的传奇性，道宣、慧立、彦悰等人笔下的玄奘也有不少神奇事迹，为后来以唐僧取经为题材的神话说唱文学《大唐三藏取经诗话》和神话小说《西游记》奠定了基础。元代出现的《神僧传》则专门记述高僧之神异事迹，如其卷六《道宣》一节，记述道宣母亲怀孕时，梦见月贯其怀，又梦见梵僧对她说："汝所妊者即梁朝僧祐律师。"后来道宣出家，"所居之水神人指之，穿地尺余其泉迸涌，时号曰白泉寺"，如此等等①。中国僧传的神话色彩一方面是佛教的宗教性质使然，宗教的本质是非理性，宗教与神话有着天然的联系，佛教也不例外，因而佛教传记文学很难完全摆脱神话思维；另一方面也是印度佛传神话思维直接影响的结果。

其三是中国佛教传记文学在形式上也有对印度佛传的借鉴。比如《坛经》，从文体的角度看实际上是一部特殊的僧传，其核心内容是惠能大师的

---

① 详见《神僧传》，见《大正新修大藏经》第50册，第988页。

生平事迹。然而这部作品继承的不是中国的僧传传统，而是印度的佛传传统，所以称为"经"而不是"传"。作品开头讲述惠能被韶州刺史韦璩等人请入大梵寺，为众开缘说法，"师升座次，刺史官僚三十余人，儒宗学士三十余人，僧尼道俗一千余人，同时作礼，愿闻法要"①。完全是佛经和佛传的开头方式。其最后的《付嘱品》讲述惠能最后时日。有一天，惠能召集徒众，说自己一个月后离世，让大家有疑早问。法海等人闻言，悉皆涕泣，惟有神会神情不动，惠能赞许。惠能为弟子授《真假动静偈》，嘱咐弟子："吾于大梵寺说法，以至于今，抄录流行，目曰《法宝坛经》。"完全是模仿印度佛经和佛传的结尾。惠能最后端坐迁化，"于时异香满室，白虹属地，林木变白，禽兽哀鸣"等奇异景象，临近州府官僚僧俗争迎真身等情景②，与汉译《长阿含·游行经》以及马鸣《佛所行赞》描写佛陀释迦牟尼涅槃的情景非常相似。可见，作为一部僧传文学作品，《坛经》是中国僧传文学与印度佛传文学结合的产物。另外，以《景德传灯录》为代表的僧传系列以记言为主，继承了中国的"语录体"传统，也借鉴了印度佛经中以某位佛弟子为中心说法传教的僧传方式。

　　中印两国佛教传记文学之间不是单向的影响，而是双向的互动。这种互动主要表现在三个方面：其一是中国史传文化传统对印度僧传的影响。印度本土没有纯正的专门的僧传作品，只是在《阿含经》等佛典中留下一些佛弟子的生平片段及本生故事，前者属于传记资料，后者属于神话传说，并非真正意义上的传记文学。一些典型的著名的僧传，如署名为鸠摩罗什译的《马鸣菩萨传》《龙树菩萨传》《提婆菩萨传》，署名为真谛译的《婆苏槃豆传》，并非产生于印度。汤用彤先生在其《汉魏两晋南北朝佛教史》中已经将这些作品列为中国人撰述之列，并指出："印土圣贤传记，为我国人所自作者，有玄畅之《诃梨跋摩传》。罗什之马鸣、龙树、提婆诸传，则目录列为传译。至如真谛之《婆苏槃豆传》，虽亦标为译出，按诸文体，似系真谛口传，而由其助手笔录者也。"③ 吕澂称《龙树菩萨传》为罗什"编译"④，

---

① 《坛经》，丁福保笺注，陈兵导读，哈磊整理，上海古籍出版社，2011年，第37页。
② 《坛经》，丁福保笺注，陈兵导读，哈磊整理，上海古籍出版社，2011年，第198页。
③ 汤用彤：《汉魏两晋南北朝佛教史》，上海人民出版社，2015年，第400—401页。
④ 吕澂：《印度佛学源流略讲》，上海人民出版社，2002年，第114页。

这一说法也适于另外二传。这些作品虽然大多出于来自印度或者西域的高僧之手，但它们基本产生于东土，在印度和西域都没有发现它们的梵本。它们是中国史学文化影响的产物。印度或者西域的佛教译师，来到中国以后，受到中国史学文化影响或者应中国僧徒之请，根据自己掌握的印度著名高僧的生平事迹和神话传说资料，编译出上述印度僧传。因此，这些僧传是印度神话思维与中国历史意识结合的产物，既在一定程度上满足了中国僧徒对历史真实的渴求，同时仍然表现出印度人特有的神话思维，如《龙树菩萨传》关于传主学习隐身术、龙宫取经、显示天神与阿修罗之战、与外道斗法等故事情节，都具有神话色彩。在古代，中印文化交流以印度影响中国为主，中国曾经长时期大规模接受印度佛教文化影响。对于中国和印度文化关系而言，印度僧传在中土集中产生，是一种文化反馈现象。这种现象体现了文化传播的规律，即文化交流不是单向的影响，而是通过交流互动体现人类文化的横向发展。

其二是中国人按照自己的理解和思维方式对来自印度的佛教进行了变异和改造，如对"佛"的认识，《牟子理惑论》说："佛者，谥号也。犹名三皇神，五帝圣也。佛乃道德之元祖，神明之宗绪。佛之言觉也，恍惚变化，分身散体，或存或亡，能小能大，能圆能方，能老能少，能隐能彰，蹈火不烧，履刃不伤，在污不染，在祸无殃，欲行则飞，坐则扬光，故号为佛也。"① 在牟子笔下，佛完全成了一位道教的神仙，与印度佛教中大彻大悟、觉行圆满的"佛陀"相去甚远。出自中国人之手的佛传和西天诸师传，传主已经不是他们的本来面目。禅宗"灯录"著作中记述的所谓"西天二十八祖"，他们的生平、事迹和传法世系，都有中国禅僧们想象的成分。

其三，中国佛教传记文学是佛教中国化的产物，孙昌武先生指出："就佛教发展而言，佛教史学著作乃是佛教'中国化'的客观纪录，又成为推进'中国化'的助力，因而其作用和影响远远超出了学术层面。"② 佛教中国化是对来自印度的佛教文化的变异和改造，中国的佛教传记文学对这些变异改造活动进行记述和弘扬，为开宗立派的中国高僧大德及其传人树碑立传，是对佛教中国化的推动，这也是中印佛教文化之间的一种互动现象。这

① ［梁］僧祐编撰：《弘明集·牟子理惑论》，刘立夫、胡勇译注，中华书局，2011 年，第 15 页。
② 孙昌武：《中国佛教文化史》第三册，中华书局，2010 年，第 1300 页。

种文化变异为标志的互动现象，也体现了文化交流的规律。

总之，佛传与僧传是中印两国佛教传记文学的代表，其历史性、宗教性与文学性等方面的共同之处，形成了佛教传记文学之文类学特点。它们之间在历史意识与神话思维方面的差异，体现了两国民族文化传统的不同特点。它们之间的交流互动，催生出灿烂的变异之花。

第四节　佛经中的譬喻

譬喻（apadāna）音译"阿波陀那"，是原始佛教时期佛陀说法的方式之一，在此基础上形成了"譬喻类"佛典，成为佛典"九分教"或"十二分教"之一。部派佛教时期，许多部派编集了"譬喻类"的佛典，形成佛教文学特有的一种文学文类。譬喻类似寓言，本身具有很强的文学性。佛经中的譬喻和譬喻故事对于中国文学艺术的发展产生了重大的影响，因而具有重要的文类学意义。

一、概念

佛陀的教法因为过于深奥及听讲人根性的差别，往往不容易被理解。为了使听讲人通晓深奥的佛理，佛陀采用一些容易让人理解的方式来阐说佛理，譬喻便是其中重要的方式之一。如极受佛教内外重视的大乘重要经典之一《妙法莲华经》，其第三品题为"譬喻品"，文中多次提到譬喻，如："彼佛出时，虽非恶世，以本愿故，说三乘法，其劫名大宝庄严。何故名曰大宝庄严？其国中以菩萨为大宝故，彼诸菩萨无量无边不可思议，算数譬喻所不能及，非佛智力无能知者。"又记佛之教说："诸佛世尊，以种种因缘、譬喻、言辞方便说法，皆为阿耨多罗三藐三菩提耶？是诸所说皆为化菩萨故。然，舍利弗！今当复以譬喻更明此义，诸有智者以譬喻得解。"① 下面就是著名的火宅之喻、四车之喻。火宅之喻以"财富无量"的大长者的舍宅着火为喻说，言长者之诸子不觉知，仍在着火的宅子中玩耍。《法华经》以此

① 《妙法莲华经》，[后秦] 鸠摩罗什译，见《大正新修大藏经》第9册，第11—12页。

来譬喻三界实际上就如一座火宅一样："三界无安，犹如火宅，众苦充满，甚可怖畏，常有生老病死忧患，如是等火，炽然不息。"长者遂许诺给诸子以羊车、鹿车和牛车，诱使诸子"争出火宅"，长者见诸子安稳得出，便各赐一辆高广、庄严的白牛车，此即为四车之喻。

《法华经》共二十八品，第一品是《序品》，叙述佛在说《无量义经》之后，入三昧现瑞，表示将说《法华经》的缘起。第二品是《方便品》，佛应舍利弗三请，开示悟入佛之知见，揭明佛法只有一乘，二乘三乘之说都是方便，而非究竟。《譬喻品》为第三品，宣说火宅之喻、四车之喻。将《譬喻品》放在第三品的位置上，表明了造经者对譬喻的重视。

《法华经》中的譬喻不仅在《譬喻品》。第四品《信解品》、第五品《药草喻品》、第七品《化城喻品》，至第九品《授学无学人记品》，皆是通过譬喻的方式将《方便品》的内容加以说明。《信解品》中，摩诃迦叶、大目犍连、须菩提、摩诃迦旃延等四大弟子领解其说，以长者穷子譬喻，令听者同得领解法说譬说之旨。第五品《药草喻品》，佛陀以三草二木来譬喻众生根机的差别，"随其所堪而为说法"。《化城喻品》指出三乘之果犹如化城，化城是小法，化城的目的是引入佛智慧。此即表明，譬喻讲法的方式，实际上遍布于佛经之中。

使用譬喻来说法，目的是"更明此义"，"诸有智者以譬喻得解"，即是说，通过譬喻使得深奥难懂的佛理，更容易为听者所接受和理解。《譬喻品》后的偈言说："复有佛子，于大众中，以清净心，种种因缘，譬喻言辞，说法无碍。"由此来看，譬喻实际上一直是佛陀讲法使用的重要手段之一，运用譬喻的方式，使得"说法无碍"，使听者都能通晓他所说的高深的佛理。譬喻说法的对象，是所有听法的人。《大智度论》中有听者问佛陀："诸钝根者可以为喻，舍利弗智慧利根，何以为喻？"佛陀回答说："不必以钝根为譬喻。譬喻为庄严论议，令人信着故，以五情所见以喻意识，令其得悟，譬喻登楼得梯则易上。复次一切众生著世间乐，闻道得涅槃则不信不乐，以是故以眼见事喻所不见。譬如苦药，服之甚难，假之以蜜，服之则易。"① 譬喻就如梯子、蜂蜜一样，对于无论是钝根还是顿根的人理解佛理，

① ［印］龙树：《大智度论》卷三五，［后秦］鸠摩罗什译，见《大正新修大藏经》第25册，第320页。

都有极大的帮助。正如孙昌武先生所说："佛典运用譬喻，当然是为阐明佛教义理服务。"[1] 佛陀对于譬喻的使用及其功能，如果也用譬喻来做形象的说明的话，可以用《从婆罗门乞食喻》。《从婆罗门乞食喻》出自比丘道略集、鸠摩罗什译的《杂譬喻经》，文云："昔有一道士，造婆罗门家乞食。婆罗门使妇擎食食之，妇在前立。其妇端正，道士观之，心便生变。语婆罗门言：'欲味，过患，出。'婆罗门不解，便问言：'何等欲味、过患、出？'道士便抱其妇咽，共呜呜已，语婆罗门言：'此是欲味。'婆罗门大瞋，以杖打此道人一下。道人复语：'此过是患。'（按，依据原典，结合上下文，此句应为"此是过患"）复欲重打，道人走到门外，复回头语婆罗门：'此是出也。'"这个譬喻之意在说明"喻人不能玄解义味，要须指事，然后悟之也"[2]。譬喻即是在听者不能明晓佛理时，给予"指事"者也。

二、经典

《法华经》中"火宅"等七个譬喻，代表的是佛教大乘经典的譬喻。其实，佛经对于譬喻的使用，因其是讲法的重要手段，所以几乎出现在所有佛经中。在早期的经典中便大量存在，如巴利文三藏的小部中，专有一部《譬喻》，收录了大量的譬喻故事。在汉译的早期佛典——阿含部佛经中，亦是如此。如《中阿含经》中就有《箭喻经》，经中说鬘童子经过思考，提出一些诸如"世有常，世无有常；世有底，世无底；命即是身，为命异身异；如来终，如来不终，如来终不终，如来亦非终亦非不终耶？"等形而上学的问题。佛陀并没有正面对这些问题提出肯定或否定的回答，而是以一个譬喻来说明："犹如有人身被毒箭，因毒箭故，受极重苦。彼见亲族怜念愍伤，为求利义饶益安隐，便求箭医。然彼人者方作是念：未可拔箭！我应先知彼人如是姓、如是名、如是生？为长、短、粗、细？为黑、白、不黑不白？为刹利族、梵志、居士、工师族？为东方、南方、西方、北方耶？未可拔箭！我应先知彼弓为柘、为桑、为槻、为角耶？未可拔箭！我应先知弓扎，彼为是牛筋、为獐鹿筋、为是丝耶？未可拔箭！我应先知弓色为黑、为白、为赤、

---

① 孙昌武：《佛教与中国文学》，上海人民出版社，1988 年，第 23 页。

② 孙昌武、李赓扬译注：《杂譬喻经译注（四种）》，中华书局，2008 年，第 232 页。

为黄耶？未可拔箭！我应先知弓弦为筋、为丝、为纻、为麻耶？未可拔箭！我应先知箭杆为木、为竹耶？未可拔箭！我应先知箭缠为是牛筋、为獐鹿筋、为是丝耶？未可拔箭！我应先知箭羽为飘鸽毛、为雕鹫毛、为鹍鸡毛、为鹤毛耶？未可拔箭！我应先知箭镝为钺、为矛、为铍刀耶？未可拔箭！我应先知作箭镝师如是姓、如是名、如是生？为长、短、粗、细？为黑、白、不黑不白？为东方、西方、南方、北方耶？彼人竟不得知，于其中间而命终也。"① 佛陀用这个譬喻，说明追求这些形而上问题的人，如同中了毒箭的人一样。假若不即刻拔出毒箭、治疗毒疾，而是先研究箭是谁射的、箭头是用什么做的等不急之务，中毒箭的人就会死去。对于处在世间的人来说，最重要的是要解决自己的人生实际问题，而不是首先去殚精竭虑地思考那些不切实际的形而上的问题。这个譬喻非常生动，可以使听者明了佛陀所讲之法的重点。

阿含部佛经中，类似《箭喻经》这样以"喻"为名的单篇还有很多，如《中阿含经》中除《箭喻经》之外，还有卷一的《城喻经》《水喻经》《木积喻经》，卷三的《盐喻经》，卷五的《水喻经》，卷七的《象迹喻经》，卷一一的《牛粪喻经》，卷一三的《乌鸟喻经》，卷一五的《三十喻经》，卷二三的《青白莲华喻经》，卷二八的《蜜丸喻经》，卷三四的《喻经》，卷三六的《象迹喻经》等。除这些以一个专门譬喻来说明佛理的方式之外，阿含部经中，譬喻的使用可谓是比比皆是，如《增一阿含经》中记载二十亿耳"昼夜经行"修行，"若坐、若行，常修正法，初夜、中夜、竟夜，恒自克励，不舍思须"，却"不能于欲漏法心得解脱"。于是，便去找佛陀，佛陀告诉二十亿耳，修行就像是弹琴，弹得极急与缓慢，都不能发出动听的声音，只有"不急不缓"，按照节奏来弹，才能奏出美妙的琴音。佛陀接着告诉二十亿耳，修道就像弹琴，"极精进者，犹如调戏；若懈怠者，此堕邪见；若能在中者，此则上行。如是不久，当成无漏人"②。佛陀用这个譬喻，寓意修行不能太急于精进，也不能懈怠，而要"不急不缓"长久地坚持下去，才能取得成功。可以说，佛陀对这个譬喻的运用相当恰当。

汉译阿含部佛典中还有许多以譬喻命名的佛经，如《佛说咸水喻经》

① 《中阿含经》卷六〇，见《大正新修大藏经》第 1 册，第 804—805 页。
② 《增一阿含经》卷一三，见《大正新修大藏经》第 2 册，第 612 页。

（失译人名）、《佛说箭喻经》（失译人名）、《佛说蚁喻经》（施护译）、《佛说月喻经》（施护译）、《五阴譬喻经》（安世高译）、《佛说马有八态譬人经》（支曜译）等。这些佛经有许多是从阿含经抽出来的，如《佛说箭喻经》，应该就是将《中阿含经》卷六〇《箭喻经》抽出来独立译成篇的，僧祐在《新集续撰失译杂经录》所列《箭喻经》下注云"抄《阿含》"便可说明。另外，僧祐在《群牛譬经》《婴儿譬喻经》《水喻经》《飞鸟喻经》《木杵喻经》《田夫喻经》等经下注云"抄《阿含》"，《佛为比丘说烧头喻经》下注云"抄《杂阿含》"，说明这些譬喻经都是从几部阿含经中抄写而出。还有抄自其他佛经的，如《鼋喻经》下注云"抄《六度集》"，《毒草喻经》《毒喻经》《毒悔喻经》下注云"出《生经》"等。《铸金喻经》《羊群喻经》《马喻经》等经下注"抄"字，说明也是出自其他的佛经。有的没有注明出处，如《调达喻经》《马喻经》《浮木譬喻经》《须河譬喻经》等，或许起初这些佛经就是独立成篇的。僧祐总结这些譬喻经说："安法师载《竺法护经目》有《譬喻经》三百首二十五卷，混无名目，难可分别。今新撰所得，并列名定卷，以晓览者。寻此众本，多出大经，虽时失译名，然护公所出或在其中矣。"[①] 僧祐在这里明确指出"寻此众本，多出大经"，表明这些譬喻经大多是从其他大部佛经中抄出来的；这段话也表明，譬喻经经过了长期的流传、搜集和整理的过程。这些佛经，大都是运用一个譬喻，表达佛陀所讲的教法。

阿含部是早期的佛经，最能体现出原始佛教的思想与观念。在讲法中大量运用譬喻，表明了譬喻是佛陀所运用的最为重要的教化方法之一，也是佛经讲述佛法的重要方式之一。失译人姓名的《杂譬喻经》中的第 16 个譬喻故事是《夫畏妇喻》，讲一个妻子送其丈夫上战场，给了他一个五升的容器和一根织布的杼木，并说如果将这两件东西丢了的话，就"不复共汝作居家"。丈夫的军队在战斗中被打败，其他的士兵都向后逃跑，只有他怕弄坏两件东西而失去妻子，就举起杼木，面向敌军站立不动。敌军以为他是要一人之力抵抗他们的进攻，惊惧他的勇猛而后退。国王十分欢喜，问他为什么如此勇猛，他便实言相告。国王听了，仍然给了很高的赏赐。故事中，"妇

---

① ［梁］释僧祐：《出三藏记集》，苏晋仁、萧炼子点校，中华书局，1995 年，第 175 页。

与夫五升器、丈一尺杼木者"，譬喻为"佛授弟子五戒、十善"；"属夫言，'坚守二物，不毁失者，可得与吾共居也'"，譬喻为"持法死死不犯者，则得与佛俱升道堂"；将"既得当敌却军、复见封赏者"，譬喻"守戒人现世怨家横对为之消灭，后世受福天堂自然者"①。在揭明所譬喻的对象之前，有"此世间示现因缘所得，佛借以为喻"之语，以及如第 18 个譬喻故事《买鬼喻》在讲述了故事之后说的"言波利国虽众物普有，其空手往者，一物叵得；持财货买，无物不得，借以为喻"② 之语。从叙述方式来看，这个譬喻故事应该是写经者根据佛陀用譬喻讲法的过程整理、记录下来的，或是从其他佛经中抄录出来的。这个故事以及表现出来的叙述方式，再次说明，譬喻是佛陀讲法中非常重视的方式，也为写经者在造作佛经时所认可，并作为讲解佛法的重要方式。孙昌武先生说："'善证善喻'是佛教教学的传统。佛陀生前教导弟子即广用譬喻。他在说法中经常使用生动、具体的实例启迪后学，并一再直接而明确地说明譬喻的重要。"③

　　如《佛说咸水喻经》等以一个譬喻故事来说明佛理的经典不同，佛经中还有许多直接以"譬喻"命名的譬喻故事合集，现存流传最广泛的主要有五部：《旧杂譬喻经》《百喻经》和三部《杂譬喻经》。《旧杂譬喻经》至隋代《法经录》（卷六）和《历代三宝记》（卷五）中开始著录为吴天竺三藏康僧会译，因此本经通常署名为三藏康僧会译，但该经是否真的为康僧会所译，历来有争论④。全书共 38 个譬喻故事。

　　《百喻经》，又称《百句譬喻经》《百句譬喻集经》，经前署"尊者僧伽斯那撰、萧齐天竺三藏求那毗地译"。僧祐在《百句譬喻经前记》中说："永明十年九月十日，中天竺法师求那毗地出。修多罗藏十二部经中抄出譬喻聚为一部，凡一百事，天竺僧伽斯法师集行大乘，为新学者撰说此经。"⑤又在《求那毗地传》中说："僧伽斯于天竺国抄集修多罗藏十二部经中要切譬喻，撰为一部，凡有百事，以教授新学。毗地悉皆通诵，兼明义旨。以永

---

① 孙昌武、李赓扬译注：《杂譬喻经译注（四种）》，中华书局，2008 年，第 167 页。
② 孙昌武、李赓扬译注：《杂譬喻经译注（四种）》，中华书局，2008 年，第 170 页。
③ 孙昌武、李赓扬译注：《杂譬喻经译注（四种）》，中华书局，2008 年，"前言"第 1 页。
④ 参见梁晓虹《从语言上判定〈旧杂譬喻经〉非康僧会所译》，载《佛教与汉语词汇》，佛光文化事业有限公司，2001 年。
⑤ ［梁］释僧祐：《出三藏记集》，苏晋仁、萧炼子点校，中华书局，1995 年，第 355 页。

明十年秋译出为齐文，凡十卷，即《百句譬喻经》也。"① 据此可知，本经是僧伽斯那为了使"新学者"明了佛理，从各部经中抄出譬喻故事，聚合在一起而成，又由求那毗地译出。鲁迅对《百喻经》非常重视，1914 年 9 月，他捐资 60 银元，委托南京金陵刻经处刻印了 100 本；1926 年 5 月，再次出资赞助王品清校点《百喻经》，自己亲自作了题记，即《〈痴华鬘〉题记》，云："尝闻天竺寓言之富，如大林深泉，他国艺文，往往蒙其影响。即翻为华言之佛经中，亦随在可见。明徐元太辑《喻林》，颇加搜录，然卷帙繁重，不易得之（按，《喻林》分五百八十门，采《百喻经》五十喻，收入二十门中）。佛藏中经，以譬喻为名者，亦可五六种，惟《百喻经》最有条贯。其书具名《百句譬喻经》，《出三藏记集》云，天竺僧伽斯那从《修多罗藏》十二部经中钞出譬喻，聚为一部，凡一百事，为新学者，撰说此经。萧齐永明十年九月十日，中天竺法师求那毗地出。以譬喻说法者，本经云，'如阿伽陀药，树叶而裹之，取药涂毒竟，树叶还弃之，戏笑如叶裹，实义在其中'也……尝称百喻，而实缺二者，疑举成数，或并以卷首之引，卷末之偈为二事也。尊者造论，虽以正法为心，譬故事于树叶，而言必及法，反多拘牵；今则已无阿伽陀药，更何得有药裹，出离界域，内外洞然，智者所见，盖不惟佛说正义而已矣。"② 鲁迅对《百喻经》的重视，一方面可能是因为它对中国的影响，即所谓的"天竺寓言之富，如大林深泉，他国艺文，往往蒙其影响。即翻为华言之佛经中，亦随在可见"；另一方面是其中的譬喻故事生动、形象，可读性很强。《百喻经》中故事的原型可能是来自于印度愚人故事，佛教编纂者采用这些故事主要是用来开悟未悟者，本意并非是专门搜集愚人故事。

三部《杂譬喻经》，应该是同名异本的三部经③。其中一部失译者姓名，经目多将其附在后汉录中（按，根据本部经中《众猕猴溺死喻》篇末的"故维摩诘言'是身如聚沫，澡浴难忍'"之语来看，其在中国的出现极可能是在《维摩诘所说经》在中国被译出之后）；一部旧署名为后汉月支沙门支娄迦谶译；一部署名比丘道略集、后秦鸠摩罗什译。这三部《杂譬喻经》

---

① ［梁］释僧祐：《出三藏记集》，苏晋仁、萧炼子点校，中华书局，1995 年，第 552 页。

② 《鲁迅全集》第七卷，人民文学出版社，2005 年，第 103 页。

③ 孙昌武、李赓扬译注：《杂譬喻经译注（四种）》，中华书局，2008 年，"前言"第 1 页。

的结成情况，大概与《百喻经》相同。《出三藏记集》失译经书录中列有《杂譬喻经》六卷（下注：或云《诸杂譬喻经》）、《旧譬喻经》二卷、《杂譬喻经》二卷、《杂譬喻经》一卷（下注：凡十一事）四种，并载有《譬喻经》一卷、《譬喻经》一卷（下注：异出）两种，后一种所注的"异出"，可能是说此经与前一经是名同而内容不同的佛经。"凡十一事"的《杂譬喻经》可能就是署后汉月支沙门支楼迦谶译的《杂譬喻经》，现存此《杂譬喻经》有十二个譬喻故事，数量上非常接近。另五部《譬喻经》中，或许现署名康僧会译的《旧杂譬喻经》、失译者的《杂譬喻经》就包含在内；也或许是某种《譬喻经》的节选本。僧祐对早期佛经存在的这种情况，亦有说明："祐总集众经，遍阅群录，新撰失译，犹多卷部，声实纷糅，尤难铨品。或一本数名；或一名数本；或妄加游字，以辞繁致殊；或撮半立题，以文省成异。至于书误益惑，乱甚焚丝，故知必也正名，于斯为急矣。是以雠校历年，因而后定。其两卷以上，凡二十六部，虽阙译人，悉是全典。其一卷已还，五百余部，率抄众经，全典盖寡。观其所抄，多出《四含》《六度》《道地》《大集》《出曜》《贤愚》及《譬喻》《生经》，并割品截偈，撮略取义，强制名号，仍成卷轴。至有题目浅拙，名与实乖，虽欲启学，实芜正典，其为愆谬，良足深诫。今悉标出本经，注之目下，抄略既分，全部自显，使沿波讨源，还得本译矣。寻此录失源，多有大经，详其来也，岂天坠而地涌哉？将是汉、魏时来，岁久录亡；抑亦秦、凉宣梵，成文屈止；或晋、宋近出，忽而未详。译人之阙，殆由斯欤。寻大法运流，世移六代，撰注群录，独见安公，以此无源，未足怪也。夫十二部经，应病成药，而传法沦昧，实可怅叹！"①

汉译佛典中的譬喻经，还有一类《出曜经》。"出曜"是梵文 udāna 的译语，又译为"法句"（dhammapada）。佛典中的《出曜经》，由姚秦竺佛念译出，是一部譬喻故事合集，据僧叡《出曜经序》说："录其本起，系而为释，名曰出曜。出曜之言，旧名譬喻，即十二部经中第六部也。"《出曜经》卷六又云："六者出曜。所谓出曜者，从无常至梵志，采众经之要藏，演说布现以训将来，故名出曜。"②"出曜"的名称，有可能是来自《诗经》

---

① ［梁］释僧祐：《出三藏记集》，苏晋仁、萧炼子点校，中华书局，1995 年，第 123 页。

② 《出曜经》，［晋］竺佛念译，见《大正新修大藏经》第 4 册，第 643 页。

的"日出有曜",即译出者将佛教譬喻故事视之为具有太阳般的光辉,照亮、消除未悟者心中的烦恼和迷惑。《出曜经》中的部分譬喻故事,亦被抄出独立成篇,《出三藏记集》录《调达生身入地狱经》一卷,下注"抄《出曜》"。与《出曜经》类型相同的有《法句譬喻经》,《出三藏记集》录《法句譬喻经》一卷,下注"凡十七事。或云《法句譬经》"。这个"十七事"的《法句譬喻经》可能只是收有 17 个譬喻的简本,现收于大正藏的《法句譬喻经》三十九品,有 42 个故事。

比较典型的譬喻类佛经,还有《撰集百缘经》和《贤愚经》。《撰集百缘经》的梵文为 Avadāna-satak,或 PurnamukhAvadāna-satak①,译为汉语亦为譬喻之意。本经题为三国吴支谦译,学者对此持怀疑态度。内容上有十品,共一百个因缘故事,故名《百缘经》。《贤愚经》中共收有 69 个譬喻故事,僧祐《贤愚经记》云:"十二部典,盖区别法门。旷劫因缘,既事照于本生;智者得解,亦理资于譬喻。《贤愚经》者,可谓兼此二义矣。河西沙门释昙学、威德等凡有八僧,结志游方,远寻经典。于阗大寺遇般遮于瑟之会。般遮于瑟者,汉言五年一切大众集也。三藏诸学,各弘法宝,说经讲律,依业而教。学等八僧随缘分听,于是竞习胡音,析以汉义,精思通译,各书所闻,还至高昌,乃集为一部。既而逾越流沙,赍到凉州。于时沙门释慧朗,河西宗匠,道业渊博,总持方等。以为此经所记,源在譬喻;譬喻所明,兼载善恶;善恶相翻,则贤愚之分也。前代传经,已多譬喻,故因事改名,号曰贤愚焉。"② 僧祐说的"此经所记,源在譬喻",明显地表明这是一部譬喻经。

三、种类

由于佛经中对于譬喻的大量使用,譬喻被列为佛经"十二部经"("十二分教")的专门一类。早在阿含类佛经中就已经提到了佛经的分类,如《长阿含经》中提到十二部经说:"比丘当知我于此法自身作证,布现于彼,谓贯经、祇夜经、受记经、偈经、法句经、相应经、本缘经、天本经、广

---

① 参见童玮编《二十二种大藏经通检》,中华书局,1997 年,第 719 页。
② [梁]释僧祐:《出三藏记集》,苏晋仁、萧炼子点校,中华书局,1995 年,第 351 页。

经、未曾有经、证喻经、大教经。"① 其中的"证喻经"就是譬喻经。《增一阿含经》中则直接提出譬喻为十二部经之一类，云："云何比丘择道行？于是，比丘于十二部经择而行之，所谓契经、祇夜、授决、偈、因缘、本末、方等、譬喻、生经、说、广普、未曾有法。如是比丘知择道行。"② 阿含经中对包括"譬喻"在内的十二部经的表述，表明在早期佛教的传播中，譬喻方式起了非常重要的作用。

关于十二部经的分类，虽然不同经典在说法上稍微有些不同，但在各种记载中，譬喻都是其中重要的一类。包括大乘佛典，也认同十二部经之说。如鸠摩罗什译出的《摩诃般若波罗蜜经》说："菩萨摩诃萨欲闻十方诸佛所说十二部经：修多罗、祇夜、受记经、伽陀、忧陀那、因缘经、阿波陀那、如是语经、本生经、方广经、未曾有经、议论经。"③《摩诃般若波罗蜜经》中的"阿波陀那"即是譬喻之意，印顺解释说："'阿波陀那'，一般都译为'譬喻'，是'十二分教'的一分。被推为分教的一分，应该是迟于'九分教'的。"印顺同时指出，无论是九分教还是十二分教，都有"阿波陀那"一类："立'九分教'的部派，如铜锞部的《小部》中，有'阿波陀那'；大众部所传的'杂藏'中，也有'本行'。这可见立'九分教'，或立'十二分教'，虽部派间有所不同，而各派的圣典，有称为'阿波陀那'的部类，却是一致的。"又进一步解释说："西元三世纪，'阿波陀那'已被译为'譬喻'了。西元二三世纪，譬喻师（Dārṣṭāntika）脱离说一切有部，而独立盛行起来。这是以广说'譬喻'（Dṛṣtânta）得名，而譬喻更通俗化的'阿波陀那'、'阿波摩耶'，在实际应用中，与 Dṛṣtânta 相结合。传说譬喻大师鸠摩罗罗陀（Kumāralāta），造《显了论》《日出论》，都是'为令晓悟所立义宗，广引多门比例开示'。'阿波陀那'，被想起了赫赫光辉的意思，而被解为'有比况说，隐义明了'了。'阿波陀那'被解说为'譬喻'，是通俗弘化所引起的。论到原始的意义，应以圣贤的光辉事迹为是。"④

阿波陀那（apadāna）被译为譬喻，只是"譬喻"的来源之一，还有

① 《长阿含经》卷三，[印]佛陀耶舍、[晋]竺佛念译，见《大正新修大藏经》第1册，第16页。
② 《增一阿含经》卷四六，见《大正新修大藏经》第2册，第794—795页。
③ 《摩诃般若波罗蜜经》卷一，[后秦]鸠摩罗什译，见《大正新修大藏经》第8册，第220页。
④ 释印顺：《原始佛教圣典之集成》，中华书局，2011年，第486、500页。

udāharaṇa、upamā、upmāmna、dṛṣṭānta、aupāmya 等①。关于譬喻，也叫比喻，略称为"譬"或"喻"。丁敏对此进行了详细的说明，可参阅其所著的《佛教譬喻文学研究》一书，亦可参阅李小荣《汉译佛典文体及其影响研究》第六章对其研究的转引。

譬喻的类型有很多，如《大毗婆沙论》中就说："譬喻云何？谓诸经中所说种种众多譬喻，如长譬喻、大譬喻等。如大涅槃，持律者说。"② 这里说的"种种众多譬喻"不是说佛教中譬喻的数量多，而是说譬喻的类型多。从大的属类来看，主要有两种，一种是修辞学意义上的譬喻，一种是文类学上的譬喻。佛经中的譬喻兼有此两种类型。修辞学意义上的种类，如《金刚经》中说："一切有为法，如梦幻泡影，如露亦如电，应作如是观。"③ 这是著名的《金刚经》六喻，这种譬喻就是语句上的比喻，用梦、幻、泡、影、露、电比喻"有为法"是"有相而动"，且不真、不牢、不常住。文类学上的譬喻，更多的是指存在于佛经当中有情节的譬喻故事。

佛经中的譬喻种类，不同的佛经中有不同的说法。《大智度论》在论述譬喻的种类时说："譬喻有二种：一者假以为喻，二者实事为喻。今此名为假喻。所以不以余物为喻者，以此四物丛生稠致、种类又多故。舍利弗、目连等比丘满阎浮提，如是诸阿罗汉智慧和合，不及菩萨智慧百分之一，乃至算数譬喻所不能及。"④ 这里提到假喻、实喻、算数譬喻。假喻是用虚拟的事物或不可能发生的事件设喻，反之则为实喻⑤。算数譬喻，上文引《法华经》之《譬喻品》中已提到，是博喻的一种，指佛经中以各种数目名称出现的比喻，丁敏在《佛教譬喻文学研究》中也称之为"增数譬喻"，如《法华经》七喻、《金刚经》六喻、无常十喻等。北本《大般涅槃经》提到譬喻有八种："一者顺喻，二者逆喻，三者现喻，四者非喻，五者先喻，六者后喻，七者先后喻，八者遍喻。"顺喻是："如经中说：天降大雨，沟渎皆满，沟渎满故小坑满，小坑满故大坑满，大坑满故小泉满，小泉满故大泉满，大

---

① 参见李小荣《汉译佛典文体及其影响研究》，上海古籍出版社，2010年，第286页。
② 《大毗婆沙论》卷一二六，[唐] 玄奘译，见《大正新修大藏经》第27册，第660页。
③ [明] 朱棣集注：《金刚经集注》，上海古籍出版社，1984年，第287页。
④ 《大智度论》卷三五，见《大正新修大藏经》第25册，第320页。
⑤ 参见李小荣《汉译佛典文体及其影响研究》，上海古籍出版社，2010年，第290页。

泉满故小池满，小池满故大池满，大池满故小河满，小河满故大河满，大河满故大海满。如来法雨，亦复如是。众生戒满，戒满足故不悔心满，不悔心满故欢喜满，欢喜满故远离满，远离满故安隐满，安隐满故三昧满，三昧满故正知见满，正知见满故厌离满，厌离满故呵责满，呵责满故解脱满，解脱满故涅槃满。"逆喻是："大海有本，所谓大河。大河有本，所谓小河。小河有本，所谓大池。大池有本，所谓小池。小池有本，所谓大泉。大泉有本，所谓小泉。小泉有本，所谓大坑。大坑有本，所谓小坑。小坑有本，所谓沟渎。沟渎有本，所谓大雨。涅槃有本，所谓解脱。解脱有本，所谓呵责。呵责有本，所谓厌离。厌离有本，所谓正知见。正知见有本，所谓三昧。三昧有本，所谓安隐。安隐有本，所谓远离。远离有本，所谓喜心。喜心有本，所谓不悔。不悔有本，所谓持戒。持戒有本，所谓法雨。"现喻是："如经中说：众生心性，犹若猕猴，猕猴之性，舍一取一。众生心性，亦复如是，取着色、声、香、味、触、法，无暂住时，是名现喻。"经中引佛陀"昔告波斯匿王"的一段话来说明非喻，云："大王，有亲信人从四方来，各作是言：'大王，有四大山从四方来，欲害人民。'王若闻者，当设何计？王言：'世尊，设有此来，无逃避处，惟当专心持戒布施。'我即赞言：'善哉大王！我说四山，即是众生生老病死，生老病死常来切人，云何大王不修戒施？'王言：'世尊，持戒布施得何等果？'我言：'大王，于人天中多受快乐。'王言：'世尊，尼拘陀树持戒布施，亦于人天受安乐耶？'我言：'大王，尼拘陀树不能持戒修行布施，如其能者，则受无异。'"先喻是："我经中说：譬如有人贪着妙花，采取之时为水所漂，众生亦尔，贪着五欲，为生老死之所漂没。"后喻是："如法句经说：莫轻小恶，以为无殃。水渧虽微，渐盈大器。"先后喻是："譬如芭蕉生果则死，愚人得养，亦复如是，如骡怀妊，命不久全。"遍喻是："如经中说，三十三天有波利质多树，其根入地，深五由延，高百由延。枝叶四布，五十由延，叶熟则黄。诸天见已，心生欢喜。是叶不久，必当堕落。其叶既落，复生欢喜。是枝不久，必当变色。枝既变色，复生欢喜。是色不久，必当生疱，见已复喜。是疱不久，必当生嘴，见已复喜。是嘴不久，必当开剖，开剖之时，香气周遍五十由延，光明远照八十由延。尔时诸天，夏三月时在下受乐。善男子，我诸弟子亦复如是。叶色黄者，喻我弟子念欲出家。其叶落者，喻我弟子剃除须发。其色变者，喻我弟子白四羯磨，受具足戒。初生疱者，喻我弟子发阿耨多罗三藐三菩提心。嘴者，喻于十住菩萨得见佛性。开剖者，喻于菩萨得阿耨多罗三藐三菩提。香者，喻于十方无量众生受持禁戒。光者，喻于如来名号无碍周遍十方。夏三月者，喻三三昧。三十三天受快乐者，喻于诸佛在大涅槃得常乐我净。"① 有意思的是，经中在解释八种比喻时，无一例外地使用了譬喻的方式，可谓是以譬喻说譬喻了。

对于佛教譬喻和譬喻经的研究，较早有印顺《原始佛教圣典之集成》第八章第五节第二项《阿波陀那》的论述。孙昌武先生《佛教与中国文学》第一章《汉译佛典及其文学价值》中，有"譬喻和譬喻经"部分，论述了佛经中的譬喻、譬喻经，指出佛经中"广用譬喻和寓言"，是为"阐明佛教义理服务"，并指出"这种譬喻本身的客观意义，以及它们在表现上的文学价值，也是不可否认的"②。孙昌武先生在其编注的《汉译佛典翻译文学选》前言中，指出譬喻故事的一个突出的特点是"往往具有普遍的哲理或伦理意义"，"他们形成于一定的社会环境中，其背景或内容又往往反映当时的社会矛盾，体现一定的社会意义。其中许多应出于印度或西域民间传说，或是模仿民间传说制作的，大抵短小精悍，富于情趣，又通俗易懂，在很大程度上体现了民间文学质朴、风趣的艺术特色"③。这个概括可谓精要。丁敏的《佛教譬喻文学研究》（东初出版社，1996 年）是研究佛教譬喻文学的专书。侯传文《佛经的文学性解读》第二章《〈妙法莲华经〉的文学性解读》提到譬喻时指出"譬喻在佛经中非常普遍"，并说："佛经中的譬喻不是一般的比喻，而是用一个比较完整的小故事来说明一个道理，近似一般文类中的寓言。"④ 第七章《佛本生故事概论》中，论述到譬喻和寓言，指出寓言有散见于诸经中的譬喻和独立成篇的寓言故事两种形式，此即印顺所说"'譬喻'与'记说''本事''本生''因缘'，在流传中，都有结合的情形"⑤。吴海勇《中古汉译佛经叙事文学研究》第一章《佛经翻译文学概说》中，对譬喻和譬喻经作了概说，将因缘与譬喻混杂的佛经统归为譬喻经。李小荣

---

① 《大般涅槃经》卷二七，见《大正新修大藏经》第 12 册，第 781—782 页。
② 孙昌武：《佛教与中国文学》，上海人民出版社，1988 年，第 23 页。
③ 孙昌武编注：《汉译佛典翻译文学选》，南开大学出版社，2005 年，"前言"第 9 页。
④ 侯传文：《佛经的文学性解读》，中华书局，2004 年，第 19 页。
⑤ 释印顺：《原始佛教圣典之集成》，中华书局，2011 年，第 496 页。

《汉译佛典文体及其影响研究》第六章对譬喻文体及其影响作了阐述。梁丽玲《〈杂宝藏经〉及其故事研究》（法鼓文化出版社，1998 年）、《〈贤愚经〉研究》（法鼓文化出版社，2002 年）涉及对于《杂宝藏经》和《贤愚经》中的譬喻的研究。论文如东元庆喜《佛典に见える譬喻の种类》（《印度学佛教学研究》1968 年第 7 卷 1 号），郭良鋆《佛教譬喻经文学》（《南亚研究》1989 年第 2 期），丁敏《譬喻佛典之研究——撰集百缘经、贤愚经、杂宝藏经、大庄严论经》（《中华佛学学报》1991 年第 4 期），出本充代《〈撰集百缘经〉の译出年代について》（《パーリ学佛教文化学》1995 年第 8 期），陈允吉、卢宁《什译〈妙法莲华经〉里的文学世界》（《佛教文学研究论集》，复旦大学出版社，2004 年），李小荣《简论汉译佛典之"譬喻"文体》（《福建师范大学学报》2009 年第 5 期）、《〈法句经〉与譬喻文学》（载《佛教与中古文学散论》，凤凰出版社，2012 年），李玉珍《佛教譬喻（Avadana）文学中的男女美色与情欲——追求美丽的宗教意涵》（《新史学》第 10 卷第 4 期，1999 年），王孺童《〈百喻经〉譬喻故事研究》（《法音》2007 年第 10 期）、冯国栋《〈大般涅槃经〉的譬喻研究》（载《寒山寺佛学》第二辑，上海古籍出版社，2003 年），梁丽玲的《〈撰集百缘经·饿鬼品〉研究》（收于《冉云华先生八秩华诞寿庆论文集》，法光出版社，2003 年）、《〈出曜经〉的动物譬喻》（载《潘重规教授百年诞辰纪念学术研讨会论文集》，"国立"台湾师范大学国文学系 2006 年）等。硕士论文有洪梅珍《〈百喻经〉及其故事研究》（"国立"高雄师范大学，2004 年）、林韵婷《杂阿含经譬喻故事研究》（玄奘大学，2005 年）、黄渊红《佛典譬喻经复句研究》（北京外国语大学，2011 年）等。

对于中国佛教著述譬喻的研究，是佛教文学研究的重点之一。如陈允吉《关于王梵志传说的探源与分析》（载《古典文学佛教溯源十论》，复旦大学出版社，2002 年）一文中，根据《桂苑丛谈》和《史遗》中关于王梵志的一条文献，探寻了王梵志传说的来源和譬解；马纯燕的硕士论文《王梵志诗的譬喻研究》（中山大学，2011）也是探讨王梵志诗歌的譬喻；陈允吉另一篇《王维"雪中芭蕉"寓意蠡测》（载《古典文学佛教溯源十论》）中，探讨了佛经中"是身如芭蕉"譬喻对于王维画作和诗歌的影响；等等。此类的研究成果颇多。从语言方面进行譬喻修辞研究的，主要在周裕锴《禅宗语言研究》（杭州人民出版社，1999年）、疏志强《禅宗修辞研究》（山东文艺出版社，2008年）、张胜珍的博士论文《禅宗语言研究》（南开大学，2005年）等论著中提到。

譬喻经的整理受到研究者的重视。鲁迅于1914年和1926年两次捐助《百喻经》出版，并为之撰写《题记》。在20世纪40年代，冯雪峰以《百喻经》为底本，删去解说部分，写成白话本《百喻经故事》。周绍良撰写了《百喻经译注》（中华书局，1993年）。近些年来，佛经整理出版的速度明显加快，涉及譬喻经的整理出版明显增多。如孙昌武、李赓扬将《旧杂譬喻经》和三部《杂譬喻经》进行了整理，合并成《杂譬喻经译注（四种）》（中华书局，2008年）。2012年以来，中国社会科学出版社陆续出版了由荆三隆等人整理的《月喻六经注译与辨析》《旧杂譬喻经注译与辨析》《杂譬喻经注译与辨析》《众经撰杂譬喻经注译与辨析》《六度集经注译与辨析》《法句譬喻经注译与辨析》《杂宝藏经注译与辨析》《撰集百缘经注译与辨析》《大庄严论经比喻故事注译与辨析》《贤愚经比喻故事注译与辨析》等。众多的佛经故事选中，譬喻故事都是必选的内容之一，如孙昌武编注《汉译佛典翻译文学选》、张友鸾《佛经寓言选》、王邦维《佛经故事选》、罗秉芬与黄布凡《佛经故事》、谢生保《佛经寓言故事选》、郭良鋆与黄宝生译《佛本生故事选》等，都选择了大量的譬喻故事，譬喻故事甚至是一些佛经选本的主要构成内容。

四、特征

综合佛经的譬喻故事来看，其主要特征有以下几点：

其一，譬喻故事大多取材于人们的现实生活，《百喻经》中所收的譬喻更是如此。如该经中第一个《愚人食盐喻》，说有个愚人到别人家做客，嫌弃饭菜"淡无味"，主人就在他的菜里加了些许的盐。愚人尝后，自念道："所以美者，缘有盐故。少有尚尔，况复多也？"于是就空口吃盐，"返为其患"。岩本裕将《百喻经》称之为印度愚人故事集，说明这些譬喻都是来自现实生活，佛陀用生活中的愚人故事作为讲说佛法的手段和开悟学人的桥梁。

其二，众多故事以动物为主人公，从而形成动物譬喻故事。这类譬喻故事涉及到大量的动物，如象、龙、马、驴、蚊子、狗、牛、羊、狮子、狼、虎、豹、老鼠、鸡、鸟、龟鳖、猴子、鹿、猫、兔子、蛾子等，几乎应有尽有。如《旧杂譬喻经》中有《狗听经喻》，有只狗趴在"昼夜诵经"的沙门的床下，"一心听经，不复念食"。几年后，狗去世后"得人形"，"生舍卫国中作女人"，长大后作了比丘尼，"精进得应真道"①。又如署鸠摩罗什译的《杂譬喻经》中有《龙升天喻》，有条龙升天，降下大雨，"雨落天宫，即成七宝；雨落人中，皆为润泽；落饿鬼身上，变成大火，举身烧然"②。署鸠摩罗什译《杂譬喻经》中的《鹿林喻》亦属于此类。在《众经撰杂譬喻经》、《出曜经》、佛本生譬喻故事等经典中，这类譬喻尤其多。

其三，有些故事以神鬼为喻。如《众经撰杂譬喻经》中的《二鬼相诤喻》，说有一个人独宿在空房子里，半夜时有一个鬼扛着一个死人来到房间，接着另一个鬼追来，为这个死人是谁扛来的发生争执。争执不下，就让这个人来作证，这个人想到无论是说真话还是谎话都会被杀死，干脆就说了真话。后鬼大怒，将这个人的胳膊扯了下来，前鬼就用死人的胳膊给他补上，如是将这个人的另一只胳膊、两脚、头、肋都换成了死人的了。二鬼就将这个人被扯下来的身体吃了。这个人看着被换的身体，迷惑不已："我父母生我身，眼见二鬼食尽。今我此身尽是他身肉，我今定有身耶？为无身耶？若以有者尽是他身，若无者今现身如是。"③ 这个譬喻是说无我的道理。

其四，譬喻故事无论长短，一般都情节生动活泼，富有情趣，有些譬喻的结构相当完整；语言通俗易懂，一般的民众很容易读懂。多数譬喻故事篇幅都不长，但也有如署鸠摩罗什译《杂譬喻经》中的《大迦叶夫妇因缘喻》这样的长篇。本篇通过迦叶的父亲尼具律陀向树神祈子、树神报告给天帝释、帝释让一位即将寿终的梵天转生到其家、帝释告诉树神此意、树神又告诉尼具律陀、尼具律陀之妻子怀孕、迦叶降生这一过程，详细说明了迦叶的来历。又通过尼具律陀夫妇为了阻止迦叶出家为其寻找合适的妻子、迦叶不同意娶妻提出要娶漂亮无比的紫金色女人为妻子的条件、尼具律陀夫妇找到

① 孙昌武、李赓扬译注：《杂譬喻经译注（四种）》，中华书局，2008年，第21—22页。
② 孙昌武、李赓扬译注：《杂譬喻经译注（四种）》，中华书局，2008年，第216页。
③ 《众经撰杂譬喻经》，见《大正新修大藏经》第4册，第532页。

了一个符合迦叶要求的女子并与之成婚这一过程，叙述了两个志愿修道不愿意成家的男女结成夫妇的因缘。最后又叙述了迦叶夫妇二人求道愿望强烈、遇到佛陀出家、迦叶成为比丘、妻子成为比丘尼、比丘尼劝诫国王夫人守戒却被迫承受国王九十天淫欲的过程。叙述相当详细，过程也非常曲折，故事性极强，虽没有在篇末特意点明要说明的道理，但包含于故事之中的寓意却极为明显，表述了佛教因缘的道理。

其五，譬喻故事所表达的寓意一般都十分明显，寓意或直接评论出来，或隐含在故事之中。几乎所有的故事，都是先有一个譬喻，然后揭明所要表达的道理。一般的故事，都是喻体长，最后简明扼要地说出要说明的含义。也有如署鸠摩罗什译《杂譬喻经》中的《五百力士为沙门喻》这样喻体很短而寓意却很长的故事。本篇的喻体是："昔佛在世时，有五百力士俱为沙门，共在一处坐禅诵经。有不善贼尽夺诸沙门，衣钵荡尽，唯有泥洹僧在。是贼去后，诸沙门轻着泥洹僧，俱诣佛所，具白此意。佛语诸沙门言：'汝何不大唤？'诸沙门答言：'佛未听，是故不敢唤。'佛语诸比丘：'汝若不敢唤者，贼当日剥汝衣，谁当能常给者？从今日后，听汝见贼来时大唤，捉杖拎石，恐怖令去，但莫至诚伤害之耳。'"然后，就是长篇的说道理：

> 人之所重者，身也、命也、财也。此三事，皆不足惜，不可轻也。不足惜者，以其非常、败坏，无有坚固。愚惑惜之，以为我物，贪爱吝惜，起不善因缘，后堕恶道，故不足惜也。不可轻者，以有身故，遇值贤圣，擘跪曲拳，承迎礼拜，后得金刚宝身，不可毁坏，故曰不可轻也。
>
> 命不足惜者，人为命故，杀生、强盗、淫泆，口犯四过，心生贪恚邪见，后堕地狱，故曰不足惜也。而亦不可轻者，以有命故，值遇圣贤，得闻法言，精义入神，尽寿修行，后得宝命无量无穷，故曰亦不可轻也。
>
> 财不足惜者，以财是五家之分：盗贼、水、火、县官、恶子，五家忽至，一旦便尽，故曰不足惜也。不可轻者，遇良福田，持用布施，种种供养，无所遗惜，后得宝财四大藏，周穷济乏，求得无尽，故曰不可轻也。

夫修福德，皆当拟心求成佛道，不应但索人天果报也。所以者何？譬如种谷，但求其实，实虽未熟，茎节枝叶自然已得。布施作福亦复如是，发意拟仪，但求成佛。泥洹之道虽未成，人天中乐、金轮圣主、帝释、梵王自然并至，亦如种谷，不期茎节枝叶自然而得也。所以不应但求人天果报之乐者也。①

如这样的譬喻，在佛经中还是比较少见的。一般来说，一个譬喻故事只表达一个道理，也有一个故事表述多个道理的情况，如署鸠摩罗什译《杂譬喻经》中的《尸利求多喻》，叙述了佛与六师外道之争后，说："此喻极广，不能一一出，故略举其要也。"② 这个喻体所寓含的含义太多，竟然不能一一列举出来。

其六，有些譬喻故事与世界其他地区的寓言、譬喻有相似之处。如《百喻经》中的《乘船失釪喻》云："昔有人乘船渡海，失一银釪，堕于水中，即便思念：'我今画水作记，舍之而去，后当取之。'行经二月，到师子诸国，见一河水，便入其中，觅本失釪。诸人问言：'欲何所作？'答言：'我先失釪，今欲觅取。'问言：'于何处失？'答言：'初入海失。'又复问言：'失经几时？'言：'失来二月。'问言：'失来二月，云何此觅？'答言：'我失釪时，画水作记，本所画水，与此无异，是故觅之。'又复问言：'水虽不别，汝昔失时，乃在于彼，今在此觅，何由可得？'"③ 这个故事，不由得使人会想起中国的刻舟求剑故事，几乎是一模一样④。又如同经中的《人效王眼睐喻》，云："昔有一人，欲得王意，问余人言：'云何得之？'有人语言：'若欲得王意者，王之形相，汝当效之。'此人即便后至王所，见王眼睐，便效王睐。王问之言：'汝为病耶？为着风耶？何以眼睐？'其人答王：'我不病眼，亦不着风，欲得王意，见王眼睐，故效王也。'王闻是语，

---

① ［印］比丘道略集：《杂譬喻经》，［后秦］鸠摩罗什译，见孙昌武、李赓扬译注《杂譬喻经译注（四种）》，中华书局，2008年，第238—239页。

② 孙昌武、李赓扬译注：《杂譬喻经译注（四种）》，中华书局，2008年，第230页。

③ 《百喻经》卷一，见《大正新修大藏经》第4册，第545页。

④ 凝溪《中国寓言文学史》（云南人民出版社，1992年，第218页）中举刻舟求剑的例子，说"中国远古的文化对佛经已有了一定的影响"，这个说法恐怕很难站住脚。

即大瞋恚，即便使人种种加害，摈令出国。"① 这个故事，也会使人想起东施效颦。而同经中的《口诵乘船法而不解用喻》，与中国的纸上谈兵如出一辙。失译的《杂譬喻经》中的《瓮中身影喻》，则与中国的杯弓蛇影相类似。署支楼迦谶译《杂譬喻经》中的《贾人得道喻》里的沙门为能得道而勤苦修行，"使人作锥，长八寸。睡来时便刺两髀，以疮痛不睡"，结果不到一年的时间就证得了"真道"。这个譬喻，与中国的"头悬梁、锥刺股"所表达的含义相同。失译的《杂譬喻经》中的《毒蛇喻》，有一个人在山中学道，"山中多有蝮蛇，道人畏之，便依一树下，高布床褥，坐禅念定，而但苦睡，不能自制"。天人看到这个学道者只知道睡觉，"因作方便，欲恐令不睡"。到了晚上，天人言"道人，毒蛇来矣"。道人惊醒，点燃灯火，"遍求之不见"，又倒头睡觉。天人"数数不止"，道人生气说："天人何以犯两舌？都不见物，云何为言，言毒蛇？"这个故事，和古希腊《伊索寓言》中的"狼来了"有异曲同工之妙。从这些故事、寓言的产生时代来看，相互之间影响的可能性极小，可以说在世界各地都有相类似的故事或智慧同步产生②。佛陀将这些发生于日常生活中的事情纳入到佛法的宣扬和教化当中，反映了他对生活的细致观察和深刻体验。

其七，很多譬喻故事重出。如上所述，现存的几部譬喻经，基本上是抄集众经中的譬喻故事而成，所以各经中有不少故事重复出现。如《百喻经》中的治鞭疮喻、蛇头尾相争喻、蹋长者口喻、劫盗分财喻等，在《杂譬喻经》中就有基本相同的譬喻故事。《百喻经》中的愚人集牛乳喻、见水底金喻等，和《众经撰杂譬喻经》中的故事相同。失译《杂譬喻经》的《老母欲随子死喻》中的老母，因唯一的儿子死了而欲自了，佛陀告诉她能找来"不死家火"便可将她的儿子救活，老母见人便问："汝家前后颇有死者未？"凡所问到之人，家里皆有人于过去或现在有人去世，老母从而明晓了无常之理。在巴利三藏的小部经中有《长老尼伽陀》，第213—223偈叙说盖莎长老尼幼子夭亡，她悲痛绝望，以至疯癫，抱着儿子的尸体求佛陀救活儿

---

① 《百喻经》卷二，见《大正新修大藏经》第4册，第546—547页。

② 季羡林在《佛经故事选》（重庆出版社，1985年）的序中说："印度的神话、寓言和童话，几乎传遍了全世界，连古代希腊寓言，比如说《伊索寓言》中都可能有印度的成分。以后的《十日谈》《坎特伯雷的故事》以及许多国家的寓言和童话中都能找到印度影响。"此为一说。

子。佛陀叫她到城里去找一户从未死过人的人家，讨几粒芥籽服下，她儿子便可复活。她跑遍全城，芥籽几乎家家都有，但从未死过人的人家却没有。盖莎长老尼由此顿悟了生死无常之理，并说偈道："诸行无常，不分种姓，人间天界，一理相通。"①

值得注意的是，在不同的譬喻类经典中，有些故事虽然相类，但叙述方式各异。如署康僧会译《旧杂譬喻经》中的《鬼欲啖王喻》与失译《杂譬喻经》中的《啖人王喻》应该是一个故事，但详略却有很大的差别。《旧杂譬喻经》中的《鬼欲啖王喻》文云："昔有梵志，从国王丐。王欲出猎，令梵志止殿上：'须我方还。'乃出猎，追逐禽兽，与臣下相失。到山谷中，与鬼相逢，鬼欲啖之。王曰：'听我言。朝来于城门中，逢一道人，从我丐。我言："止殿上待还。"今乞暂还，与此道人物已，当来就卿受啖。'鬼言：'今欲啖汝，汝宁肯来还？'王言：'善哉！诚无信者，我当念此道人耶？'鬼则放王。王还宫出物与道人，以国付太子，王还就鬼。鬼见王来，感其至诚，礼谢不敢食也。师曰：'王以一诚，全命济国。何况贤者奉持五戒，布施至意，其福无量也。"② 失译的《杂譬喻经》中的《啖人王喻》全文云：

> 昔有国王，喜食人肉，敕厨士曰："汝等夜行，密采人来，以供厨。"以此为常。臣下后咸知之，即共斥逐，捐于界外，更求良贤以为国王。
>
> 于是啖人王十三年后，身生两翅，行啖人，无复远近。于山中向山树神请求祈福："当取国王五百人，祠山树神，使我得复还国为王。"于是便飞行取之，得四百九十九人。之山谷，以石密口。
>
> 时国王将诸后宫诣浴池戏。始出宫门，逢一道人，说偈求乞。王即许之："还宫当赐金银。"时王入池，当欲澡洗，啖人王空中飞来，抱王将去，还于山中。国王见啖人王，不恐不怖，颜色如故。
>
> 啖人王曰："吾本捕取五百人，当持祠天。已有四百九十九人，今复得卿一人，数已满，杀以祠天。汝知是，何以不恐惧乎？"国王对曰：

---

① 参见［印］维摩拉拉特纳《巴利三藏中的〈长老尼伽陀〉》，邓殿臣译，载《法音》1991 年第 4 期。

② 孙昌武、李赓扬译注：《杂譬喻经译注（四种）》，中华书局，2008 年，第 62—63 页。

"人生有死，物成有败，合会有离，对来分之，不敢愁也。且出宫时，道逢道士，为吾说偈，即许施物。今未得与，以是为恨耳。今王弘慈宽恕，假数日中，布施讫还，不违要誓也。"即听令去，而告之曰："与汝七日期。若不还者，吾往取汝亦无难也。"王即还宫，都中内外，莫不欢喜。即开库藏，布施远近。拜太子为王，慰劳百姓，辞决而去。

啖人王遥见其来，念曰：此得无异人乎？从死得生，而故来还。即问曰："身命，世人所重爱者也，而卿舍命所信，世之难有。不审何守志趣，愿说其意。"即曰："吾之慈施，至诚信盟，当得阿惟三佛，度十方。"彼王曰："求佛之义，其事云何？"便为广说五戒、十善、四等、六度。心开坦然，从受五戒，为清信士。放四百九十九人，各各令还国。

诸王追是后王，共至其国。感其信誓，蒙得济命，各不肯还于本国，遂便住止此国。于此国王各为立第一舍，雕文刻镂、光饰严整法国王，饮食、服御与王无异。四方来人问言："何以有此如王舍，遍一国中？"众人答曰："皆是诸王舍也。"名遂远布。从此以来，号言王舍城。

佛得道已，自说本末："立信王者，我身是也；啖人王者，殃崛摩是。还王舍说法，所度无量，皆是宿命作王时因缘人也。"佛说是时，无不欢喜，得福得度，不可訾计。①

从内容上看，两个譬喻都是讲国王守信的故事，前者是纯粹的譬喻，而后者则应为一个佛本生故事；从篇幅上看，《杂譬喻经》中的《啖人王喻》是《旧杂譬喻经》中《鬼欲啖王喻》的近四倍，情节更生动曲折，人物形象也更丰满。这表明两个故事有可能来自同一个渊源，或者后者是在前者基础上的再加工。值得一提的是，类似的守信故事，在譬喻经中还有不少，如《旧杂譬喻经》的《当嫁女到童子门喻》，女子遵守了在出嫁前先到捡到她橘子的童子那里去的"重誓愿"，表现出了遵守誓愿的强烈愿望和行动。这些表达相同寓意的譬喻故事，可能是佛陀或造经者为说明同一个道理而在不

① 孙昌武、李庚扬译注：《杂譬喻经译注（四种）》，中华书局，2008 年，第148—149 页。

同场合所说的。

五、影响

佛经本身具有很强的文学性，譬喻故事则更重视文学性，如印顺说佛经中的"种种'阿波陀那'，重于文学趣味，等于佛法通俗化的故事"①。

汉译佛典对中国文学产生了极大影响，这已经成为研究者的共识。就佛经中的譬喻和譬喻故事而言，其对中国文学艺术的发展也产生了重大影响。一方面，一些譬喻故事的内容及其所表达的义理进入了中国的文学艺术作品。简单的事例如《六度集经》中"盲人摸象"的譬喻故事，在中国流传久远，且多次被用于文学作品中；《百喻经》及其他佛经中类似笑话的愚人故事，在六朝到明清时期的文学作品、笑话集中一再被编入、引用和改编；佛经中屡屡出现的"身如芭蕉"的譬喻，使得王维画出了《袁安卧雪图》中的"雪中芭蕉"，如此等等。另一方面，譬喻也影响到中国文学的表述方式。如佛经中经常运用成串譬喻的方式就为中国文人所接受和使用。《大品般若》中有著名的"大乘十喻"，云："于诸法门盛解观察，如幻、如阳焰、如梦、如水月、如响、如空花、如像、如光影、如变化事、如寻香城，虽皆无实而现似有。"② 这里连用十个譬喻，造成了磅礴的文势，渲染了说法的力度。中国唐宋时期的文人在写作时深受佛经连用譬喻的启发，在写作中经常使用这样的技巧。如韩愈《送石洪处士赴河阳参谋序》中说："坐一室，左右图书，与之语道理，辨古今事当否，论人高下，事后当成败，若河决下流而东注，若驷马驾轻车就熟路，而王良、造父为之先后也，若烛照数计而龟卜也。"③ 这篇文中连用譬喻，一如宋人洪迈所说"重复联贯，至有七、八转者"④，与佛经中连用譬喻的方式非常相像。韩愈虽然反对迎佛骨，但他不反对佛教，学界已多有论述，因此其此种写作方式与技巧，应该就是来自佛经对于譬喻的使用。宋人邵博说"韩退之之文自经中来，柳子厚之文自

---

① 释印顺：《原始佛教圣典之集成》，中华书局，2011年，第495页。
② 《大品般若》卷一，［唐］玄奘译，见《大正新修大藏经》第5册，第1页。
③ 刘真伦、岳珍校注：《韩愈文集汇校笺注》，中华书局，2010年，第1190页。
④ ［宋］洪迈：《容斋随笔》三笔卷六，孔凡礼点校，中华书局，2005年，第501页。

史中来"① 之语中的"经"，自然是指儒家经典；但根据韩愈文中的譬喻可知，这个"经"在一定程度上也包括"佛经"。

关于佛经譬喻和譬喻故事对中国文学的影响，闻一多曾说："我们至少可说，是那充满故事兴味的佛典之翻译与宣讲，唤醒了本土的故事兴趣的萌芽，使它与那较进步的外来形式相结合，而产生了我们的小说与戏剧。故事本是民间的产物，不用讳言，他的本质是低级的。正如从故事发展出来的小说戏剧，其本质是平民的，诗的本质是贵族的。要晓得它们之间距离很大，而距离是会孕育恨的。所以我们的文学传统既是诗，就不但是非小说戏剧的，而且推到极端，可能还是反小说戏剧的。若非宗教势力带进来的那点新鲜刺激，而且自己的歌实在也唱到无可再唱的了，我们可能还继续产生些《韩非·说储》，或《燕丹子》一类的故事，和《九歌》一类的雏形歌舞剧，但是，元剧和章回小说决不会有……异国形式也许早就来到了，早到起码是汉朝佛教初输入的时候，你可以在几百年中不注意它，等到注意了之后，还可以延宕，踌躇个又一度几百年，直到最后，万不得已的，这才死心塌地，接受了吧！……第一度佛教带来的印度影响是小说戏剧。"② 闻一多这里说的是佛教传入中国之后，对中国小说和戏剧的重大影响，重大到若没有佛教的输入，"元剧和章回小说决不会有"的地步。事实上，佛教对于中国文学的影响，远不止仅在小说和戏剧方面，几乎对于中国文学的各个方面都有着重大的影响。关于佛教与中国文学的影响与关系，陈寅恪、季羡林、郭在贻、孙昌武、陈允吉、李小荣等众多著名学者的研究已经进行了大量的阐述，如陈寅恪曾以《维摩诘经》论述与中国小说的关系，云："盖《维摩诘经》本一绝佳故事，自译为中文后，遂盛行于震旦。其演变滋乳之途径，与其在天竺本土者，不期而暗合。即原无眷属之维摩诘，为之造作其祖及父母妻子女之名字，各系以事迹，实等于一姓之家传，而与今日通行小说如杨家将之于杨氏，征东征西之于薛氏，所纪内容，虽有武事哲理之不同，而其原始流别及演变滋乳之程序颇复相似。"③ 胡适则在引述了《法华经》中的

---

① 转引自吴文治编《韩愈资料汇编》，中华书局，1983年，第206页。

② 闻一多：《文学的历史动向》，载《神话与诗》，上海世纪出版集团，2006年，第166页。

③ 陈寅恪：《敦煌本维摩经文殊师利问疾品演义跋》，载《金明馆丛稿二编》，上海古籍出版社，1980年，第185页。

"火宅"之喻后，说："这里描写那老朽的大屋的种种恐怖和火烧的种种纷乱，虽然不近情理，却热闹的好玩。后来中国小说每写战争或描摹美貌，往往模仿这种形式，也正是因为它热闹的好玩。"① 本书于此不再做广面的阐述，兹举几个实例予以点缀。

（一）佛经譬喻故事成为中国文学的创作题材。《杂宝藏经》之《弃老国缘》中有云："天神又复问言：'此大白象，有几斤两？'群臣共议，无能知者，亦募国内，复不能知。大臣问父，父言：'置象船上，著大池中，画水齐船深浅几许。即以此船量石著中，水没齐画，则知斤两。'即以此智以答。"② 这个故事是赞扬老人的才智，如同常说的"家有一老如有一宝"，老人的智慧是一生经历的结晶，以此来谴责弃老国驱逐、抛弃老人的做法。《三国志》中有"曹冲称象"的故事："邓哀王冲，字仓舒。少聪察岐嶷，生五六岁，智意所及，有若成人之智。时孙权曾致巨象，太祖欲知其斤重，访之群下，咸莫能出其理。冲曰：'置象大船之上，而刻其水痕所至，称物以载之，则校可知矣。'"③ 这两个故事的内容完全是一样的，目的也都是展示人的智慧。不同的是，《弃老国缘》中称赞老人的智慧，"曹冲称象"是称赞少儿的智慧。三国时期，佛教在中国的传播已经是很广泛了，各种譬喻故事也为人所津津乐道了，"曹冲称象"的故事完全有可能是根据《弃老国缘》改编的。将这个故事加在曹冲身上，也是受到当时清谈风气的影响。在《世说新语》等志人小说中记载有大量当时士人智识的轶事，其中也有许多表现儿童聪慧、才智和德行的事例，"曹冲称象"就是这些众多儿童聪慧的事例之一。《三国志》在叙述完曹冲这个聪慧故事之下，接着还有一段："时军国多事，用刑严重。太祖马鞍在库，而为鼠所啮，库吏惧必死，议欲面缚首罪，犹惧不免。冲谓曰：'待三日中，然后自归。'冲于是以刀穿单衣，如鼠啮者，谬为失意，貌有愁色。太祖问之，冲对曰：'世俗以为鼠啮衣者，其主不吉。今单衣见啮，是以忧戚。'太祖曰：'此妄言耳，无所苦也。'俄而库吏以啮鞍闻，太祖笑曰：'儿衣在侧，尚啮，况鞍悬柱乎？'一

① 胡适：《白话文学史》，见欧阳哲生主编《胡适文集》，北京大学出版社，1998 年，第 422—423 页。
② 《杂宝藏经》，见《大正新修大藏经》第 4 册，第 449 页。
③ ［晋］陈寿撰，［南朝宋］裴松之注：《三国志》卷二〇，中华书局，1959 年，第 580 页。

无所问。冲仁爱识达，皆此类也。"① 老人具有这样的智慧是可以理解的，很难想象一个不足十岁的儿童竟然有这样的智慧。《世说新语》记载魏晋时期众多的此类事情，曹冲的这两件事却都不见记载，因此，"曹冲称象"之事到底有没有发生过，很使人怀疑。或许是《三国志》的著者为了表现曹冲的聪明才智而自己加上去的。

再如署鸠摩罗什译《杂譬喻经》中有《恶雨喻》，文云："外国时有恶雨，若堕江湖河井、城池水中，人食此水，令人狂醉，七日乃解。时有国王，多智善相。恶雨云起，王以知之，便盖一井，令雨不入。时百官群臣食恶雨水，举朝皆狂，脱衣赤裸，泥土涂头而坐王厅上。唯王一人，独不狂也，服常所着衣，天冠璎珞坐于本床。一切群臣，不自知狂，反谓王为大狂，何故所着独尔。众人皆相谓言：'此非小事。'思共宜之。王恐诸臣欲反，便自怖懅，语诸臣言：'我有良药，能愈此病。诸人小停，待我服药，须臾当出。'王便入宫，脱所着服，以泥涂面，须臾还出。一切群臣见皆大喜，谓法应尔，不自知狂。七日之后，群臣醒悟，大自惭愧，各着衣冠而来朝会。王故如前赤裸而坐，诸臣皆惊怪而问言：'王常多智，何故若是?'王答臣言：'我心常定，无变易也。以汝狂故，反谓我狂，以故若是，非实心也。"② 无独有偶，《宋书·袁粲传》中有一个相同的故事。袁粲著《妙德先生传》以续嵇康《高士传》以自况，其中借妙德先生之口讲了一个"狂泉"的故事："昔有一国，国中一水，号曰'狂泉'。国人饮此水，无不狂，唯国君穿井而汲，独得无恙。国人既并狂，反谓国主之不狂为狂，于是聚谋，共执国主，疗其狂疾，火艾针药，莫不毕具。国主不任其苦，于是至狂泉所酌水饮之，饮毕便狂。君臣大小，其狂若一，众乃欢然。"袁粲生平为420—477 年，完全能够看到鸠摩罗什（344—414）所译出来的《杂譬喻经》。根据这篇自况，袁粲"九流百氏之言，雕龙谈天之艺，皆泛识其大归"，是完全有可能去阅读佛经的。袁粲用这个故事，可能是表达自异于当时社会之士人，自诩有"舜之遗风"，是一个"修道遂志"者。卷末的评价说："袁粲清标简贵，任属负图，朝野之望虽隆，然未以大节许也。及其赴

---

① ［晋］陈寿撰，［南朝宋］裴松之注：《三国志》卷二〇，中华书局，1959 年，第 580 页。

② ［印］比丘道略集：《杂譬喻经》，［后秦］鸠摩罗什译，见孙昌武、李赓扬译注《杂譬喻经译注（四种）》，中华书局，2008 年，第 224 页。

危亡，审存灭，岂所谓义重于生乎。虽不达天命，而其道有足怀者。"① 朝野对袁粲"未以大节许"，但袁粲却能卫护刘宋，在刘宋危亡之际，"以身受顾托，不欲事二姓"，不愿归向"天命有归"的齐王，以实际行动表明了自己的独醒。袁粲很好地理解了《恶雨喻》，其所作的"狂泉"譬喻故事，可以说是对《恶雨喻》非常恰当的借鉴。

这两个事例，说明了佛经譬喻是如何进入中国作品以及如何影响到中国人的观念、思想和创作的。

（二）佛教譬喻方式影响中国寓言文学。中国寓言产生很早，大概萌芽于公元前6世纪。先秦是中国古代寓言产生和蓬勃发展的时期，寓言主要收录在诸子散文里面，为阐述不同学派的理论和政治主张服务，是"哲理寓言"。两汉时期寓言的主旨，是通过寓言来总结、宣传历史教训，为汉王朝寻求长治久安之道，是"劝诫寓言"。至六朝时期，随着佛教影响的深入，中国寓言尽管仍沿着自己的道路发展下去，但具有了浓厚的佛教色彩，在写作题材内容、格式和义理上，都受到佛经譬喻故事的深深影响。如上文所言与中国杯弓蛇影典故极为相似的失译《杂譬喻经》中《瓮中身影喻》，被隋代侯白进行了改写。侯白《启颜录》中收录了隋之前许多士人轶事、诙谐笑话，其中有"鄠县董子尚村"条，云："鄠县董子尚村，村人并痴。有老父遣子将钱向市买奴，语其子曰：'我闻长安人卖奴，多不使奴预知之，必藏奴于余处，私相平章，论其价直，如此者是好奴也。'其子至市，于镜行中度行，人列镜于市，顾见其影，少而且壮，谓言市人欲卖好奴，而藏在镜中，因指麾镜曰：'此奴欲得几钱？'市人知其痴也，诳之曰：'奴直十千。'便付钱买镜，怀之而去。至家，老父迎门问曰：'买得奴何在？'曰：'在怀中。'父曰：'取看好不？'其父取镜照之，正见眉须皓白，面目黑皱，乃大嗔，欲打其子，曰：'岂有用十千钱，而贵买如此老奴？'举杖欲打其子。其子惧而告母，母乃抱一小女走至，语其夫曰：'我请自观之。'又大嗔曰：'痴老公，我儿止用十千钱，买得子母两婢，仍自嫌贵？'老公欣然。释之余，于处尚不见奴，俱谓奴藏未肯出。时东邻有师婆，村中皆为出言甚中，老父往问之。师婆曰：'翁婆老人，鬼神不得食，钱财未聚集，故奴藏未出，

---

① ［梁］沈约：《宋书》卷一九，中华书局，1974年，第2230、2231、2234页。

可以吉日多办食求请之.'老父因大设酒食请师婆,师婆至,悬镜于门,而作歌舞。村人皆共观之,来窥镜者,皆云:'此家王相,买得好奴也.'而悬镜不牢,镜落地分为两片。师婆取照,各见其影,乃大喜曰:'神明与福,令一奴而成两婢也.'因歌曰:'合家齐拍掌,神明大欢娱。买奴合婢来,一个分成两.'"① 这两个故事之间的差别,就是将瓮改成了镜子,侯白去掉了《翁中身影喻》中说寓意的句子,使之成为了一个纯粹的笑话。明代浮白主人《笑林》中收录的"买梳看镜"笑话,应该来源于《翁中身影喻》或是侯白的《启颜录》。

至唐宋,佛经譬喻对于寓言的影响达到了更高的程度,其中受佛教譬喻影响最为明显的就是柳宗元。柳宗元创作的寓言数量不是很多,但塑造了很多成功的有典型意义的寓言形象。柳宗元的寓言受到佛经譬喻的影响极其明显。从格式上来看,柳宗元的寓言使用了与譬喻故事先说一个譬喻、篇尾说出寓意的形式一样,陈允吉说:"如果以柳宗元寓言里后面的说理文字,与佛经寓言寓意部分作一比较,两方面影合仿同的迹象就愈加明显."② 如《蝜蝂传》的前部分说:"蝜蝂者,善负小虫也。行遇物,辄持取,卬其首负之。背愈重,虽困剧不止也。其背甚涩,物积因不散,卒踬仆不能起。人或怜之,为去其负。苟能行,又持取如故。又好上高,极其力不已,至坠地死."后部分说出蝜蝂所含的寓意:"今世之嗜取者,遇货不避,以厚其室,不知为己累也,唯恐其不积。及其怠而踬也,黜弃之,迁徙之,亦以病矣。苟能起,又不艾,日思高其位,大其禄,而贪取滋甚,以近于危坠,观前之死亡不知戒。虽其形魁然大者也,其名人也,而智则小虫也。亦足哀夫!"③孙昌武先生在总结柳宗元寓言与佛经譬喻的关系时说:"例如柳宗元《蝜蝂传》的情节与《旧杂譬喻经》第二十一经'见蛾缘壁相逢,净斗共堕地'④立意相近;《李赤传》可能受到《大般涅槃经》卷二十三'有人堕于圊厕既得出已而复还入'故事的启发;《梓人传》则是敷衍《大智度论》卷二十八'譬如工匠但以智心指授而去,执斤斧者疲劳终日,计功受赏,匠者三倍'

① [隋]侯白:《启颜录》,曹林娣、李泉辑注,上海古籍出版社,1990年,第16—17页。
② 陈允吉:《柳宗元寓言的佛经影响及〈黔之驴〉故事的渊源和由来》,载《古典文学佛教溯源十论》,复旦大学出版社,2002年,第214页。
③ 《柳宗元集》,尹占华、韩文奇校注,中华书局,2013年,第1212页。
④ 按,"蛾缘壁相逢,净斗共堕地"出自署康僧会译《旧杂譬喻经》的《蛾、羊所语喻》。

一段的。《黔之驴》的情节也与印度民间和佛经故事有相似之处。"① 柳宗元《黔之驴》与佛经譬喻故事的关系,季羡林在 1947 年撰写了《柳宗元〈黔之驴〉取材来源考》,指出这个故事来源于载在《五卷书》《故事海》《益世嘉言集》以及佛本生等故事集中一个蠢笨驴子的故事。陈允吉《柳宗元寓言的佛经影响及〈黔之驴〉故事的渊源和由来》一文又进行了深入的探讨;李小荣《佛教与〈黔之驴〉——柳宗元〈黔之驴〉故事来源补说》一文,又进行补充研究,文中说:"研究古典文学,特别是魏晋以降的古代文学,如果不懂得一点印度文学和佛教文学方面的知识,有些疑难问题是不会得到正确的答案的。"② 柳宗元《黔之驴》的事例,说明了佛经譬喻对于中国寓言的影响是如此深刻。

(三)佛经譬喻故事影响中国古代小说。鲁迅在《中国小说史略》中说:"中国本信巫,秦汉以来,神仙之说盛行,汉末又大畅巫风,而鬼道愈炽;会小乘佛教亦入中土,渐见流传。凡此,皆张皇鬼神,称道灵异,故自晋迄隋,特多鬼神志怪之书。其书有出于文人者,有出于教徒者。"③ 佛经中的譬喻故事,对于六朝乃至后来的小说创作,从观念、思维方式、题材内容、人物塑造、情节构思等方面都产生了重大的影响。有研究者指出,署康僧会译《旧杂譬喻经》中的《鹦鹉灭火喻》与中国的精卫填海故事相类,殊不知六朝志怪小说《宣验记》中有一篇几乎一模一样的文字。先看《旧杂譬喻经》中的《鹦鹉灭火喻》,文云:"昔有鹦鹉,飞集他山中。山中百鸟畜兽,转相重爱,不相残害。鹦鹉自念:虽尔,不可久也,当归耳。便去。却后数月,大山失火,四面皆然。鹦鹉遥见,便入水以羽翅取水,飞上空中,以衣毛间水洒之,欲灭大火。如是往来、往来。天神言:'咄,鹦鹉,汝何以痴!千里之火,宁为汝两翅水灭乎?'鹦鹉曰:'我由知而不灭也。我曾客是山中,山中百鸟畜兽皆仁善,悉为兄弟。我不忍见之耳。'天神感其至意,则雨灭火也。"④ 再看六朝刘义庆《宣验记》中之"有鹦鹉飞集他山"条,文云:"有鹦鹉飞集他山,山中禽兽辄相爱重。鹦鹉自念,虽乐,

---

① 孙昌武:《佛教与中国文学》,上海人民出版社,1988 年,第 244 页。

② 李小荣:《佛教与中国文学散论》,凤凰出版社,2012 年,第 130 页。

③ 鲁迅:《中国小说史略》,见《鲁迅全集》第九卷,人民文学出版社,2005 年,第 45 页。

④ 孙昌武、李赓扬译注:《杂譬喻经译注(四种)》,中华书局,2008 年,第 42 页。

不可久也；便去。后数月，山中大火。鹦鹉遥见，便入水沾羽，飞而洒之。天神言：'汝虽有志意，何足云也！'对曰：'虽知不能救，然尝侨居是山，禽兽行善，皆为兄弟，不忍见耳。'天神嘉感，即为（《六帖》引作为雨）灭火。"① 对比来看，《宣验记》之文无论从哪个方面来看，都与《鹦鹉灭火喻》近乎完全的一致。再如梁吴均《续齐谐记》中的阳羡书生故事云："阳羡许彦，于绥安山行，遇一书生，年十七八，卧路侧，云脚痛，求寄鹅笼中。彦以为戏言。书生便入笼，笼亦不更广，书生亦不更小，宛然与双鹅并坐，鹅亦不惊。彦负笼而去，都不觉重。前行息树下，书生乃出笼，谓彦曰：'欲为君薄设。'彦曰：'善。'乃口中吐出一铜奁子，奁子中具诸饰馔，珍馐方丈。其器皿皆铜物，气味香旨，世所罕见。酒数行，谓彦曰：'向将一妇人自随，今欲暂邀之。'彦曰：'善。'又于口中吐一女子，年可十五六，衣服绮丽，容貌殊绝，共坐宴。俄而书生醉卧，此女谓彦曰：'虽与书生结妻，而实怀怨。向亦窃得一男子同行，书生既眠，暂唤之，君幸勿言。'彦曰：'善。'女子于口中吐出一男子，年可二十三四，亦颖悟可爱，乃与彦叙寒温。书生卧欲觉，女子口吐一锦行障遮书生，书生乃留女子共卧。男子谓彦曰：'此女子虽有心，情亦不甚，复窃得一女人同行。今欲暂见之，愿君勿泄。'彦曰：'善。'男子又于口中吐一妇人，年可二十许，共酌戏谈甚久。闻书生动声，男子曰：'二人眠已觉。'因取所吐女人，还纳口中。须臾，书生处女乃出，谓彦曰：'书生欲起。'乃吞向男子，独对彦坐。然后书生起，谓彦曰：'暂眠遂久，君独坐，当悒悒邪？日又晚，当与君别。'遂吞其女子，诸器皿悉纳口中。留大铜盘，可二尺广，与彦别曰：'无以藉君，与君相忆也。'"② 这个故事之情节，实出乎读者之意料。关于这个故事，陈寅恪先生早就指出，与出自署康僧会译的《旧杂譬喻经》中《王敕宫中喻》的情形是一样的。不同的是，《王敕宫中喻》表明的是"天下不可信，女人也"之主旨，阳羡书生故事则在末尾说"彦大元中为兰台令史，以盘饷侍中张散，散看其铭题，云是永平三年作"，贯穿的是六朝时期"发明神道之不诬"的传统。将佛经中辅助讲法的譬喻故事，视为中国"神道

---

① 文载《艺文类聚》卷九一、《初学记》卷三〇、《六帖》卷九四、《太平御览》九二四，转引自《鲁迅辑录古籍丛编》第一册，人民文学出版社，1999年，第274页。

② ［梁］吴均：《续齐谐记》，《汉魏丛书》，清刻本，第4—6页。

之不诬"的史实，是中国人的创造。

上引北本《大般涅槃经》中的"十喻"，在《维摩诘经》中的表述是："是身如聚沫，不可撮摩。是身如泡，不得久立。是身如焰，从渴爱生。是身如芭蕉，中无有坚。是身如幻，从颠倒起。是身如梦，为虚妄见。是身如影，从业缘现。是身如响，属诸因缘。是身如浮云，须臾变灭。是身如电，念念不住。"① 将北本中的"空花"译成"是身如芭蕉"。"身如芭蕉"是佛经中常用的譬喻之一，意为人身如虚空而不常住。王维根据这个譬喻，画出了著名的《袁安卧雪图》，表明自己认识自身如芭蕉般虚空，而舍身追求佛法。这个譬喻，在唐代时曾产生新的变化，即用来表扬高僧的得道。《续高僧传》卷第一四《道慁传》云："经才三宿卒于山所，春秋七十有五，即其年十二月二十五日也。阖境同号，若丧考妣。当夜雪降，周三、四里，乃扫路通行，陈尸山岭。经夕忽有异花，绕尸周匝，披地踊出，茎长一二尺许，上发鲜荣，似款冬色，而形相全异。"又卷二一《法融传》中云："又二十一年十一月，岩下讲《法华经》。于时素雪满阶，法流不绝。于凝冰内获花二茎，状如芙蓉，璨同金色。经于七日忽然失之。"② 因为是得道高僧，故在大雪飘飞的冬季开出"鲜荣"之花，这或许是王维"雪中芭蕉"构思的来源之一，抑或是清代小说《镜花缘》构思的来源。《镜花缘》有武则天在严冬令百花开放的情节。武则天在雪夜酒醉，看到腊梅开放而其他花"尽是一派枯枝"，趁着酒劲下谕旨令百花开放，云："明朝游上苑，火速报春知。花须连夜发，莫待晓风催。"百花仙子不敢抗拒命令，遂在残冬顶雪"大放"。这个情节，或许是作者李汝珍受到了佛经譬喻故事的启发。

（四）《贵人为比丘尼因缘喻》与中国戏曲。闻一多说佛教对中国的戏剧有"决不会有"的影响，并非是过于夸张之言，众多的佛经犹如戏剧一般，如胡适说："鸠摩罗什译出的经……其中《维摩诘经》本是一部小说，富于文学趣味。居士维摩诘有病，释迦佛叫他的弟子去问病。他的弟子舍利弗、大目犍连、大迦叶、须菩提、富楼那、迦旃延、阿那律、优波离、罗睺罗、阿难，都一一诉说维摩诘的本领，都不敢去问疾。佛又叫弥勒菩萨、光

① 《维摩诘所说经》"方便品第二"，［后秦］鸠摩罗什译，见《大正新修大藏经》第14册，第539页。

② ［唐］释道宣：《续高僧传》，见《大正新修大藏经》第50册，第603页。

严童子、持世菩萨等去，他们也一一诉说维摩诘的本领，也不敢去。后来只有文殊师利肯去问病。以下写文殊与维摩诘相见时维摩诘所显的辩才与神通。这一部半小说、半戏剧的作品译出之后，在文学界与美术界的影响最大。中国的文人诗人往往引用此书中的典故，寺庙的壁画往往用此书的故事作题目。"又说："《维摩诘经》《思益梵天所问经》……都是半小说体、半戏剧体的作品。这种悬空结构的文学体裁，都是古中国没有的；他们的输入，与后代弹词、平话、小说、戏剧的发达都有直接或间接的关系。"① 本处以《杂譬喻经》中的《贵人为比丘尼因缘喻》为例，说明佛经譬喻故事对中国戏剧之影响。

《贵人为比丘尼因缘喻》是署"比丘道略集、后秦鸠摩罗什译"《杂譬喻经》中之一篇，文云："昔有一贵女人，面首端正，仪容挺特，出家修学，得应真道。于城外林树间独行，道逢一人。见此比丘尼颜貌端正，意甚爱着。当前立而要之，口宣誓言：'若不从我，不听汝去。'比丘尼便为说恶路不净之法：'头眼手足，有何可贪？'彼士夫便语比丘尼言：'我爱汝眼好。'时彼比丘尼右手挑其一眼，示彼男子，血流于面。彼男子见之，欲意便息。比丘尼手捉一眼，还到佛所，以复眼本处。向佛具说，因是结灭。从是以来，不听比丘尼城外住及聚落外独行也。"② 这个譬喻故事中，比丘尼以刺坏眼睛使得男子消除"欲意"。这个故事被明代戏曲家徐霖所借用，成为《绣襦记》中一段惊人的情节。

徐霖是明代正德时期著名的戏曲家之一，字子仁，号九峰、髯仙，又称徐山人。曾创作戏曲八部，今只流传下《绣襦记》一部。朱彝尊言其事云："武宗南狩，召见，欲官之，固辞；赐飞鱼服，扈从还京，后归里。"又引《诗话》，述其"工填南北曲"："髯仙多能艺事，书画之外，工填南北曲。文徵明赠诗云：'乐府新传桃叶句，彩毫遍写薛涛笺。'所筑快园，康陵南巡，两幸其居。有晚静阁、宸幸堂、浴龙池。及扈跸入都，每夜宿御榻前，与帝同卧起。永陵之初，威武近幸，多逮治坐罪，惟子仁脱然。亦滑稽之雄

① 胡适：《白话文学史》，见欧阳哲生编《胡适文集》第八册，北京大学出版社，1998 年，第238、253 页。

② 孙昌武、李赓扬译注：《杂譬喻经译注（四种）》，中华书局，2008 年，第 247 页。

也。"① 由此来看，徐霖的戏剧创作水平在当时是颇被认可的。《客座赘语》载其轶事，"髯仙秋碧联句"条云："黄琳美之元宵宴集富文堂，大呼角伎，集乐人赏之，徐子仁、陈大声二公称上客。美之曰：'今日佳会，旧词非所用也，请二公联句，即命工度诸弦索，何如?'于是子仁与大声挥翰联句，甫毕一调，即令工肄习，既成合而奏之，至今传为胜事。子仁七十时于快园丽藻堂开宴，妓女百人，称觞上寿，缠头皆美之诒者。大声为武弁，尝以运事至都门，客召宴，命教坊子弟度曲侑之，大声随处雌黄，其人距不服，盖初未知大声之精于音律也。大声乃手揽其琵琶，从座上快弹唱一曲，诸子弟不觉骇伏，跪地叩头曰：'吾侪未尝闻且见也。'称之曰'乐王'。自后教坊子弟，无人不愿请见者，归来问馈不绝于岁时。嗟呼，二公以小伎为当时所慕如此，岂所谓折杨黄华，则听然而笑者耶！顷友人陈茞卿所闻，亦工度曲，颇与二公相上下，而穷愁不称其意气，所著多冒它人姓氏，甘为床头捉刀人以死，可叹也。嗟呼，彼武夫、伶人犹知好其知音者，今安在乎哉！"②

《绣襦记》讲述的是唐代郑元和与妓女李亚仙的故事，这个故事起源于唐代白行简的传奇《李娃传》，后来的宋元南戏《李亚仙》、元杂剧《郑元和风雪打瓦罐》《李亚仙花酒曲江池》及朱有燉杂剧《曲江池》都是以此故事而创作的。《绣襦记》便是在综合上述传奇和戏曲的基础上改编而成。《绣襦记》的第一出《传奇纲领》云："〔末上〕郑子元和，荥阳人氏。隽朗超群，应长安乡试。李娃眷恋，追欢买笑，暮雨朝云，忽尔囊空，李娘计遣。路赚东西怨莫伸，遭磨折残生几丧，进退无门。贫寒彻骨伤神，叹饥吻号猿衣结鹑。幸逢娃痛惜，绣襦护体，乳酥滋胃，复振精神，剔目劝学。登科参军之任，父子萍逢诉此因，行婚礼重谐伉俪，天宠沐殊恩。"开头交代本剧是讲述郑元和与李娃故事之"纲领"过程。在这里，作者重点提出了李娃的"剔目劝学"。本剧的第三十三出是《剔目劝学》，云：

【玉交枝】〔旦〕你文章不看，口支离一划乱言，读书有三到。〔生〕那三到?〔旦〕心到、眼到、口到。你书到不读，为何频顾残妆面，不思继美承前。〔生〕见你秋波玉溜使我怜，一双俊俏含情眼。

① 〔清〕朱彝尊辑录：《明诗综》，中华书局，2007年，第1854页。

② 〔明〕陆灿、顾起元：《庚已编 客座赘语》，中华书局，1987年，第179—180页。

〔旦〕你不用心玩索圣贤，却为妾又垂青盼。〔生〕我的娘。谁教你生得这般样好。【前腔】〔旦〕且把书来收卷。罢罢，为妾一身，捐君百行，何以生为？我拚一命先归九泉。〔生〕大姐何出此言。〔旦〕你喜我这一双眼么？〔生〕端的一双俏眼。〔旦〕我把鸾钗剔损丹凤眼，羞见不肖迤遭。〔生〕呀！不好了。涓涓血流如涌泉，潜潜却把衣沾染，今始信望眼果穿，却教人感伤肠断。呀！大姐苏醒。【玉胞肚】〔旦〕我在冥途回转，尚兀自心头火燃，你还只想凤友鸾交，焉得造鹭序鹓班。我好痴，这般不习上的，管他则甚。我向空门落发，伊家休得再胡缠，纸帐梅花独自眠。〔旦〕罢罢，我不免自去落发为尼，你若有志读书，做个好人，尚有相见之日。若只如此，我永不见你了。〔生〕罢罢，他妇人家尚然如此立志，我何苦执迷如此。大姐，你不须烦恼，小生闻得上国开科，如今就此拜别。若得官回来见你，若不得官，决不见你之面。〔旦〕如此却好，我有白金十两，赠君为盘费。〔生〕多谢。①

　　这叙述了李娃剔目劝学的情节，郑元和受到剔目劝学的刺激，发奋读书，最终科举中第。

　　此剧亦根据白行简《李娃传》，但《李娃传》中并无剔目劝学的情节。《李娃传》云："异时，娃谓生曰：'体已康矣，志已壮矣。渊思寂虑，默想曩昔之艺业，可温习乎？'生思之，曰：'十得二三耳。'娃命车出游，生骑而从。至旗亭南偏门鬻坟典之肆，令生拣而市之，计费百金，尽载以归。因令生斥弃百虑以志学，俾夜作昼，孜孜矻矻。娃常偶坐，宵分乃寐。伺其疲倦，即谕之缀诗赋。二岁而业大就，海内文籍，莫不该览。生谓娃曰：'可策名试艺矣。'娃曰：'未也，且令精熟，以俟百战。'更一年，曰：'可行矣。'于是遂一上登甲科，声振礼闱。虽前辈见其文，罔不敛衽敬羡，愿友之而不可得。娃曰：'未也。今秀士苟获擢一科第，则自谓可以取中朝之显职，擅天下之美名。子行秽迹鄙，不侔于他士。当砻淬利器，以求再捷，方

————————
　　① 〔明〕徐霖：《绣襦记》，载〔明〕毛晋编《六十种曲》第七册，中华书局，1958年，第1、94—95页。

可以连衡多士，争霸群英。'生由是益自勤苦，声价弥甚。"① 显然，徐霖对这一段进行了改编，而且尤其重视本段情节。谭正璧引《藤花曲话》卷二之内容云："《绣襦记》传奇、《曲江池》杂剧，皆郑元和、李亚仙事也。元和之父曰郑公弼，为洛阳府尹，《绣襦记》作郑儋，为常州刺史，各不相符。《曲江》之张千，即《绣襦》之来兴。《曲江》以元和授官县令，不肯遽认其父；《绣襦》则谓以状元出参成都军事，父子萍逢。两剧虽属冰炭，要于曲义无关。惟亚仙刺目劝学一事，《绣襦》极意写出，《曲江》概不叙入，似乎疏密判然。"②

徐霖对这一段的改编，可能与他的佛教意识有关。从相关文献来看，徐霖具有浓厚的佛教意识。《客座赘语》中有关于徐霖的三段资料，其一为《警世词余》，处处体现出浓郁的佛教韵味，云："徐子仁尝作《警世曲》，调对《玉环带清江引》，曰：'极品随朝，谁似倪官保，万贯缠腰，谁似姚三老。富贵不坚牢，达人须自晓。兰蕙蓬蒿，到头终是草，鸾凤鸥鹑，到头终是鸟。北邙道儿人怎逃，及早寻欢乐。纵饮十万场，大唱三千套，无常到来还是少。'（其一）'暮鼓晨钟，聒得咱耳聋。春燕秋鸿，看得咱眼朦。犹记做顽童，俄然成老翁。休逞姿容，难逃青镜中。休逞英雄，都归黄土中。算来不如闲打哄，枉把机关弄。跳出面糊盆，打破酸醋瓮，谁是惺惺谁懵懂？'（其二）'春去春来，朱颜容易改。花落花开，白头空自哀。世事等浮埃，光阴如过客。休慕云台，功名安在哉？休访蓬莱，神仙安在哉？清闲两字钱难买，何苦深拘碍。只凭过百年，便是超三界。此外别无闲计策。'（其三）'礼拜弥陀，也难凭信他。惧怕阎罗，也难回避他。世事枉奔波，回头方是可。口若悬河，不如牢闭着。手惯挥戈，不如牢袖着。越不聪明越快活，省了些闲灾祸。家私那用多，官职何须大，我笑别人人笑我。'（其四）"③ 因此，徐霖没有明确说这段戏文的改编参考了《贵人为比丘尼因缘喻》的譬喻故事，不过根据他对于佛教义理的体认，可以猜想他有可能读过鸠摩罗什所译的这部《杂譬喻经》，并根据《贵人为比丘尼因缘喻》的故事

---

① [唐] 白行简：《李娃传》，鲁迅辑录，程小铭、袁政谦、邱瑞祥译注：《唐宋传奇集全译》，贵州人民出版社，2008 年，第 131 页。
② 谭正璧：《三言两拍源流考》，上海古籍出版社，2012 年，第 456 页。
③ [明] 陆灿、顾起元：《庚己编 客座赘语》，中华书局，1987 年，第 178 页。

改编了李亚仙劝学郑元和的情节。而且，从《剔目劝学》的曲文来看，李亚仙要削发出家，正是佛教意味的体现。

徐霖对这段情节的改编，颇为后来的小说家和戏曲家所传播。如《警世通言》第三十一卷《赵春儿重旺曹家庄》中引用此故事作为说明"助夫成家"之有志女子，云："又有一个李亚仙，他是长安名妓，有郑元和公子嫖他，吊了稍，在悲田院做乞儿，大雪中唱《莲花落》。亚仙闻唱，知是郑郎之声，收留在家，绣绵裹体，剔目劝读，一举成名，中了状元，亚仙直封至一品夫人。"① 说明徐霖对这个情节的改编颇为成功。

佛经譬喻和譬喻故事对于中国的诗歌、辞赋、戏曲、俗文学等诸多方面的影响是深远而广阔的，远非此几句话所能说清楚，更多的可参看孙昌武《佛教与中国文学》与其他各种论著，以及其他各位学者的研究成果。本处只是补充一点读书所得，以为各位专家宏论之点缀。

第五节　变文与佛教说唱文学

佛教说唱文学是佛教文学与说唱艺术的结合。基于说唱艺术的说唱文学是曲艺据以演出的底本，而"说唱艺术以或说或唱或说唱兼用的形式向听众讲述故事，于是说唱文学的体裁便有了散体的、韵文的和韵散相间的不同类型"②。作为叙事性文学文体，说唱文学的体制和艺术特征都适应着表演的需要，以其叙事间性和表演间性显示其独特的文类特征，由此与文学的基础文类小说和戏剧都有非常密切的联系，具有重要的文类学意义。

佛教说唱文学是随着佛教传播和大众娱乐的需要而兴盛起来的佛教文学样式。在印度，佛教说唱文学包括寺院的梵呗、唱导和艺人演唱的佛教曲艺。中国佛教说唱文学既有印度佛教说唱艺术的影响，更有中国佛教艺术家的创造性发展。中国佛教说唱文学有狭义、广义之分。狭义的佛教说唱文学，仅指讲经、俗讲、转变等早期佛教说唱艺术所用的底本，只包括成熟于隋唐时期以讲经文、因缘文、变文等为代表的佛教叙事类讲唱作品；以讲唱佛教典籍和佛教人物故事为主要内容，旨在宣扬佛教义理、劝人向佛修道；

---

① ［明］冯梦龙编：《警世通言》，严敦易校注，岳麓书社，1989 年，第 271 页。
② 刘光民编著：《古代说唱辨体析篇》，首都师范大学出版社，1996 年，"前言"第 1 页。

其主要的演出场合是佛教节会期间的寺院，且表演过程中伴有繁杂谨严的佛教仪式。而广义的佛教说唱文学，既包括隋唐以来所有的叙事类佛教说唱文学，也包括来自佛教梵呗的佛曲以及借用民歌形式的民间佛教曲子词等吟唱类佛教说唱作品。也就是说，广义的中国佛教说唱文学涵盖了自隋唐以来所有与佛教有关的说唱作品。以表演样式为标准，广义的中国佛教说唱文学可以分成三大类：一是只唱不说的吟唱文学，如隋唐佛曲、明清经歌以及流传至今的民间佛曲小调等；二是只说不唱的讲说作品，如敦煌话本、宋元讲经话本以及流传至今的"西游"系列评书等；三是有说有唱的讲唱作品，如隋唐变文、宋元和尚家门院本、明清宝卷以及流传至今的"目连"戏、"西游"戏等。而且，广义佛教说唱文学的演出场地，由最初的寺院扩展至勾栏瓦肆等大众娱乐场所，以及堂会等个体家庭；演出时日，则由最初的佛教节会扩展至普通大众的生辰、祭日等民俗生活的每一天。本节以广义佛教说唱文学为研究对象，简要介绍其生成、发展过程及其鲜明独特的文类特征。

一、佛教说唱文学的生成

概括而言，佛教的东传、佛教典籍的传译和佛教梵呗、唱导等艺术在中原大地的发展成熟，以及隋唐时期日益繁荣起来的俗讲、转变、说话等民间艺术，都与佛教说唱艺术的生成和发展演变有着极为密切的关系。但具体说来，直接促进佛教说唱文学生成的，主要有以下五个方面的因素。

（一）汉译佛典：佛教说唱文学的思想源头和文本依据

自佛教初传中国，便有安世高、鸠摩罗什、支娄迦谶、竺法护、释道安等众多虔诚的佛教徒前赴后继地进行着译经和传教活动。而自东晋以来，在统治阶级的有意引导下，民间礼佛、拜佛以及珍藏、传抄佛经等活动发展得极其迅速，至隋代开皇元年（581），"京师及并州、相州、洛州等诸大都邑之处，并官写一切经，置于寺内；而又别写，藏于秘阁。天下之人，从风而靡，竞相景慕，民间佛经，多于六经数十百倍"①。这些传译成汉语、在民

---

① ［唐］魏徵等：《隋书》卷三五，中华书局，1973年，第1099页。

间广为传播的佛教典籍，为中华佛教说唱文学的生成提供了思想内容和基本素材。

首先，佛教典籍为中华佛教说唱文学的生成提供了基本的思想内容。佛教传入中国后，在东晋至南北朝时期"得到了前所未有的空前发展"，当时所宣扬的主要有"因果报应说、生死轮回说和神不灭论"以及"大乘空宗主张的一切皆空、'性空幻有'"等思想①。这些带有异域色彩的宗教思想，奠定了中华佛教说唱文学的灵魂基础。如现存敦煌文献中失调名的《和菩萨戒文》10 首②，分别宣扬了佛教的戒杀生、戒邪淫、戒盗、戒酒等思想；编号为 P. 3093 的《佛说观弥勒菩萨上生兜率天经讲经文》③宣讲的是弥勒净土思想，而《降魔变文》《破魔变》等作品，更是淋漓极致地发挥了佛教的因果报应、生死轮回等思想。

其次，佛教典籍为中华佛教说唱文学的生成提供基本的写作素材。这主要体现在两个方面：一是充满异域色彩的人物形象体系，主要包括以佛陀及其弟子舍利弗、阿难等为中心的佛教徒系列和以外道六师、魔王等为代表的外教人物系列；二是曲折瑰奇的故事体系，如奇幻的佛本生故事、恐怖的地狱故事等。现存最有代表性的几部敦煌佛教变文作品的人物形象、故事情节等，大都源自于传译而来的佛教典籍。如 P. 4254v《降魔变文》讲的是给孤独长者诚心向佛而致使佛祖释迦牟尼的大弟子舍利弗与六师外道斗法的故事，该故事现载于《贤愚经》卷十《须达起精舍品第四十一》，应是在《佛说如来成道经》等疑伪经的基础上演绎而成的④。《破魔变文》讲的是佛祖释迦牟尼成道之际与魔王波旬斗法的故事，该故事是由《佛说普曜经》卷六《降魔品》或《佛本行经》的第十六《降魔品》和第二十七《调达入地狱品》等演绎而来。而《大目乾连冥间救母变文并图一卷并序》讲述的目连救亡母出地狱故事，依据的是西晋时译出的《佛说盂兰盆经》。现存敦煌文献中的其他佛教说唱作品所讲述的人物故事，如 S. 3491《频婆娑罗王后宫彩女功德意供养塔生天因缘变》、P. 4254v《降魔变文》、"北图 8437"

---

① 北京大学哲学系中国哲学教研室编：《中国哲学史》，北京大学出版社，2003 年，第 178 页。
② 任半塘编：《敦煌歌辞总编》，上海古籍出版社，1987 年，第 1089—1091 页。
③ 黄征、张涌泉校注：《敦煌变文校注》，中华书局，1997 年，第 960—964 页。
④ 参阅李文洁、林世田《〈佛说如来成道经〉与〈降魔变文一卷〉关系之研究》，载《敦煌学辑刊》2005 年第 4 期。

《八相变》等，以及 S. 1470《佛报恩经讲经文》《双恩记》（也称《报恩变文》）《金刚般若波罗蜜经讲经文》《维摩诘经讲经文》《欢喜国王缘》《悉达太子修道因缘》等，也都源自于佛经故事。

最后，佛教典籍为中华佛教说唱文学的生成提供了多彩的语言资料，促使其形成了迥异于中华传统民间文学的语言风格。对于佛教典籍在语言方面对我国佛教说唱文学的影响，普慧以为"尤其是在音韵、词汇、修辞及语言观"四方面[1]，高文强则强调"佛经翻译提供新概念""佛经语言提供新风格""佛经唱读提供声韵新知识"[2]这三方面，笔者则以为词汇方面的影响尤为突出。传译而来的佛教典籍无论是采用音译法，还是意译法，都引入或生成了大量的新名词、新概念，如佛陀、世尊、弥勒、菩萨、僧侣、施主等人称名词，净土、兜率天、须弥山、阿鼻地狱、大千世界等宗教名词，色、空、菩提、智慧、般若、因果、业报、涅槃（泥洹）、境界等哲学概念。这些充满异域色彩的新词汇，是佛教说唱文学的语言源泉之一，无形中也就为佛教说唱文学增添了一层浓郁的异域风彩。

（二）六朝梵呗：佛教说唱文学的音乐基础

梵呗，也称呗赞，《现代汉语词典》解释为"佛教做法事时念诵经文的声音"；现代音乐界则以其为佛教音乐的泛称，如日本音乐辞典以为"声明"（Shomyo）是"佛教法会仪式中僧侣们演唱的声乐之总称，亦叫做'梵呗'"。其实，在佛教传入中国之初，梵呗主要指佛教徒用梵语吟诵经文的一种吟唱形式，其思想内容则均来自佛经。如流传至今的梵呗，有出自《涅槃经》的《云何呗》二首："云何得长寿，金刚不坏身？复以何因缘，得大坚固力？云何于此经，究竟到彼岸？愿佛开微密，广为众生说。"有出自《超日明经》的《处世梵》一首："处世界，如虚空，如莲花，不着水；心清净，超于彼，稽首礼，无上尊。"有出自《胜鬘经》的《如来呗》二首："如来妙色身，世间无与等；无比不思议，是故今敬礼。如来色无尽，智慧亦复然；一切法常住，是故我归依。"

---

[1] 普慧：《天竺佛教语言及其对中国语言学的影响》，载《人文杂志》2004年第1期。

[2] 高文强：《论佛学影响六朝文学的三个维度》，载《哈尔滨工业大学学报（社会科学版）》2012年第6期。

　　起初，梵呗是用古印度语言即梵语来吟唱的。据《高僧传》载，东汉末年，避居吴地的西域释支谦根据佛教《无量寿经》《中本起经》等制成了《菩萨连句梵呗》，该梵呗至今流传于江南一带；稍后，康僧会又根据佛教《大般泥洹经》创作了《泥洹梵呗》，梁释慧皎称其"清靡哀亮，一代模式"；至东晋时，月支僧人支昙籥"梦天神授其声法"，"因裁制新声，梵响清靡，四飞却转"，其所制《六言梵呗》，"传声于今"。可见，最初的梵呗的制作者都是西域人，其音律曲调应也以梵音、梵乐为主，因而就难以避免地出现了一种通病："若用梵音以咏汉语，则声繁而偈迫；若用汉曲以诵梵文，则韵短而辞长。"[①] 因此，后世崇佛的汉族文人开始对梵呗进行改革和创新，最终使它成为一种"将汉式音乐旋律同印度的声律糅合起来而制成曲调歌唱汉文偈颂"[②] 的乐曲形式。

　　相传，这种中国独有的梵语音声与汉语偈颂相结合的佛教乐曲，是三国时魏国的陈思王曹植发明的。南朝刘敬叔《异苑》卷五载：曹植"尝登鱼山，临东阿。忽闻岩岫里有诵经声，清通深亮，远谷流响，肃然有灵气。不觉敛衿祗敬，便有终焉之志，即效而则之。今之梵唱，皆植依拟所造"[③]。唐释道世撰集《法苑珠林》卷三十六《呗赞篇·赞叹部》也说：曹植"尝游鱼山，忽闻空中梵天之响，清雅哀婉，其声动心。独听良久，而侍御皆闻。植深感神理，弥悟法应。乃摹其声节，写为梵呗。撰文制音，传为后式。梵声显世，始于此焉。"[④] 梁释慧皎虽未详述曹植创制梵呗的过程，却也以为"原夫梵呗之起，亦兆自陈思"。曹植创制的这种梵呗，采用古印度梵呗的音乐形式，吟唱内容却是汉语创作的偈颂，充分考虑到古印度音乐与汉语声调的协调融和，因而使"声文两得"，消弥了不通汉语的西域僧人所创制的梵呗的种种弊端。这种华声梵呗被后人称为鱼山梵呗，也称鱼山梵或鱼山呗，迄今已被列入"第二批国家级非物质文化遗产名录"。

　　曹植之后，佛教徒们坚持改革和创新，继续探索将古印度佛教音乐与我

　　① ［梁］释慧皎：《高僧传》，汤用彤校注，汤一玄整理，中华书局，1992 年，第 15、18、498、507 页。

　　② 刘玉红：《变文的发生发展和演变与中印文化的交融》，载《暨南学报（人文科学与社会科学版）》2004 年第 3 期

　　③ ［宋］刘敬叔：《异苑》，范宁校点，中华书局，1996 年，第 48 页。

　　④ ［唐］释道世著，周叔迦、苏晋仁校注：《法苑珠林校注》，中华书局，2003 年，第 1171 页。

国民间音乐和语言文字的相互融合之路，从而促进了唐前佛教说唱文学样式的形成与发展。如《乐府诗集》卷七八收录有齐王融《法寿乐歌》12 首，题目分别为歌本处、歌灵瑞、歌下生、歌在宫、歌田游、歌出国、歌得道、歌宝树、歌贤众、歌学徒、歌供具、歌福应①。其乐谱虽已亡佚，但从其五言八句的整齐形式、歌咏佛祖事迹的文本内容看，这 12 首乐歌显然与曹植创制的鱼山梵呗一脉相承，也是在汉语音调基础上创制而成的华声梵呗。此外，《隋书·音乐志》记载：梁武帝萧衍"既笃敬佛法，又制《善哉》《大乐》《大欢》《天道》《仙道》《神王》《龙王》《灭过恶》《除爱水》《断苦轮》等十篇，名为正乐，皆述佛法。又有法乐童子伎、童子倚歌梵呗，设无遮大会则为之"②。这"皆述佛法"的 10 首"正乐"，应该也是配有汉语歌辞的华声梵呗。这些华声梵呗的创制，开启了中国佛曲的杂糅华梵、大胆创新之路。因而南宋沈瀛在其侑酒词《减字木兰花·头劝》上阙中说："酒巡未止。先说一些儿事喜。别调吹风。佛曲由来自普通。"③ 这里的普通，是梁武帝萧衍的年号，可见沈瀛以为中国佛曲产生于梁武帝时期。

另一方面，自传入中国之初，佛教就借助吟唱梵呗这种为广大民众喜闻乐见的形式来宣传佛教义理。这种形式称为"作梵"。至唐时，"作梵"已广泛应用于斋会、讲经、行道等佛教仪式。如日僧圆仁著《入唐求法巡礼行记》卷一，记载了扬州开元寺于开成三年（838）十一月二十四日"堂头设斋"时的"作梵"仪式："施主僧等于堂前立。众僧之中有一僧打槌，更有一僧作梵，梵颂云：'云何于此经，究竟到彼岸。愿佛开微密，广为众生说。'音韵绝妙。作梵之间有人分经。梵音之后，众共念经，……次有一僧唱'敬礼常住三宝'，众僧皆下床而立，即先梵音师作梵，'如来色无尽'等一行文也。作梵之间，纲维令请益僧等入里行香。"这里的设斋仪式是在寺院举行的，仪式中"梵呗"是由专门的"梵音师"演唱，其所唱两段赞呗均出自前文提及的由六朝流传至今的三种"鱼山梵呗"，一是《云何呗》其二，一是《如来呗》其二；而且，二者均"音韵绝妙"，可见"梵音师"歌咏水平之高妙。《入唐求法巡礼行记》卷二还记载了当时寺院讲经仪式中

---

① ［宋］郭茂倩编：《乐府诗集》，中华书局，1998 年，第 1096—1098 页。
② ［唐］魏徵等：《隋书》卷一三，中华书局，1973 年，第 305 页。
③ 朱德才主编：《增订注释全宋词：第二卷》，文化艺术出版社，1997 年，第 647 页。

的作梵盛况："讲师上堂，登高座间，大众同音称叹佛名——音曲一依新罗，不似唐音。……时有下座一僧作梵，一据唐风，即'云何于此经'一行偈矣。至'愿佛开微密'句，大众同音唱云——'戒香、定香、解脱香'等颂。梵呗讫，讲师唱经题目，便开题。……讲讫，大众同音长音赞叹。赞叹语中有'回向'词。讲师下座。一僧唱'处世界如虚空'偈——音声颇似本国。"① 这里不时出现的"大众同音"，无论是"称叹佛名""长音赞叹"，还是"唱云——'戒香、定香、解脱香'等颂"，其实都是一种由专职僧人鼓乐伴奏和领唱、全体听众共同参与的"赞呗"活动。这种活动应是六朝梵呗的发展和变异，既具有止息喧乱、吸引听众的作用，也蕴含有迎合听众喜好的意味。

随着佛教"作梵"仪式在民间的普及，并经过历代西域、中原佛教徒的改革与创新，梵呗这种源自于古印度佛教的音乐文学样式，逐渐发展成熟为一种中国独有的佛教乐曲样式，为佛曲、转变、俗讲等隋唐佛教说唱艺术的形成，奠定了坚实的音乐基础。

(三) 唱导与讲经：佛教说唱文学的表演和形式依据

关于唱导，有学者以为，其"在天竺早已流行"，"乃是指赞唱导引"，但天竺的"赞唱导引"与六朝时的唱导"不是一回事"②。六朝的唱导，最早由梁释慧皎定义，据《高僧传》，可大致推知唱导艺术在中原大地的发展流变史：宋齐时期的唱导，以"宣唱法理，开导众心"为目的，起初与源自天竺的"赞唱导引"大同小异，也只是简单的"宣唱佛名，依文致礼"，即只是一种将吟唱佛名梵呗和诵说佛教义理及一些佛教仪式结合起来的简单活动；但后来，在慧远等人的努力下，唱导的内容慢慢丰富起来，由最初的"或杂序因缘，或傍引譬喻"，演变成为一种"先明三世因果，却辩一斋大意"的复杂样式③。据此也可推知，这种样式应已具有完整的故事情节和佛教认可的因果关系，且采用了吟唱梵呗与讲说故事相结合的表演形式。而该

---

① ［日］圆仁著，白化文、李鼎霞、许德楠校注：《入唐求法巡礼行记校注》，花山文艺出版社，1992年，第70、191—192页。

② 李小荣：《变文与唱导关系之检讨——以唱导的生成衍变为中心》，载《敦煌研究》1999年第4期。

③ ［梁］释慧皎：《高僧传》，汤用彤校注，汤一玄整理，中华书局，1992年，第521页。

样式中蕴藏的一些说唱作品的基本要素,与唐代成熟起来的因缘文,以及后世出现的弹唱因缘都应有一定的渊源关系。

此外,前引慧皎的《高僧传》还扼要记述了宋齐时的唱导艺术对表演者的基本要求:唱导表演者不仅要具有声、辩、才、博四能,而且要善于针对不同听众选用有效方式来演说佛家义理。唱导表演者面对的观众,有"出家五众""君王长者""悠悠凡庶""山民野处"等的不同,因此,表演时也就有"切语""苦陈""绮综成辞""直谈闻见""陈斥罪目"等区别。由此可推知,当时的唱导表演者虽未进行角色的外形扮演,但已开始了语言、腔调等因"时"、因"众"而异的有益尝试。

唐释道宣的《续高僧传》,则记录了稍后一段时期里唱导艺术的发展变化。首先,梁陈隋时涌现出一批专以唱导为业的唱导师,他们大多经过专门学习和勤奋历练,如当时白马寺"寺僧多以转读、唱导为业";而光宅寺释法云年轻时,"于《妙法华》研精累思,品酌理义,始末照览,乃往幽岩,独讲斯典。竖石为人,松叶为拂,自唱自导,兼通难解,所以垂名梁代"。其次,此时的唱导内容开始由单一的外来宗教文化转向本土文化,唱导者开始有意识地从中华传统文化中汲取养分,如光宅寺释慧明,喜从经史中寻找灵感,他表演时"听采经论,傍寻书史,捃掇大旨,不存文句","牵引古今,包括大致,能使听者欣欣,恐其休也";日严道场释善权,好从历代碑文中汲取养分,"每读碑志,多疏丽词","及登席列用,牵引喏之,人谓拔情";定水寺僧智凯,则"专习子史","今古集传,有关意抱,辄条疏之",并能在唱导时"广引古今皇王治乱济溺、得丧铨序,言无浮重,文极铺要"。最后,这一时期还出现了专门的《唱导法》,如隋东都上林园翻经馆释彦琮,"又为诸沙门撰《唱导法》,皆改正旧体,繁简相半,即现传习祖而行之"[1]。可见,这一时期的唱导表演,不仅有了专门的唱导师和独立的唱导法,而且开始汲取中华传统文化精粹,从一种源自于古印度佛教的宗教仪式逐渐演变成一种具有特定情节、且与中华本土文化相结合的、适用于多层次受众的表演艺术。这一表演样式的由萌芽而趋向成熟,无形中奠定了隋唐佛教说唱文学的表演基础。

---

[1] [唐]释道宣:《续高僧传》,见《大正新修大藏经》第50册,分见第50、53、378、382、384、17页。

　　讲经，是佛教传入中国后的传播途径之一。起初，它只是在寺庙举行的一种正规的传教活动，由高僧或女尼登座诵读和讲解佛经，因有"僧讲""尼讲"之别；听众则以寺院僧尼为主。最早的讲经者，今已无考；但宋释赞宁以为，三国时高僧朱士行（203—282）是最早的僧讲者：朱士行"曹魏时讲道行经，即僧讲之始也"①。后来，只讲不唱的讲经逐渐与有说有唱的唱导艺术结合，形成了有说有唱的表演样式。如梁慧皎撰《高僧传》时，设专门章节分别记载当时知名的讲经师和唱导师事迹；至唐道宣作《续高僧传》时，则将讲经和唱导合并为一章，这就充分证明：当时的讲经与唱导艺术已经合而为一②。而且，至晚唐时，寺院讲经仍须在专门讲堂和特定时间进行，但已分化出僧讲、尼讲之外的"俗讲"。如日僧圆珍（814—891）记载：

　　　凡讲堂者，未审西天样图。若唐国堂，无有前户，不置佛像，亦无坛场及以床座。寻其用者，为年三月俗讲经，为修废地堂塔，劝人觅物以充修饰，例如余国知议矣。讲了，闭之以荆棘等；若无讲时，不开之。言讲者，唐土两讲：一俗讲，即年三月就缘修之，只会男女，劝之输物，充造寺资，故言俗讲（僧不集也云云）；二僧讲，安居月传法讲是（不集俗人类也；若集之，僧被官责）。③

　　可见当时的讲经活动都在寺院专设的讲堂中举行，而且俗讲只在每年三月举行，僧讲则在僧人安居时举行。此外，晚唐时的僧讲一般配有极为严格的特定程序。如日僧圆仁（793—864）所载当时山东赤山禅院的僧讲程序如下：（1）讲经师登座，"大众同音称叹佛名"；经师坐定后，僧众还要唱"戒香、定香、解脱香"等颂；（2）开题讲经，先由讲师"唱经题目"，并总述经题大意；再由"论义者"发问，讲师回答问题但不诘难发问者；最

---

　　①　［宋］赞宁：《大宋僧史略》卷上，《大正新修大藏经》第54册，第239页。
　　②　但也有学者认为唱导与俗讲"异名而同实"，如向达《唐代俗讲考》（载《文史杂志》1944年第9、10期合刊）。
　　③　［日］释圆珍：《佛说观普贤菩萨行法经记》卷上"重阁讲堂"条，见《大正新修大藏经》第56册，第227—228页。标点为笔者自加。

后，讲师再度"入文读经"；（3）讲师讲毕，下座出堂，大众"同音长音赞叹"①。这一固定的讲经程式，对讲经文、因缘文等佛教说唱文学开篇唱押座文、主体讲唱经文、结尾唱解座文的三段式叙事结构的生成，起到了相当大的限制作用。

可见，唱导的兴盛及其与讲经活动的合而为一，都为俗讲、转变等佛教说唱艺术的生成奠定了坚实的表演基础，也间接为佛教说唱文学的生成提供了形式依据。

（四）变相：变文生成的特殊要素

变文是现存隋唐佛教说唱文学的一种特殊样式，其特殊性既体现在文本上的图文并茂，也体现在表演上的看图讲唱。对于它的生成，20 世纪的学界一直存有争议。一种观点认为，变文是在中国传统文学基础上形成的一种土生土长的新兴文体，如程毅中认为，"变文作为一种说唱文字，远可以从古代的赋找到来源"②；王重民也说，变文"是在我国人民大众的文学创作中发展起来的，完全来自广大人民中间"③。另一种观点则认为，变文源自古印度传入中国的佛教，是外来成分为主的新兴文学样式。如周一良认为："变文者，'变相'之'文'也。……《历代名画记》《酉阳杂俎》等所记寺院壁画的'变'或'变相'，除一二不可考者外，都标明某某经变，知道是根据其中所说的事。也是变以绘事为主的证据。……（经变）原是有故事的画，后来为通俗起见，又抛去原来所据佛曲，再以当时文体重述画里的故事，于是就成了变文。"④ 近年来，一种将此二种观点合而为一的新看法，获得了越来越多研究者的认同。该观点认为，变文是我国传统文学样式在外来佛教文化影响下生成的新兴文体，它的"发展演化过程体现了佛教文化在

① ［日］圆仁著，白化文、李鼎霞、许德楠校注：《入唐求法巡礼行记校注》，花山文艺出版社，1992 年，第 191—192 页。

② 程毅中：《关于变文的几点探索》，见《文学遗产（增刊）》第 10 辑，作家出版社，1963 年。

③ 王重民：《敦煌遗书论文集》，中华书局，1984 年，第 187 页。

④ 周一良：《谈〈唐代俗讲考〉》，见周绍良、白化文主编《敦煌变文论文录》，上海古籍出版社，1982 年，第 161—162 页。

中国传统文化中的碰撞、自我调适与彼此交融"①。如张鸿勋说，变文"是在我国原有的叙事诗、讲故事传统形式基础上，吸收佛教讲经形式而嬗变产生的有民族特色的一种新型说唱文学形式"②；伏俊琏则以为，"变文源于上古时期中国看图讲故事的技艺，并且在佛教传入中国后，佛教借用这种形式诱导听众，宣传教义，因而促使其更加成熟与发展"③。无论持何种观点，都不能否认这一点：变文是一种建立在看图讲唱表演艺术基础上的佛教文学样式，它表演时需要一种特殊的辅助因素——变相。

变相，简称"变"，是古代对佛教绘画的统称。就内容而言，变相可分为佛教人物画和佛教故事画两类。前者指各种佛教神祇像，如佛祖像、菩萨像、天王像等。后者指演绎佛经故事的各种多幅连续画图，因又称图变或经变。其中主要是演绎佛陀及其弟子的传奇故事的，如佛陀本生图、佛陀行化图、佛陀涅槃图、毗椤竭梨王本生图、猴王本生图等；另有部分演绎佛经故事的，如裴孝源《贞观公私画史》收录的展子虔《法华变相》、张彦远《历代名画记》收录的吴道玄《金刚经》、董逌《广川画跋》收录的《西升经》等图；还有少数演绎其他佛教故事的，如董逌《广川画跋》收录的《地狱图》《玄奘取经图》《二祖调心图》等。变相的用途，李小荣概括为四种："追亡荐福""观想""醒世""辅助变文讲唱"④；其中，"辅助变文讲唱"虽非变相的主要作用，但却是刺激变文生成的一个必要因素。

据现代学者研究，变文表演是一种"看图讲唱故事"的艺术样式。一方面，现存敦煌写本中存在一些直接的实物证据，如 S. 3491《破魔变文》、P. 4524《破魔变文画卷》、北京 7707V《大目犍连变文》等，均有图有文。而《大目乾连冥间救母变文并图一卷并序》《汉八年楚灭汉兴王陵变一铺》二文的标题本身，更是变文有文有图的明证。有学者指出："敦煌变文的讲唱过程中，经常配合使用相关的变相画……S. 2614 的首题是'大目乾连冥间救母变文并图一卷并序'，其中的'并图'二字写上后似又涂去，可能是

①　刘玉红：《变文的发生发展和演变与中印文体的交融》，载《暨南学报（人文科学与社会科学版）》2004 年第 3 期。

②　颜廷亮主编：《敦煌文学概论》，甘肃人民出版社，1993 年，第 252 页。

③　伏俊琏：《上古时期的看图讲诵与变文的起源》，载项楚、郑阿财主编《新世纪敦煌学论集》，巴蜀书社，2003 年。

④　李小荣：《变文讲唱与华梵宗教艺术》，上海三联书店，2002 年，第 111—114 页。

抄录者抄录原来附图的变文后，因为没有临摹该图，所以又涂去'并图'二字。这一题记表明，讲唱此《目连变文》时，显然配合使用了相关题材的目连变相。"①

另外，今存与《降魔变文》相关的几件写本，可证明此变文表演时配以图画。如编号为 P.4524v 的《降魔变文》写本正面为六幅图，背面是与图画内容相应的六段唱词，其文本内容虽不全面，却也可作为变文是"看图讲唱故事"样式的例证之一。对 P.4524 号《破魔变文画卷》佚失部分的画面，李小荣进行了大胆的推测："变相图在变文讲唱中相当于情节单元，如 P.4524 号《降魔变文画卷并文》中描绘舍利弗与六师斗法，共有六个回合，与之相应配有六幅变相。第一回合是金刚杵智破邪山，第二回合是师子降水牛，第三回合是六牙象王破七宝池，第四回合是金翅鸟破毒龙，第五回合是毗沙门破黄头鬼，第六回合是巨风破双树。"②

另一方面，现存敦煌文献中还保存了一些变相须"辅助变文表演"的其他证据。如《汉将王陵变》中"二将辞王，便往斫营处，'从此'一铺，便是变初"；《王昭君变文》中"上卷立铺毕，此入下卷"③，都提及的"铺"，应是变文表演展示变相图时所用的专门术语。而许多变文写本中随处可见的"且看……处，若为陈说""当……时，有何言语"等字样，应是变文表演者提醒观众观看相关图画时所用之语，也是变文表演是"看图讲唱故事"艺术样式的又一有力佐证。因此，李小荣说："变相为视觉艺术，变文讲唱为时间艺术，……正是由于两者的结合，才使变文讲唱在唐五代家喻户晓，成为释家最通俗、最有效的艺术。"④

此外，现存唐人文献中也有零星的佐证。如唐人吉师老《看蜀女昭君变》诗中"画卷开时塞外云"、李贺《许公子郑姬歌》"长翻蜀纸卷明君"等语，显然也是当时民间转变表演配有图画的有力佐证，只不过此时的图画已不局限于佛教变相图。再如今敦煌莫高窟壁画中，许多标有"……处"的榜题，这些榜题有的也与当时流传的变文、因缘文等相符。如第 76 窟的

---

① 于向东：《敦煌变相与变文研究评述》，载《艺术百家》2010 年第 5 期。另可参阅其《敦煌变相与变文研究》（甘肃教育出版社，2009 年）。

② 李小荣：《变文讲唱与华梵宗教艺术》，上海三联书店，2002 年，第 118—119 页。

③ 黄征、张涌泉校注：《敦煌变文校注》，中华书局，1997 年，第 66、157 页。

④ 李小荣：《变文讲唱与华梵宗教艺术》，上海三联书店，2002 年，第 128 页。

"太子六年苦行处""太子雪山落发处"等，可与《悉达太子修道因缘》配合阅读。

综上可知，佛教变相图在隋唐时期的兴盛，无形中也为变文等图文并茂的叙事类佛教说唱文学样式的生成提供了助力。

（五）俗讲、转变和说话：佛教说唱文学成熟的摇篮

隋唐五代，是我国古代佛教说唱文学的发展成熟期。其成熟标志，即是今敦煌文献中的佛曲、变文、讲经文、话本等多种文本样式；其成熟基础，则与该时期成长起来的俗讲、转变、说话等民间说唱艺术息息相关。

俗讲是从六朝讲经艺术中分离出来的一种民俗艺术。佛教传播者很早就认识到：只有将佛教义理与广大听众的喜好结合起来，才能招徕更多的善男信女，实现讲经传教的最终目的。因此，自佛教传入中原大地之日起，严肃的讲经活动就开始主动吸纳中华民间通俗娱乐活动的精髓。至唐朝初年，原本严肃的寺院讲经活动已分化为二：在相对严肃的"僧讲"之外，衍生出这种更为广大民众喜爱的通俗样式——俗讲。所谓俗讲，"其实是指唐、五代时期一种在三长月举行的劝人施财输物的佛教法会"①，其听众主要是普通的善男信女，如前引日僧圆珍文中所记之"只会男女，劝之输物，充造寺资"②。另据编号为 P.3849vc、S.4417 的敦煌写卷，俗讲与僧讲在仪式上并无多大出入。俗讲的演讲场地也以寺院为主，也以寺院讲经师为主讲者，但采用了更为民众喜闻乐见的类似于戏曲的搬演方式，内容也由深奥的佛教义理转向通俗易懂的佛教故事，兼及广泛流传的民间故事和历史故事。

唐代贞观年间，俗讲在民间广为流传，甚至出现了普通民众因听俗讲而皈依佛门的故事。如韩愈《华山女》诗中如此描写当时长安城中的讲经盛况："街东街西讲佛经，撞钟吹螺闹宫庭。广张罪福恣诱胁，听众狎恰排浮萍。"《续高僧传》则载，释善伏俗姓蒋，自幼"聪敏"，贞观三年（629）被刺史特"追充州学"，但在州学期间他却"日听俗讲，夕思佛义"，最终"逃隐出家"③。同时，侧重于以娱乐大众而达到传教目的的俗讲活动，还得

---

① 侯冲：《俗讲新考》，载《敦煌研究》2010 年第 4 期。

② ［日］释圆珍：《佛说观普贤菩萨行法经记》，见《大正新修大藏经》第 56 册，第 227 页。

③ ［梁］释道宣：《续高僧传》，见《大正新修大藏经》第 50 册，第 602、603 页。

到过唐代官方的明确支持。日僧圆仁即多次提及官方"敕"命寺院开俗讲之事，如开成六年正月九日，改为会昌元年，"敕于左右街七寺开俗讲"，其中"会昌寺令内供奉三教讲论赐紫引驾起居大德文溆法师讲《法花经》"；会昌元年九月一日，"敕两街诸寺开俗讲"；会昌二年正月一日，命"诸寺开俗讲"，五月"奉敕开俗讲。两街各五座"①。随着民间俗讲的兴盛，一些专长于此技的僧人也应运而生。如唐段成式《酉阳杂俎》载，长安平康坊菩萨寺"佛殿内槽东壁维摩变，舍利弗角而转睐。元和末，俗讲僧文溆装之，笔迹尽矣"②。文溆，也就是前引日僧圆仁提及的集"内供奉、三教讲论、赐紫、引驾起居大德"众称号于一身的会昌寺法师文溆；唐段安节《乐府杂录》称其为"文叙"，并说他"善吟经，其声宛畅，感动里人"③；宋赵璘以为，文溆的俗讲"假托经纶所言，无非淫秽鄙亵之事"，但其讲经场面异常火爆："愚夫冶妇，乐闻其说，听者填咽。寺舍瞻礼崇奉，呼为和尚。"④ 综此可推知，至唐元和、长庆年间，俗讲已成为较受民众欢迎的讲经样式；其内容，也由最初的讲"经文"向讲"俗文"转变，今存敦煌文献中的讲经文、因缘文以及部分变文，如《父母恩重经讲经文》《佛说观弥勒菩萨上生兜率天经讲经文》《悉达太子修道因缘》《破魔变文》等，都有可能是当时俗讲师们使用的底本。

转变，是随着隋唐佛教兴盛而成熟起来的另一种民间说唱艺术，其成熟时间甚至比俗讲还要早。《太平广记》卷二六九所引《谭宾录》载，唐天宝十至十三年（751—754）间，杨国忠任剑南召募使，为征召"远赴泸南"的差役，"乃设诡计，诈令僧设斋，或于要路转变，其众中有单贫者，即缚之，置密室中，授以絮衣，连枷作队，急递赴役"⑤。唐郭湜《高力士外传》则载：上元元年（760）七月，已经交出皇权的唐玄宗，每日"与高公亲看

① ［日］圆仁著，白化文、李鼎霞、许德楠校注：《入唐求法巡礼行记校注》，花山文艺出版社，1992年，第369、393、395、403页。
② ［唐］段成式：《酉阳杂俎》，方南生点校，中华书局，1981年，第252页。
③ ［唐］段安节：《乐府杂录》，见《中国文学参考资料小丛书：第一辑》，古典文学出版社，1957年，第40页。
④ ［唐］赵璘：《因话录》，见［唐］李肇等《唐国史补 因话录》，上海古籍出版社，1979年，第94页。
⑤ ［宋］李昉等编：《太平广记》，中华书局，1961年，第2109页。

扫除庭院，芟薙草木。或讲经、论议、转变、说话"①。这两则资料虽都简
单提及"转变"一词，但已可反映出：此技艺当时已为民间和宫廷喜爱，
且其形成和流行时间要早于俗讲，其表演地点也远比俗讲宽泛。至中晚唐，
源自佛教《佛说盂兰盆经》的目连变故事，已成为转变艺人经常搬演的节
目。如唐孟棨《本事诗》记载，诗人张祜初次拜见白居易，白调侃其诗为
"款头诗"，张答曰"祜亦尝记得舍人目连变"，并解释说："'上穷碧落下黄
泉，两处茫茫皆不见'，非目连变，何耶？"② 同时，转变表演在当时极受民
众欢迎，其表演者、表演内容等也都有所改变。如晚唐诗人吉师老《看蜀女
转〈昭君变〉》诗中写道："妖姬未着石榴裙，自道家连锦水濆。檀口解知
千载事，清词堪叹九秋文。翠眉颦处楚边月，画卷开时塞外云。说尽绮罗当
日恨，昭君传意向文君。"③ 可见，此次表演者为年轻貌美、口齿伶俐、技
艺娴熟的"蜀女"，表演内容则为源自中华传统民间故事的《昭君变》。因
此，有学者以为，"转变"一艺，以"歌咏奇异故事"为主，其演唱者由民
间艺人、俳优艺人、和尚艺人组成，其故事底本是以《昭君变》《后土夫人
变》等为代表的"××变"，搬演地点则囊括了宫廷、宅府、寺院、要路以及
专门的"变场"等④。另外，今存敦煌文献中的"××转"格式，如 S. 6103b
《荷泽和尚五更转》、S. 2454《维摩五更转》、P. 2483v《太子五更转》等套
曲，应该也是隋唐转变艺人常用的表演底本。

　　此外，前引唐郭湜《高力士外传》中提及的"说话"，也是随着唐代寺
院娱乐文化繁荣而流行起来的又一种面向世俗大众的说唱艺术。它与"生存
于唐代寺院之外的杂戏'市人小说'"不完全相同，"是从寺院兴起的"，
"从词源与伎艺上均源于佛教的流播及寺院的口头叙事"⑤。也就是说，说话
与转变"是并行的讲唱伎艺，并不存在先后的因果关系"⑥。说话的成熟和

---

　　① 吴曾祺编：《旧小说》乙集一，上海书店 1985 年，第 123 页。
　　② ［唐］孟棨：《本事诗（外一种）》，古典文学出版社，1957 年，第 23 页。
　　③ ［唐］吉师老：《看蜀女转〈昭君变〉》，见《全唐诗》第 22 册，中华书局编辑部点校，中华
书局，1960 年，第 8771 页。
　　④ 曲金良：《变文的讲唱艺术——转变考略》，载《敦煌学辑刊》1959 年第 2 期。
　　⑤ 宋常立：《唐代都市世俗娱乐场所与"说话"的兴起——兼论唐代"市人小说"并非宋代
"说话"之先声》，载《河北学刊》2015 年第 1 期。
　　⑥ 程千帆、吴新雷：《两宋文学史》，上海古籍出版社，1991 年，第 563 页。

盛行时间，至晚应在中唐时期。如中唐诗人元稹《酬翰林白学士代书一百韵》诗中，有"光阴听话移"一句，并自注说："又尝于新昌宅说一枝花话，自寅至巳，犹未毕词也。"① "听话"即听艺人表演说话伎艺，"一枝花话"则是说话艺人表演的故事的名字。宋人曾慥则以为，《汧国夫人传》"旧名一枝花"②。而《汧国夫人传》是后人对元稹友人白行简创作的传奇小说《李娃传》的别称，因此可大胆推测："一枝花话"是民间说话作品，至唐元稹（799—831）、白行简（776—826）时已发展成熟，《李娃传》的写作应是受到了它的影响。而现存敦煌文献中，那些明确标记为"……话""……话本"的，如《庐山公远话》《韩擒虎话本》等，应都是当时"说话"表演的底本，即"话本"。就抄写时间而言，此类作品都远晚于"一枝花话"，如《庐山远公话》原卷末尾题有"开宝伍年（972）张长继书记"字样，说明其抄录于北宋初年。但就其成熟程度推断，这些作品的形成时间，当与"一枝花话"相近，其成熟时间至迟则不会超过晚唐时期。

由此可见，俗讲、转变和说话，都是伴随着佛教的兴盛而成熟起来的说唱艺术样式；它们的表演内容，在盛唐及以前还以佛教故事为主，至中晚唐时期则扩展至中华民间传说、历史故事等多个方面。而这些民间说唱艺术在中晚唐时期的兴盛，"标志着寺院佛事活动向通俗化'转变'，即由面向社会上层转向面向庶民，这与中晚唐文化因庶民娱乐需求的形成而趋向通俗化是一致的，是中唐寺院经济形态变革而不得不转变的产物"③。

总之，在前述诸多因素的相互作用下，隋唐五代时期，我国的佛教说唱文学逐渐形成了以变文、话本、佛曲为代表的三类较为成熟且异域色彩鲜明的文体样式。

二、佛教说唱文学的发展演变

一般说来，在佛教发展的"极盛时期"——隋唐时期④，佛教说唱文学

---

① ［唐］元稹：《元氏长庆集》，上海古籍出版社，1994 年，第 55—57 页。
② ［宋］曾慥编纂，王汝涛校注：《类说校注》卷二八，福建人民出版社，1996 年，第 837 页。
③ 曹胜高：《会昌前后僧俗关系的变化与文学之"转变"》，载《济南大学学报（社会科学版）》2009 年第 6 期。
④ 汤用彤：《隋唐佛教史稿》，北京大学出版社，2010 年，"绪言"第 1 页。

的三大类别，即以变文、讲经文、因缘文为代表的有说有唱的讲唱文学，以话本为代表的有说有诵却不唱的说话文学，以偈颂和民间佛教曲子词为代表的只吟唱而不讲说的吟唱文学，基本发育成熟。此后，佛教说唱文学的三大类别基本沿袭各自传统发展演变，但时有交互影响，衍生出目连戏、西游戏、宝卷、讲经话本、经歌、佛曲小调等诸多新兴样式，并在明清时期达到了其发展的第二个高峰。今存明清宝卷和仍在各地流传的目连戏、西游戏、《西游记》评书、经歌、佛曲等，显示了佛教说唱文学曾经的繁荣和强大生命力。

（一）从敦煌变文到宝卷和目连戏

从前引唐韩愈《华山女》、吉师老《看蜀女昭君变》、李贺《许公子郑姬歌》等诗以及唐孟棨《本事诗》、日僧圆仁《入唐求法巡礼行记》等作品可知，有唐一代，俗讲是最受民间欢迎的说唱表演艺术。作为俗讲艺术主要底本的变文，自然成为这一时期佛教讲唱文学的重中之重。因此，此处仅以变文为代表论述隋唐佛教讲唱文学的发展演变，而对与变文文类大致相似的讲经文、因缘文等则从略。

"变文"的命名，始自郑振铎先生①；迄今，这一名称已获学界公认。对敦煌变文的汇编、校注工作，大约始自周绍良先生编、上海出版公司1954年印制发行的《敦煌变文汇录》。此后，《敦煌变文集》②《敦煌变文集新书》③《敦煌变文集补编》④《敦煌变文选注》⑤《敦煌变文校注》⑥等先后出版，基本奠定了变文研究的文本和文献学基础。不过，对于这些文集所收之作是否全为变文，学界一直争论不休。这一争论其实反映了关于"变文"概念内涵和外延的分歧，张淑乐曾将其概括为八种观点⑦。比较这八种观点

---

① 详见郑振铎《敦煌的俗文学》，载《小说月报》1929年第20卷第3号。但现代学界普遍认为：首次提及"变文"之名的是胡适的《白话文学史》（商务印书馆，1928年，第167页），只是他并非有意识地将其作为一种独立文体之名。

② 王重民等编：《敦煌变文集》，人民文学出版社，1957年。

③ 潘重规编：《敦煌变文集新书》，台湾文津出版社，1994年。

④ 周绍良等编：《敦煌变文集补编》，北京大学出版社，1989年。

⑤ 项楚选注：《敦煌变文选注》，巴蜀书社，1990年。其增订本由中华书局于2006年出版。

⑥ 黄征、张涌泉校注：《敦煌变文校注》，中华书局，1997年。

⑦ 张淑乐：《敦煌变文研究综述》，载《黑龙江史志》2009年第16期。

可以发现，大家基本认可这样的界定：变文是一种兴起于唐代的韵散交错行文的通俗文学样式，有广义、狭义之分。广义变文泛指敦煌发现的所有说唱文学写本，如台湾学者潘重规指出："变文是一时代文体的通俗名称，它的实质便是故事；讲经文、因缘、缘起、词文、诗、赋、传、记等等，不过是它的外衣。"① 但这种广义概念过于宽泛，难以得到学界的广泛接受。当前学界较为认可的，是变文的狭义概念。该概念仅以敦煌文献中那些衍生自佛教经籍、题名或正文中明确标示有"变""变文"等字样的叙事类讲唱文学写本，这类作品主要用作说唱艺人现场表演的底本，在内容上，可"分成两大类：一类是讲唱佛经和佛家故事的，一类是讲唱我国历史故事的"，其中"讲唱佛经和佛家故事的"，又可划分为三种："一是按照佛经的经文，先作通俗的讲解，再用唱词重复地解释一遍；二是讲释迦牟尼太子出家成佛的故事；三是讲佛弟子和佛教的故事。"② 本节所论，即是这种广为接受的狭义变文。

变文是一种特殊的佛教讲唱文学样式。这一特殊性在表演上主要体现为必须配备一定的变相图，在文本上则体现为有图有文的图文并茂版式。因而可以说，变文表演是一种独特的"看图讲唱故事"样式。这一表演特色，使得变文与讲经文、因缘文等行文特色相类的佛教讲唱文学明显区分开来。对于这种"配有图画而散韵相兼地说唱故事"的说唱样式的生成，美国学者梅维恒以为：它"是在印度出生的，由佛教化的伊朗族'伯父'和突厥族'伯母'培养长大，最后由中国'双亲'收养"③。但需指出的是，图文相配的说唱艺术或许真的成熟于古印度，但并不能因此而全面否定中华本土文化在变文生成进程中的作用，因为图文相配的文本样式早在中国的先秦时期即已出现。如《孔子家语·观周》载："孔子观乎明堂，睹四门墉，有尧舜之容，桀纣之像，而各有善恶之状，兴废之诫焉。"④ 这里的"尧舜之容，桀纣之像"，显然指绘制于明堂墙壁的古帝王之像，"兴废之诫"则极有可能指题写于画像旁边的文字内容。这种有图有文字的壁画样式，至两汉时期

① 潘重规编：《敦煌变文集新书》，台湾文津出版社，1994 年，第 1317 页。
② 王重民：《敦煌变文研究》，见《敦煌遗书论文集》，中华书局，1984 年，第 175 页。
③ ［美］梅维恒：《绘画与表演——中国的看图讲故事和它的印度起源》，王邦维、荣新江、钱文忠译，燕山出版社，2000 年，第 72 页。
④ 《孔子家语》，王国轩、王秀梅译注，中华书局，2009 年，第 90 页。

流传更广，如今存山东武梁祠的屋顶图画中有白鱼图，其旁题曰"白鱼，武王渡孟津，入于王舟"①。而湖南长沙子弹库出土的战国楚帛书，则是较为成熟的图文相配文本实物。其文本正中"是书写方向互相颠倒的两大段文字"，"四方交角用青、赤、白、黑四木相隔，四周是作旋转状排列的十二段边文"，"每段各附有一神怪图形"，其阅读顺序"应以上冬、下夏、左秋、右春为正"，"而边文十二段则是以代表春正月的'取子下'章为始"②。另如《管子》中的《幼官图》，应是"与《幼官篇》文字相配的图画"，"也就是说，'幼官图'是一幅图文并茂的图画，画面上在东、西、南、北四方对称地绘有某种图景，四幅画面环绕的中央和画面的四周，则书写着文字"③。这种中间为文、四周环绕以图文的文本方式，与长沙子弹库出土的帛书极为相似。至两汉时期，这种图文相配的文本方式在《山海经》中仍有残存，并出现了《列女传颂图》、"《吴孙子兵法》八十二篇，《图》九卷"④ 等图文相配的专书；至魏晋时期，还形成了"图诗""画赞"等新兴图文样式。可见，中国古籍这种图文相配的文本样式对敦煌变文的"看图讲唱故事"形式应有一定的作用。而随着雕版印刷技术的成熟和变文讲唱艺术的兴盛，这种图文并茂的文本样式自两宋时始广为流传。如宋刻典籍中出现了大量的"纂图"本，元时出现了图文对照的《全相三国志平话》《全相武王伐纣平话》等插图小说文本样式。明清书籍的图文样式更加丰富，"纂图""全相""绣像"等应有尽有，通俗读物中的图文相配模式更趋成熟，如"现存明版的《水浒传》和《三国演义》中有插图200多幅，崇祯四年刊印的《隋炀帝艳史》有插图80幅"⑤。

变文的特殊性还体现在它表演时仍遵循了最初的俗讲艺术中某些特定的宗教程式，因而形成了一种特定的叙事模式。关于隋唐时期的民间俗讲程序，今存敦煌文献中有不少记载。如敦煌写卷 S.4417 如此记载《温室经》的开讲程式："夫为俗讲，先作梵；了，次念菩萨两声，说押座；了，素旧

---

① 巫鸿：《武梁祠：中国古代画像艺术的思想性》，三联书店，2006 年，第 260 页。

② 李零：《长沙子弹库战国楚帛书研究》，中华书局，1985 年，第 29—30 页。

③ 刘宗迪：《失落的天书：〈山海经〉与古代华夏世界观》，商务印书馆，2006 年，第 246、253—254 页。

④ ［汉］班固撰，［唐］颜师古注：《汉书》卷三〇，中华书局，1962 年，第 1727、1756 页。

⑤ 任映艳：《敦煌讲唱文学对后世通俗小说的影响》，载《社科纵横》2006 年第 10 期。

（唱）《温室经》，法师唱释经题；了，念佛一声；了，便说开经；了，便说庄严；了，念佛一声，便一一说其经题字；了，便说经本文；了，便说十波罗蜜等；了，便念佛赞；了，便发愿；了，便又念佛一会；了，便回向、发愿、取散。"[1] 由此可知，俗讲的程式大致如下：作梵—说押座文—唱释经题—唱经与说经交错进行，间杂大众同声念佛赞佛—施主发愿回向—宣布散场。这与佛教讲经仪式大致相似，因而隋唐变文也就形成了一套与讲经文大致相似的叙事结构和行文模式，即：以押座韵文开场后，采用韵散交错、且在韵散转换时有专语提示的行文模式叙述故事，最后再以解座韵文收束全文。这种叙事结构和行文模式对后世话本、杂剧、宝卷等叙事类说唱文学都产生了深远的影响。

不过，由于北宋初期的统治者在周世宗柴荣限制佛教发展的基础上，基本采取了保存利用但限制其发展的佛教政策，佛教讲经、俗讲等说唱艺术在历经唐末五代的鼎盛之后走向衰亡。依托于俗讲艺术的变文等佛教叙事类讲唱文学也日益衰落，但其开创的看图讲唱故事样式，并未就此消亡。如方立天说："北宋真宗赵恒皇帝明令禁止变文流行，佛教寺院里讲唱变文之风由此熄灭。但是它在民间又以其他方式重苏。"[2] 其有说有唱地铺叙佛教故事的模式，被两宋民间杂剧表演艺术直接承袭。如《东京梦华录》记载：在北宋都城汴京，每逢农历七月，"构肆乐人，自过七夕，便般《目连救母》杂剧，直至十五日止，观者倍增"[3]。就剧目名称和表演时间而言，这里的"《目连救母》杂剧"显然承袭自敦煌变文《大目乾连冥间救母变文并图一卷并序》。由此记载亦可知，北宋民间即已形成了于每年农历七月的盂兰盆节期间搬演目连杂剧的习俗，该习俗直接催生了后世的"目连救母"系列戏曲作品。如明清时期，民间讲唱类作品有《目连救母三世宝卷》《目连救母出离地狱升天宝卷》等作品，文人讲唱类作品则有明郑之珍撰《新编目连救母劝善戏文》、清宫内廷编定于乾隆年间的《劝善金科》。尤值一提的是，"目连戏"在文化生活极为匮乏的时期极受民众欢迎。如明万历年间文人张岱记载：

---

① 王重民等编：《敦煌变文集》，人民文学出版社，1957年，第834页。标点为笔者自加。
② 方立天：《中国佛教与传统文化》，上海人民出版社，1988年，第330页。
③ ［宋］孟元老等：《东京梦华录（外四种）》，古典文学出版社，1956年，第49页。

余蕴叔演武场搭一大台，选徽州旌阳戏子，剽轻精悍，能相扑跌打者三四十人，搬演目连，凡三日三夜。四围女台百什座。戏子献技台上，如度索舞絙、翻桌翻梯、筋斗蜻蜓、蹬坛蹬臼、跳索跳圈、窜火窜剑之类，大非情理。凡天神地祇、牛头马面、鬼母丧门、夜叉罗刹、锯磨鼎镬、刀山寒冰、剑树森罗、铁城血澥，一似吴道子《地狱变相》，为之费纸札者万钱。人心惴惴，灯下面皆鬼色。戏中套数，如《招五方恶鬼》《刘氏逃棚》等剧，万余人齐声呐喊，熊太守谓是海寇卒至，惊起，差衙官侦问，余叔自往复之，乃安。①

徽州戏班演出的目连戏为时可达"三日三夜"，道具种类繁多且逼真，"一似吴道子《地狱变相》"；演员演技高超，以致搬演至"《招五方恶鬼》《刘氏逃棚》等剧"时，引得万余观者"齐声呐喊"，观众们震天的呐喊声致使太守误以为"海寇卒至"。这该是何等壮观的演出场面！至今读来，仍令人浮想联翩。而明清时期民间目连戏的流传盛况，由此亦可窥见一斑。此外，在明清目连宝卷、目连戏等的影响下，民间还衍生出以讲唱为主的各种搬演目连故事的折子戏，俗称"打目连"，如《男吊》《女吊》《双下山》《哑背疯》《调无常》《王婆骂鸡》《定计化缘》等。这些折子戏至今仍在徽剧、川剧、昆曲、黄梅戏、花鼓戏等地方剧种中盛演不衰。

除了盛极一时的"目连戏"，元杂剧12科中的"神头鬼面"、金院本中的"和尚家门"等，都应是宋元时期佛教讲唱文学的新品异种。如元钟嗣成《录鬼簿》中，记录了孔文卿《地藏王证东窗事犯杂剧》的副题"何宗立勾西山行者，地藏王证东窗事犯"；并说该剧意在"明善恶，劝化浊民"②。而据《元曲选外编》③可知，该剧搬演的是虞侯何宗立魂魄至阴间看到因陷害岳飞而受罚的秦桧夫妇、还魂后劝说君主的故事，宣讲的全是佛教因果业报观。另如元杂剧中的郑廷玉《布袋和尚忍字记》、刘君锡《庞居士误放来生债》、李寿卿《月明和尚度柳翠》以及佚名的《龙济山野猿听经》《二郎神射锁魔镜》《观音菩萨鱼篮记》等，以及金人院本中的和曲院

---

① ［明］张岱：《陶庵梦忆》，上海书店，1982年，第47—48页。
② ［元］钟嗣成等：《录鬼簿（外四种）》，上海古籍出版社，1978年，第21—32页。
③ 隋树森编：《元曲选外编》，中华书局，1959年，第405—415页。

本《月明法曲》、和尚家门《坐化》《秃丑生》《窗下僧》等作品，仅据题目即可推断其为佛教题材。

真正全面继承并发展了隋唐变文的讲唱样式的，是宋元时期即已萌芽、明清时期才发展成熟起来的宝卷。周绍良认为："宝卷、弹词之类民间通俗作品，即'变文'之嫡派儿孙。"①梅维恒则说："宝卷是一些劝世的通俗故事，它自元代以后开始出现，具有典型的印度的韵散结合形式，主题与佛教有关，它被学者们普遍地认为，是从变文发展而来的。"并推论指出，"从9世纪的敦煌变文和20世纪的河西宝卷之间在形式和内容上明显的一致来判断，它们或许都是同一个大众化的说唱故事的佛教传统的互有关系的两个代表"②。可见，这种讲唱文体与敦煌变文间有着千丝万缕的关系。

宝卷是明清时期盛行的一种佛教说唱艺术——宣卷的底本。宣卷"又称'念卷'、'说经'、'说因果'、'说佛法'、'唱佛曲'（均见《金瓶梅词话》）"，"是一种由僧尼以通俗说唱来劝善化俗的宗教宣传活动，以讲解经义、叙述佛经活动为内容，听众多为佛教信徒"；因此，宝卷"又有'经'、'宝经'、'宝忏'、'科仪'等异名（均见《破邪详辨》）"③。可惜的是，关于宝卷宣讲情况的资料，仅零星散存于当时的世情小说和文人诗词中。记载最多的，当是《金瓶梅》及其续集系列小说。如《金瓶梅》第39回详写吴月娘等人听薛姑子宣讲《五祖黄梅宝卷》，第82回详写陈经济与吴月娘等人听宣《红罗宝卷》；另有多回提及宣卷之事，如第51回薛姑子"演颂《金刚科仪》"，第74回吴月娘请了"《黄氏女卷》来宣"，等等。这里的《五祖黄梅宝卷》《红罗宝卷》《金刚科仪》《黄氏女卷》等，都是当时极受欢迎的宣卷篇目，至今仍有文本存世；其中，《红罗宝卷》的全称是《佛说杨氏鬼绣红罗化仙哥宝卷》，所用曲牌、曲调等大多来自唐五代时佛曲《南宗赞》《苏莫遮》等，由此可见其与佛教之关系。此外，文人诗词也有提及宣卷事宜者，如清嘉庆、道光年间程寅锡创作的这首《吴门新乐府·听宣卷》：

　　① 周绍良编：《敦煌变文汇录》，上海出版公司，1954年，第14—15页。
　　② ［美］梅维恒：《绘画与表演——中国的看图讲故事和它的印度起源》，王邦维、荣新江、钱文忠译，燕山出版社，2000年，第9、12页。
　　③ 刘光民编著：《古代说唱辨体析篇》，首都师范大学出版社，1996年，第384页。

　　听宣卷，听宣卷，婆儿女儿上僧院。婆儿要似妙庄王，女儿要似三公主。吁嗟乎！大千世界阿弥陀，香儿烛儿一塔拖。①

　　曲子描写的是19世纪初江南地区妇女听宣卷的热闹情景。其中，"妙庄王""三公主"都是《香山宝卷》中人物，由此可见《香山宝卷》在当时的巨大影响力；而妇女们老幼相携、燃香点烛、念佛许愿的虔诚场面，不得不让人钦佩佛教宣卷艺术的强大感染力。

　　就内容而言，今存明清宝卷可分为讲唱佛经故事的和讲唱民间故事的两大类。其中，讲唱佛教故事的又可分为两种：一种讲唱佛教人物故事，除前述讲唱目连救母故事的目连宝卷外，另有相传为北宋普明禅师创作、讲唱观音菩萨成道故事的《香山宝卷》，讲唱佛祖释迦牟尼出家成佛故事的《雪山宝卷》，讲唱鱼篮观音救世故事的《鱼篮宝卷》，等等；另一种讲唱普通民众的持斋修行、诚心向佛故事，如今存于牛津大学的《立愿宝卷》《刘香宝卷》《潘公宝卷》《庞公宝卷》《白侍郎宝卷》等。讲唱民间故事的，则有《药名宝卷》《白蛇宝卷》《梁山伯宝卷》《珍珠塔宝卷》《孟姜仙女宝卷》等多篇。近30年来，明清宝卷的整理出版工作已引起学界关注，目前已出版有《中国民间宝卷文献集成·江苏无锡卷》（商务印书馆，2014年）、《中华珍本宝卷》第一辑（社会科学出版社，2012年）和第二辑（社会科学文献出版社，2014年）、《中国宗教历史文献集成——民间宝卷》（黄山书社，2005年）、《宝卷初集》（山西人民出版社，1994年）等多种汇编之作，从而奠定了研究和了解明清佛教讲唱文学的文本基础。

　　另需特别指出的是今存明清宝卷中的《先天元始土地宝卷》。该卷写玉帝代表的统治力量与妄想私上天廷的民间小神土地发生争斗而佛祖凭借无边法力帮助玉帝擒杀土地的故事。单就内容而言，它敷演的是道教故事，应非纯正意义上的佛教题材说唱文学，但其以四言韵语、五言诗句与散言相互交错、反复铺叙的行文方式，显然与早期佛教说唱文学一脉相承，而且其中洋溢着浓郁的佛教义理观。如下引《问佛因由品》中的这一段：

---

① ［清］张应昌编：《清诗铎》，中华书局，1960年，第903页。

玉帝灵山把佛问，佛说："混沌劫数长。无极分化天和地，土生土长养贤良。诸佛菩萨地上住，从地修道转天堂。尊敬土地休冒犯，恼了土地实难当。"玉帝闻言心自悔，谢佛指教拜法王。

问佛因由，起立原根，无极显化身。安天立地，置下乾坤。万圣千贤，土上安身。尊敬土地，知恩当报恩。

行者调天兵，神仙财斗争。玉帝去问佛，听唱《金字经》。①

同时，该宝卷所写的土地与神佛斗法场面，总令人不自觉地联想到《降魔变文》中外道六师与舍利弗那瑰奇宏大的斗法；而老土地神那英勇无畏、蔑视礼法的精神，也不能不让人联想到后世西游系列作品中的孙悟空形象。

迄今，宝卷这种源自佛教的讲唱文学样式在我国不少地区仍有流传。如植根于甘肃河西走廊一带的河西宝卷，已被列入第一批国家级非物质文化遗产名录；而作为河西宝卷重要组成部分的凉州宝卷，还在继承明清宝卷传统的基础上不断创新，不仅借用了"喜调""叫号""哭五更""莲花落""十劝人"等流行于不同时期的民间曲调，而且拓展出劝人辛勤劳动、助人为乐、爱惜粮食、培养美德等现代主题。

（二）从敦煌话本到宋元说经话本和"西游"系列评书

如上文所述，随着隋唐民间说话艺术的兴起，中唐时即出现了"一枝花话"这样以民间故事为题材的说话作品，稍后又出现了《庐山远公话》《韩擒虎话本》等侧重于演说佛教义理的说话作品。此类作品存世数量较少，已获公认的仅此二文：《庐山远公话》的标题为原写卷自有，是现存唯一一篇原抄标明为"话"的敦煌文献，是现存最早的话本作品；《韩擒虎话本》原写卷虽无标题，末尾却标有"画本既终，并无抄略"字样，尽管学界曾对"画本"是否等同于"话本"展开过争论②，但最终还是将其认定为话本作

---

① 刘光民编著：《古代说唱辨体析篇》，首都师范大学出版社，1996年，第160页。
② 郑广薰：《敦煌本〈韩擒虎话本〉的写卷制作方式和文学特点》，载《艺术百家》2009年第2期。

品。此外，《唐太宗入冥记》《叶净能诗》《秋胡小说》① 三文，尽管争议不断，近年来也越来越多地被作为话本进行研究。因此，本文亦视此五文为隋唐时期的说话文学作品。

尽管就数量而言，现存隋唐话本极少，但它们也是当时佛教说唱文学的重要组成部分。现存敦煌文献中的话本大致可分为两类：

一是以佛教人物故事为题材、旨在弘扬佛教义理的说话作品，以原卷编号为 S. 2073 的敦煌文献《庐山远公话》为代表。《庐山远公话》的佛教色彩，主要体现在两个方面。一是叙事结构上，因为要借惠远神异事迹的宣讲达到宣传佛教义理的目的，话本完全按照"修行—得果""欠债—偿债"这一典型的佛学框架进行：在讲述惠远修道得道的同时，又插入了其前生欠下宿债、今生被掳卖为崔相公家奴以偿债的离奇情节。二是在思想内容方面，在叙述惠远事迹的过程中穿插了一些讲经论议场面，从而直接而巧妙地嵌入佛教义理的宣讲，如崔相公带善庆（即被卖为崔氏家奴的惠远）回家后，给家人大讲从福光寺高僧道安那里听来的生、老、病、死苦等佛教"八苦"论，还让善庆补充了三等、四生、十类、十二因缘等佛教知识；第二天，崔相公带善庆去听道安讲《大涅槃经》，通晓佛理的善庆却向道安发难，从经题至经义，一一追问，直问得道安理屈词穷、心悦诚服。这些讲经、论议场面，占用了话本约五分之二的篇幅，但因与全文思想内容、叙事结构的高度一致，却并不让人觉得枯燥或突兀。

二是以历史和民间人物故事为题材、间接宣传佛教义理的说话作品，主要有《韩擒虎话本》《唐太宗入冥记》二文。原卷编号为 S. 2144 的《韩擒虎话本》，依据的应是《隋书·韩擒虎传》《北史·韩雄传》等史书以及相关民间传说。话本讲述了隋文帝时大将韩擒虎战蛮奴、破金陵、擒陈王、服蕃使、慑蕃王等生前事迹以及死封阴司之主的故事，被大多研究者视为"历

---

① 《秋胡小说》是其在《英藏敦煌社会历史文献释录（第 1 卷）》（郝春文编，社会科学文献出版社，2001 年）中的篇名，而在《敦煌变文集》《敦煌变文校注》《敦煌变文选注》等作品中均题为《秋胡变文》；可见，现代学者更愿意将它视作变文。不过，它行文上以四言为主，表演上侧重于讲说，总体上其实更接近于前述四篇话本作品。而且，《秋胡小说》今存本虽首尾残缺，却仍可看出它是在西汉刘向《列女传》卷五记载的"鲁秋洁妇"和其他关于秋胡的民间传说的基础上改编而成，反映的全是传统的儒家思想。因此，本文虽列其为话本，却未将其纳入讨论范围。

史演义、英雄传奇的先声"①，但其"从题材、人物的选择、结构、情节到创作写法都有很强烈的佛教色彩"②。如在叙事结构和情节安排方面，开篇的"会昌既临朝之日"字样，既反映了话本的形成年代应是唐武宗李炎在位的会昌（841—846）年间，也交代了全文希冀新帝复兴佛教愿望产生的时代大背景——会昌毁佛事件之后；接着，又以八大海龙王赠法华和尚龙膏而托其恳请杨坚称帝后再兴佛法的情节，奠定了全文的佛教基调；而韩擒虎最终被封为阎罗王的大结局，进一步升华了复兴佛教这一主旨。再如在人物塑造方面，话本将韩擒虎塑造成虽身为武将并立下赫赫战功，却从不以武力和鲜血征服他人的形象，他的战功全凭善言良辞或人格魅力来说服或感化对方主动投降而获得的。这种以个人精神魅力感化敌人或称不战而屈人之兵的做法，正是佛教所主张的；而这个具有慈悲胸怀、善于感化他人的主人公形象，显然增强了整部话本的佛教色彩。

原卷编号为 S. 2630 的《唐太宗入冥记》残本，是另一部虽以历史人物为题材，却具有极为浓郁的佛教色彩的话本。它讲述的是唐太宗李世民因兄弟李建成、李元吉控诉而被拘魂魄入冥府受审的故事。一般以为，冥界（或称地狱）故事源自佛教，该类故事早在 6、7 世纪时即已在古印度开始传播。如美国学者梅维恒即认为：《戒日王传》中描述了 7 世纪的看图讲地狱故事场景，而在南印度寺庙的节日庆会上，总有看图讲故事的人带着阎摩图③。在中国，最迟至唐五代时，冥界故事也开始成为俗讲、转变、说话等民间艺术的主要内容之一。现存敦煌文献中，《阎罗王授记（十王）经》《大目乾连冥间救母变文并图一卷并序》《唐太宗入冥记》以及敦煌榆林第 19 窟的《目连变相》图等，均以冥界故事为主题。而唐太宗入冥故事，首见于唐高宗时（649—683）张鷟的《朝野佥载》，其文极简约：

> 太宗极康豫，太史令李淳风见上，流泪无言。上问之，对曰："陛下夕当晏驾。"太宗曰："人生有命，亦何忧也。"留淳风宿。太宗至夜

---

① 王昊：《〈韩擒虎话本〉——历史演义、英雄传奇的先声》，载《明清小说研究》2003 年第 4 期。

② 郑广薰：《敦煌本〈韩擒虎话本〉的写卷制作方式和文学特点》，载《艺术百家》2009 年第 2 期。

③ ［美］梅维恒：《绘画与表演：中国的看图讲故事和它的印度起源》，王邦维、荣新江、钱文忠译，燕山出版社，2000 年，第 44 页。

半，奄然入定，见一人云："陛下暂合来，还即去也。"帝问："君是何人？"对曰："臣是生人判冥事。"太宗入见，冥官问六月四日事，即令还。向见者又迎送引导出。淳风即观玄象，不许哭泣，须臾乃瘥。至曙，求昨所见者，令所司与一官，遂注蜀道一丞。上怪问之，选司奏，奉进止与此官。上亦不记，旁人悉闻，方知官皆由天也。①

此文对太宗入冥原因、冥间官吏体系、具体受审过程等均交代得极为模糊，因其意在申明"官皆由天"主旨而非弘扬佛教的冥界思想。而《唐太宗入冥记》则有了极为清晰的构思：唐太宗入冥，缘于两兄冤魂在冥界的控告；而冥界有一套类似于人间的等级森严的官吏体系，阎罗王为主宰，其下有主审判官崔子玉，再下有通事舍人、六曹官、善恶童子、功德使等各司其职的大小官吏；同时，还详细记述了崔判官审问唐太宗的对答之语，以及太宗入冥期间从"忧心若醉""未免忧惶"到"低心下意""涕泪交流"直到"龙心大悦"的心理变化过程，并最终交代了冥界允许唐太宗还阳的缘由："陛下若到长安，须修功德……讲《大云经》，陛下自出己分钱，抄写《大云经》。"② 由此可见，《唐太宗入冥记》虽以唐太宗这一历史人物为主角，但旨在宣讲生前作恶则要入冥府受难、敬佛抄经则可消罪减业的佛教因果报应观。

以《庐山远公话》《韩擒虎话本》《唐太宗入冥记》为代表的较为成熟的早期佛教话本作品，都具有只讲说不吟唱的表演特色，并形成了特有的叙事模式，即在口语散言的叙事过程中不时夹杂以或五言、或七言的韵语偈颂，且在韵散转换时常以"……曰"提示。如《庐山远公话》中，惠远被寿州贼首白庄逼迫为奴前、告别弟子云庆时的一段：

> 远公曰："我适来于门外设誓，与他将军为奴，永更久住不得。汝在后切须努力。"云庆闻语，举身自仆（扑），七孔之中，皆流鲜血，良久乃苏。从地起来，乃成偈曰：
> 我等如大鸟，和尚如大树。大树今既移，遣众栖何处？

---

① ［唐］张鷟：《朝野佥载》，赵守俨点校，中华书局，1979 年，第 148—149 页。
② 黄征、张涌泉校注：《敦煌变文校注》，中华书局，1997 年，第 319—345 页。

化身何所在，空留涅槃句。愿垂智惠灯，莫忘迷去路。

云庆言讫，转更悲啼。远公曰："恐将军怪迟。"走出寺门，趁他
旌旗，随逐他后。①

在隋唐佛教说话艺术和《庐山远公话》等早期佛教话本的影响下，两
宋都城的娱乐圈中生成了"说经""说诨经""说参请"等佛教说话样式以
及《大唐三藏取经诗话》《五戒禅师私红莲记》等佛教说话文学。当代学界
认为，两宋时期的佛教说话文学还受到了变文等早期佛教讲唱文学的影响，
这种影响主要来自于变文的"看图讲唱"。如梅维恒说："虽然变的表演本
身看来在宋代（960—1277）就逐渐消亡了，但是看图讲故事仍然用其它的
名字坚持流传了下来……平话就是宣讲变文故事在元代（1260—1368）的直
接继承者。我们甚至可以简单地说，平话根本就是'变'的一个中国化的
名字。"② 梅氏还力图以话本的具体实例证明此观点："《大唐三藏取经诗话》
和变文在语言（很少使用文学性的虚词，非常口语化）、风格（经常使用四
字句）、比喻（多是比较具体的）和题材（佛教）等方面很相似，这说明它
们之间有密切的关系。"③ 李小荣也以为，变文这种看图讲唱故事的表演形
式被宋元说话者所承袭，因此宋元话本习惯于将听讲者称为"看官"④。而
且，成熟于宋元时期的《大唐三藏取经诗话》等佛教话本作品，还吸收了
敦煌讲经文等讲唱文学以押座韵文开篇、以解座韵文散场的叙事模式，形成
了以韵语诗词开篇和收束全文的结构方式。

此外要申明的是，虽然两宋时汴梁、杭州等地的说话艺术非常兴盛，但
关于"说经""说参请"等佛教说话艺术的记载却极其稀少，仅宋人笔记中
偶有零星提及。如吴自牧载：北宋汴梁城的瓦舍众伎中，有多种"说话"，
其中属于佛教范畴的即有 3 种："说经，谓演说佛书"；"说参请，谓宾主参

---

① 黄征、张涌泉校注：《敦煌变文校注》，中华书局，1997 年，第 256 页。
② ［美］梅维恒：《绘画与表演——中国的看图讲故事和它的印度起源》，王邦维、荣新江、钱文
忠译，燕山出版社，2000 年，第 3—4 页。
③ ［美］梅维恒：《唐代变文——佛教对中国白话小说及戏曲产生的贡献之研究》，杨继东、陈引
驰译，（香港）中西书局，2011 年，第 288 页。
④ 李小荣：《变文讲唱与华梵宗教艺术》，上海三联书店，2002 年，第 125 页。

禅悟道等事"①，"有宝庵、喜然和尚等"；"又有说诨经者，戴忻庵"②。这里不仅提及了佛教说话的 3 种类型，而且提及了宝庵、喜然和尚、戴忻庵等知名的专门表演者，因此可推知，当时的佛教说话已形成一定规模。另据记载：南宋杭州城的北瓦娱乐场内，共有 13 座勾栏，其中的专门说经者即有长啸、周春辩、达理等僧人，甚至还有陆妙慧、陆妙净等女流③。因此，郑振铎先生有关于佛教说话多为"佛门子弟们为之"的推测："于是和尚们也便出现于瓦子的讲唱场中了。这时有所谓'说经'的，有所谓'说诨经'的，有所谓'说参请'的，均是佛门子弟们为之。"④

今存宋元话本中，可认定为佛教话本的有演说神僧取经故事的《大唐三藏取经诗话》（又名《大唐三藏法师取经记》）、宣讲参禅悟道故事的《五戒禅师私红莲记》《花灯轿莲女成佛记》等篇。其中，《大唐三藏取经诗话》已被公认为成书于宋元时期，如王国维《两浙古刊本考》⑤、鲁迅《中国小说史略》据其版刻情况推定今存版本应为元代刊本，曹炳建、张锦池等当代学者则据其文本内容、用语习惯等推断其成书年代应为两宋时期⑥。无论哪种结论，都不能否认：取经主题在宋元民间讲说艺术中已经发育生成，该诗话对当时及后世文学，尤其是长篇小说《西游记》的成书，都产生了比较深远的影响。从金人院本"和尚家门"中的《唐三藏》⑦ 以及元杂剧中吴昌龄的《西天取经》⑧、杨讷的《西游记》⑨、佚名的《龙济山野猿听经》等剧目看，宋元时期的取经故事已初具规模，且已产生一定影响。而现代学者鲁

---

①　［宋］吴自牧：《都城纪胜》，见［宋］孟元老等《东京梦华录（外四种）》，古典文学出版社，1956 年，第 98 页。

②　［宋］吴自牧：《梦粱录》，见［宋］孟元老等《东京梦华录（外四种）》，古典文学出版社，1956 年，第 313 页。

③　［宋］佚名：《西湖老人繁胜录》，见［宋］孟元老等《东京梦华录（外四种）》，古典文学出版社，1956 年，第 123 页。

④　郑振铎：《中国俗文学史》，商务印书馆，2009 年，第 537 页。

⑤　王国维：《王国维遗书》第十二册，上海古籍出版社，1983 年，第 36 页。

⑥　曹炳建：《也谈〈大唐三藏取经诗话〉的成书时代》，载《河南大学学报》1995 年第 2 期；张锦池：《〈大唐三藏取经诗话〉成书年代考论》，载《学术交流》1990 年第 4 期。

⑦　［元］陶宗仪：《南村辍耕录》，中华书局，1957 年，第 313 页。

⑧　其后并有小字双行注曰"老回回东楼叫佛唐三藏西天取经"；详见［元］钟嗣成等《录鬼簿（外四种）》，上海古籍出版社，1978 年，第 22 页。

⑨　［元］钟嗣成等：《录鬼簿（外四种）》，上海古籍出版社，1978 年，第 105 页。

迅考证认为，吴承恩的《西游记》取材"于西游故事亦采《西游记杂剧》及《三藏取经诗话》"①；当代学者李时人、蔡镜浩则指出，《取经诗话》对孙悟空形象的成熟以及吴氏《西游记》的成书都有重要意义②。另需补充的是，《永乐大典》及中韩会话书《朴通事谚解》二书中，分别收录了元时流传的《西游记平话》的部分片断，如"梦斩泾河龙""唐三藏引孙行者至车迟国，和伯眼大仙斗圣"等段③。尽管此平话本《西游记》已佚，当前也无任何证据可证明吴承恩曾见到过此平话本，但通过对平话本残存片断与吴氏《西游记》的比较，可以推知，平话本在《取经诗话》与吴承恩《西游记》之间起到了重要的过渡作用。

《五戒禅师私红莲记》④ 主要讲述的是苏轼与佛印前世今生的故事。宋英宗时，杭州净慈光孝寺有二高僧，师兄五戒因一时错念私淫年轻美貌的少女红莲，师弟明悟发觉后，借赏莲吟诗而讽喻点化；五戒一时悔恨难当，坐化后投胎为诗人苏轼，明悟担心投胎后的师兄"灭佛谤僧""不得归依佛道"，因而坐化投胎为诗僧佛印。投胎后的苏轼果然毁僧谤佛、不信佛教，但经佛印屡屡以诗相谏，最终醒悟而化身为"大罗天仙"，佛印也功德圆满而成至"尊古佛"。可见，此话本在论议辩难、参禅悟道之外，还意在宣讲佛教的业报轮回观。其开头"入话"诗也明确地表达了这一意图："禅宗法教岂非凡，佛祖流传在世间。铁树花开千载易，坠落阿鼻要出难。"在行文上，该话本继承了《庐山远公话》以五七言韵语与散言结合叙事的基本模式；在内容上则发扬了《庐山远公话》中借惠远与道安论辩问难以宣讲佛教义理的方法，铺写了明悟与五戒、佛印与苏轼的赋诗论难、阐明佛理。此话本在当时和后世也较有影响，产生了一些相关作品。如"陶真《红莲》，传奇《红莲债》《玉禅师翠乡梦》，元杂剧《度柳翠》，明代拟话本小说《月明和尚度柳翠》《佛印师四调琴娘》"⑤ 等，都是由它生发而成。另如《金瓶梅》第 73 回中，吴月娘要听薛姑子讲说佛法，"薛姑子就先宣念偈

① 鲁迅：《中国小说史略》，见《鲁迅全集》第九卷，人民文学出版社，2005 年，第 168 页。
② 李时人、蔡镜浩：《〈大唐三藏取经诗话〉发微》，载《徐州师范学院学报》1988 年第 2 期。
③ 详见李正民主编《话本小说选》，三秦出版社，2008 年，第 119—124 页。
④ 程毅中辑注：《宋元小说家话本集》，齐鲁书社，2000 年，第 447—461 页。
⑤ 萧欣桥、刘福元：《话本小说史》，浙江古籍出版社，2003 年，第 236 页。

言，讲了一段五戒禅师破戒戏红莲女子，转世为东坡佛法"①，该佛法故事显然也是《五戒禅师私红莲记》的衍生品。

《花灯轿莲女成佛记》②演说的是因前世收养瞎婆婆而学会诵经的莲女今世受能仁寺惠光长老点化而在出嫁路上坐化于花轿中的故事。其中，莲女与惠光的问难与《五戒禅师私红莲记》中佛印与苏轼的论难一样，体现的应是两宋讲经中的"说参请"艺术；其收束全文的"作善的俱以成佛，奉劝世人：看经念佛不亏人"等语，则继承了早期佛教说唱文学的劝善惩戒之意。此外，清丁耀亢《续金瓶梅》第三十八回《大觉寺淫女参禅　莲花经尼僧宣卷》③详细记录了一场宣卷活动，其中法师"宣的卷是一部花灯轿莲女成佛公案"，其内容全来自《花灯轿莲女成佛记》。而且，此次活动中，法师在宣卷之前，先讲佛法、说偈，又问道："堂头和尚，今日从何处问起，老僧放参！"便有首座尼僧上前依次发问"如何是行""如何是住""如何是坐""如何是卧"等问题，而法师依次一一作答后，又问听讲的众善男信女有无"问法参禅的"，直至无人发问，方才进入宣卷程序。宣卷之时，法师又"先念诸佛名号"，再"诵偈言"，然后才开始宣讲，且宣讲过程中始终有念有说而无唱。可见此次活动虽名为"宣卷"，实乃类似于两宋"说话"中的"说参请""说诨经"等讲说艺术。由此亦可推知，两宋佛教"说话"艺术在明清时期并没有彻底消亡，而是披上宣卷等其他流行说唱样式的外衣，仍在民间流传。

明清时期，民间说话艺术和佛教话本仍在民间流传这一点，还可以从大量涌现的文人拟话本作品中得到证明。明人拟话本"三言二拍"中，即多次出现"话本""说话的""宣……话"等说话艺人才使用的字眼。如《警世通言》中，第19卷《崔衙内白鹞招妖》结尾宣讲题目时说"这段话本，则唤做《新罗白鹞》《定山三怪》"；第28卷《白娘子永镇雷峰塔》入话后说："说话的，只说西湖美景，仙人古迹。俺今日且说一个俊俏后生，只因游玩西湖，遇着两个妇人，直惹得几处州城，闹动了花街柳巷。有分教才人

① 秦修容整理：《金瓶梅：会评会校本》，中华书局，1998年，第1045页。
② 程毅中辑注：《宋元小说家话本集》，齐鲁书社，2000年，第481—498页。
③ 丁耀亢：《续金瓶梅》，见《丁耀亢全集》（中册），张清吉校点，中州古籍出版社，1993年，第285—296页。

把笔，编成一本风流话本。"① 这里的"话本""说话的"等语，显然是说书艺人常用之语。另如《初刻拍案惊奇》卷 33 的《张员外义抚螟蛉子 包龙图智赚合同文》一篇，在讲完头回后说道："如今待小子再宣一段话本，叫做《包龙图智赚合同文》。"最后的收场诗前又说："所以宣这个话本，奉戒世人，切不可为着区区财产，伤了天性之恩。"② 《二刻拍案惊奇》卷 19 的《田舍翁时时经理 牧童儿夜夜尊荣》，收场诗前则有"话本说彻，权作散场"③ 之语。这里的"宣一段话本""宣这个话本""话本说彻"等语，既显示了文人拟话本作品与敦煌佛教话本、宋元说经话本的一脉相承关系，也证明了其可用作说话、宣卷等说唱艺术底本的事实；而"奉戒世人"等语，则明显保留了佛教说唱文学收尾时说劝惩之语的习惯。同时，明清文人拟话本中，也保留了一批明显承续自宋元讲经话本的篇目。如《喻世明言》第三十卷《明悟禅师赶五戒》，与《五戒禅师私红莲记》演绎的是同一故事，而其结尾"佛印是古佛出世，这两世相逢，古今罕有，至今流传做话本"等语④，也是直接传承自民间说话艺术的明证。这些点滴不仅直接反映了民间说话艺术的繁荣，也侧面证明了佛教话本的存在及其对文人拟话本的影响。

同时，明清时期的文人作品，也刺激了民间说唱艺术和说唱文学的发展繁荣。如长篇小说《西游记》的成书，为明清佛教说唱文学提供了丰富而翔实的故事底本，有力刺激了"西游"系列说唱文学的繁荣。今存明清时期的"西游"说唱作品，吟唱类有《西游记》鼓词（车王府曲本）、《唐僧师徒取经西游记鼓词》（北大图书馆本）、《绘图西游记鼓词》（民国石印本）、《西游记》子弟书（车王府曲本）等，讲唱类有《佛门西游慈悲宝卷道场》（民间抄本）⑤、《说唱西游记》⑥，而折子戏《大闹天宫》、平阳提线木偶戏《高老庄》、河南坠子《猪八戒背媳妇》等戏曲类作品至今仍在民间上演。明清时期的"西游"讲说作品已无文本可考，仅可从现代说书艺人

---

① ［明］冯梦龙编：《警世通言》，岳麓书社，1989 年，第 150、240 页。
② ［明］凌濛初：《初刻拍案惊奇》，天津古籍出版社，2004 年，第 403、411 页。
③ ［明］凌濛初：《二刻拍案惊奇》，天津古籍出版社，2010 年，第 641 页。
④ ［明］冯梦龙编：《喻世明言》，岳麓书社，1989 年，第 259 页。
⑤ 陈毓罴：《新发现的两种〈西游宝卷〉考辨》，载《中国文化》1996 年第 1 期。
⑥ 罗扬、沈彭年整理：《说唱西游记》，新华出版社，1986 年。

的创作中略窥一斑。如据张次溪回忆，清末旗人艺术家老云里飞曾在北京天桥一带"说《西游》"，"儿童尤喜听，当其开口时，先抱渔鼓，以手抚之，砰砰作声，口唱'一洞天，美猴王，保着唐僧去取经'等词，及至形容猪八戒之呆性，孙行者之猴性，俱惟妙惟肖"。① 而单田芳改编并讲说的《西游记》评书，虽只说到第 100 回，却至今仍深受民众追捧。由此可推知，明清时应也有专门讲说《西游记》的说书艺人，只不过由于说唱艺术的发展演变而致使讲说艺术与说唱艺术的界限愈加模糊。

隋唐佛教话本以及宋元讲经话本等早期佛教讲说文学，主要从两个方面影响并促进了后世佛教讲说和讲唱文学的生成与发展。一是在人物名称、故事情节、思想内容等方面，为后世佛教叙事类说唱文学提供了参照，如《庐山公远话》与前述《大唐三藏取经诗话》、金院本《唐三藏》、元杂剧《西天取经》等宋元说唱文学，《唐太宗入冥记》与元无名氏杂剧《崔府君断冤家债主》、明清《唐王游地狱宝卷》等，都有明显的承继关系。二是叙事体制方面，《庐山远公话》《大唐三藏取经诗话》等早期佛教话本开创的押韵偈语或诗歌与散言口语交错的行文方式，促成了后世说话作品特有的诗语与散言交错行文的特色。而且，隋唐讲经文、佛教话本等早期佛教叙事类说唱文学开创的传统，至今仍在民间有所流传。除前述"西游"系列鼓词、评书等作品外，另有遵从"内容主旨是'人在世间，方便第一，力到便行，错过可惜，诸恶莫作，众善为缘，万恶淫首，万善孝先'"的绛州瞽书②，坚守着请神、参神、安神、送神这一宗教表演仪式的陕北说书③，在"念功课、拜愿、请佛、讲经、送佛"的庄严程序中宣讲《目连救母宝卷》《大圣宝卷》《十王宝卷》等佛教宝卷的靖江作会讲经④，等等。

（三）从敦煌佛曲、佛教曲子词到明清经歌和佛曲小调

隋唐五代时的佛教吟唱文学大致可分为佛曲和佛教曲子词两种。此后，佛教吟唱文学基本沿着这两条路径交互发展，不断前行。

---

① 张次溪：《人民首都的天桥》，中国曲艺出版社，1988 年，第 111—113 页。
② 郑红：《绛州"瞽书"探究》，载《音乐创作》2015 年第 6 期。
③ 孙鸿亮：《山西介休宝卷与陕北说书》，载《安康学院学报》2013 年第 4 期。
④ 孙跃：《靖江作会讲经研究》，华中师范大学博士学位论文，2013 年。

佛曲，最早专指源自印度梵呗的一种佛教乐曲，主要用于舞蹈。如《隋书·音乐志》"西凉部"载，当时流传的胡戎"舞曲有《于阗佛曲》"①；《唐会要》卷三三则记载，唐天宝十三年七月之前的太乐署供奉曲中，有《龟兹佛曲》《急龟兹佛曲》二曲②。这三支曲子，应该都只是配舞表演的乐曲。后来，随着佛教的本土化和民间化，佛曲在继承佛教传统的基础上，开始吸纳中国民间声诗（如六朝乐府）的长处，并逐渐发生转变。至唐代，佛曲已演变为一种拥有特定曲谱和独立汉语曲辞的新兴艺术样式。如宋人陈旸《乐书》卷一五九"胡曲调"中，收录有26支佛曲：普光、弥勒、日光明、大威德、如来藏、药师琉璃光、无威感德、龟兹、释迦牟尼、宝花步、观法会、帝释幢、妙花、无光意、阿弥陀、烧香、十地、摩尼、苏密七俱陀、日光腾、邪勒、观音、永宁、文德、娑罗树、迁星③。这26支佛曲均为依据特定曲谱、可独立歌唱的汉语曲辞，其曲辞大多为五言或七言，间有三言、四言，部分曲辞旁还以"平""侧"④ 标明声律。再如现存唐代佛教文献中，唐释善导《转经行道愿往生净土法事赞》、释法会《净土五会念佛略法事仪赞》等讲经作品中的歌赞，敦煌文献中的《悉昙颂》《十偈辞》《求因果》等曲，也都有独立的汉语曲辞，有的也标有"平""侧"字样。尽管这些佛曲的曲谱并未保存下来，但它们与当时盛行的佛曲间的渊源关系，是非常清楚的。

今存唐代佛曲，主要是敦煌佛曲，即"收录在任半塘《敦煌歌辞总编》中的拟调名和失调名者，这类歌辞数量较多，大约有350首左右，而且多数是由当时释门佛子所歌咏吟唱"⑤。其表演方式，主要有两种：一是不独立表演，而是作为俗讲、转变等佛教说唱活动的演唱部分，由主讲（或演）者在活动中穿插表演，可有木鱼、钟、鼓等法器伴奏；二是独立表演，主要用于忏悔、发愿等简单的佛教仪式，或者由仪式主持者单独吟唱，或者由所

① ［唐］魏徵等：《隋书》卷一五，中华书局，1973年，第378页。
② ［宋］王溥：《唐会要》，中华书局，1955年，第615—616页。
③ ［宋］陈旸：《乐书》，文渊阁《四库全书》第211册，上海古籍出版社，1987年，第738页。
④ 李小荣以为，"平""侧"都是"音声符号标志"，是六朝至唐期间"最常用的梵呗曲调"；由此可见佛曲与佛教梵呗在音乐上的渊源关系。详见李小荣《变文讲唱与华梵宗教艺术》，上海三联书店，2002年，第196—197页。
⑤ 王志鹏：《敦煌佛教歌辞研究》，高等教育出版社，2013年，第107页。

有参与者齐声吟唱。前者指在俗讲、转变等佛教艺术活动中不断出现的偈、赞、颂词等，如前述唐释善导、法会等人的讲经作品以及现存敦煌变文作品中，均穿插有大量的歌赞、偈语。这些佛曲，或申述所宣讲佛经的主要内容，或塑造所演唱故事中的人物形象，都是为俗讲、转变活动服务的。后者主要指现存敦煌文献中那些以宣讲佛教义理为主的成套组曲，如《十空赞》《十偈颂》《十种缘》《求因果》《证无为》以及《化生子·化生童子赞》、失调名的《出家赞》《送师赞》《辞道场赞》《五台山赞》《和菩萨戒文》等。此类佛曲，都是可以独立配乐表演的，大多是僧侣举办法会、宣讲佛教义理活动时的表演曲目，部分是佛教徒举行忏悔、回向、发愿等仪式时的吟唱曲目，另有极少数是僧侣抒发个人情感的自吟曲，如前述失调名的《送师赞》：

人生三五岁，父母送师边。师今圆寂去，舍我逐清闲。送师至何处？置著宝台中。

送师回来无所见，唯见师空房。举手开师户，唯见空绳床。低头礼师座，泪落数千行。

低头收师履，踌躇内心悲。送师永长别，再遇是何时？律论今无主，有疑当问谁？

双灯台上照，师去照阿谁？愿师早成佛，弟子逐师来。千千万万□，□□□□□。①

此曲简述师父圆寂后弟子的所见所感，虽平铺直叙，极少修饰，却因真情充溢而生动感人，成为敦煌佛曲的经典之作。

佛教曲子词，或称佛教俗曲，是以宣讲佛教思想为主或与佛教有关的曲子词，是唐代俗曲的重要组成部分。其与佛曲的最大区别在于，其曲题、曲谱、曲辞都彰显了更为强烈的本土化、民间化特色。隋唐佛教曲子词以现存敦煌文献为主，"粗略统计大致有350首左右"②。就形式而言，这些曲子词大致可分为两类：

---

① 任半塘编：《敦煌歌辞总编》，上海古籍出版社，1987年，第922页。
② 王志鹏：《敦煌佛教歌辞研究》，高等教育出版社，2013年，第95页。

　　第一类是曲题、曲谱（或称曲调）都来自于传统民间声诗，但曲辞与佛教关系密切，是隋唐佛教俗曲的主体部分。如据统计，现存敦煌佛教曲子词中，"主要有《十二时》《五更转》《百岁篇》3 种，此类歌辞（即俗曲调名）却最多，仅佛教歌辞就达 300 多首"①。这 300 多首"佛教歌辞"，采用的都是"俗曲调名"，都是我们所称的"佛教曲子词"。其中，《五更转》，也称《叹五更》《哭五更》《五更歌》《五更词》等，本是南北时期流行的民间乐府旧曲，全曲以五更为时间顺序，主要铺叙独居女子的思亲、念亲、怨亲情感。后来，在文人和民间歌者的改编下，《五更转》的主题由闺阁相思渐渐延展至男性从军、仕宦等方面的人生感悟。至唐代，《五更转》俗曲的主题更延展至佛教义理的宣讲方面，成为现存敦煌文献中数量最多的佛教俗曲。如据统计，敦煌文献中的《五更转》曲共有 12 套、50 多个写卷，"题名有《叹五更》《太子五更转》《维摩五更转》《南宗定邪正五更转》《无相五更转》《菏泽和尚五更转》《大乘五更转》《五更转》《五更调》《五更转·太子入山修道赞》《五更转·南宗赞》《五更转兼十二时》等，其中除 3 套'七夕相望''缘名利''识字'非佛教歌辞外，其余皆为佛教歌辞"②。

　　佛教《五更转》俗曲的表演，应该是穿插在夜晚举行的讲经、法会等活动之间，而且是由不同讲师演唱的。如 P. 3409《五更转》之前有"说偈已讫，即至夜，并赠五更转，禅师各作一更"字样，S. 5996 前则有"更赠五更转，禅师各转一更"字样③。这些俗曲采用传统民歌《五更转》曲调，抒写的多是佛教徒夜晚修行时从一更到五更的不同心态，其所阐发的主要是大乘佛教义理。如署名为"释神会"的《五更转·顿见境》：

　　　　一更初，涅槃城里见真如。妄想是空非有实，不言为有不言无。非

　　①　王志鹏：《敦煌佛教歌辞研究》，高等教育出版社，2013 年。
　　②　王志鹏：《敦煌佛教歌辞研究》，高等教育出版社，2013 年，第 108—109 页。王定勇则认为共有 13 套，即"［五更转］'顿见境'、［五更转］《南宗定邪正》、［证道歌］'道不贫'、［五更转］《南宗赞》、［求因果］、［五更转］《假托'禅师各转'》、［证无为］《归常乐》、［悉昙颂］《禅门悉昙章》、［悉昙颂］《流俗悉昙章》、［最上乘］'顺水流'、［失调名］'劝诸人一偈'、［易易歌］解悟成佛、［失调名］《赞念〈法华经〉僧》"，详见王定勇《从敦煌佛曲看唐代禅宗的传播》，载《宗教学研究》，2005 年第 3 期。
　　③　任半塘编：《敦煌歌辞总编》，上海古籍出版社，1987 年，第 1413 页。

垢净，离空虚。莫作意，入无余。了性即知当解脱，何劳端坐作功夫？

　　二更催，知心无念是如来。妄想是空非实有，□□山上不劳梯。顿见境，佛门开。寂灭乐，是菩提。□□□灯恒普照，了见馨香无去来。

　　三更深，无生□□坐禅林。内外中间无处所，魔军自灭不来侵。莫作意，勿凝心。任自在，离思寻。般若本来无处所，作意何时悟法音？

　　四更阑，□□□□□□□。□□共传无作法，愚人造化数数般。寻不见，难□难。□役似，本来禅。若悟刹那应即见，迷时累劫暗中观。

　　五更分，净体由来无我人。黑白见知而不染，遮莫青黄寂不论。了了见，的知真。随无相，离缘因。一切时中常解脱，共俗和光不染尘。①

　　神会初从禅宗北宗创始者神秀学习渐修法门，后师从禅宗南宗惠能，倾心于"直指人心，见性成佛"的顿悟法门，最终成为禅宗南派荷泽宗的创始人。此曲阐发的，正是禅宗南派的顿悟成佛之理。此曲还体现了佛教《五更转》俗曲的句式特点：与传统民间《五更转》俗曲相对拘谨的三七七七模式相比，它更加灵活自由，篇幅也有所增加。

　　此外，源自南北朝民歌的《十二时》，也是数量比较多的一种现存敦煌俗曲。在目前发现的 13 套 25 个写本 278 首俗曲中，可归为佛教俗曲的就有 8 种 218 首②。其中，数量多达 134 首的《十二时·普劝四众依教修行》套曲③，主要宣讲佛教的生老病死观以及"十二因缘"思想；署名为释法照的《归去来》套曲④，题目源自东晋陶渊明的《归去来辞》，每曲以"归去来"开头，句式不一，抒写了劝人修行礼佛、往生西方净土的净土宗观念；佚名的《行路难》12 首⑤，题目来自乐府旧曲，各曲以"君不见"起句，重点反映了禅宗修行者修禅得道的心路历程；而初唐诗僧王梵志所作的《回波

---

①　任半塘编：《敦煌歌辞总编》，上海古籍出版社，1987 年，第 1424 页。

②　周丕显：《敦煌文献研究》，甘肃文化出版社，1995 年，第 111 页。

③　任半塘编：《敦煌歌辞总编》，上海古籍出版社，1987 年，第 1581—1662 页。

④　任半塘编：《敦煌歌辞总编》，上海古籍出版社，1987 年，第 1063、1066—1067 页。

⑤　任半塘编：《敦煌歌辞总编》，上海古籍出版社，1987 年，第 1146—1204 页。

乐》套曲①，曲题来自当时的教坊旧曲《回波词》，内容却是宣讲大乘佛教诸法皆空观点。这些俗曲，均合乐可歌，应像《五更转》佛教俗曲一样宜于在讲经、法会等场合穿插表演。

第二类唐代佛教曲子词的数量较少，但也较有特色。其曲题、曲谱（或称曲调）源自印度佛教，但曲辞与佛教的关系已较淡，代表作品是现存敦煌曲子词中的《婆罗门》套曲。婆罗门曲是古天竺舞曲，后经西域传入凉州，又经凉州传入中原。至唐代，此曲已可配词歌唱，成为当时流行的佛教曲子词之一。现存敦煌文献中的《望月婆罗门》4 首，不仅曲题、语句等仍与佛教有关，内容也未完全脱离佛教痕迹：

> 望月婆罗门，青霄现金身。面带黑色齿如银，处处分身万千亿。锡杖拨天门，双林礼世尊。
>
> 望月陇西生，光明天下行。晶宫里乐轰轰，两边仙人常瞻仰。鸾舞鹤弹筝，凤凰说法听。
>
> 望月曲弯弯，初生似玉环。渐渐团圆在东边，银城周回星流遍。锡杖夯天关，明珠四畔悬。
>
> 望月在边州，江东海北头。自从亲向月中游，随佛逍遥登上界。端坐宝花楼，千秋似万秋。②

不少学者以为，这 4 首曲子反映的是道家游月宫故事。但除前述其曲题中的"婆罗门"之外，其内容中还蕴含有不少佛教因素。首先，古印度婆罗门教以初生之月为进学渐满之象，"'望月'是众婆罗门之一项功课"③，即"望月"仪式源自于印度。其次，第 1 首曲子描写的，毫无疑问是佛教徒拜月礼佛、世尊化千万身展现于天际的景象。再次，第 1、3 首的"锡杖"，第 4 首的"随佛逍遥登上界""端坐宝花楼"等词句，显然都是佛教影响下

---

① 任半塘编：《敦煌歌辞总编》，上海古籍出版社，1987 年，第 1038 页。另，项楚先生在《王梵志诗校注》前言中指出，此七诗是王梵志改编自梁释宝志的《大乘赞》10 首，并非真正的《回波乐》曲，因而不是为入乐歌唱而创作；然而，其在敦煌写本中的原题即为"王梵志回波乐"，体例又与《乐府诗集》所录唐李景伯《回波词》同，因而本文仍认定其为曲子词。

② 任半塘编：《敦煌歌辞总编》，上海古籍出版社，1987 年，第 823—824 页。

③ 任半塘编：《敦煌歌辞总编》，上海古籍出版社，1987 年，第 824 页。

的产物。此类曲词应即《乐府诗集》卷六一所谓"或缘于佛老"① 者，尽管其存世数量极少，却也反映了隋唐佛教曲子词的另类现象。

综合而言，隋唐佛教吟唱文学主要包括佛曲和佛教曲子词这两大类，前者曲题、曲谱、曲辞等均源自于佛教，主要应用于法会、讲经、转变等佛教仪式；后者曲题、曲谱与佛教关系不太明显，但其形式更为灵活自由，应用范围也更为广泛。在内容方面，隋唐佛教吟唱文学以宣讲佛教义理为主，"多半是赞叹大乘教理、赞叹禅宗修行、赞叹南宗顿门等"②。在表演方面，隋唐佛教吟唱文学既可穿插于俗讲、转变等民间佛教表演艺术中，又可在忏悔、发愿甚至家宴、私会等小型佛教仪式上单独表演。此外，由上述所引诸例可见，在文本方面，隋唐佛教吟唱文学也逐渐形成了自己的特色：一是追求声律和谐，讲究句式对仗；二是以五言、七言为主，间有三言、四言，有时也五言、七言混杂；三是多用固定套语或固定格式，形成了今人称为"重句联章""定格联章"的新体例。

大致说来，在漫长的发展进程中，佛曲的基本内容始终是宣扬佛教义理、劝人修善向佛，演唱者也一直以寺院僧尼为主，但随着民间音乐的流变和佛教发展的需要，其曲调也开始与时而变，其演唱场合则由最初的发愿、忏悔等寺院仪式逐渐向堂会、丧葬、庆生等民间日常生活仪式拓展。如前述《金瓶梅》第 39 回中，时逢正月初九潘金莲生日，吴月娘招呼众人"晚夕听大师父、王师父说因果、唱佛曲儿"。这里的"大师父、王师父"均为尼姑，"说因果"应是演说佛教因果业报故事之类的说话文学，"唱佛曲儿"表演的则应是纯粹的佛教吟唱作品。

表面看，宋元时期的佛教吟唱作品基本沿用了隋唐以来的佛教偈颂形式，似乎没有什么进步或创新。但实际上，宋元佛教吟唱作品的主要内容、语言风格、音乐形式等，都比之前有了很大的突破。一方面，随着观音信仰和观音法会的兴起，独具中华特色的观音偈③类佛曲已在民间广为流传。如

---

① ［宋］郭茂倩编：《乐府诗集》，中华书局，1998 年，第 885 页。
② 周叔迦：《法苑谈丛（插图本）》，上海辞书出版社，1999 年，第 106 页。
③ 敦煌文献中已有大量的相关写本，如编号为 P. 2939、P. 3818、P. 3828、P. 3844 等写本均题为"观音偈"，而编号为 S. 5559、S. 5650 等的写本则题为"观音礼"。但在敦煌之外的中原地区，则鲜见此类佛曲。

宋洪迈《夷坚志·甲志》卷一"观音偈"条载:"顷淮甸间一农夫,病腿足甚久,但日持观世音名号不辍,遂感观音示现,因留四句偈曰:'大智发于心,于心无所寻。成就一切义,无古亦无今。'农夫诵偈满百日,故病顿愈。……汀州白衣定光行化偈亦云:'大智发于心,于心何处寻。成就一切义,无古亦无今。'凡人来问者,辄书与之,皆于后书'赠以之中'四字。"① 这两首《观音偈》,仅第二句用语稍有区别,但其流传地,一为淮甸(今江苏淮安、淮阴一带),一为汀州(今福建长汀一带);其吟咏者,一为专事稼穑的田间农夫,一为专事持颂的白衣僧侣;其吟咏场合,一为农夫因病祈禳,一为僧侣日常化缘。今存《全宋词》中,也辑录有多首无名氏的《观音偈》。由此可见,两宋时佛教吟唱文学的演唱者,已由佛教僧尼扩展到民间艺人、普通民众等各色人等,演出场合则拓展至民间生活的方方面面。此外,在歌咏修道心境和心得时,宋元佛教吟唱作品的风格也产生了很大的变化。如敦煌文献中出现的表现修道主题的《十二时》曲,在两宋僧人中也有流传,并出现了雪窦重显的《往复无间十二首》②、汾阳善昭的《十二时歌》③、释文准的《十二时颂》等新作。这些作品继承了隋唐五代佛教曲子词的音乐形式,但在内容和意境方面又有所创新。如下引《十二时颂》的两个片断:

> 鸡鸣丑,愁见起来还漏逗。裙子褊衫个也无,袈裟形相些些有。裩无腰,袴无口,头上青灰三五斗。比望修行利济人,谁知变作不唧溜。——唐·从谂④
> 鸡鸣丑,念佛起来懒开口。上楼敲磬两三声,惊散飞禽方丈后。——宋·文准⑤

对比可知,二作都写僧人鸡鸣时辰的修道行为,但唐从谂禅师重在铺写

---

① [宋]洪迈:《夷坚志》,何卓点校,中华书局,2006年,第4—5页。
② [宋]惟盖竺编:《明觉禅师语录》卷五,见《大正新修大藏经》第47册,第703、704页。
③ [宋]楚圆集:《汾阳无德禅师语录》卷下,见《大正新修大藏经》第47册,第629页。
④ [宋]颐藏主集:《古尊宿语录》卷一四,萧萐父、吕有祥点校,中华书局,1994年,第289页。
⑤ [宋]释晓莹编:《罗湖野录》,见蓝吉富主编《禅宗全书》第32册,北京图书馆出版社,2004年,第215页。

坐禅修道生活的清贫和艰辛，也注重宣讲佛教义理，其用语俚俗，境界凄凉；而宋释文准则不以宣讲佛教义理为主，意在抒写坐禅修道生活的悠闲和清静，用语文雅，意境空灵。

最能体现宋元民间佛曲和佛教曲子词新变的，是成书于明成祖永乐十五年（1417）的《诸佛世尊如来菩萨尊者名称歌曲》。该书虽成书于明初，收录的却主要是生成于宋元时期的寺院佛曲，呈现出极其浓郁的借用当时民歌时调的特色。如该书所录 344 种曲牌，虽名称多为新创，却基本都是借用自当时流行的南北曲；该书编订者并不讳言这一点，在其目录和正文曲名之后往往会以小字标注其民间俗名，如《证圆融之曲》即《清江引》，《广善事之曲》即《水仙子》，《感天人之曲》即《小梁州》，《除爱浊之曲》即《南吕一枝花》，《弘三界之曲》即《贺圣朝》，《不退心之曲》即《西江月》，《超三昧之曲》即《山坡羊》，《顿觉悟之曲》即《千秋岁》，《具灵相之曲》即《蝶恋花》，《归三宝之曲》即《驻云飞》，等等①。此外，该书所录佛曲还体现了极具特色的语言风格，这主要体现在其卷一九至卷四五收录的2000 余首联章体歌曲中②。这些佛曲意在宣讲佛教义理，形式上最大特色是有和声相配，其和声或为佛菩萨等之名，或为赞颂佛菩萨之语，间有佛教"唵嘛呢叭咪吽"六字真言；语言上，则是文人诗语、诗僧禅语、民间口语等与佛教术语的杂糅。如下引卷三九的《弘利益之曲》套曲之一：

●好看，那佛佛相传、法法相续，历劫浩无穷。佛如来，佛如来，佛菩萨，佛菩萨，佛菩萨。（和）这佛法天地间永流通。如来，诸佛如来。

○佛如来，隐隐烟村，俄闻犬吠，寻寻是处不见人家。兀的只见桥断溪回处，兀的只见桥断溪回处。佛如来，看看流出碧桃三四花也。诸佛如来。（和）这佛法天地间永流通。如来，诸佛如来。

---

① ［明］大德沙门：《诸佛世尊如来菩萨尊者名称歌曲》，详见《中华大藏经（汉文部分）》第106 册，第108—112 页。

② 其卷一至卷一九收录的，均为按流行曲牌曲调吟唱的称颂佛菩萨等名称之曲，其文学价值不大，如这支来自民间《得胜令》曲的《又具庄严之曲》："敬礼大精进世尊、清净义佛、光明世界如来、喜庄严佛。南无宝相世尊、威德佛。南无最妙如来、福德佛。"详见《中华大藏经（汉文部分）》第106 册，第130 页。标点为笔者自加。

〇佛如来，"众手淘金得者谁？纤尘窒碍岂能为？"莫言"洪波浩渺黄金远"。佛如来，须知"一事无成空手归"也。诸佛如来。（和）这佛法天地间永流通。如来，诸佛如来。

〇佛如来，莫道"识得衣中宝，无明醉自醒"。任尔"百骸虽溃散，一物镇长灵。知境浑非体，神珠不定形"。佛如来，"悟则三身佛，迷疑万卷经"也。诸佛如来。（和）这佛法天地间永流通。如来，诸佛如来。

〇佛如来，谁道"在心心可测，历耳耳难听"？佛如来，谁道"罔象先天地，玄泉出杳冥"？佛如来，正是"本刚非锻炼，元净莫澄渟"也。诸佛如来。（和）这佛法天地间永流通。如来，诸佛如来。

〇佛如来，莫道"盘泊轮朝日，玲珑映晓星"，只见"瑞光流不灭，真气触还生"。要知"鉴照崆峒寂"，须看"罗笼法界明"。（和）这佛法天地间永流通。如来，诸佛如来。①

《弘利益之曲》是该书使用最多的一个套曲名称，也称"频伽音"，俗称"叫街声"。全套由多支单曲组成，第一支均以"好看"等语起首，接下来便称诵佛名、赞美佛法；其他各支则均以"佛如来"开头，以"这佛法天地间永流通。如来，诸佛如来"等赞佛、称佛之语为和声收尾，正文或化用前人诗词，或化用禅僧语录和佛教经曲，并掺以民间口语。其中，第 2 支单曲用语和意境全化自南宋叶绍翁的《烟村》诗："隐隐烟村闻犬吠，欲寻寻不见人家。只于桥断溪回处，流出碧桃三数花。"第 3 支来自宋释赜藏辑《古尊宿语录》卷三九收录的福州智门祚禅师所颂禅诗②，第 4—6 支全来自《景德传灯录》所录丹霞和尚的《玩珠吟》其二："识得衣中宝，无明醉自醒。百骸虽溃散，一物镇长灵。知境浑非体，神珠不定形。悟则三身佛，逃疑万卷经。在心心可测，历耳耳难听。罔象先天地，玄泉出杳冥。本刚非锻炼，元净莫澄渟。盘泊轮朝日，玲珑映晓星。瑞光流不灭，真气触还生。鉴

---

① ［明］大德沙门：《诸佛世尊如来菩萨尊者名称歌曲》，见《中华大藏经（汉文部分）》第 106 册，第 497—498 页。标点为笔者自加。

② ［宋］赜藏主编集：《古尊宿语录》，萧萐父、吕有祥点校，中华书局，1994 年，第 741 页。

照崆峒寂，罗笼法界明。"①

明成祖朱棣对佛教吟唱文学的贡献，不仅在于令人编辑了《诸佛世尊如来菩萨尊者名称歌曲》，还在于以行政命令的方式推动此书的传播。在其撰写的多篇《御制感应序》中，朱棣屡屡提及令人传播此书之事，如永乐十七年（1419）的序文中说："永乐十七年夏至五月，遣人赍歌曲名经往五台山散施，以六月十五日至显通寺。"永乐十八年（1420）的序文中说："比者遣人往河南、陕西散施经曲……及朕初度之辰，复以经曲于大善殿散施……已而，复遣人以经曲往交趾散施。"② 据此可知，"经曲"成书后，朱棣不仅令人在京城散施，还派送至山西、河南、陕西等地，甚至远至位于今越南北部的交趾一带。而以朱棣为首的最高统治者对"经曲"的倡导，从此拉开了以寺院佛曲、民间经歌为代表的佛教吟唱文学日趋繁荣的帷幕。

经歌俗称"念经儿"，或"唱经""说经"等，本指僧尼们唱诵的经文和偈颂，后流入民间，与民间经文、民歌时调等融合，成为一种集宣教、抒情、演唱于一体的佛教吟唱文学样式。这种常常与寺院佛曲杂糅在一起的新式佛教吟唱文学，备受僧尼和普通民众欢迎。今陕西智果寺、江西万安东华林寺、山西五台山众寺院以及佛教盛行的江南各地，流传有多种形式的经歌。如陕南洋县一带，仅智果寺收藏的明代善本经书中就收录有 1000 余首经歌，仍在民间流传演唱者 200 余首；其曲目主要有《释迦赞》《浴佛赞》《莲池赞》《大弥陀赞》《戒定真香赞》《十从恩》《回向偈》《赞佛谒》《菩萨扫殿》《愿消三障偈》《大慈菩萨发愿偈》等，流传最广的是《三皈赞》和《杨枝净水》。根据演出场合的不同，经歌可分为坐经、跑经和要经，"坐经是在佛堂室内演唱，跑经是在庙会期间演唱，要经主要演唱民间风情或历史人物的内容"；其吟唱方式则有独唱和一领众和两种，但今传庙会经歌（即跑经）多为行香礼佛者在所信奉佛像前的独唱。据研究，至今流传于陕西洛阳一带的经歌，其内容大致有三：一是"以宣传佛教信仰或描述佛教寺院的生活习俗或劝人信佛、皈依三宝为题材内容：如《十盼老母》《扫经堂》《十二盘果子》《十上香》等"；二"是以现实生活中的人物故事为

---

① ［宋］道原：《景德传灯录》，见《大正新修大藏经》第 51 册，第 463 页。

② ［明］大德沙门：《诸佛世尊如来菩萨尊者名称歌曲》，《中华大藏经（汉文部分）》第 106 册，第 588、595 页。标点为笔者自加。

主，内容大都为宣扬传统道德观念，即劝人行善行孝、从善节俭、勤劳戒恶、忍让等，这类题材内容在洛阳经歌曲目中占大多数，如《哭五更》《试试儿的心》《十大劝》等"；三是以讲述古代历史人物、神话传说故事为主，虽然没有体现佛教内容，但"连续使用衬词'弥陀佛'构成一个相当于'副歌'的衬腔，加强佛教的色彩，如《霸王鞭》《四出戏》等"①。此外，今人整理的各种佛曲佛歌集，如《潮州禅和板佛乐》《中国梵呗·香花板》《北韵佛曲》等②，都应是传承自明清时期的寺院佛曲和民间经歌。这些兼容并蓄地吸收各地民歌时调的佛曲经歌，既可用于盛大的寺院仪式和民俗庙会，也可用于民间祈雨、迎神等传统仪式以及丧葬、庆生等礼仪，体现出浓厚的世俗气息和强大的生命传承力。

同时，明清时期的民歌时调还保留有大量直接吟唱佛教内容的佛歌佛调，即使是少数民族聚居地区也不例外。如贵州中部九溪一带，至今流传有礼佛时演唱的《五更上佛堂》《拈花悟佛歌》《十八罗汉歌》等曲，娱乐时演唱的《目连救母》《念佛十二月》《十叹无常》等曲③；贵州侗族民间则流传有劝世的《父母恩重歌》、丧葬的《请佛歌》《法事歌》《踩灯》等曲。而一些宣讲传统孝亲思想的佛曲小调，至今仍在汉族聚居地区流传。如河南孟县民歌《个个媳妇有孝心》中，为表孝心的五个儿媳均按佛教教导发下愿心："老大媳妇有孝心/十指尖尖把香焚/今天叫俺婆婆好/我把庙院修一新"，老二媳妇则说"嫂嫂修庙我塑身"，老三媳妇"愿意不吃葱蒜忌大荤"，老四媳妇"嫂嫂吃斋我顶神"，老五媳妇"悬崖深沟我舍身"④。

值得注意的是，今存明清民歌时调集，如明冯梦龙编《挂枝儿》《山歌》《夹竹桃》、清王廷绍编《霓裳续谱》、华广生编《白雪遗音》以及后来的《车王府曲本》等中，还出现了一类娱乐性远大于宣教性的佛曲小调。最能体现此类佛歌时调的娱乐色彩的，是流传至今的"思凡"系列，如

① 王莹：《洛阳经歌的考察与研究》，见陈慧雯主编《歌者远行：民族音乐学研究文集》，文化艺术出版社，2009年，第91—93页。

② 释慧原、陈天国、苏妙筝编著：《潮州禅和板佛乐》，广东人民出版社，1995年；陈天国、苏妙筝编著：《中国梵呗·香花板》，花城出版社，2006年；道坚法师主编：《北韵佛曲》，宗教文化出版社，2007年。

③ 张原：《在文明与乡野之间：贵州屯堡礼俗生活与历史感的人类学考察》，民族出版社，2008年，第174页。

④ 转引自王瑞平《中原孝文化及其影响研究》，载《商丘师范学院学报》2009年第4期。

《白雪遗音》收录的《思凡》《小尼姑》《小尼姑其二》，《车王府曲本》收录的《叹十声·小尼姑》《利津调·尼姑下山》《梳妆台·尼姑思凡》等曲。该系列的佛曲小调，沿袭了传统"五更转"类佛教曲子词的结构模式，按照从一更至五更的时间顺序，描述一个年轻貌美的小尼姑夜晚独守禅堂的心理活动；但在内容上，却一反以往佛教曲子词离断人间亲情、宣扬佛教义理的主题，借小尼姑之口大胆批判佛教，宣扬夫妻之情和人间真爱，最终也以小尼姑逃离山寺、寻找世俗夫妻生活的喜剧结局收尾。此仅录其一种的第一支以为例：

> 一更里小尼僧闷坐在禅堂手拿着念珠两眼泪汪汪青春削发佛门里奴中年不许配少年才郎哭了一声爹怨了一声娘决不该将女儿送入在禅堂终朝每日多辛苦到晚[1]

各地流传的此类小调虽文字偶有差异，但其反叛、批评之意却是相同。而随着时代的变革，"思凡"类佛曲小调不仅在内容上更加大胆，在形式上还出现了一种打破"五更转"模式的新类型。如《霓裳续谱》收录的这支《俺双亲看经念佛把阴功作》：

> 俺双亲看经念佛把阴功作，每日里佛堂中烧钵火。生下奴疾病多，命里犯孤魔。把奴舍入空门，削发为尼，学念佛，荐亡灵，敲动铙钹，众生法号，不住手击磬摇铃，擂鼓吹螺，平白的与地府阴曹把功果作。多心经也曾念过，孔雀经文，（叠）好教我参不破。〇惟有九莲经卷最难学，俺师傅精心用意也曾教过。念一声南无佛，哆呾哆唆娑波诃，般若波罗。念的我无其奈何。〇绕回廊把罗汉数着，一个儿抱膝头，口儿里便念着我；一个儿手托腮，心儿里想着我；惟有布袋罗汉笑哈哈，他笑我时光错过，青春耽搁，有一日叶落花残，有谁人娶我这年老的婆婆。降龙的恼着我，伏虎的他还恨我，长眉大仙瞅着我，他瞅只瞅，到老来那是我的结果？（叠）〇奴把这袈裟扯破，藏经埋了，丢了木鱼，

---

① 刘复、李家瑞编：《中国俗曲总目稿》，转引自丁敏《沙米索〈尼怨〉出处考》，载《中国比较文学》2007 年第 2 期。

我摔碎了铙钹。学不到罗刹女去降魔，学不到水月观音作。夜深沉独自卧，醒来时俺独自个，这凄凉（叠）谁人似我？总不如将钟楼佛殿远离却，拜别了佛像，辞别了韦驮，下山去，（叠）寻一个年少的哥哥。我与他作夫妻永谐合，任他打我骂我，说我笑我。一心心不愿成佛，我也不念弥陀。愿只愿生下一个小孩儿，夫妻到老同欢乐，愿只愿夫妻到老同欢乐。①

直到 20 世纪六七十年代，这类以"思凡"为主题、宣扬世俗欢乐远高于佛教义理的佛曲小调，仍在山东、河南、陕西、江浙等地民间广为流传。

除了佛曲、经歌和民歌时调，明清佛教吟唱文学还经由大鼓、单弦、琴书、坠子、莲花落等新兴曲艺样式保存下来。如《中国鼓词文学发展史》一书附录《清末民初上海石印鼓词小说现存简目》中，收录有《佛门点元鼓词》《观音活佛出世鼓词》《目连僧救母鼓词》《唐僧取经鼓词》《因果美报鼓词》②等佛教曲目。另如因沿用佛教偈颂中"鲁流卢楼""何逻真"等和声并讹变为"哩哩啰"而得名的"莲花落"③，本是僧侣们云游、募化时诵唱的劝人向善成佛的警世歌曲，流入民间后渐以宣唱因果报应为主；明清以来，又融入民间故事、世态人情等内容，并广泛流传于华北、东北一带，但仍保留有《尼姑思凡》佛教曲目。由现存资料看，不少佛教吟唱曲目来自于早期变文和说话作品，可见其相互影响。

总之，由上述内容可知，佛教讲唱文学的发展，大致形成了从敦煌变文《大目乾连冥间救母变文并图一卷并序》到宋元时期目连戏和目连救母杂剧，再到《目连救母出离地狱升天宝卷》等明清宝卷以及至今流传的各种目连折子戏的主线；佛教讲说文学也大致沿着从《唐太宗入冥记》到《大唐三藏取经诗话》《西游记平话》，再到《西游记》系列评书的主线发展，并与杂剧、宝卷等讲唱文学以及鼓词、子弟书等吟唱文学交互影响，共同发展；佛教吟唱文学则主要遵循了从敦煌佛曲、佛教曲子词到《诸佛世尊如来

---

① 王廷绍编：《霓裳续谱》卷二，中华书局，1959 年，第 24—25 页。

② 李雪梅等：《中国鼓词文学发展史》，上海人民出版社，2012 年，第 468、469、476、482、488 页。

③ 刘瑞明：《"莲花落"的名义及由来》，见《刘瑞明文史述林》，甘肃人民出版社，2010 年，第 850—851 页。

菩萨尊者名称歌曲》，再到明清经歌、佛曲小调以及鼓词、莲花落这一发展脉络。

三、佛教说唱文学的文类特征

如前所述，在漫长的发展演变过程中，我国的佛教说唱文学大致沿着有说有唱、只说不唱、只唱不说这三条基本路径发展前行，并最终形成了种类繁多、异彩纷呈的繁荣局面，成为我国古典文学尤其是民间通俗文学中不可或缺的一员。相较而言，佛教说唱文学的三大类别中，以叙事为主的有说有唱和只说不唱两类，在我国传统文学中的地位和作用最为突出。因为它们不仅形成了迥异于我国古代传统文学样式的独有文类特征，而且极为深远地影响了后起的以小说、戏曲为代表的多种通俗文学样式。因此，本部分着重讨论建立在口头表演基础上的叙事类佛教说唱文学的文类特色。

（一）程式固定的叙事模式

程式固定的叙事模式是隋唐时期叙事类佛教说唱文学开创的迥异于我国传统文学的最大文类特色。这种模式的生成，主要源自于与早期佛教表演艺术相配的宗教仪式。盛行于隋唐时期的俗讲、转变等佛教艺术，在表演时往往都有一套特定的宗教仪式，如前引敦煌写卷 S. 4417 记载的《温室经》俗讲仪式。现藏法国的 P. 3849《佛说诸经杂缘喻因由记》写卷的记载，与此大致相同，比较可知其表演程式基本如下：先作梵，再说押座文，再唱释经题，然后开始正式的讲唱结合、交错进行的讲经，期间伴有念佛、赞佛活动，最后在施主发愿、大众回向仪式之后，宣布散场。这种带有宗教性质的表演程序，促使早期佛教说唱文学形成了与其相配的开场、收场模式，并深深影响了后世的佛教说唱文学乃至通俗说唱文学的叙事模式。

早期叙事类佛教说唱文学开创的这种叙事模式，直接导致了我国古代说唱作品三段式结构模式的生成。早期的佛教说唱作品中，这种结构模式体现为以押座文开篇、讲唱正文、以解座文收场的三段式；在后世的话本、拟话本、明清宝卷等说唱作品中，则发展为以诗词"入话"（或宣讲"头回"故事）开篇、讲说正文故事、以诗词收场的三段式；在宋元杂剧、明清民间戏曲中，还发展出"引戏"开场、主场搬演、"杂扮"收场的三段式。其次，这种三段式叙事模式还促成了后世以佛教说唱文学为代表的我国叙事类说唱文学独有的开篇和收尾方式。

1. 押座文与"引戏""入话"

作为俗讲、转变等佛教表演艺术的故事底本，早期的叙事类佛教说唱文学，如变文、讲经文、因缘文等都有其固定的开篇样式——押座文。押座文应是与早期佛教讲经艺术的作梵、说押座等程式相配合的，是正式表演的前奏。如今藏俄罗斯、编号为符卢格109的《押座文》写本题后，明确标有"作梵而唱"字样，正文后又有"念'观世音菩萨'，三说。此下受斋戒"的小字注释①。因此可大胆推论：该文是讲经法师举行作梵仪式时唱的，而且唱完后有大众齐声同念"观世音菩萨"三遍的仪式。而这一结论也恰好印证了前述敦煌写卷 S.4417 记载的正式开讲前的"作梵""念佛"程式。日本学者荒见泰史在综合考察了《八相变》等变文作品之后，也以为："《八相押座文》很有可能是在某种仪式上唱《八相变》（北京8437、北京8761、北京8438）等变文开始之前所唱的。"② 但是，到佛教讲经艺术世俗化以后，即俗讲、转变等民间表演艺术盛行之后，押座文摆脱作梵等宗教仪式的束缚，逐渐转变成为意在"静摄座下听众"③ 的部分。如今存敦煌写卷《悉达太子修道因缘》的押座文之后，另有这样的述语："凡因讲论，法师便似乐官一般，每事须有调置。曲词适来先说者，是《悉达太子押座文》。"④ 这篇可以"先说者"的押座文由长达60句的七言句组成，唱诵起来肯定要花费一定的时间，因此可以推知，主讲"法师"之所以如此"调置"，应是为了吸引和等待观众入座。

《敦煌变文校注》中收录的押座文，即有《维摩经押座文》《温室经讲唱押座文》《故圆鉴大师二十四孝押座文》等10余种。这些押座文大多独立抄录成篇，也有直接抄在正文之前的，如《破魔变》《悉达太子修道因

---

① 参见黄征、张涌泉校注《敦煌变文校注》，中华书局，1997年，第1169页。
② ［日］荒见泰史：《敦煌讲唱文学文献写本的研究》，浙江大学2005年博士后流动站出站报告，第20、28页。
③ 孙楷第：《唐代俗讲轨范与其本之体裁》，转引自黄征、张涌泉校注《敦煌变文校注》，中华书局，1997年，第1140页。
④ 黄征、张涌泉校注：《敦煌变文校注》，中华书局，1997年，第468页。

缘》等正文之前的押座文。这些押座文形式上多为整齐的七言韵文，内容上则侧重于宣讲佛教因果报应思想，劝人修道向善。如《三身押座文》：

常嗟多劫处轮回，末法世中多障难。惭愧我世尊悲愿重，唯留佛教在世间。

向娑婆世界作舟船，五浊劫中为导首。只是众生恶业重，敬信之心大晒希。

见人造恶处强攒头，闻道说经则伴不采。今生少善不曾作，来世觅人身大晒难。

不知不觉大忙忙，不怕不惊长造罪。若不是者死王押头着，准拟千年余万年。

今朝希遇大乘经，似见优昙花一种。暂解闻听微妙法，万劫身中恶业消。

轮王髻宝此时逢，穷子衣珠今日得。十法行中行一行，六千功德用严身。

既能来至道场中，定是愿闻微妙法。乐者一心合掌着，经题名字唱□（将）来。①

该文在整齐的七言句中夹杂有几个八言句，显示了早期押座文句式的随意自由。其末尾两句中，"合掌着"一词表明，主讲者和听众都是合掌而立（或坐），这也侧面证明了演唱押座文时配有一定宗教仪式；"经题名字唱□（将）来"一语，在多篇押座文的末尾都曾出现，证明押座文是敦煌变文、讲经文、因缘文等叙事类佛教说唱作品的前奏。另如比较特殊的《破魔变》押座文：

年来年去暗更移，没一个将心解觉知。只昨日腮边红艳艳，如今头上白丝丝。

尊高纵使千人诺，逼促都成一梦期。更见老人腰背曲，驱驱犹自为

① 黄征、张涌泉校注：《敦煌变文校注》，中华书局，1997年，第1144页。

妻儿。(观世音菩萨)

君不见生来死去，似蚁循还（环）；为衣为食，如蚕作茧。假使有拔山举顶（鼎）之士，终埋在三尺土中；直饶玉提（缇）金绣之徒，未免于一械灰烬。莫为（谓）久住，看则去时。虽论有顶之天，总到无常之地。少妻恩厚，难与替死之门；爱子情深，终不代君受苦。忙忙浊世，争恋久居？摸摸昏迷，如何拟去！不集常开意树，早坼觉花。天官快乐处，须生地狱下。波吒莫去死，去了却生来。合叹伤，争堪你却不思量：

一世似风灯虚没没，百年如春梦苦忙忙。心头托手细参详，世事从来不久长。

遮莫金银盈库藏，死时争肯与君将？红颜渐渐鸡皮皱，绿鬓看看鹤发苍。

更有向前相识者，从头老病总无常。春夏秋冬四序堆（催），致令人世有轮回。

千山白雪分明在，万树红花暗欲开。燕来燕去时候促，花荣花谢竞推排。

闻健直须疾觉悟，当来必定免轮回。"欲问若有如此事"，经题名目唱将来。(观世音菩萨)①

该文的特殊性在于：一方面，该文虽抄录在《破魔变》之前，但其前另有题曰"降魔变押座文"，因疑其也应用于《降魔变文》；另一方面，该文形式上别具一格。一是其独一无二的三段式结构：先用一首不十分标准的七律，继以一段韵律和谐的四六骈文，最后结以一首相对整齐的七言排律。二是其两段七言句后均抄录有"观世音菩萨"一语，结合前引编号符卢格109的《押座文》可知，直至其抄写而成的时代（994），押座文仍保留有大众齐声同唱佛号的仪式。

现存敦煌佛教话本虽不以押座文开场，但也有表达同样主题、起着同样作用的开场韵语。如《庐山远公话》的开场语："盖闻法王荡荡，佛教巍

---

① 黄征、张涌泉校注：《敦煌变文校注》，中华书局，1997年，第531页。

巍；王法无私，佛行平等；王留政教，佛演真宗。皆是十二部尊经，总是释迦梁津。如来灭度之后，众圣潜形于像法中。"① 与敦煌变文、讲经文、因缘文等以押座文开场的形式一样，早期佛教话本的这种以宣讲佛教义理、劝人向佛行善的韵语开场的形式，都极为深远地影响后世的包括佛教说唱文学在内的民间说唱文学的开场样式。

　　首先，讲经文、因缘文、变文等早期佛教说唱文学开创的说唱押座韵语的开场形式，促进了后世宋元杂剧、金人院本、明清戏曲等民间说唱文学开场"小戏"的生成。"小戏"是在正式戏文开演前搬演的小故事，意在招徕观众和清静演出场地。如宋吴自牧记载，北宋汴梁城杂剧开演时，往往"先作寻常熟事一段，名曰'艳段'。次做正杂剧……"② 这里的"艳段"，是宋元杂剧开场小戏的特有名称，因其搬演的往往是普通民众在生活中经常接触到的"寻常熟事"（疑即男女情爱之事）而得名，也称为"引"或"引戏"。南宋周密还记载，当时的知名杂剧表演团队（即"杂剧三甲"）中有专门表演"艳段"的角色——"引戏"，如刘景长为首的 8 人团队中，"戏头李泉现，引戏吴兴侬，次净茆山重、侯谅、周泰，副末王喜，装旦孙子贵"③。元杜仁杰《［般涉调·耍孩儿］庄家不识勾栏》套曲中的这两支单曲，还对"引戏"表演进行了大致描述：

　　　　［四煞］一个女孩儿转了几遭，不多时引出一伙。中间里一个央人货，裹着枚皂头巾，顶门上插一管笔，满脸石灰更着些黑道儿抹。知他待是如何过？浑身上下，则穿领花布直裰。
　　　　［三煞］念了会诗共词，说了会赋与歌，无差错。唇天口地无高下，巧语花言记许多。临绝末，道了低头撮脚，爨罢将么拨。④

　　可见，这个引戏先由一个小女孩静场，接着由一个打扮怪异的男演员引

---

① 黄征、张涌泉校注：《敦煌变文校注》，中华书局，1997 年，第 252 页。
② ［宋］吴自牧：《梦粱录》，见［宋］孟元老等《东京梦华录（外四种）》，古典文学出版社，1956 年，第 309 页。
③ ［宋］周密：《武林旧事》，见［宋］孟元老等《东京梦华录（外四种）》，古典文学出版社，1956 年，第 404 页。
④ 杜善夫著、孔繁信整理：《重辑杜善夫集》，济南出版社，1994 年，第 67 页。

戏：他戴一项旧时受刑者才戴的黑色头巾，却又像古代史官一样插着一支便于随时记录的笔；化着戏剧中武生才用的花脸妆，却穿一件读书人才穿的直裰，直裰布料还是小孩子用的花布！这个被农人称为"央人货"的演员，"念了会诗共词，说了会赋与歌"，然后宣布演出正式开始。他所念的诗词、说的赋歌，应是对剧情大意的介绍。这种在演出前由末角念诵诗词歌赋以交代剧情大意的开场形式，就是所谓的"副末开场"，在元杂剧、明清南戏及后来的地方戏曲中广为采用，成为我国古代戏曲的显著特色。

其次，隋唐佛教话本开创的以韵语开篇程式，也影响了宋元话本、明清宝卷和文人拟话本等文学的开篇，形成了在正文故事开讲前先演说诗词韵语的特有形式。其中许多作品的开篇韵语，多是宣讲佛法的七言诗。如元无名氏杂剧《龙济山野猿听经》的开场诗："佛祖流传一盏灯，至今无减亦无增。灯灯朗耀传千古，法法皆如贯古今。"① 另如流行于明清时期的民间故事宝卷《孟姜仙女宝卷》，也以宣讲佛教义理的七言诗开场，但其中夹杂有四言、五言句式："昔迷今悟亮堂堂，三宝是慈航。一炷圣香，皈礼法中王。《孟姜宝卷》初展开，重宣根由表古怀。善男信女虔心听，增福延寿得消灾。"② 此外，后世说唱作品的开场韵语，逐渐由反复申述佛经义理演变为对所说唱故事内容、主旨等的概述。如前述宋元杂剧、地方戏曲等的"副末开场"，多是以宣讲故事大意为主，兼有劝世宣教之意。即使是一直流传至民国时期的《唐僧宝卷》，其开场诗也开始宣讲故事大意："法堂初起道场开，斋主虔诚福寿来。香花灯烛佛首供，家家护福尽消灾。奉劝在堂诸大众，一心皈命听缘因。开宣唐朝僧宝卷，太宗皇帝治乾坤。太宗天子座龙庭，君王国正出贤人。挂榜招贤安天下，万古传名出僧人。"③

同时，早期佛教叙事类说唱文学开创的这种以韵语开篇程式，还刺激了宋元话本、明清拟话本等作品的"入话"形式，并促进了"头回"形式的生成。"入话"类似于今人所说之"引子"，多为韵语形式，在宋元话本作品中较为常见。如今存《清平山堂话本》④ 收录的27篇作品，大多有开场

---

① 隋树森：《元曲选外编》，中华书局，1959年，第949页。

② 刘光民编著：《古代说唱辨体析篇》，首都师范大学出版社，1996年，第164页。

③ 佚名：《绘图唐僧宝卷》，上海惜阴书局，民国四年（1915）印行本。

④ ［明］洪楩辑，和毅中校注：《清平山堂话本校注》，中华书局，2012年。

诗词，且明确标注"入话"二字；《熊龙峰刊四种小说》① 中也是如此。但至冯梦龙编"三言"、凌濛初辑"二拍"时，虽仍保留有开场诗词，但已将"入话"二字全部删除；而且还在入话之后增加了与正文内容相近或相反的小故事，也就是"头回"。如《初刻拍案惊奇》卷十四"酒谋财于郊肆恶鬼对案杨化借尸"，讲的是杨化被杀后其鬼魂申冤的故事，其开场诗曰："从来人死魂不散，况复生前有宿冤。试看鬼能为活证，始知明晦一般天。"之后又讲了两个与冤魂相关的小故事：一个说一个耕夫含冤而死后魂生冤家的故事，一个说山东人丁戍贪财杀害朋友、三年后被朋友鬼魂追讨性命的故事②。这种宣讲相关故事以引出本故事的"头回"形式，是宋元话本、明清拟话本等经常采用的形式。如程毅中辑注《宋元小说家话本集》所录40篇宋元话本中，有"头回"的即有《花灯轿莲女成佛记》《宋四公大闹禁魂张》等15篇。

2. 解座文与散场诗词

起初的佛教表演艺术在临近结束时，大都要举行与前述敦煌写卷 S.4417 记载的"回向、发愿、取散"相似的宗教仪式，即解座仪式。如梁陆云《御讲般若经序》载，南朝梁武帝时，曾于"大同七年（541）三月十二日讲《金字般若波罗蜜三慧经》于华林园之重云殿"，"凡讲二十三日，自开讲迄于解座，日设遍供，普施京师"③。这次讲经规格高、时间长，其解座仪式想来也极为隆重。另如《破魔变》结尾，魔王三女离去之时的唱词中有曰："定拟说，且休却，看看日落向西斜。念佛座前领取偈，当来必定座（坐）莲花。"④ 其中"念佛座前领取偈"一语，与《悉达太子修道因缘》解座文中"合掌阶前听取谒（偈）"语意全同，也正是经文和故事讲唱完毕后念佛诵偈以解座散场的证明。至隋唐时，这种解座仪式已成为讲经、俗讲、转变等佛教表演艺术的基本程序。因而，变文、讲经文、因缘文等早期佛教说唱作品中也渐渐出现了与此仪式相匹配、意在宣告作品结束的解座文。

---

① ［明］熊龙峰：《熊龙峰刊四种小说》，上海古籍出版社，1987年。
② ［明］凌濛初：《初刻拍案惊奇》，天津古籍出版社，2004年，第155—163页。
③ ［梁］释道宣：《广弘明集》卷一九，见《大正新修大藏经》第52册，第235页、236页。
④ 黄征、张涌泉校注：《敦煌变文校注》，中华书局，1997年，第536页。

　　早期佛教叙事类说唱文学大多是演说佛经义理或敷演佛教故事的，具有极浓厚的宗教情绪，其解座文往往以颂扬圣明之主和劝人向佛修善为主要内容。如《破魔变》的结尾："自从仆射镇一方，继统旌幢左（佐）大梁。致（至）孝人（仁）慈超舜禹，文明宣略迈殷汤。……大洽生灵垂雨露，广教释孝赞花偏（篇）。小僧愿讲经功德，更祝仆射万万年。"① 此结束语与正文所讲故事无关，洋溢的全是对"仆射"的阿谀赞颂之词。由此可推知，颂圣应是当时俗讲、转变等佛教表演艺术的解座散场内容之一。而且，《破魔变》一文的主讲者为僧人，而该写卷应产生自专门为"仆射"举办的一次堂会。不过，申述佛教义理、再次劝人向佛修善，才是今存诸多解座文的主体内容。如来自《解座文汇抄》的这段：

　　　　世间情，终不耻，托手心头勤比试。忽然失脚落三涂，不修"实是愚痴意"。
　　　　尚（上）来劝化总须听，各各自家须使意。到家各自省差殊，相劝直论好底事。
　　　　说多时，日色被，珍重门徒从座起。明日依时早听来，念佛阶前领取偈。②

　　值得注意的是此段解座文的尾句，它既证明了解座取散时"念佛""取偈"的宗教仪式，也提醒我们注意：押座文末语常用"XX 唱将来"的固定样式以引出正文，而解座文末语虽没有类似的固定样式，却大多含有劝人次日早来听经的意图。一些解座文在劝人早来听经、向佛修善的本意之外，也有总结正文所讲内容的意图。如《目连缘起》的解座文：

　　　　上来讲赞目连因，只是西方罗汉僧。母号青提多造罪，命终之后却沉轮（沦）。
　　　　奉劝闻经诸听众，大须布施莫因循。托若专心相用语，免作青提一会人。

---

① 黄征、张涌泉校注：《敦煌变文校注》，中华书局，1997 年，第 536 页。
② 黄征、张涌泉校注：《敦煌变文校注》，中华书局，1997 年，第 1172 页。

须觉悟，用心听，闲念弥陀三五声。火宅忙忙何日了，世间财宝少经营。

无上菩提勤苦作，闻法三涂岂不惊？今日为君宣此事，明朝早来听真经。①

另需指出的是，早期佛教说唱文学开创的这种以独立解座文收场的叙事模式，在唐代后期的佛教说唱作品尤其是民间故事题材的变文作品中已出现新变，如《王昭君变文》以一篇哀悼王氏的韵文祭词作结，《舜子变》以赞美舜之大孝的两首七绝作结，而《八相变（一）》的解座文直接采用了骈文格式②。这种新变在后世继续发展，进而形成了我国古代通俗文学作品以韵语的诗、词、曲收束全文的特有方式。

一方面，宋元话本、明清拟话本以及宝卷等说唱文学继承并发扬了早期佛教说唱文学以解座文收场的叙事模式，形成了念诵韵语收结全篇的固定结构。此类韵语可以是律诗、绝句，也可以是词或曲，但以诗为多，因习称收场诗或散场诗。今人程毅中辑《宋元小说家话本集》中，收录有 40 篇宋元话本，这些作品均有收场诗，有的还以当时流行的南曲收场。如《简帖和尚》一文即以一支充满调侃意味的感叹剧情、警醒世人的《南乡子》收场："怎见一僧人，犯滥铺模受典刑。案款已成招状了，遭刑，棒杀髡囚示万民。沿路众人听，犹念高王观世音。护法喜神齐合掌，低声，果谓金刚不坏身。"曲后并附以"话本说彻，且作散场"之语，成为话本表演结束配有收场诗词的明证③。"三言""二拍"收录的文人拟话本作品，也大都有收场诗，且以在总结故事大意中暗含佛教义理的主旨为多。如前述《初刻拍案惊奇》卷一四"酒谋财于郊肆恶鬼对案杨化借尸"的收场语及诗："从来说鬼神难欺，无如此一段话本，最为真实骇听。人杀人而成鬼，鬼借人以证人。人鬼公然相报，冤家宜结宜分。"④ 其中又暗含了佛教的因果报应、地狱冤对等思想。

---

① 黄征、张涌泉校注：《敦煌变文校注》，中华书局，1997 年，第 1016 页。
② 黄征、张涌泉校注：《敦煌变文校注》，中华书局，1997 年，第 160、203、514 页。
③ 程毅中辑注：《宋元小说家话本集》，齐鲁书社，2000 年，第 327 页。
④ ［明］凌濛初：《初刻拍案惊奇》，天津古籍出版社，2004 年，第 163 页。

　　另一方面，早期佛教说唱文学以解座文收场的方式，也为宋元杂剧、明清传奇等后世民间戏曲艺术继承和发扬，从而形成了我国古代戏曲艺术共有的收尾特色。这首先体现为宋元杂剧表演中以"杂扮"散场的方式。"杂扮"是出现于北宋民间杂剧表演的一种散场方式，如吴自牧记载："又有'杂扮'，或曰'杂班'，又名'经元子'，又谓之'拔和'，即杂剧之后散段也。顷在汴京时，村落野夫，罕得入城，遂撰此端。多是借装为山东、河北村叟，以资笑端。"[①] 可见，这种叫法众多的散场"杂扮"，最初只是一种模仿愚民蠢事的滑稽戏。这种以滑稽搞笑的"杂扮"散场的样式，在民间极受欢迎，在南宋、元朝时均有因袭。如周密记载，宋理宗时杭州城的"诸色伎乐人"中，已经出现了专业的杂扮艺人，比较著名的即有铁刷汤、江鱼头等26人[②]；《元史》卷七七记载，当时的教坊司仍有杂扮队戏表演："兴和署掌妓女杂扮队戏一百五十人。"此外，南宋时的"杂扮"开始吸纳其他民间艺术，如南宋耐得翁记载："今之打和鼓、撚梢子、散要，皆是也。"[③]这里的"打和鼓"和"撚梢子"都是民间鼓艺的一种，"散要"应是今天所称的杂要。综此可知，宋元戏曲中的"杂扮"散场，纯以娱乐为要务，并无任何说教刺世意味；因而，凡可娱乐大众者，如杂要、百戏等，均可作为"杂扮"表演。另有学者以为，今藏于故宫博物院的南宋绢本《杂剧打花鼓图》，描绘的其实是杂剧散场时的"杂扮"表演[④]。不过，这种以杂要、百戏为散场表演的样式，在今天民间地方剧种中已极为罕见。其次，"下场诗"在宋元戏曲、明清传奇等民间戏曲中的出现，是早期佛教说唱文学以解座文收场模式直接影响的结果。宋元杂剧、明清传奇等说唱作品，如明汤显祖的《牡丹亭》、清洪昇的《长生殿》等作品中，出现了"下场诗"这一特殊样式，即每折收场或每一演员下场时，都要念诵或者概括本折剧情、或者能引起下折剧情的诗词。这种吟诵下场诗的收场方式，与早期佛教说唱文学

---

　　① ［宋］吴自牧：《梦粱录》，见［宋］孟元老等《东京梦华录（外四种）》，古典文学出版社，1956年，第309页。

　　② ［宋］周密：《武林旧事》，见［宋］孟元老等《东京梦华录（外四种）》，古典文学出版社，1956年，第458—459页。

　　③ ［宋］耐得翁：《都城纪胜》，见［宋］孟元老等《东京梦华录（外四种）》，古典文学出版社，1956年，第97页。

　　④ 苏子裕：《宋杂剧、杂扮与南戏、北杂剧的行当体制——兼考酸孤旦》，载《中央戏剧学院学报》1998年第2期。

吟唱解座文收场的方式之间的渊源关系，自是不言而喻。而且，这种收场方式在流传至今的许多民间剧种中，仍多有传承。

总之，早期民间佛教叙事类说唱文学开创的这种固定的三段式叙事模式，尤其是以韵语开场和收尾的方式，成为我国古代民间说唱文学传承至今的固有特色。如直到 20 世纪 80 年代末仍流行于我国北方地区的评书的表演程式，大致是先念"定场诗"或说段相关的小故事开场，然后以韵散交错的行文方式讲述正文故事，正文故事讲完后（有时也在讲述过程中），还会对其人、其事、其理略加评论，类于早期佛教说唱文学结尾的"劝善惩戒"之语。而至今仍在当地流传的凉州宝卷，"卷首一般都念'定场诗'，如'池塘水满今朝雨，雨落庭前昨夜风。今日不知明日事，人争闲气一场空'；然后以白话'却说□□'开头往下讲唱；结尾一般都是千篇一律的劝善诗，如'男为孝心女为贤良□□'、'事事都顺不哄人□□'、'只要人人心向善□□'等"①。就是至今仍大范围活跃在我国艺术舞台上的相声这一曲艺节目的结构，也与早期佛教说唱文学开创的这种三段式叙事结构有着几乎一致的相似之处：先说垫话和瓢把儿，再说正话，最后说底（即抖包袱）。

（二）韵散交错的行文方式

韵散交错的行文方式，是叙事类佛教说唱文学迥异于我国传统文学的又一突出特点。尽管有不少学者以为，一种"散韵相间、兼说兼唱之文体"，早在先秦时期即已出现，甚至"已经成熟确立"②，并且先后出现了诸如荀卿《赋》篇五首、屈原的骚体辞赋、宋玉《神女赋》、陶潜《桃花源记并诗》等类似作品；但就文类学而言，这些作品仍未脱离传统韵文文体的束缚，并不属于真正意义上韵散同重、且独立于散文和韵文之外的新文体。那种真正韵散同重、且独立于散文和韵文之外的新文体，是由隋唐时期兴盛起来的佛教叙事类说唱文学开创的。因此，这种韵散交错行文方式的真正成熟，与隋唐叙事类佛教说唱文学这一新兴文体的兴盛息息相关。

尽管这种韵散相间的行文方式中，有其源自中华传统文学的固有因素，

---

① 李武莲：《凉州宝卷渊源及其艺术特色》，载《丝绸之路》2009 年第 10 期。

② 牛龙菲：《中国散韵相间、兼说兼唱之文体的来源——且谈变文之"变"》，载《敦煌学辑刊》1983 年第 10 期。

但对其影响更为深刻的，应是来自东汉以来不断传译的古印度佛教典籍。以佛教典籍为代表的古印度佛教文学的行文风格，就是口语的散文与韵语的偈颂交错而行，即在散言叙事过程中不断插入韵语的偈颂。这种风格的形成，一方面是因为"天竺国俗，甚重文藻，其宫商体韵，以入弦为善。凡觐国王，必有赞德，见佛之仪，以歌叹为尊。经中偈颂，皆其式也"；另一方面是因为，"梵文风格却若咏叹调，与善歌善舞之印度民族甚相匹配；再则，诵经形式使然，必致经中行文多有重复"①。不过，古印度佛教文学中的偈颂虽然句式整齐，用词却都比较口语化，也并不都用韵，尤其是在译成汉语之后。但在传译成汉语的漫长历史过程中，经过道安等坚持直译原则、鸠摩罗什等坚持韵律美原则的译经师们的相互碰撞和融合，汉译佛教典籍逐渐形成了一种既韵散交错又讲求声律以便于吟诵的行文特色。鉴于此，不少现代学者以为，这种韵散交错的行文方式源于外来的古印度佛教文学，成熟于佛教说唱文学兴起的唐代，如有学者指出："韵散结合以叙述同一题材，即是从佛经文学那里汲取的艺术滋养。散文和韵文在本土传统文学中分别存在，而相与配合叙事则是从唐开始。"②

其实，这种韵散交错行文方式在唐代的成熟，是多因素共同作用的结果。除前述中国本土传统文学和传译而入的古印度佛教文学的因素外，其赖以生成和传播的民间说唱艺术也起了重要作用。如前所述，僧讲、俗讲、转变等佛教讲唱艺术出现，是佛教兴盛和传播的必然结果；而这些讲唱艺术在表演时往往伴有一定的宗教仪式，如在宣讲经文时，多采用诵唱韵语经文与散言宣讲经义交错循环进行的方式，这就直接导致了变文、讲经文、因缘文等早期叙事类佛教说唱文学对这种韵散交错行文方式的必然采用。此外，这种韵散交错行文方式的选择和传承，也与叙事类佛教说唱文学直面观众的表演形式有直接关系。因为面向观众直接表演的限制，最初的传教者们不得不主动吸纳广大民众喜闻乐见的艺术样式：一方面，他们会吸纳广大民众耳熟能详的口头散语和喜闻乐见的生活事例，努力将深奥隐晦的佛经义理演说清楚；另一方面，他们会借鉴六朝以来各种新兴的艺术样式，如日渐成熟起来的以鱼山梵呗为代表的中国本土佛教音乐以及盛极一时的骈文、乐府、五七

---

① 王铁钧：《中国佛典翻译史稿》，中央编译出版社，2006年，第123、112页。
② 俞晓红：《佛教与唐五代白话小说研究》，人民出版社，2006年，第392页。

言诗等传统"歌诗"，力求使佛教说唱文学成为世俗民众喜爱的样式，借以加大对佛教的宣传力度。由此可见，这种韵散交错行文方式在唐代佛教说唱文学中的成熟，决非某一因素的单独作用。

在这种成熟于唐代的韵散交错行文方式中，散言与韵语是交替出现、不断循环的。可以毫不夸张地说，这种散言和韵语交替出现、不断循环的行文方式，是唐前文学从未出现过的。而它在变文、讲经文、因缘文等早期叙事类佛教说唱文学中成熟之后，不仅形成了自己的鲜明特色，而且深深影响了之后以话本、拟话本为代表的通俗小说和以宋元杂剧、明清宝卷等为代表的民间戏曲等通俗文学样式。概括而言，在散言韵语交错出现、不断循环这一主体特色之外，这种成熟于早期叙事类佛教说唱文学中的行文方式还具有以下特色：

首先是散文部分大量采用四言句式与对仗手法，呈现出一种六朝以来即盛行一时的骈俪色彩；而韵文部分则过于偏爱五七言尤其是七言句式，即广泛借用自初唐即流行起来的五七言律诗格式反复铺叙典型情节，从而营造一种扣人心弦或激动人心的审美效果。最能体现早期佛教说唱文学散言部分的骈俪特色的，应是《维摩诘讲经文（一）》中讲述佛祖率众梵齐聚庵园讲经说法的这段文字：

> 于是四天大梵，思法会而散下云头；六欲诸天，相庵园而趋瞻圣主。各将侍从，天女天男；尽拥嫔妃，逶迤遥拽。别天宫而云中苑（宛）转，离上界而雾里盘旋。顶戴珠珍，身严玉珮；执金幢者分分（纷纷）云坠，擎宝节者莘莘烟笼。布乐器于青霄，散祥花于碧落。皆呈法曲，尽捧名衣，思大圣之情专，想慈尊而意切。总发难遭之解，咸伸敬礼之犹。玛瑙杯中琥珀倾，象牙盘里真珠撒。栴檀霭霭，龙麝勋勋（薰薰），情田早启于虔祈，雅旨倍生于翘仰。更有诸天人众，向大觉以归心；八部龙神，望金仙而启首。龙王龙兽，赫亦（奕）威光；龙子龙孙，腾身自在。跳踯踊跃，广现神通，不施忿怒之容，尽发慈悲之愿。更有三头八臂，五眼六通，掣霜剑而夜月藏光，挂金甲而朝霞敛耀。呼吸毒气，鼓击狂风，得海底之沙飞，使天边之雾卷。掷昆仑山于背上，纳沧海水于腹中。眼舒走电之光，口写血河之色。总来听法，皆愿结缘，一群群瞳日曼空，一队队遮云满雾。咸离宝殿，下到娑婆，只

如弹指中间，已入庵园会里。①

这段文字句式整齐，韵律和谐，一承六朝以来的骈俪之风，尽显中华传统辞赋的铺陈夸张、雍容华丽特色，其实并非严格意义上的散言。由此也可推知，本讲经文应是庙堂讲经（即严格的"僧讲"）向民间"俗讲"过渡期间、尚未完全成熟的初期佛教说唱作品。即使在已经广泛流传于民间、处于完全成熟状态的晚期说唱作品《大目乾连救母变文》中，散言部分的这种多用四言句式、杂以对仗手法的骈俪色彩仍然非常醒目，如其开篇交代故事缘起的这段文字：

> 夫为七月十五日者，天堂启户，地狱门开，三涂业消，十善增长。为众僧咨下，此日会福，之（诸）神八部龙天，尽来教福。承供养者，现世福资，为亡者转生于胜处。于是盂兰百味，饰贡于三尊。仰大众之恩光，救倒悬之窘急。昔佛在世时，弟子厥号目连，在俗未出家时，名曰罗卜，深信三宝，敬重大乘。于一时间，欲往他国兴易。遂即支分财宝，令母在后设斋供养诸佛法僧及诸乞来者。②

韵文部分对五七言句式的偏爱，在不同时期的佛教说唱作品中均有体现，而且不限于叙事类佛教说唱文学。仍以处于成熟状态的早期作品《大目乾连救母变文》为例，其韵文部分大多为清一色的七言排律，而且都是对之前散言部分交代的故事情节的反复铺叙和渲染，从而使目连寻母、救母的每一情节都显得生动形象、真挚感人。如写目连寻母来至奈河边的这一段：

> （目连）行经数步，即至奈河之上，见无数罪人，脱衣挂在树上，大哭数声，欲过不过，回回惶惶，五五三三，抱头哭啼。目连问其事由之处：
> 奈河之水西流急，碎石谗（巉）岩行路涩。衣裳脱挂树枝傍，被趁不交（教）时向立。

---

① 黄征、张涌泉校注：《敦煌变文校注》，中华书局，1997年，第763—764页。
② 黄征、张涌泉校注：《敦煌变文校注》，中华书局，1997年，第1024页。

河畔问他点名字，胸前不觉沾衣湿。今日方知身死来，双双傍树长悲泣。

生时我舍事吾珍，金轩驷马驾珠伦（轮）。为言万古无千改，谁知早个化惟（为）尘。

呜呼哀哉心里痛，徒埋白骨为高冢。南槽龙马子孙乘，北牖香车妻妾用。

异口咸言不可论，长嘘叹息更何怨。造罪诸人落地狱，作善之者必生天。

如今各自随缘业，定是相逢后回难。握手丁宁须努力，回头拭泪饱相看。

耳里唯闻唱道急，万众千群驱向前。牛头把棒河南岸，狱卒擎叉水北边。

水里之人眼盼盼，岸头之者泪涓涓。早知到没艰辛地，悔不生时作福田。①

这里，散言部分三言两语即交代清楚罪人三五成群被驱赶至奈河边的故事情节，韵语部分则用长达 32 个韵律整齐的七言句，详细描述了即将被押入地狱的鬼魂们那种惊怕、悔恨、期盼交织在一起的复杂情感，以及亡者生者不忍分离、牛头狱卒狠心驱赶的混乱场景。

不过，早期佛教说唱作品中也有七言、五言间杂的个例，如《大目乾连救母变文》中描述"目连深山坐禅之处"的这段韵语：

目连剃除须发了，将身便即入深山。幽深地净无人处，便即观空而坐禅。

坐禅观空知善恶，降心住心无所著。对镜澄澄不动摇，右脚还须押右脚。

端身坐盘石，以舌着上萼（腭）。白骨尽皆空，气息无交错。

当时群鹿止吟林，逼近清潭望海头。明月庭前听法眼，青山松下坐

---

① 黄征、张涌泉校注：《敦煌变文校注》，中华书局，1997 年，第 1027—1028 页。

唯禅。

> 天边海气无退换，陇外青山望戍楼。秋风瑟瑟林中度，黄叶飘零水上浮。①

从句式上看，这段韵语前后均为七言句，中间杂以 4 个五言句，营造出一种大致整齐却又稍有错落的视觉感，使说唱者或阅读者避免串行之误；从内容上看，前 8 句是对目连坐禅情况的概述，中 4 句是对其坐禅神情、姿态的细部描写，后 8 句则铺叙其坐禅之处的景物，前后连贯浑一，充满诗情和禅意，使听众或读者易于身临其境般体味目连坐禅修炼的虔诚及其坐禅处景物之优美、境界之虚静。

佛教说唱文学韵散交错行文方式的第二大特色，是散言、韵语转换时往往采用特定的提示语（或称入韵套语）。这些提示套语主要有两种类型：一类是"当（于）此（尔）之时，有（道）何言语""……言（道/答/说）"格式，引导出的主要是推动故事情节继续发展的偈颂、愿文、诗赞等韵语；一类是"……处""且看……处，若为（陈说）"格式，引导出的往往是对之前散言部分进行描写性补充铺叙的韵语。本文仅以下表所列二文中韵散转换提示套语的情况为例加以说明：

篇目	转换次数	提示套语次数	提示语格式
《八相变（一）》	34	24	……之时，……何言语
		6	……道/答/说
		2	……之时
		2	……偈
《大目乾连救母变文》	21	19	……处
		3	答/启言

据此可知，这两类提示套语虽格式不同、作用各异，却常并存共生于同一作品中。而这两类特定提示语的生成，主要有两方面的原因。一是早期佛教表演艺术固守的宗教仪式的影响。如前所述，僧讲、俗讲等表演艺术在讲

---

① 黄征、张涌泉校注：《敦煌变文校注》，中华书局，1997 年，第 1025 页。

唱经文时，多采用一种唱诵经文与散言解说交替进行的程式，这就使得讲唱者不得不在唱诵和解说的转换之际采用一些特定术语来提示观众，因而出现了以"经言""偈（颂/愿）曰""当……时，有何言语"为发端的"……言（道/答/说/曰）"格式。其中"当……时，有何言语"格式，应是源自于佛教经典中的"尔时，……"格式，后简化成为"……言（道/答/说/曰）"。如《破魔变》在"当……时，道何言语"的主要格式之外，出现了"父道""女道""佛道"的简洁格式。二是早期佛教表演艺术特有的说唱形式的影响。如前所述，早期的转变表演是一种特殊的"看图说唱故事"样式，表演者常常边指示观众欣赏图画、边讲唱与画面相配的文字内容，因此便产生了"且看……处，若为（陈说）"类提示套语，如《大目乾连救母变文》的19处提示语中，16处与"且看……处，若为（陈说）"相关，前引两段韵文，即分别以"目连问其事由之处""看目连深山坐禅之处，若为"引出。

　　这种应用于韵散转换之际的提示套语，在早期叙事类佛教说唱文学作品极为常见，对后世说唱文学也产生了一定影响。宋元时期的话本、杂剧等说唱作品大多采用了这种以提示套语转换散言韵语的方式，但也出现了一些新变。一是其提示套语的格式更趋简洁，如《大唐三藏取经诗话》[①]中直接以"诗曰"引导25处，另有"诗云""诗答曰""成诗谢曰""成诗赞曰""合掌颂曰"等各一处。二是其提示套语引出的韵语，已不再局限于偈颂、诗赞，而是南词、北曲等凡入韵者皆可。这一点在广泛借用民间曲调的宋元杂剧中体现得尤为明显。至宝卷、拟话本盛行的明清时期，韵散交错的行文方式已是固定格式，但以提示套语进行韵散转换的方式已趋没落。如《孟姜仙女宝卷》[②]通篇无一提示套语，这应是文人参与说唱文学创作以及说唱艺术书面化的必然结果。不过值得关注的是：有无提示套语，恰可作为民间说唱文学区别于文人书面文学的辅助性标志之一。

　　概言之，早期佛教说唱作品孕育生成的这种韵散交错的行文方式，形成了散语以四六骈言间以杂言、韵语以七言律杂以五言、且在韵散转换之际以固定套语提示的独有特色。这一行文方式及其特色，对后世民间说唱文学的

―――――――

① 李时人、蔡镜浩校注：《大唐三藏取经诗话校注》，中华书局，1997年。
② 刘光民编著：《古代说唱辨体析篇》，首都师范大学出版社，1996年，第164—180页。

影响也是不言而喻的。宋元话本、明清拟话本甚至长篇章回体小说等在民间说唱文学基础上形成的小说作品，都采用这种散言叙语中杂以韵文和诗词的叙事体制；而宋元杂剧、金人院本、明清宝卷甚至以文人创作为主的明清传奇、子弟书等，也采用了散语叙事与韵文铺陈相结合的做法，只不过其韵文大多是民间更为喜闻乐见的词曲形式。可见，在敦煌变文等早期佛教说唱文学中发育成熟的这种韵散结合叙事方式的影响，恰如刘光民指出的："变文所具有的韵散结合的形式，为后世一大批说唱体裁如鼓子词、诸宫调、道情、宝卷、弹词、鼓词等所承袭，汇聚而为我国说唱文学的主流。"①

（三）口语为王的语言特色

这是包括佛曲、佛教曲子词等吟唱作品在内的佛教说唱文学开创的又一显著文类特征，该特征"体现了古代俗文学演变过程中的新变"②。当然，这种"新变"并非一蹴而就，而是在多种因素的合力下，经过了从文白并行到口语为王的漫长转化进程。

以敦煌变文为代表的早期佛教说唱文学，在我国古代文学发展史上具有特殊的地位。如孙步忠概括说："敦煌变文作为一种通俗讲唱文学的重要的文学史意义，即在于它是中国古代白话小说的滥觞，也是数百年后中国古代长篇章回小说及白话短篇小说诞生的先导。"③ 孙先生做出如此判断的依据之一，就是敦煌变文等早期佛教说唱文学对我国古代文学语言的开创作用。对这一语言作用，陈明娥做出了更为形象的评价："敦煌变文上承先秦两汉的文言用语，下推宋元白话口语，是连接古代汉语与近代汉语的一座桥梁。"④ 这一评价准确揭示了佛教说唱文学语言从早期文白并行到后世口语为王的转变。

隋唐时期佛教说唱文学的语言，是以文白并行、雅俗共赏为基本特色的。这种文白并行、雅俗共赏的语言特色，一方面体现为对古汉语以骈俪句式为代表的文言句式、传统典籍成文习语等的广泛征用。如《降魔变文》

---

① 刘光民编著：《古代说唱辨体析篇》，首都师范大学出版社，1996 年，"前言"第 3 页。

② 韩洪波：《从变文到元明词话的文体流变研究》，扬州大学 2013 年博士学位论文，第 23 页

③ 孙步忠：《敦煌藏卷中的白话小说是中国白话小说的源头》，载《敦煌研究》1999 年第 3 期。

④ 陈明娥：《20 世纪的敦煌变文语言研究》，载《敦煌学辑刊》2002 年第 10 期。

开头的这段文字:

> 盖闻如来说法,万万恒沙;菩萨传经,千千世界。爰初鹿苑,度五俱轮;终至双林,降十梵志。演微言爱河息浪,谈般若烦恼山摧;会三点于真原,净六尘于八境。所以舍卫大城之内,起慈念而度群生;给孤长者园中,秉智灯而传法印。①

其句全用对仗,先以"盖闻"这一文言词语领起两组整齐的四言骈语,继以七言对、六言对各一,终以"所以"二字领起两组六言对,从而营造出一种句式上略有错综的整齐感。而且,其第一组四言骈语,直接脱胎于北周庾信《陕州弘农五张寺经藏碑》中"盖闻如来说法,万万恒沙;菩萨转轮,生生世界"之语。这种直接引用传统经典中成文习语的做法,在该变文中多次出现。如国王责备须达时的"天子一怒,可以伏尸百万,流血千里"之语,来自《战国策·魏策四·唐雎不辱使命》;须达描述如来时的"胸题万字,了了分明。广长舌相,额广能平。师子王臆,毛螺旋生"等语,依据《大般若波罗蜜多经》《大般若经》等佛教经典中所记载的佛的三十二相和八十种好②。这些沿袭古文言文华丽风格的骈文俪语以及直接引用自传统经典的书面语句,都使佛教说唱文学的语言呈现出典雅大方的一面。

另一方面,这种文白并行、雅俗共赏的语言风格还体现为对平民大众习用的口语、俗语、方言、俚词等的大量应用。如较早对敦煌变文语言进行研究的蒋礼鸿先生认为,敦煌变文之类"在民间的创作以及文人吸取民间口语的作品",可以反映"古代口头语言的起初面貌",因而他细致考释了800多个大多为当时敦煌一带普通民众广泛使用的"口语词"③。此外,凌培以为,敦煌变文的作者"在创作时大量地采用了口语俚词,这些作品中不可避免地掺入了各地方言",并考察了气力、汗衫、盘缠、些些等"至今还在继续使用着的吴地方言词语"④;张柳则以为,敦煌变文应用了大量只有在口

---

① 黄征、张涌泉校注:《敦煌变文校注》,中华书局,1997年,第552页。
② 项楚选注:《敦煌变文选注(增订本)》,中华书局,2006年,第708、709页。
③ 蒋礼鸿:《敦煌变文字义通释(第四次增订本)》,上海古籍出版社,1988年新2版。
④ 凌培:《〈敦煌变文集〉所见的吴方言词语考释》,《湖州师专学报》1988年第4期。

语才会出现的叠音词和方言，叠音词如一一、朝朝、人人、个个、巍巍、处处、浩浩等，方言词如当时流行于甘肃一带的肥、毛、旋旋等①。其他学者还从多个角度考释了敦煌愿文、歌辞等文献中为数众多的带有口语色彩的俗语词。而且，这种大量应用口语词汇的做法不仅出现在早期佛教说唱作品的散言部分，在韵语当中也极为常见。前引唐从谂法师《十二时颂》中的"个也无""些些有""不唧溜"等语，显然是民间口语词；而前引《破魔变》押座文"只昨日腮边红艳艳，如今头上白丝丝""一世似风灯虚没没，百年如春梦苦忙忙""遮莫金银盈库藏，死时争肯与君将"等句，虽都是对仗工整的文言句式，却都杂有俚俗易懂的口语词。由此可见，早期佛教说唱作品的语言大致遵循了文白并行的基本原则，但大量口语俚词夹杂于骈文俪句中的大胆创新，初步显示了其口语为王的端倪。这在前引《三身押座文》《庐山远公话》开场语以及《维摩诘讲经文（一）》《大目乾连救母变文》等片断中，均有所呈现。

早期佛教说唱文学语言文白并行，并趋向于口语为王特色的生成，也源自多方面因素。首先是文学语言自身发展追求新变的必然因素。文学语言如文学一样，也有其自身发展到一定阶段便会力求新变的内在规律。对于古代文学的发展，王国维曾评价说："凡一代有一代之文学：楚之骚、汉之赋、六代之骈语、唐之诗、宋之词、元之曲，皆所谓一代之文学，而后世莫能继焉者也。独元人之曲，为时既近，托体稍卑，故两朝史志与《四库》集部，均不著于录；后世儒硕，皆鄙弃不复道。"② 元曲之所以被批评为"托体稍卑"，就是因为它一改之前文体以文言为正宗的语言传统，继承了肇端于敦煌变文等早期佛教说唱文学的口语新变。以敦煌变文为代表的早期佛教说唱文学对向为传统文人唾弃的通俗口语的广泛应用，其实就如清末民初的白话文运动一样，是文学语言试图打破"雅"文言一统局面、追求"俗"白话共享话语发言权的自身发展的必然结果。其次是创作和传播者的主观因素。在早期佛教说唱文学的创作和传播过程中，僧人与文人始终占据着主导地位。据王伟琴考察，敦煌变文的作者大多为"佛教僧人"，甚至包括悟真这

---

① 张柳：《敦煌变文中的甘肃方言词语》，载《丝绸之路》2013 年第 24 期。

② 王国维：《宋元戏曲史》，上海古籍出版社，1998 年，"自序"第 1 页。

样位至"僧统"的高级人僧；此外就是一些"精通儒学经典的人物"①。这些僧人和"精通儒学经典的人物"大都娴于典籍，通于诗文，因而会直接套用佛教经文、传统典籍中的语句，并能熟练应用当时流行的骈文俪语、五七言诗等"声诗"形式。经他们之手的说唱作品自然会带有一种来自传统的儒雅色彩，从而形成了早期佛教说唱语言的典雅风格。再次是传播方式和受众主体的客观因素。佛教说唱文学的传播方式是现场表演、口耳相传，其受众主体是平民大众，这就决定了其演唱用语的通俗易懂性。因此，为了更好地宣传佛教义理和取悦于广大的受众主体，说唱表演者们不得不大量采用这种更为朴实易懂的口头语言，从而形成了早期佛教说唱作品文白并行、雅俗共赏的语言风格。

其后，在此三种因素的合力作用下，肇端于早期佛教说唱文学的这种文白并行的语言风格逐渐走向口语为王。两宋时期，以话本为代表的市民文学的兴盛，进一步激发了早期佛教说唱文学开创的"文白并行"语言风格的发展演变，口语词汇甚至开始在居于正统地位的宋诗中出现②。至元代，以元曲为代表的民间说唱文学的语言，更是大胆超前地一改隋唐五代时期文白杂用并夹有骈词俪语的特色，而代之以更为通俗形象、流畅生动的口语，基本形成了口语为王的语言风格。不过，由于语言自身发展变化的原因，许多当时通行的俚词俗语已趋消亡，我们今天不得不求助于《诗词曲语辞汇释》③ 等注释之作。明清时期，是佛教说唱文学口语为王语言风格体现得最为明显的时期。前引《土地宝卷》片断以及《尼姑思凡》《俺双亲看经念佛把阴功作》等曲，都清楚地体现了这一特色。而且，随着民间说唱文学的兴盛和流行区域的扩大，清代佛教说唱文学的口语色彩更加浓郁。一方面，一些古老的佛教说唱文学样式逐渐脱离宗教语言的束缚，开始向更加世俗化的民间语言靠近，如到清末，本意为布道劝善的宗教仪式——宣卷已大致演变成娱乐民众的说唱活动，相应地，宝卷的基本体制和语言风格也发生了改变，由原来的套用曲牌铺叙故事基本转变为白话散语与七言歌行体交替叙事，就连故事题材也由最初的佛教人物故事为主演变为民间故事为主，《孟

---

① 王伟琴：《敦煌变文作者作时考论》，西北师范大学 2009 年博士学位论文，第 96 页。
② 参阅曹海花《宋诗自注口语词义举例》，载《职大学报》2006 年第 1 期。
③ 张相：《诗词曲语辞汇释》，中华书局，1953 年。

姜仙女宝卷》就是当时流传最为广泛的民间故事题材作品。另一方面，随着新兴说唱文学样式的不断涌现和集中，说唱文学的语言越来越体现出区域性、口语化特色。如流行于江浙地区的苏州弹词、扬州评话等众多民间说唱艺术，大都以缠绵软侬的吴语来说唱；而流行于北方的各种鼓词，如山东犁铧大鼓、河北木板大鼓、西河大鼓等，则各以当地方言演说。

最后，需要申明的是，口语为王是佛教说唱文学最为突出的语言特色，而非唯一特色。作为佛教表演艺术的底本，早期佛教说唱文学的语言还体现出优美的音乐性和鲜明的异域性特色。但此二特色并非佛教说唱文学所独创，因姑附于此。

佛教说唱文学语言的音乐性，归因于其有说有唱的表演形式，主要体现在佛典、佛教曲子词等只唱不说类以及变文、宝卷等有说有唱类的韵文部分中，基本沿袭了传统"声诗"讲究篇章体例和韵律和谐的做法。唐释善导（613—681）首开佛教说唱文学语言重视音乐性之先河，他创制的《转经行道愿往生净土法事赞》《依观经等明般舟三昧行道往生赞》等歌赞，多用韵律整齐的五、七言句，间有二、三、四言句，并借鉴当时民歌应用和声的做法，常在句末附加"愿往生""无量乐""往生乐""散华乐"等语以为和声[1]。与之类似的佛教赞呗、歌曲等，均借用我国传统文学的这一语言传统。如现存敦煌佛曲中，《五台山赞》18首全部采用整齐的七言句式，以"佛子，大圣文殊师利菩萨，佛子"为和声收尾[2]。那些借用《五更转》《十二时》《百岁篇》等民歌体例的佛教曲子词，则使用了多支固定格式的单曲组成长篇联章体歌曲的体例和曲调。这对后世的叙事类说唱文学，尤其是宋元杂剧、套数等戏曲类文学的形成，应有一定的促进作用。而明清宝卷的韵文部分，句式更加灵活，十言最多，七言次之，偶杂以五言、四言；句数自由多变，长者可达30句，短者仅寥寥数句；曲调更加丰富，广泛借用莲花落、打宫调、浪淘沙、哭五更等流行于不同时期的各种民歌曲调，且一套宝卷之中借用最多者达20余种；韵律更为严格讲究，一般首句和偶数句用韵，多为上仄下平的一韵到底式。

佛教文学语言的异域性，源自其大量借用的佛教词汇。以佛曲、变文、

---

① 善导：《善导大师全集》，（闽）新出（2009）内书第5号（宗），第375—540页。
② 任半塘编：《敦煌歌辞总编》，上海古籍出版社，1987年，第922、829—866页。

讲经文、因缘文等为代表的早期佛教说唱文学，必然受到汉译佛教经典的深刻影响，其中充满了各种传译而来的佛教经文和专用术语。如在敦煌变文这一早期佛教说唱文学样式中，"从讲唱内容上看，讲唱佛经或佛教故事的变文有 59 种，占了相当大的比重（总数 86 种）"；而"在变文的多个词语中，佛教词语就有 2000 多个，约占总数的 20%。有些佛教词语的出现频率很高，在变文中的使用非常活跃。"① 这些传译自古印度佛教的新概念、新理论，无论是音译还是意译而来，都带有极浓郁的外来色彩，也就使得早期佛教说唱文学的语言呈现出一种与汉译佛典相似、却迥异于本土传统文学的异域特色。这种带有显著异域特色的语言体系，"打破了读者以往的心理定势，使其在心理上产生强烈的好奇感，对于文学形式来讲，是非常具有创新性的"②，成为后世"目连""西游"系列戏曲以及明清宝卷等佛教说唱作品在民间经久不衰的制胜法宝之一。

（四）多维转换的时空架构

中国叙事文学中多维转换的时空架构也是由早期佛教说唱文学开创的，这种多维叙事结构源于佛教时空观。对于时间和空间，我国古代习惯于这样一种传统的思维，即时间是永恒的、单向性的，空间虽是二维或者多维的，但都是相对封闭的。历来"不语怪力乱神"、只强调关注当下的传统儒家，尤其坚持这样一种时空观。但来自古印度的佛教却持完全不同的时空观。佛教认为，时间和空间都具有无限永恒性和全面开放性，整个世界的时间是由许许多多不同的变动着的"劫"这个时间单位组成的，个体生命的时间则有过去、现在、未来（或称前世、今生、来世）三种形式，而非仅儒家所主张的现在（或称今生）这一种形式；世界的空间，既有世俗众生生活其中的四洲、四大天王等众神生活其中的天界以及饿鬼等生活其中的地狱，又有由"一心具十法界，一法界又具十法界、百法界"组成、数不清道不尽包罗万象的"三千大千世界"，而个体生命的生存空间，可是这众多空间（即"界"）的任何一个。因此，佛教典籍中的佛本生故事，往往形成一种相对固定的回环叙述模式：先交代现世佛陀的说法概况，接着述说佛陀在过

---

① 陈明娥：《敦煌变文词汇计量研究》，百花洲文艺出版社，2006 年，第 8、53—54 页。
② 韩洪波：《从变文到元明词话的文体流变研究》，扬州大学 2013 年博士学位论文，第 26 页。

去某劫或某世化为其他身份如动物或其他人时的经历，最后再以现世佛陀的说法揭示其过去世与现在世的联系，借以宣扬佛教主张的业报轮回思想。佛教这种迥异于中华本土文化的时空观以及佛教典籍这种固定的回环式叙事模式，都深深地影响了中国早期的佛教说唱文学，使其在叙事时形成了一种多维转换的时空架构模式，并形成了两种具体的表现方式：

一是借助叙事空间的频繁转换，实现一种如同现代电影蒙太奇手法一样的玄幻感。如《降魔变文》中，外道六师与舍利弗定下斗法时日后，舍利弗到舍枸树下打坐修炼，须达却以为他在"端然安睡"，因此大加责怪；舍利弗立时"运其神通，即至灵鹫峰山顶"，面求如来佛祖；当如来佛祖将自己的金兰袈裟送给舍利弗后，舍利弗又神奇地瞬间即回至须达身边，而且有龙神八部、阿修罗、紧那罗诸神环拥在其周围。这段叙事中，极为迅捷的空间转换，配以与中华传统截然不同的异域众神形象，令观众和读者产生一种眼花缭乱之感。而外道六师与舍利弗斗法开始后的场景转换，不仅迅捷无比，而且奇幻异常。如六师幻化出的事物，一会儿是远在天边、充满道教仙境色彩的神奇宝山，一会儿是近在咫尺、莹角剑蹄的可爱水牛，一会儿是七宝为岸、鱼跃花香的奇幻水池，一会儿是口吐烟云、惊惶四众的恐怖毒龙，一会儿是行如奔电、恐动四边的可怕丑鬼。前三种是世俗生活实物原型基础上又寄托以美好愿望和奇妙想象的产物，因而令观众和读者沉浸其中，心向往之；后二种则纯属人类臆造的恐怖之物，使观众和读者恐惧厌恶，唯恐避之不及。而舍利弗所化之物，一会儿是手执宝杵、傲岸雄伟的怒目金刚，一会儿是身如雪山、勇锐难当的神圣师子，一会儿是身躯广阔、口有六牙的白象之王，一会儿是奇毛异骨、抓距不异丰城之剑的金翅鸟王，一会儿是威神赫奕、甲仗光鲜的护法天王毗沙门。这些事物或者为佛教信仰之吉祥鸟兽，或者为佛教敬奉的护法之神，都以刚威勇猛而著称；它们的胜利，正宣示了佛法的神力无边。这众多来自不同地域的异物异景，走马灯般交替呈现于观众和读者面前，充分体现了早期佛教说唱文学的多维空间架构特色。

二是通过叙事时间转换所带来的多维时空架构，实现一种犹如当今流行之穿越剧一般的诡异感。这种叙事时间的转换，往往采用佛教典籍讲述佛本生故事的回环叙事模式。如《唐太宗入冥记》中，唐太宗由生入死，又死而复生，在当下、未来、当下的回环模式中交代完故事情节，使读者和观众超前体验地狱这一未来世界、它维空间的奇幻与诡异。而《悉达太子修道因缘》中的这个语段，则引导读者和观众在过去的众多时空依次"穿越"，最后才回到中华传统文化最为关注的当下：

> 昔时本师释迦牟尼求菩提缘，于过去无量世时，百［千］万劫，多生波罗奈国。广发四弘誓愿，为求无上菩提，不惜身命，常以己身及一切万物给施众生。慈力王时，见五夜叉啖人血肉，饥火所逼，其王哀愍，与（以）身布施，济馁五夜叉。歌利王时，割截身体，节节支解。尸毗王时，割顾（股）救其鸠鸽。月光王时，一一树下，施头千遍，求其智慧。报（宝）灯王时，剜身千龛，供养十方诸佛，身上燃灯千盏。萨埵王子时，舍身千遍，"悉济其饿虎"。悉达太子之时，广开大藏，布施一切饥饿贫乏之人，令得饱满。①

最能体现这种多维转换的时空架构模式的玄幻与诡异特色的，是《大目乾连冥间救母变文》。为了报答母亲的养育之恩，修成正果的目乾连开始了漫长的寻找和救助之路：他先到天宫拜见父亲，得知母亲不在天宫的音信；后来到南阎浮提、奈河、五道将军坐所等处，一一寻找，均无消息；又到幽深黑暗的地狱里，在一层又一层的不同空间寻找，直找到最深层的阿鼻地狱；之后，他又在佛国、地狱、人间等多个不同的空间里奔波，最终在无所不能的世尊的指点下，救助母亲升往无欲无求、极乐极净的"佛国"空间。在这一过程中，目连母亲的身份经历了人身、饿鬼身、畜生身等多种转换，目连则在天宫、地狱、佛国、人间等多个空间里反复"穿越"，这些"穿越"大多是借助于"须臾之间，即至……""言讫，更往前行"等提示性语句实现的。在这频繁转换的多维时空中，早已习惯了中华传统永恒单一封闭时空思维的读者和观众，瞬间仿似置身于一种超越永恒的多维开放时空的诡异境地。这种新颖性、诡异感对观众感官的冲击力是可想而知的，这也应是早期叙事类佛教说唱文学广受欢迎的具体原因之一。

早期佛教叙事类说唱作品开创的这种多维时空频繁转换的模式，首先被

---

① 黄征、张涌泉校注：《敦煌变文校注》，中华书局，1997年，第469页。

后世的目连救母、西游取经等系列的说唱文学继承。如西游系列说唱作品中，孙悟空所起的作用一如目连，他在人间、魔界、天界、地府、佛国等多个空间的反复穿梭，展示给读者和观众一个既错综复杂，又光怪陆离、异彩纷呈现的多维空间。明清说唱文学中的《土地宝卷》，老土地这个像目连、孙悟空一样的关键人物，引领观众在诸多时空往返穿越，架构起全文跌宕起伏的故事情节。其次，后世其他佛教题材的说唱作品也承袭这种多维的时空架构模式，使故事情节显得奇幻多姿。如宋元话本《五戒禅师私红莲记》①中，先写五戒与明悟二禅师的今世寺院生活，又写二人转生为苏轼与佛印的来世生活，最后提及二人成为大罗天仙与至尊古佛的天界生活，今世、来世、天界的多维时空转换，巧妙地将生活在不同时空的人、事勾连在一起，使读者和观众体验到开放多向时空观所带来的新奇感。

在这种频繁转换多维时空叙事模式的基础之上，早期佛教说唱文学还发扬了我国传统文学的另一特色——瑰奇夸张的艺术想象。这一文类特征早在先秦时期即在由屈原创作的楚辞体文学中发育成熟，其后又为两汉辞赋、李白诗歌等韵文文体发扬光大；但它在叙事类文学中的发育成熟，是由早期佛教说唱文学来完成的。而且，由于多维时空叙事模式的应用，早期叙事类佛教说唱文学的艺术想象更具有一种迥异于我国传统文学作品的特色。早期叙事类佛教说唱作品中的艺术想象，主要是对佛经原典中简洁经文的铺叙和敷演，即：创作者们常常借助于天马行空般的艺术想象，大胆虚拟人物形象、故事情节、场面描写等，从而将佛经原典中仅有数十字甚至十几字的三言两句敷演成形象生动、情节曲折、场面宏大的长篇巨幅。最典型的例子莫过于敷演《维摩诘经》而成的《维摩诘经变文》，其中《维摩诘经》中"佛告弥勒菩萨，汝行诣维摩诘问疾"一句，在《维摩诘讲经变文》中被铺叙成"散文六百十三字，韵语六十五句""五百七十字的散文，七十二句的韵语"②等多种形式的惊人长段。概括而言，这种瑰奇夸张的艺术想象力，在佛教叙事类说唱文学中大致呈现出如下特色：

一是场面描写的恢弘阔大。隋唐之前，我国传统的文人诗赋作品中已有众多精彩的场面描写，如屈原《山鬼》《湘夫人》、宋玉《高唐赋》《神女

① 程毅中辑注：《宋元小说家话本集》，齐鲁书社，2000年，第447—461页。
② 郑振铎：《中国俗文学史》，商务印书馆，2009年，第188—194页。

赋》等先秦赋作中神人仙子私会、欢聚场景的奇幻诡异,《上林赋》《两都赋》等汉大赋中皇室贵族游猎、宴饮场面的富丽堂皇;但叙事类作品尤其是民间叙事类说唱作品中,一直缺乏这种大气、宏伟的场面描写。打破这种局面的,是隋唐佛教叙事类说唱作品。如前引《大目乾连救母变文》中作恶者即将跨过奈河进入地狱的混乱场面,《维摩诘讲经文(一)》中佛祖在庵园举办法会前众贤群集的浩大场面,《破魔变》中光怪陆离的神魔斗法场面等等,都写得气势宏大、动人心魄,具有前所未有的开创性。而且,佛教叙事类说唱作品最具突破性的,是对战争场面的艺术想象。之前以战争描写见长的叙事作品,往往重在挖掘造成战争胜负结果的众多因素以资借鉴,因而长于以多变的技巧展示战争的发生过程,如《左传》《史记》等作品,采用倒叙、插叙、补叙、预叙等不同手法,多角度、多侧面地交代战争发生前后曲折多变的人或事,却并不注重对战争场面的铺叙和渲染;而《木兰诗》之类的民歌,虽涉及战争题材,却意在突出英雄人物形象的世俗生活和小儿女情态,因而也不以浩大的战争场面为描写对象。但隋唐以来出现的以吸引和娱乐大众为要务、以战争为题材的佛教说唱作品中,如《破魔变》《降魔变文》《伍子胥变文》《汉将王陵变》等,作者关心的并不是引起战争以及决定战争胜负的因素,而是如何通过对宏大战争场面的铺叙来营造一种激荡人心的气氛,从而吸引听众。因此,这些作品大都竭尽铺张之能事,极力渲染其战斗场面之恢弘阔大、战争氛围之紧张惨烈。如《伍子胥变文》中的这段描写:

四十二面大鼓笼天,三十六角音声括地,傍震百里山林,隐隐轰轰。搦生先锋,乃先踏道。阵云铺于四面,遍野声满平原,铁骑磊落已(以)争奔,勇夫生宁而竞透。飞腾千里,恰似鱼鳞;万卒行行,犹如雁翅。长枪排肩直竖,森森刺天;犀角对掌开弦,弯弯写月。白旌落雪,战剑如霜;弩发雷奔,抽刀剑吼。将军告令,水楔不通;大总管出教严咛,飞鸟难度。兵马浩浩瀚瀚,数百里之交横。金甲胧胧,银鞍焕烂。腾踏山林,奔波闹乱。胡菟(狐兔)怕而争奔,龙蛇惊而竞窜。①

---

① 黄征、张涌泉校注:《敦煌变文校注》,中华书局,1997 年,第 11 页。

两军交战之际，战鼓齐鸣，万马竞奔，弩箭乱飞，剑戟森森，将军争先，勇士效死。这段描写，从听觉、视觉等多角度入手，由远及近、点面结合地刻画出一幅震撼人心的两军激战场景，营造了一种令人胆战心寒的肃杀气氛，给听众带来一种身临其境般的观感。在前述敦煌变文作品中，随处可见这样的战争场面描写，这些描写充实了我国古代文学的叙事宝库。后世佛教说唱作品的场面描写，如明清《雪山宝卷》《土地宝卷》以及"目连""西游"等系列戏曲，也继承了这种极具瑰奇夸张特色的艺术想象。

二是细节描写的瑰奇虚幻。这是敦煌变文的艺术想象力迥异于古代其他文学作品的又一特色。之前《左传》《史记》等叙事作品的细节描写，多侧重于展现人物性格、交代事件背景、揭示事件成因。而敦煌变文的细节描写，则重在通过瑰丽奇幻的想象营造一种异彩纷呈的境界，以增强故事的虚幻性、可读性，最典型的是《破魔变》《降魔变文》《大目乾连冥间救母变文并图一卷》等佛教题材中关于地狱佛界、神魔鬼怪、斗法变化等的奇妙想象。如《降魔变文》中，六师外道与舍利弗在波斯匿王的皇宫大殿上斗法，二人先后变幻出宝山和金刚、水牛和师子、水池和白象、毒龙和金翅鸟王、黄头二鬼和毗沙门天王、大树和风神六类幻像，每一幻像都想象奇特、出人意表。其中，六师化出的水池"四岸七宝庄严，内有金沙布地，浮萍菱草，遍绿水而竞生；奂柳芙容，匝灵沼而氛氲"，已令人眼花缭乱、心动神摇；而舍利弗化出的白象则"身躯广阔，眼如日月，口有六牙，每牙吐七枝莲花。华上有七天女，手捄弦管，口奏弦歌。声雅妙而清新，姿逶迤而姝丽"，其形象更为虚幻飘渺、妖冶动人。其他题材的变文作品中，也可见这样张扬着艺术想象力的细节描写，如《伍子胥变文》对伍子胥宝剑的描写，被抛入水后："剑乃三涌三没，水上偏偏（翩翩）。江神遥闻剑吼，战悼涌沸腾波。鱼鳖忙怕攒泥，鱼龙奔波透出。"①

三是人物形象的异域性和虚构性。鲜明的异域性，是早期佛教说唱文学中人物形象的突出特色。这一特色集中体现在从印度文学作品走进敦煌变文、讲经文、因缘文等的佛、菩萨以及魔王外道等。其中流传最广、也最具异域色彩的，是《八相变》《破魔变》《降魔变文》《维摩诘讲经文》等讲

---

① 黄征、张涌泉校注：《敦煌变文校注》，中华书局，1997 年，第 565 页。

述佛陀事迹和本生故事的作品中塑造的佛陀形象。如在《破魔变》中，佛陀先在雪山苦修六年，得道后则在熙莲河中洗去污垢，然后由吉祥长者陪伴，接受牧女献乳、四王捧钵之侍奉，并讲说佛法于菩提树下；当与魔王争斗时，他身着忍辱甲，手执智慧刀和禅定弓，腰佩慈悲箭，足跨十力马，刀剑未举而鬼将、波旬败走。这里，佛陀所处之环境、所用之器具、所接触之人物，都带有迥异于中国传统文化的异域色彩。在后世目连戏、西游戏等为代表的民间戏曲中，这个来自古印度、法力无边的佛祖形象都被塑造得如出一辙。人物形象的虚构性，是早期佛教叙事类说唱作品的又一特色。仅以女性形象为例，早期佛教说唱文学借助于瑰奇的艺术想象力，仅据佛教典籍只言片语的简洁记载，就塑造出众多摇曳多姿的女性形象。如《大目乾连冥间救母变文并图一卷》中生前作恶多端、死后堕入地狱、这才渴望得到救赎的青提夫人，《丑女缘起》中因天生丑陋而祈求佛陀帮助的金刚丑女等。其中，想象得尤为形象饱满、性格多变的，是《破魔变》中的魔王三女。她们衣饰华丽，容貌秀美，体态窈窕，顾盼多姿，以我国古典文学从《诗经》时代即开始塑造的传统美人形象亮丽出场："侧抽蝉鬓，斜插凤钗；身挂绮罗，臂缠璎珞。东邻美女，实是不如；南国娉人，酌（灼）然不及。玉貌似雪，徒夸洛浦之容；朱脸如花，谩（漫）说巫山之貌。行云行雨，倾国倾城。"但在法力无边的世尊面前，她们瞬间便被变幻为男性审美观中屡遭贬斥的丑陋老妇："眼如珠盏，面似火曹；额阔头尖，胸高鼻曲；发黄齿黑，眉白口青。面皱如皮里髑髅，项长一似箸头馄子。浑身锦绣，变成两幅布裙；头上梳钗，变作一团乱蛇。身卷项缩，恰似害冻老鸥；腰曲脚长，一似过秋谷（鹘）鹩。浑身笑具，是甚尸骸？"① 那发黄齿黑、鸡皮鹤颜、步履蹒跚、老态龙钟的样子，令她们自惭形秽，心生厌恶。从美人到丑妇，魔王三女比以往文学作品中单一的美女或丑妇形象，都显得更加变化多端、摇曳生姿；而最终在从美到丑、再到美的全部转变过程中，她们实现了从外道魔女到佛教信女的转变，体现了人物形象的玄幻与真实的变奏。后世佛教说唱作品也继承了这一特色，塑造出众多带有中华本土特色的佛教女性形象。其中，广为民众熟知的，应是晚明《鱼儿佛》杂剧、明清《香山宝卷》《鱼篮

----

① 黄征、张涌泉校注：《敦煌变文校注》，中华书局，1997 年，第 534、535 页。

宝卷》、现代越剧《追鱼》《真假牡丹》等说唱作品中塑造的观音形象。

第六节　志怪传奇与佛教小说

佛教小说是佛教文学的主要文类之一，也是东方小说的重要一翼。小说是在故事文学的基础上发展起来的一种比较高级的散文叙事文学，是人类文学史上影响深远，至今还在发挥重要作用的文学种类之一，因而被视为文学的"基础文类"或者"普遍性的文学体裁"①。小说较之故事并无严格界限，只是相对地情节结构更复杂一些，描写刻画更细致一些。从这个意义上说，佛经中许多故事已经具备了小说的特质。佛教于东汉传入中国，在魏晋南北朝时期蓬勃发展，适逢中国进入文学自觉时代。来自印度的佛教文学不仅对中国文学的思想内容产生了深远影响，而且在中国文学体式的发展过程中也发挥了重要作用。就小说文类而言，佛教的传播一方面对中国小说产生了深刻的影响，另一方面，佛家也借助于小说等文学形式进行宣教，从而产生了一些具有佛教特色的小说类型。从志怪到传奇，从变文到话本，佛教文学都扮演了重要角色，使佛教小说成为佛教文学的重要文类，在母题类型与叙事结构方面都表现出鲜明的特色。

佛教小说在东方小说文类的形成和发展过程中发挥了重要作用。然而，在印度，虽然有着丰厚的叙事文学土壤，小说文体成熟也比较早，但印度佛教文学中却没有成熟的典型的小说作品。在中国，佛教小说伴随中国小说形成、发展到成熟的全过程，并且在一定程度上起着引领作用。这些现象都是比较文学文类学研究应该关注的问题。

一、印度佛教小说滥觞

小说是形成较晚的文学文体，滥觞于上古的散文叙事文学。佛经中散文体的叙事文学非常丰富，我们没有直接用"印度佛教小说"而是以"滥觞"作为标题，是因为佛经的作者都不是有意为小说。在印度佛教发展兴盛的时

---

① 参见［美］厄尔·迈纳《比较诗学》，王宇根等译，中央编译出版社，2004年，第7页；［美］乌尔利希·韦斯坦因《比较文学与文学理论》，刘象愚译，辽宁人民出版社，1987年，第100页。

代，小说文体还没有形成，而当印度小说文体成熟之时，佛教又开始衰落，所以能够称为"佛教小说"的作品不多。然而，印度佛教文学中故事极为丰富，这与印度古代故事文学特别发达有关。鲁迅先生曾指出："尝闻天竺寓言之富，如大林深泉，他国艺文，往往蒙其影响。即翻为华言之佛经中，亦随在可见。"① 除了寓言故事外，印度的神话故事、民间故事也非常丰富，有许多著名的故事集，如《五卷书》《故事海》等。佛经中的故事多种多样，其中影响最大、最有特点、具有文类学意义的故事主要有三类，一是譬喻故事，二是史传故事，三是佛本生故事。譬喻故事一般是用一个小故事说明某种道理，有的穿插于佛经之中，如《法华经》中著名的火宅喻、化城喻等；有的单独成篇，如《箭喻经》等；还有专门收集譬喻故事的一类佛经，如《百喻经》《杂譬喻经》《天譬喻经》等。譬喻类似我国古代的寓言，在佛经中非常普遍，成为佛教文学中一种独特的文学文类，值得专题论述。佛教史传故事包括记述佛陀生平事迹的佛传故事，记述佛弟子生平或传说的僧传故事，以及一些与佛教关系密切的历史人物如阿育王故事等，属于佛教传记文学文类，也需要专题论述②。从小说文类的角度看，佛经故事中最重要、最典型、影响最大的是佛本生故事。

所谓"本生"即前生。根据佛教的业报轮回观念，每个人都有前生、今生和来生。释迦牟尼也是如此，他在成佛之前只是一个菩萨③，还不能摆脱轮回，必须经过无数次转生，积累下无量功德，才能最终成佛。据说他前生曾转生为各种动物、人物和神祇，每次转生，都有行善立德或惩恶扬善的事迹，佛教徒便由此编纂了大量的佛本生故事。佛本生故事（Jātaka）有广义和狭义之分。广义是指佛经中的一个部类，包括各时期、各部派、各类佛典中的同类故事；狭义是指南传上座部巴利文佛典小部中的一部经，即《佛本生经》（Jātaka），它将有关释迦牟尼前生的故事编辑在一起，共有 547

---

① 鲁迅：《〈痴华鬘〉题记》，见《鲁迅全集》第七卷，人民文学出版社，2005 年，第 103 页。

② 譬喻故事和史传故事，前者近于"寓言"，后者属于史传，虽然与小说同属散文叙事文学，且在文学史上关系密切，但毕竟属于不同的亚文类。佛教文学的譬喻和传记在本书中有专题论述，参见本章第三、四节。

③ 菩萨是菩提萨埵（Bodhisattva）之简称，意为"觉有情"，指具有佛性而未成佛者。佛本生故事中专指释迦牟尼前生。

个①。这些作品不全是佛教徒的创作，大量流传民间的故事，包括民俗生活故事、寓言童话故事和神话传说故事等，被佛教徒拿来，以固定的格式添上头尾，指定其中某一角色是佛的前身，就成了佛本生故事。《佛本生经》是印度最古老的故事集，大约在公元前 3 世纪佛典第三次结集时已形成规模。在我国，《佛本生经》的完整汉译虽早已失传②，但现存汉译佛典中收录佛本生故事的经籍有十几部，重要的有《六度集经》《生经》《佛本行集经》《贤愚经》《菩萨本生鬘论》等，所收故事亦上百数。这些故事与巴利文《佛本生经》属于不同的佛教部派，但故事来源和编纂手法基本一致，因而大同小异。

本生故事的编纂有个长期过程。释迦牟尼传教时讲过自己的前世因缘，他去世后，弟子们出于对佛的崇拜开始编纂佛本生故事。大规模的编纂结集是在部派佛教时期，各部派佛典中都有本生故事。佛本生故事是经过佛教徒艺术加工的虚构性散文叙事文学，与小说本质相同，因此可以看作印度早期的佛教小说。

除了佛本生故事之外，印度佛教散文叙事文学主要是佛教传记文学，包括佛传和僧传，其中有些作品并非实录写真的历史著作，而是基于一定史实的历史演义小说。如《阿育王传》，记述印度孔雀王朝著名国王阿育王弘佛护法事迹，基于传说，多虚构附会。另外值得提及的还有《那先比丘经》，该经取材于佛教传播史。约公元前 2 世纪时，统治印度西北部的希腊国王米南德向高僧那先请教佛教问题。这个历史故事在流传过程中不断增益，附会那先和米南德的前世因缘和后世果报，使《那先比丘经》成了一部历史演义小说。

公元前 1 世纪前后，随着大乘佛教的兴起，印度佛教散文叙事文学的面貌也焕然一新。大乘佛教时期佛教散文叙事文学主要有四大类：其一，一些著名的大乘佛经，如《法华经》《华严经》《维摩诘经》《金光明经》《无量寿经》等，都通过叙述故事表现新兴的大乘佛教思想。有些故事情节复杂、

---

① 狭义《佛本生故事》亦称《佛本生经》，为南传巴利文佛典"小部"中的一部经。本文以狭义为主，主要依据郭良鋆、黄宝生译《佛本生故事选》，人民文学出版社，1985 年。

② 据［梁］释僧祐《出三藏记集》卷二："《五百本生经》，未详卷数。阙。……齐武皇帝时，外国沙门大乘于广州译出，未至京都。"苏晋仁、萧炼子点校，中华书局，1995 年，第 63 页。

叙述曲折，可以看作高级的散文叙事文学。如净土三经之一《观无量寿经》，主要讲往生净土的方法。开头先讲一个故事：摩揭陀国太子阿阇世受坏朋友调达的教唆，将父王囚禁，不给饭吃。王后韦提希用酥蜜和面，洗澡净身后涂在身上，利用探视的机会送给丈夫。王子发现后，要杀母亲，被大臣劝阻，但仍将母亲"闭置深宫，不令复出"。韦提希夫人被幽闭后，遥对灵山，向佛致礼。佛知其意，率大弟子阿难等现身于韦提希夫人面前。夫人说他已经厌恶这个浊恶世界，希望世尊为她指点一个清净乐土。于是世尊放眉间白光，遍照十方无量世界，现十方诸佛净妙国土。韦提希夫人选定了阿弥陀佛的极乐世界，然后世尊为其解说往生西方极乐世界的方法。更具长篇小说规模和特点的是《华严经》，其《入法界品》又称小部《华严经》，主要讲述了一个求道故事：世尊在逝多林举行法会，十方佛、诸大菩萨和声闻弟子都来参加。其中文殊菩萨在法会之后，辞别世尊，去往南方游行人间，来到福生城传法。城中有一位善财童子，听文殊说法而发菩提心，请求文殊菩萨垂教指点。文殊指引他去参访善知识，向他们请教何为菩萨行，如何修菩萨道。根据文殊指点，善财先去往南方的胜乐国参访德云比丘。德云将自己所得"智慧光明普见法门"传授善财，然后指点善财去见海云比丘。海云常以大海作为思维观照的对象，观其广大深厚、奇妙无穷、无增无减的境界，并思维世间有无与之相比者。作此观想时，海中出大莲花，上有如来结跏趺坐，现种种不可思议相，为海云演说"普眼法门"，即开示一切如来境界，阐明一切诸佛妙法。海云将其获得的"普眼法门"传授善财，并指引他往楞伽岛边一海岸聚落去见善住比丘。善住已成就"菩萨无碍解脱门"，来去行止随顺思维，能即时获得智慧光明。他将所学传于善财，并指引善财去南方自在城见弥伽大士。弥伽大士为善财演说庄严法门并教给他"妙音陀罗尼"，然后指引他去南方住林聚落见解脱长者。就这样，善财先后参访了50多位善知识，境界不断提高。渐渐地，善财具有了与大菩萨交往的资格。他经人介绍来到南方海岸国弥勒菩萨的庄严藏大楼阁，见到著名的弥勒菩萨。弥勒称赞善财："善哉善哉真佛子，普策诸根无懈倦，不久当具诸功德，犹如文殊及与我。"① 最后又经过文殊和普贤的引导，悟入法界。全书想象

① 《大方广佛华严经·入法界品》，［唐］实叉难陀译，见《大正新修大藏经》第10册，第428页。

丰富，描写细腻，并着力塑造求道者形象，是典型的教养小说或启悟小说①。

其二，创作或改编佛本生故事。大乘佛教的本生故事更多地发挥了早期故事中舍身求法的内容，表现了普度众生、救苦救难的慈悲精神。汉译佛典中的本生故事大部分属于大乘佛教时期的作品，如同是讲尸毗王故事，巴利文的《尸毗王本生》讲他施舍凡人眼而得神仙眼，主题是赞颂施舍；汉译《贤愚经》中的"尸毗王救鸽"讲他割自己身上的肉向猎鹰换取一只鸽子的生命，主题是救护众生。再如摩诃萨埵王子舍身饲虎等，也是典型的表现大乘佛教思想的本生故事。这种大慈大悲精神与那种为求得好的果报而施舍行善显然境界不同。有些本生故事已经具有相当规模和复杂形式，如《太子须大拿经》写太子须大拿乐善好施的故事，不仅篇幅较长，而且对太子流放、送子舍妻的场面和人物心态作了细致传神的描写。

其三，佛教作家创作或改编佛教故事，阐释佛教思想。其中代表性的有署名马鸣的《大庄严论经》15卷，是一部训诫故事集，共收89个故事。作者通过一个个生动有趣的小故事表现佛理，其中有许多佛徒与外道辩论的情节。鸠摩罗什译本明确说是"马鸣菩萨造"。义净也说："马鸣亦造歌词及《庄严论》。"但在我国新疆发现的内容与《大庄严论经》相近的一个残卷（1926年刊行于德国莱比锡），却署名为童受。童受是稍后于马鸣而又与马鸣齐名的有部论师，英国佛教史学家渥德尔在其《印度佛教史》中便把《大庄严论经》归于童受②。所以这部作品的著作权还是一个问题。圣勇用诗文夹杂的文体创作了一部故事集《本生鬘》，又称为《菩萨譬喻鬘》，共有34个佛本生故事，旨在宣扬佛教的六波罗蜜，包括布施、持戒、忍辱、精进、禅定和智慧，又称六度。作品在思想内容方面没有多少创新，但在形式上具有开创性，以诗文交错的方式叙述故事，开印度诗文夹杂的小说"占布"之先河③。据义净记载，这部作品在当时（公元7世纪）非常流行，其创作时间应该在六世纪前后。其中一个故事写阿育王的师父邬波笈多尊者在城墙根合衣而卧，美丽的舞女从此经过，看到这位年轻俊美的和尚，动了春

① 参见侯传文《〈华严经〉与中印启悟文学母题》，载《南亚研究》1994年第1期。
② ［英］渥德尔：《印度佛教史》，王世安译，商务印书馆1987年，第526页。
③ 参阅金克木《梵语文学史》，人民文学出版社，1964年，第364—365页。

心，便请他到自己家里去。尊者对她说："美貌多情的姑娘！如今还不到我和你密约的时候，你且去你要去的地方，等到时机成熟那一天，我会亲自走进你的闺房。"时隔一年，这位美丽的舞女染上了鼠疫，被丢弃在护城河边。这时尊者来到她身边，给她喝水，用清凉的檀香油为她擦身。舞女从昏迷中醒来，问他是谁。尊者回答说："是邬波笈多今夜特来和你相会。"作品既体现了人生无常的佛理，也表现了佛教高僧的慈悲精神。汉译佛典中有一部署名圣勇的《菩萨本生鬘论》，宋绍德、慧询等译，内容与《本生鬘》差异很大，可能是圣勇的另一部作品，或者是另一位叫圣勇的作家所作。全书16卷，前四卷讲了14个缘起故事，后12卷以说理为主。

其四，出现了一批传记文学作品，包括佛陀传记如《佛本行集经》《大事》《神通游戏》等，高僧传记如《马鸣菩萨传》《龙树菩萨传》《提婆菩萨传》《婆苏槃豆传》等。这些作品我们已在佛教传记文学一节作了论述，但由于其基于历史而又附会传说，有许多虚构成分，也可以作为小说来看待①。

二、中国佛教小说源流

在中国小说的发展过程中，佛教发挥了重要作用。佛教的神话思维打开了人们的想象空间，佛经故事的魔幻表现提供了艺术借鉴，佛门弟子的传奇经历提供了故事素材，这些都有助于小说文类的发展。佛教为了面向大众赢得信徒，也要借助新兴的受大众欢迎的小说文体。因此，在中国，从魏晋开始，到唐宋元明，出现了佛教与小说互动共进的局面，期间产生了许多在题材、情节、人物、主题及艺术表现方面都具有佛教特色的小说作品。

魏晋南北朝是中国小说发展的第一个重要阶段，也是佛教与中国小说结缘的开始。本时期的佛教史传是中国最早的佛教散文叙事文学，其中有一类介于传记与小说之间的感应传，如干宝《搜神记》，陶潜《搜神后记》，刘义庆《宣验记》和《幽明录》，王琰《冥祥记》等，汤用彤先生《汉魏两晋南北朝佛教史》将其列为佛教传记之一类②，鲁迅先生《中国小说史略》

---

① 参见本章第三节《佛传僧传与佛教传记文学》。
② 参阅汤用彤《汉魏两晋南北朝佛教史》，上海人民出版社，2015年，第403—404页。

将其作为"志怪小说"的代表，可见二者有相通之处。鲁迅先生指出："中国本信巫，秦汉以来，神仙之说盛行，汉末又大畅巫风，而鬼道愈炽；会小乘佛教亦入中土，渐见流传。凡此，皆张皇鬼神，称道灵异，故自晋讫隋，特多鬼神志怪之书。其书有出于文人者，有出于教徒者。文人之作，虽非如释道二家，意在自神其教，然亦非有意为小说，盖当时以为幽明虽殊途，而人鬼乃皆实有，故其叙述异事，与记载人间常事，自视固无诚妄之别矣。"① 也就是说，这些作品的作者非有意为小说，而是出于历史意识的记述，然而这些记述又非真正的实录写真，由此成为介于传记与小说之间的作品。

史书文献中著录的魏晋志怪作品集很多，其中与佛教关系密切，称得上"佛教小说"的，主要有以下几种：

《甄异传》，晋西戎主簿戴祚，《隋书·经籍志》录三卷；

《感应传》，晋王延秀，《隋书·经籍志》录八卷；

《灵鬼志》，晋荀氏，《隋书·经籍志》录三卷；

《搜神后记》，晋陶潜，《隋书·经籍志》录十卷；

《阴德传》，刘宋光禄大夫范晏，《隋书·经籍志》录二卷；

《宣验记》，刘宋刘义庆，《隋书·经籍志》录十三卷；

《冥祥记》，齐梁间王琰，《隋书·经籍志》录十卷；

《金楼子》，梁元帝萧绎，《隋书·经籍志》录二十卷；

《续齐谐记》，梁吴均，《隋书·经籍志》录一卷；

《冤魂志》，南北朝颜之推，《隋书·经籍志》录三卷，今本皆称《还冤志》，一卷；

《集灵记》，南北朝颜之推，《隋书·经籍志》录二十卷；

《旌异记》，隋侯君素，《隋书·经籍志》录十五卷；

《补续冥祥记》，梁王曼颖，《隋书·经籍志》录一卷；

《因果记》，无名氏，《隋书·经籍志》录十卷；

《观世音应验记》三种，刘宋傅亮、刘宋张演、齐陆杲，《隋书·经籍

---

① 鲁迅：《中国小说史略》，见《鲁迅全集》第九卷，人民文学出版社，2005年，第45页。

志》录一卷，题宋光禄大夫傅亮撰①；

《舍利感应传》，隋王劭，《隋书·经籍志》录三卷②。

以上作品大多散佚。鲁迅《中国小说史略》特别提出遗文之可考见者有刘义庆《宣验记》，王琰《冥祥记》，颜之推《冤魂志》《集灵记》，侯白《旌异记》四种，大多与佛教关系密切，鲁迅称之为"释氏辅教之书"，指出它们"大抵记经像之显效，明应验之实有，以震耸世俗，使生敬信之心，顾后世则或视为小说"③。其中《冥祥记》最为典型。该书原作已佚，唐道世《法苑珠林》和宋李昉《太平广记》等类书中有辑录，鲁迅《古小说钩沉》辑录故事131则及王琰自序一篇。王琰自序称幼时在交阯从贤法师受五戒，并得到一尊观世音金像。后来金像多次显神异，王琰"循复其事，有感深怀，沿此征觌，缀成斯记。夫镜接近情，莫逾仪像；瑞验之发，多自此兴"④。由此可见，《冥祥记》作者王琰是佛门弟子，其著作意图是彰显佛教经像之神异，是典型的"释氏辅教之书"，可以归入"佛教小说"之列。

鲁迅先生在谈及白话小说之兴起时说："俗文之兴，当由二端，一为娱心，一为劝善，而尤以劝善为大宗。"⑤ 这一评论也适用于佛教小说。"娱心"与"劝善"可以说是中国佛教小说的两大动力和两大功能，据此可以将佛教小说分成两类，一类偏于娱心，一类偏于劝善。从历时性的角度看，佛教小说早期偏于劝善，后期偏于娱心。就魏晋南北朝时期而言，一些佛门人士的创作偏于劝善，而一些文人创作，如陶潜《搜神后记》、刘义庆《宣验记》和《幽明录》等，则有更多的娱心成分。当然，无论何时、何地、何人所作，佛教小说中的上乘之作，都是娱心与劝善的结合。如王琰《冥祥记》作为这一时期佛教小说的代表，属于上乘之作，其中有些作品不是简单的记事，而是有比较细致的描写和曲折的叙事。如"慧达"一则记述沙门

---

① 《观世音应验记》三种，始于东晋谢敷《光世音应验记》，写成后传于傅缓，经孙恩之乱散失。后来傅缓之子傅亮追忆旧闻，存七条。后刘宋张演追记十条，成《续光世音应验记》。齐陆杲为张演外孙，又据当时书籍传闻，辑录六十九条，称《系观世音应验记》。此三书在我国久已佚失，20世纪60年代在日本京都东山区栗口青莲院发现，系日本镰仓时代的古写本。参见孙昌武《佛教与中国文学》，上海人民出版社，1988年，第262页。

② 参阅张庆民《魏晋南北朝志怪小说通论》，首都师范大学出版社，2000年，第227页。

③ 鲁迅：《中国小说史略》，见《鲁迅全集》第九卷，人民文学出版社，2005年，第56页。

④ 鲁迅：《古小说钩沉》，见《鲁迅全集》第八卷，人民文学出版社，1973年，第563—564页。

⑤ 鲁迅：《中国小说史略》，见《鲁迅全集》第九卷，人民文学出版社，2005年，第115页。

慧达事迹，他出家之前是个军人，尚武好猎，年 31 暴病而死，7 日后复活，讲述自己游地狱的故事，叙述颇曲折生动，人物场景描写比较细致，如写鬼："见人身甚长，肤黑如漆，头发曳地。"写菩萨的出现："俄而忽见金色，辉明皎然。见人长二丈许，相好严华，体黄金色。左右并曰：'观音大士也。'皆起迎礼。"写寒冰地狱："其处甚寒，有冰如席，飞散著人，著头，头断；著脚，脚断。"写审判场面："有人执笔，北面而立，谓荷曰：'在襄阳时，何故杀鹿？'跪答曰：'他人射鹿，我加创耳。又不啖肉，何缘受报？'即时见襄阳杀鹿之地，草树山涧，忽然满目。所乘黑马，并皆能言。悉证荷杀鹿年月时日。荷惧然无对。"人物语言和心理表现得活灵活现，生动形象。这样的叙述描写显然不仅是劝善辅教，亦有娱心之意图和娱乐之功能。

唐代是中国小说发展的重要阶段，鲁迅先生指出："小说亦如诗，至唐代而一变，虽尚不离于搜奇记逸，然叙述宛转，文辞华艳，与六朝之粗陈梗概者较，演进之迹甚明，而尤显者乃在是时则始有意为小说。"① 唐代也是佛教与中国小说结缘的重要时期。佛教传记中的感应传不仅本身具有小说性质，而且对民间和文人小说都有直接影响。汤用彤先生指出："第五为感应传，隋唐此类书极多，可见一时之风气。撰述之涉及感应者，如《法苑珠林》，如敦煌本《金光明经》卷首之'感应缘'，如《内典录》末所列之诸经感应因缘，自不能具述。仅专记感应者于下。"仅专记感应者，汤先生罗列书目近 30 种，其中现存者有十余种，如道宣《集神州三宝感通记》三卷、《道宣律师感通记》一卷，唐临《冥报记》三卷，怀信《释门自镜录》二卷，慧详《弘赞法华传》十卷、《法华传纪》十卷，法藏《华严经传纪》五卷，惠英《华严经感应传》一卷，段成式《金刚经鸠异》一卷，无名氏《往生西方净土瑞应传》等②。这些都属于那种介于传记与小说之间的作品。

唐代小说可以分为三大类，一类是延续前代的搜神记异志怪类小说，这方面有许多小说集传世，如《玄怪录》《续玄怪录》《酉阳杂俎》等；第二类是文人创作的"传奇"；第三类是由变文发展而来的白话小说。其中传奇是唐代新兴的小说文体，作者多数是当时有名气的文人。我国唐代"进士"

---

① 鲁迅：《中国小说史略》，见《鲁迅全集》第九卷，人民文学出版社，2005 年，第 73 页。
② 详见汤用彤《隋唐佛教史稿》，北京大学出版社，2010 年，第 77—78 页。

制度重视文才，应试"进士"者可以用传奇来"行卷"和"温卷"①，于是文人争相作传奇。唐传奇的作者半数为进士，文人的深度参与，促进中国文言小说上了一个台阶。所以"传奇"最能体现鲁迅先生所说的"有意为小说"，代表了唐代小说的最高水平。唐传奇中受佛教影响的作品不少，如表现人生如梦思想的《枕中记》《南柯太守传》等，结构上故事套故事的《古镜记》等，记述龙女故事的《柳毅传》等，都有佛教文学元素，但能够称得上佛教小说的作品不多。另外两类小说，题材和主题与佛教有关的作品相对多一些。前者以《玄怪录》为代表，其中的《尼妙寂》以一位尼姑为主人公。她的父亲和丈夫出外经商，遇盗被害，托梦以隐语告诉她凶手的名字，让她复仇。她为了找到能解隐语的人，舍身寺庙为尼，遇到李公佐帮她解开谜语，得知杀其父者名申兰，杀其夫者叫申春。于是妙寂女扮男装，找到申家做工，以勤恭执事赢得信任，伺机找到他们杀人越货的证据，使二人伏法。报仇之后，妙寂看破红尘，正式出家为尼，"洁诚奉佛"②。《吴全素》讲主人公死后还魂的故事。吴全素夜间睡梦中被两个冥吏引到阴曹地府，他对判官申诉自己死期未到，判官将其放回。途中两位冥吏先是说自己缺钱，让吴全素到他姨妈家索要纸钱，然后邀请他观看一个人死而转生的过程，表现的是佛教的世界观和人生观。《古元之》描述的理想国"和神国"，基本元素来自佛教。这类描写佛教人物、表现佛教思想的作品，可以看作佛教小说。

中国说唱文学的大盛起于唐代佛教寺院的佛经讲唱，特别是面向一般民众的"俗讲"，需要以故事性和趣味性吸引听众，从讲唱佛经到讲历史故事，形成"变文"文体。变文发展出来的"说话"是开时代新风的小说文体，其成就主要在宋元时期，但在唐五代已经产生了早期作品，其中属于佛教小说的代表作有《庐山远公话》《唐太宗入冥记》等。"话"即"话本"，《远公话》是敦煌写卷中明确标明"话"或"话本"的作品之一，说明话本既与一般的变文不同，又有非常密切的亲缘关系。"远公"是对东晋名僧慧

① 唐代科举分制科（临时设制）和常科，常科又分进士和明经两科。"明经"考经书，"进士"以文词为重。应试"进士"者将自己的得意之作送与达官显贵，谓之"行卷"，再投谓之"温卷"。

② 《玄怪录》《续玄怪录》中的作品不同版本有不同的归属，内容也大同小异。本文依据［唐］牛僧孺、李复言《玄怪录　续玄怪录》，姜云、宋平校注，上海古籍出版社，1985 年。

远的尊称，梁慧皎《高僧传》卷六有题为《晋庐山释慧远》的慧远传，说他21岁随道安出家，45岁于襄阳别安师东行，原打算去罗浮山，及届浔阳，见庐峰清静，足以息心，于是驻足庐山，创建东林精舍，自此"卜居庐阜三十余年，影不出山，迹不入俗"①。僧传基于历史实际，也有一定的传奇色彩，而《庐山远公话》作为小说，只是取材于慧远事迹，多有虚构。作品中用"惠远"而不是"慧远"，也许是故意陌生化处理，显示自己讲的不是历史人物慧远。作品讲惠远家住雁门，先随旃檀和尚出家为僧。若干年后辞师远行，师父告诉他"逢庐山即住"，于是惠远来到庐山修道，念《涅槃经》，梵音远振，感得石动草俯，鸟禽赞叹，惊动庐山山神，发动山中鬼神为之造寺，一夜而成。有千尺潭龙化为老人来听经一年，仍不懂经义，惠远为此感觉有必要制作《涅槃经疏抄》进行讲解，以便众生得悟佛法。经三年，疏抄制成，恐义理不通，遂抄写八百余卷，置于火中检验，火不能烧；又置于水中，水不能溺，说明远公疏抄契于佛旨，与经不违。寿州贼首白庄率众来庐山劫掠，惠远让弟子躲避，自己留在寺中安然而坐。白庄得不到财物，便虏惠远为奴。惠远安排弟子云庆接任住持，自己随白庄而去。云庆继师父之业开讲《涅槃经疏抄》，后将疏抄交付道安和尚。道安在东都福光寺开讲《涅槃经疏抄》，听众如云，施利如雨。惠远随白庄打家劫舍，思念空门，心怀惆怅。一日梦中有佛前来授记。惠远按照佛的启示，建议白庄将自己卖到东都。当朝宰相崔相公家人将惠远买去，改名善庆。此时道安因在东都福光寺讲《涅槃经》而名声大振。惠远前去和他论难，问倒了道安，表明了自己的身份。此事轰动京城，晋文帝迎请惠远到宫内供养。最后惠远向皇帝请辞，以神通力，须臾之间便回到庐山。数月之后，惠远在如来修行之处入三昧，净意澄心思维佛道，将自性心王造一法船，归依上界。现存《庐山远公话》抄本有阙②，最后的结局应该是上升兜率天。尽管如此，现存作品已经洋洋数万言，算是长篇小说了。虽然作品情节有不合逻辑之处，但总体架构完整，人物丰满，场景描写细致，语言比较生动流畅，代表了当时中国白话小说的最高水平。作品以佛教高僧为主人公，表现佛教思想，属于佛教小说无疑。关于变文、话本等民间说唱文学，本书已有专题论述，此

---

① ［梁］释慧皎：《高僧传》，汤用彤校注，汤一玄整理，中华书局，1992年，第221页。
② 本文依据项楚选注《敦煌变文选注（增订本）》，中华书局，2006年。

不赘述。总之，隋唐五代时期佛教小说在文人传奇和民间说唱中并行发展，不仅为中国佛教小说的繁荣奠定了基础，而且为整个中国小说的发展开辟了广阔的前景。

宋元时期上承魏晋隋唐小说之余绪，下启明清小说之大盛，是中国小说发展的重要过渡时期。本时期佛教文献中仍然有一些介于传记与小说之间的作品，如宋沙门戒珠叙《净土往生传》，专门记述往生净土的高僧事迹；元代产生了一部《神僧传》，记述汉至元具有神迹的僧人，所记僧人神异灵怪事迹有些辑录于前人著述，有的基于传说编撰，是接近小说的佛教散文叙事文学。小说方面主要成就之一是大型类书《太平广记》的编纂，是宋初李昉等人奉宋太宗的旨意于太平兴国年间编辑，故名《太平广记》。全书正文五百卷，另加目录十卷，集汉魏至宋初之小说家言，分类编辑，参考引用书籍四百余种，可以说是宋代之前中国小说的集大成。宋之前的小说类文集由于不受官方和正统文人的重视，大多散佚，中国古代小说作品主要靠这部类书保存下来。《太平广记》是宋元时代说书人和杂剧作者的必读书，不仅大部分话本小说和杂剧取材《太平广记》，而且在故事叙述和文学表现手法方面也为后人提供了借鉴。《太平广记》编成于宋初，主要收集宋代以前的野史小说，当然也不排除时人的作品，如参与编辑工作的徐铉、吴淑等，是当时知名的小说家，都有著作传世。《太平广记》中与佛教直接相关的作品，包括"异僧"8卷、"释证"3卷、"报应"33卷等，大部分可以列为佛教小说。另外"再生""悟前生""畜兽""龙""夜叉""妖怪""幻术"等部，也有许多与佛教相关或受佛教影响而具有佛教文学元素的作品。

其二，宋元志怪与传奇类小说络绎不绝。北宋刘斧著有《青琐高议》，其中有杂事的记录，也有志怪传奇小说，而且以后者为主，其中有许多表现佛教思想的作品，如前集卷二《慈云记》记述一个青年进京赶考不顺，一次出游遇一僧人，应邀来到僧人住处，看到一个大瓮，进入瓮中世界，被当朝宰相赏识，娶宰相女儿，然后金榜高中，官运亨通，直到宰相，又因直谏被杀头，醒来发现自己在大瓮旁边。这一情节与唐传奇《枕中记》《樱桃青衣》相似，但刘斧作品不止于此。作品中青年受到僧人点化而彻悟人生无常之理，出家为僧，法号慈云。经过修行，慈云成为受人尊敬的一代高僧。除了这样的以僧人为主人公，直接表现佛教世界观人生观的作品之外，还有一些表现因果报应的作品，也可以归入佛教小说之列。类似的小说集还有孙光宪的《北梦琐言》，也是一部深受佛教影响的作品。南宋产生了洪迈的小说巨著《夷坚志》，原著据说有 420 卷，现存辑本 200 余卷，其中也有许多与佛教有关的作品。后继者有金人元好问的《续夷坚志》和元代无名氏的《海湖新闻夷坚续志》。后者将故事分为 17 门，"佛教门"为其中之一，门下又分"佛像""佛化""圣僧""佛谴""水陆""佛经""证悟"七类，共 47 条故事。此外，在"人事门""珍宝门""艺术门""警戒门""报应门""文华门""神明门""怪异门""精怪门""灵异门"等门类中都有涉及佛教或受佛教影响的故事①。特别是"报应门"中的故事，基本上都是宣扬佛教因果报应思想，应该列入佛教小说。

其三，宋元时期小说成就最突出的是话本。宋代中国说唱艺术由寺院移至"勾栏瓦舍"，获得了更大的发展空间，演化出许多新文学体裁，其中以唱为主的有诸宫调、大曲、宝卷、鼓子词等；以说为主的文体当时称为"说话"，包括小说、讲史等。南宋耐得翁《都城纪胜》记载："说话有四家。一者小说，谓之银字儿，如烟粉灵怪传奇，说公案，皆是博刀赶棒及发迹变泰之事；说铁骑儿，谓士马金鼓之事。说经，谓演说佛书；说参请，谓宾主参禅悟道等事。讲史书，讲说前代书史文传，兴废争战之事。"② 说话的底本称为"话本"。因此"话本小说"是宋元时代小说的主流，不仅代表了这一时期中国小说的最高成就，而且开辟了中国小说发展的广阔前景。其中的"说经"和"说参请"皆属于佛教小说范畴，可惜当时说话的本子流传下来的很少。在流传下来的宋元话本小说中，有不少典型的佛教小说，如《大唐三藏取经诗话》。作品约产生于宋元之间，日本有两个藏本，其中一个题为《大唐三藏法师取经记》。内容取材唐僧玄奘西行印度取经的故事，分 3 卷 17 章，可能是现存最早的章回体小说。传本第一章残缺，第二章记玄奘一行六人西行印度取经，遇到一位白衣秀才，自称猴王，告诉唐僧西行多有祸难，特来助和尚取经。唐僧因称其为猴行者。后来在这位猴行者的保护下，玄奘一行克服许多艰难，取得真经。作品大概属于"说经"一类，其佛教小说性质毋庸置疑，后来发展成为小说名著《西游记》。收录于明刻《清平

① 参见薛克翘《佛教与中国文化》，昆仑出版社，2006 年，第 54—55 页。
② 转引自郑振铎《插图本中国文学史》，人民文学出版社，1957 年，第 547—548 页。

山堂话本》的《五戒禅师私红莲记》，言高僧佛印与苏东坡居士的两世因缘，可能属于"说参请"一类①，其入话诗："禅宗法教岂非凡，佛祖流传在世间。铁树花开千载易，坠落阿鼻要出难。"② 点明小说主题与佛教有关。内容说的是北宋时期杭州南山净慈寺有两个得道高僧，师兄五戒禅师，师弟明悟禅师，都既深通佛法，又多才多艺。二人非常要好，亲如兄弟。五戒禅师为寺院住持，把持不住，利用职权与打杂工养女红莲私通。师弟明悟禅师发现师兄差了念头，犯了色戒，为了劝他省悟，以咏莲诗揭破。五戒被师弟揭破，自觉无颜，作《辞世颂》一首，然后坐化。明悟恐他转生之后不信佛法僧三宝，甚而灭佛谤僧，轮为恶道，也沐浴坐化，前往追赶。他们的灵性来到四川眉州，五戒托生为苏轼，明悟转生在谢姓人家，后出家为僧，法名佛印。苏轼进京应举，一举成名，封为大学士。他为官清廉，文章盖世，只是不信佛法，甚至扬言灭佛。佛印特地到东京相国寺做住持，以诗僧身份访苏学士，二人吟诗作赋，成为诗友。后苏轼被贬黄州，佛印便退了相国寺，去黄州住持甘露寺，与苏轼诗友深厚。苏轼升任临安府太守，佛印又退了甘露寺，到临安灵隐寺住持，仍与苏轼为诗友。正是由于佛印的监督引导，苏轼省悟前缘，敬佛礼僧，自号东坡居士，二人都得善终。小说人物一个是佛门高僧，一个是信佛居士，主题是宣传佛教信仰，作为佛教小说的代表作亦当之无愧。另外《清平山堂话本》收录的《花灯轿莲女成佛记》写一位少女因诵《妙法莲花经》而成正果，其开篇"入话"诗曰：

> 六万余言七幅装，无边妙义广含藏。
> 白玉齿边流舍利，红莲舌上放毫光。
> 喉中甘露涓涓滴，灌顶醍醐滴滴凉。
> 假饶造罪如山岳，只须妙法两三行。③

---

① 正宗的"说经"应该是依据某种佛经演说故事，是承唐变文之"俗讲"而来，作品如日本京都金光明寺所存《佛说目连救母经》等。《取经诗话》应该属于"说浑经"，即离开经典讲说尘俗故事。"说参请"是以禅宗丛林人物、故事为题材，以娱乐听众为目的的富有游戏意味的小说。参见孙昌武《中国佛教文化史》第五册，中华书局，2010 年，第 2474—2475 页。

② 《五戒禅师私红莲记》有不同版本及后人的改写本。本文依据 [明] 洪楩辑、程毅中校注《清平山堂话本校注》，中华书局，2012 年。引文见该书第 230 页。

③ [明] 洪楩辑，程毅中校注：《清平山堂话本校注》，中华书局，2012 年，第 305 页。

该入话诗内容是对《法华经》的赞颂，对念诵《法华经》功德的宣扬，表明该话本作品属于正宗的"说经"类小说。

明清是中国小说走向成熟的时代。首先是白话小说的兴盛。当时既有白话短篇小说的活跃，产生了冯梦龙的《喻世明言》《警世通言》《醒世恒言》、凌濛初的《初刻拍案惊奇》《二刻拍案惊奇》等传世之作；又有长篇小说的辉煌，产生了许多小说名家名著，其中曹雪芹的《红楼梦》、罗贯中的《三国演义》、吴承恩的《西游记》、施耐庵和罗贯中的《水浒传》，被称为中国小说四大名著。另外还有蒲松龄的《聊斋志异》、纪昀的《阅微草堂笔记》等文言小说。在这些小说名著中，也有一些以表现佛教信仰为主旨的作品，如《初刻拍案惊奇》中的《金光旧主谈旧迹》宣扬净土信仰，《屈突仲任酷杀众生》宣扬不杀生思想；《二刻拍案惊奇》中的《盐官邑老魔魅色》宣扬观音信仰，《进香客莽看金刚经》宣扬佛经灵验等。凌濛初属于信佛作家，自号"即空观主"，有自觉的护法弘教意识，因此其"两拍"中受佛教影响的作品较多。然而从总体上看，明清时期，佛教进入中国已逾千年，与本土的儒道长期互相斗争又互相融合，经过上千年的发展，中国文化出现了儒释道三教融合的局面，反映在小说领域，特别是有影响的长篇小说中，已经很难找到纯粹的佛教小说了。相比而言，吴承恩的《西游记》和曹雪芹的《红楼梦》在中国长篇小说名著中佛教色彩更浓一些，可以作为本时期佛教小说的代表。

吴承恩《西游记》是从宋代话本小说《大唐三藏取经诗话》发展而来。与前人作品相比，《西游记》增添了许多时代性的内容，丰富了人物故事，表现了比较进步的民主自由思想，但传统作品中的佛教元素并没有减少。首先，作品以唐僧取经作为情节基础，虽然作品中玄奘生平与印度游历的具体细节与史实差异很大，但大的历史背景和文化氛围基本一致。其次，虽然吴承恩笔下《西游记》的主人公由唐僧变成了孙悟空，但孙悟空皈依佛门，通过保护唐僧取经而成就佛果，仍不离佛教。再次，《西游记》继承并发展了唐僧取经故事和历代作品表现的求道精神。道宣《续高僧传》记述唐僧玄奘在国内遍游洛阳、成都、长安等地，参访名僧十余人，仍不满足，又西行印度，先后参访名师达 14 人之多，使他的佛学修养达到一流水平。玄奘西天取经归来，将全副身心投入译经事业，表现出执着的求道精神。《西游记》中的唐僧取经初衷和最终结局虽然与历史实际不符，但他不畏艰险，克服重重困难，最终取得真经的求道精神没有改变。复次，佛、菩萨、罗汉、天王、金刚等属于佛教神灵，哪吒、龙王、龙宫、善财童子、夜叉等都是佛教文学中的角色，神通变化、化身下凡都是佛教文学母题，这些佛教元素在作品中起着决定性的作用。最后，也是最重要的一点，作者吴承恩是信佛之人，自号"射阳居士"，所以他对佛教和佛法的态度基本上是崇敬和赞赏，对佛菩萨总体上是正面赞颂，而且时常称之为"我佛"，俨然以佛门弟子自居。以上因素决定了这部作品的佛教文学性质。

关于《西游记》的主题以及孙悟空形象的象征意义历来众说纷纭，传统的"求放心"之说受到鲁迅先生的肯定，指出："假欲勉求大旨，则谢肇淛（《五杂俎》十五）之'《西游记》曼衍虚诞，而其纵横变化，以猿为心之神，以猪为意之驰，其始之放纵，上天下地，莫能禁制，而归于紧箍一咒，能使心猿驯伏，至死靡他，盖亦求放心之喻，非浪作也'数语，已足尽之。"① 近人对"求放心"之说多有诟病②，我们认为"求放心"并非无稽之谈。"心猿""心性"是作品的关键词，也必然是作品主题之所在。仅章回标题显示的就有"心性修持大道生"（第一回）、"五行山下定心猿"（第七回）、"心猿归正"（第十四回）、"意马忆心猿"（第三十回）、"魔头巧算困心猿"（第三十四回）、"心猿获宝伏邪魔"（第三十五回）、"心猿正处诸缘伏"（第三十六回）、"心猿遭火败"（第四十一回）、"心猿显圣灭诸邪"（第四十六回）、"心猿空用千般计"（第五十一回）、"心猿定计脱烟花"（第五十四回）、"道昧放心猿"（第五十六回）、"心猿钻透阴阳窍"（第七十五回）、"心猿护主识妖邪"（第八十回）、"镇海寺心猿知怪"（第八十一回）、"心猿识得丹头"（第八十三回）、"心猿妒木母"（第八十五回）、"心猿木母授门人"（第八十八回）等。作者在行文中也多有点题之笔，如第十四回《心猿归正六贼无踪》卷首诗云："佛即心兮心即佛，心佛从来皆要物。若知无物又无心，便是真如法身佛。"关于心性主题，小说开篇第一回"心性修持大道生"，具有点题的意义，中间第五十五回"性正修持不坏身"

---

① 鲁迅：《中国小说史略》，见《鲁迅全集》第九卷，人民文学出版社，2005年，第172页。

② 参见苏兴《〈西游记〉前言》，见［明］吴承恩《西游记》，苏兴、苏铁戈、苏壮歌点校，浙江古籍出版社，1993年，第2页。

象征修持过程，接近尾声的第九十八回"功成行满见真如"，表示见性成佛。所谓真如即佛性，也就是心性之本质。作品描写唐僧师徒见佛之前沐浴，有诗一首：

> 功满行完宜沐浴，炼驯本性合天真。
> 千辛万苦今方息，九戒三皈始自新。
> 魔尽果然登佛地，灾消故得见沙门。
> 洗尘涤垢全无染，反本还原不坏身。①

　　这里象征意义非常明确，作品通过师徒取经经历九九八十一难，就是要"炼驯本性合天真"，从而表现"魔尽登佛地"的境界。悟空形象内涵丰富，其象征意义也不必局限于一端。这一形象的特点是无拘无束、自由好动，象征人们躁动的心猿意马也顺理成章。由此，如来的五行山和观音菩萨的金箍，都是对心猿的抑制。通过拴住心猿意马，悟空走上保唐僧西天取经的正途，最终成就佛果。这不仅是作品主体情节的自然呈现，也是作者所处时代人们关心的基本主题之一。

　　心性和心猿是一个问题的不同层面，从正面的本性清净方面说是"心性"，从反面的现实躁动不安方面称其"心猿"。心性之学是宋元以来中国哲学的核心问题，如何发现、认识、控制人的心性，如何调控经常躁动不安的心猿意马，成为儒道佛三教共同探讨的问题。佛家讲明心见性，儒家讲致良知，道家讲赤子之心，针对的都是心性。吴承恩对这一时代性问题有自己的见解，并通过塑造具有象征意义的人物形象体现出来。作品反映了儒道佛三教对心性问题的关注和解决方式。不安分的孙悟空就是人的躁动的心猿的象征，太白金星作为儒家的代表，以官位为诱惑，试图通过招安将其纳入儒家礼仪秩序的体制之内，从而拴住心猿意马。由于弼马温官位太小，不能满足猴王欲求，又封其为"齐天大圣"，走的还是儒家"圣人"之路。但他们显然失败了。代表道家的太上老君等，以长生不老为诱惑，也没能管住心猿。最后还是佛法高出一筹，先是如来施手段控制悟空，然后是观音菩萨点

---

① 《西游记》版本很多，本文依据［明］吴承恩《西游记》，黄肃秋注释，李洪甫校订，人民文学出版社，2010年。引诗见该书第1187页。下文不再一一加注。

化悟空，最后悟空通过保唐僧取经而修成正果，受封"斗战胜佛"，进入佛界。在这个过程中，如来佛将他压在五行山下作为惩罚，观音菩萨给他戴金箍帽，唐僧时常念紧箍咒，都象征通过佛法和佛门戒律抑制躁动的心猿，进而引导其走正道、克艰难，最终实现佛道，发现其本真的佛性。取经路上的各种妖怪，概括起来不过是具有贪财、贪色、贪权、贪图安逸、贪图长生不老等欲望的邪恶势力，实际都是人的心魔的象征。释迦牟尼修行成道之前，也曾经和魔军大战，其实所谓魔怪都是人的心魔，即人性中各种欲望的象征。只有降服了这些心魔，才能悟道成佛。唐僧师徒也是如此，只有降服了这些心魔及心魔驱使下的各种邪恶势力，才能成就佛果。作品中对此也有直接的诠释，如第十三回写唐僧玄奘离长安之后来到法云寺，众僧议论西天取经的原由，说途中有很多岭崖难度，魔怪难降。玄奘"钳口不言，但以手指自心，点头几度"。众人不解，问："法师指心点头者，何也？"三藏答曰："心生，种种魔生；心灭，种种魔灭。我弟子曾在化生寺对佛说下洪誓大愿，不由我不尽此心。"

近期有学者用伦理学批评解读《西游记》，认为孙悟空形象体现了由兽变成人的"伦理选择"过程，是理性意志约束自由意志的文学范例。孙猴子头上的金箍是理性意志的象征，制造和操控金箍的如来佛祖、观音菩萨、唐僧都是理性意志的代表①。由此再进一步分析，通过"伦理选择"，孙悟空不仅由兽变成了人，而且由人变成了佛。在伦理选择过程中起重要引导作用的几个人物都有文化象征意义。一是悟空的第一位师父"须菩提祖师"。"须菩提"是佛祖释迦牟尼的十大弟子之一，善于论证诸法性空，在诸大弟子中号称"解空第一"。《西游记》中的"须菩提祖师"有了道家仙气，他教授的内容儒、释、道三教九流皆有，是中国文化三教融合的一个代表。虽然三教合流，但他的佛教根基还是很明显的，他门中弟子十二辈"广、大、智、慧、真、如、性、海、颖、悟、圆、觉"，取的都是佛语。他秘传悟空的道法口诀中有"显密圆通真妙诀"的佛语，最后的结果是"功完随作佛和仙"。须菩提知道他没有完成对孙悟空的引导责任，知道凭着孙悟空的禀性和本领，他会不断惹事生非，所以他不让孙悟空说出自己的名字。第二个

---

① 参见聂珍钊《文学伦理学批评导论》，北京大学出版社，2014年，第47—48页。

引导者是太白金星，他代表玉皇大帝招安孙悟空，试图将他纳入体制内，在等级森严的世界秩序中循规蹈矩，没想到这不符合孙悟空的天性，他的招安反而使孙悟空成为秩序破坏者，并因此受到惩罚。第三个引导者是观音菩萨，她为悟空指出一条光明正道。第四个引导者是唐僧玄奘，他作为凡人本来难以担此重任，但他代表的是佛法，他通过念紧箍咒来约束管教孙悟空。在他们的引导下，孙悟空改邪归正，完成了由兽到人、由人到佛的伦理选择过程，终于"功成行满见真如"。成佛之后，他自身具有了理性意志和佛性智慧，外在的金箍失去了作用，从他的头上自然脱落。可见，在孙悟空的伦理选择过程中，儒道佛都有参与，体现了中国文化三教融合互补的特点，但佛家在其中起了主导作用，体现了这部作品的佛教文学性质。

学者们否定《西游记》的佛教文学性质以及孙悟空形象的佛教意蕴，理由主要是孙悟空对如来、对菩萨并无虔敬之心，反而有许多抱怨。比如他认为如来佛将他压在五行山下是用了欺骗手段，所以一直不服气；被封为斗战胜佛之后，他还认为观音菩萨送金箍儿是作弄人的不光明行径，要把它从自己头上脱下来，"打得粉碎，切莫叫那甚么菩萨再去捉弄他人"。对佛菩萨言语上的不敬并不足以否定其佛教徒性质。唐宋以来，佛教禅宗流行，由于强调见性成佛，不假外求，禅门高僧中不乏"呵佛骂祖"之人，这并没有影响他们的佛徒身份。《西游记》也是如此。虽然作品中也有对佛菩萨的调侃和揶揄，如佛大弟子阿难和迦叶在向唐僧传经时索要"人事"，索贿不成故意给了"无字经"；悟空等人到佛前告发，佛祖如来并不责怪阿难和迦叶，反而替他们辩解；最后玄奘还是奉上紫金钵盂作为"人事"，才取得真经，不无讽刺意义，但只是表明作者对佛教内部的腐败现象不满，而非反佛排佛。虽然孙悟空、猪八戒等唐僧弟子不像唐僧那样虔诚拜佛，甚至发牢骚诉怨气，但这只是人物个性的表现，而非对佛教的反叛。作品最后结尾，灵鹫峰上，诸佛、菩萨、罗汉及各路神灵云集，在一片祥瑞景象之中，大众合掌念佛，除了南无释迦牟尼佛、南无阿弥陀佛、南无观世音菩萨等传统项目之外，还南无旃檀功德佛、南无斗战胜佛、南无净坛使者菩萨、南无八宝金身罗汉菩萨、南无八部天龙广力菩萨。师徒五人（包括白龙马）都进入被礼敬的佛菩萨之列，可以说是成就圆满。回想美猴王当年离开花果山求道，初衷就是要成为不受阎王管控的三种人：佛、仙、圣，最终他没有成为道家之仙、也没有成为儒家之圣，而是成了佛。这既是作品题材使然，也是作家的创作态度的表现。

《红楼梦》虽然不是取材于佛教故事，但其佛教蕴涵丰富而又深刻，代表佛教小说的另外一种类型①。小说中不仅有大量的关于佛教习俗和佛教法事活动的描写，对一些主要人物的佛教信仰的表现，而且蕴含着佛教浓郁的"空"的境界。整部《红楼梦》，虽然也写到欢乐与美好，但总体上是笼罩着一种难以言说的悲凉和感叹，正如元春、迎春、探春、惜春四个人的名字所显示的——"原应叹息"。能看懂这部小说的读者，相信在阅读完之后，都会发出深深的叹息。这种叹息，不仅仅是对作品中女性的叹息，更是对那个时代人生的叹息。

空是对苦的超脱。佛教揭示人生有八苦，即生、老、病、死、爱别离、求不得、怨憎会、五盛阴，佛教所说的"苦"，非痛苦之意，而是"逼恼身心"之意，《佛地经》云："逼恼身心名苦。"《红楼梦》中描绘了一个人人为苦所逼迫的图景，在这样一个社会贪腐、强权横行、人性败落的社会中，对于所有人来说，都找不到人生的意义和价值。这样的社会状态下，最终走向"空"的解脱，似乎已经是最好的出路和解脱了。

《红楼梦》中淋漓尽致地展现了佛教所说的八苦，如对于生来说，有的人感叹因何生于贫穷之家，有的人则感叹因何生于富贵之家。如第七回，宝玉和秦钟相互的感叹，宝玉感叹"可恨我为什么生在这侯门公府之家，若也生在寒门薄宦之家，早得与他交结，也不枉生了一世"，秦钟感叹"可恨我偏生于清寒之家，不能与他耳鬓交接，可知'贫窭'二字限人，亦世间之大不快事"。病苦在小说中更是描写得比比皆是了，小说中的主要人物几乎从始至终、从生到死，都是在病中度过，如第三回林黛玉叙述她的病情说："我自来是如此，从会吃饮食时便吃药，到今日未断；请了多少名医修方配药，皆不见效。那一年我才三岁时，听得说来了一个癞头和尚，说要化我去出家，我父母固是不从。他又说：'既舍不得她，只怕她的病一生也不能好的。若要好时，除非从此以后总不许见哭声；除父母之外，凡有外姓亲友之人，一概不见，方可平安了此一世。'疯疯癫癫，说了这些不经之谈，也没

---

① 本处所使用的《红楼梦》文本，为中国艺术研究院红楼梦研究所根据乾隆二十五年庚辰本为底本的校注本，人民文学出版社，1982年。引文说明回目，一般不再加注。

人理他。如今还是吃人参养荣丸。"第七回，薛宝钗叙述她的病说："再不要提吃药。为这病请大夫、吃药，也不知白花了多少银子钱呢。凭你什么名医仙药，从不见一点儿效。后来还亏了一个秃头和尚，说专治无名之症，因请他看了。他说我这是从胎里带来的一股热毒，幸而我先天壮，还不相干；若吃寻常药，是不中用的。他就说了一个海上方，又给了一包末药作引，异香异气的，不知是那里弄了来的。"老苦、死苦，更是小说的主调了，小说中出现的人物，大多都一一死去，带给人莫大的哀痛。其他诸如爱别离等苦，也有诸多的描写。如第十七回中提到的"分骨肉"云："一帆风雨路三千，把骨肉家园齐来抛闪。恐哭损残年，告爹娘，休把儿悬念。自古穷通皆有定，离合岂无缘？从今分两地，各自保平安。奴去也，莫牵连！"第十七回中，元春回府省亲时，因为"皇家规范，违错不得"，虽然舍不得却"只得忍心上舆去了"，走时"满眼又滚下泪来。却又勉强堆笑，拉住贾母、王夫人的手，紧紧的不忍释放，再四叮咛"，不忍别离却又必须别离，这都是人生的无奈。求不得苦，在宝玉身上表现很多，如宝玉看到清洁的女孩就想留在身边，却是不可能的事情。人世的八苦，颇如第七十六回中贾母所说的话："忽一时想起你老爷来，又不免想到母子、夫妻儿女不能一处，也都没兴。及至今年你老爷来了，正该大家团圆取乐，又不便请她们娘儿们来说说笑笑。况且他们今年又添了两口人，也难丢了他们，跑到这里来。偏又把凤丫头病了，有他一人来说说笑笑，还抵得十个人的空儿。可见天下事总难十全。"天下事确实"总难十全"，这是深刻的人生体悟。

人生之苦，如处火宅，若要超脱人生之苦，则须入空。《红楼梦》所描述的，就是一个由沉溺世间到解悟超脱世间的过程。可以说，"空"是《红楼梦》的主旨。对处于名望之家族的贾府之人来说，要解脱最重要的就是悟透名利之为空。第三十一回中，袭人被贾宝玉踢了一脚半夜吐血，"就冷了半截"，想到"少年吐血，年月不保，纵然命长，终是废人了"之语，"不觉将素日想着后来争荣夸耀之心尽皆灰了，眼中不觉滴下泪来"。在生命将尽的时候，会感到名利、争荣夸耀等事皆是虚无缥缈的。第五十回中，史湘云编了一个《点绛唇》的谜语："溪壑分离，红尘游戏，真何趣？名利犹虚，后事终难继。"宝玉猜是"耍的猴儿"，这里寄托的是作者认为虚无的名利，不过就是卖艺人"耍的猴儿"般可笑。第八十六回，贾母告诉众人，元春对她说"荣华易尽，须要退步抽身"之语。如此这些，都是作者对富贵、名利的悟破。虽然"名利犹虚""荣华易尽"，世人却沉溺其中而不知晓。第二十回，元宵节猜谜语的游戏中，看了各人所出的谜题，贾政心内沉思："娘娘所作爆竹，此乃一响而散之物。迎春所作算盘，是打动乱如麻；探春所作风筝，乃飘飘浮荡之物；惜春所作海灯，一发清净孤独。今乃上元佳节，如何皆作此不祥之物为戏耶？"实际上，作者在这里寓意世间一切皆不实，万物空虚易散。第二十五回，癞头和尚与跛足道人点出通灵宝玉"因它如今被声色货利所迷"，所以"不灵验了"，世人皆如此，因对名利和富贵的渴望、执着与追求，而不能解悟。癞头和尚唱了两段歌，一曰："天不拘兮地不羁，心头无喜亦无悲；却因锻炼通灵后，便向人间觅是非。"叹息通灵宝玉不甘"天不拘兮地不羁，心头无喜亦无悲"，却向"人间觅是非"。二曰："粉渍脂痕污宝光，绮栊昼夜困鸳鸯。沉酣一梦终须醒，冤孽偿清好散场！"点出人间之是非如梦一般"终须醒"，醒时也便是"散场"之时。

　　富贵、名利为人生之苦，情也为人生之苦。《红楼梦》中所描写的男男女女，尤其是那些有才气之男女，更为情所苦。林黛玉受情所困而死，贾宝玉、薛宝钗等诸人无不为情所困。在作者看来，所谓的"情缘"都是些"魔障"而已。第一一六回中，作者再次借和尚之口，说："可又来！你见了册子，还不解么？世上的情缘，都是那些魔障。"若能悟透"情缘"的"魔障"，便能开悟，宝玉正是看清了所有人的"情缘"，最终使自己获得了解脱，从而弃家出世。

　　《红楼梦》中体现出明显的经世才能出世的观念，这种观念是中国佛教发展到明清时期形成。小说中通灵宝玉在青埂峰时一心想下山经历一番，而经历凡劫之后，石头才真正开悟。第一二○回中，贾政说"宝玉生下时，衔了玉来，便也古怪"，开始以为他是"果真有造化，高僧仙道来护佑他的"，最终明白了"宝玉是下凡历劫的，竟哄了老太太十九年！如今叫我才明白"。第十七回中，小说描写元春回府省亲的场景："忽见一对红衣太监骑马缓缓的走来，至西街门下了马，将马赶出围幕之外，便垂手面西站住。半日又是一对，亦是如此。少时便来了十来对，方闻得隐隐细乐之声。一对对龙旌凤翣，雉羽夔头，又有销金提炉焚着御香。然后一把曲柄七凤黄金伞过来，便是冠袍带履。又有值事太监捧着香珠、绣帕、漱盂、拂尘等类。一队队过完，后面方是八个太监抬着一顶金顶金黄绣凤版舆，缓缓行来。贾母等连忙路旁跪下。早飞跑过几个太监来，扶起贾母、邢夫人、王夫人来。那版舆抬进大门，入仪门往东去，到一所院落门前，有执拂太监跪请下舆更衣。于是抬舆入门，太监等散去，只有昭容、彩嫔等引领元春下舆。只见院内各色花灯烂灼，皆系纱绫扎成，精致非常。上面有一匾灯，写着'体仁沐德'四字。元春入室，更衣毕，复出，上舆进园。只见园中香烟缭绕，花彩缤纷，处处灯光相映，时时细乐声喧；说不尽这太平气象，富贵风流。"将一番景象描写得豪华富丽无与伦比，以及小说中无数关于奢华的描写，一方面是展现大家族从盛转衰的悲凉，一方面也是让"石头"来经历一番这些世间尘事，所以小说接着说："此时自己回想当初在大荒山中、青埂峰下，那等凄凉寂寞；若不亏癞僧、跛道二人携来到此，又安能得见这般世面。"应该说，这些就是"石头"来到人世所要经历的"尘劫"。虽然石头是又回到了它曾经离开过的原点，但此时的石头是经历过凡劫之后彻悟的石头了。如第一二〇回中说的，"石兄下凡一次，磨出光明，修成圆觉"，正是经历了一次"下凡"，石头才终于"磨出光明，修成圆觉"。"石头"这个从原点回到原点的循环，颇如禅宗著名"见山是山"的公案。吉州青原惟信禅师在一次上堂中说："老僧三十年前未参禅时，见山是山，见水是水。及至后来，亲见知识，有个入处，见山不是山，见水不是水。而今得个休歇处，依前见山只是山，见水只是水。"[①] 最后的"见山是山，见水是水"已与最初的"见山是山，见水是水"不同了，是顿悟开解之后的"见山是山，见水是水"了。

"石头"来到世间，既要经历富贵，更要经历富贵所带来的烦恼，最终才能彻底悟解。在"世事洞明皆学问，人情练达即文章"的社会形态下，如贾宝玉这样的人很难适应社会并在社会中生存下来。正因为在这样的社会现实中找不到出路，尤其是找不到人生的价值和意义，所以才觉得一切都变得虚空。体会到了一切皆虚空，也就是经历了这样的无意义、无价值的人生之后，最终走向"空"。用"空"来解答社会现实问题，就变得合情合理了。

---

① ［宋］普济：《五灯会元》卷一七，苏渊雷点校，中华书局，1984年，第1135页。

《红楼梦》中也认识到，尽管许许多多的世人认识到尘世的虚空，却并非人人都能走向虚空，这需要缘分。第一一七回中，来带宝玉的和尚说："请太太们放心，我原不要银子，只要宝二爷时常到他那里去去就是了。诸事只要随缘，自有一定的道理。"第五回中，警幻仙子说："此即迷津也。深有万丈，遥亘千里，中无舟楫可通，只有一个木筏，乃木居士掌舵，灰侍者撑篙，不受金银之谢，但遇有缘者渡之。"要真正解悟，还要遇到合适的缘分，石头的缘分就是"下凡"历劫。所谓的"迷津"和万丈深河，即佛教里所譬喻的要到彼岸去。

"石头"最终安心地呆在青埂峰下，是其领会了空。从小说来看，作者对于"空"的领悟相当彻底。第一二〇回中，空空道人将抄写的《石头记》给曹雪芹看，曹雪芹说："果然是'贾雨村言'了……说你空，原来你肚里果然空空。既是假语村言，但无鲁鱼亥豕以及背谬矛盾之处，乐得与二三同志，酒余饭饱，雨夕灯窗之下，同消寂寞，又不必大人先生品题传世。似你这样寻根问底，便是刻舟求剑、胶柱鼓瑟了。"空空道人则大悟说："果然是敷衍荒唐！不但作者不知，抄者不知，并阅者也不知。不过游戏笔墨，陶情适性而已！"从这里来看，整部小说的关键点不在于贾宝玉的领悟，更重要的是在于空空道人的领悟。贾宝玉的领悟，是领悟了"空"，而空空道人最终领悟到了"空空"，即"空"也是空的，成为了一个真正的"空空道人"。

《红楼梦》就是这样以"空"为指导描写出了贾府盛衰之变迁。《红楼梦》所表现出的悲凉，并不完全是全书中笼罩着"空"的气氛，还有更让作者感到悲叹的，是因世人沉溺于尘俗而不断流转于轮回当中，而不断地遭受着反复苦难的折磨。

小说第一回的第一句说："列位看官：你道此书从何而来？说起根由，虽近荒唐，细按则深有趣味。待在下将此来历注明，方使阅者了然不惑。"上来就告诉读者这个故事的开端和结局，如说书者一样，作者已经通晓整个故事的来龙去脉。由此来看，作者是站在顶处，审视所发生的一切事情，作者是一个全能的叙事者，通过这样的一个案例，来表达自己的观念，他所要表达的观念就是他想告诉读者的主旨。这是一个什么样的主旨呢？小说中接着说这块青埂峰下的弃石，听到一僧一道谈论的"云山雾海神仙玄幻之事"，以及"红尘中的荣华富贵"，"不觉打动凡心，也想要到人间去享一享这荣华富贵"。一僧一道听了石头"入红尘，在那富贵场中，温柔乡里受享几年"的愿望之后，告诉他："那红尘中有却有些乐事，但不能永远依恃；况又有'美中不足，好事多磨'八个字紧相连属，瞬息间则又乐极悲生，人非物换，究竟是到头一梦，万境归空，倒不如不去的好。"二人的话，含义十分明确：（一）世间虽有"乐事"，但这些"乐事"是"不能永远依恃"的，即这些"乐事"是在迁流变化的，而不是固定不变的，也就是说是无常的；（二）这些"乐事"本身是"美中不足"的；（三）从本质上来说，因为"不能永远依恃"和无常的特性，"瞬息间"便会"乐极悲生，人非物换"，最终是"到头一梦，万境归空"。由此来看，小说所要表达的主题是世间因"不能永远依恃"和无常而"万境归空"，小说要表达的是"空"的观念。然而，对于"空"的真切认识，往往是要经历过之后才能彻底体悟。是故，对于没有经历过世事的石头来说，"那里听得进这话去"，经过"苦求再四"，一僧一道乃感叹这是"无中生有之数"，便决定携带石头"去受享受享"，但也告诫他"只是到不得意时，切莫后悔"。来到凡尘，经历了"历尽离合悲欢、炎凉世态"的石头，最后说出了他想通过自己的故事给予世人提供的警示，说："我这一段故事，也不愿世人称奇道妙，也不定要世人喜悦检读，只愿他们当那醉淫饱卧之时，或避世去愁之际，把此一玩，岂不省了些寿命筋力？就比那谋虚逐妄，却也省了口舌是非之害、腿脚奔忙之苦。再者，亦令世人换新眼目，不比那些胡牵乱扯，忽离忽遇，满纸才人淑女、子建、文君、红娘、小玉等通共熟套之旧稿。"这里要表达说，他的故事对那些"谋虚逐妄"者给予惊醒，这样的故事要比"那些胡牵乱扯，忽离忽遇，满纸才人淑女"的故事要有益的多。"那些胡牵乱扯，忽离忽遇，满纸才人淑女"的故事带给人的是嬉闹，这个故事带给世人的是对世界"空"的本质的认识。"满纸荒唐言，一把辛酸泪！都云作者痴，谁解其中味？"之诗，显示出作者对经历凡尘的深深体悟。满世界"访道求仙"的空空道人，"将《石头记》再检阅一遍"之后，从此"因空见色，由色生情，传情入色，自色悟空"，获得了对佛道的真切体悟，所以说此故事要比"那些胡牵乱扯，忽离忽遇，满纸才人淑女"的故事要有益的多。

小说第一回，如同宋元说话中的入话，在说正文之前，先讲一个与正文相类似的小故事，第一回就是这样的一个小故事，而这个故事就是贾府这个大故事的缩影。贾府这个大故事，按照正常的发展来看，应该与甄士隐的结局完全一样。甄士隐，寓意"真事隐"，小说言其由来是："因曾历过一番梦幻之后，故将真事隐去，而借通灵之说，撰此《石头记》一书也，故曰'甄士隐云云'。"甄士隐在梦中听到那一僧一道所谈论的"实人世罕闻者"之因果，僧道说这是"玄机"，"到那时，只不要忘了我二人，便可跳出火坑矣。"火坑，亦即佛教所说的"火宅"，是《法华经》中的重要譬喻之一。《法华经》譬喻品第三中，言大长者之家"周匝俱时欻然火起，焚烧舍宅"，而长者诸子"在此宅中"却"于火宅内乐著嬉戏，不觉不知，不惊不怖，火来逼身，苦痛切己，心不厌患，无求出意"。这个譬喻，是要说明三界实际上就如一座火宅一样："三界无安，犹如火宅，众苦充满，甚可怖畏，常有生老病死忧患，如是等火，炽然不息。"然而，人处火宅中却愚昧不知，留恋世俗的欢乐于其中"乐著嬉戏"而"无求出意"。甄士隐的故事也暗含着这个寓意，火坑便是"火宅"之意，悟得玄机便会从着火的宅子中脱出。一僧一道说甄士隐的女儿英莲是"有命无运、累及爹娘之物"，便是处火宅中而不知脱出者。葫芦庙中的僧人油锅失火，"将一条街烧得如火焰山一般"，也将甄士隐家"烧成一片瓦砾场"。甄士隐由此家败，无奈只好投岳丈家，岳丈对他很是冷淡，又听了跛足道人念的《好了歌》："世人都晓神仙好，惟有功名忘不了。古今将相在何方？荒冢一堆草没了！世人都晓神仙好，只有金银忘不了。终朝只恨聚无多，及到多时眼闭了！世人都晓神仙好，只有娇妻忘不了。君生日日说恩情，君死又随人去了！世人都晓神仙好，只有儿孙忘不了。痴心父母古来多，孝顺儿孙谁见了？"所谓的功名、金银、娇妻、儿孙这些"世上万般"最终都是"了"，甄士隐由此"彻悟"，并解《好了歌》道："陋室空堂，当年笏满床，衰草枯杨，曾为歌舞场。蛛丝儿结满雕梁，绿纱今又糊在蓬窗上。说什么脂正浓、粉正香，如何两鬓又成霜？昨日黄土陇头送白骨，今宵红灯帐底卧鸳鸯。金满箱，银满箱，展眼乞丐人皆谤。正叹他人命不长，那知自己归来丧！训有方，保不定日后作强梁。择膏粱，谁承望流落在烟花巷！因嫌纱帽小，致使锁枷扛。昨怜破袄寒，今嫌紫蟒长。乱烘烘你方唱罢我登场，反认他乡是故乡。甚荒唐，到头来都是为他人作嫁衣裳！"甄士隐的这番疏解，表达出的正是由繁华到衰败的无常，所以跛足道人说甄士隐"解得切！解得切！"甄士隐抢过跛足道人肩上的褡裢，"同了疯道人飘飘而去"，正是表明他从这种对无常的体悟中获得了解脱，故作者为之命名为"真"。

小说的这个"话头"，应该是整部小说的纲要，对于贾府的荣衰，应该也是按照这个线索来进行的。贾府由盛转衰，家族破败，以贾宝玉最终彻悟出家而结束。或许最初曹雪芹就是按照这个思路进行撰写的，后来的续书却改变了结局，让贾府在被查抄之后，又重新蒙恩，重新世袭了爵位，而且留下了"兰桂齐芳"的远景。这个续书历来受到很多非议，认为不该如此修改。从阅读的心理上说，一般读者希望有一个大团圆的结局；而从更深远的考虑来看，续作者似乎更能读懂原作者的深意。贾府虽然遭到重重打击，最后醒悟过来的似乎只有贾宝玉，大多数的人面对着富贵的无常和世事的无常，仍然追求和期待着世俗之乐事。只要世人沉溺俗世而不能悟解，那么这种由无常所导致的盛衰转换，将会一次又一次地重演和循坏。"兰桂齐芳"的贾府，在重新振兴之后，又将发生新的一轮的衰败。这是一种不可摆脱的轮回。所以，小说开头说："至若离合悲欢，兴衰际遇，则又追踪蹑迹，不敢稍加穿凿，徒为供人之目而反失其真传者。今之人，贫者日为衣食所累，富者又怀不足之心；纵然一时稍闲，又有贪淫恋色、好货寻愁之事，哪里有工夫去看那理治之书！所以，我这一段故事，也不愿世人称奇道妙，也不定要世人喜悦检读，只愿他们当那醉淫饱卧之时，或避世去愁之际，把此一玩，岂不省了些寿命筋力？就比那谋虚逐妄，却也省了口舌是非之害、腿脚奔忙之苦。"有多少世人能"有工夫去看那理治之书"，又有多少世人在"为衣食所累"和"怀不足之心"时能领悟是在"谋虚逐妄"呢？

小说或许写到查抄大观园、宝玉出家就应该直接结束，就真是白茫茫的了。又让贾府再袭世职，显然是让其再次保住荣耀。这并不是说失去原书之意，而是告诉世间执着仍然存在，因为"贾宝玉"虽然解悟出世，但讲"经济学问"的"甄宝玉"还在，所以人间这种"离合悲欢，兴衰际遇"，将一次又一次地循坏，只要有"甄宝玉"的存在，这将是永不休止的循环。由此来看，《红楼梦》所体现的佛教意蕴是极其深刻的。

三、志怪与传奇

佛教小说反映了佛教独特的世界观、人生观和思维方式，通过具有佛教特色的小说类型和故事母题，体现出超越性和非写实性的文类特点。佛教世界观的基础是万物有灵，人与万物之灵都是相通的，而且可以互相交往、互相变异。这样的世界观表现在故事小说中，形成"志怪"特点。印度民族神话思维非常发达，与中国儒家代表人物孔子"不语怪力乱神"不同，印度古代神话中怪力乱神特别多。佛教继承了这样的神话思维，承认神灵的存在，而不承认他们的权威。根据业报轮回观念，一个灵魂或者说一个生命主体，根据其前生所作善恶之业，要在天、人、阿修罗、畜牲、饿鬼和地狱六道之间轮转不息，人只是其中的一道。这样神、魔、人、动物、鬼怪等，就处于同一生命平台之上，在同一生态系统中生存和发展。佛教小说的最初形态佛本生故事，就是依据这样的世界观进行构思和创作的。

作为佛教小说文类的雏形或者滥觞，佛本生故事情况比较复杂。释迦牟尼前生曾经转生成不同阶层的人，也曾转生成各种动物和神灵，南传巴利文佛典小部中的《佛本生经》收集了 547 个佛本生故事，其中有人生 357 个、神生 65 个，动物生 175 个。其中的人生应该属于传奇，而动物生和神生都有志怪因素。动物生的志怪因素显而易见，为什么说"神生"也有志怪因素呢？佛陀前生所转生的"神"有两大类：第一类是婆罗门教的重要神灵，如大梵天、帝释天（即因陀罗）等，佛教基于神话思维，承认其存在，但不承认其权威，因为这些神灵也逃不脱业报轮回的规律，还是在众生之列；第二类是树神、地神、山神、河神等小神灵，这些是基于万物有灵观念而赋予自然物的灵魂，地位比人类高不多少。根据佛教世界观，这些所谓"神"都不具有主宰者的性质，都不具有永恒性，因而属于非人非神的"怪"。因此，可以说佛本生故事奠定了佛教小说的"志怪"和"传奇"基础。佛本生故事和其他佛教故事传入中国，对中国小说的发展产生了直接的影响，使志怪、传奇成为中国小说尤其是中国佛教小说的主流。魏晋南北朝时期小说以志怪为主，传奇为辅；到唐宋时期，虽然传奇在小说质量方面后来居上，但在数量上还是志怪小说居多，如唐代小说集《冥报记》《广异记》《灵怪集》《通幽记》《玄怪录》《续玄怪录》《博异志》《酉阳杂俎》等，宋代小说集《稽神录》《江淮异人传》《乘异记》《括异志》《夷坚志》等，都是既有志怪，又有传奇。许多著名的传奇小说也具有志怪成分，如《古镜记》《补江总白猿传》《柳毅传》《枕中记》《离魂记》等，可以说是志怪与传奇的结合。宋初编纂的大型小说类书《太平广记》收集自汉至宋历代野史小说，包括了神话、志怪与传奇。该书正文 500 卷，分类编次，其中辑录神仙方术等具有神话色彩的小说 80 余卷，辑录鬼魂精怪等志怪类小说近 200 卷，其余 200 余卷则为传奇。

　　"志怪""传奇""神话"都可以视为小说的不同形态，它们之间既有联系，又有区别。根据神话原型批评的文学类别模式，主人公在种类上高于他人和环境，即是超自然的存在——神，关于他的故事便是神话；主人公在程度上高于他人和环境，其行动卓绝超凡，但他本人是人而非神，关于他的故事便是传奇。基于此，我们可以初步界定，所谓神话是以神为主人公的作品，在佛教文学中，只有以作为神的佛和菩萨为主人公的作品，才称得上佛教神话，如大乘佛传《神通游戏》，把传主释迦牟尼塑造成为至高无上的神灵，即属于神话；《阿弥陀经》《无量寿经》《维摩诘经》《观音经》《弥勒上生经》《弥勒下生经》等，以作为神的佛和菩萨为主人公，也属于神话。而早期佛教以作为人的世尊释迦牟尼为说法主人公的作品，不能算作神话；早期的佛传，尽管有神话思维，写了佛陀从降生到成佛各人生阶段的一些神奇现象，但由于他的本质是人，这些作品也不能算作神话，只能作为传奇。就佛教小说而言，佛菩萨作为角色出现的作品不少，但以佛菩萨为主人公的作品不多，因而神话不是佛教小说的主要类型。所谓志怪，是指作品的主人公或主要描写对象既非人也非神，而是精灵魔怪鬼魂等现实中难以见到的现象。所谓传奇主要是记述人的不平凡的经历，其主人公或主要描写对象在程度上高于他人和环境，但他既不是神，也不是怪，而是人。以《西游记》为例，人们有时称之为神魔小说，有时称之为神话传奇小说，就是从不同的角度而言。《西游记》是对佛教文学志怪与传奇的两大传统的继承与发展。作品的构成主要有两部分，一部分是唐僧玄奘取经故事，属于历史传奇；另一部分是孙悟空为主角的故事，属于志怪传统。就出身而言，孙悟空本身就是一"怪"。他是一只天生地造的石猴，无法无天的猴王，后来皈依佛门之后，专门降妖除怪。那些妖怪，大部分是成精的动物，有狮子、老虎、牛、大象等大型动物的魔怪，也有蝎子、老鼠、蜘蛛等小动物妖精，有水中的统治者龙王一族，也有鱼鳖虾蟹成精，还有被贬或偷偷下界的神灵，真是应有尽有。可见，志怪与传奇既是佛教小说的两大种类，也是佛教小说文类的两大特色。

志怪述异是佛教小说的重要特点之一，除了上文提出的以角色分类之外，佛教小说的志怪特色还表现为一些特殊母题，主要有以下几种：

一是离魂。在志怪小说中，灵魂离开躯体是常见的情节模式。为了说明因果报应，起到劝善作用，佛教小说中离开躯体的灵魂常常游历地狱。如《冥祥记》中的慧达死而复生，讲述自己魂游地狱的情节。他看到地狱中各种景象，如寒冰地狱中像席子一样大的冰块飞起着人，又看见刀山地狱等各种地狱，"狱狱异城，不相杂厕。人数如沙，不可称计"。他因为曾经参与杀鹿而受到审判，感觉"有人以叉叉之，投镬汤中。自视四体，溃然烂碎。"他由于罪过较轻，加之接受观世音菩萨的教诲，有向善之心，得以死而复生。有了这番经历，他复活之后，遂即出家。魂游地狱的描写一般都带有一定的训诫意义。灵魂可以游历地狱阴间，当然也可以游历理想世界。如《玄怪录》卷三《古元之》，记述古元之醉酒而死，入殓三日后，其父思念，开棺发现元之又复活了。元之自述：昏醉之时入梦，有一神人自称是元之的远祖，要去和神国，需要有人帮助拿行李，所以来取他。元之跟随神人来到和神国，发现那里一切都非常美好，没有扰害人类的害虫野兽，没有严寒酷暑等恶劣天气，土地平广，不用耕种即可长出甘美香甜的五谷瓜果，人们都无忧无虑，日日相携游览歌咏，陶陶然。虽有君王官吏，但杂于常人。一国之人，皆自相亲。这里描写的理想国，与佛经中表现的佛国净土无异。做梦现象也被古人理解为灵魂活动，梦游的故事丰富多彩，而佛教将现实世界和人生都看作如梦如幻，二者结合成为佛教小说常常表现的梦游母题和梦幻主题。著名传奇小说《枕中记》《南柯太守传》等，都是以人生如梦为主题。《太平广记》分类编次，"梦"被列为类型之一，共有 7 卷。其中卷二八一《樱桃青衣》记述的故事与《枕中记》类似。主人公卢子在京应举，多年不第，非常窘迫。一日路过一精舍，便进去听讲，困倦入梦，见一携樱桃篮的青衣，认作姑姑，随之进入大户人家，娶了美貌娇妻，科举高中，官运亨通，子孙满堂。后被讲僧叫醒，梦觉之后，一切皆空。

二是变形，即人与动物互变。动物是佛教小说中的重要角色，而这些动物多数与人有着非常密切的关系，如佛本生故事中有许多动物故事，这些动物都是佛的前身。除了基于业报轮回观念的转生故事之外，人与动物互变也是志怪小说中常见的现象。《太平广记》500 卷中以动物为主角的有龙 8 卷、虎 8 卷、畜兽 13 卷、狐 9 卷、蛇 4 卷、禽鸟 4 卷、水族 9 卷、昆虫 7 卷，另外涉及动物的故事则更多，其中许多与佛教思想观念相联系，属于佛教小说。变形可以分为动物变人和人变动物两大类。前者作品非常多，如上文所言《庐山远公话》中有千尺潭龙化为老人来听经。在小说作品中，猴子变人的故事比较多，大概是由于猿猴和人的形象比较接近，而且所变形象也比较正面可爱，如《大唐三藏取经诗话》中猴子变为白衣秀士，他是孙悟空的前身，但不是以猿猴的面目而是以人的形象出现。《太平广记》卷四四五《扬曳》记述猿猴变人的故事：大商人扬曳病重，儿子宗素非常孝顺，多方求医为父亲治病。有位医生告诉他，你父亲得的是心病，由于心为利所运，心已离身，非食生人之心不能痊愈。宗素认为生心不可得，只有修佛法，或者能够见效。于是经常带上食物到寺庙中斋僧。有一次误入山中，见到一位年老的胡僧，问其何许人？老僧自称姓袁，孙氏也是其族人。子孙都在山中以戏谑为业，唯自己好佛，常思慕菩萨割肉贸鸽、舍身饲虎之事迹，希望自己也有这样的机会。宗素说大师能舍身饲豺虎，何不舍命于人，以救其生？请求老僧以心救其父亲。老僧答应舍命，但要求先吃饱饭。宗素献上食物，老僧食毕，腾身上树，对宗素说："《金刚经》云：'过去心不可得，现在心不可得，未来心不可得。'檀越若要取吾心，亦不可得矣！"说完，化为一猿而去。故事不仅寓意深刻，而且老猿形象也非常可爱。一般说来，现实中形象比较可爱的，变形成人往往也比较可爱，反之，如《西游记》中动物成精变为人形的妖精，大多是形象不好令人厌恶的动物。小鹿是可爱的动物，变形为人也活泼可爱，如《太平广记》卷四四三《嵩山老僧》，记述嵩山内有一老僧，结茅修持，忽然有一小儿参拜，求为弟子。问其原因，小儿说自己父母双亡，必是前生不修善业所致，所以发愿为僧，修来世福业。老僧说僧家寂寞，担心他不能专一，小儿发誓一定专心。老僧察其敏悟，便收为弟子。数年之后的一个深秋，小儿忽然发感慨，思念旧时伴侣，一声长啸，来了一群鹿。小儿脱下僧衣，化为一鹿随群而去。

佛教小说中人变动物的故事也不少，主要有两类，一类是由于业报而转生为动物，多寓劝善惩恶之意义，下文专论。另一类是今生偶然变为动物，大多也有训诫意义。如《太平广记》卷四三三《僧虎》，记袁州山中有一村院僧，偶然得到一虎皮，披到身上吓唬过往商贩，以获取财物。有一天他发现自己真的变成了一只虎，而且渐渐习于虎性，以抓捕小动物为食，往来山中，风霜雨雪，非常痛苦。后来不忍食一衲僧，发出善念，虎皮自然脱落，恢复为人。《续玄怪录》卷二《薛伟》，记述薛伟为蜀州青城县主簿，病了20天，不省人事。醒来后讲述自己的经历：他病后觉得烦闷，出城入山，游江畔，见江水可爱，遂脱衣入水，非常惬意，便说："安得摄鱼而健游乎。"旁边一条鱼说，可以满足你的愿望。于是有鱼头人宣河伯诏：封薛为"东潭赤鲤"。薛伟发现自己变成了鱼。最初感觉不错，三江五湖任意腾跃。后来饿了，求食不得。见原来的同僚垂钓，认为即使吞了鱼钩，同僚也不会杀他。于是被钓上岸，先后被卖被杀，无论他怎么呼喊，人们也不理会，直到鱼头被砍，薛伟醒来。他招来同僚，讲述自己的经历，诸公大惊，投鲙不食。此类故事小说，大多是为了宣传非暴力不杀生思想。

三是转生。转生是佛教小说涉及最多的主题，其源头是《佛本生经》，讲的是释迦牟尼前生无数次轮回转生的故事，轮回转生是全部作品的总框架，他的一次又一次转生构成一个个本生故事。在中国比较务实的文化传统中，转生本身是一种怪异现象，特别是人转生为动物等非人，往往成为志怪小说的表现对象。宋初编纂的《太平广记》集汉魏至宋初之小说家言，分类编辑，其中"报应""异僧""悟前生""畜兽""再生"等部皆有轮回转生故事。其转生与业报相联系者，基本上属于佛教小说。如卷四三六《张高》（《续玄怪录》卷四题为《驴言》）说张高家有一驴，张高死后，其子张和要乘驴外出做生意，驴不愿被骑，对张和说：人道、兽道互相轮转，由于我前生欠你父亲力，今生为驴酬之，所以你父亲可以骑，你不能骑。昨夜与你父亲算账，还欠你们一缗半钱，麸行的王胡子欠我二缗，你可以把我卖给他。张和回去告诉母亲，母亲对驴说：我丈夫骑了你这么多年，一缗半钱不算什么，愿意一直养着。驴摇头，坚持卖而取钱。转生的过程也是志怪小说关注的现象。《玄怪录》卷三《吴全素》中吴全素阳寿未尽，灵魂被误抓到阴间，在被放还的途中应邀观看见一个人转生的全过程。他跟随两个冥吏来到一户人家，从房顶上开一大穴，看到一老人气息奄奄，周围一圈人哭泣。一个冥吏拿出一根长绳，从穴中垂下，将老人的灵魂拽出，找了一个大屠案，将老人放到案上"推扑"。吴全素感于老人痛苦，对冥吏说："有罪当刑，此亦非法；若无罪责，何以苦之。"冥吏的回答非常合情合理，兹录于下：

> "凡人有善功清德，合生天堂者，仙乐彩云、霓旌鹤驾来迎也，某何以见之？若有重罪及秽恶，合堕地狱者，牛头奇鬼铁叉枷杻来取，某又何以见之？此老人无升天之福，又无入地狱之罪，虽能修身，未离尘俗，但洁其身，净无瑕秽。既舍此身，只合更受男子之身。当其上计之时，其母已孕，此命既尽，彼命合生。今若不团扑，令彼妇人何以能产？"又尽力揉扑，实觉渐小，须臾其形才如拳大，百骸九窍，莫不依然。①

然后他们来到一户有待产孕妇的人家，一吏执老人投于堂中，才似到床，新子已啼。一次转生就完成了。这是中国古人对业报轮回现象既理性化又富有想象力的解释，受印度佛教思想影响，又有自己的创造性发挥。

小说的渊源之一是史传，佛教小说也不例外。佛传僧传等佛教传记文学是佛教散文叙事文学之一，是佛教小说的渊源之一，二者在题材、主题及叙述方式等方面都有一定交集。由于佛陀及高僧生平事迹都具有传奇性，从而奠定了佛教散文叙事文学的传奇性基础。在印度，出于轮回观念，佛本生故事往往被看作佛传的一部分。虽然佛的前生中有人生、动物生和神生，但由于讲述的都是作为人的释迦牟尼佛的前生故事，因此总体上还是以传奇为主。中国有深厚的史传文学传统，有实录传真的历史意识，对小说发展产生了深远的影响。这些影响有正面，也有负面，最初负面影响更多，因为过分追求写实不利于想象力的发挥，对于虚构性的小说形成束缚。佛教传入之后，其神话思维与中国文学传统历史意识相结合，产生了一批基于历史而又

---

① ［唐］牛僧孺、李复言：《玄怪录 续玄怪录》，姜云、宋平校注，上海古籍出版社，1985年，第104页。

不局限于历史的志怪与传奇。除了一些表现非人类生活的志怪以外，大部分佛教小说都属于传奇。代表性作品如唐代后期俗讲《庐山远公话》，以庐山高僧慧远生平事迹为基础，加以想象和虚构，使其成为一部典型的佛教小说而不是传记文学。有佛门人士基于历史意识对这样的虚构演义提出批评，如元僧释普度《庐山莲宗宝鉴》卷四《辨远祖成道事》中说：

> 盖尝谓远公有大功于释氏，犹孔门之孟子焉。与高僧朝士同修净社，道劝帝王，法流天下。后之所习念佛者，不知吾祖之本末，失其源流。多见世之薄福阐提辈伪撰《庐山成道记》，装饰虚辞，尽是无根之语，诳惑善信，遍传在人耳目，逮今不能改革。予乃参考大藏，《弘明集》《高僧传》，察其详要，略举七事以破群惑，识者鉴之。远公礼太行山道安法师出家，妄传师栴檀尊者，一诳也。妄以道安为远公孙者，二诳也。远公三十年影不出山，足不入俗，妄为白庄劫虏者，三诳也。晋帝三召，远公称疾不赴，妄谓卖身与崔相公为奴者，四诳也。道安臂有肉钏，妄谓远公者，五诳也。临终遗命，露骸松下，全身葬西岭，见在凝寂塔可证，妄谓远公乘彩船升兜率者，六诳也。道生法师虎丘讲经，指石为誓，石乃点头，妄谓远公者，七诳也。悲夫，世之奸佞不知吾祖实德，道听途说，妄装点许多不逊之事，播丑于后世，取笑于四方，谤渎圣德，识者见之，不察其所由，得不轻侮于吾祖师耶？岂非出佛身血五逆罪乎？①

从释普度的言论可以得知，《庐山远公话》又名《庐山成道记》，一直到元代还非常流行。释普度显然不懂小说，才会以历史勘小说之误。估计唐玄奘的弟子看《西游记》也会有这样的感觉。从中可以看出小说与史传的不同，传奇与实录的差别。实际上，许多高僧传记也不见得都是实录历史，也会附会一些传说甚至想象的成分，如今传无名氏之《东林十八高贤传》（又称《东林传》《莲社高贤传》），记述晋宋时以慧远为首的僧人居士18人在庐山结"莲社"，希图往生净土之事迹。而据汤用彤先生考证，此书

---

① 参见项楚选注《敦煌变文选注（增订本）》，中华书局，2006年，第1784—1785页。

"乃妄人杂取旧史、采摭无稽传说而成",作为史书并不可信①,更像是一篇传奇小说。看来从史传到传奇小说只有一步之遥。

中国佛教小说中传奇性最强的还是以唐僧玄奘印度取经为题材的系列作品。玄奘西行印度前后历时 17 年,跋涉数万里,历尽艰险,极富传奇性。他辞世不久即有弟子慧立撰彦悰笺《大唐大慈恩寺三藏法师传》、冥详《大唐故三藏玄奘法师行状》、道宣《续高僧传·玄奘传》等记述玄奘生平事迹的作品问世。玄奘生平本具传奇色彩,加之传记作者添油加醋,附会许多灵异传说,使其更具有文学性,因而成为民间说唱文学的好素材。现存最早的以唐僧取经为题材的文学作品是宋代无名氏的话本《大唐三藏取经诗话》。一般说来,话本都是在民间艺人长期说唱基础上刊印的,可见取经故事早已流传民间,为民间艺人所采用。其后又有元代杂剧《唐三藏西天取经》、宝卷《销释真空宝卷》、明初杨景贤的传奇剧《西游记》等。这些作品在取经传说的基础上作了大量的虚构,增添了必要的故事和人物,与原来的传记相比已经面目全非了。明中叶伟大作家吴承恩在前人基础上加工创作,最终完成了举世注目的神话传奇小说《西游记》。如果说《西游记》中以孙悟空为中心的故事主要表现了佛教小说的志怪特色,那么,以玄奘为中心的故事则主要体现了佛教小说的传奇属性。

除了人物故事方面的传奇特点之外,佛教小说的传奇性往往与神通变化、化身下凡、因缘果报等文学母题相联系。

在佛教神话传说中,"神通"是通过修行而获得的身体或智慧方面的特异功能。佛教一般有"六神通"之说:一是神变通(又称神足通),即各种自在变化,包括变换形体,一身变多身,多身变回一身,隐身显身,穿行墙壁,出入硬地,行走水面,飞行空中等;二是天耳通,即能够听到远近各种声音;三是天眼通,即能够看见遥远的事物或隐藏的事物;四是他心通,即能够洞悉他人和其他生物的心思;五是宿命通,即能知自己和他人的前生来世;六是漏尽通,即知道苦及苦的根源,从而摆脱无明,实现解脱。前五通称为"世间神通",是共外道通,即非佛教所独有,而是印度传统修道者所共有的,只有第六漏尽通为"出世间神通",可以超脱生死轮回,成为阿罗

---

① 汤用彤:《汉魏两晋南北朝佛教史》,上海人民出版社,2015 年,第 255 页。

汉。《长阿含·沙门果经》等佛典中有关于六神通的描述①。佛教文学作品中表现最多的是神变通，佛、菩萨、罗汉们经常通过神变斗法降魔除怪或制服外道。如《贤愚因缘经》中有须达长者为佛买花园建精舍的故事，其中描述外道六师不服，要与佛弟子比赛神通道术。在国王主持下，佛大弟子舍利弗与六师中的劳度差斗法。劳度差先变作一棵大树，舍利弗变作大旋风将树连根拔起；前者又变成一个水池，后者变成六牙大白象将池水一饮而尽；前者又变作七宝庄严山，后者变作金刚力士，用金刚杵将山粉碎；前者又变成一条十首龙，后者变成金翅鸟王将十首龙撕碎吃掉；前者又变作大肥牛，后者变作大雄狮；前者又变成夜叉厉鬼，后者化作毗沙门天王，夜叉一见大骇，正想逃走，却被四周大火围住，只有舍利弗所在的一方无火，劳度差只好拜倒在舍利弗脚下认输求饶。敦煌变文中的《降魔变文》和《破魔变文》直接取材于舍利弗与劳度差斗法的故事。《西游记》中孙悟空从须菩提学得七十二般变化，因为卖弄本领被师父赶走，他后来大闹天宫以及西行途中降妖除怪，靠的就是神通变化。除了自身变化之外，还可以使用咒术变化，如上文提及的《龙树菩萨传》记述有婆罗门要求与龙树比赛道术，婆罗门在宫殿之前变幻出大池，中有千叶莲花，自坐其上呵龙树；龙树以咒术化出一六牙白象，用鼻子拔起莲花仍在地上，婆罗门服输归命龙树。佛教密宗比较推崇咒术，对小说产生了巨大影响，如《济公传》中的济公活佛便主要靠真言咒语获得神通。神通变化应该属于神话范畴，但也可以赋予凡人，由此使传奇主人公具有在程度上高于他人和环境的能力，增强了小说的传奇性。

　　化身下凡是印度古代文学中常见的文学母题之一，印度教的"往世书"和两大史诗都有大神毗湿奴化身下凡拯救世界的故事。佛教受到印度教的影响，神话教主释迦牟尼，将他看作至高无上的大神。由此，他生为释迦族王子，也成了一种化身下凡行为。所以后期大乘佛教的佛经和佛传中常有化身下凡或化身救人救世的描写，如观世音菩萨有 33 个应化身。受此影响，佛教小说中常有化身下凡的故事，如《初刻拍案惊奇》中的《金光旧主谈旧迹》，其主人公冯京前世是西方极乐世界的一位尊者，因思凡而入尘世，贵

---

　　①　参阅郭良鋆《佛陀和原始佛教思想》，中国社会科学出版社，1997 年，第 173—174 页。

为宰相。一日梦游旧地，遇到前世好友金光洞主，大谈人间的虚妄和西方极
乐世界的美好。冯京醒后觉悟，从此扶持佛教，终日念佛，最后回归西方净
土。小说中大神的化身下凡大多是主动的，目的是为了救人救世，而一般的
神灵下凡往往是被动的，甚至是被贬谪。如《西游记》中的几个主要人物，
唐僧玄奘本来是如来佛的二徒金蝉子，因为不好好听如来说法，被贬下凡转
生东土；猪八戒本来是天河水神、天蓬元帅，因为蟠桃会上酗酒戏仙娥，被
贬下届投胎为猪；沙悟净本来是天上的卷帘大将，因为蟠桃会上打碎玻璃
盏，被贬下界，落于流沙河等，都属于化身下凡。化身下凡使作为凡人的小
说人物与神界发生了联系，但他仍然是人而不是神，不能改变人物和作品的
本质属性，只是增强了作品和人物的传奇性。

　　因缘果报基于佛教缘起论的世界观，用在人际关系上，常常与业报轮回
相联系，形成所谓宿世因缘。轮回转生不仅是佛教的基本观念，而且具有结
构功能。作为结构模式，轮回转生常常表现为"因缘"，是传奇小说的一种
表现方式。敦煌文学中有一部分作品题目称作"因缘"，如《悉达太子修道
因缘》《四兽因缘》《佛图澄和尚因缘记》等①，内容侧重于前世今生的业
报因缘。宋代说话中也有"说因缘"一类。因缘果报母题在小说中主要解
释说明人际关系，如《明悟禅师赶五戒》表现佛印禅师和东坡居士的因缘。
前世的亲仇爱恨会延续到今生和来世，而且由于恩恩相还和怨怨相报还会不
断加强。因缘母题常常与爱情题材相联系，要么是重续前缘，要么是来生再
聚，如《拍案惊奇》中的《大姐魂游完宿愿，小妹病起续前缘》。因缘果报
的思想基础是善恶有报，话本小说中常用业报轮回实施劝戒，如《古今小
说》中的《明悟禅师赶五戒》《明月和尚度柳翠》《梁武帝累修成佛》等，
《醒世恒言》中的《佛印师四调琴娘》等，《拍案惊奇》中的《庵内看恶鬼
善神，井中谈前因后果》等。这些作品或者是佛教小说，或者是受佛教影响
的小说，可见佛教文学的业报轮回不仅具有主题学意义，而且具有文体学意
义。小说因缘果报类故事情节指向前生来世，使作品更具有超越现实的传奇
性特点。

---

① 参阅周绍良主编《敦煌文学作品选》，中华书局，1987 年，第 17—19 页。

四、故事基因与说唱遗传

　　早期佛教小说的作者大都不是有意为小说，因而在其作品中保留了许多小说的原初形态，为研究小说文类的形成和发展提供了难得的素材。从文体演变的角度看，佛教小说深厚的历史底蕴、强大的故事基因和明显的说唱遗传，具有重要的文类学意义。历史底蕴已经在上文传奇一节述及，下面主要谈谈佛教小说叙述方面的故事基因和说唱遗传现象。

　　从叙事结构的角度看，佛教小说的一个重要特点是故事套故事。小说是在故事文学基础上发展起来的，因此二者在许多方面有着天然的联系，如故事母题、叙事方式等，其中"框架式结构"就是故事文学在叙事结构方面对小说文体的影响。"框架式结构"的特点是大故事套小故事，像大框子套小框子，也有人称之为"连串插入式"，是指在大故事中不断插入小故事。这种方式最早产生在印度，《佛本生经》等佛教故事集是其中的代表。佛本生故事讲的都是释迦牟尼的前生事迹，整体上看是一个大故事或大框架，就具体故事而言，也有大套小的特点。首先，每个本生故事中既有前生故事，亦有今生故事。其次，许多前生故事中又套故事，如《精通脚印青年本生》中国王自盗珍宝，让一青年破案；青年查明后不便明说，为喻晓国王而先后讲了八个故事。《德迦利耶本生》用七个故事说明多嘴惹祸和慎言的好处。第三，有些本生故事中不是让人物再去讲故事，而是通过一个人做许多事来实现连串插入，如《大隧道本生》中菩萨先后解决了 19 个难题，赢得国王信任而成为大臣。类似的还有《迦默尼詹特本生》等。这种故事结构不是佛教文学的独创，印度教文学如《五卷书》《故事海》，两大史诗，以及耆那教的故事集等，都采用框架式叙事结构。然而在印度古代众多的故事集中，《佛本生故事》成书最早，其文体学意义也就不言自明了。

　　早期的小说因为刚刚脱胎于故事，所以还具有较多的故事文学的痕迹，如早期印度小说家波那的《迦丹波利》、檀丁的《十王子传》等，都采用故事套故事的结构模式。这样的结构模式在中国文学中也有影响，如唐初王度的《古镜记》，就是典型的"框架式结构"，季羡林先生曾经论及："在形式方面的影响可以以王度的《古镜记》为例加以说明。它以一面古镜为线索，为中心，叙述了几个毫不相干的故事，用古镜贯穿起来。这种结构形式在印度古典文学颇为流行，比如流传全世界的《五卷书》就是如此，汉译的《六度集经》之类的书在结构方面也表现出来这个特点。"① 另外，中国早期佛教小说中有许多梦幻故事，其梦中故事往往相对完整，独立于入梦之前和梦醒之后的故事，所以也是故事套故事叙事方式的一种表现形式。

随着小说的发展，结构艺术逐渐多样化，但故事文学传统的影响依然存在。比较优秀的长篇小说虽然避免了简单的故事套故事形式，但"貌似长篇，实为短制"是大部分东方古代长篇小说的结构特点，因为古代特别是早期的长篇小说大多是在民间故事文学的基础上形成的，"一回"往往就是一个小故事。有的长篇小说是在长期流传过程中以"滚雪球"方式积累而成，有的是不同来源的故事聚合而成，还有的是不同的故事连缀而成。以《西游记》为例，唐僧取经故事就是一个大框架，在这个故事框架中容纳了许许多多的小故事。比如唐僧出身的故事，在《西游记》成书之前就有关于陈光蕊的故事和戏剧作品流传，后来被纳入《西游记》，有的版本有，有的版本没有，可见是一个可有可无、相对独立的小故事。再如唐代变文《唐太宗入冥记》，讲述唐太宗因为杀死亲兄弟而在阴间受审的故事，后来被纳入《西游记》，成为西天取经的原由之一。另外关于孙悟空大闹天宫的故事，是在唐僧取经故事之外独立形成发展的，宋代形成的话本小说《大唐三藏取经诗话》中，有猴行者前来保护唐僧取经，但没有大闹天宫的故事；现存元明杂剧《二郎神锁齐天大圣》，有齐天大圣偷太上老君金丹、盗仙酒、在水帘洞聚妖开宴、二郎神率领天兵天将擒获齐天大圣等情节，但与唐僧取经无关，可见齐天大圣大闹天宫的故事是另有源头独立发展的。在吴承恩之前的古本《西游记》中，已经实现了唐僧取经和齐天大圣大闹天宫两大故事系统的聚合②。《西游记》描写唐僧取经经过九九八十一难，每一难基本上都是一个相对独立的小故事。这样的叙事结构中有故事文学"框架式结构"的基因。

从叙述方式的角度看，佛教小说的一个重要特点是韵散结合，这在佛教小说的源头佛本生故事中已经有所体现。现存佛本生故事皆由偈颂诗和散文叙述组合而成。巴利文佛本生故事原典只有诗体，长短不等，有的叙述事

---

① 季羡林：《佛教与中印文化交流》，江西人民出版社，1990 年，第 168 页。
② 参阅石昌渝《中国小说源流论》，生活·读书·新知三联书店，1994 年，第 332—334 页。

件，有的是故事中关键部分的概括，有的仅仅是提示性的几句有决定意义的对话。也许是为了便于记诵而将故事浓缩成简短的诗歌，或者是高僧传教讲道用的讲义提纲，省略了散文讲述部分。传教者对故事内容非常熟悉，通过几句提示性的偈颂即可讲述故事，亦可临场发挥。原典传到斯里兰卡译成古僧伽罗文后失传，大约 5 世纪一位斯里兰卡比丘依据僧伽罗文译本，用巴利文写成《佛本生经义释》，使其最后定型。义释采用散文，补足了被省略的部分，还其韵散相间的本来面目①。这种叙述方式我们已司空见惯，我国传统说唱艺术、话本小说以至文人创作皆普遍沿用，而这恰好与佛本生故事有缘。当然，韵散相间非本生故事所独具，而是佛经的普遍形式。佛经中在一段散文叙述之后常有"欲重宣此义而说偈"这样的方式。这种韵散相间也非佛教一家所独有，而是印度古代典籍的普遍形式。印度古代不仅文学作品，而且一般的学术著作和宗教经典也采用韵散结合的文体，一般是诗体歌诀配上散文的解释。传到中国的佛经文献也大多是韵散合体的。这样的文献，从时间看，韵文部分一般应该早于散文部分，因为散文部分是对韵文的解释；但也不尽然，有的韵文是对散文部分的概括和总结。总之，古代印度书写工具不发达，以口耳相传为主，韵文便于记忆；但韵文又往往过于概括，不易理解，需要散文解说，所以韵散结合的文体比较普遍。这种方式在东方各国产生广泛影响，则是佛典的贡献。其中佛本生故事作为普及性的佛教文学作品起了更为直接的作用。

作为小说叙述学意义的韵散结合与说唱文学传统有关，说的部分用散文，唱的部分用韵文。古代世界各国都有自己的说唱艺术传统，但这种传统有的发达，有的不发达；有的源远流长，有的历史短暂；有的早熟，有的晚出；有的发展为以唱为主的韵文文体，如史诗等，有的发展为以说为主的散文叙事文学。古印度的两大史诗就是在民间说唱文学基础上发展起来的，正式编定之后仍然是由说唱艺人代代相传。只不过这样的说唱是以唱为主，以说为辅，形成的文本是以韵文为主，伴以少量的散文叙述。后来的佛教文学家如马鸣等主要继承了史诗传统，马鸣创作的《佛所行赞》和《美难陀传》，都属于史诗传统的大诗文体。圣勇的作品与马鸣不同，其文体是韵散

---

① 汉译佛典中的佛本生故事不仅与巴利文佛本生故事属于不同的部派，而且翻译时间也大都早于公元 5 世纪，其形式亦是韵散相间，可见这是其本来面目。

结合的，所以更偏小说。金克木先生认为圣勇的《本生鬘》开后世韵散结合的小说"占布"之先河。《本生鬘》一类作品也是用来说唱的，义净《南海寄归内法传》记述：

> 其社得迦摩罗亦同此类，社得迦者，本生也。摩罗者，即是贯焉。集取菩萨昔生难行之事，贯之一处。若译可成十余轴。取本生事，而为诗赞，欲令顺俗妍美，读者欢爱，教摄群生耳。……南海诸岛有十余国，无问法俗，咸皆讽诵。①

中国古代说唱曲艺萌芽于先秦，但唐代以前的说唱文学没有留下作品。中国说唱文学的大盛起于唐代佛教寺院的讲唱佛经，特别是面向一般民众的"俗讲"，需要以故事性和趣味性吸引听众，从讲唱佛经到讲历史故事，形成"变文"文体。现存变文基本上都是韵散相间的文体，有三种主要方式。一是先用散文叙述，然后用韵文吟唱同样的内容；二是先以散文略述，再以韵文详述；三是韵文与散文交替叙述，互不重复。另外还有描写性的韵文和散文的交叉。韵文还用在开场和结束。

宋代说唱艺术由寺院移至"勾栏瓦舍"，获得了更大的发展空间，演化出许多新文学体裁，以唱为主的有诸宫调、大曲、宝卷、鼓子词等；以说为主的文体当时称为"说话"，包括小说、讲史等。说话的本子称为"话本"。明清达到高峰的章回小说，包括历史演义小说、公案小说、言情小说等，都是由这种"话本"小说发展而来的。有学者认为，由变文到话本拟话本再到章回小说，属于"讲唱源流小说"②。这样的说唱文学后来演变为以说为主的平话，韵文成分大大减少。后来的拟话本和章回小说，虽然韵文越来越少，但仍有韵散结合的特点。仍以《西游记》为例，其前身《大唐三藏取经诗话》，鲁迅先生称其为："首尾与诗相始终，中间以诗词为点缀，……每章必有诗，故曰诗话。"③ 如其第二章《行程遇猴行者处》，叙述玄奘一行

---

① ［唐］义净著，王邦维校注：《南海寄归内法传校注》，中华书局，1995年，第182—183页。

② 参阅曾锦章《中国讲唱源流小说的艺术特色》，载邝健行、吴淑钿编选《香港中国古典文学研究论文选粹·小说·戏曲·散文及赋篇》，江苏古籍出版社，2002年。

③ 鲁迅：《中国小说史略》，见《鲁迅全集》第九卷，人民文学出版社，2005年，第125—126页。

六人踏上取经之路，途中遇见一位白衣秀士，自称是花果山猕猴王，愿助和尚取经。玄奘非常高兴，便改呼为猴行者。接下来写道：

> 僧行七人，次日同行，左右伏事。猴行者因留诗曰：
> 　　百万程途向那边，今来佐助大师前，
> 　　一心祝愿逢真教，同往西天鸡足山。
> 三藏法师诗答曰：
> 　　此日前生有宿缘，今朝果遇大明仙，
> 　　前途若到妖魔处，望显神通镇佛前。①

这样的诗词如鲁迅先生所说"词句多俚"②，既无诗意，也没有多少文采，只是一种叙述方式而已。到吴承恩之《西游记》，已经不再是"话本"，但明显有"话本"那种说唱艺术诗文相间的叙述方式的遗传。如第一回开篇就是一首"入话诗"，诗曰：

> 混沌未分天地乱，茫茫渺渺无人见。
> 自从盘古破鸿蒙，开辟从兹清浊辨。
> 覆载群生仰至仁，发明万物皆成善。
> 欲知造化会元功，须看《西游释厄传》。

然后叙述天地开辟，说到花果山之形胜，"真个好山！有词赋为证"，就来一篇韵文的词赋。之后，叙述山的形状和石猴的出世，写他与群猴玩耍，又是一段韵文。然后写水帘洞内外景致、美猴王的认定、群猴欢宴、为生命有限而烦恼、下山寻访佛仙圣探寻长生之道、遇见樵夫唱《满庭芳》、拜师须菩提等，都是韵散相间。韵文差不多占了1/3的篇幅，大都富有诗意，且文采斐然，属于文人卖弄诗才而不是面对听众的说唱，虽与《取经诗话》基于说唱之韵文的朴素俚俗迥异其趣，但其叙述方式却是一脉相承的。

---

① 鲁迅：《中国小说史略》，见《鲁迅全集》第九卷，人民文学出版社，2005年，第125—126页。
② 鲁迅：《中国小说史略》，见《鲁迅全集》第九卷，人民文学出版社，2005年，第125页。

第四章　佛教诗学研究

比较文学进入文学理论层面即为比较诗学。所谓比较诗学，也就是跨文化的文学理论研究①。"诗学"有广义和狭义之分。广义的诗学是 Poetics 的意译，源于亚里士多德的文学理论著作《诗学》。由于亚里士多德将"诗"界定为以语言为媒介进行摹仿的艺术，并且着重论述了史诗、悲剧和喜剧，因此他所谓"诗学"研究的范围就不是狭义的诗歌，而是我们现在所理解的文学，即语言艺术。在西方，这样的诗学概念经过古罗马和文艺复兴一脉相传而被承接下来，与现代学术话语中的文学理论的涵义基本相同，尽管二者在语义和色彩方面有细微差别，一般情况下还是可以互换的。所以当比较文学发展到一定阶段，人们认识到应该进行跨越不同国家不同文化的文学理论研究时，很自然地用"比较诗学"来命名这一学科，此后，比较诗学就被一般地理解为"跨文化的文学理论研究"。狭义的诗学指诗歌理论和关于诗歌的研究，主要源于中国学术传统。中国古代有非常丰富的诗话、诗论和诗品等诗学著作，这样的诗学传统延续至今，被称为"狭义的诗学"，以区别于源于西方的可以替换为"文学理论"的广义诗学。我们所谓的"佛教诗学"主要是指中国和印度与佛教有关或受佛教思想影响而形成的文学理论，本身具有跨文化意义，是从比较诗学角度提出的，因而与国际接轨，取其广义。佛教诗学不仅是印度佛教文学和中国佛教文学共有的现象，而且是二者交流互动的产物，具有跨文化特点，适合进行比较诗学研究。当然，在中国和印度文化语境中，狭义的"诗学"即关于诗歌的理论无疑又居于核心地位，佛教诗学也不例外。除了上述"诗学"概念有广义和狭义的区别之外，以"佛教"为中心词的"佛教诗学"也有广义和狭义之分。狭义的"佛教诗学"应该是出于佛教诗人和理论家之手，主要在佛教文学领域发挥

---

① 如美国学者厄尔·迈纳的著作《比较诗学》（王宇根等译，中央编译出版社，2004 年），副标题即为"跨文化的文学理论研究札记"。

作用的文学理论；广义的"佛教诗学"指的是受佛教思想影响而形成的文学理论，已经越出了佛教文学的边界。本文研究对象主要是狭义的佛教诗学，但论述范围并不局限于佛教文学内部，而是在更广泛的意义上探讨佛教诗学的内涵和特点。无论是广义还是狭义，"佛教诗学"研究跨越了中国和印度两大文化体系，属于跨文化的文学理论研究，也就是比较诗学研究。这样的比较诗学研究不是将印度的佛教诗学和中国的佛教诗学放在一个平台上进行一对一的比较，而是梳理佛教诗学的核心概念和基本范畴在中印佛教哲学与佛教文学中的渊源流变，探讨其理论内涵、诗学特点及其在印度和中国诗学史上的地位和影响，具有重要的理论意义和学术价值。

第一节　概论

一、界定

我们关于"佛教诗学"的提法可能会引起争议，受到质疑，因为在印度学者和西方学者关于印度文学、文论、诗学的研究著作中，还没有关于"佛教诗学"的提法和界定。印度佛教典籍中并没有专门的诗学著作，即使一些出自佛教徒的诗学著作，如公元 7 世纪斯里兰卡佛教学者戒云，在对印度梵语诗学家檀丁的《诗镜》进行改写或编译的基础上写成的僧伽罗语诗学著作《妙语庄严》；13 世纪斯里兰卡佛教学者僧伽罗吉多，著有改写《诗镜》的巴利语诗学著作《妙觉庄严》等①，也基本上是对印度梵语古典诗学的借鉴，没有体现佛教思想特色，在诗学理论方面也没有多少创新，因而也不能算作典型的"佛教诗学"。印度学者普遍认为佛教对印度古典梵语诗学的发展产生过重要影响，如印度现代艺术理论家阿南德·库马勒斯瓦米（Ananda Coomaraswamy）在论述"味""情""似"等印度传统诗学范畴时，不仅引证印度古典文学理论与批评著作以及吠檀多哲学，而且广泛引证佛教哲学②。印度学者夏斯特里（Mool Chand Shstri）还有《佛教对梵语诗学的

---

① 参见尹锡南《印度文论史》，巴蜀书社，2015 年，第 232—234 页、367—370 页。
② K. Krishnamoorthy, *Studies in Indian Aesthetics and Criticism*. Mysore, India, 1979, pp. 352—353.

贡献》等专题论著问世①，但他们并不认为存在"佛教诗学"或"佛教文论"体系。在中国，学术界从文论、诗学、美学角度涉足佛教及其文学研究者并不少见，仅笔者了解的相关著作就有孙昌武的《佛教与中国文学》《禅思与诗情》，张伯伟的《禅与诗学》，周裕锴的《中国禅宗与诗歌》《文字禅与宋代诗学》《法眼与诗心——宋代佛禅语境下的诗学话语建构》，蒋述卓的《佛教与中国文艺美学》，曾祖荫的《中国佛教与美学》，林湘华的《禅宗与宋代诗学》，张海沙的《佛教五经与唐宋诗学》等，发表在报刊上的相关论文更是难以尽数。这些成果主要研究佛教对中国文学理论、诗学或美学的影响，大多属于比较文学的影响研究。有的学者以中国文论为立足点，研究其中的佛教因素，如欧宗启的《印度佛教思想的中国化与中国古代文论的建构》，系统论述了中国化的佛教思想在中国魏晋南北朝艺术形神论、中国古代文论言义观、意境论、诗法论、心创作论的建构中所发挥的重要作用，对空、圆、自得等源于佛教思想的中国古代文论范畴进行了梳理，认为这些文论范畴都是中国古代文论家汲取印度佛教中国化之思想构建中国文论话语体系的结果②。此类成果基本属于比较文学的接受研究。以上两类研究都涉及到佛教文论或佛教诗学，但其宗旨都不是研究佛教文论或佛教诗学。与我们的佛教诗学研究比较接近的成果主要有两类，一类是佛教美学研究，如王海林的《佛教美学》、皮朝纲的《禅宗美学思想的嬗变轨迹》、张节末的《禅宗美学》等，都不是谈影响或接受，而是讨论佛教中的美学问题。文学艺术的创作和鉴赏都是审美活动，所以诗学与美学有一定交叉，特别是以文艺为主要研究对象的文艺美学，更是与文学理论或诗学难解难分。一般说来，诗学研究文学的内部问题和具体问题；美学是艺术哲学，应该进行形而上的研究，二者的界限还是明确的。上述佛教美学研究成果主要研究佛教哲学思想中的美学成分，对佛教文学及其理论涉及不多，虽然与佛教诗学有交叉，但属于不同的研究领域。另一类是对佛教经典进行诗学研究，代表性成果如孙尚勇的《佛教经典诗学研究》，主要是对佛经中的偈颂诗歌体式以及与佛教戏剧体式相关的佛教早期仪式与表演等问题的研究③，基本属于狭义

---

① Mool Chand Shstri. *Budhistic Contribution to Sanskrit Poetics.* New Delhi：Parimal Publications，1986.

② 欧宗启：《印度佛教思想的中国化与中国古代文论的建构》，广西民族出版社，2008年。

③ 孙尚勇：《佛教经典诗学研究》，高等教育出版社，2013年。

的诗学研究，与作为文学理论的佛教诗学研究有一定的联系，但关注的重点不同。

我们认为"佛教诗学"可以成立，主要基于如下理由：首先，佛教文学的发达繁荣，为佛教诗学的建立奠定了坚实的基础。无论是印度学者还是西方学者，都承认印度文学史上有丰富的佛教文学，在他们的印度文学史著作中都有专题论述。在印度，自公元前6世纪至公元12世纪，佛教经历了1800年的辉煌，产生了大量杰出的作家作品。虽然大量散佚作品难以查考，但现存卷帙浩繁的印度佛典，不仅是印度佛教文学的宝库，也是印度佛教诗学的宝库。佛教进入中国，很快融入中国文化传统，并在中国文化土壤中发展成为中国佛教，同时产生了丰富多彩的中国佛教文学。广义的诗学即文学理论和文学思想，文学创作的繁荣必然会带来诗学即文学理论的发展，文学作品和文学现象也都需要理论的支撑，其背后的文学观念和文学思想都具有理论的价值。因此，无论是在印度还是在中国，不是没有"佛教诗学"，而是还没有得到充分的挖掘和阐释。近来我国学者对佛教诗学问题开始有所关注，如尹锡南在2015年出版的《印度文论史》中对印度佛典语言哲学和宗教美学思想进行了分析①。此外，虽然我们所谓的佛教诗学主要是文学理论层面的"诗学"，也不回避狭义的诗学。在印度和中国的佛教文学中，诗歌文类占有非常突出的地位。上述孙尚勇的《佛教经典诗学研究》即属于这方面的成果。总体上说，以佛教经典为主要载体的印度诗学研究还有待加强，中国佛教文学中丰富的诗学资源更有待挖掘。

其次，从诗学的角度看，在中国出现了一批在佛教内外都有重要影响的诗僧文僧，他们有专门的诗学理论著作，如唐代诗僧皎然的《诗式》《诗议》等，其思想理论立足于自己的宗教修行体验和文学创作经验，表现了佛教的世界观和方法论，是典型的佛教诗学。另外有更多的居士诗人，接受佛教思想影响，进行文学创作和文学理论的思考，他们的文学理论和文学思想，也应该属于佛教诗学之列。经过历代诗人作家的创作运用和理论阐述，在中国文学中形成了一批具有佛教色彩的诗学范畴，其中境界、妙悟、圆通、寂静等源于佛教哲学并在佛教文学中孕育发展起来的诗学概念，是积淀

---

① 参见尹锡南《印度文论史》，巴蜀书社，2015年，第121—134页。

着佛教思想智慧、凝结着佛教审美精神、具有东方思维特色的佛教诗学关键词。这些关键词之间的关联互动，构成独具特色的佛教诗学体系。这样的文学理论实绩是对"佛教诗学"概念的坚实支撑。虽然说这些成熟的佛教文学理论主要是在中国文化语境中形成的，但却不能说"佛教诗学"只存在于中国，或者为减少争议而加以限定，径直称为"中国佛教诗学"。因为这些佛教诗学范畴虽然成熟在中国，但却基本上都来自印度佛典；虽然在其发展过程中都有了一定的中国化，融入了中国文化语境，但其源头在印度。在印度，虽然没有专门的佛教诗学论著，但印度产生的佛典中有着丰富的诗学思想。因此，从比较诗学的角度，从中印佛教文学比较研究的角度，称之为"佛教诗学"不仅名副其实，而且更能体现其跨文化内涵，更具有学术意义。

最后，中国文化儒释道三教互补，这已经成为学术界的共识，也是普遍性的大众知识。魏晋以来中国知识界进行持续不断的三教论衡，这些论衡虽然主要集中在哲学和社会学领域，但亦涉及到审美和艺术问题，如关于神灭神不灭及形神关系等问题，成为文学艺术领域的焦点问题之一。因此，从佛教内部看，有佛教哲学、佛教伦理学、佛教语言学、佛教美学、佛教文学等学术领域，唯独没有佛教诗学，似乎说不过去。从佛教外部看，中国学术界有儒家诗学和道家诗学之说，却无佛教诗学之论，这不能不说是一种欠缺，而弥补这一欠缺是我们当仁不让的使命。相对于"儒家诗学""道家诗学"而提出"佛教诗学"，既合乎逻辑，又具有参照互补的意义。此外，虽然我们所谓的佛教诗学主要是文学理论层面的"诗学"，也不回避更广义的文化诗学。实际上，学术界存在的"儒家诗学""道家诗学"等同类研究，大多不局限于文学理论的范围，而进入更广义的文化诗学问题的探讨。这种更广义的文化诗学可以理解为人诗意地生存的哲学。从这个意义上说，在中国，存在着与儒家诗学和道家诗学相抗衡、相媲美的佛教诗学，更是顺理成章的，因为在这方面，佛教诗学的价值丝毫不亚于儒道两家。

二、关键词

佛教诗学经过上千年的发展，形成了一些独特的关键词，如境界、妙悟、寂静、圆通等等，通过这些关键词，可以认识佛教诗学的丰富内涵和理论特点。

"境界（visaya、gocara）"亦译为"境"，是一个印度哲学概念，主要指感觉对象。印度佛教已经形成了具有美学意义的境界哲学，以玄奘为代表的中国佛教法相唯识宗，在译介印度佛典的基础上，进一步发展了佛教境界哲学。在佛教哲学中，作为感觉对象的"境"，一方面相对于感觉器官"根"，另一方面相对于主观认知的"识"，是识的所缘或者缘由。玄奘编译的《成唯识论》指出："或复内识转似外境，我法分别熏习力故，诸识生时变似我法。此我法相虽在内识，而由分别似外境现。"[①] 同时，"境"又是心作用的产物，所谓万法唯心、万法唯识或唯识无境，都是一个意思，其本质依据就是"境"由"识"别，或境由心造。因此，"境"的本质是空、假、无。《成唯识论》指出："外境随情而施设故非有如识。内识必以因缘生故非无如境。由此遍遮增减二执。境以内识而假立故唯世俗有。识是假境所依事故亦胜义有。"[②] 这样的境界哲学为境界诗学的形成奠定了基础。在佛教哲学和佛教诗学中，"境"与"境界"意义基本相同，但有一定的差异，言"境"者意义比较单纯，或外在，或内在，总是作为识之所缘，是感知的对象；言"境界"则意义比较复杂，除了表示感觉对象之外，还往往指向更宽广的精神活动领域。在诗学领域最早引入"境"概念的是唐代诗人王昌龄，提出："夫置意作诗，即须凝心，目击其物，便以心击之，深穿其境。"[③] 托名王昌龄的《诗格》还提出了比较系统的"物境"、"情境"、"意境"三境理论，打开了境界论诗学的理论空间[④]。唐代诗僧皎然为佛教境界

---

① 《成唯识论》卷一，见《大正新修大藏经》第 31 册，第 1 页。

② 《成唯识论》卷一，见《大正新修大藏经》第 31 册，第 1 页。

③ ［日］弘法大师撰，王利器校注：《文镜秘府论校注》，中国社会科学出版社，1983 年，第 285 页。

④ 关于署名王昌龄的《诗格》，《四库全书总目》卷一九五司空图《诗品》提要谓："唐人诗格传于世者，王昌龄、杜甫、贾岛诸书，率皆依托。"认同此说者多疑其为中唐时人的托名之作（如孙昌武：《佛教与中国文学》，上海人民出版社，1988 年，第 353 页），亦有学者考证王昌龄的确著有《诗格》（如李华珍、傅璇琮：《谈王昌龄〈诗格〉》，载《文学遗产》1988 年第 6 期）。亦有学者将王昌龄《诗格》一分为二，第一部分为日僧空海《文镜秘府论》征引部分，确属王昌龄所作；第二部分为《吟窗杂录》所收王昌龄《诗格》，真伪混杂。关于"诗有三境"内容属于第二部分。详见张伯伟《全唐五代诗格汇考》，凤凰出版社，2002 年，第 146—148 页。笔者基本认同后一种意见。而且就诗学发展的逻辑而言，比较系统完整的"三境"理论应该是境界诗学发展到一定阶段的产物，出现于中晚唐比较合理，故将其放在皎然之后论述。

诗学的建立和发展做出了重要贡献，他的诗学理论著作《诗式》《诗议》以及丰富的诗歌创作中都有关于境的论述，如《诗式》中有专门的《取境》篇，提出："取境之时，须至难至险，始见奇句。"① 他还进一步提出了诗"缘境发"、"造境难"等诗学思想，从而形成比较系统的取境——缘境——造境的境界诗学创作论。佛教诗学境界论自唐代形成之后，为历代诗人和诗学家所认同、接受，并不断充实发展。近代梁启超、王国维等人在继承前人思想的基础上，进一步发展了境界诗学。如王国维《人间词话》提出："词以境界为最上。有境界则自成高格，自有名句。"② "境非独谓景物也。喜怒哀乐，亦人心中之一境界。故能写真景物、真感情者，谓之有境界；否则谓之无境界。"③ 经过历代诗人的创作运用和理论阐述，"境"或者"境界"成为佛教诗学的关键词，并衍生出"境象""物境""情境""意境"等诗学概念，形成以"境"为核心的境界诗学体系。

"妙悟"是佛教哲学概念，指对佛理佛法、真如佛性深入透彻的理解。"妙悟"由"妙"与"悟"两个词素组成。在梵文和巴利文中，与汉语"悟"义相当的动词中首推"√budh"，意为：醒、觉、悟。其过去分词buddha，汉译"佛陀"，意思是"已经觉悟了的人"。可见这个"悟"字的重要意义。"妙"是中国固有的概念，老子论道多用"妙"字，如《老子》第一章云："故常无，欲以观其妙；常有，欲以观其徼。此两者，同出而异名，同谓之玄。玄之又玄，众妙之门。"佛教传入中国后，佛经翻译家和阐释佛经的高僧大德也喜欢用"妙"来形容佛教的神秘玄奥，如智顗《法华玄义》对《妙法莲华经》之"妙"作了充分的阐释，提出"十妙"："一境妙，二智妙，三行妙，四位妙，五三法妙，六感应妙，七神通妙，八说法妙，九眷属妙，十功德利益妙。"然后一一阐释④。妙由佛学进入诗学，进一步具有了美的涵义，如苏轼《送参寥师》诗云："欲令诗语妙，无厌空且

---

① ［唐］皎然：《诗式》，见郭绍虞主编《中国历代文论选》第二册，上海古籍出版社，1979年，第77页。

② 王国维：《人间词话》，山西古籍出版社，2001年，第1页。

③ 王国维：《人间词话》，山西古籍出版社，2001年，第3页。

④ ［隋］智顗：《法华玄义》，见石峻等编《中国佛教思想资料选编》第二卷第一册，中华书局，1983年，第70—71页。

静。"① 其中"诗语"之"妙"成为诗人艺术追求的境界。单纯的"悟"还主要是一个哲学概念，与妙结合在一起，才组成一个具有审美意义的诗学范畴，或者说，正是"妙"所独具的审美内涵，使"妙悟"成为审美把握、艺术思维方式的特定范畴。在佛学界，"妙悟"一词最早出现在中国佛教高僧的谈玄论道之中，如僧肇的《长阿含经序》："晋公姚爽，质直清柔，玄心超诣，尊尚大法，妙悟自然。"② 《肇论》之《涅盘无名论》中也有"玄道在于妙悟，妙悟在于即真"之说③。反对研经念佛，强调顿悟自性的禅宗更是大力提倡妙悟。如宋慧开禅学公案著作《无门关》强调："参禅须透祖师关，妙悟要穷心路绝。"④ 永嘉玄觉认为："夫妙悟通衢，则山河非壅；迷名滞相，则丝毫成隔。"⑤ 虽然"诗禅一致"在中国诗学界早有认识，在诗歌和诗论中谈妙说悟者历代不乏其人，但"妙悟"由佛教哲学领域进入诗学领域主要归功于严羽，他在《沧浪诗话》中明确提出："大抵禅道惟在妙悟，诗道亦在妙悟。"⑥ 严羽之后，妙悟说在明清时代有进一步的发展和延伸，如叶燮《原诗·内篇下》对杜甫诗《夔州雨湿不得上岸作》中"晨钟云外湿"一句评论说："隔云见钟，声中闻湿，妙悟天开，从至理实事中领悟，乃得此境界也。"⑦ 经过历代诗人的创作运用和诗学家的理论阐述，"妙悟"成为佛教诗学、中国诗学的一个关键词。

"圆通"是佛教哲学的重要概念，与"圆融"等交叉并用，主要指事物之间的互涵互摄、事理之间的融会贯通，以及佛教智慧的周遍不二，进而成为一种以消除差别、泯灭矛盾为特点的佛教世界观、认识论和思维方式。印度大乘佛典中主张"会三归一"的《法华经》，宣扬圆融无碍的《华严经》和提倡"不二法门"的《维摩诘经》，都体现了佛教的圆通精神。被认为出于中国高僧之手而又在中国佛教界影响很大的《圆觉经》和《楞严经》，更

① ［宋］苏轼：《送参寥师》，见张志烈、马德富、周裕锴校注《苏轼全集校注》第三册，河北人民出版社，2010年，第1893页。
② ［梁］僧祐：《出三藏记集》卷九，苏晋仁、萧炼子点校，中华书局，1995年，第336页。
③ ［晋］僧肇：《肇论》，见《大正新修大藏经》第45册，第159页。
④ ［唐］宗绍编：《无门关》，见《大正新修大藏经》第48册，第292页。
⑤ ［唐］玄觉：《禅宗永嘉集》，见《大正新修大藏经》第48册，第393页。
⑥ ［宋］严羽著，郭绍虞校释：《沧浪诗话校释》，人民文学出版社，1983年，第12页。
⑦ ［清］叶燮：《原诗·内篇下》，见郭绍虞主编《中国历代文论选》第三册，上海古籍出版社，1980年，第353页。

是大力提倡圆通精神。中国佛教宗派天台宗主张"三谛圆融"，华严宗强调理事无碍、事事无碍，法相唯识宗追求"圆成实性"，禅宗认为凡圣不二、即心是佛，都是圆通精神的体现。许多佛教诗人以诗歌形式表现圆通思想，如永嘉玄觉《证道歌》："一性圆通一切性，一法遍含一切法，一月普现一切水，一切水月一月摄。"① 白居易《八渐偈》之《通偈》："慧至乃明，明则不昧，明至乃通，通则无碍，无碍者何？变化自在。"② 文学理论方面，刘勰《文心雕龙》之《论说》篇所谓"义贵圆通，辞忌枝碎"③，《体性》篇所谓"思转自圆"④，《知音》篇提出"圆照之象，务先博观"⑤；皎然提出"诗家之中道"⑥；司空图提出"道不自器，与之圆方"⑦，都是圆通思想的诗学表现。宋代吴可《学诗诗》："学诗浑似学参禅，自古圆成有几联？"⑧ 姜夔《白石道人诗说》："说理要简切，说事要圆活，说景要微妙。"⑨ 金代王若虚《论诗诗》："百斛明珠一一圆，丝毫无恨彻中边。"⑩ 李渔《闲情偶寄》提倡"团圆之趣"⑪，都体现了对圆通之美的追求。经过历代诗人的创作运用和诗学家的理论阐述，"圆通"亦成为佛教诗学、中国诗学的一个关键词。

寂静（sānta，又译为平静）是佛教哲学的重要概念，指修行达到无欲无念无想无识的境界。印度传统宗教都以解脱为终极目标，而解脱的重要标志是心灵的平静。虽然"寂静"是印度古代宗教的普遍追求，但只有佛教将寂静上升到哲学本体的高度，将"寂静"作为解脱的最高境界，作为

---

① 《大正新修大藏经》第48册，第396页。
② 石峻等编：《中国佛教思想资料选编》第二卷第四册，中华书局，1983年，第385页。
③ ［梁］刘勰：《文心雕龙·论说》，见郭晋稀注译《文心雕龙注译》，甘肃人民出版社，1982年，第214页。
④ ［梁］刘勰：《文心雕龙·体性》，见郭晋稀注译《文心雕龙注译》，甘肃人民出版社，1982年，第334页。
⑤ ［梁］刘勰：《文心雕龙·知音》，见郭晋稀注译《文心雕龙注译》，甘肃人民出版社，1982年，第558页。
⑥ ［日］弘法大师撰，王利器校注：《文镜秘府论校注》，中国社会科学出版社，1983年，第327页。
⑦ 郭绍虞主编：《中国历代文论选》第二册，上海古籍出版社，1979年，第206页。
⑧ 郭绍虞主编：《中国历代文论选》第二册，上海古籍出版社，1979年，第345页。
⑨ 郭绍虞主编：《中国历代文论选》第二册，上海古籍出版社，1979年，第403页。
⑩ 郭绍虞主编：《中国历代文论选》第二册，上海古籍出版社，1979年，第441页。
⑪ ［清］李渔：《闲情偶寄》，见郭绍虞主编《中国历代文论选》第三册，上海古籍出版社，1980年，第280页。

"涅槃"的同义语，由此"涅槃寂静"成为佛教的三法印之一。在汉译佛经中，"寂"和"静"或分别表述，或联合使用，都表示一种寂静境界，包括外在自然环境的静寂、幽静、幽寂，修行主体的静居、闲寂的外在状态，也包括修行主体内在心灵的平静、心寂、安静，以及内外合一的空寂、寂灭等宗教修行状态和境界。不仅佛教经典大量阐述寂静的内涵和意义，佛教诗人也经常在自己的作品中表现寂静境界或者对寂静境界的追求，从而使寂静哲学发展成为寂静诗学。在印度，古代诗学家很早就发现了文学审美的"寂静味"（sāntarāsa，又译平静味）。在中国，最早将"静"上升为诗学范畴的是唐代诗僧皎然。在其诗学著作《诗式》中，皎然将"静"作为诗的"体格"之一，并强调指出："静，非如松风不动，林狄未鸣，乃为意中之静。"[①] 皎然论诗强调意静，即内在心灵的虚静，认为超脱世俗，超然物外，才能凝思静虑，聚精会神于艺术美的创造和欣赏。他进一步指出："有时意静神王，佳句纵横，若不可遏，宛如神助。不然，盖由先积精思，因神王而得乎？"[②] 从诗歌创作的角度说，只有"意静"，才会神旺，达到诗的兴会状态，就会佳句纵横。唐末司空图《诗品》也有"素处以默，妙机其微"的诗学思想，与皎然的"意静神王"异曲同工。宋桂林僧景淳《诗评》有"静不言静，意中含其静""诗有动静，情动意静"之说[③]，是对皎然"意静"思想的进一步发挥。苏轼《送参寥师》关于"静"的体悟又进了一步，诗云："欲令诗语妙，无厌空且静。静故了群动，空故纳万境。"[④] 寂静的心灵可以观察体悟万物之动态，道出了"静"的诗学意义。经过历代诗人的创作运用和诗学家的理论阐述，"寂静"也成为佛教诗学的一个关键词。

以上几个关键词都源于佛教哲学，而且是在佛教文学领域中发展起来的，作为佛教诗学范畴毋庸置疑。另外中国古代诗学中还有一些重要的概念范畴，虽然不是直接源于佛教哲学，但也有一定的佛教渊源，如空灵、神

---

① ［唐］皎然：《诗式》，见郭绍虞主编《中国历代文论选》第二册，上海古籍出版社，1979年，第78页。

② ［唐］皎然：《诗式》，见郭绍虞主编《中国历代文论选》第二册，上海古籍出版社，1979年，第77页。

③ ［五代］景淳：《诗评》，见张伯伟《全唐五代诗格汇考》，凤凰出版社，2002年，第500—501页。

④ ［宋］苏轼：《送参寥师》，见张志烈、马德富、周裕锴校注《苏轼全集校注》第三册，河北人民出版社，2010年，第1893页。

韵、自得、滋味、性灵、童心、自然、欢喜等。比如"神韵"是影响比较大的中国诗学概念之一，其思想渊源比较复杂，儒道佛都有。一般认为神韵说的提倡者和代表人物是清初诗人、诗学家王士禛，实际上在王士禛之前，"神韵"说早已存在。在诗论方面，"明人胡应麟实始标神韵之名，陆士雍、王夫之继之，都在士禛之前"①。神韵说的本土文化元素较多，同时也与佛教有着内在的联系。如提出神韵说的王士禛同时赞赏以禅喻诗，指出："严沧浪以禅喻诗，余深契其说，而五言尤为近之。如王、裴辋川绝句，字字入禅。……妙谛微言，与世尊拈花，迦叶微笑，等无差别。通其解者，可语上乘。"又说："舍筏登岸，禅家以为悟境，诗家以为化境，诗禅一致，等无差别。"② 他在《池北偶谈》中谈"神韵"时，引孔文谷、薛西原的诗论，他们都崇尚"清远"，标举的都是与佛教渊源颇深的诗人，如谢康乐、王摩诘、孟浩然、韦应物等人的作品，这些作品有的以"清"胜，有的以"远"胜，有的"清远"兼之，最后指出："总其妙在神韵矣。"③"清远"属于佛教文学的主要特点之一，属于风格范畴，在此基础上进一步概括出"神韵"这一审美范畴，可见"神韵"之说有着深厚的佛教文学渊源。"神韵说"的思想基础之一是"诗禅一致"，正如黄宝生先生所指出："印度禅传入中国，转化成中国禅。中国禅引发以禅喻诗，与中国韵融合。"④ 作为中国诗学范畴的"神韵"中也有着佛教哲学的底蕴。

　　佛教诗学的这些关键词主要是在文学创作和品评的审美实践中形成的，较少纯粹的理论思辨，也很少展开全面深入的论述，有随机性和随意性。但这些关键词承载着佛教文化精髓，积淀着佛教思想智慧，凝结着佛教审美精神，是构成独具特色的佛教诗学体系的基础。

三、逻辑体系

　　以深厚的佛教哲学为底蕴，以丰富的佛教文学为基础，经过千百年的发

---

① 郭绍虞主编：《中国历代文论选》第三册，上海古籍出版社，1980年，第366页。
② 郭绍虞主编：《中国历代文论选》第三册，上海古籍出版社，1980年，第371页。
③ 郭绍虞主编：《中国历代文论选》第三册，上海古籍出版社，1980年，第370页。
④ 黄宝生：《禅和韵——中印诗学比较之一》，载《文艺研究》1993年第5期。

展，佛教诗学不仅积淀凝结出一套独特的概念范畴，而且形成了自己的思想体系。以上佛教诗学关键词都不是孤立的，而是有着内在的逻辑联系。佛教诗学的思想体系主要就是通过这些关键词之间的逻辑关系表现出来的。

在古代，佛教诗学"境界"论主要是一种诗歌创作论。境界诗学的开创者诗僧皎然指出："夫诗人之思初发，取境偏高，则一首举体便高；取境偏逸，则一首举体便逸。"① 说的是诗人在创作之初如何构思立意，选取什么样的表现对象。沿着这样的诗学路径，皎然又进一步提出了"缘境"和"造境"思想，丰富完善了境界诗学创作论。从审美创造的角度看，由取境到缘境再到造境，是一个不断深化不断升华的过程。取境之"境"偏向于外境，缘境之"境"虽仍然是以外境为主，与取境思路一致，但其中加入了情志和形象思维方面的内涵，是取境思想的进一步发展。造境超越了具体的客观物境和主观情志，强调艺术境界的创造，是在取境和缘境基础上的进一步发展②。王昌龄则直接从作文的角度提出"境生"和"境思"："夫作文章，但多立意。令左穿右穴，苦心竭智，必须忘身，不可拘束。思若不来，即须放情却宽之，令境生。然后以境照之，思则便来，来即作文。如其境思不来，不可作也。"③ 司空图提出："长于思与境偕，乃诗家之所尚者。"④ 针对的都是诗人的创作活动。佛教境界诗学关于"物境"、"情境"和"意境"的论述，虽然落脚在审美对象，但其出发点和论述核心都是诗人主体的创作活动。如托名王昌龄《诗格》关于"物境"的论述："神之于心，处身于境，视境于心，莹然掌中，然后用思，了然境象，故得形似。"关于"情境"的论述："娱乐愁怨，皆张于意而处于身，然后驰思，深得其

① ［唐］皎然：《诗式》，见郭绍虞主编《中国历代文论选》第二册，上海古籍出版社，1979年，第77页。

② 孙昌武先生在《佛教与中国文学》第四章第三节《"境界"理论》中将"取境""造境""缘境"作为境界理论的基本内涵。笔者以为，如果先"造境"后"缘境"，则意味着所缘之境不是外在的境，而是内在的主体创造之境。根据皎然"诗情缘境发""缘境不尽曰情"等思想，所缘之"境"还是以外在的境为主，与取境之"境"思路基本一致而有所深化，有触境生情之意，进而继续沿着这一思路进入艺术创造的深层，提出"造境难"。这样，由外在的物境发展到内在的情境，进一步发展到艺术的意境，形成具有内在逻辑关系的境界诗学创作论。

③ ［日］弘法大师撰，王利器校注：《文镜秘府论校注》，中国社会科学出版社，1983年，第285页。

④ 郭绍虞主编：《中国历代文论选》第二册，上海古籍出版社，1979年，第217页。

情。"关于"意境"的论述:"亦张之于意而思之于心,则得其真矣。"① 三者都是从创作主体方面展开论述的。总之,"境"主要从创作主体的角度提出,通过作者的艺术创作活动而形成审美境界,属于文学创作论。当然,随着境界诗学的深化和发展,特别是其中意境理论的发展,已经不再局限于创作论,而是渗透于创作、文本和鉴赏等审美活动的各个环节,成为一种艺术审美理论。

基于佛教禅学独特思维方式的"妙悟"论,主要是一种诗歌鉴赏论。所谓"悟"是一种直觉认识方式,就是去除逻辑的思维,通过直观来透视事物的本质。这种直觉思维不同于西方的理性思辨。中国和印度古代都有直觉感悟的思维传统,妙悟就是这样的思维传统在诗学中的体现。以"悟"为特征的直观审美方式源于佛教哲学,特别是禅学。传说佛祖在灵山会上拈花示众,众人不觉,惟有弟子迦叶会心微笑,佛祖便将不立文字、教外别传的微妙法门传于迦叶,迦叶便成为禅宗的始祖。对直觉认识方式的重视是印度哲学的一个普遍特点,正统的印度教哲学和非正统的佛教哲学都是如此,它们都根源于《奥义书》。《奥义书》提出"梵"是宇宙本体,对梵的认识理解不能靠逻辑推理,而要靠直觉。这种思维方式,对印度美学和文艺理论影响很深。中国佛教各派中最强调直觉感悟的是禅宗。禅宗是最具有中国特色的佛教派别,其特点是不重研经念佛,而强调通过观照自性实现觉悟。从认识论的角度看,所谓禅悟就是认识到事物有其自身的运动规律。掌握这个规律,顺应这个规律,直至融入这个规律,就进入了禅境。作为诗学范畴的"妙悟"主要基于"诗禅一致"思想,严羽认为"大抵禅道惟在妙悟,诗道亦在妙悟",旗帜鲜明地提出了"妙悟说"。"妙悟"是一种非常适合文学艺术特点的直觉审美方式,严沧浪指出:"夫诗有别材,非关书也;诗有别趣,非关理也。……所谓不涉理路,不落言筌者,上也。"② 也就是说,诗歌这种非关"理"非关"书"的"别材""别趣",只有通过"妙悟"这种思维方式才能把握。严羽所谓"不涉理路,不落言筌",王士禛所谓"舍筏登岸",都是"妙悟"的具体方法,就是排除理性思维,超越语言文字,对诗歌的意境和神韵直接进行感悟。这

① 郭绍虞主编:《中国历代文论选》第二册,上海古籍出版社,1979年,第89页。
② [宋]严羽著,郭绍虞校释:《沧浪诗话校释》,人民文学出版社,1983年,第26页。

样的"妙悟"虽然也适用于作者的创作过程，但对读者鉴赏似乎更有意义，因而主要是一种鉴赏论。

基于佛教不二法门的"圆通"论主要是一种方法论，体现的是综合思维，不同于西方的分析性思维方式。中国和印度古代都有综合同一的思维传统，圆通或者圆融正是这样的思维传统在诗学中的体现。作为诗学范畴，"圆通"具有会通、包容、圆括、综合等涵义，是东方诗学独特思维方式和思想方法的体现。刘勰《文心雕龙》之《体性》篇说："故童子雕琢，必先雅制，沿根讨叶，思转自圆。八体虽殊，会通合数，得其环中，则辐凑相成。"① 指的是各种文体之间的互相贯通，体现了圆通思维方式。其《知音》篇首先感慨"夫篇章杂沓，质文交加，知多偏好，人莫圆该"，然后进一步提出："凡操千曲而后晓声，观千剑而后识器；故圆照之象，务先博观。"② 意思是通过博观圆照，对各种风格的作品都能理解认识并加以适当的评论，从而成为作家的知音。作为方法论，"圆通"的诗学意义还在于消除主客体等对立项之间的隔阂，实现对立面的统一。如沈曾植论意、笔、色三者关系："色即是境，意即是智。色即是事，意即是理，笔则空、假、中三谛之中，亦即遍计、依他、圆成三性之圆成实性也。"他认为谢灵运总山水庄老之大成，达到了三谛圆融和圆成实性的境界，而那些模仿之作则"真与俗不融，理与事相隔，遂被人呼伪体"③。王国维诗学有"不隔"之论，他在《人间词话》中说："问'隔'与'不隔'之别，曰：陶、谢之诗不隔，延年则稍隔矣。东坡之诗不隔，山谷则稍隔矣。'池塘生春草''空梁落燕泥'等二句，妙处唯在不隔。……语语都在目前，便是不隔。"④ "不隔"即圆融无碍，要求写景"语语都在目前"，意味着消除了主客体的对立隔阂，包括作者与表现对象之间的对立隔阂，也包括读者与作者，以及读者与文本之间的对立隔阂。

---

① ［梁］刘勰：《文心雕龙·体性》，见郭晋稀注译《文心雕龙注译》，甘肃人民出版社，1982 年，第 334—335 页。
② ［梁］刘勰：《文心雕龙·知音》，见郭晋稀注译《文心雕龙注译》，甘肃人民出版社，1982 年，第 558 页。
③ 沈曾植：《与金潜庐太守论诗书》，见郭绍虞主编《中国历代文论选》第四册，上海古籍出版社，1980 年，第 291—292 页。
④ 王国维：《人间词话》，山西古籍出版社，2001 年，第 23 页。

　　基于佛教解脱追求的"寂静"论主要是一种文学目的论。"寂静"首先是一种终极性的形而上体验，与"涅槃"连用作为佛教的三法印之一。佛学界也时常寂静与涅槃互释，如熊十力："涅槃者，寂静义，即斥指本心而名之也。即此寂静的本心是真如，即此寂静的本心是实体显现。"① 寂静本来是宗教修行的体验，进入诗人笔下，成为审美的体验，如印度幼犊长老的诗偈："佛陀说圣法，僧行佛所说；寂静诸行灭，可享涅槃乐。"② 通过寂静享受涅槃之乐，是佛教修行的目标，也是诗的终极。再如宋僧九峰义诠禅师山居诗云："真源如寂静，静极即光辉。"③ 诗学家进一步将这样的审美体验进行概括，如皎然《诗式》强调："静，非如松风不动，林狖未鸣，乃为意中之静。"这种"意中之静"，就是诗人在寂静体验的基础上，在诗中创造出一种体现涅槃精神的意境。其次，在佛教诗学中，寂静和快乐有着内在的联系。印度古代诗学家欢增在谈到诗学中的寂静味（平静味）时说："平静味确实被理解为一种味。它的特征是充满展现灭寂欲望的快乐。例如，前人的这种说法：'人间的爱欲快乐和天国的至高幸福，比不上灭寂欲望之乐的十六分之一。'"④ 这里与寂静相联系的快乐不是一般的乐，而是具有超越性的心灵愉悦。如果说寂静是从审美体验的角度切入的美学范畴，那么与寂静相联系的"快乐"或者欢喜则是从审美感受的角度切入的文学目的论。"欢喜"（ānanda）原是印度宗教哲学术语，公元前 6 世纪前后的《鹧鸪氏奥义书》在讨论"梵"的神秘意义时提出："这是味，得味者欢喜。"⑤ 欢喜已具有了宗教哲学意义，意为最高的福乐，是获得对最高真理的认识或宗教修行达到最高境界时的一种极乐精神状态。不仅印度教系统的各派哲学有关于"喜"的讨论，其他宗教哲学也都有关于"喜"（乐）的探讨和追求。特别是佛教，关于"喜"（乐）的思想非常丰富。佛教认为世界是苦，乐与苦相对，如果说"苦"是现实世界的本质，那么"乐"就是佛教所追求的

---

　　① 熊十力：《佛家名相通释》，东方出版中心，1985 年，第 51 页。

　　② 《长老偈 长老尼偈》，邓殿臣译，中国社会科学出版社，1997 年，第 6 页。

　　③ 《筠州九峰诠和尚山居诗》，见朱刚、陈珏《宋代禅僧诗辑考》，复旦大学出版社，2012 年，第 13 页。

　　④ ［印］欢增：《韵光》第三章，见《梵语诗学论著汇编》，黄宝生译，昆仑出版社，2008 年，第 306 页。

　　⑤ 参阅金克木《略论印度美学思想》，见《比较文化论集》，生活·读书·新知三联书店，1984 年，第 131 页。

彼岸世界的本质，因此"乐"成为涅槃"四德"（常、乐、我、净）之一。进入诗学之后，伴随着寂静体验的"快乐"就是一种审美愉悦。作为诗学范畴，"寂静"属于美感体验，是一种心灵平静状态，与伴随的"欢喜（快乐）"即审美愉悦一起，形成一种独特的文学目的论。

佛教诗学的几个关键词各有自己的内涵、特点和理论取向。通过这些关键词之间的关联互动，构成独具特色的佛教诗学理论体系。

四、理论特点

基于佛教世界观、人生观、认识论和思维方式的佛教诗学，其突出特点是超越性。超越性是人性的一个重要方面，是人的本质属性之一，其主要表现就是基于经验而又不止于经验的形而上追求。超越性使人既超越有限的现实存在，又超越人类自身，从而追求无限，追求永恒。这种超越性追求有近有远，有高有低，其最高指向便是宗教中的至上和终极者。因此，超越性是宗教的本质，佛教也不例外。大乘佛教的一个根本思想是"万法皆空"，所谓"空"不是什么都没有，而是说现象世界都是虚假的。从认识论的角度讲，"空"的理论就是要求人们不要执着于虚妄的现实世界，要追求对最高本体、最终真理的认识；从人生观上讲，人应该摆脱现实世界的束缚，进入超脱一切的彼岸世界。

这样的超越性在佛教诗学中首先表现为对舍弃社会、摆脱羁绊的"寂静味"的追求。"寂静味"是印度古代诗学的重要范畴，至少在公元8世纪就有诗学家提出"寂静味"（sāntarāsa，又译平静味），作为《舞论》提出的八味之外的文学基本情味，在当时曾经引起争议。10世纪著名诗学家新护否定了许多味的独立存在价值，但却对"平静味"表示认可。14世纪诗学家毗首那特不仅认可"平静味"，而且在其诗学著作《文镜》中对"平静味"作了论述，指出："平静味以上等人为本源，常情是静，颜色是优美的茉莉色或月色，天神是吉祥的那罗延。所缘情由是因无常等等而离弃一切事物，以至高的自我为本相，引发情由是圣洁的净修林、圣地可爱的园林等等以及与圣人接触等等。情态是汗毛竖起等等。不定情是忧郁、喜悦、回忆、自信和怜悯众生等等。"① 可见所谓"平静味"是以出世离欲为现实基础和表现特征的,是印度诗学超越精神的体现。印度各宗教教派都以解脱为根本目的,只是解脱方式不同,如印度教的解脱是实现梵我一如、人神合一;佛教的解脱是进入涅槃寂静的境界,断绝生死轮回。在文学中,超越精神表现为对出世离欲生活的肯定以及对相关的文学情味的追求。佛教文学中最早表现出世精神的是一些佛教诗人,如收在南传巴利文佛典中的《长老偈》和《长老尼偈》,是早期著名佛教僧尼创作的诗歌,表现对佛陀和佛教思想的赞美以及自己宗教修行生活的体验。佛教大诗人马鸣的作品表现了对世俗生活的否定和对出世的追求。佛教追求的最高目标"涅槃"是一种绝对静止的神秘的精神状态,是一个与现实世界隔绝的精神世界。佛教进入中国以后,其出世离欲精神和修道方式也影响了中国的佛教文学。参禅入定的修行和涅槃境界的追求影响到审美,就是把"寂静"作为一种审美境界,由此形成了佛教诗学"寂静论"。这样的"寂静论"是一种具有超越性的文学本体论和价值论。作为本体论,"寂静论"主要表现为对以"寂静"为特点的审美境界的追求;作为价值论,"寂静论"主要表现为超俗性,即对世俗功利的超越,是超脱现实功利的形而上追求,也就是对出世离欲的彼岸世界的追求。

佛教诗学的超越精神还表现为超实在性和超象性。所谓超实在性就是对现实世界具体事物的超越,在诗学中表现为轻实重虚、轻形重神、轻现象重心性。所谓超象性即对具体现象或实体表象的超越。这种超实在性和超象性在佛教诗学中主要表现为"境界"和"神韵"等诗学范畴的建立。"神韵"和"境界"的特点都是避实就虚,追求的是"象外之象""韵外之致"。"境界"和"神韵"的提倡者如皎然提出:"夫境象非一,虚实难明。有可睹而不可取,景也;可闻而不可见,风也。虽系乎我形,而妙用无体,心也;义贯众象,而无定质,色也。凡此等,可以偶虚,亦可以偶实。"② 刘禹锡则进一步提出:"义得而言丧,故微而难能,境生于象外,故精而寡

① [印]毗首那特:《文镜》第三章,见《梵语诗学论著汇编》,黄宝生译,昆仑出版社,2008年,第896页。

② [唐]皎然:《诗议》,见郭绍虞主编《中国历代文论选》第二册,上海古籍出版社,1979年,第88页。

和。"① 司空图强调"超以象外，得其环中"，"不著一字，尽得风流"②，王
士禛论诗强调"兴会神到""得意忘言""知味外味""色相俱空"等③，都
是追求言外之意、象外之象。而"实"和"形"，即对现实的描绘，是为显
示那个神而存在的，处于从属的地位。为此要求诗歌创作"羚羊挂角，无迹
可求"，就是要把"形"降到最低限度；在欣赏中应该得意忘形，得鱼忘
筌。可见"境界"和"神韵"都具有超越性，都试图超越文学的具体表象
而作形而上的追求。

"妙悟"和"圆通"主要在思维方式和言说方式方面表现佛教诗学的超
越性。从思维方式的角度看，"悟"是一种直觉认识方式，就是去除逻辑的
思维，通过直观来透视事物的本质，其对文学审美的直接影响就是"妙悟"
这一直观审美方式。这种直观的审美方式体现了审美的一个本质特征，即审
美是超理性的活动，美感的获得不是靠理性的分析，而是靠感性的直觉。严
羽所谓"不涉理路，不落言筌"，王士禛所谓"舍筏登岸"，都是强调超越
理论思辩、超越语言文字的直觉感悟。"圆通"或"圆融"作为思维方式，
都是强调对立面的统一，要求消除隔阂，超越矛盾。不仅超越对立的两极，
取其中道，而且追求中间与两边的"三谛圆融"，体现的是"不二法门"的
思维方式。

佛教诗学的几个关键词都具有超越性，分别体现了东方诗学超越性的不
同方面。佛教诗学的超越精神具有两重性，一方面，超越精神使佛教诗学与
强大深厚的宗教哲学相结合，使其具有丰富深刻的内涵；另一方面，超越精
神使佛教诗学过分强调形而上的感悟和体验，使文学脱离现实，陷入神秘
主义。

文学是追求真善美的审美活动。在真善美的追求方面，与西方诗学和东
方其他诗学相比，佛教诗学比较关注审美问题。佛教虽然是一种注重教化的
宗教，佛教文学也有劝善惩恶的提倡，但佛教诗学却不像儒家诗学那样重视
文学的人伦教化作用的"善"的问题。佛教是讲究追求真理的宗教，在佛

---

① 郭绍虞主编：《中国历代文论选》第二册，上海古籍出版社，1979 年，第 90 页。
② ［唐］司空图：《诗品》，见郭绍虞主编《中国历代文论选》第二册，上海古籍出版社，1979
年，第 203、205 页。
③ 郭绍虞主编：《中国历代文论选》第三册，上海古籍出版社，1980 年，第 370 页。

教哲学中充满了关于真假问题的探讨，佛教诗学中也有个别关于真的讨论，如境界诗学对"真境"的追求等，但从总体上说，佛教诗学不太重视对现实生活的模仿和反映，不太重视对人类社会和自然规律的揭示，更多的是从审美方面立意，关注文学的审美问题，由此形成佛教诗学的审美精神。

　　佛教诗学的几个关键词，既是诗学范畴，也是文艺美学的审美范畴。这些范畴的提出和阐述，都是站在艺术创作和鉴赏的角度对审美规律的探索。如境界诗学中的"物境"、"情境"和"意境"，都属于审美对象，指的是在作品中呈现的审美境界，是作者主体在对现实客体感悟基础上进行创造，读者主体通过文本可以感受的审美境界。"神韵"最初就是从审美出发的一个概念。魏晋南北朝时期，士大夫谈玄论道风行，受此影响，人们追求放荡不羁、飘逸洒脱的精神境界和风度气概，称之为"韵"，从而把"韵"作为品评人物的尺度。《世说新语》讲人有"玄韵，风韵，素韵，远韵，雅韵，道韵，清韵"等等。后来"韵"由品评人物转为品评人物画，再由人物画到一般的绘画，然后进入书法和诗文领域。后来，"神韵"进一步与佛教禅悟相结合，追求言外之意，"不著一字，尽得风流"。"境界"和"神韵"都属于艺术美的范畴，是艺术审美活动的对象，只是二者有不同的偏重。"境界"偏重于创作方面，主要从创作主体的角度提出，通过作者的艺术创作活动而形成的审美境界，属于文学创作论；"神韵"偏重于鉴赏方面，主要从文本或鉴赏对象的角度提出，供鉴赏者品评和欣赏，或者通过鉴赏者的品评欣赏而发现的审美特点，属于文学鉴赏论。"圆通"和"妙悟"都属于审美方式，主要体现为艺术审美活动中的思维方式和审美关系，但二者又有明显的不同。圆通主要体现为综合性思维，妙悟主要表现为直觉思维。二者虽然都是具有东方特色的审美思维方式，但侧重点有所不同。圆通主要是在思维层面，妙悟则进一步深入到心理层面，属于审美心理学的范畴。作为思维方式和审美方式，"圆通"在审美创造过程中意义更大，"妙悟"在审美鉴赏中作用更强。"寂静"和"欢喜（快乐）"属于审美体验和审美感受，主要体现为艺术审美活动中的美感体验，但二者又有本质的不同，"寂静"属于美感体验，是一种心灵平静状态；"欢喜（快乐）"属于审美愉悦，心灵往往处于激动状态。二者虽然都属于文学目的论范畴，但"寂静"算是特殊的文学目的，"欢喜（快乐）"则属于普遍性的文学目的。这些关键词都具有审美的意义，它们各有侧重，以自己特有的丰富内涵渗透到艺术审美活动的各个领域和各个层面，形成以审美为中心的佛教诗学理论体系，主要包括以"境界论"为核心的审美创造论，以"圆通论"为核心的审美方式论，以"妙悟论"为核心的审美认识论和审美心理论，以"寂静论"为核心的审美价值论，以及以"神韵论"为核心的审美鉴赏论和以"欢喜（快乐）论"为核心的审美快感论。

第三，佛教诗学具有很强的主体性。所谓主体性诗学就是在文学的性质和文学的各种关系中特别强调文学与人的关系，包括文学创作中作者的主体地位、文学鉴赏和批评中读者的主体地位以及文学内容中人的中心地位等。佛教诗学的几个关键词都具有主体性，其中"境界"主要是从创作主体的角度切入，进而探讨文学文本的意境创造等主体性诗学问题。境界诗学代表人物皎然的"取境""缘境"和"造境"都是从创作主体的角度提出的。托名王昌龄的《诗格》提出"物境""情境"和"意境"等三境，其所指看起来是审美对象而非审美主体，但其能指只有"物境"偏客观，而"情境"和"意境"都偏重主观表现，具有鲜明的主体性特征。《诗格》提出"三境"之后又提出"三格"："一曰生思。久用精思，未契意象，力疲智竭，放安神思，心偶照境，率然而生。二曰感思。寻味前言，吟讽古制，感而生思。三曰取思。搜求于象，心入于境，神会于物，因心而得。"① 这里"生思""感思"和"取思"都是相对于"境"而言，其中"心偶照境"和"心入于境"都是从创作主体的角度提出的。后来司空图提出"思与境偕"，苏东坡提出"境与意会"，都是指创作主体在创作过程中诗思与境象之间的互动交流、融会融合的形象思维现象。圆通诗学中的"圆美"虽然有文本中心的意味，但作为圆通诗学核心概念的"圆通"和"圆融"都表现为思维方式，更具有主体性。"妙悟"论有本体论的思考，严羽《沧浪诗话》提出"妙悟"说的本意是为了解决"诗"的本质问题，因而题为《诗辨》，并提出"诗有别材""诗有别趣"等命题，但其论述的中心还是审美主体。"妙悟"的主体包括作者主体和读者主体，但更侧重读者主体。虽然严羽举例大多从诗人创作角度，如："孟襄阳学力下韩退之远甚，而其诗独出退之

---

① 郭绍虞主编：《中国历代文论选》第二册，上海古籍出版社，1979年，第89页。

之上者，一味妙悟而已。""谢灵运至盛唐诸公，透彻之悟也。"① 但观其整个论述过程，其理论意义更表现在文学接受方面。严羽所谓"妙悟"有三义，一是要具正法眼，即所谓第一义之悟，就是要发现真正杰出优秀的诗人诗作。二是要彻悟，严羽指出："悟有浅深，有分限，有透彻之悟，有但得一知半解之悟。……天下有可废之人，无可废之言。诗道如是也。若以为不然，则是见诗之不广，参诗之不熟耳。"② 可见，从接受主体的角度看，妙悟就是对诗的广见熟参基础上的真正理解。三是要求"单刀直入"，不涉理路，不落言荃，因为"其妙处透彻玲珑，不可凑泊，如空中之音、相中之色、水中之月、镜中之象，言有尽而意无穷"③。可见"妙悟"的审美主体虽然不排除诗的作者，但对于诗的鉴赏者和评论者似乎更有意义。严羽的后继者进一步将妙悟论发展成为一种以文学接受为主的理论，主要是从鉴赏者角度切入，研究适合文学艺术特点的直觉审美方式。"寂静"论在佛教诗学中具有本体论和价值论的意义，其本意是指向具有彼岸意义的涅槃境界，主体性不强，但由于诗学家在论述过程中将客观的外在的寂静转化为审美主体内在的意静和心灵平静，使其具有了主体性特征。

佛教诗学的主体性是中国和印度古代诗学主体性的继承和发展。古代东方诗学基本上是建立在抒情性文体——主要是抒情诗——基础之上的，所以其对文学本质的认识不同于西方，具有更鲜明的主体性。古代西方文学虽然也有抒情诗一类的表现性的文学创作，但作为诗学产生基础的艺术类型主要是悲剧和史诗，这些都是偏重于对人的行动进行模仿的叙事性文学，在此基础上只能概括出再现性的模仿论。与西方文学相比，古代东方文学抒情写意的文学样式特别发达，在抒情写意类文学实践的基础上，古代东方诗学对文学性质的概括也偏重于主体情感表现的一面。中国古代《尚书·尧典》提出的"诗言志，歌永言，声依永，律和声"，被认为是儒家诗学的总纲领。《毛诗序》作为儒家诗学的经典文本，对"诗言志"作了进一步的发挥："诗者，志之所之也，在心为志，发言为诗。情动于中而形于言。"④ 可见中

---

① ［宋］严羽著，郭绍虞校释：《沧浪诗话校释》，人民文学出版社，1983 年，第 12 页。
② ［宋］严羽著，郭绍虞校释：《沧浪诗话校释》，人民文学出版社，1983 年，第 12 页。
③ ［宋］严羽著，郭绍虞校释：《沧浪诗话校释》，人民文学出版社，1983 年，第 26 页。
④ 见郭绍虞主编《中国历代文论选》第一册，上海古籍出版社，1979 年，第 63 页。

国诗学的出发点是具有主体性的"人心",文学的本质就是主体情感的表现。印度现存最早的诗学著作《舞论》是一部戏剧学著作,所以印度古代诗学的文类基础是戏剧,其中也有关于"模仿"的论述,如:"我所创造的戏剧具有各种各样的情感,以各种各样的情况为内容,模仿人间的生活。"在此基础上本来应该像古希腊一样建立起一种摹仿论的再现性的诗学体系,但由于印度哲学有心性本体论的传统,对诗学思维有很强的制约和导向作用,致使《舞论》的作者还是将论述的重心转向了情感表现,指出:"这种有乐有苦的人间本性,有了形体等表演,就称为戏剧。"① 他将基于不同的情感的"味"作为戏剧(文学)表现的中心,奠定了印度诗学情味论的表现性传统。佛教诗学与这样的主体表现性的诗学传统接轨,对客观实在和社会现实等文学的客体问题关注不多,也缺乏中印其他诗学流派所具有的文本中心和形式主义等文学本体意识,而是在总结表现性艺术创作经验和方法的基础上,建立起一套适于表情写意艺术的审美范畴,使东方主体性诗学传统得到进一步的强化和完善。

第四,佛教诗学体现了佛教所特有的辩证思维。佛教的辩证思维主要是强调事物的对立统一关系,这是佛教的"不二法门"。这种对立统一在佛教诗学中有突出的表现,比如在佛教诗学的寂静论中体现了静与动的辩证关系。永嘉玄觉《证道歌》中有"行亦禅,坐亦禅,语默动静体安然"的咏唱,体现了动静不二的禅理。苏轼"静故了群动,空故纳万境"之论,进一步体现了动与静的辩证关系,说明佛教诗学的"寂静"不是一种被动的静止状态,而是一种心灵能动性的发挥;不是主体的泯灭或放弃,而是在静观中实现心灵的自由,从而获得审美的愉悦。再如佛教哲学的圆融思想本身体现事物矛盾双方对立统一的思想,而佛教诗学圆通论,则常常方圆并举,进一步体现了辩证思维方式。如刘勰《文心雕龙》:"圆者规体,其势也自转;方者矩形,其势也自安;文章体势,如斯而已。"② 司空图也有"道不自器,与之圆方"之说,都是这样的辩证思维的体现。此外,如神韵、妙悟

---

① [印]婆罗多:《舞论》第一章,金克木译,见曹顺庆主编《东方文论选》,四川人民出版社,1996年,第82-83页。

② [梁]刘勰:《文心雕龙·定势》,见郭晋稀注译《文心雕龙注译》,甘肃人民出版社,1982年,第389页。

等佛教诗学范畴，也都是辩证思维的产物。"神韵"中体现的是形与神的辩证关系。"妙悟"论中除了学理与诗思关系的讨论之外，还渗透着顿悟与渐悟的辩证关系。境界论中的意境，体现的是审美主体与客体对象之间的互动。总之，佛教强调对立面的统一，这样的辩证思维在佛教诗学中得到充分的体现。

第二节　境界论

　　"境"和"境界"是佛教哲学概念，在佛经中反复出现，主要指感觉对象或精神活动领域。印度佛经中关于"境"与"境界"的阐述已经具有一定的美学意义，以玄奘为代表的中国佛教法相唯识宗，在翻译阐释印度佛典的基础上，建立起"唯识无境"的哲学体系，由此，"境"不仅成为佛教唯识学的核心概念，而且成为中国佛学界普遍接受和广泛运用的术语。"境"与"境界"先后、分别进入诗学领域，成为中国诗学的关键词，并衍生出"境象""物境""情境""意境"等诗学概念，形成以"境"为核心的境界诗学体系。虽然境界诗学的产生和发展不能完全归功于佛教，但一方面境界诗学由佛教境界哲学发展而来；另一方面，境界诗学的代表人物如皎然、王昌龄、刘禹锡、司空图等，大多与佛教有缘，使境界诗学具有鲜明的佛教色彩。前人对以"境"为核心的中国境界诗学的佛教渊源已经有所梳理①，但大多将"境"与"境界"混为一谈，因而对"境""意境""境界"等中国诗学关键词也难有清晰深入的辨析。因此，有必要从佛教文学的角度对中国诗学中的"境"与"境界"进行梳理，并对佛教境界诗学的思想内涵和理论意义作进一步的探讨。

一、佛学之"境"与"境界"

　　"境""界""境界"是互相联系而又不尽相同的佛教哲学概念。其中"境"和"界"是内涵和外延都不相同的两个概念。早期佛教继承并发展了

---

　　① 参见孙昌武《佛教与中国文学》，上海人民出版社，1988年，第347—355页；陈良运《中国诗学体系论》，中国社会科学出版社，1992年，第223—240页。

印度传统哲学思想，以人的感觉为中心建立起一个包括五蕴、十二处和十八界的世界观。"五蕴"是作为不具有主体性的人的构成要素，包括五个方面，即色、受、想、行、识。十二处包括内六处和外六处，前者即人的六种感觉器官眼、耳、鼻、舌、身、意，称为六根；后者指感觉的对象色、声、香、味、触和法，又称为六尘或六境。所谓十八界就是在十二处的基础上再加六识，即六根缘六境而获得的认识，包括眼识、耳识、鼻识、舌识、身识、意识。可见在佛教哲学中，"境"和"界"是有联系的，"六境"是"十八界"的组成部分，比如同样指称"色"，既可以称"色境"，也可以称"色界"；但区别也很明显，二者不仅是种属和大小概念的关系，而且各自有不同的内涵。

"境"和"界"既然是不同的概念，有不同的含义，在梵文中也用不同的词语表示。梵文佛经中表示"境"意义的词有三个：vishaya、gocara 和 artha。其中 vishaya 指活动领域、范围、区域、感觉对象、客体等，汉译有境、界、境界、处、尘、行、所行、所行境、土、国土、境土等；gocara 指行动范围、能力范围、眼界、视野、感知的对象等，汉译有境、境界、行境、所行境、行、所行、行处、所行处等；artha 指物体、场合等，汉译有境、境相、境界、外境、外境界、尘、外尘、色尘、尘境等。三个词的涵义略有差别，有的强调对象，有的强调范围，有的强调事物，其共同点都是指人的感官所感觉的对象。

梵文佛经中表示"界"的词主要是 dhātu，其本意是"成分""要素"，但引伸义颇多，汉译有界、身界、世界、根、性、根性、种性、种等。"界"在佛典中也有多种含义，熊十力《佛家名相通释》指出："凡佛书中言界者，略有三义。一曰界者体义。此复随文取义，有以诸法自体言者。如上文以持自体义，释根等十八界是也。有以诸法之实体言者，如真如亦别名法界，此界是体义，即谓一切法实体是也。二曰界者因义，已见上文。三曰界者类义。如欲界色界等，界类别故。"[1] 可见"境"与"界"各有所指，只有体性一义，"界"与"境"稍有交集，故佛经翻译家在翻译 dhātu 时，一般不与"境"连用。然而，古代佛经翻译家在翻译 vishaya、gocara 和

---

① 熊十力：《佛家名相通释》，东方出版中心，1985 年，第 63—64 页。

artha 三个以感官对象或精神活动领域为主要内涵的梵文词时，有时用单音节词"境"，也有时用双音节词"境界"。

关于"境"和"境界"的联系和差别，我们还是回到佛经原典。早期佛典中的"境"和"境界"差别不大，主要指外境，一般与根和识相对而言，用词以 vishaya 为主，汉译以"境"为主，偶尔也出现"境界"。如马鸣《佛所行赞》写释迦牟尼出家后拜访大仙人阿罗兰，请教解脱之道。阿罗兰的解说中有这样的表述："我觉及与见，随境根名变。色声香味触，是等名境界。"① 这里"境界"的原词是 vishaya，是与根和识相对而言的，应该译为"境"。在佛经传入之前，"境界"一词在汉语中已经常用，与"境"的含义基本相同，主要指地理空间，与佛教哲学"境界"概念所指的感官对象和精神活动领域词义不违，但差异很大。古译者昙无谶不译为"境"而译为"境界"，一方面可能是为了凑五言诗字数，另一方面可能是为了适应汉语喜欢用双音节词的习惯，但这个翻译显然并不贴切，所以黄宝生先生今译为"感官对象"，而不沿袭"境界"的译法②。在汉译佛经中，同样的概念有的译为"境"，有的译为"境界"，大多是出于形式需要，如《杂阿含经》卷第十一，世尊为弟子讲如何调伏六根时说："觉悟彼诸恶，安住离欲心。善摄此六根，六境触不动。摧伏众魔怨，度生死彼岸。"③ 这里用的是音节词"境"。《杂阿含经》卷第十三世尊说偈曰："于色声香味，触法六境界，一向生喜悦，爱染深乐著。诸天及世人，唯以此为乐。变易灭尽时，彼则生大苦。"④ 这里用的是双节词"境界"，与上文的单音节词"境"所指无异。结合上文《佛所行赞》中"境界"的译法，可以看出，在早期佛典中，译者选择单音节词"境"还是双音节词"境界"，主要是根据五言诗的字数需要，意思没有太大的差别。

在后来的大乘佛典中，"境界"的含义更加丰富，特别是大乘中后期产生的《楞伽经》，是印度佛经中言"境界"最多的一部。该经开篇说佛陀应楞伽王罗波那之请进入楞伽城说法，罗波那请求佛陀宣示"自觉内智"法

---

① ［印］马鸣：《佛所行赞》，［北凉］昙无谶译，见《大正新修大藏经》第 4 册，第 22 页。
② 见《梵汉对勘佛所行赞》，黄宝生译注，中国社会科学出版社，2015 年，第 313 页。
③ 《杂阿含经》卷一一，见《大正新修大藏经》第 2 册，第 76 页。
④ 《杂阿含经》卷一三，见《大正新修大藏经》第 2 册，第 88 页。

门。这个法门在该经中有多种替换用语，其中之一是"自觉境界"（pratyātmagatigocara）。经中还点明与佛陀同行的大菩萨都"通晓自心所现境界"，经云："大慧菩萨摩诃萨而为上首，一切诸佛手灌其顶，自心现境界善解其意。"[①] 所谓"自心现境界"是指境界由自己的心识别或显现。该经的核心内容是大慧向佛陀提出 108 个问题，佛陀一一为其解说，其中有言："有七种第一义，所谓心境界、慧境界、智境界、见境界、超二见境界、超子地境界、如来自到境界。大慧！此是过去、未来、现在诸如来、应供、等正觉性自性第一义心。"[②] 也就是说，这些超凡脱俗的智慧境界，是如来法性的最高真理。这里的"境界"梵文用的是 gocara 一词，表示感知的对象、客观世界或感官和精神的活动领域[③]，与主要作为"感官对象"的 vishaya 有明显的差别，译为"境界"比译为"境"更合适，因为 gocara 不仅有感官对象和精神活动领域的含义，而且有"能力范围"的意义。上引经句黄宝生先生新译为："有七种第一义：心境界、智境界、慧境界、二见境界、超二见境界、依次入佛子地境界以及如来自觉境界。大慧啊，这是过去、未来和现在如来、阿罗汉、正等觉的性自性第一义心。"这里的如来境界显然只能用 gocara 而不能用 vishaya，汉译更适合用"境界"而不适合用"境"。

《楞伽经》论述的中心仍然是心、识与境的关系。该经说明，菩萨通过智慧可以达到这样的境界："一切众生界皆悉如幻，不劝因缘，远离内外境界，心外无所见，次第随入无相处，次第随入从地至地三昧境界，解三界如幻，分别观察，当得如幻三昧。"这里揭示了内心与外境的关系，即三界如幻，唯有自心[④]。关于识与境的关系，经云："藏识海常住，境界风所动，种种诸识浪，腾跃而转生。"[⑤] 也就是说，藏识或者称为阿赖耶识是常住不

---

① 本文所引《楞伽经》采用求那跋陀罗译文。此句黄宝生先生新译为："以大慧菩萨为首，已由一切佛手灌顶，通晓自心所现境界的义理。"见《梵汉对勘〈入楞伽经〉》，黄宝生译注，中国社会科学出版社，2011 年，第 2 页。

② 《梵汉对勘〈入楞伽经〉》，黄宝生译注，中国社会科学出版社，2011 年，第 88—89 页。

③ 参阅《梵汉对勘〈入楞伽经〉》，黄宝生译注，中国社会科学出版社，2011 年，第 2 页注。

④ 此句黄宝生先生新译为："一切众生和幻影平等，不依缘起，摆脱内外境界，心外无所见，依次随入无相处，依诸地次序随入入定境界，深信三界即自心，明了这些而获得如幻入定。"见《梵汉对勘〈入楞伽经〉》，黄宝生译注，中国社会科学出版社，2011 年，第 93—94 页。

⑤ 此句黄宝生先生新译为："境界之风永远吹动阿赖耶识洪流，各种识浪同样奔腾翻滚。"见《梵汉对勘〈入楞伽经〉》，黄宝生译注，中国社会科学出版社，2011 年，第 101 页。

动的，外在的境界如风浪冲击心海，于是眼、耳、鼻、舌、身、意、心等各种"识"转生出来。在佛家看来，无论是外在的色相境界，还是内在的识境界，都是虚妄不实的。经云："譬如海波浪，镜中像及梦，一切俱时现，心境界亦然。境界不具故，次第业转生。识者识所识，意者意谓然。"① 该经的宗旨是"转识成智"，即通过净除自心呈现的虚幻虚妄之流，达到"自觉圣智究竟境界"。大慧问世尊如何净除自心现流，是顿净还是渐净。世尊回答，既有渐净，也有顿净。关于顿净，该经云："譬如明镜顿现一切无相色像，如来净除一切众生自心现流，亦复如是，顿现无相、无有所有清净境界。如日月轮顿照显示一切色像，如来为离自心现习气过患众生，亦复如是，顿为显示不思议智最胜境界。"② 所谓"不思议智最胜境界"就是佛的智慧境界，也就是形而上的彼岸世界。这里的"境界"虽然还是相对于"识"而言，但其内涵和外延都大大超越了早期佛典的"境"，这种超越不仅由外而内，由具体而抽象，而且由形而下至形而上，由凡尘而神圣，总之是超越了境所表现的感官对象，而具有了"界"所表现的体、性之义，译为"境界"更为贴切。

　　以上"境界"与"境"的差异，不仅是翻译和词义的演变，而且是佛教哲学发展的体现。也就是说，随着佛教哲学的发展，"境"逐渐演变为"境界"，内涵越来越丰富，不仅指外在的名色，而且指向内在心灵和形而上的层面。由于这样的发展和演变，在后来的佛学和诗学中，"境"与"境界"虽然仍有交叉，但也有了明显的区别。言"境"者意义比较单纯，或外在，或内在，总是作为识之所缘，是感知的对象；言"境界"则意义比较复杂，往往指向更宽广的精神活动领域。这样的语义差别在诗学领域表现尤为突出。

　　以上从语义和翻译的角度梳理了"境""界""境界"等概念的关系及

---

　　① 此句黄宝生先生新译为："犹如海中浪、镜中像或梦幻，心在自己境界中同时显现。境界不足，则依次转出，由识认知，再由意思考。"见《梵汉对勘〈入楞伽经〉》，黄宝生译注，中国社会科学出版社，2011年，第107—108页。

　　② 此句黄宝生先生新译为："例如，大慧啊，明镜中顿时呈现一切色影像而无分别，同样，大慧啊，如来顿时净化众生自心所现流，呈现无分别、无影像境界。例如，大慧啊，月亮和太阳用光线顿时照亮一切色影像，同样，大慧啊，如来为远离自心所现恶劣习气的众生顿时显现不可思议智胜者境界。"见《梵汉对勘〈入楞伽经〉》，黄宝生译注，中国社会科学出版社，2011年，第123页。

其演变，下面再从哲学思想的角度说说"境"与"境界"的内涵。在印度，"境"这一概念并非佛家首创，而是印度传统哲学范畴，主要指外在的感觉对象。在《奥义书》和古老的数论哲学中，已经有人的感觉器官"根"和外在感觉对象"境"或"尘"的关系的探讨。如上文所述，释迦牟尼出家后拜访大仙人阿罗兰，阿罗兰为他宣讲的理论中就有这方面的内容。佛教为了说明世界之虚妄和人生之苦，特别关注根境即感官和感觉对象之间关系，将印度传统的境界理论做了进一步的发展。早期佛教一般从境、行、果三个方面阐述自己的世界观和人生观。境包括客观世界及对客观世界的感觉认识；行即人的实践活动，包括日常生活的实践和宗教修行的实践；果即人的实践活动的结果。佛教言"境"基于人的实践和认识，最初局限于"五蕴"，即色、受、想、行、识，到部派佛教时期，境的范围扩展到一般宇宙现象，其分析扩大为三科，包括五蕴、十二处、十八界①。因此，早期佛教的境界有广义和狭义之分，狭义的境界指六境，即外在的感觉对象，又称为外境或尘境；广义的境界是十八界的统称，包括能感受外境的器官六根和依根缘境而获得的六识。如《杂阿含经》卷第一三，世尊为比丘说法："有二法，何等为二？眼色为二。如是广说，乃至非其境界故。所以者何？眼色缘生眼识，三事和合触，触俱生受想思，此四无色阴，眼色此等法，名为人。"② 这里的"境界"属于广义，涵盖了根（眼等）境（色等）识（眼识等），进而说明五蕴（五阴）和合为人之无常无我。

大乘佛教早期的般若类、华严类、法华类经典，以及阐释这些经典的以龙树为代表的中观派，主要讲真空幻有，不太关注境界问题。后期大乘佛典，包括净土类、涅槃类以及楞伽、楞严等经典，主要关注佛性、佛国净土等问题，这些问题都涉及"境界"以及境与心、境与识的关系。公元4、5世纪，印度佛教出现了以无著、世亲为代表的瑜伽行派。为对治走向极端的中观派大空思想，他们对假有的一面更为关注，因此称为有宗。前述《楞伽经》就是由中观向瑜伽过渡的一部经典。有宗出于对假有的关注，特别注重识与境的关系，对境与境界问题论述最多。瑜伽行派的代表作是被称为"无著八支"的八部书：《唯识二十论》《唯识三十论》《摄大乘论》《大乘阿毗

---

① 参阅吕澂《印度佛学源流略讲》，上海人民出版社，2002年，第52页。

② 《杂阿含经》卷一三，见《大正新修大藏经》第2册，第87页。

达磨集论》《辨中边论》《缘起论》《大庄严经论》《成业论》。另外，早于无著、世亲，传说由弥勒著的《瑜伽师地论》和无著发挥《瑜伽师地论》的著作《显扬圣教论》，以及唐玄奘编译的法护等人注释世亲《唯识三十颂》的著作《成唯识论》等，都是瑜伽行派的重要经典。这些经典的论述中心是"唯识无境"的世界观和如何"转识成智"的方法论。该派著作由玄奘翻译介绍到中国，产生了巨大影响。在弘传瑜伽行派理论的基础上，以玄奘及其弟子为核心，形成了中国佛教的法相唯识宗。经过唯识宗的阐发，佛教哲学境界论更加严密完整。

在佛教哲学中，"境"首先是指感觉的对象，即色、声、香、味、触、法，是眼、耳、鼻、舌、身、意等感觉器官的对象，由于这些对象性存在局限于尘世，一般又称为"尘"或者"尘境"。这样的境虽然是主体之外的存在，但其意义并非指外部客观环境，而是仅限于感觉对象。离开了感觉，也就无所谓"境"。其次，佛教哲学中的"境"是相对于"识"而言的，是识的所缘或者缘由。从境与识的关系来看，外境只是内识的变现，《成唯识论》指出："或复内识转似外境，我法分别熏习力故，诸识生时变似我法。此我法相虽在内识，而由分别似外境现。"① 第三，在佛教哲学中，"境"又是心作用的产物。佛教所谓"心"，并非指实在性或实体性的心灵或大脑，而是"识"的别称。安慧《大乘广五蕴论》解释"识蕴"："云何识蕴？谓于所缘，了别为性。亦名心，能采集故。亦名意，意所摄故。"② 早期佛教言六识，后增加第七识"末那识"即"心识"，第八识"阿赖耶识"即根本识，由此对治将"心"理解为实有之物的俗见③。因此，"心"就被分解为各种"识"，而"境"不过是"识"的聚合，只有"识"的聚合才能了别事物，由此心识就有了造境的功能。所谓万法唯心、万法唯识或唯识无境，都是一个意思，其本质依据就是"境"由"识"别，或境由心造。《楞伽经》所谓"自心现境界"，是指境界由自己的心识别或显现，说的也是由心造境，当然，这样由自心所现的境界不同于一般的外境或尘境，而是内在于主体的修行境界，或者是修行所达到的一种精神境界。第四，在佛教哲学

---

① 《成唯识论》卷一，见《大正新修大藏经》第 31 册，第 1 页。
② ［印］安慧：《大乘广五蕴论》，［唐］地婆诃罗译，见《大正新修大藏经》第 31 册，第 854 页。
③ 参阅熊十力《佛家名相通释》，东方出版中心，1985 年，第 17 页。

中，"境"的本质是空、假、无。《成唯识论》卷一指出："外境随情而施设故非有如识。内识必以因缘生故非无如境。由此便遮增减二执。境以内识而假立故唯世俗有。识是假境所依事故亦胜义有。"进而说明："实无外境，唯有内识似外境生，实我实法不可得故。"[①] 这里说明境与识的关系，境以识而立，因而只是世俗意义的"有"，是假有；识是境的所依，因而是"胜义有"，而不是像境那样的"无"。唯识学家将这一思想概括为"唯识无境"。不仅外境是无，从本质上说，内识也是无。《辨中边论》有偈言："此境实非有，境无故识无。"玄奘解释说："此境实非有者，谓似义似根无行相故，似我似了非真现故，皆非实有。境无故识无者，谓所取义等四境无故，能取诸识亦非实有。"[②]

总之，在佛教哲学中，境是一个具有相对性的概念，熊十力指出："佛家于法相，解析精严，根、境、识三法，互相依住，识依根及境生，而不从根境亲生。一切现象，相依有故。"[③] 而且，佛家的境也是一个不断发展的概念，由实境到虚境，从外境到内境，从有境到无境，从形而下的境到形而上的境，有一个不断发展和深化的过程。佛教诗学境界论就是在这样的佛教哲学境界论的基础上形成的一种诗学理论。

二、诗学之"境"与"境界"

在中国文化语境中，词语"境"和"境界"都古已有之，其主要涵义是地理空间、国土疆域等，如《商君书·垦令》："五民者不生于境内，则草必垦矣。"这里的"境内"指国境或封疆之内。"界"指界限，与境联用，构成双音词"境界"，与"境"的涵义基本相同，如刘向《新序·杂事》："守封疆，谨境界。"班固《东征赋》："到长垣之境界，察农野之牧民。"《后汉书·仲长统传》："当更制其境界，使远者不过二百里。"郑玄注《毛诗》，对《大雅·汉江》"于疆于理"解释说："召公于有叛戾之国，则往正其境界，修其分理。"赋予"境"以精神意义的有《淮南子·修务训》："观

---

① 《成唯识论》卷一，见《大正新修大藏经》第 31 册，第 1 页。
② ［印］世亲：《辨中边论》，［唐］玄奘译，见《大正新修大藏经》第 31 册，第 464 页。
③ 熊十力：《佛家名相通释》，东方出版中心，1985 年，第 9 页。

始卒之端，见无外之境，以逍遥仿佯于尘埃之外，超然独立，卓然离世，此圣人之所以游心。"这里的"见无外之境"已经有心灵空间和宇宙空间统一的特点①。

　　将境或者境界概念用于文艺作品的创作和评论，虽然古已有之，但是零星而不成体系。"境"在诗歌和诗学领域的大量运用和系统阐述，始于唐代一些与佛门有缘的诗人。其中的代表人物之一是诗僧皎然②。他的诗学理论著作《诗式》有许多地方论及"境"，其中《取境》篇云："取境之时，须至难至险，始见奇句。"《辩体》篇云："夫诗人之思初发，取境偏高，则一首举体便高；取境偏逸，则一首举体便逸。"③ 其独树一帜的"取境"论是宗教体验与创作经验的总结。他还特别强调情与境的关系，提出："缘境不尽曰情。"④ 在诗学著作《诗议》中，他又进一步指出："夫境象非一，虚实难明。有可睹而不可取，景也；可闻而不可见，风也。虽系乎我形，而妙用无体，心也；义贯众象，而无定质，色也。凡此等，可以偶虚，亦可以偶实。"⑤ 这里的"境象"虽然仍以作为感知对象的"境"为核心，但已经有所超越，体现出由实向虚、由具体向抽象的发展趋势，其"境象非一，虚实难明"之论，打开了由形而下的"境"通往形而上的"境界"的大门，其中的景、风、心、色，可以理解为不同的境界。皎然诗作中也有关于"境"的体悟，如其《苕溪草堂》一诗的题目全称"苕溪草堂自大历三年夏新营泊秋及春弥觉境胜因纪其事简潘丞述汤评事衡四十三韵"，已有"境"的运用，诗中还有"境净万象真，寄目皆有益"的佳句，强调境的意义⑥。再如《酬秦系山人题赠》中有这样的诗句："石语花愁徒自诧，吾心见境尽为

　　① 参阅陈良运《中国诗学体系论》，中国社会科学出版社，1992 年，第 230 页。
　　② 从时间上说，境界诗学的另一个代表人物王昌龄早于释皎然。然而，一方面由于境界诗学的重要代表作《诗格》虽然署名王昌龄，但其作者有争议；另一方面王昌龄虽然受佛教思想影响，但毕竟不是佛门中人，故将皎然作为佛教境界诗学第一人。
　　③ ［唐］皎然：《诗式》，见郭绍虞主编《中国历代文论选》第二册，上海古籍出版社，1979 年，第 77 页。
　　④ ［唐］皎然：《诗式》，见郭绍虞主编《中国历代文论选》第二册，上海古籍出版社，1979 年，第 78 页。
　　⑤ ［唐］皎然：《诗议》，见郭绍虞主编《中国历代文论选》第二册，上海古籍出版社，1979 年，第 88 页。
　　⑥ 《全唐诗》卷八一六，中华书局编辑部点校，中华书局，1999 年，第 9270 页。

非。"① 另外还有:"是时寒光澈,万境澄以静"(《答郑方回》),"世事花上尘,惠心空中境"(《白云上人精舍寻杼山禅师兼示崔子向何山道上人》),"机闲看净水,境寂听疏钟"(《建元寺集皇甫侍御书阁》),"持此心为境,应堪月夜看"(《送关小师还金陵》)②,等等。皎然诗歌和诗学中的"境"主要指外在的感觉对象,也包括诗人内在心灵或形而上之精神境界,其思想显然来自佛教。这些关于境的创作运用和诗学论述,使皎然成为中国境界诗学的奠基人之一。

在中国诗学史上,关于"境"的理论提出较早论述较多的是盛唐诗人王昌龄。他虽然不是佛门中人,但亦与佛教有很深的渊源。他的诗作中有不少涉及僧、寺,他也常常在作品中阐发佛理,表现禅悟境界。如其《送东林廉上人归庐山》诗云:"石溪流已乱,苔径人渐微。日暮东林下,山僧还独归。昔为庐峰意,况与远公违。道性深寂寞,世情多是非。会寻名山去,岂复望清辉。"③ 作品题写的是佛门高僧,用的是佛教庐山慧远的文学典故,表现的是道性寂寞的佛理,表达的是"会寻名山去"的隐居心愿,佛教意味颇浓。这样一位深受佛教思想影响的诗人,对佛教哲学境界论自然不陌生,在诗中时有化用,如其《静法师东斋》诗云:"筑室在人境,遂得真隐情。春尽草木变,雨来池馆清。琴书全雅道,视听已无生。闭户脱三界,白云自虚盈。"④ 这里不仅表现了在家出家的居士佛教思想,而且化用了"境界"概念。这样一位具有佛学修养的诗人将佛学概念"境"引入诗学也就不足为奇了。

日本僧人遍照金刚到大唐求学,搜集中国文学理论著作编成《文镜秘府论》,其中《论文意》一卷收集了王昌龄有关"境"的论述,如:"用意于古人之上,则天地之境,洞焉可观。……夫置意作诗,即须凝心,目击其物,便以心击之,深穿其境。……意须出万人之境,望古人于格下,攒天海

---

① 《全唐诗》卷八一六,中华书局编辑部点校,中华书局,1999年,第9278页。
② 《全唐诗》卷八一五至八一八,中华书局编辑部点校,中华书局,1999年,第9255、9288、9290、9300页。
③ 《全唐诗》卷一四〇,中华书局编辑部点校,中华书局,1999年,第776页。
④ 《全唐诗》卷一四二,中华书局编辑部点校,中华书局,1999年,第783页。

于方寸。诗人用心，当于此也。"① 署名王昌龄的诗学著作《诗格》对诗"境"有更为详细的论述，其物境、情境和意境等三境的提出，为中国诗学境界论打开了理论空间。关于署名王昌龄的《诗格》，《四库全书总目》卷一九五司空图《诗品》提要谓："唐人诗格传于世者，王昌龄、杜甫、贾岛诸书，率皆依托。"认同伪托者多疑为中唐时人的托名之作，亦有学者考证王昌龄的确著有《诗格》，亦有学者将王昌龄《诗格》一分为二，第一部分为日僧空海《文镜秘府论》征引部分，确属王昌龄所作；第二部分为《吟窗杂录》所收王昌龄《诗格》，真伪混杂。关于"诗有三境"的内容属于第二部分②。笔者基本认同后一种意见。而且就诗学发展的逻辑而言，比较系统完整的"三境"理论应该是境界诗学发展到一定阶段的产物，出现于中晚唐比较合理，故将其放在皎然之后论述。无论是王昌龄还是托名者，都非常熟悉佛教哲学，其"意"与"境"并举的方式及有关讨论，都深契佛学。

　　唐代诗人和诗学家论及"境"者还有权德舆、刘禹锡、司空图等人，他们都是与佛教有缘的诗人和诗学家。权德舆曾游于禅师马祖道一门下，著《唐故洪州开元寺石门道一师塔铭》，对其大加赞扬。他在《送灵澈上人庐山回归沃洲序》中说："故睹其容览其词者，知其心不待境静而静。……予知夫拂方袍，坐轻舟，溯沿镜中，静得佳句，然后深入空寂，万虑洗然，则向之境物，又其稊稗也。"③ 刘禹锡也是有向佛之心的诗人，常与僧人交往，也有不少表现佛理禅心的作品，如其《谒柱山会禅师》诗云："吾师得真如，寄在人寰内。哀我堕名网，有如翾飞辈。瞳瞳揭智烛，照使出昏昧。静见玄关启，歆然初心会。"④ 俨然是以禅僧为师。在《董氏武陵集纪》中，刘禹锡说："义得而言丧，故微而难能，境生于象外，故精而寡和。"⑤ 其"境生于象外"的思想，使作为一般感觉对象的"境"，转化成为艺术审美

---

① ［日］弘法大师撰，王利器校注：《文镜秘府论校注》，中国社会科学出版社，1983 年，第 282、285、286 页。

② 详见张伯伟《全唐五代诗格汇考》，凤凰出版社，2002 年，第 146—148 页。另见孙昌武《佛教与中国文学》，上海人民出版社，1988 年，第 353 页；李华珍、傅璇琮《谈王昌龄〈诗格〉》，载《文学遗产》1988 年第 6 期。

③ 郭绍虞主编：《中国历代文论选》第二册，上海古籍出版社，1979 年，第 89 页。

④ 《全唐诗》卷三五五，中华书局编辑部点校，中华书局，1999 年，第 3988 页。

⑤ 郭绍虞主编：《中国历代文论选》第二册，上海古籍出版社，1979，第 90 页。

的对象，从而进一步打开了境界诗学的理论空间。司空图生活于晚唐乱世，长期隐居，既崇道，又好佛。其诗集中有不少描写与僧人交往、表现佛理禅意的作品，如《与伏牛长老偈二首》之二："长绳不见系空虚，半偈传心亦未疏。推倒我山无一事，莫将文字缚真如。"① 可见其佛学修为匪浅。司空图的诗歌作品中已经有言境的文字，如"只此共栖尘外境，无妨亦恋好文时"（《争名》），"何处更添诗境好，新蝉欹枕每先闻"（《杨柳枝二首》）等②。其诗学著作《诗品》中更有《实境》一章，专论境。其《与王驾评诗书》进一步提出"长于思与境偕，乃诗家之所尚者"③。以上与佛教有缘的诗人关于境的表述，都有一定的佛教思想基础，都可归之于佛教境界诗学。

唐以后，境界诗学的阐发者代有其人。宋代大诗人苏轼颇好佛禅，自号东坡居士，他承接唐人境界诗学思想，作诗论诗时常言"境"，如其著名的谈诗诗《送参寥师》云："欲令诗语妙，无厌空且静。静故了群动，空故纳万境。"④ 空静可以说是一种内在的境界，有了这种境界才可以容纳外在的万境。宋元之际的方回著《心境记》，主张"心即境"，是对造境说和意境论的发展。明代王世贞是境界说的继承者，其《艺苑卮言》指出："大抵诗以专诣为境，以饶美为材。师匠宜高，捃拾宜博。……才生思，思生调，调生格；思即才之用，调即思之境，格即调之界。"⑤ 强调作诗要有才思和格调，而才思格调最终又表现为境界。又言："阮公《咏怀》，远近之间，遇境即际，兴穷即止。""乐府之所贵者，事与情而已。张籍善言情，王建善徵事，而境皆不佳。"⑥ 王世贞所谓的"境"，已经不是作为作品表现对象的客观物境或主观情境，而是指作品的总体格调，而且其"境""界"并举，将中国境界诗学往前推进了一步，其"格即调之界"的"界"，似可理解为境界。明中叶至清，虽然在诗学领域新学说不断，如童心说、性灵说、神韵

① 《全唐诗》卷六三三，中华书局编辑部点校，中华书局，1999年，第7317页。
② 《全唐诗》卷六三二、六三四，中华书局编辑部点校，中华书局，1999年，第7299、7334页。
③ 郭绍虞主编：《中国历代文论选》第二册，上海古籍出版社，1979年，第217页。
④ ［宋］苏轼：《送参寥师》，见张志烈、马德富、周裕锴校注《苏轼全集校注》第三册，河北人民出版社，2010年，第1893页。
⑤ 郭绍虞主编：《中国历代文论选》第三册，上海古籍出版社，1980年，第101—102页。
⑥ 郭绍虞主编：《中国历代文论选》第三册，上海古籍出版社，1980年，第102—103页。

说等，各领风骚，但源于佛教境界诗学的"境"（包括"境界"和"意境"）已经得到普遍的认同，在诗话著作中大量的运用，俯拾即是。如清初叶燮《原诗·内篇下》对杜甫诗《夔州雨湿不得上岸作》中"晨钟云外湿"一句评论说："隔云见钟，声中闻湿，妙悟天开，从至理实事中领悟，乃得此境界也。"① 其中既倡言妙悟，又从作品总体格调角度提出"境界"思想。神韵说的倡导者清代王士禛的《带经堂诗话》中的一段："舍筏登岸，禅家以为悟境，诗家以为化境，诗禅一致，等无差别。……岂东桥未能到此境地，故疑之耶？"② 其中的"悟境"与"化境"之境，都可以理解为境界，而"境地"，亦可用"境界"来置换。至近代，又有梁启超、王国维等人倡言"境"与"境界"。梁启超是著名佛学大师，有《佛学研究十八篇》等佛学论著传世。他的境界论也直接来自佛教理论。其《惟心》一文开宗明义："境者，心造也。一切物境皆虚幻，惟心所造之境为真实。"同样的景象，如月夜、桃花等，在不同诗人的笔下有非常不同的表现，"其境绝异"，"然则天下岂有物境哉？但有心境而已。"他引了《坛经》中的一则典故：二僧争论是风动还是幡动，六祖大师曰："非风动，非幡动，仁者心自动。"由此阐发三界惟心之理③。

早期佛教诗人和诗学家多言"境"而很少言"境界"，是因为他们的所指都比较具体，或指客观现实之境物及当下诗人主体之心境，或指诗人创作中的取境、缘境、造境，或指文本中形成的物境、情境和意境，明代王世贞和清代叶燮、王士禛等人虽然已经将"境"上升到总体格调，并且明确提出"境界"概念，但却没有系统阐发。近代诗学家王国维在其《人间词话》中以"境界"作为核心概念和基本范畴，提出："词以境界为最上。有境界则自成高格，自有名句。"④ 将有无"境界"、有什么样的"境界"作为评价诗词高下优劣的标尺，由此展开理论思考，建立起完整的境界诗学理论体系，使其成为中国诗学境界论的集大成者。王国维拈出"境界"二字，既

① ［清］叶燮：《原诗·内篇下》，见郭绍虞主编《中国历代文论选》第三册，上海古籍出版社，1980年，第353页。

② 郭绍虞主编：《中国历代文论选》第三册，上海古籍出版社，1980年，第371页。

③ 《梁启超哲学思想论文选》，北京大学出版社，1984年，第39—40页。

④ 王国维：《人间词话》，山西古籍出版社，2001年，第1页。

不是他凭空生造，也不是如某些论者所言借自域外①，而是直接撷取了中国佛典中现成的术语。不仅"境界"术语来自佛教，其"境界说"的基础与核心仍然是传统佛教哲学与诗学的"境"。他指出："境非独谓景物也。喜怒哀乐，亦人心中之一境界。故能写真景物、真感情者，谓之有境界；否则谓之无境界。"② 境界既包括外在的景物，又不限于外在的景物，而是包括内在的心灵和精神，这是佛家境界哲学思想的基本内涵。王国维的境界说既与唐王昌龄三境论和释皎然"取境"说一脉相传，又有对严羽"兴趣说"和王士禛"神韵说"的汲取③。王国维关于"有我之境"和"无我之境"的论述最有创意，这种创意也与佛家有缘。其《人间词话》云："有有我之境，有无我之境。'泪眼问花花不语，乱红飞过秋千去''可堪孤馆闭春寒，杜鹃声里斜阳暮'，有我之境也。'采菊东篱下，悠然见南山''寒波淡淡起，白鸟悠悠下'，无我之境也。有我之境，以我观物，故物皆著我之色彩。无我之境，以物观物，故不知何者为我，何者为物。"④ "我"是印度古代哲学的基本范畴，指的是个体灵魂或者说是事物的存在主体，在《奥义书》中有比较多的讨论，一般是与宇宙本体"梵"相对而言，并提出"梵我同一"的基本命题。有我与无我是印度古代哲学争论的焦点之一。在印度古代各派哲学中，佛教是主张"无我论"的，包括"人无我"和"法无我"。其基本观点是：世界万事万物都由因缘合和而成，即一事物有赖他事物而生起而存在，其经典说法是"此有故彼有，此生故彼生"，因此万物都无自性，即没有主体性，也就是没有一事物独立于其他事物的本质属性。人同样也是因缘和合而生，因此也没有主体性。这种"无我论"，实际上就是佛教的核心观念"空"。佛教的"三法印"之一就是"诸法无我"，这是佛教各派统一性的基础。虽然王国维词话中的有我、无我与佛学的有我与无我涵义不尽相同，但他在"有我之境"与"无我之境"二者之间更崇尚后者，指出："古人为词，写有我之境者多，然未始不能写无我之境，此在豪杰之士能自

① 如古风《意境理论的现代化与世界化》（载《中国社会科学》1998年第3期）认为王国维"境界说"源自日人祇园南海的"境趣说"。
② 王国维：《人间词话》，山西古籍出版社，2001年，第3页。
③ 王国维说："沧浪所谓兴趣，阮亭所谓神韵，犹不过道其面目，不若鄙人拈出'境界'二字，为探其本也。"可见其中的继承发展关系。见王国维《人间词话》，山西古籍出版社，2001年，第5页。
④ 王国维：《人间词话》，山西古籍出版社，2001年，第2—3页。

树立耳。"① 这种贵"无我"的诗学思想与佛家"无我"论不无关系。

王国维并非佛教信徒，也不太关注佛学，其境界诗学思想并非佛教直接影响的产物，其诗学境界论已经走出佛教思想体系，但由于经过千百年的积淀，佛教已经进入中国文化的内区深层，作为中国传统诗学的总结，王国维境界诗学中也有明显的佛教文化渊源，其境界理论也有佛教诗学境界论的影响。当然，王国维境界说也有对传统诗学的超越。他在自己创作经验和哲学思考的基础上，广泛继承和借鉴人类文学史上丰富多彩的文艺思想，对境界诗学又有进一步的发展，其诗学中的"境界"是指一部作品的总体格调，指向文学作品的艺术审美，强调审美主体与客体交流互动而形成美感。

从唐代的王昌龄到近代的王国维，形成了一种具有中国特色的境界诗学理论体系②。虽然境界诗学的产生和发展不能完全归功于佛教诗人和诗学家，但不可否认的是，境界诗学由佛教境界哲学发展而来。如果没有佛教境界理论的传入和中国佛学界的大规模讨论，很难想象"境"、"境界"、"意境"这样的诗学范畴能够在中国诗学中形成，更不用说在唐代得以确立。唐代奠基的佛教境界诗学对中国诗学的发展产生了巨大而深远的影响。

三、诗人之境

以"境"为核心的境界诗学首先是从诗人创作的角度提出的，主要表现为取境、缘境和造境，这三个方面都有佛教的话语渊源和哲学根基。

首先是取境论。唐代诗僧皎然的诗学代表作《诗式》专列《取境》一章，可以说"取境"是皎然诗学的核心思想。所谓"取"即摄取，佛家将感官对感觉对象的捕捉和把握称为"摄取"。"取境"这一概念出自瑜伽行派的理论。《成唯识论》卷三解释"想"与"思"说："想：谓于境取像为性，施设种种名言为业。谓要安立境分齐相，方能随起种种名言。思：谓令心造作为性，于善品等役心为业。为能取境正因等相，驱役自心令造善等。"

---

①　王国维：《人间词话》，山西古籍出版社，2001年，第3页。
②　陈良运《中国诗学体系论》（中国社会科学出版社，1992年）将中国诗学分为"言志""缘情""立象""创境""入神"五大理论体系，其中"创境"即源于佛教境界诗学。

识如何能够对境进行摄取，也即人的感觉意识如何对外界事物进行了别，主要由于"作意"。所谓"作意"即起意，即心意由境引起。《成唯识论》解释说："作意，谓能警心为性，于所缘境引心为业。谓此警觉应起心种，引令趣境，故名作意。"① 《瑜伽师地论》对作意取境有进一步的解释："云何能生作意正起？由四因故：一由欲力，二由念力，三由境界力，四由数习力。云何由欲力？谓若于是处，心有爱著，心则于彼多作意生；云何由念力？谓若于彼已善取其相，已极作想，心则于彼多作意生；云何由境界力？谓若彼境界或极广大，或极可意，正现在前，心则于彼多作意生；云何由数习力？若于彼境界，已极串习，已极谙悉，心则于彼多作意生。"② 也就是说，心意取境首先是由于主体对对象的喜爱，其次由于念念不忘的意念，三是由于境界本身的影响力，四是由于对当前境界的熟悉。皎然的"取境"论就是基于这样的佛理，指的是诗人主体感官对外部境象的捕捉和把握。他认为："夫诗人之思初发，取境偏高，则一首举体便高；取境偏逸，则一首举体便逸。"③ 就是强调诗人主体在作意取境方面的能动性。皎然在其诗歌作品中也表现了对取境的重视，如其《苕溪草堂》中有这样的诗句："境净万象真，寄目皆有益。原上无情花，山中听经石。竹生自萧散，云性常洁白。"④ 由于"境净"而万象皆真，所见所闻皆有益于参禅悟道，可见诗人"取境"是多么重要。《诗式·取境》还进一步指出："取境之时，须至难至险，始见奇句。成篇之后，观其气貌，有似等闲，不思而得，此高手也。"⑤ 也就是说，诗人在取境之时，应该尽量奇险，才能创作出不同寻常的佳作；然而在作品完成之后，又要追求自然天成的效果，不能留下斧凿之痕。

其次是缘境论。"诗缘境"思想的提出者也是诗僧皎然，他在《诗式·辨体》中将"情"作为诗的体格之一，提出："缘境不尽曰情。"⑥ 其诗歌

① 《成唯识论》卷三，见《大正新修大藏经》第31册，第11页。
② 《瑜伽师地论》卷三，［唐］玄奘译，见《大正新修大藏经》第30册，第291页。
③ ［唐］皎然：《诗式》，见郭绍虞主编《中国历代文论选》第二册，上海古籍出版社，1979年，第77页。
④ 《全唐诗》卷八一六，中华书局编辑部编，中华书局，1999年，第9270页。
⑤ ［唐］皎然：《诗式》，见郭绍虞主编《中国历代文论选》第二册，上海古籍出版社，1979年，第77页。
⑥ 郭绍虞主编：《中国历代文论选》第二册，上海古籍出版社，1979年，第78页。

作品《秋日遥和卢使君游何山寺宿敫上人房论涅槃经义》则进一步提出"诗情缘境发",诗云:"江郡当秋景,期将道者同。迹高怜竹寺,夜静赏莲宫。古磬清霜下,寒山晓月中。诗情缘境发,法性寄筌空。"① 这里的"诗情缘境发"将诗的两大要素"情"和"境"联系到一起,使佛教诗学境界论与中国传统诗学情志论接轨,具有重要的诗学意义。皎然将诗的情与境联系在一起的作品还有许多,如《答俞校书冬夜》诗云:

> 月彩散瑶碧,示君禅中境。
> 真思在杳冥,浮念寄形影。
> 遥得四明心,何须蹈岑岭。
> 诗情聊作用,性空惟寂静。②

中国传统哲学讲究体用二分,"体"即本体或道体,是事物的根本和本质;"用"即作用或术用,属于现象和应用层面。在诗僧皎然看来,"诗情"只能"聊作用",寂静性空的"禅中境"才是"本体"。也就是说,诗人的奇思妙想不是凭空而来,而是缘境而发。当然这里诗人的所缘之境已经不仅仅是外在的物境,而且包括了内在的心境和宗教体验的禅境。托名王昌龄的诗学著作《诗格》提出"诗有三境"之后,又提出:"诗有三格:一曰生思。久用精思,未契意象,力疲智竭,放安神思,心偶照境,率然而生。二曰感思。寻味前言,吟讽古制,感而生思。三曰取思。搜求于象,心入于境,神会于物,因心而得。"③ 这里"生思"、"感思"和"取思"都是相对于"境"而言,其中"心偶照境"和"心入于境"的"照境"和"入境"都是缘境,都具有情缘境发的意义。司空图提出"思与境偕",是缘境思想的进一步发展,这样的"缘境"不是一个点上的触发,而是诗思与境象不断地互动交流,从而形成"思与境偕"、"意与境会"的审美创作过程。佛教诗学的缘境思想也是源于佛学中识与境的关系。佛家强调"识"乃依根缘境,也就是说,眼识、耳识、鼻识、舌识、身识、意识等感觉情识,必须

---

① 《全唐诗》卷八一五,中华书局编辑部编,中华书局,1999年,第9257页。
② 《全唐诗》卷八一五,中华书局编辑部编,中华书局,1999年,第9255页。
③ 郭绍虞主编:《中国历代文论选》第二册,上海古籍出版社,1979年,第89页。

依靠眼、耳、鼻、舌、身、意等感觉器官，以色、声、香、味、触、法等境作为缘起或因缘。如《瑜伽师地论》卷一："识谓现前了别所缘境界。"[①] 缘境既可以缘外境，也可以缘内境。识缘内境是基于"止观"，《显扬圣教论》卷二："止者，由缘三摩地影像境作意故，得安三摩地故，住心于内。观者，由缘三摩地影像境作意故，得安三摩地故，简择诸法。""三摩地"是"定"的音译，可见所谓"止观"即入定的两种心理状态和心理作用，其作用的对象是"影像境"。熊十力解释说："影像境者，第六意识起时必有影像生，如定中之心，内敛寂静，此时心上必现寂静之相，是名影像境。"[②] 这种"影像境"是主体内在的境界。佛教境界诗学的"缘境"思想，就是基于佛家这样的识缘境理论。

第三是造境论。造境或称创境，是佛教境界诗学的又一大贡献。佛教唯识学的一个核心观点是"境由心造"。唯识之"识"可以理解为"心"，在唯识学的八识理论中，前六识，即眼识、耳识、鼻识、舌识、身识、意识，都必须依根缘境，第七识名为"心识"，其作用主要是在综合前六识的基础上进行创造。可见"造境"也是基于佛教哲理的诗学思想。在文学领域，造境思想表现最突出的是王昌龄，他指出："夫作文章，但多立意。令左穿右穴，苦心竭智，必须忘身，不可拘束。思若不来，即须放情却宽之，令境生。然后以境照之，思则便来，来即作文。如其境思不来，不可作也。"[③] 这里的"境生"，显然是即指诗歌意境的创造。其"以境照之"的境和"境思不来"的境，都是指诗人心中所造之境。诗僧皎然首先提出"造境"概念。他在《奉应颜尚书真卿观玄真子置酒张乐舞破阵画洞庭三山歌》中写道："道流迹异人共惊，寄向画中观道情。如何万象自心出，而心淡然无所营。手援毫，足蹈节，披缣洒墨称丽绝。……盼睐方知造境难，象忘神遇非笔端。"[④] 这里的"造境"虽然指的是画家在纸上营造境象，但他强调"万象自心出"，说明先是由心造境，然后付诸笔端。皎然《宿山寺寄李中丞洪》诗中有"偶来中峰宿，闲坐见真境"之语，这里的"真境"是诗人心

① 《瑜伽师地论》卷三，[唐] 玄奘译，见《大正新修大藏经》第30册，第280页。
② 熊十力：《佛家名相通释》，东方出版中心，1985年，第67页。
③ [日] 弘法大师撰，王利器校注：《文镜秘府论校注》，中国社会科学出版社，1983年，第285页。
④ 《全唐诗》卷八二一，中华书局编辑部点校，中华书局，1999年，第9338—9339页。

中所现，不是客观的外境，而是一种心境，也就是诗人心中所造之境。这样的"造境"是在取境和缘境的基础上的自然生发。刘禹锡在《董氏武陵集纪》中说："义得而言丧，故微而难能，境生于象外，故精而寡和。"① 其中关于"境生于象外"的思想，也突出了诗人主体的创境作用。其《秋日过鸿举法师寺院便送归江陵并引》一诗的引言中又指出："能离欲，则方寸地虚，虚而万象入，入必有所泄，乃形乎词。词妙而深者，必依于声律。故自近古而降，释子以诗闻于世者相踵焉。因定而得境，故翛然以清；由慧而遣词，故粹然以丽。"② 引言一方面说明刘禹锡对佛教诗人与诗学的熟悉和服膺，另一方面，其"因定而得境"亦含有境由心造之意。近代哲学家和诗学家梁启超更是直接倡言"造境"，其《惟心》一文强调："境者，心造也。"在梁启超看来，山川草木春夏秋冬风月花鸟等自然现象，万古不变，无地不同，然而人们受此感触，其心境所现者各不相同，"仁者见之谓之仁，智者见之谓之智，忧者见之谓之忧，乐者见之谓之乐，吾之所见者，即吾所受之境之真实相也。故曰：惟心所造之境为真实"③。王国维进一步将境界分为造境与写境，指出："有造境，有写境，此理想与写实二派之所由分。然二者颇难区别。因大诗人所造之境，必合乎自然，所写之境，亦必邻于理想故也。"④

　　从诗人创作即审美创造的角度看，由取境到缘境再到造境，是一个不断深化不断升华的过程。取境之境偏向于外境或尘境，是以客观外部世界为审美对象的感觉、认识和表现过程。缘境之境虽仍然是以外境为主，与取境思路一致，但其中加入了情志和形象思维方面的内涵，是取境思想的进一步发展。造境超越了具体的客观物境和主观情志，强调艺术境界的创造，是在取境和缘境基础上的进一步发展。佛教诗学家们最终以意境的创造实现文学的审美价值，完成了境界诗学创作论的理论建构。

---

① 郭绍虞主编：《中国历代文论选》第二册，上海古籍出版社，1979 年，第 90 页。
② 《全唐诗》卷三五七，中华书局编辑部点校，中华书局，1999 年，第 4026 页。
③ 《梁启超哲学思想论文选》，北京大学出版社，1984 年，第 39—40 页。
④ 王国维：《人间词话》，山西古籍出版社，2001 年，第 1 页。

四、文本之境

从审美客体的角度看，境界诗学体系主要表现为物境、情境和意境等审美境界的阐发。物境、情境和意境"三境"之说虽然由托名王昌龄的《诗格》首先提出，但在皎然等境界诗学的代表人物那里也都有所体现，最后由王国维等诗学家进行创造性发展而得以完善。

首先是物境论。所谓物境是指物化的可见的境界，是外境或尘境在文学艺术中的反映。物化的境在文学艺术中一般表现为景物，是境界哲学和境界诗学中"境"的最初意义。然而进入诗学之后，"物境"已经不再是纯客观的景物，而是经过诗人的"取境"和"造境"过程，投入了主体认识和主体情感的艺术"境象"。托名王昌龄的《诗格》指出："诗有三境：一曰物境。欲为山水诗，则张泉石云峰之境，极丽绝秀者，神之于心，处身于境，视境于心，莹然掌中，然后用思，了然境象，故得形似。"① 这里极丽绝秀的泉石云峰之境虽然是物质形态的外境，但由于有"神之于心，处身于境，视境于心，莹然掌中，然后用思，了然境象"的过程，这个外在的景物已经对象化了。皎然的"取境"和"缘境"，实际上都偏重物境，只不过皎然是从创作主体的角度提出的，如果从现实基础和最终表现形式看，其所取之境与所缘之境都是物境，与王昌龄《诗格》的"物境"思想是一致的。司空图《诗品》中有《实境》一章，其"实境"思想基于"物境"而又超越"物境"，是对物境理论的充实和发展。王国维在论及文学的起源和本质时指出："文学中有二原质焉：曰景，曰情。前者以描写自然及人生之事实为主，后者则吾人对此种事实之精神的态度也。故前者客观的，后者主观的也；前者知识的，后者感情的也。"② 这里的"景"实际上就是"物境"，因此，他认为能够写出"真景物"的作品，谓之有境界。

"物境"的创造基于写实的手法，属于模仿和再现，所以"故得形似"。但在境界诗学中，这种具有客观性的物境不是简单模仿的产物，而是神之于心，处身于境，视境于心，然后"思与境偕"，从而创造出既形似又神似的

---

① 郭绍虞主编：《中国历代文论选》第二册，上海古籍出版社，1979年，第88—89页。
② 郭绍虞主编：《中国历代文论选》第四册，上海古籍出版社，1980年，第379页。

具体可感的境象。这种境象虽然以"物"的方式呈现，但它并非客观物象，而是诗人通过写实和象征的手法，在作品中创造的蕴涵丰富的境象，是诗人个性的客观对应物。可见"物境"理论触到了文学的许多本质问题，包括模仿、写实、象征、物感、再现等等，具有丰富的思想蕴涵。

其次是情境论。所谓情境是指诗人主体的思想情感在作品中的呈现。内在的情境包括情感境界、志趣境界、理想境界、感受境界、认识境界、智慧境界等等，属于境界哲学中"境"的引申义，与佛经所谓心境界、慧境界、智境界、见境界相通。托名王昌龄的《诗格》最早提出"情境"概念，主要是相对于物境而言，指出："二曰情境。娱乐愁怨，皆张于意而处于身，然后驰思，深得其情。"① 诗僧皎然的诗学思想中也有"情境"论，他不仅在《诗式》中提出"缘境不尽曰情"，将情与境结合在一起，而且在作品中经常"情""境"并用，从而体现情境思想，如"为依炉峰住，境胜增道情"（《夏日与綦毋居士昱上人纳凉》），"灵境若可托，道情知所从"（《奉陪陆使君长源诸公游支硎寺》）等。王国维对"情境"有进一步的认识，指出："境非独谓景物也。喜怒哀乐，亦人心中之一境界。故能写真景物、真感情者，谓之有境界；否则谓之无境界。"② 将喜怒哀乐等情感和情绪作为境界的重要内容，将"真感情"作为有境界的重要标志，进一步充实了"情境"理论。

诗歌特别是抒情诗的本质是主体情境的表现，这是东方传统诗学的理论贡献。"情境"的本质是"张于意而处于身"，就是在喜怒哀乐等情感发生之际，诗人要将整个身心沉入强烈的情感体验之中，进行自我观照，进而从事自我表现的艺术创作。文学的表现和再现是一对矛盾，"再现的主题面对的是非自己内部的周围的事物，而表现的主题面对的是自己的内部。"③ 在再现和表现这对矛盾中，古代东方文学是偏重于表现的，因此古代东方诗学对文学本质的概括就不同于西方的模仿说，而是具有主体意识的情志论。情境论是中国言志抒情的诗学传统在境界诗学中的表现。抒情诗的主体表现性

---

① 郭绍虞主编：《中国历代文论选》第二册，上海古籍出版社，1979年，第89页。
② 王国维：《人间词话》，山西古籍出版社，2001年，第3页。
③ ［日］今道友信：《美的相位与艺术》，周浙平、王永丽译，中国文联出版公司，1988年，第139页。

特征在中国古代诗学中很早就得到深刻的认识和明确的表述，如《毛诗序》："诗者，志之所之也，在心为志，发言为诗。情动于中而形于言。"①这里志与情是互相涵盖的。后来陆机《文赋》明确提出"诗缘情而绮靡"，进一步完善了中国诗学表现性的诗学体系。佛教境界诗学提出"情境"作为体现文学主体性的诗学概念，是对中国传统诗学情志论的进一步充实和发展。因为"情境"不仅比单纯的志和情涵盖更广泛，包括情感、志趣、理想、感受、体验、意志等等，而且更具有审美意义，是主体内在的心灵世界通过艺术表现转化为审美境界。西方诗学思想的基础是摹仿说，摹仿更偏重再现，而忽视主体性的表现，所以在摹仿论诗学体系中没有抒情诗的地位，西方古代诗学对抒情诗的认识和论述也不够充分。黑格尔开始强调诗歌创作的主体性，强调诗的表现性特征。他认为："诗不仅使心灵从情感中解放出来，而且就在情感本身里获得解放。……诗使心灵这个主体又成为它自己的对象（以心观心），但是诗却不仅是从主体和内容（对象）的一团混沌中把内容拆开抛开，而且把内容转化为一种清洗过的脱净一切偶然因素的对象，在这种对象中获得解放的内心就回到它本身而处于自由独立，心满意足的自觉状态。"② 这个对象化的情感就是"情境"，主体在其中能够获得解放和满足。

第三是意境论。所谓意境是指在作品中呈现的体现诗人思想意识的境界，是作者主体在对现实客体感悟基础上进行创造，读者主体通过文本可以感受的审美境界。意境是中国传统诗学尚意主情思想在境界诗学中的体现。托名王昌龄的《诗格》最早提出"意境"概念，是相对于物境和情境而言，指出："三曰意境。亦张之于意而思之于心，则得其真矣。"③ 皎然虽然没有提出意境概念，但他论诗尚意崇境，其对意和境的分别论述中，却有意境之思想。如《诗式·立意总评》指出："诗人意立，变化无有倚傍，得之者悬解其间。"④ 其《诗式·重意诗例》高度评价谢灵运的诗，指出："两重意已上，皆文外之旨。若遇高手如康乐公，览而察之，但见情性，不睹文字，盖

① 见郭绍虞主编《中国历代文论选》第一册，上海古籍出版社，1979 年，第 63 页。
② ［德］黑格尔：《美学》第三卷下册，朱光潜译，商务印书馆，1981 年，第 188—189 页。
③ 郭绍虞主编：《中国历代文论选》第二册，上海古籍出版社，1979 年，第 89 页。
④ 郭绍虞主编：《中国历代文论选》第二册，上海古籍出版社，1979 年，第 88 页。

诗道之极也。"① 在《诗式·辨体》中，他又将"意"作为诗的体格之一，指出："意，立言盘泊曰意。"这里的"盘泊"即"磅礴"，表示气韵。其他体格中也有意的成分，如"静，非如松风不动，林狄未鸣，乃谓意中之静。远，非如渺渺望水，杳杳看山，乃谓意中之远"②。皎然对意的阐说中，已经具有了意境的内涵。再看其关于"境"的论述："夫境象非一，虚实难明。有可睹而不可取，景也；可闻而不可见，风也。虽系乎我形，而妙用无体，心也；义贯众象，而无定质，色也。凡此等，可以偶虚，亦可以偶实。"③ 这里从虚实的角度论"境象"的复杂性，已经触及到意境的一些本质问题。意与境在佛教哲学中是紧密联系的概念，《成唯识论》关于"作意"的解释体现了"意"与"境"之关系："作意，谓能警心为性，于所缘境引心为业。谓此警觉应起心种，引令趣境，故名作意。"④《显扬圣教论》卷二对"止观"的解释也是"意""境"并举："止者，由缘三摩地影像境作意故，得安三摩地故，住心于内。观者，由缘三摩地影像境作意故，得安三摩地故，简择诸法。"熊十力解释说："影像境者，第六意识起时必有影像生，如定中之心，内敛寂静，此时心上必现寂静之相，是名影像境。"⑤ 可见所谓"影像境"即意中之境。《诗格》所谓"张之于意而思之于心"，指的就是这样的"影像境"。

从艺术审美客体的角度看，境界诗学的三境是互相联系的。物境是情境的基础，情境需要触景生情，托物言志，因而要以物境为基础。意境则要以物境和情境为基础，因为意境不是凭空产生，而是与物的描写和情的表现紧密联系在一起的。王国维《宋元戏曲史》用"有意境"来概括元曲的艺术特点，指出："其文章之妙，亦一言以蔽之，曰：有意境而已矣。何以谓之有意境？曰：写情则沁人心脾，写景则在人耳目，述事则如其口出是也。古

---

①　［唐］皎然：《诗式》，见郭绍虞主编《中国历代文论选》第二册，上海古籍出版社，1979年，第77页。

②　［唐］皎然：《诗式》，见郭绍虞主编《中国历代文论选》第二册，上海古籍出版社，1979年，第78页。

③　［唐］皎然：《诗议》，见郭绍虞主编《中国历代文论选》第二册，上海古籍出版社，1979年，第88页。

④　《成唯识论》卷三，见《大正新修大藏经》第31册，第11页。

⑤　熊十力：《佛家名相通释》，东方出版中心，1985年，第67页。

诗词之佳者无不如是，元曲亦然。"① 也就是说，情境和物境的表现达到一个更高的境界，就成为"意境"。这一诗学思想在托名王昌龄的《诗格》中已经有所表现，其对三境的阐述中，已经注意到它们之间的关系。其中关于"物境"的要求是"处身于境，视境于心"，最后"故得形似"；关于"情境"的要求是"张于意而处于身"，结果是"深得其情"；而关于"意境"的要求是"亦张之于意而思之于心"，结果是"则得其真矣"。在张于意和思于心方面，意境与物境和情境没有太大差别，只是最终的境界不同。与得形似和得其情相比，意境的"得其真"具有更深刻的哲理内蕴②。佛教和道家都尚真，道家主张"法天贵真"，佛教追求的最高境界是"真如"。佛性、法性、法界等佛教追求的最高境界无法用语言进行描述，只能用"真如"作为权称。诗僧皎然诗论强调"真"，表现的是对佛教之真的追求。他在《诗式》中说："如释氏顿教学者，有沉性之失，殊不知性起之法，万象皆真。"③ 其诗作中亦有对真境的追求，如前述"境净万象真，寄目皆有益"，"偶来中峰宿，闲坐见真境"等。王昌龄关于真的追求中，既有佛教之真，也有道家之真，如"筑室在人境，遂得真隐情"（《静法师东斋》），"圆通无有象，圣境不能侵。真是吾兄法，何妨友弟深"（《同王维集青龙寺昙壁上人兄院五韵》）④，追求的是佛教之真；"斋心问易太阳宫，八卦真形一气中"（《武陵龙兴观黄道士房问易因题》），"暂因问俗到真境，便欲投诚依道源"（《武陵开元观黄炼师院三首》之三）⑤，追求的则是道家之真。王国维论境界也强调一个"真"字，谓曰："故能写真景物、真感情者，谓之有境界；否则谓之无境界。"⑥ 写真景物、真感情的结果必然是得其真。得其真就是见宇宙真相，感人间真情，体科学真理，悟人生真谛，的确是文学的最高境界。

---

① 王国维：《宋元戏曲史》，上海古籍出版社，1998年，第99页。
② 参阅陈良运《中国诗学体系论》，中国社会科学出版社，1992年，第256页。
③ ［唐］皎然：《诗式》，见郭绍虞主编《中国历代文论选》第二册，上海古籍出版社，1979年，第78页。
④ 《全唐诗》卷一四二，中华书局编辑部点校，中华书局，1999年，第1439、1441页。
⑤ 《全唐诗》卷一四三，中华书局编辑部点校，中华书局，1999年，第1449、1454页。
⑥ 王国维：《人间词话》，山西古籍出版社，2001年，第3页。

五、审美之境界

作为审美活动的文学艺术实践，仅有作者和文本是不够的，如果没有读者的参与，文本也许没有任何意义。因此，一种成熟的诗学理论必然将读者鉴赏纳入视野，境界诗学也不例外。在境界诗学发展的过程中，由关注作者创作过程，到关注文本构成因素，逐渐将读者纳入视野，使境界诗学成为贯通作者、文本和读者，建立在艺术审美活动整体之上的成熟完整的理论体系。

境界诗学中较早体现鉴赏、关注读者的是司空图的《诗品》，其《实境》章云："取语甚直，计思非深。忽逢幽人，如见道心。晴涧之曲，碧松之阴。一客荷樵，一客听琴。情性所至，妙不自寻。遇之自天，泠然希音。"① 其中有作者和文本因素，如第一句主要从作品语言表现和诗人思维层面，说明物境或者实境在艺术表现上看起来比较平直浅显；第二句强调这种平直浅显中有着深刻的蕴涵，就像偶然遇到一位世外高人，其简单的外表可以体现深邃的道心，其中"读者"已经隐约可见，因为"忽逢幽人，如见道心"主要是读者阅读欣赏过程中的感受体验。第三句和第四句既是举例，又是象征，说明物境或者实境如同鸣唱的清涧、碧绿的松阴、荷樵的游人、听琴的旅客，都具有象外之象，韵外之旨；最后两句进一步升华，这样的"实境"应该是自然天成，大音希声，大象无形。像前面两句一样，后面两句可以从作者创作和文本风格方面理解，也可以从读者主体角度品味，而且后者更符合审美逻辑，更耐人寻味。其后，苏东坡提出"境与意会"②，是在对作品进行品评的过程中，从鉴赏角度提出的诗学命题。清王士禛提出"舍筏登岸，禅家以为悟境，诗家以为化境，诗禅一致，等无差别"③。这里的悟境和化境不仅就诗的创作而言，更是就诗的鉴赏而言，所谓"舍筏登岸"就是不拘泥于言辞字句，直接感受作品的美感，差不多已经是站在读者

---

① 郭绍虞主编：《中国历代文论选》第二册，上海古籍出版社，1979年，第206页。
② 后人辑录的《东坡诗话》中记苏轼品评陶渊明的作品，其中说道："'采菊东篱下，悠然见南山。'因采菊而见山，境与意会，此句最有妙处。"参见陈良运：《中国诗学体系论》，中国社会科学出版社，1992年，第283页。
③ 郭绍虞主编：《中国历代文论选》第三册，上海古籍出版社，1980年，第371页。

鉴赏的立场说话了。

境界诗学的集大成和本质性转折的代表人物是近代诗学家王国维。如果说皎然的《诗式》是以作者为中心谈境界，其境界论基本上属于"诗人之境界"，是境界诗学发展的第一阶段；托名王昌龄之《诗格》主要立足于文本谈境界，其境界论已经由作者中心向文本中心转化，是境界诗学发展的第二阶段；那么，王国维的《人间词话》立足于词的品评鉴赏谈境界，属于"审美之境界"，是境界诗学发展的第三阶段。

王国维以"境界"作为核心概念和基本范畴，在继承传统诗学境界思想的基础上，融汇各派诗学，借鉴西方文论，进一步发展了境界诗学理论。其《人间词话》开宗明义："词以境界为最上。有境界则自成高格，自有名句。"[1] 有无"境界"、有什么样的"境界"，成为评价诗词高下优劣的标尺。其中的"境界"是指一部作品的总体格调，指向文学作品的艺术审美，强调审美主体与客体交流互动而形成美感。他进一步指出："境非独谓景物也。喜怒哀乐，亦人心中之一境界。故能写真景物、真感情者，谓之有境界；否则谓之无境界。"[2] 境界既包括外在的景物，又不限于外在的景物，而是包括内在的心灵和精神，这是佛家境界哲学思想的基本内涵。王国维境界的前提是能写"真景物、真感情"，其出发点当然还是作者，但其落脚点已经换成了读者，因为有无境界在于读者的感受，由读者"谓之"。其论述重心不是如何创造境界，而是如何发现和欣赏境界，这在其对具体作品的评论中也有所表现，如："'红杏枝头春意闹'，著一'闹'字，而境界全出。'云破月来花弄影'，著一'弄'字，而境界全出矣。"[3] "'明月照积雪'、'大江流日夜'、'中天悬明月'、'长河落日圆'，此种境界，可谓千古壮观。"[4] 可以看出，"境界"之有无，决定于作者，存在于文本，最后还是产生于读者之感受。可见，王国维的《人间词话》不是立足于作者谈境界，也不是立足于文本谈境界，而是在对文本品评鉴赏的基础上，在鉴赏者与创作者交流互动的层面上谈论境界。在王国维看来，与其他诗学范畴相比，境

---

① 王国维：《人间词话》，山西古籍出版社，2001年，第1页。
② 王国维：《人间词话》，山西古籍出版社，2001年，第3页。
③ 王国维：《人间词话》，山西古籍出版社，2001年，第4页。
④ 王国维：《人间词话》，山西古籍出版社，2001年，第28页。

界更具有审美整体性。他指出："言气质，言神韵，不如言境界。境界为本也；气质、格律、神韵，末也。有境界，而三者随之矣。"① 气质主要用于作者，格律主要用于文本，神韵主要立足于品评②，而境界可以贯通、涵盖三者。至此，境界诗学由注重创作的技巧风格问题转向整体的艺术审美活动，成为创作者和鉴赏者互动共享的审美境界。

境界诗学从创作论到审美论的发展主要体现为对"意境"的阐发。前述"文本之境界"虽然仍属于创作论，但已经有对审美问题的关注，其中的"物境"、"情境"和"意境"都属于审美对象，指的是在作品中呈现的审美境界，是作者主体在对现实客体感悟基础上进行创造，读者主体通过文本可以感受的审美境界。随着境界诗学的深化和发展，特别是其中意境理论的发展，已经不再局限于创作论，而是渗透于创作、文本和鉴赏等审美活动的各个环节，成为一种艺术审美理论。从艺术审美的角度看，物境之境偏于客观再现，情境之境偏于主观表现，而意境则超越了具体的客观物境和主观情境，强调艺术境界的创造，是在物境和情境基础上的进一步发展，在境界诗学三境中是最后的也是最高的境界。三境具有层层递进的关系，由物境到情境再到意境，是一个不断深化不断升华的过程，特别是其中的"意境"论，为读者敞开了大门，也打开了自己的理论发展空间。

王昌龄、皎然等唐代诗人和诗学家的境界诗学还偏重物境和情境，对意境的论述不够具体深入，其意境所指，主要是通过意念和思虑而显现的心中之境，与作为境界诗学最高层面、具有审美境界意义的"意境"还有一定的距离。经过历代诗学家的运用和阐释，到王国维，其境界诗学已经偏重意境，而且对意境也有了进一步的阐述。在署名樊志厚实则出自王国维本人之手的《人间词乙稿叙》中，"意境"具有了文学本质的意义。他指出："文学之事，其内足以摅己，而外足以感人者，意与境二者而已。上焉者意与境

---

① 王国维：《人间词话未刊手稿》，见《人间词话》，山西古籍出版社，2001年，第38页。
② "神韵"最初就是从品评人物出发的一个概念。魏晋南北朝时期，士大夫谈玄论道风行，受此影响，人们追求放荡不羁、飘逸洒脱的精神境界和风度气概，称之为"韵"，从而把"韵"作为品评人物的尺度。《世说新语》讲人有"玄韵，风韵，素韵，远韵，雅韵，道韵，清韵"等等。后来"韵"由品评人物转为品评人物画，再由人物画到一般的绘画，然后进入书法和诗文领域。进入诗学之后，"神韵"仍偏重于鉴赏方面，主要从文本或鉴赏对象的角度提出，供鉴赏者品评和欣赏，或者通过鉴赏者的品评欣赏而发现的审美特点，属于文学鉴赏论。

浑，其次或以境胜，或以意胜。苟缺其一，不足以言文学。"① 王国维强调文学不仅要"摅己"，还要"感人"。如果说"摅己"的指向是作者，那么，"感人"的指向当然就是读者。可见在其"意境"理论中，读者与作者居于同等重要的地位。

意与境的联系与区别是境界诗学关注的核心问题之一，如托名白居易的《文苑诗格》中说："或先境而入意，或入意而后境。古诗：'路远喜行尽，家贫愁到时'，'家贫'是境，'愁到'是意。又诗：'残月生秋水，悲风惨古台'，'月''台'是境，'生''惨'是意。若空言境，入浮艳；若空言意，又重滞。"② 南宋僧人普闻《诗论》中说："天下之诗莫出于二句：一曰意句，二曰境句。"这些论述将意与境分割开来，显得机械肤浅，但也说明"意境"观念在诗论中已经非常普及③。王国维的意境论与前人的联系是显而易见的，他既维持意与境二分，又强调"意与境浑"，并且将"意与境浑"的意境作为文学的最高境界，这样的意境论是境界诗学发展的必然结果。

意境作为"审美之境界"，其核心在于"能观"。王国维指出："原夫文学之所以有意境者，以其能观也。出于观我者，意余于境。而出于观物者，境多于意。然非物无以见我，而观我之时，又自有我在。故二者常互相错综，能有所偏重，而不能有所偏废也。文学之工不工，亦视其意境之有无与其深浅而已。"④ 王国维所谓的"观"渊源于孔子："小子何莫学夫诗？诗可以兴，可以观，可以群，可以怨。"（《论语·阳货》）其中所谓"观"，郑玄注为"观风俗之盛衰"⑤，也许符合孔子原意，但显然有些狭隘。实际上通过诗可以观的不仅是风俗，应该包括诗中所反映的社会生活和道德精神风貌，以及诗人在作品中所表现的主观情志，而且，通过作品中创造的物境、情境和意境，可以映照返观自身，进行自我观照和自我认识。这正是王国维所强调的"能观"可以观我，也可以观物。值得注意的是，其中的"观"

---

① 王国维：《人间词乙稿叙》，见《人间词话》附录五，山西古籍出版社，2001 年，第 79 页。
② 张伯伟：《全唐五代诗格汇考》，凤凰出版社，2002 年，第 365 页。
③ 参阅陈良运《中国诗学体系论》，中国社会科学出版社，1992 年，第 267—268 页。
④ 王国维：《人间词乙稿叙》，见《人间词话》附录五，山西古籍出版社，2001 年，第 79—80 页。
⑤ 《十三经注疏》，浙江古籍出版社，1998 年，第 2525 页。

已经不仅是作者的观，也包括读者的"观"。

从艺术审美的角度看，王国维的"能观"超越了孔子的"可以观"，其超越的思想资源很多，其中一个方面就是佛教的"观"。佛教的"观"主要有两种，一是"止观"之"观"，二是"观想"之"观"。所谓"止观"即禅定，要求止息观心，如智颛《摩诃止观》中提出十种观境：一阴入借境、二烦恼境、三病患境、四业相境、五魔事境、六禅定境、七诸见境、八慢境、九二乘境、十菩提境，都属于自我认识。可见"止观"之"观"主要是"观我"，即自我观照。所谓"观想"即对佛国净土之美好境界的想象，以观物为主，如《观无量寿经》提出"十六妙观"，包括日观，即观想西方状如悬鼓之落日；水观，即观想水、冰、琉璃之清澈晶莹；地观，即观想极乐世界之国土庄严；树观，即观想极乐世界的七宝树林等，由此产生对佛国净土的向往。这种"观想"是以外界客观事物为媒介，引导和激发想象力，使心灵进入预定的理想境界，从而坚定信念，实现心境合一。这种方式与人的审美心理在某种程度上有所契合，其机制是由客观物境转化为主客浑融的意境。可见，佛教的"观"都是形而上之观，不仅是对孔子形而下之观的补充，而且更具有审美意义。无论是观物还是观我，这样的"能观"都是指审美观照，既超越了作者、文本和读者，又包含了三者在其中。

王国维还进一步从"观"的角度将境界分为"有我之境"和"无我之境"，指出："有我之境，以我观物，故物皆著我之色彩。无我之境，以物观物，故不知何者为我，何者为物。"① 可见，审美之"观"与诗歌之"境"具有深刻的内在联系。

由"诗人之境"和"文本之境"演变成为创作者和鉴赏者互动共享的"审美之境界"，使境界诗学体系更加完善。

当然，境界诗学的产生和发展不能完全归功于佛教诗人和诗学家，但不可否认的是，境界诗学由佛教境界哲学发展而来。如果没有佛教境界理论的传入和中国佛学界的大规模讨论，很难想象"境""境界""意境"这样的诗学范畴能够在中国诗学中形成，因此，我们称之为佛教诗学境界论。

---

① 王国维：《人间词话》，山西古籍出版社，2001年，第3页。

第三节　妙悟论

"妙悟"是佛教哲学概念，指通过直觉思维达到对佛理佛法以及真如佛性深入透彻的理解。"妙悟"进入中国后，逐渐融入了中国儒道元素，成为中国佛教文学中的核心范畴之一。无论是研究美学还是研究文论、诗论，"妙悟"说都是一个绕不过去的"话题"。

一、"妙悟"的内涵

根据中国汉语的造字构词特点，"妙悟"是由"妙"与"悟"两个词素组成的，其中"悟"为词根，"妙"为前缀，既可单分"妙"和"悟"，又可连用"妙悟"，两字共同组成了"妙悟"范畴的基本内涵。因此解读"妙悟"范畴，可从"妙""悟"字本义方面入手，进而阐释"妙""悟""妙悟"范畴，并对"妙悟"在中国佛教文学中的发展历程进行纵向梳理。

首先说"妙"。"妙悟"范畴与"妙"这个作为前缀的词素所具有的相对独立的内蕴密切相关。从某种意义上说，正是"妙"所独具的审美内涵，使"妙悟"成为审美把握、艺术思维方式的特定范畴。因此，欲释"妙悟"就必须先从释"妙"义入手①。

"妙"为佛家美学基本范畴之一。其梵语为萨（sa）或苏（su）②。佛家非常重视并喜用这一概念，因此"妙"在佛籍中出现频率极高。

在佛籍中，"妙"也常用以通途义，即常指美、好、华之意。最切近通途义的是形容美女，如"是女端正，容貌姝妙"（《经律异相》）。亦可用于形容音乐之美，如"击鼓吹角贝，箫笛琴箜篌，琵琶铙铜钹，如是众妙音"（《法华经》二）；"清风时发，出五音声。微妙宫商，自然相和"（《大乘无量寿经》十四）。

在佛家，"妙"的意蕴远不止于一般的美好。"妙"广泛地用于对佛事、

---

① 成复旺主编：《中国美学范畴辞典》，中国人民大学出版社，1995年，第234页。

② 傅小凡：《中国佛教雕塑艺术的美学意义》，见 http://www.doc88.com/p-398249949261.html，2012年8月19日。

佛法、佛学、佛论实体、佛理境界以及虚构的理想世界的审美肯定，更多地趋向于神秘化①。隋代智𫖮《法华经玄义》中释"妙"："妙者，褒美不可思议之法也。"褒美，将"妙"定为审美范畴；所谓"不可思议"，用难以企及的境界，表达佛教的至理，实相本体。故"妙"有"更无等比，更无过上"义（《大日经疏》一）、"华多无碍"义（《弥陀经解》）、"精微深远"义（《法华遊意》）等，"妙"义远远超出了一般美的范畴。日本的中观解释"至妙"说："不二之道，无所不遍，是故曰'至'；离六十二见，具足万德，义为'妙'。"②

"妙"常与至、微、胜配词为至妙、微妙、妙胜，也有配搭成妙华、妙好、玄妙、美妙的，都有"妙"的内涵存在。隋天台宗智𫖮《法华经玄义》中有十妙：境妙、智妙、行妙、位妙、三法妙、感应妙、神通妙、说法妙、眷属妙、功德利益妙，这"十妙"皆有"妙"内联其中。

"妙"是中国古代美学范畴，追根溯源，老庄哲学中就已存在"妙"的概念，其内涵与佛家略有不同。《老子》第一章云："故常无，欲以观其妙；常有，欲以观其徼。此两者同出而异名，同谓之玄。玄之又玄，众妙之门。"叶朗将"妙"解释为"道"的一种属性，指"道"的无规定性和无限性，由于"道"的属性是自然，所以，"妙"又出于自然③。张岱年先生指出"妙是微有，徼是微无"的看法，提出"妙"不是指无限性，而是指无穷小的结论④。老子心中的"妙"是一种变化莫测，具有无限性、妙不可言的自然状态。《老子》十五章亦赞"古之善为道者，微妙玄通，深不可识"，"妙"是善为道的审美标准。《周易·说卦》将"妙"看作是客观事物的难以形状表现："神也者，妙万物而为言者也。"王充《论衡·定贤篇》论歌曲的最高境界为"夫歌曲妙者，和者则寡；……曲妙人不能尽和，言是人不能皆信"。曹丕评孔融"体气高妙"（《典论·论文》），评公干"其五言诗之善者，妙绝时人"（《与吴质书》）⑤。王羲之《自论书》："自有言所不尽得其妙者，事事皆然。""妙"成为品评诗文、歌曲创作水平的最高艺术审

① 王海林：《佛教美学》，安徽文艺出版社，1992年，第58页。
② [隋]吉藏著，韩廷杰注：《三论玄义校释》卷上，中华书局，1987年，第13页。
③ 叶朗：《中国美学史大纲》，上海人民出版社，1985年，第34—35页。
④ 樊波：《中国书画美学史纲》，吉林美术出版社，1998年，第60页。
⑤ [清]严可均校辑：《全上古三代秦汉三国六朝文》卷七，中华书局，1958年，第1089页。

美标准。"妙"出于自然,言难以形诘,意妙趣无穷,"妙"的境界浑然天成,语言难以描摹和言说,个中意味妙趣横一,无穷无尽。《文心雕龙·神思》篇说:"寂然凝虑,思接千载;悄然动容,视通万里。……故思理为妙,神与物游。"① 外在物象与内在心神交会,可使才思泉涌、文思高妙。虞世南《笔髓论》认为:"心为君,妙用无穷,故为君也",并立《契论》一节,专述书道"玄妙,必资神遇,不可以力求也。"② 沈括《梦溪笔谈·书画》提出:"书画之妙,当以神会,难可以形器求也。"③ "妙"是出自人的本性,神会情遇,"不知所然"的审美创造,是"象外之象,韵外之致"。"妙"这一美学范畴贯穿在中国古代诗、书、画等创作的历史长河之中,永不绝息,也成为文人写诗作画的理想境界。

"妙"作为一个美学范畴,虽出现较早,但初始未被广用,到魏晋时期,才在哲学和文艺领域广泛而深入应用。朱自清先生对魏晋时期儒释道融合的现象曾有过精彩评论:

> 魏晋以来,老庄之学大盛,特别是庄学;士大夫对于生活和艺术的欣赏与批评也在长足的发展。清谈家也就是雅人,要求的正是那"妙"。后来又加上佛教哲学,更强调了那"虚无"的风气。于是乎众妙层出不穷。在艺术方面,有所谓"妙篇""妙诗""妙句""妙楷""妙音""妙舞""妙味",以及"笔妙""刀妙"等。在自然方面,有所谓"妙风""妙云""妙花""妙色""妙香"等,又有"庄严妙土",指佛寺所在;至于孙绰《游天台山赋》里说到"运自然之妙有",更将万有总归一"妙"。④

"妙"浑法自然的道家思想与佛教哲学的"虚无"相结合,融汇出众多妙不可言的艺术旨归与趣味。"妙"作为非常重要的审美范畴广泛用于诗文、书法、音乐、舞蹈等众多领域,成为品评作品与文人境界的最高标准。

---

① [梁]刘勰撰,郭晋稀注译:《文心雕龙注译》,甘肃人民出版社,1982年,第318页。
② 华东师范大学古籍整理研究室:《历代书法论文选》,上海书画出版社,1981年,第113页。
③ [宋]沈括:《梦溪笔谈》卷一七"书画"条,文渊阁《四库全书》第862册,上海古籍出版社,1987年,第798页。
④ 朱自清:《朱自清古典文学论文集》(上),上海古籍出版社,1981年,第131页。

运"自然之妙"，呈万物之美，苏轼诗云："欲令诗语妙，无厌空且静。静故了群动，空故纳万境。"（《送参廖师》）诗语妙境，离不开禅家的空、静二字。苏轼论吴道子画时亦说："出新意于法度之中，寄妙理于豪放之外。"与其诗论相通，心灵自由表达、无所羁绊，自有感妙理、出新意之趣。中国古代文学作品与文论受佛禅思想影响，发展了这一美学范畴。

其次说"悟"。季羡林认为，在梵文和巴利文中，与汉语"悟"义相当的词为 budh，意为：醒、觉、悟。汉译"佛陀"，在梵文和巴利文中是 buddha，意思是"已经觉悟了的人""若认觉者"和"悟者"。佛祖就是一个"觉者""悟者"。可见这个"悟"字的重要意义①。《说文解字》："悟，觉也。从心，吾声。""觉，寤也。"又进一步解释："寐觉而有信曰寤。"可见"悟"本为"觉"，又同"寤"。"悟"的本义是沉睡而后醒。据现存文献来看，"悟"这个概念最早出现于《尚书·顾命上》："今天降疾，殆弗兴弗悟。"孙星衍注："悟与寤通，《诗传》云'觉也'。觉犹知。"② 后来"悟"进入哲学和人性的领域，如《庄子·田子方》有："物无道，正容以悟之，使人之意也消。"成玄英疏为："令其晓悟，使惑乱之意自然消除也。"③ 即"晓悟""明白"之意。陶渊明《归去来兮辞》中："悟已往之不谏，知来者之可追；实迷途其未远，觉今是而昨非。""悟"亦为"省悟""明白"之义。

"悟"本是中国原有的概念。佛教传入中国后，"悟"这一概念被借用和扩展。佛教将这种神秘飘忽的直觉看作是直达真理的最高境界。"悟"原指参禅修行时的刹那间的觉知，即达到心洞见真谛、豁然顿悟的妙境。佛教的"悟"在中国这片文化土壤上生长为中国化的禅宗，"悟"被推到"顿悟"的至高境界，成为中国禅宗哲学、佛教美学、文艺美学的重要范畴。支遁讲顿悟："法师研十地，则知顿悟于七住。寻庄周，则辩圣人之逍遥。"（《世说新语·文学》刘孝标注引《支法师传》）稍后释道安等人也讲到顿悟；其中以竺道生较为有名。竺道生认为"夫称顿者，明理不可分，悟语极

---

① 季羡林：《作诗与参禅》，见《季羡林全集》第 14 卷，外语教学与研究出版社，2010 年，第 478 页。
② 成复旺主编：《中国美学范畴辞典》，中国人民大学出版社，1995 年，第 220 页。
③ ［晋］郭象注，［唐］成玄英疏：《庄子注疏》，中华书局，2011 年，第 374 页。

照。以不二之悟，符不分之理，理智恚释，谓之顿悟"①。佛理的顿悟过程是整体而得之，是"不二之悟""不分之理"。但真正使禅悟达到"妙"的境地的，还应数南宗禅②。在竺道生的影响下，惠能进一步把顿悟作为立宗之本："令学道者顿悟菩提"，强调"本来正教，无有顿渐，人性自有利钝。迷人渐修，悟人顿契。自识本心，自见本性，即无差别，所以立顿、渐之假名"③。禅宗要求"自识本心，自见本性"，从人的内心、本性出发，刹那间"顿悟菩提"。禅宗六祖惠能大力宣扬顿悟成佛说：迷来经累劫，悟则刹那间。即心成佛，是人对自身具有的本性的觉悟，而这一觉悟则在刹那之间发生。正如由迷到悟的转变过程，则在那豁然间，一念之悟之时悄然质变。恰如日本学者铃木大拙所言："禅如果没有悟，就象太阳没有光和热一样。禅可以失去它所有的文献，所有的庙宇以及所有的源头，但是，只要其中有悟，就会永远存在。"④"悟"为禅之根本，悟在禅在。

　　"悟"是佛教禅宗美学体认与把握美本体的根本方法，也是中国古代文论的核心范畴。"悟"在历代文人的作品、文论中被不断使用。谢灵运《从斤竹涧越岭溪行》："观此遗物虑，一悟得所遣。"此诗句表达了对大自然体察的审美感悟。正如严羽《沧浪诗话·诗辨》说"惟悟乃为当行，乃为本色"，要"文以文而工，不以文而妙。然舍文无妙，胜处要自悟"，不离文而诗，不拘泥于敲琢苦吟，要在"自悟"处出奇制胜，不失为作文之最精妙处。诗文创作过程中的"悟道"与"禅悟"有着近似之处。宋代韩驹《赠赵伯鱼》："学诗当如初学禅，未悟且遍参诸方。一朝悟罢正法眼，信手拈出皆成章。"龚相《学诗诗》："学诗浑似学参禅，悟了方知岁是年。点铁成金犹是妄，高山流水自依然。"南宋戴复古《论诗十绝》："欲参诗律似参禅，妙趣不由文字传。个里稍关心有悟，发为言句自超然。""以禅喻诗"，文人在"悟"中，"在心为志，发言为诗"，"情动于中而形于言"，创作出禅之韵味的天籁之作。对诗文的理解和鉴赏亦在一刹那的"顿悟"间，了

---

　　① ［唐］慧达：《肇论疏》，转引自汤用彤《汉魏两晋南北朝佛教史》（下），上海人民出版社，2015年，第58页。

　　② 周庆华：《佛教与文学的系谱》，里仁书局，1999年，第58页。

　　③ 《坛经》，丁福保笺注，陈兵导读，哈磊整理，上海古籍出版社，2011年，第55、80页。

　　④ ［日］铃木大拙：《禅与生活》，刘大悲译，光明日报出版社，1988年，第67页。

然于掌，沉潜其中。

最后再说"妙悟"。将"妙"与"悟"同时并举，称为"妙悟"。妙悟，也称禅悟，它是中国禅宗重要的范畴之一，对中国古代美学产生过很大影响，直到现在仍不失其生命力。

《辞源》释"妙悟"为"敏慧善悟"；《汉语大词典》释"妙悟"为"神悟"；《中文大辞典》释"妙悟"为"超越寻常之悟得也"，妙悟多具哲学之意。

"妙悟"鲜见于我国先秦典籍，至东晋时，方作为一个固定的语汇出现[1]，但妙悟思想在中国古代的老子和庄子哲学中已经孕育。老子说："道可道，非常道；名可名，非常名。无名，天地之始；有名，万物之母。故常无欲以观其妙；常有欲以观其徼。此两者同出而异名，同谓之玄，玄之又玄，众妙之门。"（《道德经·一章》）庄子则有"颜成子游谓东郭子綦曰：'自吾闻子之言，一年而野，二年而从，三年而通，四年而物，五年而来，六年而鬼入，七年而天成，八年而不知死、不知生，九年而大妙。'"这个"妙"指道的无限延展，"妙"与"道"是合二为一的东西[2]。同时老庄又都重视体悟，庄子的"心斋"和"坐忘"则要求内心的绝对清静，达到一种顺乎自然、物我两忘的境地，秉持内心真情的自然流露。这与惠能的"无我""空"的思想有异曲同工之妙。张健认为僧肇的"玄道在于妙悟，妙悟在于即真"中所谓"妙悟"，实为"妙契自然"[3]。"妙悟"要求达到浑然天成、内心清静，物我相忘的状态。因此，妙悟可以说是印度佛教哲学与中国道家哲学的契合，这种契合在中国化的佛教宗派禅宗那里得到充分的体现。禅宗典籍《无门关》有言："参禅须透祖师关，妙悟要穷心路绝。"[4] 所谓"祖师关"即无，所谓"穷心路绝"即杜绝一切愚迷心路，这两句话道出了妙悟的全部契机[5]。"玄道在于妙悟，妙悟在于即真者。夫幽玄之道无名无相。浅近之情知莫及。粗浮之意解难量。唯当妙悟之时方省斯旨。得其旨故实不思议。"（《宗镜录》卷九二）佛家的妙悟针对特定对象，即所谓最高真

---

① 朱良志：《大音希声：妙悟的审美考察》，百花洲文艺出版社，2005 年，第 4 页。
② 张锡坤、吴作桥等：《禅与中国文学》，吉林文史出版社，1992 年，第 112 页。
③ 张健：《沧浪诗话研究》，五南图书出版公司，1966 年，第 19 页。
④ ［宋］宗绍编：《无门关》，见《大正新修大藏经》第 48 册，第 292 页。
⑤ 王海林：《佛教美学》，安徽文艺出版社，1992 年，第 62 页。

体，涅槃实相。悟的是实体，能悟入实体固为妙。

"妙悟"是严羽从佛教禅宗学说里借用的一个概念，在其诗学著作《沧浪诗话》中，"妙悟"与"兴趣"同属于重量级的核心概念："大抵禅道惟在妙悟，诗道亦在妙悟。且孟襄阳学力下韩退之远甚，而其诗独出退之之上者，一味妙悟而已。惟悟乃为当行，乃为本色。"① 自此"妙悟"便成为中国诗学中最为重要的范畴之一。

纵览"妙悟"之义的延伸、扩展和运用，可以看出"妙悟"是一个涵义丰富的审美范畴，古今文人学者在对"妙悟"的阐释中，主要包含以下几个方面：

1. 渐悟至顿悟的渐变过程，以博采力学、熟读穷理为前提。钱锺书和郭绍虞先生基于前人的阐述对妙悟作了进一步探讨。钱锺书肯定严羽"以妙悟言诗""以禅喻诗"，并在此基础上讨论了悟与思、学的关系。钱锺书说："夫'悟'而曰'妙'，未必一蹴即至也；乃博采而有所通，力索而有所入也。"② "妙悟"不是"一蹴即至"的，而是以博采、力索为前提。郭绍虞从两个方面分析了沧浪"妙悟之说"：一是认为沧浪所说的"妙悟"，是指诗中有这一义，却并不排斥他义。而有人批评沧浪"专以妙悟言诗"，实际上是在某种程度上误读了沧浪"妙悟说"；二是认为严羽所说的"悟"，同禅悟一样，也应分透澈之悟和第一义之悟。只是透彻之悟说明禅道、诗道有相通之处，与禅无关；第一义之悟指从作诗方法上借用学禅的方法，与禅有关。钱锺书先生和郭绍虞先生都对"妙悟"有所理解和阐释，其他学者亦曾对"妙悟"进行界释。王运熙认为佛门之"悟"有顿、渐之分。而严羽之"悟"，则糅合了顿、渐二门，由平素之渐悟，日积月累，产生认识的飞跃而入顿悟之门。因为诗歌创作的"妙悟"，属直觉思维，这种突然闪现的理解与心领神会，来之不易，是以多读书，多穷理为前提的，所以必须"熟读"汉魏古诗到宋代各时期的诸家代表作，认真比较辨别，树立"真识"才能明白其"真是非"，一旦艺术之真是非了然于胸中，则由渐而顿，"妙

---

① [宋] 严羽著，郭绍虞校释：《沧浪诗话校释》，人民文学出版社，1983 年，第 12 页。以下《沧浪诗话》内容所引均出自此书，不再一一标注出。

② 钱锺书：《谈艺录》，中华书局，1984 年，第 98—99 页。

悟"不求自至①。

2. 别才别趣的天赋才能。近来的文学理论著作，对"妙悟"多有涉及，并进行了一定的阐释。朱自清先生通过问答方式进行解释："'妙悟'的意思如何？就是说：'别才别趣。'"② 陈伯海先生亦将"妙悟"释为"别才"。他在《"妙悟"探源》一文中说："我以为'妙悟'与'别才'其实指的是一回事。'妙悟'也就是'别才'。而所谓'别才'，则是指'诗人能够感受以至创作出具有这种艺术情味的诗歌作品的特殊才能'。"③ "参""悟"论诗虽非严羽首创，陈师道、叶梦得、吴本中、吴可、韩驹等人已开先例。但受前人影响的严羽主张"熟参""妙悟"，是从"诗歌的审美特征出发，抓住了诗歌审美的思维特征，从创作和欣赏的方面展开论述，把艺术思维同逻辑思维区分开来，从而为诗歌创作和欣赏提供了正确的思维方式"④。王文生认为，或者"悟"不是指某一次创作过程中那种来不可遏、去不可止的创作冲动或灵感，而是强调对诗歌艺术特点的认识，是指"作家通过艺术实践掌握了诗歌艺术的特点以后那种一通百通的自由"⑤。

3. "妙悟"内涵的释义并不能完全分离，不能为其界定完全独立于或不同于他意的解读，更多时候是多个内涵的交叉和融合。王运熙认为："什么是妙悟或透彻之悟呢？这是指作者在创作上下过工夫后所得到的洞晓诗歌创作诀窍的认识。有了这种认识，便能写出好诗，而且写作时有得心应手、左右自如的乐趣。"⑥ 王运熙、顾易生主编《中国文学批评通史》中对"妙悟"进行了阐释："所谓'妙悟'，指的是学诗写诗时产生的犹如学禅领悟真如佛性一样的认识上的飞跃，领悟诗的'兴趣'及其艺术特质。诗不同于学术文章，创作激情的爆发，带有一定的直觉思维的非理性因素，因而应从审美整体去加以形象的把握。"⑦ 张少康认为以禅境喻诗境，而同归于妙

---

① 王运熙、顾易生主编：《中国文学批评通史》，上海古籍出版社，1996年，第409—410页。
② 朱自清：《朱自清中国文学批评研究讲义》，天津古籍出版社，2004年，第46页。
③ 陈伯海：《"妙悟"探源：读〈沧浪诗话〉札记之二》，载《社会科学战线》1985年第1期。
④ 蒋凡、郁源主编：《中国古代文论教程》，中华书局，2005年，第166页。
⑤ 王文生：《关于〈沧浪诗话〉的几个问题》，载《学术月刊》1963年第12期。
⑥ 王运熙：《中国古代文论管窥》，齐鲁书社，1987年，第235页。
⑦ 蒋凡、郁源主编：《中国古代文论教程》，中华书局，2005年，第409页。

悟,是严羽诗论的核心①。又言:"妙悟并非灵感,妙悟是对艺术特殊性的心领神会,融会贯通;妙悟的过程就是认识艺术和掌握艺术表现能力的过程。"② 又说:"妙悟的对象是兴趣。从学诗的角度讲,妙悟的目的是认识和领会诗歌的'兴趣';从创作的角度讲,妙悟的目的就是要掌握创作有'兴趣'的诗歌的能力。"③ 妙悟是以兴趣为引,所达到的心领神会、融会贯通的艺术境界。

由于"妙悟"与作者个体所处的时代背景、积存的知识涵养、内在的心性精神等有着密切联系,所以对"妙悟"范畴的解读也多有差异。无论对"妙悟"范畴如何解读,及解读的视角如何呈现,领域如何运用,都说明"妙悟"在中国佛教文学中起着重要作用。"妙悟"作为中国佛教文学乃至中国古代文学、文艺审美学中一个重要的诗学范畴,影响了相当一批文人的创作实践。

二、"妙悟"说的发展历程

"妙悟"一词,早见于僧肇的《长阿含经序》:"晋公姚爽,质直清柔,玄心超诣,尊尚大法,妙悟自然。"④ 又相传为僧肇著的《涅盘无名论》中也有"玄道在于妙悟,妙悟在于即真"⑤。汉译佛典中的"妙悟"出现在《华严经》和《楞严经》二经中。《华严经》卷十二云:"尔时世尊,在摩竭提国阿兰若法菩提场中,始成正觉,于普光明殿,坐莲华藏师子之座,妙悟皆满,二行永绝,达无相法,住于佛住。"⑥ 《华严经》卷五十三又云:"尔时世尊,在摩竭提国阿兰若法菩提场中普光明殿,坐莲华藏师子之座。妙悟皆满,二行永绝,达无相法,住于佛住。"⑦ 《楞严经》卷六曰:"汝以

---

① 任先大:《20世纪国内严羽研究述评》(下),载《甘肃社会科学》2006年第6期。
② 张少康:《试谈〈沧浪诗话〉的成就与局限》,载《光明日报》1962年11月4日(4)。
③ 张少康:《古典文艺学论稿》,中国社会科学出版社,1988年,第389页。
④ [晋]僧肇:《长阿含经序》,见《大正新修大藏经》第1册,第1页。
⑤ [晋]僧肇《肇论》,见《大正新修大藏经》第45册,第159页。
⑥ 《大方广佛华严经》卷一二"如来名号品第七",见《大正新修大藏经》第10册,第57页。
⑦ 《离世间品》第三十八之一,见《大正新修大藏经》第10册,第279页。

淫身求佛妙果，纵得妙悟，皆是淫根。"① 参禅修行者需断淫，否则如蒸沙石饭，终弗得"妙果"；即使修得，亦是难断的"淫根"。现代学者朱良志对"妙悟"的出处进行考证，得出僧肇的"妙悟"一语并非来自佛典②。南朝天台智顗也讲"妙悟"："诵文者守株，情通者妙悟。两家互阙论评皆失。"③"触处心融"，心随物感，心性与情境完全融和，方能实现"情通妙悟"的最高境地。《摩诃止观》卷三云："若得意亡言，心行亦断。随智妙悟，无复分别。"④ 可以说，"妙悟"是六朝时期佛教禅悟思想与中国儒道传统思想融合的产物。

唐代出现了中国化的佛教宗派——禅宗，其"不立文字"的"教化别传"，摆脱印度佛教典籍的囿限，形成中国化的"明心见性""顿悟成佛"的佛说，扎跟于中国的文化土壤。

事须理智兼释，谓之顿悟。并不由阶渐，自然是顿悟义。自心从本已来空寂者，是顿悟。即心无所得者为顿悟。即心是道为顿悟。即心无所住为顿悟。存法悟心，心无所得，是顿悟。知一切法是一切法，为顿悟。闻说空不著空，即不取不空，是顿悟。闻说我不著，即不取无我，是顿悟。不舍生死而入涅槃，是顿悟。(《荷泽神会禅师语录》)⑤

禅宗主张自性本来清净，把艰难的修持转变为心性修养和自我觉悟功夫⑥。禅宗理论的核心是"见性"，亦是佛家心性学说与中国传统的人性论相融合的产物，即佛家心性学说与儒家思孟学派的"性善论"和道家"道

---

① 《楞严经》卷六，见《大正新修大藏经》第 19 册，第 131 页下。
② 朱良志：《大音希声：妙悟的审美考察》，百花洲文艺出版社，2005 年，第 5 页。
③ [五代] 延寿集：《宗镜录》卷四六，见《大正新修大藏经》第 48 册，第 685 页。
④ 《摩诃止观》卷三上，见《大正新修大藏经》第 46 册，第 22 页。
⑤ 见石峻、楼宇烈等编《中国佛教思想资料选编》第二卷第四册，中华书局，1983 年，第 87—88页。胡适《神会和尚遗集》本中此段文字小异，现录以参考："理智兼释，谓之顿悟。不由阶渐而解，自然故，是顿悟义。自心从本已来空寂者是顿悟。即心无所住为顿悟。存法悟心，心无所得顿悟。知一切法是顿悟。闻说空，不著空，即不取不空是顿悟。闻说我，不著我，即不取无我是顿悟。不舍生死而入涅槃是顿悟。"
⑥ 孙昌武：《禅思与诗情》"增订说明"，中华书局，2006 年。

遥""自在""齐物"的精神境界融合，形成独具中国特色的禅宗思想①。唐代元康《肇论疏》卷上云："然则玄道存于妙悟，若然者，妙悟即见道也。妙悟存于即真，知即俗是真是，谓妙悟也。"②"无即不无，有即非有，有无双照，妙悟萧然"③，妙悟就是"见道""妙契"，妙悟之后则通衢无碍、虚静空明。

　　就禅僧方面来看，晋代支遁、慧远等人的作品中已谈及禅诗，但中唐以后，才真正将禅与诗相喻附。如戴叔伦《送道虔上人游方》诗："律仪通外学，诗思入禅关。烟景随缘到，风姿与道闲。"④ 元稹《见人咏韩舍人新律诗因有戏赠》说："轻新便妓唱，凝妙入僧禅。"⑤ 白居易作诗与参禅并行，其《自咏》诗说："白衣居士紫芝仙，半醉行歌半坐禅。"⑥ 周繇当时有"只苦篇韵，俯有思，仰有咏，深造阃域，时号为'诗禅'"这样的美誉。此时，诗禅思想已普遍出现，如"夫诗者，儒中之禅也。一言契道，万古咸知"⑦，"我诗也是诗，有人唤作偈。诗偈总一般，读时须仔细"⑧，"爱君诗思动禅心"⑨，"偈是七言诗"⑩，"东海儒宗事业全，冰棱孤峭类神仙。诗同李贺精通鬼，文拟刘轲妙入禅"⑪ 等，许多诗作都是以诗文拟禅，抒发禅之意境。另有许多诗人诗境与禅境合一，如孟浩然、韦应物、王维等，尤其王

　　① 孙昌武：《禅的文学性质》，见孙昌武《禅思与诗情》代序，中华书局，2006年。

　　② ［唐］元康：《肇论疏》卷三，见《大正新修大藏经》第45册，第197页。

　　③ 《宗镜录》卷八八《禅宗永嘉集·毗婆舍那颂第五》，见《永明延寿禅师全书》（中），宗教文化出版社，2008年，第1367页。

　　④ ［唐］戴叔伦：《送道虔上人游方》，《全唐诗》卷二七三，中华书局编辑部点校，中华书局，1999年，第3076页。

　　⑤ ［唐］元稹：《见人咏韩舍人新律诗因有戏赠》，《全唐诗》卷四〇七，中华书局编辑部点校，中华书局，1999年，第4540—4541页。

　　⑥ ［唐］白居易：《自咏》，《全唐诗》卷四五四，中华书局编辑部点校，中华书局，1999年，第5163页。

　　⑦ ［唐］徐寅：《雅道机要》，《诗学指南》卷四，见张伯伟《全唐五代诗格汇考》，江苏古籍出版社，2002年，第439页。

　　⑧ ［唐］拾得诗，《全唐诗》卷八〇七，中华书局编辑部点校，中华书局，1999年，第9189页。

　　⑨ ［唐］皎然：《酬张明府》，《全唐诗》卷八一九，中华书局编辑部点校，中华书局，1999年，第9322页。

　　⑩ ［唐］贯休：《喜不思上人来》，《全唐诗》卷八三一，中华书局编辑部点校，中华书局，1999年，第9449页。

　　⑪ ［唐］齐己：《酬湘幕徐员外见寄》，《全唐诗》卷八四六，中华书局编辑部点校，中华书局，1999年，第9642页。

维，在其山水田园诗中善于将禅意融入诗心，故其诗歌更加含蓄深远，余味荡然。当然"妙悟"不是无任何原则与规矩，不是无章可循，而是"妙悟者不在多言，善学者还从规矩"①。只有守住法度，遵从规矩，曲尽其妙，穷尽其理，方能畅心所欲。

宋代以后，禅教合一，知识分子参禅宗经意识浓烈。"玄道在于妙悟，妙悟在于即真者"，"唯当妙悟之时方省斯旨"，要想悟入实体，就要参实悟。"所谓真参，就是要在不落言筌、寻思、拟义处用功；所谓实悟，必须悟在无所得处。"（正果法师《禅宗大意》卷九）真参，即禅宗妙悟的方法，实现返照自心、感性直观，透解禅宗旨味。《无门关》明确指出："参禅须透祖师关，妙悟要穷心路绝。祖关不透，心路不绝，尽是依草附木精灵。且道如何是祖师关？只者一个无字，乃宗门一关也。"② 妙悟的要本在于见性成佛、穷心路绝，也就是说通过参禅直悟的方式达到本心清净、自由自如的精神境界。潜而行之，"妙悟"、"禅悟"思想深深影响了文人生活和文学创作，将"禅妙之悟"融入"诗妙之悟"，参"妙悟"之本，索"妙悟"之意。"得句如得仙，悟笔如悟禅"③，"说禅作诗本无差别，但打得过者绝少"④，"参禅学诗无两法，死蛇解弄活泼泼……赵州禅在口皮边，渊明诗写胸中妙"⑤ 等，内容大体不出三个方面，即：一比学禅如作诗；二赞诗思如禅悟；三认为诗与禅本一致。这就给"以禅喻诗"的理论的产生提供了现实土壤。另一方面，在禅宗里借诗喻禅成为风气，这对形成诗禅一致，对以禅喻诗的诗论提供了重要启示⑥。

南宋时，宗杲也大力提倡"妙悟"，反对曹洞宗正觉禅师"默照禅"看

① ［唐］王维：《山水诀》（亦曰《画学秘诀》），转引自罗哲文、张龙新《中国古代画论类编》（上），人民美术出版社，2004 年，第 593 页。

② ［宋］宗绍编：《无门关》，见《大正新修大藏经》第 48 册，第 292 页。

③ ［宋］李之仪：《赠兼江祥瑛上人》，《姑溪居士全集·姑溪居士后集》卷一，《粤雅堂丛书》（《丛书集成》本），商务印书馆，1935 年，第 6 页。

④ ［宋］李之仪：《与李去言书》，《姑溪居士全集·姑溪居士文集》卷二九，《粤雅堂丛书》（《丛书集成》本），商务印书馆，1935 年，第 222 页。

⑤ ［宋］葛天民：《无怀小集·寄杨诚斋》，《江湖小集》卷六七，文渊阁《四库全书》第 1357 册，上海古籍出版社，1987 年，第 518 页。

⑥ 孙昌武：《佛教与中国文学》，上海人民出版社，1988 年，第 360 页。

轻"妙悟"的作为，默照禅主张静坐默照，宗杲则对此严厉驳斥①。《大慧普觉禅师语录》卷二六云：

> 近年以来，有一种邪师，说"默照禅"，教人十二时中是事莫管，休去歇云，不得做声，恐落今时。往往士大夫，为聪明利根所使者，多是厌恶闹处，乍被邪师辈指令静坐，却见省力，便以为是，更不求妙悟，只以默然为极则。某不惜口业，力救此弊。②

又云：

> 妙喜常谓衲子辈说，世间工巧技艺，若无悟处，尚不得其妙，况欲脱生死，而只以口头说静，便要收杀？大似埋头向东走，欲取西边物。转求转远，转急转迟。……古德有言：研穷至理，以悟为则。若说得天花乱坠，不悟总是痴狂外边走耳。③

宗杲说要追求"妙悟"，要"熟参"，要"参话头"，对默照禅要"不惜口业，力救此弊"。要发扬自性，要以一种自信的心性灵动追求"只要当人自信自肯自见自悟耳"（《大慧普觉禅师语录》卷二八）。坚信每个人的自性都有"妙悟"的能力；而"妙悟"亦能使"自性"得到舒展自由地发挥。

诗论中的"妙悟"说在"形式"上取自禅宗或得自禅宗，多为学者所认同。从禅宗提出妙悟说以后，诗论也开始出现悟或妙悟的字眼，如"弃象玄应悟，忘言理必该"④，"凡作诗如参禅，须有悟门"⑤，"识文章者，当如禅家有悟门。夫法门百千差别，要须自一转语悟入。如古人文章，直须先悟

---

① 张伯伟：《禅与诗学》，浙江人民出版社，1992年，第64页。

② 《大慧普觉禅师语录》卷二六《答陈少卿》，见《大正新修大藏经》第47册，第923页。

③ 《大慧普觉禅师语录》卷三〇《答张舍人状元》，见《大正新修大藏经》第47册，第941页。

④ ［唐］孟浩然：《来阇黎新亭作》，《全唐诗》卷一六〇，中华书局编辑部点校，中华书局，1999年，第1667页。

⑤ ［宋］吴可：《藏海诗话》，见王大鹏等编选《中国历代诗话选》（一），岳麓书社，1985年，第12页。

得一处，乃可通其他妙处"①，"作文必要悟入处。悟入必自工夫中来，非侥幸可得也。如老苏之于文，鲁直之于诗，盖尽此理"②；"后山论诗说换骨，东湖论诗说中的，东莱论诗说活法，子苍论诗说饱参，入处虽不同，然其实皆一关捩，要知非悟入不可"③，"盖文章之高下，随其所悟之深浅。若看破此理，一味妙悟，则径超直造，四无窒碍，古人即我，我即古人也"④。诗文水平的高低取决于"悟"之深浅，只有达到"妙悟"境界，方可游刃自然，畅行古今。

"妙悟"说在南宋有了广阔的发展空间。郭绍虞评姜夔对严羽"妙悟"的影响，"恒溪脱尽启禅宗，衣钵传来云密峰，若认丹邱开妙悟，固应白石作先锋"⑤。日本学者加地哲定认为，把"言有尽而意无穷""味外之味""不著一字"等直接与禅境视若等同，恐怕是曲解。宋代叶少蕴《石林诗话》中也曾把老杜诗评喻为"随物应机""截断众流、函盖乾坤"的所谓禅趣。这恐怕是宋代禅宗流行给诗坛带来的影响⑥。

严羽吸收前人研究成果，将"妙悟"说充分扩释。"以禅喻诗"为"辄定诗之宗旨，且借禅以为喻"：

> 大抵禅道惟在妙悟，诗道亦在妙悟。且孟襄阳学力下韩退之远甚，而其诗独出退之之上者，一味妙悟而已。惟悟乃为当行，乃为本色。

在严羽看来，"以禅喻诗"为其论定诗之宗旨，诗禅之道皆在"妙悟"，诗品之高下亦在"一味妙悟"。唯有这一"悟入"，方能达其所谓诗之"兴趣"，所谓"入神"。然悟有深浅之别：

> 然悟有浅深，有分限、有透彻之悟，有但得一知半解之悟。汉魏尚

---

① ［宋］范温：《潜溪诗眼》，见郭绍虞辑《宋诗话辑佚》卷上，中华书局，1980年，第328页。
② ［宋］吕本中：《童蒙诗训》，见郭绍虞辑《宋诗话辑佚》（附辑），中华书局，1980年，第594页。
③ ［宋］曾季貍：《艇斋诗话》，《历代诗话续编》（上），中华书局，1983年，第296页。
④ ［宋］范晞文：《对床夜语》卷二，《历代诗话续编》（上），中华书局，1983年，第415页。
⑤ 郭绍虞：《宋诗话考》，中华书局，1979年，第5页。
⑥ ［日］加地哲定：《中国佛教文学》，刘卫星译，今日中国出版社，1990年，第224页。

矣,不假悟也。谢灵运至盛唐诸公,透彻之悟也;他虽有悟者,皆非第一义也。

悟的深浅之别决定了诗歌创作水平的高下之分,也是不同时期诗歌创作的特点体现。文学创作贵在创新和突破,决不是囿于前人窠臼,一味地照搬模拟:

> 以禅喻诗,莫此亲切,是自家实证实悟者,是自家闭门凿破此片田地,即非傍人篱壁,拾人涕唾得来者,李杜复生,不易吾言矣。① (严羽《答出继叔临安吴景仙书》,《沧浪诗话附》)

"以禅喻诗",物境心境圆融相通,决非闭门造车,一味地模拟古人,这亦是对参禅悟道的感知。同时严羽又强调了熟参与读书穷理的重要性:

> 夫诗有别材,非关书也;诗有别趣,非关理也。然非多读书、多穷理,则不能极其至,所谓不涉理路、不落言筌者,上也。诗者,吟咏情性也。盛唐诸人惟在兴趣,羚羊挂角,无迹可求。故其妙处透彻玲珑,不可凑泊,如空中之音,相中之色,水中之月,镜中之象,言有尽而意无穷。近代诸公乃作奇特解会,遂以文字为诗,以才学为诗,以议论为诗,夫岂不工,终非古人之诗也。

严羽既反对"以才学为诗,以议论为诗",又强调读书、穷理是悟的前期准备,不能纯粹的无内容空悟,又要在悟中不照搬前人,无须追求无一字无来处、苦吟敲琢之力,而要敢于突破前人窠臼。

张少康认为严羽的诗禅说和他以前的诗禅说相比,虽然有明显的历史继承关系,但也有较大的不同,或者说有了很大的发展。这主要表现在以下两个方面:

首先,严羽的诗禅说是非常明确的,非常自觉地从反对"江西诗病"

---

① [宋]严羽著,郭绍虞校释:《沧浪诗话校释》,人民文学出版社,1983年,第25页。

的角度提出来的，是为了说明诗歌艺术的美学特征，所以他所说的"悟"与江西诗派的"悟"是不同的，甚至是对立的。他"妙悟"的对象是诗歌艺术特有的，和一般非文学文章不同的"兴趣"。因为诗歌这种非关"理"、非关"书"的"别材""别趣"，只有通过作者和读者之间的"妙悟"方能把握。

其次，严羽的诗禅说有比较完整的理论体系，它以妙悟为中心，分别阐述了"识""第一义""顿门""透彻之悟""镜花水月"等五个互相联系，逐步深入的基本要点，这些都是佛学中术语，严羽借此来比喻说明诗歌创作和鉴赏过程中的主要环节，他不是将诗纳入禅宗的理论体系，而是以诗歌美学为轴心，灵活地运用这些禅宗术语以求说得诗透彻①。

张少康认为严羽的诗禅说比以前各家之诗禅说，是大大地高出一头的，在理论上也都要深刻得多，系统得多。它对后世何以会有如此巨大的影响，决不是偶然的②。敏泽亦认为"沧浪是以禅喻诗的。在禅、诗两方面虽然都有一些错误，思想上并且有明显的唯心主义影响，但是对于诗歌创作也有一些颇为精到独创的见解"③。王向峰认为严羽"妙悟"说，开辟了通往诗人心灵世界的途径，虽然他不可能全面说明这种心理活动的规律性，但比起以理入诗，泥求古人，把作诗只作为一种技法的形式主义，要更富于创造性④。张少康又在《中国文学理论批评发展史》中详评严羽的"妙悟"说，认为严羽看重"妙悟"对于诗家的重要性——"妙悟"是高于一切的。因为从事艺术创作的人必须懂得艺术的特殊规律，诗人也必须深谙熟知诗家三昧，所以严羽肺腑感言"惟悟乃为当行，乃为本色"。张少康对严羽进行了高度评价："诗人当然要以把握诗歌的美学特征作为自己最主要的目的，善于熟练驾驭各种艺术表现方法，故自然要以妙悟为'当行'，为'本色'。把领会诗歌艺术的特殊性作为诗人创作最重要的条件，在理论上提得如此明确，强调得如此突出，这在严羽以前还没有过。"⑤

"妙悟"说的内涵在宋以后得到进一步的发展和延伸。明代文学家屠隆

---

① 张少康：《中国文学理论批评发展史》（下），北京大学出版社，1995 年，第 121 页。
② 张少康：《中国文学理论批评发展史》（下），北京大学出版社，1995 年，第 122 页。
③ 敏泽：《中国文学理论批评史》，人民文学出版社，1981 年，第 586 页。
④ 王向峰：《中国美学论稿》，中国社会科学出版社，1996 年，第 222 页。
⑤ 张少康：《中国文学理论批评发展史》（下），北京大学出版社，1995 年，第 117 页。

《鸿苞》卷一七："诗道有法，昔人贵在妙悟。"明代诗论家胡应麟曾说："汉唐以后谈诗者，吾于宋严羽卿得一悟字，于明李献吉得一法字，皆千古词场大关键。"（《诗薮》内篇卷五）明代诗论家谢榛也有同样看法："诗有天机，待时而发，触物而成，虽幽寻苦索，不易得也"（《四溟诗话》卷二），"非悟无以入其妙。"（《四溟诗话》卷一）受严羽妙悟说影响，并在诗坛上蔚成一股风气的当属清代王渔洋的"神韵说"。其评严羽："严沧浪诗话，借禅喻诗，归于妙悟，如谓盛唐诸家诗，如镜中之花，水中之月，镜中之象，如羚羊挂角，无迹可求，乃不易之论。"① 王渔洋进而认为严羽的"味外之味"、"言外之意"同禅的"活句"相等：

> 严仪卿所谓"如镜中花，如水中月，如水中盐味，如羚羊挂角，无迹可求"，皆以禅理喻诗。内典所云不即不离、不粘不脱；曹洞宗所云参活句是也。熟看拙选《唐贤三昧集》自知之矣。②

又云：

> 严沧浪以禅喻诗，余深契其说，而五言尤为近。如王裴《辋川绝句》，字字入禅，他如"雨中山果落，灯下草虫鸣"，"明月松间照，清泉石上流"（王维句），以及太白"却下水精帘，玲珑望秋月"，常建"松际露微月，清光犹为君"，浩然"樵子暗相失，草虫寒不闻"，刘眘虚"时有落花至，远随流水香"，妙谛微言，与世尊拈花、迦叶微笑等无差别。通其解者可语上乘。③

王渔洋结合文学作品意境来品评严羽"妙悟"的写诗作文之意境与作者的心境，认为只有两者通达，才能达到诗文之上乘。

清代王夫之《古诗评选》卷四司马彪《杂诗》："王敬美谓'诗有妙悟，

---

① ［清］王士禛：《带经堂诗话》卷二，戴鸿森校点，人民文学出版社，2006 年，第 65 页。
② ［清］王士禛：《师友诗传续录》，见［清］王夫之等《清诗话》（上），上海古籍出版社，1978 版，第 150 页。
③ ［清］王士禛：《带经堂诗话》卷二，戴鸿森校点，人民文学出版社，2006 年，第 83 页。

非关理也',非谓无理有诗,正不得以名言之理相求耳。"指出"妙悟"是诗歌创作中存在的一种只可意会不可言传的现象。王士禛的"神韵说"在一定程度上夸大了严羽"妙悟说"的禅趣,或即只取其某一方面而忽略其他,但也说明严羽妙悟说对其神韵说的影响和资鉴。清代叶燮《原诗·内篇下》对杜甫诗《夔州雨湿不得上岸作》进行分析:"妙悟天开,从至理实事中领悟,乃得此境界也。"诗中以"湿"字形容钟声,所闻之钟声,穿雨而来,穿云而去,触觉与听觉相互沟通,将自然之景与人之所感所思相融为一。清人朱霞《严羽传》曰:"(沧浪)指妙悟为入门,取上乘为准则,评辨考证,种种诣极,至今谈诗者尚焉。"①

总之,"妙悟"是严羽诗论体系中最具包容性,最具争议性,内涵也极丰富的诗学范畴②。严羽的"妙悟"寓禅理入诗,以诗之妙阐禅,其内涵之丰富,其意蕴之广深,需静心,能察之与体味。王士禛高度评价严羽"妙悟"说在历史上的重要作用,说"严沧浪论诗,特拈'妙悟'二字,及所云'不涉理路,不落言筌',又'镜中之象,水中之月,羚羊挂角,无迹可寻'云云,皆发前人未发之秘"③。郭绍虞先生也曾明确指出:"大抵沧浪以禅喻诗之旨,不外妙悟。"④

"妙悟"作为中国佛教文学中的核心范畴之一,对创作主体产生极大的心灵触动,对阅读者来说亦是强烈的情感体悟。"妙悟"对中国的审美艺术和文学想象都产生深远的影响,这可从众多的作品中窥见一斑。但"妙悟"的解读要避免舍学废学而片面强调神明顿悟,否则距文之上乘的水平将离之远矣。正如沈德潜提醒:"严仪卿有'诗有别格,非关学也'之说,谓神明妙悟,不专学问,非教人废学也。误用其说者,固有原伯鲁之义。"⑤ 对中国佛教文学中"妙悟"的解读和清晰的时空脉络分析,有助于充分发挥妙悟"诗为禅客添花锦,禅是诗家切玉刀"的润饰作用,更有助于我们伴随"妙悟"去探寻其在中国佛教文学这片肥沃土壤中扎根散叶、开花结果的生命历程,揭示中国佛教文学发展过程中的融合与延展。

① [宋]严羽著,郭绍虞校释:《沧浪诗话校释》,人民文学出版社,1983年,第263页。
② 柳倩月:《诗心妙悟:严羽〈沧浪诗话〉新阐》,黑龙江人民出版社,2009年,第21页。
③ [清]王士禛:《带经堂诗话》卷二,戴鸿森校点,人民文学出版社,2006年,第65页。
④ [宋]严羽著,郭绍虞校释:《沧浪诗话校释》,人民文学出版社,1983年,第20页。
⑤ [清]沈德潜:《说诗晬语》卷下,人民文学出版社,1979年,第243页。

三、诗禅"妙悟"的相合相离

如上所述，严羽认为诗文创作的最高水平就是达到禅悟的境界，即"悟乃为当行，乃为本色"。蒋凡、郁源主编《中国古代文论教程》从两个方面分析严羽"诗道亦在妙悟"："其一是说诗歌的兴趣情味、审美意蕴、技巧规律等只有依靠'妙悟'才能把握。其二，是说诗歌创作也必须依靠'惟悟'。"①"悟"有深浅分限："有透彻之悟，有但得一知半解之悟。汉魏尚矣，不假悟也；谢灵运至盛唐诸公，透彻之悟也；他虽有悟者，皆非第一义也。"（《沧浪诗话·诗辨》）即"悟"分三种境界：透彻之悟、一知半解之悟、不假悟。诗文创作贵在以禅喻诗的"妙悟"之至，即透彻之悟、不假悟。潘德舆评论道："訾沧浪者谓其专以妙悟言诗，非温柔敦厚之本，是又不知宋人率以议论为诗，故沧浪拈此救之，非得已也。"②

严羽的妙悟说在吸收前人理论基础上，为当时诗歌评论吹起一股妙趣之风。郭绍虞先生指出，沧浪只是指出诗禅有共通之点，不要拘泥执着而已。所以沧浪所论并不是要把禅义混到诗中间去。把禅义混入诗中，结果成为寒山、拾得一流之诗③。郭先生看到了严羽妙悟说中蕴含的"诗禅可以相喻"，并进一步指出沧浪之诗禅说可以分为二义：他所谓"不涉理路、不落言筌"与"羚羊挂角，无迹可求"云云，是以禅论诗，其说与以前一般的诗禅说同。至他所谓"学者须从最上乘，具正法眼，悟第一义"与"入门须正，立志须高"云云，是以禅喻诗。以禅论诗，是就禅理与诗理相通之点而言的；以禅喻诗，又是就禅法与诗法相类之点而比拟的④。因此有必要对诗禅之"妙悟"的相合相离进行分析。

1、诗化禅境：禅道惟在妙悟，诗道亦在妙悟

诗与禅都注重内心的契悟，都讲究采用比喻象征的意象追求言外之意。

---

① 蒋凡、郁源主编：《中国古代文论教程》，中华书局，2005 年，第 164 页。
② 郭绍虞：《中国文学批评史》（下），商务印书馆，2010 年，第 77 页。
③ 郭绍虞：《中国文学批评史》（下），商务印书馆，2010 年，第 75 页。
④ 郭绍虞：《中国文学批评史》（下），商务印书馆，2010 年，第 75—76 页。

禅悟是佛徒对佛道禅理的领悟和把握。陈伯海先生认为"妙悟"或者"悟"，是从佛教禅宗学说里借用的名词，本意是指佛教徒对于"佛性"的领悟①。由于佛理高深莫测，不可言传，因而认识佛理不能靠逻辑推理或语言文字的解说，只有以心领神会的方式才能进行。"诗歌意境空灵虚幻，变化无穷，只可意会不可言传，对诗境的把握也同样只有通过'悟'才能实现。由此可见，诗歌审美与参禅悟道作为心理活动，其过程十分相似。严羽以禅道之悟喻诗道之悟，原因即在于此。"②"律仪通外学，诗思入禅关"③，"每至佳处辄参禅"，"诗为禅客添花锦，禅是诗家切玉刀"④，可见禅学为诗学开拓了新空间，丰富并深化了诗学理论范畴，如妙悟、境界、饱参、活法等，关涉到诗歌构思的灵感触发、意境的欣赏与创造等。郭绍虞先生认为《沧浪诗话》之重要，在以禅喻诗，在以悟论诗⑤，诗禅所以能相喻之故，即在于悟，故也有不提及禅而专论悟者⑥。禅宗妙悟，即心即佛，实相无相，不缘文字，其妙无穷。正是从这一点上说，以禅喻诗，而同归妙悟⑦。

诗人与禅客，作诗与参禅，从表面上来看，是两种性质不同的活动。但是，既然共同点在一个"悟"字上，则所悟到的东西必有共同之处。作诗的"悟"，有技巧方面的问题；但是，更重要的是，与参禅一样，悟到的是"无我"，是"空"，是内容方面的东西。这些东西都是虚无飘缈的，抓不住看不到的⑧。诗歌"妙悟"追求兴趣之美，要求创作有直觉的审美体悟，要有物我两忘、静心安宁的心灵状态，崇尚精神澄静的禅悦情趣。禅境与心境完美融合，融入诗人的创作意境，将内心情感、灵性与外在情境融为一体，"诗固有不得不如禅者也。今夫山川草木，风云烟月，皆有耳目所共知

---

① 陈伯海：《"妙悟"探源——读〈沧浪诗话〉札记之二》，载《社会科学战线》1985 年第 1 期。

② 蒋凡、郁源主编：《中国古代文论教程》，中华书局，2005 年，第 164 页。

③ ［唐］戴叔伦：《送道虔上人游方》，《全唐诗》卷二七三，中华书局编辑部点校，中华书局，1999 年，第 3076 页。

④ ［金］元好问：《答俊书记学诗》，《万首论诗绝句》第 1 册，人民文学出版社，1991 年，第 157 页。

⑤ 郭绍虞：《中国文学批评史》（下），商务印书馆 2010 年，第 70 页。

⑥ 郭绍虞：《中国文学批评史》（下），商务印书馆 2010 年，第 72 页。

⑦ 张少康：《中国文学理论批评发展史》（下），北京大学出版社，1995 年，第 117 页。

⑧ 季羡林：《作诗与参禅》，见《季羡林全集》第 14 卷，外语教学与研究出版社，2010 年，第 478 页。

识。……夫岂犹如禅而已，禅之捷解，殆不能及也。……古今之情性，使觉者咏歌之，嗟叹之，至于手舞足蹈而不能已……诗之禅至此极矣……抑诗但患不能如禅耳，倘其彻悟，真所谓投之所向，无不如意"（刘似孙《如禅集序》，《养吾斋集》），苏轼"欲令诗语妙，无厌空且静，静故了群动，空故纳万境"①，宗白华先生说："禅是动中的极静，也是静中的极动，寂而常照，照而常寂，动静不二，直探生命的本源。禅是中国人接触佛教大乘义后，认识到自己心灵的深处，而灿烂地发挥到哲学与艺术的境界。静穆的观照和飞跃的生命构成艺术的两元，也是禅的心灵状态。"② 诗化禅境，将内心的灵动与外在的情境完美合一，用心去感受美的呈现，去体验生命的律动。

诗家化禅家悟境，在诗歌中表达内心的顿然感受，契入对天地万物的审美体验，从而使作品弥满生命的灵动和美的表达。"诗人妙悟是诗人在观照外物的基础上，使感知、体验、想象、联想等心理功能共同参与并构成审美意象的综合心理活动过程，而非苦思玄想的理性思考。"③ 诗之悟，与佛学空明、玄想不同。若脱离主体单纯对外物的观照，妙悟则无法进行，"舍筏登岸，禅家以为悟境，诗家以为化境，诗禅一致，等无差别"④，诗情、诗思与禅趣、禅机本来就易于交融⑤。明末清初的李邺嗣评唐代的孟浩然、常建、韦应物等人"以诗谈禅""以禅趣入诗"。学诗与参禅尽管不完全相同，但似乎都内含一种"了悟""超然"的境地。因而诗文创作信手拈出，恰如高山流水般自然流畅。有限的形式和无限的艺术世界完美融合，"天人合一"的审美意识和艺术情怀内在规约，实现主客体之间相通互融，达到一种艺术的审美境界。人的心灵如诗意，如宗教，或神秘或通畅敞开，就"像芭蕉一样，甚至在每一片野草叶子上都感觉到有着某种真正超乎一切伉鄙、卑下的人类情感的东西，它把人提升到一个犹如净土一样光辉的领域"⑥。"学

---

① ［宋］苏轼：《送参廖师》，见张志烈、马德富、周裕锴校注《苏轼全集校注》第三册，河北人民出版社，2010 年，第 1893 页。

② 宗白华：《美学散步》，上海人民出版社，1981 年，第 76 页。

③ 蒋凡、郁源主编：《中国古代文论教程》，中华书局，2005 年，第 165 页。

④ ［清］王士禛：《带经堂诗话》卷二，戴鸿森校点，人民文学出版社，2006 年，第 83 页。

⑤ 孙昌武：《禅的文学性质》，见孙昌武《禅思与诗情》代序，中华书局，2006 年。

⑥ ［日］铃木大拙：《禅宗与精神分析》，贵州人民出版社，1988 年，第 6 页。

诗当如初学禅，未悟且遍参诸方。一朝悟罢正法眼，信手拈出皆成章。"①
"学诗浑似学参禅，竹榻蒲团不计年。直待自家都了得，等闲拈出便超
然"②，"欲参诗律似参禅，妙趣不由文字传。个里稍关心有悟，发为言句自
超然"③，龚相《学诗诗》："学诗浑如学参禅，悟了方知岁是年。点铁成金
犹是妄，高山流水自依然。"发为言句，言为心声，超然而出，妙趣已经超
出了文字所能承载的范度。

　　诗与禅的共同处在于"悟"或"妙悟"，多为学界共识。如季羡林先生
说："对于诗与禅的共同之处，过去的中国诗人和学者和今天的中国诗人和
学者，都发表了许多精辟的见解。一言以蔽之，他们发现，诗与禅的共同之
点就在'悟'或'妙悟'上。"④ 钱锺书先生认为诗禅虽有差异，却在
"悟"这一点上存在着一致。"悟"是禅之核心，诗之关键。并指出"他人
不过较诗于禅，沧浪遂欲通禅于诗"⑤。"（禅与诗）用心所在虽二，而心之
作用则一。了悟以后，禅可不著言说，诗必托诸文字；然其为悟境，初无不
同。"⑥ 也就是说，禅与诗在"悟"处有着共通之处，了悟以后，禅则"不
著言说"，诗却"必托诸文字"，同中又有异。然两者共同追求"悟境"，似
又别无二致。学诗参禅，缺少悟不能有所进步。"妙悟"不是一蹴即至的，
须博采力索、工夫不断、读书穷理、善思好学方能达此高超境界。

　　禅的"妙悟"，可以晓喻诗的"妙悟"。"妙悟"造就真诗人，诗人
"妙悟"出佳作。从这个意义上说，"以禅喻诗"推进了诗学的发展⑦。诗化

---

　　① ［宋］韩驹：《赠赵伯鱼》，见郭绍虞主编《中国历代文论选》第二册，上海古籍出版社，1979
年，第348页。
　　② ［宋］吴可：《学诗诗》，见北京大学古文献研究所编《全宋诗》第9册，北京大学出版社，
1995年，第13025页。
　　③ ［宋］戴复古：《论诗十绝》，转引自吴世常《论诗绝句二十种辑注》，陕西人民出版社版，
1984年。
　　④ 季羡林：《作诗与参禅》，见《季羡林全集》第14卷，外语教学与研究出版社，2010年，第
463、464页。
　　⑤ 钱锺书：《谈艺录》，中华书局，1984年，第258页。
　　⑥ 钱锺书：《谈艺录》，中华书局，1984年，第101页。
　　⑦ 刘烜：《禅与严羽的〈沧浪诗话〉》，见季羡林、吴亨根等《禅与东方文化》，商务印书馆国际
有限公司，1996年，第187页。

禅境，在其作品透了禅机。禅与诗的关系是相互影响的，相互起作用的①。许多诗人将作诗当作参禅悟道的手段，甚至以偈颂为诗，很多作品亦深藏禅机。沈德潜曾说：

> 杜诗："江山如有待，花柳自无私"；"水深鱼极乐，林茂鸟知归"；"水流心不竞，云在意俱迟"，俱入理趣。邵子则云："一阳初动处，万物未生时"，以理语成诗矣。王右丞诗，不用禅语，时得禅理。东坡则云："两手欲遮瓶里雀，四条深怕井中蛇"，言外有余味耶？②

胡应麟《诗薮》内编论绝句：

> 太白五言绝自是天仙口语。右丞却入禅宗，如"人闲桂花落，夜静春山空"，"木末芙蓉花，山中发红萼。涧户寂无人，纷纷开且落"，读之身世两忘，万念皆寂，不谓声律之中，有些妙诠。③

诗人多具浪漫的情怀，遐想的心性，作品重兴象意趣，呈现一种深远幽微、飘忽不定的禅之意境。

近来的文学理论著作，对"妙悟"多有涉及，并进行了一定的阐释。如张少康认为以禅境喻诗境，而同归于妙悟，是严羽诗论的核心④。王运熙、顾易生主编《中国文学批评通史》中对"妙悟"进行了阐释："所谓'妙悟'，指的是学诗写诗时产生的犹如学禅领悟真如佛性一样的认识上的飞跃，领悟诗的'兴趣'及其艺术特质。诗不同于学术文章，创作激情的爆发，带有一定的直觉思维的非理性因素，因而应从审美整体去加以形象的把握。"⑤ 张少康说："妙悟并非灵感，妙悟是对艺术特殊性的心领神会，融

---

① 季羡林：《作诗与参禅》，见《季羡林全集》第 14 卷，外语教学与研究出版社，2010 年，第 469 页。

② ［清］沈德潜：《说诗晬语》卷下，人民文学出版社，1979 年，第 252 页。

③ ［明］胡应麟：《诗薮》，上海古籍出版社，1979 年，第 119 页。

④ 任先大：《20 世纪国内严羽研究述评》（下），载《甘肃社会科学》2006 年第 6 期。

⑤ 王运熙、顾易生主编：《中国文学批评通史》，上海古籍出版社，1996 年，第 409 页。

会贯通；妙悟的过程就是认识艺术和掌握艺术表现能力的过程。"① 又说："妙悟的对象是兴趣。从学诗的角度讲，妙悟的目的是认识和领会诗歌的'兴趣'；从创作的角度讲，妙悟的目的就是要掌握创作有'兴趣'的诗歌的能力。"② 这些阐释也是从学诗写诗与学禅领悟方面的共通性入手，从审美角度去领悟诗歌的兴趣。

2、诗禅相离：言为心声，情动于中而形于言

"妙悟"来源于佛学，但古人已经意识到，审美观照中的"妙悟"与禅道的"妙悟"有不同之处。审美是一种理性直觉，即直觉和理性的有机结合，因而可意会而难以言传，又能把握审美对象的本质，这就是所谓"妙悟"的实质。胡应麟谓："严氏以禅喻诗，旨哉！禅则一悟之后，万法皆空，棒喝怒呵，无非至理；诗则一悟之后，万象冥会，呻吟咳唾，动触天真。然禅必深造而后能悟，诗虽悟后仍须深造。自昔瑰奇之士，往往有识窥上乘，业弃半途者。"（胡应麟《诗薮》，内篇卷二）胡应麟指出"以禅喻诗"的"妙悟说"虽为严羽诗论宗旨，但禅之悟和诗之悟仍有很大不同，强调诗悟后的深造，认为这对提高诗歌创作水平有了更高的要求，即"禅以悟为止境，诗则不能止于悟"③。"诗与禅相类，而亦有合有离。禅以妙悟为主，须从最上乘，具正法眼，悟第一义，而无取于辟支声闻小果。诗亦如之，此其相类而合者也。然诗以道性情，而禅则期于见性而忘情。"（周亮工编《尺牍新钞》）诗与禅有合有离，相离之处在于诗歌是抒发性情的，而禅是见性却忘情，禁止情感的渗入。敏泽亦指出，"参禅与写诗，仅仅在精神活动的现象上是相似的。所谓现象上有相似之处，就是说，在本质上它们之间是并不相类的。"④

禅悟有尽，而诗悟无穷。钱锺书《谈艺录》谓："禅家讲关捩子，故一悟尽悟，快人一言，快马一鞭，一指头禅可以终身受用不尽。诗家有篇什，故于理会法则以外，触景生情，即事漫兴，有所作必随时有所感发，大判断

---

① 张少康：《试谈〈沧浪诗话〉的成就与局限》，载《光明日报》1962 年 11 月 4 日（4）。
② 张少康：《古典文艺学论稿》，中国社会科学出版社，1988 年，第 389 页。
③ ［宋］严羽著，郭绍虞校释：《沧浪诗话校释》，人民文学出版社，1983 年，第 24 页。
④ 敏泽：《中国文学理论批评史》，人民文学出版社，1981 年，第 591 页。

外尚须有小结里。"① 禅之悟为尽悟，可终身受用不尽；而诗之悟则在法则之外，缘事而发、触景生情。诗之悟是含有感情成份的，是主体凭藉诗歌即事漫兴、直抒胸臆，表达对客观物象的内心感受。诗家妙悟以后还必须有一个深造的过程，除了形象思维外，还要密切联系生活，这与禅宗的去生活化的清心寡欲不同。钱锺书先生曾在《宋诗选注》中对严羽的诗作与诗论对比评价："他（严羽）虽然'以禅喻诗'，虚无缥缈，作品里倒还有现实感，并非对世事不见不闻。"② 也进一步说明严羽的诗说与诗作不是脱离现实的，不是虚无缥缈的。

那么怎样得到"妙悟"？"妙悟"决非不劳而获，轻易得之。需博采、力索，下一番功夫才能悟出作诗的意境。严羽所说的"妙悟"实际上也就是"学"，但和一般的"学"稍有不同，要求更深一步，要求像参禅一样"熟参之"，要求"酝酿胸中"，经过自己的消化。"悟"或"妙悟"云云，并不是什么神秘不可解的东西，完全不必给他披上一层袈裟，弄得神秘莫测③。"夫诗有别材，非关书也；诗有别趣，非关理也。然非多读书，多穷理，则不能极其至。所谓不涉理路，不落言筌者，上也。"（严羽《沧浪诗话·诗辩》）严羽强调"妙趣"、"别材"，只有在"不涉理路"、"不落言筌"时方能创作出上乘诗作。要达此高超水平，"须熟参前代优秀诗歌，从而领会到创作技巧，把握创作规律，提高艺术修养，这亦是诗人进行妙悟的一个重要条件。他强调诗人'见识'要'广'，'参诗'要'熟'"④。钱锺书先生认为"妙悟"不是凭空而至的，需要下一番苦功，"夫悟而曰妙，未必一蹴即至也。乃博采而有所通，力索而有所入也。学道学诗，非悟不进。陆桴亭《思辨录辑要》卷三云：'人性中皆有悟，必工夫不断，悟头始出，如石中皆有火，必敲击不已，火光始现。然得火不难，得火之后，须承之以艾，继之以油，然后火可不灭。故悟亦必继之以躬行力学。罕譬而喻，可以通之说诗。'"⑤ 借用"击石取火不难"和"艾油留火不易"的对比，阐释

---

① 钱锺书：《谈艺录》，中华书局，1984 年，第 101 页。
② 钱锺书：《宋诗选注》，人民文学出版社，1958 年，第 268 页。
③ 敏泽：《中国文学理论批评史》，人民文学出版社，1981 年，第 596 页。
④ 蒋凡、郁源主编：《中国古代文论教程》，中华书局，2005 年，第 165 页。
⑤ 钱锺书：《谈艺录》，中华书局，1984 年，第 98—99 页。

人性及创作过程中的"妙悟"非"一蹴即至"那么容易，需要博采融通，下工夫力求方能有所进步和收获。诗文创作中既不易得到悟，又不能止于悟。"熟参"与"妙悟"既相互区别又彼此联系。"艺术经验使诗人具有极敏感的艺术感觉力，从而使诗人在妙悟时能够迅速发现并捕捉对象的审美意蕴，而不必经过一番理性的认识、分析、比较后才动笔。艺术经验使诗人具有极强的意象创造力，当诗人悟出对象的审美意蕴时，就能迅速创构出审美意象，而不必经过一个长久的理性思考阶段。"①"读书，穷理"积累作诗经验，达"妙悟"之至。王运熙认为："必须'熟读'汉魏古诗到宋代各时期的诸家代表作，认真比较辨别，树立'真识'才能明白其'真是非'，一旦艺术之真是非了然于胸中，则由渐而顿，'妙悟'不求自至。"②

　　"参"、"悟"论诗并非严羽首创，陈师道、叶梦得、吴本中、吴可、韩驹等人已开先例。但严羽学习借鉴前人，进而主张"熟参"、"妙悟"，是"从诗歌的审美特征出发，抓住了诗歌审美的思维特征，从创作和欣赏的方面展开论述，把艺术思维同逻辑思维区分开来，从而为诗歌创作和欣赏提供了正确的思维方式。"③王文生从诗歌创作过程来理解"妙悟"或者"悟"，认为他们"不是指某一次创作过程中那种来不可遏、去不可止的创作冲动或灵感，而是强调对诗歌艺术特点的认识，作家通过艺术实践掌握了诗歌艺术的特点以后那种一通百通的自由"④。王运熙用问答方式进行阐释："什么是妙悟或透彻之悟呢？这是指作者在创作上下过工夫后所得到的洞晓诗歌创作诀窍的认识。有了这种认识，便能写出好诗，而且写作时有得心应手、左右自如的乐趣。"⑤

　　禅之悟，得意忘言，不落言筌；诗之悟，不离文字，言有尽而意无穷。"得意者越于浮言，悟理者超于文字。法过言语文字，何向数句中求？是以发菩提者，得意而忘言，悟理而遗教，亦犹得鱼忘筌，得兔忘蹄也"（《大珠禅师语录》）等。诗作虽以文字为载体，但同时要超越文字，言为心声、书为心画。刘克庄敏锐地捕捉到了禅与诗在语言、文字等方面的不同："诗

---

①　蒋凡、郁源主编：《中国古代文论教程》，中华书局，2005 年，第 165 页。
②　王运熙、顾易生主编：《中国文学批评通史》，上海古籍出版社，1996 年，第 409—410 页。
③　蒋凡、郁源主编：《中国古代文论教程》，中华书局，2005 年，第 166 页。
④　王文生：《关于〈沧浪诗话〉的几个问题》，载《学术月刊》1963 年第 12 期。
⑤　王运熙：《中国古代文论管窥》，齐鲁书社，1987 年，第 235 页。

家以少陵为祖，其说曰：不立文字。诗之不可为禅，犹禅之不可为诗也。"
（《题何秀才诗禅方丈》）参禅，直指人心、明心见性、顿悟成佛。虽以禅
喻诗，并不意味着作诗可以照搬参禅的了悟于心，静默观照。诗歌要以文感
人，以情动人，以境化人。

作文在不能舍文的前提下，有一个从"工"到"妙"的质变过程，这
个飞跃要"圣处自悟"方能实现。作诗既要不离文字，又要超越文字，如
戴复古诗"欲参诗律似参禅，妙趣不由文字传。个里稍关心有悟，发为言句
自超然"（戴复古《论诗十绝》，《石屏诗集》卷六），姜夔亦认为："文以
文而工，不以文而妙，然舍文无妙，圣处要自悟。"① 创作为文字之集大成
之作，诗人之心性流露之情。"诗者，吟咏情性也。盛唐诸人惟在兴趣，羚
羊挂角，无迹可求。故其妙处透彻玲珑，不可凑泊，如空中之音，相中之
色，水中之月，镜中之象，言有尽而意无穷。"（《沧浪诗话·诗辨》）诗文
创作虽以文字为凭藉，但又要不拘泥于文字，做到"不落言筌""言有尽而
意无穷"，无雕琢刻意之工，无斧锤重锉之力，在行云流水中畅然游逸，是
诗人追求的理想境界。

在心为志，发言为声。以禅喻诗，无非在说明优秀诗歌的浑然天成，无
斧凿痕迹，不以追求形式美为作诗之根本，也非要求不立文字。诗歌毕竟是
语言的艺术，非语言无以尽其妙，诗歌在艺术表现上不应过于切实真确，但
并非不要文字。诗歌的这一特点体现了其含蓄蕴藉，寓情于景的长处，从而
酣畅淋漓、直抒胸臆。"不涉理路，不落言筌"，只是说不以议论为诗，不
以诗为义理性命的号筒；"不以文字为诗"等，并不是禅说的"不立文字"、
"言语道断"，或诗是没有理性内容的信口胡诌②。钱锺书先生也指出禅与诗
在凭借语言文字方面有所区别："禅于文字语言无所执著爱惜，为接引方便
而拈弄，亦当机活煞而弃。……诗藉文字语言，安身立命；成文须如是，为
言须如彼，方有文外远神、言表悠韵，斯神斯韵，端赖其文其言。"③ 钱先
生用巧妙的比喻释之："若诗自是文字之妙，非言无以寓言外之意；水月镜

---

① ［宋］姜夔：《白石道人诗说》，载蒋述卓等编著《宋代文艺理论集成》，中国社会科学出版社，
2000 年，第 963 页。

② 敏泽：《中国文学理论批评史》，人民文学出版社，1981 年，第 590 页。

③ 钱锺书：《谈艺录》，中华书局，1984 年，第 412 页。

花，固可见而不可捉，然必有此水而后月可印潭，有此镜而后花能映影。"①
诗是文字之妙作，无言无字无以寄寓言外之意，恰如"水月镜花"之美境，
"必有此水"而后月才能投印于水潭。水如言文，月如寓意。禅悟所显示的
特点是不著于相，不住于言，不切实际，教外别传，有更大的唯心神秘性。
诗悟虽然也有无拘无束，纵横洒脱的特点，但毕竟要见诸文字的外化，终致
有迹可寻。

　　作诗之妙如同音乐之一唱三叹，给人余音绕梁，久久回味之感。"语贵
含蓄。东坡云'言有尽而意无穷者，天下之至言也'，山谷尤谨于此。清庙
之瑟，一唱三叹，远矣哉！后之学诗者，可不务乎！若句中无余字，篇中无
长语，非善之善者也；句中有余味，篇中有余意，善之善者也。"（姜夔
《白石道人诗说》）言有尽而意无穷，为诗之善之善者，固然要求自性清
净，物我两忘，但同时要有"不离文字，不在文字"，略异于禅家的"不在
文字，不离文字"。诗文创作既要学习前人，更重要的在于推陈出新，拟古
而出新意。元好问认为："虽然方外之学有为道日损之说，又有学至于无学
之说，诗家亦有之。子美夔州以后，乐天香山以后，东坡海南以后，皆不烦
绳削而自合，非技进于道者能之乎？诗家所以异于方外者，渠辈谈道不在文
字，不离文字；诗家圣处不离文字，不在文字。唐贤所谓情性之外，不知有
文字云耳。"（元好问《陶然集诗序》，《遗山先生文集》卷三七）诗文不同
于禅理佛悟，诗文到底是语言的艺术。

3、"妙悟"泛用：书、画、词、乐等的"妙悟"观

　　"妙悟"虽是禅修的中心，却广泛应用于诗词书画歌乐等艺术创作中，
如诗歌创作需技艺，也需要妙悟②。宗杲认为"妙悟"也存在于其他"工巧
技艺"的创作中："世间工巧技艺，若无悟处，尚不得其妙。"（《大慧普觉
禅师语录》卷三）唐代的画家张彦远亦曾说："遍观众画，唯顾生画古贤，
得其妙理，对之令人终日不倦。凝神遐想，妙悟自然，物我两忘，离形去
智。身固可使如槁木，心固可使如死灰，不亦臻于妙理哉！所谓画之道也。"

---

① 钱锺书：《谈艺录》，中华书局，1984年，第100页。
② 刘烜：《禅与严羽的〈沧浪诗话〉》，见季羡林、吴亨根等《禅与东方文化》，商务印书馆国际
有限公司，1996年，第178页。

（张彦远《历代名画记》）而张彦远所谈的正是鉴赏顾恺之画作时的心理感受，一方面是"终日不倦，凝神遐想"，另一方面是鉴赏过程中"物我两忘、离形去智"。郭若虚《图画见闻志》云："（武宗元）尝于广爱寺见吴生画文殊、普贤大像，因杜绝人事旬余，刻意临仿，蹙成二小帧。其骨法停分，神观气格，与夫天衣缨络，乘跨部从，较之大像，不差毫厘。自非灵心妙悟，感而遂通，孰能与于此哉！"绘画一旦达到灵心"妙悟"，则使画作呈现形神俱似、不差毫厘的艺术境地。要达此境界，则要求创作者在绘画、诗文创作时进入凝神遐想、物我两忘、离形去智的灵心境界，亦即妙悟自然、参禅悟理、灵心合一，感而遂通的至高境界。日本的铃木虎雄亦认为禅家、诗人、画家具有"妙美"的同质性：

> 用同一半径，使圆弧通过各圆心，画三个圆。中央三者会合处是真善美，其周边二者会合处是真善、真美、善美，其外部一者独立处是真、善、美。禅家、诗人、画家的心境应当比作真、善、美，即三者会合部，至少应当比作真美、善美部。如果可以这样认识，诗画一致说、诗禅一致说不仅并无不当，而且巧妙地道破了我们东方诗画的神理。①

同样，填词也需这种"妙悟"。明代戏曲理论家徐渭《南词叙录》第十五条云："填词如作唐诗，文既不可，俗又不可，自有种妙处，要在人领解妙悟，未可言传。"② 清代沈祥龙《论词随笔》："词能寄言，则如镜中花，如水中月，有神无迹，色相俱空，此惟在妙悟而已。"③ 不仅诗词如此，做文章也需这种"妙悟"。明代董其昌《画禅室随笔》卷三《评文》："作文要得解悟。时文不在学，只在悟。平日须体认一番，才有妙悟。妙悟只在题目腔子里，思之思之，思之不已，鬼神将通知。到此将通时，才唤做解

---

① ［日］铃木虎雄：《诗禅相关的诸诗说》，转引自［日］加地哲定《中国佛教文学》，刘卫星译，今日中国出版社，1990年，第233—237页。

② 《戏曲研究》编辑部：《戏曲研究》第八十辑《附：〈南词叙录〉校注》，文化艺术出版社，2010年，第360页。士礼居本、《读曲丛刊》本作"填词如作唐诗，文既不可，俗又不可，自有种妙处，要在人领解妙悟，未可言传。"《论著集成》本作："填词如作唐诗，文既不可俗，又不可自有种妙处，要在人领解妙悟，未可言传。"断句有误。

③ 傅璇琮、许逸民等主编：《中国诗学大辞典》，浙江教育出版社，1999年，第130页。

悟。了解时，只用信手拈来，头头是道，自是文中有神，动人心窍。"①
其实"妙悟"在你前期储备的材料里，在你的"题目腔子里"，用时思之
至通时，方能"解悟"，这样创作出的作品才能达到"妙悟"之美。因此
要悟得作文道理，获得创作灵感，还是离不开生活实践、后天学习和艰苦
的精神劳动。

书法、音乐创作也都需要"妙悟"。朱成文《续书断》：怀素"自云得
草书三昧。始其临学勤苦，故笔颓委，作笔冢以瘗之。尝观夏云随风变化，
顿有所悟，遂至妙绝，如壮士拔剑，神彩动人。"② 书法艺术的极致，一旦
获得外物的启发，灵感袭来，便可达到。成玉磵《论琴》："攻琴如参禅，
岁月磨练，瞥然省悟，则无所不通，纵横妙用而尝若有余。至于未悟，虽用
力寻求，终无妙处。"③ 只有领悟得琴艺，并加以岁月磨练方能奏出美妙之
乐。舍"悟"，用力虽勤则无益。

总之，"妙悟"说在中国佛教文学和古典文学中起着至关重要的作用，
尽管论者可能只关涉其一而忽略其他，甚或过分强调某一方面，但正如学者
所论，严羽开创"妙悟"说继承以往，又有所突破。谈及中国文学、诗论、
文论，"妙悟"说都是永远绕不过去的一个重要论点，也是一个重要的诗学
审美范畴。"妙悟"范畴内涵丰富，涉及艺术审美的许多深层问题，如诗歌
创作中主体的审美观照，主体内心的感知灵动，对外部景物的直觉体认与主
客观互动等都是深而又深、切之又切的，需要运用美学、诗学等多种理论视
角，并参以书论、画论等多方面的知识方能全面认识。

第四节　圆通论

"圆通"是佛教哲学的重要概念，与"圆融"等交叉并用，主要指事物
之间的互涵互摄、事理之间的融会贯通以及佛教智慧的周遍不二，进而成为
一种以消除差别、泯灭矛盾为特点的佛教世界观、认识论和思维方式。钱锺

---

① 胡经之编：《中国古典美学丛编》，凤凰出版社，2009年，第572页。
② 陶明君编：《中国书论辞典》，湖南美术出版社，2001年，第318页。
③ 《中国音乐美学史资料注译（增订版）》，蔡仲德注译，人民音乐出版社，2004年，第775页。

书先生曾经在其《谈艺录》中列专章谈"圆"的诗学意义，从古希腊毕达哥拉斯学派的"以圆为贵"，说到中国儒道的尚圆思维，然后进一步指出："译佛典者亦定'圆通'、'圆觉'之名，圆之时义大矣哉。推之谈艺，正尔同符。"① 可以看出佛教圆观念及圆通哲学具有深刻的美学和诗学意义。近人亦有不少学者从文化、文艺学与美学角度关注佛教的"圆"观念②。本文借鉴前人成果，在梳理圆通哲学的佛教渊源和诗学表现的基础上，进一步探讨以"圆"为核心的佛教"圆通"诗学的特点和意义。

一、印度佛典"圆通"论

中国和印度都有尚圆的文化传统。中国古代讲天圆地方，以圆为美，圆形的形象如旭日、满月、车轮、荷花等成为美的象征。印度古代称伟大的帝王为转轮圣王，以轮转不息的宝轮为其象征。佛经中的圆（梵语 paridhi），既指圆形，也有充分、彻底等意义。汉译选用圆、圆满等词语进行对应，非常贴切。另外在佛经中还有圆明、圆妙、圆修、圆音、圆悟、圆寂等与圆有关的词语，其用法皆取圆之充分、彻底之义。

印度原始佛教主要关注现实人生问题，对世界观、认识论方面的哲学思辨不太重视，作为体现对立统一辩证思维的圆通思想也很难出现。随着佛教的发展，义理方面的讨论逐渐增多，并且由于见解不同又各执己见而分裂为许多不同的部派。部派佛教主要关注具体的修行实践和教义教规，对涉及世界观、方法论及思维方式的圆通与圆融论述不多。大乘佛教兴起后，适应社会发展状况和文化生态环境，一方面需要汲取婆罗门教等外道的思想和方法，另一方面需要融会贯通佛教内部各派思想，因而大力提倡圆通思维和不二法门，在世界观和方法论方面别开生面。大乘佛教的《法华经》《华严

---

① 钱锺书:《谈艺录》，中华书局，1984年，第112页。

② 如黄金鹏《"圆"：中国古代文论的审美范畴》（载《天府新论》1994年第5期），周波《论"圆美"的美学内涵》（载《山东师范大学学报（人文社会科学版）》2004年第5期），欧宗启《印度佛教的圆观念的中国化与中国古代文论圆范畴的建构》（载《求索》2006年第9期，收入由广西民族出版社2008年出版的专著《印度佛教思想的中国化与中国古代文论的建构》），主要关注中国文论、美学中的圆范畴；陈兵《中国佛教的圆融精神及其当代意义》（载《中华文化论坛》2004年第3期）主要从文化的角度关注圆融精神。

经》《维摩诘经》等重要经典，都充分体现了圆通精神。

《法华经》是中国佛教天台宗的根本经典，其核心思想是会三归一。该经讲述如来佛在王舍城与众弟子聚会，讲说大乘佛法。他对舍利弗等大弟子说，如来只以一佛乘为众生说法，但佛知众生有种种欲望，有不善根，因此于一佛乘分别说三乘，即声闻乘、缘觉乘和菩萨乘。实际上只有求菩萨道，才是真正的佛弟子。然后诸一为众弟子授记，预言他们将来都能成佛。《法华经》编创了许多美妙的譬喻故事，包括"火宅喻""穷子喻""化城喻""药草喻"等，说明如来之所以先说小乘，后说大乘，是为了让大家容易接受。该经在表现佛教大小乘矛盾的同时，力图调和矛盾，提出"会三归一"，就是将声闻和缘觉归入菩萨乘，即一佛乘。"会三归一"的思想基础就是圆通与圆融的思维方式。

《华严经》是中国佛教华严宗的根本经典，以思想的圆通、想象的丰富、境界的宏阔和文章的华美而著称，佛教的圆通思想在该经中得到充分的表现。该经一开始写佛陀在逝多林举行法会，他一一毛孔中显现无量世界，体现理事圆融、事事无碍的法界实相。《华严经》还讲述了一个求道故事：文殊菩萨在佛陀法会之后，去往南方游行人间，来到福生城传法。城中有一位善财童子听文殊说法而发菩提心，请求文殊菩萨垂教指点。文殊指引他去参访善知识，向他们请教何为菩萨行、如何修菩萨道。善财童子先后参访了53位善知识，其中既有著名的大菩萨，也有普通的修道者，还有些外道婆罗门，甚至有妓女和贱民，体现了大乘佛教圆通一切的包容精神。最后，善财童子得普贤诸行愿海，"与普贤等，与诸佛等，一身充满一切世界"。所谓一身充满一切世界，也就是圆通一切的境界。

《维摩诘所说经》以一位在家居士维摩诘为说法主人公，他是一个圆通的典型，既有非常世俗的生活，又有超凡脱俗的精神境界。该经关于"入不二法门"的讨论最能体现圆通思维。所谓入不二法门即对事物不起分别想的方法。作品中维摩诘请诸大菩萨谈谈什么是"菩萨入不二法门"，当时有三十多位菩萨各抒己见，有的说生与灭不二，有的说世间与出世间不二，有的说生死与涅槃不二，有的说净与垢不二，有的说明与暗不二。总之，这些在一般人看来都是互相对立的概念和事物，在菩萨们看来都等同不二①。这些都是圆通与圆融思想和思维方式的表现。

汉译大乘佛典中有两部经特别提倡宣扬圆通思想，这就是著名的《楞严经》和《圆觉经》。由于二经以哲学思辨见长，语言优美流畅，晚唐以后非常流行，受到高僧和文人的青睐。如宋代大文豪苏轼《书柳子厚〈大鉴禅碑〉后》："大乘诸经至《楞严》则委曲精尽，胜妙独出。"明高僧智旭《阅藏知津》介绍《楞严经》说："此宗教司南，性相总要，一代法门之精髓，成佛作祖之正印也。"他们的评价在宋明时代的僧俗中具有代表性②。由于这两部经出现比较晚，翻译年代和译者身份比较模糊，存有较多疑点，所以近代以来有许多学者认为这两部经出自中国人之手，属于"伪经"。这样的评判是中国近现代学术界受西方实证主义哲学影响的疑古思潮的产物，这种"疑古"本身在近期也受到学者质疑③。由于这两部经对中国佛教的发展产生了深远的影响，作为佛教经典，不论真伪，都不容忽视。正如南怀瑾所言："假亦假得好。""只要此经大义无误，不须过于在考据上钻牛角尖。"④ 也就是说，即使承认它们出自中国高僧之手，也不能动摇其佛教经典地位。就像大家已经公认大乘佛经不是释迦牟尼佛所说，并没有动摇其佛教经典地位一样。《楞严经》和《圆觉经》关于圆通、圆融、圆满等方面的论述特别多，对中国佛教圆通哲学和圆通诗学产生了直接而深远的影响。

《楞严经》全称《大佛顶如来密因修证了义诸菩萨万行首楞严经》，一般称《大佛顶首楞严经》，简称《首楞严经》或《楞严经》，属于佛教密宗经典。该经共有十卷，其卷三是佛对阿难等人解说世界本源问题，其中说道："若此虚空性圆周遍，本不动摇。当知现前地水火风，均名五大，性真圆融，皆如来藏，本无生灭。"⑤ 意思是说世界的本源、本质和人的本性、自性都是互相涵盖，不生不灭，是圆融周遍的"如来藏"。该经卷四开始，佛弟子富楼那感到困惑，如来说地水火风本性圆融、周遍法界、湛然常住，为什么会有水火不容、地障空虚等现象？佛陀做了一番解释之后，概括说：

---

① 《维摩诘所说经》，[后秦] 鸠摩罗什译，见《大正新修大藏经》第 14 册，第 550、551 页。

② 参阅杜继文《汉译佛教经典哲学》下卷，江苏人民出版社，2008 年，第 581 页。

③ 详见赖永海主编《中国佛教通史》第五卷，江苏人民出版社，2010 年，第 514、515 页。

④ 南怀瑾：《圆觉经略说》，复旦大学出版社，2016 年，第 3、4 页。

⑤ 《大佛顶首楞严经》，[唐] 般剌密帝译，见《大正新修大藏经》第 19 册，第 118 页。

"我以妙明不灭不生合如来藏，而如来藏唯妙觉明圆照法界。是故于中一为无量，无量为一；小中现大，大中现小。不动道场，遍十方界。"① 《楞严经》卷五至卷六说阿难及众人"蒙佛开示，慧觉圆通得无疑惑"，"然犹未达圆通本根"，求佛开示。佛对在场的菩萨和罗汉们说："吾今问汝，最初发心悟十八界，谁为圆通？从何方便入三摩地？"先后有 25 位罗汉和菩萨讲述自己成道经历，有的说音声为上，有的说味因为上，有的说光极第一。几位菩萨的解说都有圆通之意，如月光童子："我以水性一味流通，得无生忍圆满菩提，斯为第一。"琉璃光法王子："我以观察风力无依，悟菩提心入三摩地，合十方佛传一妙心，斯为第一。"虚空藏菩萨："我以观察虚空无边入三摩地，妙力圆明，斯为第一。"弥勒菩萨："我以谛观十方唯识，识心圆明，入圆成实，远离依他及遍计执，得无生忍，斯为第一。"观世音菩萨说自己根据不同对象以不同化身为其说法，获得十四种"无畏功德"，都具有圆通的特点。然后说道："我从耳门圆照三昧，缘心自在因入流相，得三摩提，成就菩提，斯为第一。"最后佛肯定了他们的修习，并让文殊菩萨谈谈以上二十五种修行中谁是根本圆通。文殊菩萨认为色、声、香、味、触、地、水、火、风等有为法都有局限性，不能获得真实圆通，只有观世音的方法是真正的圆通，并说偈曰："妙音观世音，梵音海潮音，救世悉安宁，出世获常住。我今启如来，如观音所说，譬如人静居，十方俱击鼓，十处一时间，此则圆真实。"② 该经的作者似乎特别有音乐修养，对"音"和"听"的关系作了比较深刻的探讨。而音乐与其他艺术媒介相比，的确最有圆通与周遍的特点。

《圆觉经》全称《大方广圆觉修多罗了义经》，主要阐述如来圆满觉悟之境界，为中国佛教天台宗、华严宗和禅宗所看重，作为基本经典。佛教的尚圆思维在该经中得到充分的表现。该经开篇开宗明义："一时婆伽婆，入于神通大光明藏，三昧正受，一切如来，光严住持，是诸众生清净觉地，身心寂灭，平等本际，圆满十方，不二随顺，于不二境，现诸净土。"进而指出："一切如来，本起因地，皆以圆照清净觉相，永断无明，方成佛道。……何以故？虚空性故，常不动故，如来藏中无起灭故，无知见故，如

---

① 《大佛顶首楞严经》，[唐] 般剌密帝译，见《大正新修大藏经》第 19 册，第 121 页。
② 《大佛顶首楞严经》，[唐] 般剌密帝译，见《大正新修大藏经》第 19 册，第 125—130 页。

法界性，究竟圆满遍十方故。"① 这里的圆满、圆照，既突出了该经关于圆觉的基本主题，也体现了佛教尚圆的思维方式。接下来，世尊为普眼菩萨说菩萨修行渐次，进一步表现了圆通一切的圆觉境界："一身清净故多身清净。多身清净故如是乃至十方众生圆觉清净。善男子，一世界清净故多世界清净；多世界清净故如是乃至尽于虚空圆裹三世一切平等清净不动。"②《圆觉经》反对任何执著，包括菩提、涅槃以及成佛，强调指出："一切如来妙圆觉心本无菩提及与涅槃，亦无成佛及不成佛，无妄轮回及非轮回。善男子，但诸声闻所圆境界，身心语言皆悉断灭，终不能至彼之亲证所现涅槃，何况能以有思维心测度如来圆觉境界。"③ 在《圆觉经》中，"圆"有充分、根本、彻底之意，如弥勒菩萨请求世尊开秘密藏，"令诸修行一切菩萨及末世众生慧目肃清照耀心镜，圆悟如来无上知见"④。这里的"圆悟"即彻悟。佛陀讲了"奢摩他"、"三摩钵提"和"禅那"三种法门之后，说道："若得圆证即成圆觉。"然后以偈颂重宣此意："三事圆证故，名究竟涅槃。"⑤ 这里的"圆证"即充分亲证。"圆"还有美妙之意，如威德自在菩萨请求世尊："广为我等分别如是随顺觉性，令诸菩萨觉心光明，承佛圆音，不因修习而得善利。"⑥ 这里的"圆音"指的是佛的美妙声音。另外佛经中还有"圆合"、"圆修"等说法，如佛陀强调："若诸菩萨以圆觉慧圆合一切，于诸性相无离觉性，此菩萨者，名为圆修三种自性清净随顺。"⑦ 这样的贵圆尚通思想及其表述方式，对中国佛教圆通哲学和圆通诗学产生了直接的影响。

二、中国佛学"圆通"论

中国文化本身有尚圆的传统，与主张圆通与圆融的大乘佛教很容易接

① 《大方广圆觉修多罗了意经》，[唐] 佛陀多罗译，见《大正新修大藏经》第17册，第913页。
② 《大方广圆觉修多罗了意经》，[唐] 佛陀多罗译，见《大正新修大藏经》第17册，第914、915页。
③ 《大方广圆觉修多罗了意经》，[唐] 佛陀多罗译，见《大正新修大藏经》第17册，第915页。
④ 《大方广圆觉修多罗了意经》，[唐] 佛陀多罗译，见《大正新修大藏经》第17册，第916页。
⑤ 《大方广圆觉修多罗了意经》，[唐] 佛陀多罗译，见《大正新修大藏经》第17册，第918页。
⑥ 《大方广圆觉修多罗了意经》，[唐] 佛陀多罗译，见《大正新修大藏经》第17册，第917页。
⑦ 《大方广圆觉修多罗了意经》，[唐] 佛陀多罗译，见《大正新修大藏经》第17册，第919页。

轨。佛教传入中国后，经过数百年的文化过滤、消化吸收和变异改造，到南北朝后期，中国化的佛教宗派开始出现。中国佛教大师在对佛经进行分类的基础上，提出了判教思想。虽然各宗派的判教方式和结果不尽相同，但思路基本一致，都将佛陀最终或最高层次的了义说法称为"圆教"。如天台宗将主张三乘归一、一心三观的《法华经》作为圆教，华严宗将宣扬法界缘起、理事圆融的《华严经》作为圆教。关于什么是圆教？各家都提出了自己的解释。如天台宗创始人智者大师说："《涅槃经》云：金刚宝藏无所减缺，故名圆教也。所言圆者，义乃多途，略说有八：一教圆，二理圆，三智圆，四断圆，五行圆，六位圆，七因圆，八果圆。"① 华严宗重要代表人物宗密指出："圆教者，明一位即一切位，一切位即一位。是故十信满心，即摄五位成正觉等，主伴具足，故名圆教，即《华严经》也。所说唯是无尽法界，性海圆融，缘起无碍，如帝网珠重重无尽。"② 可见，圆教之圆既有圆满之意，更有圆通之意。

中国佛教各宗派不仅尚圆，而且都注重发挥发展大乘佛经中的圆通和圆融思想。圆通的要义在于圆融无碍，因此亦可以"圆融"替代，二者互涵互摄，通融合一。有学者认为"圆融"一词并非直接来自印度佛典，而是中国高僧的创造。如陈兵指出："圆融一语，很难找到相对应的梵、巴原语，亦非中国诸子百家古籍中本有的词语，而是中国佛教理论家的创造。"③ "圆通"概念的情况与之类似，虽然在大乘佛典中圆通思想非常普遍，但"圆通"概念的出现却比较晚，集中出现在《楞严经》等后期佛典。圆融思想是中国佛教圆通哲学的代表，中国佛教各宗派都有这方面的表现。天台宗通过阐释和注释《法华经》而立宗，提倡三谛圆融，汤用彤先生指出："天台宗之教旨，要在三谛圆融，一念三千。"④ 所谓三谛即真空、假有、中道。龙树《中论》有一首著名的《三谛偈》："众因缘生法，我说即是空，亦为是假名，亦是中道义。"智者大师将其概括为"即空即假即中"，并指出：

---

① ［隋］智顗：《四教义》，见《大正新修大藏经》第46册，第722页。

② ［唐］宗密：《大方广圆觉修多罗了义经略疏注》卷上之一，见《大正新修大藏经》第39册，第526页。

③ 陈兵：《中国佛教的圆融精神及其当代意义》，载《中华文化论坛》2004年第3期。

④ 汤用彤：《隋唐佛教史稿》，北京大学出版社，2010年，第111页。

"因缘所生法即空者，此非断无也，即假者不二也，即中者不异也。"① 空、假、中三谛是三而一、一而三。万事万物因缘和合而生，皆无自性，故空；其分别存在皆以假名而立，故假。因此空与假不二，假有的实质是真空。不著于空，不执于假，是为中道。此中道亦不离空假，亦即空假。这样的"即空即假即中"的三谛圆融的核心思想是"即"。关于即，湛然解释说："即者，《广雅》云'合'也。若以此释，仍似二物相合名即，其理犹疏。今以义求，体不二故，故名为即。即三而一，与'合'义殊。"② 可见所谓"即"就是"不二"，就是无分别，就是圆融。三谛圆融之"圆融"，是一种贯通性、包容性、圆括性的思想方法。天台宗也提倡不二法门，湛然著《十不二门》就罗列了十种不二法门："一者色心不二门，二者内外不二门，三者修性不二门，四者因果不二门，五者染净不二门，六者依正不二门，七者自他不二门，八者三业不二门，九者权实不二门，十者受润不二门。"其中每一门都含三谛圆融之义，如其关于"内外不二门"的解说："凡所观境不出内外，外谓托彼依正色心，即空假中。即空假中妙，故色心体绝，唯一实性无空假中。……所言内者，先了外色心一念无念，唯内体三千即空假中。是则外法全为心性，心性无外摄无不周，十方诸佛，法界有情，性体无殊，一切咸遍，谁云内外色心己他?"③

华严宗通过阐释和注释《华严经》而立宗。华严宗法藏大师《华严经探玄记》有"十玄门"之说："然义海宏深微言浩汗，略举'十门'撮其纲要：一、同时具足相应门，二、广狭自在无碍门，三、一多相容不同门，四、诸法相即自在门，五、隐密显了俱成门，六、细微相容安立门，七、因陀罗网法界门，八、托事显法生解门，九、十世隔法异成门，十、主伴圆明具德门。然此十门同一缘起无碍圆融，随有一门即具一切。"④ 这样的"十玄门"不仅深刻总结、全面体现了《华严经》的圆融无碍思想，而且作了进一步的阐发。法藏大师《华严一乘教义分齐章》第十为《义理分齐》，其中有"十玄缘起无碍法门义"和"六相圆融义"集中阐述圆融无碍思想。

---

① ［隋］智顗：《妙法莲华经玄义》卷一上，见《大正新修大藏经》第33册，第682页。
② ［唐］湛然：《止观辅行传弘决》卷一，见《大正新修大藏经》第46册，第149页。
③ ［唐］湛然：《十不二门》，见《大正新修大藏经》第46册，第703页。
④ ［唐］法藏：《华严经探玄记》卷一，见《大正新修大藏经》第35册，第123页。

前者的核心是"圆融自在，一即一切，一切即一"①。后者所谓六相即总相、别相、同相、异相、成相、坏相，此六相圆融的核心是"明教兴义"，法藏指出："教兴意者，此教为显一乘圆教，法界缘起，无尽圆融，自在相即，无碍镕融，乃至因陀罗无穷理事等。此义现前，一切惑障，一断一切断，得九世十世惑灭；行德即一成一切成，理性即一显一切显，并普别具足，始终皆齐，初发心时便成正觉。良由如是法界缘起，六相镕融，因果同时，相即自在，具足逆顺。"② 文章中反复提及的"法界缘起"是中国佛教华严宗所特有的世界观。华严宗人通过分析阐释《华严经》，概括出四法界理论。"法界"即宇宙实相，四法界包括事法界、理法界、理事无碍法界和事事无碍法界，是关于宇宙实相和事物本质的四重理解或四重认识境界。所谓事法界，即世间千差万别的事物各有自体，分界不同，每一事物自身包涵的义理、因果、体用等内容互相容摄，圆融无碍；所谓理法界，即一切事物具有共同的本质，体现了同一的道理；所谓理事无碍法界，即现象与本体，事物与其中所蕴含之理圆融无碍；所谓事事无碍法界，即由于事与理圆融，理与理相通，因此事与事之间也圆融无碍。佛经以水与波关系说明四法界理论：波是事象，水是本体，水即波，波即水；水与波圆融无碍，波与波也圆融无碍。这样的法界缘起论充分体现了大乘佛教的圆融思维和圆通精神。

禅宗是影响最大且最中国化的佛教宗派，其最鲜明的思想特点也是圆通。六祖惠能的弟子神会著《顿悟无生般若颂》云："般若圆照涅槃，故号如来知见。知即知常空寂，见即直见无生。知见分明，不一不异。动寂俱妙，理事皆如。理净处事能通，达事理通无碍。"③ 说的是般若与涅槃，互相圆照，成就理事通达事事圆融的如来知见。石头希迁禅师声言："即心即佛，心佛众生，菩提烦恼，名异体一。汝等当知，自己心灵，体离断常，性非垢净。湛然圆满，凡圣齐同。"④ 讲的也是消除差别泯灭对立的圆通圆融之理。

---

① ［唐］法藏：《华严一乘教义分齐章》，见石峻等编《中国佛教思想资料选编》第二卷第二册，中华书局，1983 年，第 187 页。

② ［唐］法藏：《华严一乘教义分齐章》，见石峻等编《中国佛教思想资料选编》第二卷第二册，第 197 页。

③ 石峻等编：《中国佛教思想资料选编》第二卷第四册，中华书局，1983 年，第 117 页。

④ ［宋］普济：《五灯会元》卷五，苏渊雷点校，中华书局，1984 年，第 255 页。

最重视哲学思辨的中国佛教宗派法相唯识宗，在尚圆贵通方面也不逊色。该宗重视名相分析，其核心思想是唯识，所以在分析各种法相时都以识为中心。唯识家将识分为三个层次，即所谓识之三性，其中初性为遍计所执性，次为依他起性，最高境界为圆成实性。所谓"遍计所执"就是对事物作分别计度，执有实法，即认为事物皆实有，属于世俗的认识；所谓"以他起"就是认识到万事万物相依缘起的本质，但仍然执空为真，属于小乘佛教的认识；所谓"圆成实"，"谓二空所显，圆满成就，诸法实性，名圆成实，即是真如"。二空所显是指人法二空所显之真理；圆满成就是说这一真理周遍恒常，无处不在，无时不在；诸法实性谓此真理遍为万法实体。同时，佛教唯识学还强调依圆二性不即不离，非异非不异[①]。进一步体现了圆通思维方式。

综上所述，中国佛教在继承和发展印度大乘佛教圆通精神的基础上，结合中国文化的尚圆传统，形成了比较系统的圆通哲学。这样的尚圆思维和圆通哲学为佛教诗学圆通论的形成奠定了基础。

三、"圆美"与"圆通"

佛教哲学的概念范畴，经过佛教文学的反复表现，往往成为一种诗学范畴，如妙悟、寂静、境界等等，"圆通"也是如此。直接表现佛教尚圆和圆通思想的文学作品首先是一些佛教哲理诗。如永嘉玄觉禅师的《证道歌》是禅门偈颂中的名篇，以七言为主，共 267 句，其中有许多表现圆融无碍思想的佳句，如：

> 顿觉了，如来禅，六度万行体中圆。梦里明明有六趣，觉后空空无大千。
> 摩尼珠，人不识，如来藏里亲收得。六般神用空不空，一颗圆光色非色。
> 宗亦通，说亦通，定慧圆明不滞空。非但我今独达了，恒沙诸佛体

---

①　参阅熊十力《佛家名相通释》，东方出版中心，1985 年，第 202—203 页。

皆同。

　　心镜明，鉴无碍，廓然莹彻周沙界。万象森罗影现中，一颗圆光非内外。

　　一性圆通一切性，一法遍含一切法，一月普现一切水，一切水月一月摄。①

佛教尚圆思想表现在文学艺术中就是以圆为美。这种圆美在佛教诗人的作品中比比皆是，如唐代诗僧寒山诗：

　　众星罗列夜明深，岩点孤灯月未沉。圆满光滑不磨莹，挂在青天是我心。②

诗人笔下圆满光滑的既是明月，也是诗人参透佛理禅机的心灵，月与心互喻，彰显二者的皎洁明澈与圆满无缺。再如皎然《水月》：

　　夜夜池上观，禅身坐月边。虚无色可取，皎洁意难传。若向空心了，长如影正圆。③

宋代禅僧以"圆"入诗的情况更多，如释洪寿偈颂有"工夫用尽圆空阔"，"圆明法界性"等句④；释警玄有"宛转虚玄事不彰，明暗只在影中圆"，"隐隐犹如日下灯，明暗混融谁辨影"等诗句⑤；释义青诗云："正正时非圆，圆中还有偏。偏偏时不色，色里却存圆。更深催晓气，日阑洞晓天。两埵和融处，贵所得玄玄。"另有"华果既圆无影树"，"欲会方中入圆句，牧童横管又披蓑"，"信定若金刚，初心圆万德"等句⑥；释守遂有"龙

---

① 《永嘉证道歌》，见《大正新修大藏经》第48册，第395—396页。
② 《全唐诗》卷八〇六，中华书局编辑部点校，中华书局，1999年，第9176页。
③ 《全唐诗》卷八二〇，中华书局编辑部点校，中华书局，1999年，第9328页。
④ 朱刚、陈珏：《宋代禅僧诗辑考》，复旦大学出版社，2012年，第15页。
⑤ 朱刚、陈珏：《宋代禅僧诗辑考》，复旦大学出版社，2012年，第24页。
⑥ 朱刚、陈珏：《宋代禅僧诗辑考》，复旦大学出版社，2012年，第26—31页。

卧碧潭静，云收皓月圆”，“圆音落落示人天”，“莺吟燕语尽圆通”等句①；释善昭有“相侵只是心根动，动静圆明观世音”，“今古圆通观自在，迷误须知一道心”，“鼻香尘刹尽皆通，普应圆彰事理融”，“普含法界元真净，只个圆通理事宽”，“金色头陀亲付嘱，六相圆明一路通”，“和融自在号圆通，这个圆通绝真伪。……心随万境境唯心，心境元空总周备。重重帝网六门开，镜像圆真明一切”等诗句②。都是以“圆”入诗或者以诗表现圆美意象或圆通思想。其中“圆”主要作为审美意象，以“圆通”作为哲理表现和审美方式。

未入佛门但受佛教影响的诗人，也经常表现圆美之象或圆通思想，其以“圆”入诗的作品也随在可见。如王昌龄《同王维集青龙寺昙壁上人兄院五韵》诗云：“圆通无有象，圣境不能侵。真是吾兄法，何妨友弟深。”③刘禹锡深受佛教思想影响，写有许多赞佛诗文，其《毗卢遮那佛华藏世界图赞》引言云：“佛说《华严经》直入妙觉，不由诸乘，非大圆智不能信解。”赞曰：“大雄九会化诸天，释梵八部来森然，从昏至觉不依缘，初初极极性自圆。”④白居易《游悟真寺诗一百三十韵》诗云：“隔瓶见舍利，圆转如金丹。……是时秋方中，三五月正圆。”⑤虽属白描之笔，亦有尚圆之意。其《江楼夜吟元九律诗成三十韵》云：“冰扣声声冷，珠排字字圆。”⑥其“字字圆”的评价表现了对元稹诗歌的赞赏，有以圆为美的诗学意义。白居易自称居士，有向佛之心，深得“圆通”之理趣，其“八渐偈”中专有《通偈》一首，诗云：“慧至乃明，明则不昧，明至乃通，通则无碍，无碍者何？变化自在。”⑦意思是说智慧聪明达到极致就会实现圆通，圆通也就是圆融无碍，圆融无碍就是变化自在。

以圆为美和圆通思维的文学表现，必然引起诗学家的关注，发展成为诗学思想。钱锺书先生在《谈艺录》中不仅列举了古今中外许多贵圆之论和

---

① 朱刚、陈珏：《宋代禅僧诗辑考》，复旦大学出版社，2012年，第39—40页。
② 朱刚、陈珏：《宋代禅僧诗辑考》，复旦大学出版社，2012年，第174页。
③ 《全唐诗》卷一四二，中华书局编辑部点校，中华书局，1999年，第1441页。
④ 石峻等编：《中国佛教思想资料选编》第二卷第四册，中华书局，1983年，第379页。
⑤ 《全唐诗》卷四二九，中华书局编辑部点校，中华书局，1999年，第4745页。
⑥ 《全唐诗》卷四四〇，中华书局编辑部点校，中华书局，1999年，第4912页。
⑦ 石峻等编：《中国佛教思想资料选编》第二卷第四册，中华书局，1983年，第385页。

尚圆之诗，而且论及圆美在诗学和文论方面的表现，从谢朓的"好诗流美圆转如弹丸"、司空图的"若转丸珠"、赵紫芝的"诗篇老渐圆"等诗论，到裴延翰"仲舅之文，絜简浑圆"，李耆卿"文有圆有方，韩文多圆，柳文多方，苏文方者亦少，圆者多"的文评；从何绍基"落笔要面面圆、字字圆"，到曾国藩《家书》"以珠圆玉润为主……无字不圆、无句不圆"；从刘勰《文心雕龙》"思转自圆"、"骨采未圆"等语，到严羽《沧浪诗话》"造语须圆"、"须参活句"之论①，广征博引，试图对圆美诗学进行总结，并概括指出："乃知'圆'者，词意周妥、完善无缺之谓，非仅音节调顺、字句光致而已。"②

作为诗学范畴的"圆"形成于南北朝时期。谢朓"好诗圆美流转如弹丸"之说被广泛引用，影响深远。而自觉大量运用佛教"圆"话语阐发文学理论的是刘勰③。刘勰与佛教的渊源很深。他青年时代住定林寺随著名高僧僧祐修习佛经，协助僧祐进行佛经的辑录校勘，因此可以博览众经，对佛学有很深的造诣。他曾经站在佛教立场参与当时的三教论衡，著《灭惑论》批驳道士张融扬道排佛的《三破论》。该文收入僧祐所编辑的《弘明集》。他后来担任笃信佛教的昭明太子萧统的东宫通事舍人，受萧统器重，多次受荐为佛寺和高僧撰写碑铭。晚年再居定林寺编订佛经，著有《定林寺经藏序录》（已佚）。萧统死后刘勰表求出家，剃度之后不久病逝。因此，刘勰虽不能视为佛门中人，但居士的身份还是应该有的。他著作中的许多用语和思想来自佛教，也就不足为奇了。其中与"圆""圆通"相关的如："足使义明而词净，事圆而音泽，磊磊自转，可称珠耳"（《杂文》）④；"然体制靡密，辞贯（按：应为贵）圆通"（《封禅》）⑤ 等。从南北朝至明清，如钱锺书所论，以"圆"为核心的圆美诗学不断丰富和发展。

圆美诗学和"圆通"诗学都以"圆"为核心，都是佛教圆观念的诗学

① 钱锺书：《谈艺录》，中华书局，1984 年，第 112—117 页。

② 钱锺书：《谈艺录》，中华书局，1984 年，第 114 页。

③ 参见欧宗启《印度佛教思想的中国化与中国古代文论的建构》，广西民族出版社，2008 年，第 218—219 页。

④ ［梁］刘勰：《文心雕龙·杂文》，见郭晋稀注译《文心雕龙注译》，甘肃人民出版社，1982 年，第 161 页。

⑤ ［梁］刘勰：《文心雕龙·封禅》，见郭晋稀注译《文心雕龙注译》，甘肃人民出版社，1982 年，第 255 页。

转化，但二者亦有深刻的差异。圆美诗学主要是从审美对象出发，是一种以圆为美的审美范畴；圆通诗学则主要从审美主体出发，作为一种思维方式和表述方式，更能体现佛教世界观和方法论。因此有必要对圆美诗学和圆通诗学分别进行具体的探讨。

圆美诗学内容丰富，有多种多样的表现。有圆成之美，体现圆满无缺。如宋人吴可《学诗诗》："学诗浑似学参禅，自古圆成有几联？春草池塘一句子，惊天动地至今传。"[1] 其"圆成"之说，表示圆满成就，而不是一般意义上的圆熟。吴可以谢灵运"池塘生春草，园柳变鸣禽"之句作为"圆成"的代表，可以看出圆成是一种自然天成之美，是诗人和诗学家所追求的至高境界。

有圆活之美，体现活泼流动、通变自如之美。谢朓"好诗圆美流转如弹丸"是这方面的代表。宋代王直方《诗话》云："谢朓尝语沈约曰'好诗圆美流转如弹丸'，故东坡《答王巩》云'新诗如弹丸'，及《送欧阳弼》云'中有清员句，铜丸飞柘弹'。盖谓诗贵圆熟也。然圆熟多失之平易，老硬多失之干枯。不失于二者之间，可与古之作者并驱矣。"[2] 王直方将"圆美流转"理解为"圆熟"，显得偏狭。实际上谢朓"圆美流转如弹丸"说的是诗美的一种境界，不仅是圆熟，而且有圆润、圆活之意。吕本中对此有比较深刻的见解，其《夏均父集序》云："学诗当识活法。所谓活法者，规矩备具，而能出于规矩之外；变化不测，而亦不背于规矩也。是道也，盖有定法而无定法，无定法而有定法。知是者，则可以与语活法矣。谢元（按：应为玄）晖有言：'好诗流转圆美如弹丸。'此真活法也。"[3] 李廷机《举业琐言》云："行文者总不越规矩二字，规取其圆，矩取其方。故文艺中有著实精发核事切理者，此矩处也；有水月镜花，浑融周匝，不露色相者，此规处也。今操觚家负奇者，大率矩多而规少，故文义方而不圆。"[4] 其所谓"圆""规"者，与僵硬死板的"方""矩"相对，用"水月镜花，浑融周匝"比拟，亦取其灵活融通之意。另外，司空图《诗品》有《流动》一章，开篇

---

[1] 郭绍虞主编：《中国历代文论选》第二册，上海古籍出版社，1979年，第345页。
[2] 郭绍虞主编：《中国历代文论选》第二册，上海古籍出版社，1979年，第341页。
[3] 郭绍虞主编：《中国历代文论选》第二册，上海古籍出版社，1979年，第367页。
[4] 转引自钱锺书《谈艺录》，中华书局，1984年，第113—114页。

"若纳水輨，如转丸珠"，与"圆美流转如弹丸"意合；中间"荒荒坤轴，悠悠天枢"①，言诗句之流转如坤轴天枢之循环往复，亦有圆活之义。再如宋人姜夔《白石道人诗说》指出："难说处一语而尽，易说处莫便放过。僻事实用，熟事虚用。说理要简切，说事要圆活，说景要微妙。"② 这里的圆活指的是叙事文学作品的生动活泼之美。

还有圆润之美，如珠如玉，无瑕无痕。如金代王若虚《论诗诗》有"百斛明珠一一圆，丝毫无恨彻中边"之联③，其中"一一圆"是就诗的语言而言，讲究字字玑珠，圆润优美。刘勰《文心雕龙》之《体性》篇所谓"故童子雕琢，必先雅制，沿根讨叶，思转自圆"④；《定势》篇所谓："圆者规体，其势也自转。"⑤ 都有圆转自如的圆润之意。再如前述钱锺书引曾国藩《家书》"古今文人下笔造句，总以珠圆玉润为主"之句，直接提出圆润之美。清人况周颐《蕙风词话》云："词中转折宜圆。笔圆，下乘也；意圆，中乘也；神圆，上乘也。"⑥ 这里如果仅就词中转折而言，其中"笔圆"应该是指用了转折性的词语，留下圆转之痕迹，因而属于下乘；"意圆"表示没有斧凿之痕而有圆润之美，属于中乘；"神圆"则是自然天成，在圆润之美方面达到极致，属于上乘。如果不局限于"词中转折"，笔圆、意圆和神圆可以作更宽泛的理解："笔圆"指字词的圆润，就算达到字字玑珠，仍属下乘；"意圆"指意象情思方面的自由自然；"神圆"则是在内容形式以及精神气质各方面都达到自然天成的境界，具有言有尽而意无穷的神韵，体现的都是圆润之美。

圆美并不限于语言和叙述层面，而且表现于内在的精神气质方面，上述"神圆"已有这方面的迹象。再如清人何绍基《与汪菊士论诗》指出："所谓圆者，非专讲格调也，一在理，一在气。理何以圆？文以载道，或大悖于理，或微碍于理，便于理不圆。……气何以圆？用笔如铸元精，耿

---

① 郭绍虞主编：《中国历代文论选》第二册，上海古籍出版社，1979 年，第 207 页。

② 郭绍虞主编：《中国历代文论选》第二册，上海古籍出版社，1979 年，第 403 页。

③ 郭绍虞主编：《中国历代文论选》第二册，上海古籍出版社，1979 年，第 441 页。

④ ［梁］刘勰：《文心雕龙·体性》，见郭晋稀注译《文心雕龙注译》，甘肃人民出版社，1982 年，第 334 页。

⑤ ［梁］刘勰：《文心雕龙·定势》，见郭晋稀注译《文心雕龙注译》，甘肃人民出版社，1982 年，第 389 页。

⑥ 《蕙风词话　人间词话》，人民文学出版社，1988 年，第 5 页。

耿贯当中，直起直落可也，旁起旁落可也，千回万折可也，一戛即止亦可
也，气贯其中则圆。如写字用中锋然，一笔到底，四面都有，安得不厚，
安得不韵，安得不雄浑，安得不淡远。这事切要握笔时提起丹田，高着眼
光，盘曲纵送，自运神明，方得此气。"① 这里所言之"气贯其中"之圆，
与中国诗学之风骨说、神韵说、意境说等有所贯通。而且这种"气贯其中"
之圆也可以理解为圆通精神，这是圆美诗学与圆通诗学的相同之处。圆通诗
学与圆美诗学的共同基础是尚圆意识，作为诗学范畴，圆通是在圆美基础上
的升华。

四、"圆通"的诗学意义

作为思维方式，"圆通"或"圆融"都是强调对立面的统一，要求消除
隔阂，超越矛盾。不仅超越对立的两极，取其中道，而且追求中间与两边的
"三谛圆融"，体现的是"不二法门"的思维方式。经过历代诗人的创作运
用和评论家的理论阐述，形成以"圆"为核心的圆通诗学。虽然具有圆通
精神的诗学家历代不乏其人，但在中国文论史上，真正体现佛教圆通精神的
诗学家非刘勰莫属，其《文心雕龙》的大部分章节都有圆通思想的表现，
而且有许多直接以"圆"话语来表述，上文已经提到一些，这里再举几例：
"然诗有恒裁，思无定位，随性适分，鲜能圆通"（《明诗》）②；"诗人比
兴，触物圆览"（《比兴》）③；"才之能通，必资晓术，自非圆鉴区域，大
判条例，岂能控引情源，制胜文苑哉"（《总术》）④。刘勰早于中国佛教宗
派奠基人一个世纪，而在其体大思精的诗学论著中不仅体现出非常鲜明的佛
教圆通思想和圆通精神，而且频繁使用"圆通"概念术语，此时的中国佛
学界，作为佛教中国化产物的圆通概念还没有形成。所以，刘勰作为中国圆

---

① 郭绍虞主编：《中国历代文论选》第四册，上海古籍出版社，1980年，第36页。
② 《文心雕龙注译》校勘："圆通……元作通圆，今以唐写本和《御览》校改"，并加注释：圆通，
元作通圆。杨明照云："按作圆通是也。《论说篇》：'义贵圆通。'《封禅篇》：'辞贵圆通。'并其证。"
今依校改。见郭晋稀注译《文心雕龙注译》第66—67页。
③ ［梁］刘勰：《文心雕龙·比兴》，见郭晋稀注译《文心雕龙注译》，甘肃人民出版社，1982年，
第466页。
④ ［梁］刘勰：《文心雕龙·总术》，见郭晋稀注译《文心雕龙注译》，甘肃人民出版社，1982年，
第505页。

通诗学的奠基者和代表人物是当之无愧的。

　　圆通的诗学意义首先在于打通文学创作的理、事、心、辞等各个环节，消除审美主客体之间的隔阂。刘勰《文心雕龙》之《论说》篇指出："故其义贵圆通，辞忌枝碎，必使心与理合，弥缝莫见其隙；辞共心密，敌人不知所乘；斯其要也。"① 就作家创作而言，心、理、词之间契合，没有缝隙，方能达到圆通境界。清人沈曾植论意、笔、色三者关系云："色即是境，意即是智。色即是事，意即是理，笔则空、假、中三谛之中，亦即遍及、依他、圆成三性之圆成实性也。"他认为谢灵运总山水庄老之大成，达到了三谛圆融和圆成实性的境界，而那些模仿之作"真与俗不融，理与事相隔，遂被人呼伪体"②。表述的也是圆通与圆融精神。再如上述金代王若虚《论诗诗》的"百斛明珠一一圆，丝毫无恨彻中边"一联，其上联是就诗的语言而言，体现的是圆润之美；其下联"彻中边"是就诗的内容和情感而言，"中"即佛家所谓"中道"，"边"即空、假二谛，"彻中边"即三谛圆融，理事无碍，是一种圆融圆通之美。近代诗学家王国维有"不隔"之论，他在《人间词话》中说："问'隔'与'不隔'之别，曰：陶、谢之诗不隔，延年则稍隔矣。东坡之诗不隔，山谷则稍隔矣。'池塘生春草'、'空梁落燕泥'等二句，妙处唯在不隔。……语语都在目前，便是不隔。"③ 关于王国维"隔"与"不隔"的佛教渊源，学界已有比较多的讨论，不再费墨④，其诗学意义还有必要进一步讨论。从思维方式和方法论的角度看，"不隔"即圆通。一方面，要求写景"语语都在目前"，意味着消除了主客体的对立隔阂，包括作者与表现对象之间的对立隔阂，也包括读者与作者，以及读者与文本之间的对立隔阂。另一方面，在王国维看来，表现在作品中的意和境也应该达到浑然一体，如其关于意境的论述："文学之事，其内足以摅己，而外足以感人者，意与境二者而已。上焉者意与境浑，其次或以境胜，或以意

---

　　① ［梁］刘勰：《文心雕龙·论说》，见郭晋稀注译《文心雕龙注译》，甘肃人民出版社，1982 年，第 214—215 页。

　　② 沈曾植：《与金潜庐太守论诗书》，见郭绍虞主编《中国历代文论选》第四册，上海古籍出版社，1980 年，第 291—292 页。

　　③ 王国维：《人间词话》，山西古籍出版社，2001 年，第 23 页。

　　④ 详见张节末《禅宗美学》，北京大学出版社，2006 年，第 236—240 页。

胜。"① 以境胜或以意胜，还没有达到不隔的境界，而意与境浑即达到情景
交融，则是一种更高层次的不隔。可见不隔的思想基础就是圆通精神与圆融
思维，其要旨在于消除审美主客体等对立项之间的隔阂，实现对立面的
统一。

其次，基于佛教不二法门的"圆通"主要是一种方法论，体现的是综
合思维，不同于西方的分析性思维方式。中国和印度古代都有综合同一的思
维传统，圆通正是这样的思维传统的哲学体现。作为体现综合思维方式的诗
学范畴，"圆通"包括会通、包容、圆括、综合等涵义，也有"圆融"或者
"圆照"之义。所谓"圆通"即对佛法或事物的理解把握达到不偏倚、无障
碍、圆满贯通的境界，如永嘉玄觉所谓"一性圆通一切性，一法遍含一切
法"；所谓"圆照"即多方观照，互相参照，从而达到融会贯通的认识，如
神会所谓"般若圆照涅槃，故号如来知见"。在文学理论层面，刘勰《文心
雕龙》之《体性》篇说："故童子雕琢，必先雅制，沿根讨叶，思转自圆。
八体虽殊，会通合数，得其环中，则辐凑相成。"② 指的是各种文体之间的
互相贯通，体现了圆通的思维方式。其《知音》篇主要讨论文学的鉴赏批
评问题，作者首先感慨"夫篇章杂沓，质文交加，知多偏好，人莫圆该"，
就是说面对纷然杂陈的文学样式和风格，人们出于个人偏好，很难作周全的
认识和理解，然后进一步提出："凡操千曲而后晓声，观千剑而后识器；故
圆照之象，务先博观。"刘勰的"圆照"思想是从文学鉴赏的角度提出的，
指的是通过博观圆照，对各种风格的作品都能理解认识并加以适当的评论，
从而成为作家的知音。这是将圆通之理运用于文学的品评鉴赏。有了这样的
圆通与圆照，对各种各样的作品做到"无私于轻重，不偏于憎爱，然后能平
理若衡，照辞如镜矣"③。作为诗学范畴，"圆通"主要体现为艺术审美活动
中的综合性思维方式和审美方式，作为思维方式和审美方式，"圆通"既可
以在审美创造过程中得到体现，也可以在审美鉴赏中发挥作用。

① 《人间词乙稿叙》，见王国维《人间词话》，山西古籍出版社，2001 年，第 79 页。
② ［梁］刘勰：《文心雕龙·体性》，见郭晋稀注译《文心雕龙注译》，甘肃人民出版社，1982 年，第 334—335 页。
③ ［梁］刘勰：《文心雕龙·知音》，见郭晋稀注译《文心雕龙注译》，甘肃人民出版社，1982 年，第 558 页。

　　第三，圆通的审美意义在于和谐美的追求。和谐是美学范畴之一，一般指事物结构合理、比例匀称、关系和睦、发展顺畅，由此给人以优美舒畅的感觉，谓之和谐。圆通的基本含义就是消除差别和矛盾，从而实现和谐。以圆通为思想基础的和谐美有多方面的表现。其一是在文学的才与识、情与语、文与质等各种具有对立性的因素中，不过分偏重某一方面，而是取其"中道"，兼顾兼收。如皎然提出"诗家中道"思想，指出："且文章关其本性，识高才劣者，理周而文窒；才多识微者，句佳而味少。是知溺情废语，则语朴情暗；重语轻情，则情阙语淡。巧拙清浊，有以见贤人之志矣。大抵而论，属于至解，其犹空门证性有中道乎！何者？或虽有态而语嫩，虽有力而意薄，虽正而质，虽直而鄙，可以神会，不可言得，此所谓诗家之中道也。"[1] 佛家认识论讲究不落边见，取其中道，是圆通与圆融思维的表现。天台宗"三谛圆融"即源自中观派的"中道"思想，因此，可以说中道就是圆融，"诗家中道"就是圆融思想的诗学表现，体现的是和谐美的追求。其二是追求变化而不逾矩。司空图《诗品》有《委曲》一章，提出"道不自器，与之圆方"，圆者规也，方者矩也，所谓没有规矩不成方圆。然而这种方圆不是死板的规矩，而是迂回曲折，委曲和顺，流畅自然，司空图形象地表述为："登彼太行，翠绕羊肠。杳霭流玉，悠悠花香。力之于时，声之于羌。似往已回，如幽匪藏。水理漩洑，鹏风翱翔。"[2] 意思说的都是曲折委婉，其中"翠绕羊肠""似往已回""水理漩洑"都呈圆形，被诗学家用于"委曲"的象征，恰如其分。李东阳《怀麓堂诗话》云："得于心而发之乎声，则虽千变万化，如珠之走盘，自不越乎法度之外矣。如李太白《远别离》、杜子美《桃竹杖》，皆极其操纵，曷尝按古人声调？而和顺委曲乃如此。"[3] 这段话虽然没有圆字，却不乏圆通精神。"珠之走盘"，珠与盘皆圆，珠在盘中运行的线路自然是圆顺的，其达到的效果"和顺委曲"，即是一种和谐之美。其三是在叙事作品或戏剧作品中追求团圆之趣。李渔指出："全本收场，名为'大收煞'。此折之难，在无包括之痕，而有团圆之趣。如一部之内，要紧脚色，共有五人，其先东西南北，各自分开，到此必须会合。"

① ［日］弘法大师撰，王利器校注：《文镜秘府论校注》，中国社会科学出版社，1983年，第327页。
② 郭绍虞主编：《中国历代文论选》第二册，上海古籍出版社，1979年，第206页。
③ 郭绍虞主编：《中国历代文论选》第三册，上海古籍出版社，1980年，第28页。

当然这样的团圆之趣不是一般的给一个美好的结局，而是波澜起伏的自然结果，"水穷山尽之处，偏宜突起波澜，或先惊而后喜，或始疑而终信，或喜极、信极而反致惊疑，务使一折之中，七情俱备，始为到底不懈之笔，愈远愈大之才，所谓有团圆之趣者也"①。这种团圆之趣就是圆通诗学在戏剧情节安排方面的表现，其效果也是和谐之美。

第五节　寂静论

寂静（sānta，又译为平静）是佛教哲学的重要概念，指达到涅槃状态的解脱境界，是一种宗教修行实践的终极体验。这种寂静境界既是一种可以体验的外在客观境界，又是一种主观感受和内在追求。这种感受和追求通过文学作品表现出来，形成一种意境，产生独特的艺术美感。在丰富的文学创作基础上，诗人和评论家概括出"寂静"这一具有浓郁东方特色的诗学范畴。

一、"寂静"在印度

在印度，"寂静"并非佛教首创，更非佛教一家所独有，而是一个具有普遍性的与宗教实践紧密联系的哲学范畴。印度传统宗教都以解脱为终极目标，而解脱的重要标志是心灵的平静。宗教实践的寂静境界在印度古老的瑜伽修行中已经有所体现。瑜伽在印度源远流长，可能在公元前三千年前后的印度河文明时期已经出现。印度河文明遗址莫亨卓达罗出土的印章中有三枚与此有关，其中一个上彩釉的印章描绘了一位以莲花式跌坐的男子，两位崇拜者伸展双手立于他的两侧，他们后面是两条高昂着头的蛇。另一块滑石印章也是一个男子呈莲花坐姿，只是下面多了一个基座，旁边有象、狮子、水牛、犀牛各一头和鹿一对；人有四面。另一个只有上半身，双眼闭合，作冥思状，上衣仅遮一肩，留有胡须和长长的头发。类似的印章在印度河文明的

---

① ［清］李渔：《闲情偶寄》，见郭绍虞主编《中国历代文论选》第三册，上海古籍出版社，1980年，第280页。

另一个遗址哈拉巴也多有发掘①。以求静为特点的瑜伽（yoga）和禅定（dhyāna）在《奥义书》中已经有比较多的论述。在较早的《歌者奥义书》中，dhyāna 是认识自我的一个环节②。在《弥勒奥义书》中形成了瑜伽六支，作为实现梵我合一的方法：其中说道："这是与它合一的方法：调息、制感、沉思、专注、思辨和入定。这称为瑜伽六支。"③ 可以看出沉思 dhyāna 和入定 samādhi 都是瑜伽修行的重要环节。后来波颠阇利的《瑜伽经》进一步将瑜伽分为八支：禁制、遵行、坐法、调息、制感、专注、沉思（dhyāna）和入定（samādhi）。佛教继承了印度传统的瑜伽修行方式，而特别强调其中的 dhyāna 和 samādhi。dhyāna 原义沉思、静虑，传入中国后被音译为"禅那"，略说为"禅"，其意译在唐以前是"弃恶、功德丛林、思维修"，唐以后的意译是"静虑、思维、摄念"。samādhi 音译为三昧或三摩地，意译入定，是瑜伽修行的最高境界，其特点是消除任何意念和意识，进而达到主客合一、人神合一、梵我同一的状态。佛教否定神、我、梵的存在，其三昧一般表述为"寂灭"状态，其本质特点都是修行者内在心灵的平静。在汉译佛经中，"寂"和"静"或分别表述，或联合使用，都表示一种寂静境界，包括外在自然环境的静寂、幽静、幽寂，修行主体的静居、闲寂的外在状态，也包括修行主体内在心灵的平静、心寂、寂灭，以及内外合一的空寂、安静等宗教修行状态和境界。

由于宗教理念和宗教实践的影响，寂静境界的表现与寂静味的追求在印度传统文学中随处可见。《薄伽梵歌》中黑天描述了达到瑜伽智慧者的境界状态，其主要特点就是内心的平静。如第十二章论"虔信瑜伽"，黑天讲述了几种与他结合的方式，然后指出："智慧胜于练习，沉思胜于智慧，弃绝行动成果胜于沉思，一旦弃绝，立即平静。"（12.12）④ 在黑天看来，那些控制了感官，心灵清净的人达到了这样一种境界："欲望进入他，犹如江河流入满而不动的大海。"（2.70）因此，摒弃欲望，摆脱贪婪，达到平静，

---

① 参见李建欣《中国禅学的印度渊源初论》，见释传正总主编、释妙峰主编《曹溪——禅研究》（三），中国社会科学出版社，2003年，第10—11页。

② 黄宝生先生将 dhyāna 译为"沉思"，见《奥义书》，黄宝生译，商务印书馆，2010年，第205页。

③ 《奥义书》，黄宝生译，商务印书馆，2010年，第377页。

④ 本文采用黄宝生先生译文，根据［印］毗耶娑《薄伽梵歌》，黄宝生译，商务印书馆，2010年，第116页。下文只标出章颂编号，不再注释。

就获得解脱。他指出："牟尼想要登上瑜伽，行动是他们的方法；牟尼已经登上瑜伽，平静是他们的方法。"（6.3）

佛教是在印度传统宗教文化土壤中产生的，继承并发展了尚寂静求解脱的印度传统宗教文化。马鸣《佛所行赞》写释迦牟尼为太子时，看到老、病、死现象，产生厌患情绪。后来遇到一位沙门，自称："畏厌老病死，出家求解脱。众生老病死，变坏无暂停。故我求常乐，无灭亦无生。怨亲平等心，不务于财色。所安唯山林，空寂无所营。"① 释迦牟尼受到启发，产生了出家求道的念头。出家之前瓶沙王要给他一半国土和军资，让他放弃出家，释迦牟尼表示拒绝，强调："修禅寂静者，不应从世间。"后来他拜访大仙人阿罗兰，诗人写道："甘蔗月光胄，到彼寂静林。敬诣于牟尼，大仙阿罗兰。"② 可见，仙人们的净修林都是以寂静为特征的，其中的修行者追求的都是寂静，释迦牟尼是步他们的后尘，甚而比他们走得更远。佛陀本人离喧求静，出世解脱，为佛徒树立了榜样，在佛教僧团中形成了山林栖居传统。修道者在山居生活中体验寂静境界，并在诗歌创作中表现出来。如优帕塞那长老的诗偈写道：

> 比丘居住地，寂静人烟稀；
> 野兽时常见，悠闲在林区。③

这里写的是林居生活的环境，但表现的是诗僧修行生活中悠闲的心境和寂静的追求。

虽然"寂静"是印度古代宗教的普遍追求，但只有佛教将其上升到哲学本体的高度。佛教将"寂静"作为"涅槃"的同义语，将其作为解脱的最高境界，由此"涅槃寂静"成为佛教的三法印，即三条基本原理或三项基本原则之一。佛经中关于寂静的论述很多。如《法句经·沙门品》要求沙门："常内乐定意，守一行寂然。……无禅不智，无智不禅。道从禅智，

---

① ［印］马鸣：《佛所行赞》，［北凉］昙无谶译，见《大正新修大藏经》第4册，第9页。
② ［印］马鸣：《佛所行赞》，［北凉］昙无谶译，见《大正新修大藏经》第4册，第22页。
③ 《长老偈　长老尼偈》，邓殿臣译，中国社会科学出版社，1997年，第137页。

得至泥洹。当学入空，静居止意。乐独屏处，一心观法。"① 后期佛传《神通游戏》中初成正觉的佛陀，将自己所证之法的特点作了概括，其中包括"平静""安静""寂静""灭寂""涅槃"等。其时如来感觉佛法深邃，世人难以理解，决定默然不宣，说偈曰：

> 我获得这个甘露无为法，
> 深邃，寂静，无垢，光明，
> 如果我宣示，他人不理解，
> 因此，我还是默然住林中。②

后来梵天劝请如来传法，说道：

> 请你展示寂静之路，平安，
> 吉祥，无老，无忧，救主啊！
> 请你怜悯那些偏离涅槃之路，
> 而误入歧途的孤苦无助者！③

可见佛法的本质特点就是寂静。

虽然佛教的寂静不排除、不否定外在环境的静寂，但由于"寂静"主要是来自主体之宗教修行实践的体验，所以佛经中关于寂静的描述往往偏于内在。如《圆觉经》卷下，佛陀讲了三种圆觉无碍法门：奢摩他、三摩钵提、禅那，其中奢摩他和禅那都以求静为特征。经云："若诸菩萨悟净圆觉，以净觉心，取静为行，由澄诸念，觉识烦动，静慧发生，身心客尘从此永灭，便能内发寂静轻安。由寂静故，十方世界诸如来心于中显现，如镜中像。此方便者，名奢摩他。"④ 三种法门可以单独修行，也可以结合修行，如："若诸菩萨唯取极静，由静力故，永断烦恼，究竟成就，不起于座便入

---

① ［印］尊者法救：《法句经》，［吴］维祇难等译，见《大正新修大藏经》第4册，第572页。
② 《梵汉对勘神通游戏》，黄宝生译注，中国社会科学出版社，2012年，第731页。
③ 《梵汉对勘神通游戏》，黄宝生译注，中国社会科学出版社，2012年，第736页。
④ 《大方广圆觉修多罗了义经》，［唐］佛陀多罗译，见《大正新修大藏经》第17册，第917页。

涅槃。此菩萨者，名单修奢摩他。……若诸菩萨以静慧故，证至静性，便断烦恼，永出生死。此菩萨者，名先修奢摩他，后修禅那。"① 可见，作为解脱境界的寂静，既是一种可以体验的外在客观境界，又是一种主体性的主观感受和内在追求。

不仅佛教经典大量阐述寂静的内涵和意义，佛教诗人也经常在自己的作品中表现寂静境界或者对寂静境界的追求。如高提克长老偈："雨唱美歌声，禅房慰我情。冷风吹不进，我心甚安宁。大雨任你下，心在涅槃境。"② 作品写诗僧雨季在禅房参禅修道的情景，其中的心安宁和涅槃境都是寂静的同义语。再如幼稚长老偈："佛陀说圣法，僧行佛所说；寂静诸行灭，可享涅槃乐。"③ 涅槃寂静是佛教的三法印之一，二者有着紧密的内在联系。佛学界有时寂静与涅槃互释，如熊十力《佛家名相通释》："涅槃者，寂静义，即斥指本心而名之也。即此寂静的本心是真如，即此寂静的本心是实体显现。"④ 在佛教文学中，"寂静"或者"平静"常用来形容佛或者得道高僧的身心状态，如《神通游戏》对佛的描述："他的光芒白净，光辉纯洁无瑕，他的身体安静，思想纯洁平静。……他控制难以控制的心，思想摆脱摩罗的套索，视觉和听觉永不虚用，达到平静和解脱的彼岸。"⑤ 正是佛教诗人的文学表现和审美追求，使寂静哲学发展成为寂静诗学。

二、"寂静"在中国

在中国文化语境中，儒道两家都有尚静思想。孔子提出："知者乐水，仁者乐山。知者动，仁者静。知者乐，仁者寿。"（《论语·雍也》）孔子是从修身和人格的角度提出"静"的意义，对中国文化人的身心修养和人格追求产生了深远的影响，"宁静致远"成为儒家修身格言。道家也追求寂静境界，《老子》提出："致虚极，守静笃。……归根曰静，静曰复命。"（《老子》16 章）另有"静为躁君"、"大音希声"之论（《老子》26、41 章），

---

① 《大方广圆觉修多罗了意经》，[唐] 佛陀多罗译，见《大正新修大藏经》第 17 册，第 918 页。
② 《长老偈 长老尼偈》，邓殿臣译，中国社会科学出版社，1997 年，第 24 页。
③ 《长老偈 长老尼偈》，邓殿臣译，中国社会科学出版社，1997 年，第 6 页。
④ 熊十力：《佛家名相通释》，东方出版中心，1985 年，第 51 页。
⑤ 《梵汉对勘神通游戏》，黄宝生译注，中国社会科学出版社，2012 年，第 7—8 页。

其宇宙本体"道"的特点也是"寂兮寥兮"(《老子》25 章)。庄子也有虚静之论:"夫虚静恬淡寂漠无为者,天地之本而道德之至也。……言以虚静推于天地,通于万物,此之谓天乐。"(《庄子·天道》) 老庄都是从宇宙精神的终极高度追求寂静。当然,佛教的寂静与儒家和道家所追求的静有明显的差异。首先,佛教的寂静追求是与出世离欲的宗教实践相联系的,体现为离喧求静。如《法句经》云:"止身止言,心守玄默。比丘弃世,是为受(按:应为守)寂。"① 其次,佛教的寂静追求是与解脱的终极目的相联系的,解脱的目标就是达到涅槃寂静的境界。如《法句经·罗汉品》提出:"心已休息,言行亦正。从正解脱,寂然归灭。"② 可能是中国古代译经家为了使佛教的寂静追求与儒道的尚静相区别,在翻译 sānta 一词时尽量多用"寂",少用"静"。当然,也正是由于中国传统的儒道文化中有尚静的基础,使佛教进入中国减少了不少阻力。

佛教传入中国,首先被国人接受的是其追求宁静的禅定方式。早期著名佛经翻译家安世高,主要译品就是有关参禅入定的禅数学著作。他翻译的《安般守意经》主要讲述调息守意入禅之法,是早期汉译佛典中最著名、最流行的经典之一。该经讲佛在王舍城独坐行安般守意九十日,遂广解入息出息守意之义。所谓"安般"就是数息、调息,因此这种禅法称为"数息禅",主要有六事:一数、二随、三止、四观、五还、六净。静坐数息,自一至十,周而复始,莫过莫减,谓之数;息与意相随,谓之随;注意鼻端,谓之止;还观自身不净无常,谓之观;摄心还念,五蕴皆灭,谓之还;秽欲寂尽,其心无想,谓之净③。由于此禅法强调止息观心,又称"止观法门"。历代阐释者都突出强调其中的静寂境界。如康僧会是安世高弟子,曾经为《安般守意经》作注疏,其序言对"四禅"做了解说:"是以行寂,系意着息,数一至十,十数不误,意定在之。小定三日,大定七日,寂无他念,泊然若死,谓之一禅。……垢浊消灭,心稍清净,谓之二禅也。……行寂止意,悬之鼻头,谓之三禅也。……于斯具照天地人物,其盛若衰,无存不

---

① ［印］尊者法救:《法句经》,［吴］维祇难等译,见《大正新修大藏经》第 4 册,第 572 页。
② ［印］尊者法救:《法句经》,［吴］维祇难等译,见《大正新修大藏经》第 4 册,第 564 页。
③ 参见周叔迦《释迦艺文提要》,北京古籍出版社,2004 年,第 1—2 页。

亡,信佛三宝,众冥皆明,谓之四禅也。"① 道安《安般注序》则强调禅定之物我两忘的境界,指出:"彼我双废者,守于唯守也。故《修行经》以斯二法而成寂。"② 谢敷作注序则一方面说明:"闭色声于视听,遏尘想以禅寂。"另一方面又强调:"故开士行禅,非为守寂,在游心于玄冥矣。"他还提出佛教三乘入禅的不同境界,特别推崇菩萨"深达有本,畅因缘无"的境界,指出:"达本者有有自空,畅无者因缘常寂。自空故不出有以入无,常寂故不尽缘以归空。"由此"不假外以静内,不因禅而成慧"。③

隋唐以后中国佛教各派都重视禅法,形成戒定慧三学,强调持戒入定,由定发慧,由此以寂静为特点的禅定在中国佛教中得以发扬光大。中国佛教大师关于禅法的著作很多,其中最著名的是被称为"智者大师"的隋代天台宗创始人智𫖮,他著有《摩诃止观》《释禅波若蜜次第法门》《修习止观坐禅法要》《禅门要略》《禅门口诀》等禅学著作多种,释元照为《修习止观坐禅法要》作序,强调止观即禅法的重要意义:"入道之枢机,曰止观,曰定慧,曰寂照,曰明静,皆同出而异名也。若夫穷万法之源底,考诸佛之修证,莫若止观。"④ 可见,所谓止观禅法,从某种意义上说,就是寂静境界的追求。禅宗是最中国化的佛教宗派,主张见性成佛,强调心性本寂,对传统佛教的禅定也进行了新的解释。如《坛经》中惠能先说黄梅东山法门"惟论见性,不论禅定解脱"。又说:"何名坐禅?此法门中,无障无碍。外于一切善恶境界,心念不起,名为坐;内见自性不动,名为禅。善知识!何名禅定?外离相为禅,内不乱为定。"⑤ 禅宗继承并发展了传统佛教的禅定思想,仍然以求静为特点为宗旨,但更强调其心灵意义,其寂静境界也更加内在化,将外在的安静更多地转向内在心性的寂静。在此基础上,禅宗不仅反对研经念佛,而且淡化外在的寂静环境,更多地转向内在的寂静境界的追求。如永嘉玄觉禅师对山居求静的修道和生活方式提出质疑,指出:"是以先须识道后乃居山。若未识道而先居山者,但见其山,必忘其道。若未居山

---

① [梁] 释僧祐:《出三藏记集》,苏晋仁、萧炼子点校,中华书局,1995 年,第 243 页。
② [梁] 释僧祐:《出三藏记集》,苏晋仁、萧炼子点校,中华书局,1995 年,第 245 页。
③ [梁] 释僧祐:《出三藏记集》,苏晋仁、萧炼子点校,中华书局,1995 年,第 246 页。
④ 方立天主编:《佛学精华》,北京出版社,1996 年,第 2183 页。
⑤ 《坛经》,丁福保笺注,陈兵导读,哈磊整理,上海古籍出版社,2011 年,第 86 页。

而先识道者，但见其道，必忘其山。忘山则道性怡神，忘道则山形眩目。是以见道忘山者，人间亦寂也；见山忘道者，山中乃喧也。……身心自相矛盾。何关人山之喧寂耶。"① 可见寂静是道之本性，寂静境界是内在心灵对道的体验，而非外在的处境。

在佛教思想的影响下，寂静境界的追求成为中国文学的重要主题。许多诗僧以"禅"入诗，表现寂静境界，如唐代诗僧齐己《静坐》诗：

> 日日只腾腾，心机何以兴。
> 诗魔苦不利，禅寂颇相应。
> 砚满尘埃点，衣多坐卧棱。
> 如斯自消息，合是个闲僧。②

再如宋代诗僧善昭有《坐禅》诗：

> 闭户疏慵叟，为僧乐坐禅。
> 一心无杂念，万行自通玄。
> 月印秋江静，灯明草舍鲜。
> 几人能到此，到此几能甄。③

其《修禅总摄》中还有"安禅心寂静，不被世魔牵"之句，都是诗人静坐或禅静状态的自我表现。

佛教诗人栖居山林，创作了大量的山居诗，其中突出表现了离喧求静的追求和对寂静境界的体验。在佛教诗人笔下，寂静既是一种可以体验的客观境界，又是诗人主体的主观感受和内在追求，杰出的佛教诗人通过外部自然寂静与内在心灵平静的融合，体现具有审美意义的寂静境界。如晋代诗僧支遁《八关斋诗三首序》中有"静拱虚房，悟外身之真"的标举，其《咏山

---

① 《禅宗永嘉集》，见《大正新修大藏经》第 48 册，第 394 页。
② 《全唐诗》卷八四〇，中华书局编辑部点校，中华书局，1999 年，第 9554 页。
③ 朱刚、陈珏：《宋代禅僧诗辑考》，复旦大学出版社，2012 年，第 178 页。

居诗》中有"动求目方智,默守标静仁"的追求①。唐代诗僧寒山有"蓬扉不掩常幽寂,泉涌甘浆长自流"的咏唱②,皎然有"外物寂中谁似我,松声草色共无机"的描述③,其中都有寂静境界的体现。

在佛教诗人的山居诗中,寂静及其同义词是出现频率最高的词汇之一。以唐代诗僧皎然的作品为例,其中"寂"和"静"俯拾即是。有的表现外部自然环境之静,如:"影殿山寂寂,寥天月昭昭"(《宿道士观》)、"经寒丛竹秀,入静片云闲"(《西溪独泛》)、"机闲看净水,境寂听疏钟"(《建元寺集皇甫侍御书阁》)、"双林秋见月,万壑静闻钟"(《和阎士和李蕙冬夜重集》)、"地静松阴遍,门空鸟语稀"(《寄昱上人上方居》)等④;有的借外在自然之寂静表现内在心灵之平静,如"高月当清冥,禅心正寂历"(《答豆卢次方》)"静对沧州鹤,闲看古寺经"(《汤评事衡水亭会觉禅师》)等⑤;有的表现外部自然环境的寂静与内在心灵平静的融合,如"岭云与人静,庭鹤随公闲"(《夏日奉陪陆使君长源公堂集》)、"寂寂孤月心,亭亭圆泉影"(《宿山寺寄李中丞洪》)、"茫茫区中想,寂寂尘外缘"(《与朝阳山人张朝夜集湖亭赋得各言其志》)等⑥。这些诗作或表现客观的寂静境界,或表现主观的寂静追求,进而创造外部自然环境的寂静与内在心灵平静相融合的艺术境界,都体现了佛教寂静诗学的基本内涵。

佛家的寂静追求对中国诗歌和诗学都产生了深远的影响。不仅山居修道的诗僧追求寂静境界,一些受佛教影响较大的诗人也有离喧求静的倾向,喜欢在作品中表现寂静之美。如南朝诗人王籍《入若耶溪》有"蝉噪林逾静,鸟鸣山更幽"之句,以动托静,以喧衬静,成为千古传诵的佳句。中唐诗人王维号称"诗佛",其诗大多表现佛家寂静空灵之境界,其《鸟鸣涧》诗云:

---

① 《广弘明集》卷三〇,见《大正新修大藏经》第 52 册,第 350、351 页。
② 《全唐诗》卷八〇六,中华书局编辑部点校,中华书局,1999 年,第 9176 页。
③ 《全唐诗》卷八一五,中华书局编辑部点校,中华书局,1999 年,第 9266 页。
④ 《全唐诗》卷八一七,中华书局编辑部点校,中华书局,1999 年,第 9285—9290 页。
⑤ 《全唐诗》卷八一五至八一七,中华书局编辑部点校,中华书局,1999 年,第 9254、9289 页。
⑥ 《全唐诗》卷八一六、八一七,中华书局编辑部点校,中华书局,1999 年,第 9283、9280、9289 页。

> 人闲桂花落，夜静春山空。
> 月出惊山鸟，时鸣春涧中。①

　　夜静、山空、人闲，是外在的静的表现，花落、月出、鸟鸣，都是动的景象，通过这些动的景象反衬出夜晚春山的幽静。全诗内蕴还是要表现人的心静，由于心静，才能体会到外在的空静，才可能有欣赏桂花花开花落的闲心。韦应物虽然非佛教诗人，但性高洁，好幽居，常与诗僧皎然等方外诗人酬唱，其作品中多有寂静追求，如《善福精舍示诸生》有"悄然群物寂，高阁似阴岑。方以玄默处，岂为名迹侵"之语，其《神静师院》则有"方耽静中趣，自与尘事违"②之句，都表现了诗人离喧求静的心态。朱光潜先生指出："'禅趣'中最大的成分便是静中所得于自然的妙悟，中国诗人所最得力于佛教者就在此一点。"③ 可谓是真知灼见。

三、"寂静"的诗学意义

　　在丰富的文学创作表现基础上，中国和印度古代诗人和评论家都对寂静进行了诗学概括和理论总结，使"寂静 sānta"由宗教哲学范畴转化成为诗学范畴。

　　印度古代诗学家很早就发现了文学审美的"寂静味"（sāntarasa，又译平静味）。公元前后出现的诗学论著《舞论》提出了戏剧审美的八种味，其中还没有平静味。9 世纪欢增的《韵光》对当时还在争议的平静味表示认可，指出："平静味确实被理解为一种味。它的特征是充满展现灭寂欲望的快乐。"④ 10 世纪著名诗学家新护否定了许多味的存在，但却对"平静味"表示认可，并详加论述，认为平静味的常情是认识真谛，认识真谛也就是认识自我⑤。14 世纪诗学家毗首那特不仅认可"平静味"，而且在诗学著作

---

① 《全唐诗》卷一二八，中华书局编辑部点校，中华书局，1999 年，第 1301 页
② 《全唐诗》卷一八七，中华书局编辑部点校，中华书局，1999 年，第 1918、1984 页。
③ 朱光潜：《中西诗在情趣上的比较》，见朱光潜《诗论》，安徽教育出版社，2006 年，第 74 页。
④ ［印］欢增：《韵光》第三章，见《梵语诗学论著汇编》，黄宝生译，昆仑出版社，2008 年，第 306 页。
⑤ 参阅黄宝生《印度古典诗学》，北京大学出版社，1993 年，第 60—63 页。

《文镜》中进行了论述。

中国诗人和评论家也在长期创作实践的基础上对"寂静"进行诗学总结。最早将"静"上升为诗学范畴的是唐代诗僧皎然。在诗学著作《诗式》中，皎然将"静"作为诗的"体格"之一，并强调指出："静，非如松风不动，林狖未鸣，乃为意中之静。"①皎然论诗强调意静，即内在心灵的虚静。从审美主体的角度说，超脱世俗，超然物外，才能凝思静虑，聚精会神于艺术美的创造和欣赏。皎然进一步指出："有时意静神王，佳句纵横，若不可遏，宛如神助。不然，盖由先积精思，因神王而得乎?"②从诗歌创作的角度说，只有"意静"，才会神旺，达到诗的兴会状态，就会佳句纵横。权德舆在《送灵澈上人庐山回归沃洲序》中说："故睹其容览其词者，知其心不待境静而静。……予知夫拂方袍，坐轻舟，溯沿镜中，静得佳句，然后深入空寂，万虑洗然，则向之境物，又其秕稗也。"③强调从灵澈上人的诗中感受到诗人的心静而非境静。唐末司空图《诗品》也有"素处以默，妙机其微"的诗学思想，与皎然的"意静神王"异曲同工。宋桂林僧景淳《诗评》有"静不言静，意中含其静"、"诗有动静，情动意静"之说，是对皎然"意静"思想的进一步发挥④。苏轼《送参寥师》关于"静"的体悟又进了一步，诗云："欲令诗语妙，无厌空且静。静故了群动，空故纳万境。"⑤寂静的心灵可以观察体悟万物之动态，道出了"静"的诗学意义。金代诗人元好问也从方外之学领悟空寂之妙，感叹："万虑洗然，深入空寂，荡元气于笔端，寄妙理于言外。彼悠悠者，可复以昔之隐几者见待耶?"⑥王国维是中国诗学境界论的集大成者，他在论境界时提出"有我之境"和"无我之境"，并认为二者都与"静"有关，指出："无我之境，人惟于静中得之。

---

　　①　[唐]皎然：《诗式》，见郭绍虞主编《中国历代文论选》第二册，上海古籍出版社，1979年，第78页。

　　②　[唐]皎然：《诗式》，见郭绍虞主编《中国历代文论选》第二册，上海古籍出版社，1979年，第77页。

　　③　郭绍虞主编：《中国历代文论选》第二册，上海古籍出版社，1979年，第89页。

　　④　[宋]景淳：《诗评》，见张伯伟《全唐五代诗格汇考》，凤凰出版社，2002年，第500—501页。

　　⑤　[宋]苏轼：《送参寥师》，见张志烈、马德富、周裕锴校注《苏轼全集校注》第三集，河北人民出版社，2010年，第1893页。

　　⑥　[金]元好问：《陶然集诗序》，见郭绍虞主编《中国历代文论选》第二册，上海古籍出版社，1979年，第466页。

有我之境，于由动之静时得之。"① 经过历代诗人的创作运用和诗学家的理论阐述，"寂静"成为佛教诗学的一个关键词。

参禅入定的修行和涅槃境界的追求影响到审美，就是把"寂静"作为一种审美境界，由此形成了佛教诗学"寂静论"。作为诗学范畴，寂静具有丰富的审美内涵。首先，从本体论的角度看，作为哲学范畴的寂静是一种终极性的形而上体验；作为诗学范畴，寂静则是一种终极性的审美境界。寂静本来是宗教修行的体验，进入诗人笔下，成为审美的体验，如印度幼稚长老的诗偈："佛陀说圣法，僧行佛所说；寂静诸行灭，可享涅槃乐。"② 通过寂静享受涅槃之乐，是佛教修行的目标，也是诗的终极。寂静不仅是一种主体感觉体验，而且是宇宙的本质属性。老子对道也有"寂兮寥兮"的概括，在这方面，释老具有一致性。唐代诗人韦应物《咏声》诗云："万物自生听，太空恒寂寥。还从静中起，却向静中消。"③ 宇宙的本质是寂寥，万物从静中生起，又回归于静，由此"静"具有了永恒的意义，成为宇宙本体的本质属性。诗人对"静"的体验和认识进一步升华到形而上的终极层面，其中既有道家哲学的影响，也是佛教寂静诗学的体现。宋僧九峰义诠禅师有山居诗云："真源如寂静，静极即光辉。"④ 佛教诗学的寂静，不是死寂，而是一种自然状态，因此，对寂静的追求就是一种顺乎自然的人生态度。按自然节律运行，符合宇宙规律，是寂静追求的本义。诗学家进一步将这样的审美体验进行概括，如皎然所谓"意中之静"，就是诗人在寂静体验的基础上，在诗中创造出一种体现涅槃精神的意境。在此基础上形成的诗学寂静论，主要表现为对以"寂静"为特点的审美境界的追求，是一种具有超越性的文学本体论。

其次，从价值论的角度看，作为哲学范畴的寂静指向彼岸世界，具有超越性；作为诗学范畴，寂静意味着对现实社会和世俗功利的超越。印度诗学家毗首那特指出："平静味以上等人为本源，常情是静，颜色是优美的茉莉

---

① 王国维：《人间词话》，山西古籍出版社，2001年，第3页。
② 《长老偈　长老尼偈》，邓殿臣译，中国社会科学出版社，1997年，第6页。
③ 《全唐诗》卷一九三，中华书局编辑部点校，中华书局，1999年，第1990页。
④ 《筠州九峰诠和尚山居诗》，见朱刚、陈珏《宋代禅僧诗辑考》，复旦大学出版社，2012年，第13页。

色或月色，天神是吉祥的那罗延。所缘情由是因无常等等而离弃一切事物，以至高的自我为本相，引发情由是圣洁的净修林、圣地可爱的园林等等以及与圣人接触等等。情态是汗毛竖起等等。不定情是忧郁、喜悦、回忆、自信和怜悯众生等等。"① 可见所谓"平静味"是以出世离欲为现实基础和表现特征的，是印度诗学超越精神的体现。超越性是人性的一个重要方面，是人的本质属性之一，其主要表现就是基于经验而又不止于经验的形而上追求。超越性使人既超越有限的现实存在，又超越人类自身，从而追求无限，追求永恒。佛教是一种出世性的宗教，其特点是舍弃社会、摆脱羁绊的超越性追求。基于此，表现超越现实的出世精神成为佛教诗人的自觉追求。佛教进入中国以后，其出世离欲精神和修道方式产生了深远的影响，表现超越性的出世精神，体验寂静之美，品尝平静之味，也成为中国佛教诗人的自觉追求。如元代诗僧石屋珙禅师的《闲咏》之一：

> 优游静坐野僧家，饮啄随缘度岁华。
> 翠竹黄花闲意思，白云流水淡生涯。
> 石头莫认山中虎，弓影休疑盏里蛇。
> 林下不知尘世事，夕阳长见送归鸦。②

作品中有寂静与喧闹的鲜明对比，有尔虞我诈的社会生活与恬淡平静的山居生活的鲜明对比，表现了山林栖居生活的寂静之美。这是一种超脱现实功利的形而上追求，也是对出世离欲的彼岸世界的追求。这样的"寂静论"是一种具有超越性的文学价值论，主要体现为对世俗功利的超越。

第三，在佛教诗学中，寂静和快乐有着内在的联系，二者结合构成一种独特的佛教文学目的论。从目的论的角度看，作为哲学范畴的寂静具有快乐属性；作为诗学范畴，寂静体验总是伴随着审美愉悦。印度古代诗学家欢增在谈到诗学中的寂静味（平静味）时说："平静味确实被理解为一种味。它的特征是充满展现灭寂欲望的快乐。例如，前人的这种说法：'人间的爱欲

---

① ［印］毗首那特：《文镜》第三章，见《梵语诗学论著汇编》，黄宝生译，昆仑出版社，2008年，第896页。
② ［清］顾嗣立编：《元诗选》初集三，中华书局，1987年，第2502页。

快乐和天国的至高幸福，比不上灭寂欲望之乐的十六分之一。'"① 这里与寂静相联系的快乐不是一般的乐，而是具有超越性的心灵愉悦，即印度诗学中的一个核心范畴"欢喜"。"欢喜"（ānanda）原是印度宗教哲学术语，公元前6世纪前后的《泰帝利耶奥义书》第二章题为《梵欢喜章》，提出："获得这种本质，也就获得欢喜。""语言和思想不能达到而从那里返回，如果知道梵的欢喜，他就无所畏惧。"② 作为宗教哲学范畴的"欢喜"意为最高的福乐，是获得对最高真理的认识或宗教修行达到最高境界时的一种极乐精神状态，其境界是"梵我合一"、物我双亡、人神结合。10—11世纪印度诗学家那耶迦、新护等人将"喜"引进文学理论，提出"喜"以解"味"作为审美的最高原则，认为审美的最高境界同宗教修行所达到的最高境界是一致的，都是要舍弃个人，人同宇宙合一，人神合一，其获得的心灵愉悦也是相似的，都出现"欢喜"的精神状态。不仅印度教系统的各派哲学有关于"喜"的讨论，其他宗教哲学也都有关于"喜"（乐）的探讨和追求，特别是佛教，关于"喜"（乐）的思想非常丰富。佛教认为世界是苦，乐与苦相对，如果说"苦"是现实世界的本质，那么"乐"就是佛教所追求的彼岸世界的本质，因此"乐"成为涅槃"四德"（常、乐、我、净）之一。从宗教的角度看，寂静之乐是一种获得解脱的欢喜；从文学的角度看，寂静之乐是一种审美愉悦。佛教文学中不仅有极乐世界的描绘，也有寂静之乐的宣扬，如《神通游戏》："谁向往天国和人间欢乐，追求三界的一切幸福，禅定之乐和寂静之乐，请他跟随这位法王吧。"③ 从寂静中获得的快乐是一种解脱的快乐，所谓解脱就是摆脱各种羁绊，获得身心自由，这样的自由状态只有在心灵的平静中才能获得，而佛教诗学"寂静味"，就是审美主体对外在寂静和内在平静的体验，由此获得审美的愉悦。伴随着寂静体验的"快乐"就是解脱之欢喜与审美之愉悦的结合，这是佛教寂静诗学所追求的境界。作为诗学范畴，"寂静"属于美感体验，是一种心灵平静状态，与伴随的"欢喜（快乐）"即审美愉悦一起，构成一种独特的文学目的论。

---

① ［印］欢增：《韵光》第三章，见《梵语诗学论著汇编》黄宝生译，昆仑出版社，2008年，第306页。

② 《奥义书》，黄宝生译，商务印书馆2010年，第242、244页。

③ 《梵汉对勘神通游戏》，黄宝生译注，中国社会科学出版社，2012年，第88页。

第四，从方法论的角度看，作为哲学范畴的寂静是辩证思维的产物；作为诗学范畴，寂静也体现了静与动的辩证统一关系。在佛教哲学中，静总是与动联系在一起的。早期印度佛教将寂静与喧闹相对立，以离喧求静为主要思维方式和实践追求。大乘佛教开始关注动与静的辩证关系，形成不二法门。《楞严经》卷六观世音菩萨自述："彼佛教我从闻思修，入三摩地。初于闻中入流亡所。所入既寂，动静二相了然不生。如是渐增，闻所闻尽，尽闻不住；觉所觉空，空觉极圆。空所空灭，生灭既灭，寂灭现前。"① 表现了通过听觉修行悟道的过程，最初听有所闻，然后听而不闻，由动入静，由静而觉，由觉悟空，最后由空入灭，达到寂灭状态。中国禅宗抛弃传统佛教研经念佛礼仪的同时，也淡化了参禅入定的修行实践，以顿悟本性为宗旨，因而由外在的离喧求静转向内在心灵平静的追求。永嘉玄觉《证道歌》提倡"行亦禅，坐亦禅，语默动静体安然"的境界②，体现了动静不二的禅理。皎然《诗式》强调："静，非如松风不动，林狖未鸣，乃为意中之静。"说明静不是万物的死灭和沉寂，而是诗人心灵的平静。苏轼"静故了群动，空故纳万境"之论，进一步体现了动与静的辩证关系。宗白华先生指出："禅是动中的极静，也是静中的极动，寂而常照，照而常寂，动静不二，直探生命的本原。禅是中国人接触佛教大乘义后体认到自己心灵的深处而灿烂地发挥到哲学境界和艺术境界。静穆的观照和飞跃的生命构成艺术的两元，也是构成'禅'的心灵状态。"③ 从审美主体的角度看，"寂静"体现为静观，不是一种被动的静止状态，而是一种心灵能动性的发挥；不是主体的泯灭或放弃，而是在静观中实现心灵的自由，从而获得审美的愉悦。佛教寂静诗学对动静关系的理解体现出辩证思维特点。

毋庸置疑，佛教的寂静追求有其消极的一面，大者不利于人们改造自然，推动社会发展，小者无助于个人的功名实现，因此人们常常崇尚动而贬低静。然而，随着现代化的发展，工业化、城市化步伐加快，机械的轰鸣、广告的噪音不绝于耳，物理的噪音成为现代社会的污染源之一。人们心烦意乱，心理焦虑，心灵躁动，成为现代文明精神生态失衡的重要表现。浮躁已

① 《大佛顶首楞严经》，［唐］般刺密帝等译，见《大正新修大藏经》第19册，第128页。
② ［唐］玄觉：《永嘉证道歌》，见《大正新修大藏经》第48册，第395页。
③ 宗白华：《美学散步》，上海人民出版社，1981年，第65页。

经成为现代人新的世纪病，学习者急功近利，创业者渴望暴富，管理者追求高速度，不惜弄虚作假，坑蒙拐骗。面对躁动的现实，人们怀念那失去的平静和寂静。当今时代，寂静不仅是一种精神乡愁，而且是一剂救世良药。物理和环境的寂静，可以让我们摆脱噪音的污染；内在心灵的平静，可以让我们缓解焦虑情绪，克服精神病态；对自然对艺术的静观，可以让我们澄怀味象，展开自由联想，获得审美愉悦。因此，以离欲为基础、以超越为特征、以快乐为目的的"寂静"，是佛教诗学的重要遗产，对人类审美活动的探索具有重要意义。

结　　语

　　佛教文学是东方各国普遍存在的文学现象，尤其在印度和中国，不仅源远流长、丰富多彩，而且互相交集、互相映衬，具有跨民族、跨文化、跨学科的特点，是天然的比较文学研究对象，非常适合进行比较文学研究。佛教文学研究与比较文学也具有天然的联系，无论是印度佛教文学研究还是中国佛教文学研究，都内含着比较文学的因素。印度佛教文学研究，不仅属于文学与宗教的跨学科研究，而且在印度佛教文学的发展过程中，既有与南亚文化圈其他民族文学的互动，也有来自文化圈之外的影响因素。中国佛教文学研究，不仅属于文学与宗教的跨学科研究，而且涉及史学、哲学、语言学等人文学科及其他艺术领域，特别是作为异域文化影响的产物，中国文化语境中的佛教文学，这一研究对象本身即内蕴着跨文化因素。

　　比较文学的基础是影响研究，主要研究各国文学之间的相互联系，这是比较文学中最早出现的研究领域，距今已有一百多年的历史。比较文学的影响研究在欧美文学范围内已经取得了令人注目的成就，同时也陷入了危机，如韦勒克所指出的那样："企图把'比较文学'缩小成研究文学的'外贸'，无疑是不幸的。"① 除了观念方法上的局限之外，西方的比较文学影响研究还有视野上的局限，即很少把东方文学纳入研究范围。佛教文学是东方文学的重要现象，对佛教文学进行比较文学影响研究，可以起到纠偏救弊、填空补漏的作用。影响研究包括译介学、影响学、接受学、变异学、异域形象学等分支，在中印佛教文学交流和中印佛教文学关系研究中都可以得到充分的展开。印度是一个多语言甚至多语种的地区，佛的教说很早就由一种语言翻译成另一种语言，以至于梁启超有"凡佛经皆翻译文学"的说法②。翻译文

---

　　① 　[美]雷内·韦勒克：《比较文学的危机》，见张隆溪选编《比较文学译文集》，北京大学出版社，1982年，第23页。
　　② 　梁启超：《饮冰室佛学论集》，江苏广陵古籍刻印社，1990年，第260页。

学研究是比较文学译介学的重要研究领域，印度佛经的汉译是世界文化史上罕见的翻译现象，以汉译佛经为对象的佛教文学研究，其实质是一种翻译文学研究。佛经汉译是中印文化交流的媒介，因此佛经译介学除了翻译文学研究之外，一个很重要的研究领域就是佛经译介与中印文化交流问题，其中包括佛经译介中的文化过滤与经典选择，佛经注疏阐释中的误读现象，以及中印佛教文学交流中的互相影响，都是佛教文学影响研究应该关注的问题。从影响与接受的角度看，佛教对中国文学创作的影响、中国文人对佛教的接受等，已经成为中国佛教文学研究乃至整个中国文学史研究中的显学，取得了丰硕的成果，而文化过滤与文学误读、文学变异学、异域形象学等领域的佛教文学研究还比较薄弱。本书第一章《佛教文学的影响与接受研究》在系统梳理中印佛教文学之"影响研究""接受研究"和"媒介研究"的基础上，就中印佛教文学的互动关系、佛教文学接受中的误读和变异现象、中国佛教文学中的印度形象展开专题论述，希望在这些方面能有所开拓。

比较文学平行研究突破事实联系的框框和局限，以探索普遍规律、进行审美评价为宗旨，开拓了比较文学研究的学术空间，但在实践中显得散漫，容易出现缺乏可比性的乱比现象。理想的方式应该是那种既有文化渊源和影响基础，又有普遍规律和审美价值的比较文学研究，而中印佛教文学的比较研究正是如此。中国和印度同属于东方，既有共同的生产方式作为社会基础，又有佛教交流而形成的文化基础，因此，中印佛教文学之间具有很强的可比性。中印佛教文学中大量缺乏明显事实联系而体现共同规律的文学现象，由于有佛教文化为基础，其文学规律的探讨具有深厚的共同文化底蕴，而不必担心由于文明不同而导致核心价值观、文学审美范畴和文学言说方式的不通。

经过几十年的理论探讨和实践探索，比较文学平行研究形成了主题学、文类学、比较诗学等研究领域，佛教文学研究在这些领域都有自己的优势，可以发现很多有价值的研究课题。实际上，影响研究和平行研究并不矛盾，也没有截然划分的界限，以上主题学、文类学、比较诗学等方面的比较研究，既可以是有明显的事实联系和影响关系的影响研究，也可以是没有明显的事实联系和影响关系的平行研究。然而由于主题学、文类学、比较诗学研究的关注点不是法国学派强调的"文学关系史"，而是美国学派提倡的具有美学价值的文学规律的研究或文学性研究，因而其本质属性还是平行研究。

　　所谓主题学（Thematology）是不同国家文学中相同或类似的题材、主题、母题及文学原型的比较研究。这样的主题学源于 19 世纪初在德国兴起的民俗学和民间故事的类型研究，其主要研究方法是对不同民族的神话故事和民间故事进行比较，划分出不同的类型和模式，编成"母题索引"等工具书。由于其大多采用比较研究方法，因而与比较文学有着一定的亲缘关系。随着比较文学的兴起，主题学进入比较文学领域，成为一个重要分支。早期的主题学研究比较关注同一题材或主题在各国文学中的流变，因而"题材史"或"主题史"成为比较文学主题学的别称。但由于这样的母题研究、"题材史"或"主题史"研究或者缺乏直接的事实联系，或者缺乏文学性，因而一度受到质疑，引起争议。虽然法国学派的影响研究和美国学派的平行研究都有对主题学的认可，但对其并不重视。随着比较文学学科的发展，20 世纪后期以来，一批具有扎实学术基础和重要审美价值的主题学研究实绩改变了人们的看法，主题学越来越受到比较文学研究者的重视，成为比较文学不可缺少的一翼。佛教文学中故事形态的作品非常丰富，包括神话故事、民间故事、寓言故事等等，非常适合主题学研究。如独具特色的佛本生故事中包含许多故事母题，可以进行主题学研究，其中既有大量具有事实联系和文化一致性的"显型母题"，如《大隧道本生》中"二妇共争一儿"，智者断案，以分儿决定生母的故事，为后来许多文学作品所借用；也有许多不存在事实联系，但在题旨和结构方面具有内在一致性的"隐型母题"，如《露露鹿本生》中金鹿救人，被救之人为得赏赐而带人捉鹿，属于以怨报德、忘恩负义类型的故事；还有一些具有象征意义和原型意义的"原型母题"，如轮回转生等①。中印佛教文学中相同或类似的题材、主题、母题及文学原型，大多具有影响关系，但往往属于"共业所成"，很难找到直接的事实联系，而是表现出许多共同性的因素。这样的比较研究是影响研究与平行研究的结合，或者说是具有影响基础的平行研究。如本书重点关注的中印佛教文学中共有的山林栖居与山水情趣、净土发愿与佛国往生、众生平等与慈悲仁爱、相依缘起与因缘果报、业报轮回与转世再生等主题或者题域，源远流长且影

_____

　　①　详见侯传文《〈佛本生经〉与故事文学母题》，载《东方丛刊》1996 年第 1 辑。

响深远，其思想渊源当然是印度佛教，作为影响研究亦无不可，但由于具体作家作品的对应不易寻找，不必寻找，或者说旨不在此，因而属于平行研究主题学的范畴。本书第二章《佛教文学主题学研究》主要就一些体现佛教特有生活和修行方式、表现佛教独特思想和特殊关切的文学主题或题旨进行挖掘和阐述，以期在这一领域有所突破。

佛教文学是东方文学重要而又普遍的现象，历史悠久，空间跨度大，文学类型丰富，非常适合比较文学文类学研究。文类学（Genology）又称文体学或体裁学，是比较文学的一个重要分支，主要研究如何按照文学本身的特点对文学进行分类，研究各种文类的发展演变、基本特征和相互影响。比较文学学科发展的初期，文类学研究没有受到应有的重视，因为文类学传统上属于总体研究，是文学理论的内容和文学批评的对象。20 世纪后期随着比较文学平行研究的兴起和发展，强调比较文学研究的文学性，体裁、文体和文类研究大受关注。美国学者韦斯坦因在《比较文学与文学理论》一书中指出："体裁（genre）的概念象时期、潮流、运动等概念一样，为文学研究提供了一个广阔而富有成果的领域。"并进一步强调："体裁研究在比较文学中的重要地位是无论怎样说也不过分的。"[1] 然而他又不无偏见地认为："比较文类学的纯类比研究可以产生相似的作用，而且很可能对东方学者比对他们的西方同行更有利。因为直到最近，远东国家尚未根据类属对文学现象进行系统的分类。"[2] 基于这样的偏见，西方的文类学研究基本局限于欧美文化圈。我国的比较文学学者一开始就重视文类学研究，一般的教材和论著都辟专章讨论文类学问题，但一方面，大部分学者的研究讨论局限于中国和西方文类的比较，只有少数学者关注到东方文学内部的文类学问题，如孟昭毅的《比较文学探索》中有"亚洲同体裁文学比较研究"一章[3]；另一方面，大部分学者或者将文学体裁形式作为影响研究的对象，或者寓于传统的文类划分和文学体裁研究，将比较文学文类学看作同一平台上不同民族文学文类的比较，只有少数学者关注文学文类的异质性问题，如曹顺庆主编《比

① ［美］乌尔利希·韦斯坦因：《比较文学与文学理论》，刘象愚译，辽宁人民出版社，1987 年，第 97、100 页。

② ［美］乌尔利希·韦斯坦因：《比较文学与文学理论》，刘象愚译，辽宁人民出版社，1987 年，第 104 页。

③ 参见孟昭毅《比较文学探索》，吉林大学出版社，1991 年。

较文学学》，将文类学放在"文学变异学"之下进行研究，提出"'变异性'是比较文学文类学研究的根本特性"的观点①，在比较文学领域具有开拓性。在此基础上，曹顺庆先生进一步提出"比较文学变异学"理论，打开了比较文学的研究空间，体现了比较文学学科的新发展。就文类学研究而言，作为比较文学研究对象的文类学，不同于作为文艺学研究对象的文体研究。作为以跨民族、跨文化、跨学科为特色的比较文学文类学，关心的不是民族文学内部文学种类的划分以及文学发展史上文体形式的渊源流变，而是不同民族不同文化中文学文类的变异现象。

　　佛教文学体式的渊源流变、交流互动和变异发展，体现了文学文类在不同民族文学中的异质性，是比较文学变异学研究的典型案例。卷帙浩繁的佛经包含多种文学文类，可以进行文类学研究。前人曾对佛经文体作过多方面的研究，最著名的有经、律、论三藏之分和"九分教"或"十二分教"之说，这都是佛教内部根据经文的内容和形式所立的名称。如"九分教"把佛经分为（1）契经（修多罗）、（2）伽陀（偈颂，讽颂）、（3）本事、（4）本生、（5）希有法（未曾有）、（6）缘起（因缘）、（7）譬喻（阿波陀那）、（8）重颂（祇夜，应颂）、（9）议论（优婆提舍）②。所谓"十二分教"是在此基础上增加（10）授记、（11）无问自说、（12）方广③。这些佛经文献学的研究对佛经文学的文体研究也有参考价值。实际上佛经形成时期正是印度古代文学繁荣时期，主要文学体式都已成熟或正走向成熟，为佛教经典运用文学性文体提供了条件。因此，其中既有初级的民间形态的文学类型，也有高级的发展成熟的文学体式；既有佛教文学独有的偈颂、譬喻等文学样式，又有普遍性的抒情诗、哲理诗、长篇叙事诗、小说、戏剧等文学文类。当然，我们把佛经按照现代文类学进行分类，并不是说当时的作者都是有意识地创作一部小说或一部戏剧，他们不过是根据传教的需要，选择采用一种现成文体或创造一种适合的文体形式进行表述。由此，佛经文体就与文学史发展的同一阶段的文体有了不可分割的联系，二者甚至是同步的。佛经中的

　　①　曹顺庆主编：《比较文学学》，四川大学出版社，2005年，第263页。
　　②　南传巴利文佛典的九分教与此不同，多"授记""无问自说"和"方广"，少"因缘""譬喻"和"议论"。
　　③　参阅方广锠《佛藏源流》，载《南亚研究》1992年第3期。

文学性文体有的比较成熟发达，有的还处于初创或萌芽阶段。尽管它们作为文学文体还不够成熟，仍具有重要的文体学意义。文学文体最早正是在民间文学和宗教典籍中孕育发展的，其初级性、边缘交叉性、过渡性、模糊性等，都具有不可替代的文类学研究的价值。另外，佛经内外都有一些出自高僧或文人之手的成熟的诗歌、小说、戏剧类作品，它们是佛教文学的代表作，一方面体现了佛教文学独特的文类特点，另一方面对一般文学文体的发展产生了重要影响，也是佛教文学文类学研究的重要对象。本书第三章《佛教文学文类学研究》，不是将文类划分、文学体裁研究、文类理论批评等文类研究应用于佛教文学，也不是以基础文类或普遍性的文学体裁为平台，展开中国和印度佛教文学的比较，而是在归纳梳理佛教文学中普遍性文学体裁的基础上，选取一些具有佛教文学特色的文学体式，包括偈颂与赞歌、佛传与僧传、佛经譬喻文学、变文与佛教说唱文学、志怪传奇与佛教小说，梳理其在中印佛教文学中的渊源流变、影响互动和变异发展，探讨其中的文类学意义。比如偈颂与赞歌都属于"抒情诗"这一基础文类，但其内容和形式都具有佛教特色，在印度文学传统中形成，与一般的抒情诗相比已经具有异质性；流播中国之后，与中国本土的诗体和民歌相结合，内容和形式都发生了变异。再如中国佛教文学中的变文，源于佛教寺院的唱导，唱导源于"梵呗"。"梵呗"和唱导属于印度佛教文学现象，作为文学文类属于说唱文学，与一般的叙事文学相比已经具有异质性。在中国，从唱导到变文，其内容和形式都发生了质的变化；再从变文到说话、宝卷等民间说唱文学，属于文学文类的发展演变。这样的文类变异现象，不仅是佛教文学文类学研究的对象，也为比较文学文类变异学提供了典型案例。

总之，中印佛教文学中偈颂与赞歌等佛教歌诗、佛传与僧传等佛教传记、变文与佛教说唱文学，以及譬喻、小说等文学文类，或者具有佛教文学特色，或者是佛教文学成就较高影响较大的文学文类，值得专题研究。本书第三章《佛教文学文类学研究》主要围绕这些佛教文学体式进行文类学研究，希望能在这一领域做出新的开拓。

比较诗学作为比较文学的一个分支学科是 20 世纪 60 年代才出现的。在此之前，法国学派将比较文学看作文学史的一个分支，主要研究国际间的具有事实联系的文学关系，对诗学即文学理论问题漠不关心。美国学派提出比较文学的"文学性"问题，打开了从比较文学进入比较诗学的大门。60年代，法国学者艾金伯勒提出了比较文学必然走向比较诗学的观点，从此，比较文学更多地深入到文学理论层面，以不同民族的文学理论、文学思想为研究对象的比较诗学成为比较文学研究的重要领域。然而，由于"西方中心论"的影响，东方国家的诗学和文艺理论长期受到忽视。不仅西方学者基本上是在西方诗学体系中兜圈子，中国学者也对西方诗学趋之若鹜，所谓比较也限于中西两极之间。佛教文学在长期的发展过程中，不仅有丰富多彩的文学创作，而且形成了独具特色的文学理论。佛教诗学是中印文学理论结合的产物，因此佛教诗学研究本身就是比较诗学，同时佛教诗学作为东方诗学之一，与东方其他诗学的比较，以及与西方诗学的比较，都是比较诗学的重要题域。从中印佛教诗学关系的角度看，在中国文学传统中形成的佛教诗学，是佛教传播和影响的结果，其中有明显的印度诗学影响因素，因此，佛教诗学也可以作为影响研究的论题。如境界、妙悟、圆通、寂静等，都是源于佛教哲学并在佛教文学中孕育发展起来的诗学概念，是积淀着佛教思想智慧、凝结着佛教审美精神、具有佛教思维特色的诗学关键词，对它们的探源溯流，属于以影响为基础的比较诗学研究。然而，佛教诗学研究本质上属于平行研究。比较诗学是从主张文学性的平行研究中发展出来的，因此平行研究在佛教诗学研究中的天地更为广阔。从平行研究的角度看，佛教诗学是中印两国佛教文学家共同努力构建的诗学体系，包括以境界论为核心的创作论、以妙悟论为核心的鉴赏论、以圆通论为核心的方法论、以寂静论为核心的目的论，体现了东方传统诗学超越性、主体性和审美性的特点。本书第四章《佛教诗学研究》以比较诗学的理论方法，在对境界、妙悟、圆通、寂静等佛教诗学关键词探源溯流的基础上，分析其美学特征，探讨其诗学意义和理论价值，试图梳理或构建一个比较清晰、相对完整的佛教诗学体系。

　　文学的跨学科研究，又称科际整合，是比较文学平行研究的一个重要方面。佛教文学本身是文学与宗教结合的产物，是一种跨学科现象，另外佛教文学还涉及史学、哲学、艺术、美学、社会学、民俗学、心理学、生命科学等人文、社会和自然科学领域的许多学科，是比较文学跨学科研究的天然对象。佛教文学跨学科研究，既可以从不同学科角度对佛教文学文本进行阐释，也可以在不同学科之间进行交叉研究和互相阐发。这方面涉及的范围广、问题多，值得进行各种专题讨论。比如佛本生故事千百年来经过了无数的移植和改编，不仅有古代宗教节日的搬演，寺庙浮雕壁画的再创造，而且有现代作家和现代艺术形式的改编。这样的图像叙事是文学与艺术之间跨学科研究的对象。本书虽然没有列专章，但在许多相关专题研究中涉及佛教文学的跨学科研究，如我们在佛教偈颂与赞歌、变文及佛教说唱文学的研究中涉及了文学与艺术的跨学科研究，在佛教传记文学和佛教小说研究中涉及了文学与历史的跨学科研究，在佛教诗学研究中涉及了文学与哲学的跨学科研究，在一些主题学研究中涉及了文学与民俗学、文学与伦理学的跨学科研究。以佛教文学伦理学研究为例，不杀生、慈悲、众生平等、无情有性是佛教文学表现的重要主题，也是佛教伦理的核心概念和基本命题，体现了佛教自然伦理的逻辑内涵和体系特点。"不杀生"居佛教戒律之首，属于消极的非暴力，其内在的"慈悲"精神属于积极的非暴力，其伦理学基础是"众生平等"，体现了宗教伦理、社会伦理和自然伦理的统一。"无情有性"在众生平等的基础上进一步扩展了道德关怀空间。佛教伦理以服从自然律、以自然万物为关怀对象和顺乎自然的无中心，突显了自然伦理的本质特征。这些跨学科研究都是初步的尝试，还有待进一步展开。

主要参考文献

［汉］班固撰，［唐］颜师古注：《汉书》，中华书局，1962 年。

［晋］陈寿撰，［南朝宋］裴松之注：《三国志》，中华书局，1959 年。

［晋］释法显撰，章巽校注：《法显传校注》，中华书局，2008 年。

［南朝宋］范晔撰，［唐］李贤等注：《后汉书》，中华书局，1965 年。

［南朝宋］谢灵运撰，顾绍柏校注：《谢灵运集校注》，中州古籍出版社，
　　1987 年。

［梁］刘勰撰，郭晋稀注译：《文心雕龙注译》，甘肃人民出版社，1982 年。

［梁］沈约：《宋书》，中华书局，1974 年。

［梁］释慧皎：《高僧传》，汤用彤校注，汤一玄整理，中华书局，1992 年。

［梁］僧旻、宝唱等撰集：《经律异相》，上海古籍出版社，1988 年。

［梁］释僧祐：《出三藏记集》，苏晋仁、萧炼子点校，中华书局，1995 年。

［梁］释僧祐编撰：《弘明集》，刘立夫、胡勇译注，中华书局，2011 年。

［北齐］魏收：《魏书》，中华书局，1974 年。

［唐］白居易著，朱金城笺校：《白居易集笺校》，上海古籍出版社，1988 年。

［唐］段成式：《酉阳杂俎》，方南生点校，中华书局，1981 年。

［唐］慧立、彦悰：《大慈恩寺三藏法师传》，孙毓棠、谢方点校，中华书
　　局，2000 年。

［唐］牛僧孺、李复言：《玄怪录 续玄怪录》，姜云、宋平校注，上海古籍出
　　版社，1985 年。

［唐］善导、法照、少康等著，张景岗编校：《唐代净土祖师全集》，九州出
　　版社，2013 年。

［唐］王梵志著，项楚校注：《王梵志诗校注》，上海古籍出版社，1991 年。

［唐］魏徵等：《隋书》，中华书局，1973 年。

［唐］玄奘、辩机著，季羡林等校注：《大唐西域记校注》，中华书局，

2000 年。

［唐］义净著，王邦维校注：《南海寄归内法传校注》，中华书局，1995 年。

［后晋］刘昫等：《旧唐书》，中华书局，1975 年。

［五代］延寿：《永明延寿禅师全书》，刘泽亮点校整理，宗教文化出版社，
　　2008 年。

［宋］郭茂倩编：《乐府诗集》，中华书局，1998 年。

［宋］李昉等编：《太平广记》，中华书局，1961 年。

［宋］孟元老等：《东京梦华录（外四种）》，古典文学出版社，1956 年。

［宋］普济：《五灯会元》，苏渊雷点校，中华书局，1984 年。

［宋］苏轼著，张志烈、马德富、周裕锴校注：《苏轼全集校注》，河北人民
　　出版社，2010 年。

［宋］严羽著，郭绍虞校释：《沧浪诗话校释》，人民文学出版社，1983 年。

［宋］颐藏主集：《古尊宿语录》，萧萐父、吕有祥点校，中华书局，1994 年。

［宋］赞宁：《宋高僧传》，范祥雍点校，中华书局，1987 年。

［元］钟嗣成等：《录鬼簿（外四种）》，上海古籍出版社，1978 年。

［明］陆灿、顾起元：《庚己编 客座赘语》，谭棣华、陈稼禾点校，中华书
　　局，1987 年。

［明］冯梦龙编：《警世通言》，岳麓书社，1989 年。

［明］洪楩辑，程毅中校注：《清平山堂话本校注》，中华书局，2012 年。

［明］凌濛初：《初刻拍案惊奇》，天津古籍出版社，2004 年。

［明］凌濛初：《二刻拍案惊奇》，天津古籍出版社，2010 年。

［明］胡应麟：《诗薮》，上海古籍出版社，1979 年。

［明］吴承恩：《西游记》，黄肃秋注释，李洪甫校订，人民文学出版社，
　　2010 年。

［清］曹雪芹、高鹗：《红楼梦》，人民文学出版社，1982 年。

［清］顾嗣立编：《元诗选》，中华书局，1987 年。

［清］彭定求等编：《全唐诗》，中华书局编辑部点校，中华书局，1999 年。

［清］王夫之等：《清诗话》，上海古籍出版社，1978 年。

［清］王士禛：《带经堂诗话》，戴鸿森点校，人民文学出版社，2006 年。

［清］严可均校辑：《全上古三代秦汉三国六朝文》，中华书局，1958 年。

《大正新修大藏经》，日本大正一切经刊行会，1979 年。

文渊阁《四库全书》，上海古籍出版社，1987 年。

《中华大藏经（汉文部分）》，中华书局，1984—1996 年。

《坛经》，丁福保笺注，陈兵导读，哈磊整理，上海古籍出版社，2011 年。

北京大学古文献研究所编，傅璇琮等主编：《全宋诗》，北京大学出版社，
　　1995 年。

曹顺庆主编：《东方文论选》，四川人民出版社，1996 年。

曹顺庆等：《比较文学论》，四川教育出版社，2005 年。

陈良运：《中国诗学体系论》，中国社会科学出版社，1992 年。

陈扬炯：《中国净土宗通史》，江苏古籍出版社，2002 年。

陈寅恪：《金明馆丛稿二编》，上海古籍出版社，1980 年。

陈允吉：《古典文学佛教溯源十论》，复旦大学出版社，2002 年。

程千帆、吴新雷：《两宋文学史》，上海古籍出版社，1991 年。

程毅中辑注：《宋元小说家话本集》，齐鲁书社，2000 年。

杜继文：《汉译佛教经典哲学》，江苏人民出版社，2008 年。

杜继文主编：《佛教史》，中国社会科学出版社，1991 年。

杜松柏：《禅门开悟诗二百首》，中国社会科学出版社，1993 年。

方立天：《佛教哲学》，中国人民大学出版社，1986 年；《中国佛教与传统文
　　化》，上海人民出版社，1988 年；《中国佛教文化》，中国人民大学出版
　　社，2006 年。

方立天主编：《佛学精华》，北京出版社，1996 年。

郭良鋆：《佛陀和原始佛教思想》，中国社会科学出版社，1997 年。

郭绍虞：《宋诗话考》，中华书局，1979 年；《中国文学批评史》，商务印书
　　馆，2010 年。

郭绍虞主编：《中国历代文论选》，上海古籍出版社，1979—1980 年。

郭绍虞辑：《宋诗话辑佚》，中华书局，1980 年。

韩洪波：《从变文到元明词话的文体流变研究》，扬州大学博士学位论文，
　　2013 年。

弘学编著：《净土探微》，巴蜀书社，1999 年。

侯传文：《佛经的文学性解读》，中华书局，2004 年。

胡经之主编：《中国古典文艺学丛编》，北京大学出版社，2001 年。

胡适著，欧阳哲生编：《胡适文集》，北京大学出版社，1998 年。

黄宝生：《印度古典诗学》，北京大学出版社，1993 年；《梵学论集》，中国
　社会科学出版社，2013 年。

黄宝生译注：《梵汉对勘入菩提行论》，中国社会科学出版社，2010 年；《梵
　汉对勘〈入楞伽经〉》，中国社会科学出版社，2011 年；《梵汉对勘维摩
　诘所说经》，中国社会科学出版社，2011 年；《梵汉对勘神通游戏》，中国
　社会科学出版社，2012 年；《梵汉对勘佛所行赞》，中国社会科学出版社，
　2015 年；《梵汉对勘阿弥陀经·无量寿经》，中国社会科学出版社，2016 年。

黄征、张涌泉校注：《敦煌变文校注》，中华书局，1997 年。

季羡林：《佛教与中印文化交流》，江西人民出版社，1990 年；《季羡林全
　集》，外语教学与研究出版社，2010 年。

季羡林主编：《印度古代文学史》，北京大学出版社，1991 年。

季羡林、吴亨根等：《禅与东方文化》，商务印书馆国际有限公司，1996 年。

金克木：《梵语文学史》，人民文学出版社，1964 年；《比较文化论集》，生
　活·读书·新知三联书店，1984 年。

蒋凡、郁源主编：《中国古代文论教程》，中华书局，2005 年。

赖永海主编：《中国佛教通史》，江苏人民出版社，2010 年。

李申：《中国儒教论》，河南人民出版社，2004 年。

李时人：《全唐五代小说》，陕西人民出版社，1998 年。

李小荣：《变文讲唱与华梵宗教艺术》，上海三联书店，2002 年；《汉译佛典
　文体及其影响研究》，上海古籍出版社，2010 年。

梁启超：《梁启超哲学思想论文选》，北京大学出版社，1984 年；《饮冰室佛
　学论集》，江苏广陵古籍刻印社，1990 年；《佛学研究十八篇》，上海古籍
　出版社，2001 年。

刘光民编著：《古代说唱辨体析篇》，首都师范大学出版社，1996 年。

鲁迅：《鲁迅全集》，人民文学出版社，1973 年、2005 年。

逯钦立辑校：《先秦汉魏晋南北朝诗》，中华书局，1983 年。

罗扬、沈彭年整理：《说唱西游记》，新华出版社，1986 年。

罗哲文、张龙新：《中国古代画论类编》，人民美术出版社，2000 年。

吕澂：《中国佛学源流略讲》，中华书局，1979 年；《印度佛学源流略讲》，
　　上海人民出版社，2002 年。

敏泽：《中国文学理论批评史》，人民文学出版社，1981 年。

聂珍钊：《文学伦理学批评导论》，北京大学出版社，2014 年。

欧宗启：《印度佛教思想的中国化与中国古代文论的建构》，广西民族出版
　　社，2008 年。

潘重规编：《敦煌变文集新书》，台湾文津出版社，1994 年。

钱锺书：《谈艺录》，中华书局，1984 年。

卿希泰、唐大潮：《道教史》，江苏人民出版社，2006 年。

任半塘编：《敦煌歌辞总编》，上海古籍出版社，1987 年。

沈德潜：《说诗晬语》，人民文学出版社，1979 年。

释印顺：《原始佛教圣典之集成》，中华书局，2011 年；《初期大乘佛教之起
　　源与展开》，中华书局，2011 年。

石昌渝：《中国小说源流论》，生活·读书·新知三联书店，1994 年。

石峻等编：《中国佛教思想资料选编》，中华书局，1983 年。

隋树森编：《元曲选外编》，中华书局，1959 年。

孙昌武：《佛教与中国文学》，上海人民出版社，1988 年；《中国佛教文化
　　史》，中华书局，2010 年。

孙昌武编注：《汉译佛典翻译文学选》，南开大学出版社，2005 年。

孙昌武、李赓扬译注：《杂譬喻经译注（四种）》，中华书局，2008 年。

孙尚勇：《佛教经典诗学研究》，高等教育出版社，2013 年。

谭正璧：《三言两拍源流考》，上海古籍出版社，2012 年。

汤用彤：《汉魏两晋南北朝佛教史》，上海人民出版社，2015 年；《隋唐佛教
　　史稿》，北京大学出版社，2010 年。

王重民：《敦煌遗书论文集》，中华书局，1984 年。

王重民等编：《敦煌变文集》，人民文学出版社，1957 年。

王大鹏等编选：《中国历代诗话选》，岳麓书社，1985 年。

王国维：《宋元戏曲史》，上海古籍出版社，1998 年；《人间词话》，山西古
　　籍出版社，2001 年。

王海林：《佛教美学》，安徽文艺出版社，1992 年。

王铁钧：《中国佛典翻译史稿》，中央编译出版社，2006 年。

王向峰：《中国美学论稿》，中国社会科学出版社，1996 年。

王运熙：《中国古代文论管窥》，齐鲁书社，1987 年。

王运熙、顾易生主编：《中国文学批评通史》，上海古籍出版社，1996 年。

王志鹏：《敦煌佛教歌辞研究》，高等教育出版社，2013 年。

闻一多：《神话与诗》，上海人民出版社，2006 年。

吴世常：《论诗绝句二十种辑注》，陕西人民出版社，1984 年。

吴文治编：《韩愈资料汇编》，中华书局，1983 年。

项楚：《寒山诗注（附拾得诗注）》，中华书局，2000 年；《敦煌变文选注
    （增订本）》，中华书局，2006 年。

熊十力：《佛家名相通释》，东方出版中心，1985。

薛克翘：《佛教与中国文化》，昆仑出版社，2006 年。

颜廷亮主编：《敦煌文学概论》，甘肃人民出版社，1993 年。

叶朗：《中国美学史大纲》，上海人民出版社，1985 年。

业露华：《中国佛教伦理思想》，上海社会科学院出版社，2000 年。

尹锡南：《印度文论史》，巴蜀书社，2015 年。

俞晓红：《佛教与唐五代白话小说研究》，人民出版社，2006 年。

乐黛云：《比较文学原理》，湖南文艺出版社，1988 年。

曾建平：《自然之思：西方生态伦理思想探究》，中国社会科学出版社，2004 年。

张伯伟：《禅与诗学》，浙江人民出版社，1992 年；《全唐五代诗格汇考》，
    凤凰出版社，2002 年。

张海沙：《佛教五经与唐宋诗学》，中华书局，2012 年。

张节末：《禅宗美学》，北京大学出版社，2006 年。

张庆民：《魏晋南北朝志怪小说通论》，首都师范大学出版社，2000 年。

张少康：《古典文艺学论稿》，中国社会科学出版社，1988 年；《中国文学理
    论批评发展史》，北京大学出版社，1995 年。

张健：《沧浪诗话研究》，五南图书出版公司，1966 年。

张锡坤、吴作桥等：《禅与中国文学》，吉林文史出版社，1992 年。

郑振铎：《插图本中国文学史》，人民文学出版社，1957 年；《中国俗文学

史》，商务印书馆，2009 年。

周不显：《敦煌文献研究》，甘肃文化出版社，1995 年。

周庆华：《佛教与文学的系谱》，里仁书局，1999 年。

周绍良主编：《敦煌文学作品选》，中华书局，1987 年。

周绍良等编：《敦煌变文集补编》，北京大学出版社，1989 年。

周叔迦：《释迦艺文提要》，北京古籍出版社，2004 年。

朱刚、陈珏：《宋代禅僧诗辑考》，复旦大学出版社，2012 年。

朱光潜：《诗论》，安徽教育出版社，2006 年。

朱良志：《大音希声：妙悟的审美考察》，百花洲文艺出版社，2005 年。

宗白华：《美学散步》，上海人民出版社，1981 年。

〔德〕黑格尔：《美学》，朱光潜译，商务印书馆，1979—1981 年。

〔法〕阿尔贝特·施韦泽著，〔德〕汉斯·瓦尔特·贝尔编：《敬畏生命：五十年来的基本论述》，陈泽环译，上海社会科学院出版社，2003 年。

〔法〕梵·第根：《比较文学论》，戴望舒译，商务印书馆，1937 年。

〔荷〕许里和：《佛教征服中国》，李四龙、裴勇等译，江苏人民出版社，1998 年。

〔美〕奥尔多·利奥波德：《沙乡年鉴》，侯文蕙译，吉林人民出版社，1997 年。

〔美〕厄尔·迈纳：《比较诗学》，王宇根等译，中央编译出版社，2004 年。

〔美〕肯尼斯·K·田中：《中国净土思想的黎明》，冯焕珍、宋婕译，上海古籍出版社，2008 年。

〔美〕玛丽·E·塔克尔、邓肯·R·威廉斯编：《佛教与生态》，何则阴等译，江苏教育出版社，2008 年。

〔美〕麦克斯·缪勒：《宗教的起源与发展》，金泽译，上海人民出版社，1989 年。

〔美〕梅维恒：《绘画与表演：中国的看图讲故事和它的印度起源》，王邦维、荣新江、钱文忠译，燕山出版社，2000 年；《唐代变文——佛教对中国白话小说及戏曲产生的贡献之研究》，杨继东、陈引驰译，〔香港〕中西书局，2011 年。

〔美〕浦安迪：《中国叙事学》，北京大学出版社，1996 年。

［美］乌尔利希·韦斯坦因：《比较文学与文学理论》，刘象愚译，辽宁人民出版社，1987 年。

［日］阿部正雄：《禅与西方思想》，王雷泉等译，上海译文出版社，1989 年。

［日］荒见泰史：《敦煌讲唱文学文献写本的研究》，浙江大学博士后流动站出站报告，2005 年。

［日］弘法大师撰，王利器校注：《文镜秘府论校注》，中国社会科学出版社，1983 年。

［日］加地哲定：《中国佛教文学》，刘卫星译，今日中国出版社，1990 年。

［日］今道友信：《美的相位与艺术》，周浙平、王永丽译，中国文联出版公司，1988 年。

［日］铃木大拙：《禅与生活》，刘大悲译，光明日报出版社，1988 年。

［日］圆仁著，白化文、李鼎霞、许德楠校注：《入唐求法巡礼行记校注》，花山文艺出版社，1992 年。

［印］R·C·马宗达等：《高级印度史》，张澍霖等译，商务印书馆，1986 年。

［印］帕德玛·苏蒂：《印度美学理论》，欧建平译，中国人民大学出版社，1992 年。

［印］毗耶娑：《薄伽梵歌》，黄宝生译，商务印书馆，2010 年。

［印］泰戈尔：《泰戈尔全集》，刘安武、倪培耕、白开元主编，河北教育出版社，2000 年。

［印］《奥义书》，黄宝生译，商务印书馆，2010 年。

［印］《梵语诗学论著汇编》，黄宝生译，昆仑出版社，2008 年。

［印］《佛本生故事选》，郭良鋆、黄宝生译，人民文学出版社，1985 年。

［印］《经集》，郭良鋆译，中国社会科学出版社，1990 年。

［印］《长老偈　长老尼偈》，邓殿臣译，中国社会科学出版社，1997 年。

［英］渥德尔：《印度佛教史》，王世安译，商务印书馆，1987 年。

David E. Cooper and Simon P. James. *Buddhism, Virtue and Environment*. Burlington, VT: Ashgate, 2005.

Aruna Goel. *Environment and Ancient Sanskrit Literature*. Deep and Deep Publications Pvt. Ltd. New Delhi, 2003.

Krishnamoorthy, K. *Studies in Indian Aesthetics and Criticism.* Mysore, India, 1979.

K. C. Pandey ed. *Ecological Perspectives in Buddhism.* New Delhi: Readworthy, 2008.

Lee Der-huey. *Indian Buddhist literature and Chinese Moral Books: A Comparative Analysis.* Delhi: Vidyanidhi Prakashan, 2005.

Pragti Sahni. *Environmental Ethics in Buddhism: A virtues approach.* London and New York: Routledge Taylor & Francis Group, 2008.

Mool Chand Shstri. *Budhistic Contribution to Sanskrit Poetics.* New Delhi: Parimal Publications, 1986.

Padmasiri de Silva. *Environmental Philosophy and Ethics in Buddhism.* London: Macmillan Press, 1998.

A. Kumar Singh. *Animals in Early Buddhism.* Delhi: Eastern Book Linkers, 2006.

索　引

后　记

本书是国家社科基金项目结项成果，是集体合作的产物。课题组成员在本书中具体分工如下：

王汝良：撰写第一章第一节和第四节，目录英文翻译。

赵伟：撰写第三章第四节，第六节一部分。

潘文竹：撰写第三章第五节。

董德英：撰写第四章第三节。

冯济平：撰写关于中国近现代佛教文学部分文稿。

其余由我本人撰稿，并负责全书统稿。此外，王汝良参与了统稿修改和其他后期工作。赵伟在项目申报和研究阶段做了大量工作。

课题组成员都是青岛大学的学术骨干和很有潜力的青年学者，简介如下：

王汝良，男，1973 年出生，山东胶南人。文学博士。现为青岛大学副教授，四川大学博士后在研人员。主要研究方向为东方文学与文化。

赵伟，男，生于 1973 年，山东青岛人，文学博士。现为青岛大学国学研究院教授、副院长，美国加州大学伯克利分校访问教授。研究方向为中国古代宗教与文学、宗教与中国思想史。

潘文竹，女，生于 1972 年，山东胶州人，博士在读。现任青岛大学学报编辑。研究方向为中国古代文学。

董德英，女，生于 1977 年，山东诸城人，文学博士。现任青岛大学学报编辑，山东大学博士后在研人员。主要研究方向为民俗学和中国民间文学。

冯济平，女，生于 1963 年，山东济南人，文学硕士。现任青岛大学学报编审，《东方论坛》常务副主编。研究方向为中国现代文学。

《中印佛教文学比较研究》项目高质量完成并入选国家哲学社会科学成

果文库，得力于一个好的学术团队。课题组成员勤奋严谨，对承担的任务一丝不苟，反复修改，精益求精。我作为课题负责人和本书第一作者，对他们的工作态度和业绩非常赞赏，在此表示衷心感谢！

这个项目缘起于我 2008 年秋到中国社会科学院外国文学研究所跟随黄宝生先生做访问学者。当时赶上黄老师为社科院和北大有关专业的博士硕士开梵文课，便跟着一起听课。黄老师将正在进行的"佛经梵汉对勘"工作与梵语教学相结合，带领我们通过研读佛经学习梵文。通过学习，我感觉这是一项非常有意义的工作，曾经打算跟随黄老师一边学习一边从事"佛经梵汉对勘"，但由于所在单位工作需要而未能如愿。

我虽然未能如愿从事"佛经梵汉对勘"，但跟随黄老师访学仍收获颇丰。首先是黄老师"为往圣继绝学"的情怀感染了我。由于担心梵文和基于梵文的印度古代文学研究后继无人，成为绝学，于是，惜时如金的黄老师，抽出大量时间义务给我们上课。这种精神激励我克服各种困难，在佛教文学研究的道路上走下去。其次是黄老师治学如参禅的精神熏陶了我。黄老师常说自己是"参学问禅"，我也深契佛家持戒入定、由定发慧之说。我们都不信佛，学术研究需要理性、科学、实证和批判精神，佛学研究也不例外；但作为研究对象，也需要一点儿"同情的理解"。佛家认为，只有戒掉现实中的种种欲望，才能参禅入定；进入禅定状态，才能启发智慧。这于我们执着于所选择的事业是不是很有启示呢？再次是学术方向的调整和《中印佛教文学比较研究》课题思路的形成。跟随黄老师访学成为我调整学术方向的契机，以佛经为读本的梵文学习，让我再度回到佛教文学这片蓝海中遨游，去探索新的研究领域，思考具有学术意义和理论价值的研究课题。

佛教文学是跨民族、跨文化、跨学科的文学现象，为比较文学研究提供了丰富的素材和巨大的空间。在早期专著《佛经的文学性解读》中，已经有《佛经的比较文学意义》等有关比较的章节，但意犹未尽。经过博士阶段比较文学的研究学习，比较文学的思路和方法对我来说已经驾轻就熟，当我重新回到佛教文学领域时，很自然地将重心转移到比较研究方面，希望通过中印佛教文学比较研究，在比较文学和佛教文学领域都能有新的开拓。2010 年访学结束后，我开始着手准备，于 2011 年以"中印佛教文学比较研究”为题申报国家社科基金项目获得批准。

经过四年多的艰苦努力，课题顺利完成，结项成果得到鉴定专家的一致好评，获得了优秀等级，在此基础上，经过认真修改，又得到评审专家和全国社科规划办领导的肯定，入选国家哲学社会科学成果文库。在此，我要对国家社科基金项目评审和结项鉴定的各位专家、向国家哲学社会科学成果文库评审专家和全国社科规划办领导表示衷心的感谢！

本书出版之际，已近耳顺之年，感恩之心油然而生。天地化生、父母养育、师长教导、亲友相助、学生相随、妻儿相伴，让我有生命、有人生、有工作、有事业，为此我内心怀有深深的感激之情。

就《中印佛教文学比较研究》这个项目和这本书而言，我要特别感谢刘安武、黄宝生、曹顺庆三位老师，是他们分别将我引入印度文学、佛教文学和比较文学领域。前辈师长和同辈学者郭良鋆、王邦维、薛克翘、唐孟生、石海军、姜景奎、陈明、尹锡南、党素萍、黎跃进、冷卫国、岳玉庆等，分别在不同方面给予帮助和支持；中华书局学术著作编辑室主任罗华彤编审，积极支持该成果申报国家社科成果文库，并提出许多宝贵意见；青岛大学图书馆馆长房运琦和各位馆员，帮助购置项目所需典籍，并在资料查找和阅读方面提供方便；青岛大学社科处的领导和同事为项目申报、结项和后续的文库申报做了许多工作；研究生不避冷门，愿意跟随，一起探讨学术问题，并帮助做了一些辅助性工作。值得感谢的人还有很多，不能一一列举。在这里，对所有提供支持和帮助的人士表示衷心的感谢！

最后的感谢给予我的妻子刘冰。她在我这里身兼数职：妻子、情人、秘书、司机、厨师等等，不仅管理我的生活，陪伴我的人生，还参与我的项目，做了许多辅助性的工作。

曾经有人在访谈时问我：您为什么研究佛教文学这么多年乐此不疲，思想性格有没有受到佛教的影响？我回答说：最初的选择是出于机缘，后来的坚持是由于喜欢其中的哲理和禅趣；如果说有影响，那就是把世俗的东西看得淡一些吧！佛家千言万语，概括说来不过是认为“空”而追求“静”。年轻的时候看“空”求“静”未免显得消极，如今年近耳顺，适宜林居，空静也成为一种人生境界。其实空与静都不是消极人生，苏轼曾经有“静故了群动，空故纳万境”的名言。倡导入世莫若孔子，亦有知天命、顺天命、从心所欲不逾矩等不同人生境界的自述。在我看来,"空且静"与"从心所欲不逾矩"似有相通之处,那就是随缘与乐天。

侯传文

2017 年 10 月 18 日于青岛

图书在版编目(CIP)数据

中印佛教文学比较研究/侯传文等著. —北京:中华书局,
2018.3
(国家哲学社会科学成果文库)
ISBN 978-7-101-13107-9

Ⅰ.中…　Ⅱ.侯…　Ⅲ.佛教文学-对比研究-中国、印度
Ⅳ.①I207.99②I351.079.9

中国版本图书馆 CIP 数据核字(2018)第 040991 号

书　　名	中印佛教文学比较研究
著　　者	侯传文 等
丛 书 名	国家哲学社会科学成果文库
责任编辑	葛洪春　樊玉兰
出版发行	中华书局
	(北京市丰台区太平桥西里 38 号　100073)
	http://www.zhbc.com.cn
	E-mail:zhbc@zhbc.com.cn
印　　刷	北京瑞古冠中印刷厂
版　　次	2018 年 3 月北京第 1 版
	2018 年 3 月北京第 1 次印刷
规　　格	开本/710×1000 毫米　1/16
	印张 41　插页 3　字数 650 千字
印　　数	1-2000 册
国际书号	ISBN 978-7-101-13107-9
定　　价	198.00 元